Alexey Pehov
Elena Bychkova
Natalya Turchaninova
Turm des Ordens

Alexey Pehov
Elena Bychkova
Natalya Turchaninova

Turm des Ordens

Die Beschwörer 2

Aus dem Russischen
von Christiane Pöhlmann

PIPER

Von Alexey Pehov liegen im Piper Verlag vor:
Die Chroniken von Siala (Serie)
Die Chroniken von Hara (Serie)
Chroniken der Seelenfänger (Serie)
Dunkeljäger
Schattendieb
Das Siegel von Rapgar
Tag der Geister. Die Beschwörer 1
Turm des Ordens. Die Beschwörer 2

FSC
www.fsc.org
MIX
Papier aus verantwortungsvollen Quellen
FSC® C083411

Deutsche Erstausgabe
ISBN 978-3-492-70425-0

Titel der russischen Originalausgabe: »Lovuška dlja ducha«
bei Al'fa-kniga, Moskau 2014

Satz: Kösel Media GmbH, Krugzell
Gesetzt aus der Minion
Druck und Bindung: CPI books GmbH, Leck
Printed in the EU

1

Es werden ihrer drei sein

Vor dem Tor des Palastes vom Statthalter der Provinz Yugora gab es nie viele Bittsteller. Alle wussten, dass Akeno Ishiro die Tradition seiner Vorfahren nicht pflegte und folglich weder regelmäßig Streitigkeiten unter einfachen Untertanen klärte noch Almosen an Bedürftige verteilte oder allein durch Handauflegen Sieche heilte.

Zu dieser frühen Stunde drückte sich hier erst recht kaum jemand herum. Die Sonne war erst vor Kurzem hinter den Dächern der Häuser hervorgekrochen. Wie üblich war sie den Himmel nicht langsam und gleichmäßig emporgeklettert, um die nächtliche Kühle durch morgendliche Wärme zu verdrängen, sondern hatte sich mit einem einzigen Satz ans Firmament katapultiert und schickte nun ihre sengenden Strahlen zur Erde hinunter. Am Abend würde sie dann ebenso rasch am Horizont versinken und dem Tag regelrecht das Licht ausblasen.

Das Anwesen der Ishiros lag mitten in der Stadt. Sämtliche Häuser der Umgebung schienen voller Furcht vor diesem Bau zurückzuweichen. Der Statthalter selbst wähnte sich offenbar völlig sicher: Der Graben, der das Gelände säumte, war nicht sehr breit, unmittelbar an der Steinmauer wuchsen Kiefern, sodass man mit ein wenig Kletterei jederzeit auf das Grundstück gelangen konnte. Doch noch nie hatte irgendwer den Wunsch danach verspürt.

Wie es hieß, hatte der erste Herr dieses Anwesens, Odoro Ishiro, befohlen, sämtliche Bäume in der Umgebung zu fällen, da die niederfallenden Blätter ihm, der ewig zu leben gedachte, den Tod in Erinnerung rufen würden. Deshalb hatten einst ausschließlich Steingärten mit versponnenen Umrissen und Hinokis, die heiligen Zypressen, den Schmuck des weitläufigen Geländes gebildet.

Die Nachfahren dieses legendären Gründers der Dynastie hatten in Sachen Unsterblichkeit jedoch einen deutlich geringeren Anspruch und legten wieder einen herrlichen Garten an.

Im grünen Wasser des Grabens trieben denn auch weder die Köpfe von Feinden, noch ragten darin Piken auf. Blutdürstige Geister waren ebenfalls nirgends zu entdecken, einzig gewöhnliche Karpfen zogen träge ihre Bahn.

Der Palast selbst lag auf einer Anhöhe, von der es hieß, sie sei von Hand aufgeschüttet worden, wobei die geknechteten Arbeiter, ausgezehrt von dieser Pein, allesamt den Tod gefunden hätten. Der heutige Kirschgarten war also über ihren Gebeinen angelegt worden. Da es in Yugora ansonsten keine Berge oder Hügel gab, war dieser beeindruckende Bau schon aus weiter Ferne auszumachen. Seine Form erinnerte an einen liegenden Drachen, die Dächer der einzelnen Flügel bildeten die roten Schuppen dazu.

Verschlungene Wege zogen sich zwischen wuchtigen Felsbrocken und grünen, hüfthohen Hecken dahin. Diese verliehen dem Garten nicht nur Schönheit, sondern hätten einen etwaigen Gegner auch gezwungen, die eigenen Reihen aufzulösen, sodass die Feinde von den in Wachtürmen positionierten Bogenschützen der Residenz einzeln abgeschossen worden wären.

Die kleine Menge, die in der brütenden Hitze vor dem Gittertor ausharrte, geriet allmählich in Unruhe. Zwei hagere, braun gebrannte Bauern blickten sich immer wieder um und traten von einem Bein aufs andere. Die Missernte hatte sie hergetrieben, beide wollten ein wenig Geld für den Ankauf neuen Saatguts erbitten.

Sie wurden von einem grimmig aussehenden Waffenschmied beäugt. Der Mann trug drei sorgsam in einen ölgetränkten Lappen gewickelte Schwerter bei sich, die er ohne Frage dem Statthalter verehren wollte. Insgeheim hoffte er wahrscheinlich, dass dieser, von der meisterlichen Arbeit überwältigt, umgehend neue Klingen in Auftrag geben oder ihn gar vom Fleck weg in seinen Dienst nehmen würde.

Ein hoch aufgeschossener Greis erteilte einem zehnjährigen Jungen halblaut kluge Ratschläge. Er gedachte anscheinend, seinen aufgeweckten Enkel beim Statthalter unterzubringen. Der Kleine wiederum litt unter der Hitze ebenso wie unter seinem neuen Gewand, in das man ihn eigens für diesen Besuch gesteckt hatte.

Bei der letzten Bittstellerin handelte es sich um eine dralle Milchfrau, die sich in einem fort den Schweiß von ihrem rotwangigen Gesicht wischte und einen Krug an ihren ausladenden Busen presste. Vermutlich träumte sie von Arbeit in der Küche des Herrn Akeno oder zumindest davon, ihm fortan Milch und Butter zu liefern. Ihr stand auf die Stirn geschrieben, dass sie furchtbar gern ein Schwätzchen gehalten hätte, sich jedoch nicht traute, das Wort als Erste zu ergreifen.

Das tat irgendwann einer der beiden Bauern.

»Was für eine Glut«, stöhnte er und fuhr sich mit der faltigen Hand über die von der Sonne dunkelbraun gefärbte Glatze. »Dabei haben wir noch nicht mal Mittag!«

»Im vorvorigen Jahr war es genauso«, bemerkte die Milchfrau, hochzufrieden angesichts des nun endlich gebrochenen Schweigens. »Da mussten die Beschwörer sogar einen Nabenisho-djoto herbeirufen, damit er die Ratten fängt, die uns damals geplagt haben.«

»Unsere Ernte haben die Herren mit ihren Geistern trotzdem nicht gerettet«, knurrte der andere Bauer, ein buckliger Kerl, der sich den breitkrempigen Hut tief in die Stirn geschoben hatte.

»Posaunt besser nicht in die ganze Stadt hinaus, was ihr von Beschwörern haltet«, warnte ihn der Waffenschmied.

»Angeblich ist der Sohn vom Statthalter ja auch einer«, warf der Greis ein und strich seinem Enkel die Falten der Jacke glatt. Der Blick des Jungen wanderte traurig in die Ferne.

»Wie man hört, ist er ja tot«, sagte die Milchfrau und klimperte mit den Wimpern. »Soll schon im Frühjahr gestorben sein.«

Nach diesen Worten breitete sich Stille aus. Die Menschen sahen sich scheu um. Offenbar befürchteten sie, jemand könnte die Bemerkung in den falschen Hals bekommen haben. Tatsächlich trat nun aus dem dichten Schatten einer alten Alatane ein Mann hervor, den zuvor niemand bemerkt hatte. Oder hatte er sich etwa dort versteckt?

Der junge Bursche in zerschlissener, staubiger Reisekleidung betrachtete die beiden Drachen, welche die Steinsäulen links und rechts vom Tor zierten und ihn mit ihren Blicken anzufunkeln schienen. Ein völlig unscheinbarer Gesell. Die Lanze mit dem hellen Holzschaft dürfte sich wohl auch kaum mit den Klingen des Waffenschmieds messen können. Sein ausgeblichenes weizenblondes Haar war im Nacken zu einem lockeren Zopf zusammengebunden, das braun gebrannte Gesicht mit den hohen Wangenknochen, den eingefallenen Wangen und dem kantigen Kinn wirkte ruhig und gelassen, ja, fast unbeteiligt. Nur in den hellen Augen lag ein durchdringender, harter und kalter Ausdruck, der nicht zu seinem Alter passte.

Schweigend musterten die Yugorer ihn, doch der Fremde schien wie gebannt vom Garten jenseits des Tores.

»Was ist das denn für einer?«, fragte der Waffenschmied leise.

»Wie der schon aussieht«, sagte die Milchfrau. »Als ob eine Meute Hunde über ihn hergefallen wäre und sich dann alle im Dreck der Straße gewälzt hätten.« Sie schnaubte verächtlich und wedelte mit dem Saum ihres neuen Rocks, den sie eigens für den Besuch beim Statthalter erworben hatte.

»He, Bursche!«, rief der Waffenschmied nun. »Weshalb willst du zu Herrn Akeno?«

»Weil ich etwas mit ihm zu besprechen habe«, antwortete dieser, ohne sich umzudrehen.

»Das gilt für uns auch«, murmelte der ältere der beiden Bauern, entlockte dem Fremden damit jedoch auch keine weiteren Erklärungen.

Danach breitete sich wieder Schweigen aus, fast als wäre den Yugorern beim Anblick des Fremden der Wunsch nach einer kleinen Plauderei vergangen.

Diesen wiederum schienen die vergoldeten Gitterstäbe des Tores völlig in ihren Bann geschlagen zu haben.

Es gibt hier nicht einmal Wachtposten, hielt er für sich fest. Zuverlässiger als die zähnefletschenden Drachen dürfte allerdings ohnehin niemand den Eingang hüten können.

Auf dem Anwesen leuchteten in der grellen Sonne die roten Dächer verschiedener Pavillons, im Wasser eines Teiches schaukelten sanft rosafarbene Lotusblüten und verströmten ihren Duft. Über allem hing das friedliche Gesumm der Bienen, das beinahe etwas Einschläferndes hatte.

Im Garten hantierten vier Diener, die jedoch überhaupt nicht auf die Bittsteller achteten. Einer kappte die Zweige einer jungen Kiefer, damit der Baum in der gewünschten Form heranwuchs. Die drei anderen krochen, von breitkrempigen Strohhüten gegen die Sonne geschützt, über den Boden, um den Rasen auszudünnen. Wortlos verrichteten sie ihre Arbeit und hielten nicht eine Sekunde inne. Als diese vier dann aber nach einer weiteren Stunde ihr Tun überraschend einstellten und eine ehrfürchtige Haltung einnahmen, war allen klar, dass die Warterei ein Ende hatte.

Einige Bedienstete in rot-weißen Gewändern hielten mit einem flachen Holztisch auf das Tor zu, bauten einen zusammenklappbaren Stuhl auf und befestigten einen Sonnenschirm daran.

Die Yugorer reckten die Hälse. Da erschien endlich in Begleitung von zwei Lanzenträgern ein Mann in einem weiten grauen Gewand, das sich im Vergleich zu dem seiner Diener geradezu bescheiden ausnahm. Auf seinem schmalen, hageren Gesicht mit der langen, feinen Nase, den tief in den Höhlen versunkenen Augen und dem spitzen Kinn lag ein abgespannter Ausdruck. Ein Sonnenstrahl, der sich in einem der Teiche spiegelte, ließ das Schwarz des kurz geschnittenen, grau melierten Haares glänzen.

Der Mann raffte sein Gewand, setzte sich, richtete einen Stapel Papiere aus und bedachte die Wartenden jenseits des Gitters mit einem ausdruckslosen Blick.

»Ist das der Herr Statthalter?«, erkundigte sich die Milchfrau im Flüsterton.

»Der hat Besseres zu tun, als seine Zeit mit Leuten wie uns zu vergeuden«, belehrte sie der Greis, strich seinem Enkel über den Kopf und raunte: »Das ist sein Sekretär, der Herr Nagateru.«

Der Fremde mit der Lanze trat als Erster vor.

»Was willst du?«, erkundigte sich der Sekretär und sah ihn teilnahmslos an. »Fasse dich kurz und leg deine Bitte klar dar!«

»Ich möchte mit dem Statthalter sprechen«, erwiderte der junge Mann in höflichem, aber entschiedenem Ton.

»Ich werde es meinem Herrn mitteilen«, sagte der Sekretär und winkte den nächsten Bittsteller heran.

»Teilt dem Statthalter mit, dass ihn ein Beschwörer zu sprechen wünscht«, fuhr der junge Mann jedoch unbeirrt fort.

»Ein Beschwörer?« Daraufhin nahm der Sekretär den jungen Mann in dem verstaubten Reisekostüm genauer in Augenschein. »Wo ist denn bitte dein Wappen?!«

»Fragt den Statthalter, was ihm wichtiger ist, ein Wappen oder der Beschwörer selbst!«

Der Sekretär verzog die Lippen zu einem Lächeln, sodass diese nur noch eine feine Linie bildeten, während die Stirn mit einem Mal von zwei tiefen Furchen unterteilt wurde.

»Ach ja, wer will nicht alles meinen Herrn sprechen«, brachte er dann heraus, legte eine theatralische Pause ein und lächelte noch verkniffener. »Aber ein Beschwörer? Das ist mir noch nicht untergekommen.«

»Richtet dem Statthalter bitte aus, dass ich Neuigkeiten von seinem Sohn habe!«

»Der Sohn des Herrn Akeno ist tot«, entgegnete der Sekretär kalt und verschränkte die Hände vor der Brust. »Deshalb glaube ich kaum, dass du Neuigkeiten von ihm bringst.«

Nun riss dem jungen Mann doch der Geduldsfaden.

»Unter dem Torbogen wachen zwei Geister, ein weiterer

steckt im linken Flügel des einen Drachen«, zischte er und näherte sein Gesicht dem Gitter, das ihn von dem Herrn Sekretär trennte. »Wenn Ihr mein Anliegen nicht vortragt, werde ich alle drei verjagen.«

Nagateru schaute den Frechling einen ausgedehnten Moment lang kalt und befremdet an, dann befahl er einem der beiden Soldaten: »Übermittel Herrn Akeno, dass irgendein Vagabund behauptet, ein Beschwörer zu sein, und den Statthalter von Yugora zu sprechen verlangt.«

Der Soldat machte sich sofort auf den Weg, kehrte aber lange Zeit nicht zurück. Derweil beschäftigte sich der Sekretär ausschließlich mit seinen Schriftstücken. Das Rascheln des feinen Papyrus und das Kratzen des Griffels brachten die übrigen Bittsteller zunehmend gegen den jungen Mann auf.

Dieser schien die Missstimmung allerdings gar nicht zu bemerken, denn erneut hatte er nur Augen für den Garten. Gerade flog ein Reiher auf einen Teich zu, landete auf einem Stein und erstarrte zu einem weißen Standbild.

Endlich kehrte der Soldat zurück. Schnaufend und aufgebracht. Er flüsterte dem Sekretär etwas ins Ohr, dieser lehnte sich auf dem niedrigen Stuhl zurück und maß den seltsamen Besucher mit einem durchdringenden Blick.

»Du kannst eintreten«, sagte er schließlich. »Mein Herr erwartet dich.«

Das Tor öffnete sich gerade so weit, dass der junge Mann sich hindurchzuzwängen vermochte. Seine Lanze stieß dabei gegen einen Gitterstab. Ein klirrendes Geräusch schwebte durch die Luft.

Die Yugorer flüsterten erneut miteinander. Verwunderung und Neid lagen in ihren Stimmen. Dass ein Besucher eingelassen wurde, das hatte es noch nie gegeben.

»Die Waffe musst du bei mir lassen«, erklärte der Sekretär.

Ohne Widerspruch händigte der Beschwörer die Lanze aus und ließ sich abtasten.

»Keine Sorge, Junge, auf deine Yari geben wir acht«, versicherte einer der Soldaten, während er dem Besucher die Seiten abklopfte. »Wenn du uns wieder verlässt, holst du sie dir.« Nach diesen Worten drehte er sich dem Sekretär zu. »Alles in Ordnung.«

Herr Nagateru nickte nur und befahl mit einer Geste, den Besucher zum Statthalter zu bringen.

Der weitläufige Garten beherbergte zahllose Lauben, die auf kleinen Inseln in den Teichen errichtet worden waren, ferner geräumige Pavillons, die durch offene Gänge miteinander verbunden waren, sowie Steinaltäre, welche die Gesellschaft von Kirschbäumen genossen. Dieser heilige Baum versinnbildlichte die Ewigkeit.

Durch ein schweres Tor gelangten sie in einen quadratischen Innenhof, der mit feinem Sand ausgestreut war. Ihn säumten Kiefern und einige Hausaltäre, sogenannte Butsudan, über deren steinernen Becken feine Säulen duftenden Rauches aufstiegen.

Das Erste, was dem Besucher dann auffiel, war ein gestrecktes, ebenerdiges Haus mit einem flachen Schrägdach, das mit dunkelgrauen, figürlich gearbeiteten Ziegeln gedeckt war. Sie funkelten in der Sonne wie die Schuppen eines Drachen.

Hinter Bäumen erhob sich ein Wachtturm, in dem Bogenschützen postiert waren. Offenbar hatte der erste Eindruck getrogen: So ungeschützt war der Palast des Statthalters gar nicht.

Das Kernstück des Anwesens, der Palast, mutete riesig an. In dem massiven, in Rot und Weiß gehaltenen Steingebäude residierte die Familie Ishiro bereits seit über fünfhundert Jahren.

In all der Zeit hatte es nur einmal Auseinandersetzungen mit Hakata gegeben, und zwar als Akenos Vaters herrschte. Damals war der Statthalter der Nachbarprovinz mit fünfundzwanzigtausend Mann in die Residenz eingefallen, die lediglich von dreitausend Soldaten verteidigt wurde. Ishiro musste abziehen, kehrte jedoch noch in derselben Nacht zurück. Regen und Nebel machten es seinen Kriegern leicht, die Feinde, die an Lagerfeuern ihren Sieg feierten, hinterrücks abzustechen. Sofort brach Panik aus. Offenbar glaubten die Männer aus Hakata, von blutdürstigen Shiisans angegriffen zu werden.

Danach hatte es niemand mehr gewagt, die Ishiros in ihrer Residenz anzugreifen.

Als der Beschwörer die kalten, leeren Hallen des Palasts betrat, wehte ihn eisige Luft an, fast als trumpfte hier drinnen der Winter auf. Der Luftzug strich wie ein unsichtbares Gespenst an den endlosen Wänden entlang und fuhr über die weißen Vorhänge, die von geschnitzten Wandfriesen herabhingen. Sämtliche Räume waren herrlich ausgemalt und mit Reliefdarstellungen aus Mahagoni verziert, die Sitzmöbel vergoldet.

Mitunter nahm ein Fenster eine ganze Wand ein, sodass man einen Blick in den Garten hatte, der damit gleichsam zu einer Verlängerung des Hauses wurde. Wann immer der junge Mann zu diesen Fenstern hinausschaute, versuchte er zu begreifen, wo er sich eigentlich befand, meist jedoch vergeblich. Was für ein Labyrinth ...

Der Soldat wies ihm mit knappen Worten den Weg: nach rechts, nach links, geradeaus. Er würde bestimmt nichts über das Anwesen erzählen.

Immer wieder huschten lautlos Diener in rot-weißen Gewändern an ihnen vorbei. Aus unerfindlichen Gründen verliehen die leuchtenden Farben ihrer Erscheinung jedoch nichts Fröhliches, sondern ließen sie wie Gespenster wirken. Da sie sich obendrein lediglich mit Gesten verständigten, fragte sich der Fremde, ob sie vielleicht stumm seien.

An allen Abzweigungen standen bewaffnete Posten, die ihm finstere Blicke hinterherschickten, die geradezu wie Kletten an ihm haften blieben.

Irgendwann liefen die beiden an einer Tür vorbei, die in dem Beschwörer den unbezwingbaren Wunsch weckte, stehen zu bleiben. Sie unterschied sich zwar durch nichts von den anderen, trotzdem wollte er unbedingt das Zimmer dahinter betreten oder wenigstens durch das Schlüsselloch linsen.

»Was ist das für ein Raum?«, erkundigte er sich bei dem Soldaten.

»Das geht dich nichts an.«

Kurz darauf brachte der Soldat ihn in das Empfangszimmer, das von Kerzen hell erleuchtet wurde, und bat ihn zu warten.

Auch dieser saalartige Raum bestach mit seiner Pracht. In den Wandreliefs glitzerten Saphire. An einer Stelle zierte zudem ein Ornament aus Rubinen die Wand. In die schweren Vorhänge vor dem vergitterten Fenster waren Goldfäden und rosafarbene Perlen eingewebt. An den Gerüchten, dass der Herrscher Yugoras unglaublich reich war, musste also etwas dran sein.

Nach einer Weile ging die Tür zum Nebenzimmer auf, und ein Diener in einem purpurroten Gewand forderte ihn auf einzutreten.

Akeno Ishiro saß an einem niedrigen Tisch und ging einige Papiere durch. Sein bis zum Kragen geschlossenes Obergewand erinnerte an einen Offiziersrock, nur dass statt Orden an ihm Edelsteine und Goldstickerei funkelten. Der Beschwörer wurde beinahe geblendet.

Kaum vernahm der Statthalter das Geräusch der Schritte, hob er den Kopf. Er hatte ein strenges, ausdrucksloses Gesicht mit einem schweren Kinn und breiten Wangenknochen. Seine Stirn durchfurchte eine Narbe, die sich in dem dichten, kurzen weizenblonden Haar verlor. Die Nase mit den scharf geschnittenen Flügeln musste irgendwann einmal gebrochen gewesen sein. Seine ganze Erscheinung verströmte geballte Körperkraft, starken Willen und unbedingte Entschlossenheit.

Die grauen Augen ruhten einen ausgedehnten Moment lang mit stahlhartem Blick auf dem Besucher, bevor er ihn mit einem Nicken aufforderte, sich auf einer Schilfmatte niederzulassen.

»Angeblich bist du ein Beschwörer«, brachte er in herrischem Ton hervor.

»Mein Name ist Ray. Ich habe meine Ausbildung an der Seite Eures Sohnes absolviert.«

Daraufhin sah Herr Akeno seinen Besucher noch durchdringender an. Mit einem Nicken hieß er den Diener, den Raum zu verlassen. Sobald der Mann die Tür hinter sich geschlossen hatte, drehte er sich wieder Ray zu.

»Ich erinnere mich an dich«, sagte er. »Ich habe dich schon einmal in der Nähe eures Tempels gesehen.«

»Erinnert Ihr Euch etwa an alle Menschen, denen Ihr irgendwann begegnet seid?«

»Ich habe ein vorzügliches Gedächtnis«, antwortete der Statthalter mit einem angedeuteten Lächeln. »Worüber wolltest du mit mir reden?«

»Ich bringe Neuigkeiten von Eurem Sohn.«

»Mein Sohn gilt offiziell als tot.«

»Aber das stimmt nicht. Er lebt noch.«

»Und was lässt dich vermuten, dass mich diese Nachricht interessieren könnte? Sayunaro hat sich von seiner Familie, seinem Namen und seinem Haus losgesagt. Er hat unser Angebot, nach seiner Ausbildung zu uns zurückzukehren, abgelehnt und uns mehr als einmal zu verstehen gegeben, dass wir ihn als gestorben zu betrachten haben.«

»Es geht aber nicht nur um Euren Sohn«, antwortete Ray. »Ich habe auch Nachrichten, die für den Turm des Ordens in Warra und damit für ganz Akane von Bedeutung sein könnten.«

»Dann lasse sie mich hören!«

»Um am Ende unserer Ausbildung das Zertifikat des Beschwörers zu erhalten«, holte Ray aus, »sollten wir uns am Tag der Geister durch Warra zum Haupttempel des Ordens schlagen.«

Der Statthalter zog eine Augenbraue hoch, sagte jedoch nichts. Jeder in Akane wusste, was das bedeutete. An diesem Tag fielen sämtliche Geister in die Welt der Menschen ein, und selbst die friedlichsten Geschöpfe aus der jenseitigen Welt verwandelten sich dann in wilde Bestien. Niemand verließ daher am Tag der Geister freiwillig das Haus.

»Sayunaro, ein weiterer Freund und ich haben diese Aufgabe gemeistert«, fuhr Ray fort. »Allerdings sind wir zu spät im Haupttempel erschienen. Unser Lehrer hat nicht auf uns gewartet und Warra nach diesem Feiertag sofort verlassen, um sich, wie wir später herausgefunden haben, nach Agosima zu begeben. Selbst als wir ihn dort gefunden hatten, wies er uns ab. Nur

Euren Sohn wollte er noch weiter ausbilden. Nachdem mein Freund und ich unseren Lehrer verlassen hatten, wollten uns die Beschwörer aus Rumung umbringen. Rumung ist die Hauptstadt von ...«

»Ich weiß«, fiel ihm Herr Akeno ins Wort. »Fahre fort!«

»Diese Beschwörer bringen alle Fremden um. Ausnahmslos jeden, der sie besucht. Seitdem habe ich nichts mehr von Sayunaro gehört, obwohl ich ihm einen Uddo geschickt habe, also einen Geist mit einer Nachricht. Aber er ist nicht zurückgekehrt ...«

»Und was erwartest du jetzt von mir? Dass ich eine Armee aussende, um in Erfahrung zu bringen, ob mein Sohn, der sich von mir losgesagt hat, wohlauf ist? Niemand hat ihn gezwungen, in die ferne Provinz Agosima zu gehen oder seine Ausbildung fortzusetzen!«

»Mir gefällt nicht, was da in Agosima vor sich geht«, brachte Ray heraus, ohne auf Ishiros Bemerkung einzugehen. Auf seinem Gesicht lag nun ein finsterer Ausdruck. In Gedanken weilte er wieder in Rumung. »Diese Beschwörer sind unglaublich stark. Sie arbeiten mit Geistern zusammen, schöpfen aus ihnen Kraft ...«

Er sah den Statthalter fragend an, denn er bezweifelte, dass dieser die Tragweite der Aussage ermessen konnte, doch Herr Akeno bedeutete ihm mit einem ungeduldigen Nicken fortzufahren.

»Meiner Ansicht nach töten sie deshalb alle Besucher«, sagte Ray. »Damit niemand davon berichten kann, was sich dort zusammenbraut. Deshalb muss ich dem Turm des Ordens in Warra davon berichten.«

»Der Turm des Ordens ist ausschließlich mit seinen eigenen Ränken beschäftigt und schert sich in keiner Weise um eine so ferne Provinz. Und einen Beschwörer ohne Zertifikat würde ohnehin niemand anhören.«

»Ganz im Gegensatz zu Euch.«

»Was könnte ich den Meistern dort denn sagen?«, fragte Herr Akeno lachend. »Dass mich ein junger Mann aufgesucht hat, der durch die Prüfung gefallen ist und der nun behauptet, ein paar Verrückte hätten sich ihm gegenüber nicht gerade freundlich verhalten ... Im Übrigen solltest du dich keinen falschen Vorstellungen hingeben: Auch ich bin im Turm kein besonders gern gesehener Gast.«

»Das ist mir bekannt. Sayunaro hat mir von Euren Vorbehalten gegenüber dem Orden berichtet. Trotzdem bin ich mir sicher, dass Ihr jemanden kennt, der diese Nachricht weiterleiten könnte. Jemanden, dem auch der Orden vertraut ...«

»Dann lass mich meine Frage wiederholen«, entgegnete Akeno. »Was genau willst du dem Orden mitteilen? Dass ein paar närrische Beschwörer sich in einer fernen Provinz mit geheimem Wissen beschäftigen, Experimente mit Geistern durchführen und Fremde töten? Selbst wenn dir jemand diese Geschichte abnimmt, weißt du, was man dir antworten würde? Dass in Agosima schon immer merkwürdige Dinge geschehen sind, das würde man dir antworten! Deshalb unterhalten wir ja auch kaum Kontakte mit dieser Provinz. Und das schon seit vielen Hundert Jahren nicht. Was glaubst du denn, warum Agosima von der übrigen Welt abgeschnitten ist?! Der Orden wird sich folglich nicht im Mindesten darum scheren, was in einer Provinz vor sich geht, die für uns politisch keine Rolle spielt.«

»Ihr seid doch ein kluger Mann«, brachte Ray voller Eifer hervor. »Euch muss doch klar sein, dass die Beschwörer in Agosima nicht ohne Grund das verbotene Wissen pflegen und jeden Fremden töten, der etwas über ihre ungeheure Macht berichten könnte.«

»Und vermutlich bist du ein recht begabter Beschwörer, denn immerhin hast du deinen Besuch in Agosima überlebt. Von Politik verstehst du allerdings leider nicht das Geringste«, stellte Akeno ruhig und freundlich fest. »Agosima ist weit weg und stellt keine unmittelbare Gefahr dar, Sinora aber schon, und diese Provinz liegt nicht mehr fernab von allem. Stammst du nicht auch von dort?«

»Ja. Aber was hat das für eine Bedeutung?«

»Vielleicht solltest du mir erst einmal beweisen, dass dich niemand zu mir geschickt hat, damit du mit diesem Märchen von den feindlichen Beschwörern in Agosima unsere Aufmerksamkeit von Sinora ablenkst.«

»Diesen Unsinn glaubt Ihr doch selbst nicht!«

»Dieser *Unsinn* hört sich weit glaubwürdiger an als die Geschichte, die du mir eben aufgetischt hast.«

»Dann werdet Ihr also nichts unternehmen?«

»Doch«, antwortete Akeno da zu Rays Überraschung und deutete ein Lächeln an, als er sah, wie dieser neuen Mut schöpfte. »Mein Sohn verfügt über die Gabe. Wenn er vor einer Gefahr warnt, ist etwas dran. Bei dir dürfte es vermutlich kaum anders sein.«

»Und was schlagt Ihr vor?«

»Nichts zu überstürzen. Wo hast du Quartier genommen?«

»Bisher noch nirgends. Ich bin erst heute in der Stadt eingetroffen und habe mich dann umgehend zu Euch begeben.«

»Dann bleib hier. Ich überlege mir in aller Ruhe, wie wir jetzt am besten weiter vorgehen.« Er zog an einer Schnur, irgendwo bimmelte laut eine Glocke, und unverzüglich trat ein Diener ein. »Dieser junge Mann ist der neue Beschwörer der Familie Ishiro«, teilte der Statthalter ihm in herrischem Ton mit. »Begleite ihn in die Gemächer für unsere Gäste und sorge dafür, dass es ihm an nichts mangelt.«

Ray sah Herrn Akeno leicht befremdet an. Er hatte ihn ja eigentlich nicht um eine Anstellung gebeten ... Trotzdem erhob er keinen Widerspruch. Der Diener verneigte sich vor ihm und bat ihn untertänig, ihm zu folgen.

»Ich habe noch eine Bitte«, wandte sich Ray an Herrn Akeno. »Könnte man mir meine Lanze zurückgeben?«

Die Yari lehnte am Türrahmen, daneben lag sein staubüberzogener Reisesack. Ray fiel sofort auf, dass man ihn geöffnet und erneut zugeschnürt hatte. Mit Sicherheit hatte irgendein Posten den Inhalt kontrolliert, um sich zu vergewissern, dass nichts darin war, was eine Gefahr für Leib und Leben des Statthalters darstellte.

Ray sah sich um. Ein großer Raum mit hoher Decke, die mit

aufwendigen Schnitzereien verziert war. Die Wände schmückten Reliefdarstellungen aus Ebenholz und Mahagoni, die Ereignisse aus dem Leben von Menschen und Geistern aufgriffen. Deutlich schlichter als die Gemächer des Statthalters, aber für Ray, der an weit kärgere Unterkünfte gewöhnt war, durchaus prachtvoll.

Das Mobiliar aus Mahagoniholz wies ebenfalls prunkvolle Schnitzereien auf. Es wirkte ausgesprochen solide und schwer. In den Ecken standen Kohlebecken, in denen zu dieser Jahreszeit selbstverständlich kein Feuer brannte. Auch einen Waffenständer gab es, der sich allerdings eher wie ein weiterer Ziergegenstand ausnahm. Den Boden bedeckte ein dicker Teppich.

Obwohl sich inzwischen die Mittagshitze über die Stadt gesenkt hatte, war es hier drinnen schummrig und frisch, denn es fielen nur wenige Sonnenstrahlen in den Raum.

Zwei Türen führten in die angrenzenden Zimmer. Das rechte beherbergte ein großes Bett mit Baldachin, im linken fand sich ein rundes Marmorbecken, über dem Dampf aufstieg. Ein Diener musste bereits heißes Wasser eingefüllt haben. Auf Steinbänken entlang der Wand warteten frische Handtücher und Bademäntel in verschiedenen Farben.

Ray ging ins Bad und streifte auf dem Weg dorthin die staubige Reisekleidung ab. Die Blutflecken daran ließen sich nicht mehr herauswaschen. Der Weg aus Agosima war lang und beschwerlich gewesen, die eigentlichen Schwierigkeiten dürften ihm, Ray, allerdings erst noch bevorstehen, da gab er sich keinen falschen Hoffnungen hin. Er mochte einen Kummerbündler vertreiben und sich gegen den blutdürstigen Giharwald zur Wehr setzen können, doch von Politik verstand er nicht das Geringste, das hatte Herr Akeno völlig richtig erkannt. Wie sollte er da den Orden zum Handeln bewegen?

Nachdem er dem Becken wieder entstiegen war, schlüpfte er in den erstbesten Bademantel und ging in das Schlafzimmer. Inzwischen hatte jemand seine alten Kleider fortgebracht und sie durch frische ersetzt. Der glänzende dunkelblaue Stoff des Obergewands war mit feiner Silberstickerei verziert, bei den

Knöpfen handelte es sich um kostbar eingefasste Perlen. Die Hosen wiesen an den Seiten weiße Zierleisten auf, Stiefel aus weichem Leder mit metallbeschlagenen Absätzen vervollständigten das Bild.

In einer kleinen Schatulle funkelte zudem ein Anstecker: das Wappen eines Beschwörers.

Ray nahm es heraus. Das war keine Fälschung. Er spürte eindeutig noch den Geist, der darin eingeschlossen war. Wie der Statthalter wohl an dieses Stück gekommen ist?, fragte sich Ray.

Merkwürdig war jedoch, dass er nach all den Mühen, welche er und seine beiden Freunde auf sich genommen hatten, um ihr Zertifikat doch noch zu erhalten, keinerlei Freude empfand. Sicher, sein Weg würde fortan leichter sein, denn nun musste er nicht mehr allen beweisen, dass er kein Scharlatan war. Dies war allerdings ein Kinderspiel – verglichen mit den Aufgaben, vor die er sich mittlerweile gestellt sah.

»Darf ich Euch helfen?«, erklang da eine sanfte Stimme.

Ray fuhr herum. Hinter ihm stand eine junge Frau in einem purpurroten Gewand, um das sie einen weißen Gürtel geschlungen hatte. Das üppige goldene Haar war wie bei allen Frauen aus Yugora hochgesteckt. In ihrem Fall hatte man dafür mehrere purpurne Bänder benutzt, zudem waren rote Blüten eingeflochten, die sich ihre Schläfen hinunterschlängelten und sanft ihre Schultern berührten. Fast wie Blut, dachte Ray, vertrieb diesen Gedanken aber sofort. In letzter Zeit sah er allzu oft Blut vor seinem inneren Auge ...

»Ich bin Yui«, stellte sich die Frau vor und verneigte sich elegant. »Ich stehe ganz zu Euren Diensten, Herr Beschwörer. Ihr könnt mich Tag und Nacht rufen, ich werde Euch jeden Wunsch mit Freuden erfüllen.«

Den letzten Satz brachte sie in leicht zweideutigem Ton heraus. In ihren großen blauen Augen lag jedoch einzig Treuherzigkeit. Wahrscheinlich war ihr selbst gar nicht klar, dass ihre Worte auch anders aufgefasst werden könnten. Oder hatte sie eben das beabsichtigt?

»Und ich bin Ray.«

Yui lächelte ihn an und verneigte sich noch einmal, sodass die Blumen in ihrem Haar schaukelten.

»Erlaubt mir, dass ich Euch beim Ankleiden behilflich bin.«

»Das ist nicht nötig, danke.«

»Gut.« Die Frau beharrte nicht auf ihrem Anliegen. »Aber wenn Ihr etwas braucht, läutet.«

Sie bewegte sich völlig lautlos in ihren weichen purpurnen Schuhen, begab sich ins Bad und hantierte dort herum.

Ray schlüpfte in die Hosen, die ihm wie angegossen passten, zog die Stiefel an und legte den Gürtel mit der Silberschnalle um. Gerade als er das Gewand überstreifen wollte, vernahm er Yuis feine Stimme.

»Was habt Ihr denn da auf Eurem Rücken?!«

Unwillkürlich warf er einen Blick über die Schulter, vermochte die drei Narben jedoch nicht zu sehen. Die Wunden hatten sich vor Kurzem geschlossen, brachten sich aber noch mit einem stechenden Schmerz in Erinnerung.

»Da hat mich ein Dantaru mit seiner Hacke erwischt«, antwortete Ray. »Er war flinker als ich.«

»Wie schrecklich!«, stieß Yui aus. »Was für eine entsetzliche Arbeit Ihr habt!«

Sie huschte an ihm vorbei, schnappte sich das Gewand vom Bett und knöpfte es auf.

»Mit diesen Verletzungen solltet Ihr jede heftige Bewegung vermeiden.«

»Bei uns Beschwörern heilen Wunden sehr schnell«, erwiderte Ray mit einem Lächeln, während er Yuis ernstes Gesicht mit den vollen Lippen und der Stupsnase betrachtete.

Ihr stand auf der Stirn geschrieben, dass sie ihm nicht glaubte, weshalb sie Ray nun beim Ankleiden half, ob er wollte oder nicht. Dann schloss sie die Perlknöpfe, entnahm der Schatulle das Zeichen des Beschwörers und befestigte es mit penibler Sorgfalt an dem Gewand. Sie strich mit beiden Händen über seine Schultern, um nicht vorhandene Falten zu glätten. Ray musste sich eingestehen, dass ihm diese zarten, unaufdringlichen Berührungen durchaus angenehm waren.

»Hervorragend«, bemerkte Yui, während sie ihr Werk in Augenschein nahm. »Das Gewand steht Euch ausgezeichnet. Seht nur selbst.«

Sie fasste ihn sanft beim Oberarm und drehte ihn dem Spiegel zu.

Ray erblickte einen blondhaarigen Mann in kostbarer Kleidung und mit kaltem, verschlossenem Gesicht. Vor ihm stand ein Unbekannter.

»Wie es scheint, höre ich inzwischen sogar auf den Schwarzen Kodsu«, murmelte er. »Wie hat er es doch ausgedrückt? *Lerne endlich, die alte Haut abzuwerfen und dir eine neue zuzulegen.*«

»Was habt Ihr eben gesagt, Herr Ray?«

»Gar nichts, Yui.«

Lächelnd zupfte diese an einem Ärmel die Kordel zurecht.

»Braucht Ihr noch etwas?«

»Ja«, antwortete Ray. »Einen Plan vom Palast, vom Garten und von allen Wirtschaftsbauten.«

Yui sah ihn so erstaunt an, dass ihre Augenbrauen fast unter dem dichten Stirnhaar verschwanden, ging jedoch mit keinem Wort auf die seltsame Bitte ein. »Aber sicher. Sonst noch etwas?«

»Ich würde mir gern alles ansehen.«

»Alles?«

»Alles. Vorratskammern, Keller, Dachböden und dergleichen inbegriffen.«

»Das wird einige Zeit in Anspruch nehmen«, erklärte Yui, und in ihrer Stimme schwang Stolz auf das weitläufige Anwesen mit, in dem zu arbeiten sie das Glück hatte.

»Das spielt keine Rolle.«

»Dann werde ich Herrn Shirey, den Leiter der Wache, davon in Kenntnis setzen. Die Schlüssel muss ich von der Herrin Fiola besorgen.«

»Aha«, brummte Ray. Als Yui sich nicht rührte, fügte er hinzu: »Das sollten wir am besten gleich erledigen.«

»Ja wollt Ihr denn nicht erst etwas essen?«, fragte sie fassungslos. »Auf Eurem Zimmer oder zusammen mit dem Herrn Statthalter?«

»Nein danke, ich bin nicht hungrig.«

Yui schob die Unterlippe etwas vor, um eine ihrer goldenen Haarsträhnen aus der Stirn zu pusten. Offenbar brachte sie damit größtes Unverständnis zum Ausdruck. Ob ich gegen irgendeine Regel verstoße, die hier für Gäste gilt?, schoss es Ray durch den Kopf. Schließlich drehte Yui sich abrupt um und ging zur Tür. Dort blieb sie noch einmal stehen.

»Dann werdet Ihr auch nicht …?«

»Was werde ich nicht?«

»Ach nichts«, sagte sie lächelnd. »Es wird ein wenig dauern, bis ich den Plan besorgt habe, fasst Euch also bitte in Geduld. Außerdem …« Sie stockte, und ihr Blick wanderte zu Rays großem Reisesack, der neben der Tür auf dem Boden lag. Sie beugte sich vor und nahm ihn mit spitzen Fingern auf. »Gehört der Euch?«

»Ja.«

»Ist darin etwas, das für Euch von besonderem Wert ist? Oder kann ich diese Tasche wegwerfen, ohne sie vorher auszupacken?«

»Darum brauchst du dich nicht zu kümmern«, erklärte Ray. »Das mache ich schon selbst.«

»Wie Ihr befehlt, Herr«, erwiderte Yui sofort und verließ nun derart schnell das Zimmer, dass ihr purpurnes Gewand wie ein Fuchsschwanz wirkte.

Ray seufzte schwer. Plötzlich wurde ihm in dem riesigen Raum die Luft knapp. Er trat ans Fenster, das sich jedoch nicht öffnen ließ, denn das Gitter war an die Mauer genagelt.

Anschließend brachte er seinen Reisesack im Schrank unter, in dem bereits jede Menge neuer Kleidung auf ihn wartete. Kaum war das erledigt, fand sich ein weiterer Gast ein.

Durch die Wand betrat ein etwa siebenjähriger Junge das Zimmer. Seine Kleidung schlotterte an ihm und wies ihn als Burschen vom Lande aus, sein Haar war schon lange nicht mehr gestutzt worden und stand nach allen Seiten ab. Auf seinem ungewaschenen Gesicht lag ein mürrischer, unzufriedener Ausdruck. Der Junge tapste barfuß zum Fenster und spähte hinaus, schien jedoch nichts zu entdecken, was ihn gefesselt hätte.

»Ich dachte schon, die geht nie«, spie der Yarudo aus. »Werden jetzt etwa ständig irgendwelche Menschen um dich herumschwirren?«

»Ausschließen würde ich das nicht«, antwortete Ray, während er den Waffenständer ins Schlafgemach hinübertrug und neben das Bett stellte.

»Du bist kaum wiederzuerkennen«, murmelte der Yarudo. »Diese Kleidung …«

»Am Hofe des Statthalters sollte ich wohl besser nicht in meinen abgetragenen Sachen herumlaufen.«

»Mir gefällt es hier nicht«, erklärte der Yarudo unumwunden.

»Mir auch nicht.«

»Auf Dauer kannst du dich hier jedenfalls nicht verstecken.«

»Ich habe auch gar nicht die Absicht, mich zu verstecken«, versicherte Ray und brachte die Yari im Waffenständer unter.

»Immerhin etwas«, erwiderte der Yarudo, setzte sich aufs Bett und ließ die Beine baumeln. »Der Schwarze Kodsu findet dich nämlich sowieso.«

»Das ist mir klar.«

»Weißt du was?«, flüsterte der Yarudo. »Ich habe Angst vor ihm.«

»Und ich verstehe nicht, was er eigentlich will.«

»Ihr hättet niemals nach Agosima gehen dürfen.«

»O doch, das mussten wir«, widersprach Ray. »Obendrein hätten wir sonst nie erfahren, was dort …«

»Obendrein habt ihr euch jede Menge Schwierigkeiten eingefangen, meinst du wohl. Man hätte euch beinahe umgebracht, und du hast jetzt den Schwarzen Kodsu am Hals.«

Ray hüllte sich in Schweigen. Er würde mit dem Yarudo nicht erörtern, wie gefährlich für ganz Akane das war, was sich in der fernen Provinz Agosima zusammenbraute. Mit Sayunaro hätte er gern darüber gesprochen, doch sein Gefährte war ebendort.

Das Letzte, woran sich Ray erinnerte, war der Kampf am Zehngeistertempel. Dann war ein gewaltiger Schatten aufgetaucht. Der Schwarze Kodsu. Er hatte ihn und Grizzly vor den Beschwörern in Rumung gerettet, die ihnen beiden nach dem Leben getrachtet hatten.

Als Ray wieder zu sich gekommen war, hatte er sich allein im Zirkus des Schwarzen Kodsu befunden, in der Arena …

Trockenes Laub raschelte unter seinen Füßen, auch ein paar spröde Äste brachen. Sie mussten durch einen Riss in die Manege gelangt sein. Wind fuhr über die leeren Steinbänke. In der Luft baumelten abgerissene Seile von einem Trapez. Sie bewegten sich sanft, fast als würden unsichtbare Gestalten daran herabgleiten. Durch den Spalt drang zudem ein wenig fahles Mondlicht herein, das die Dämmerung jedoch nicht vertrieb.

Auf den Plätzen für die begüterten Gäste saß jemand im dichten Schatten. Im Dunkel machte Ray nur die Augen, eine bleiche Hand, eine Schulter und ein spitzes Knie aus.

»Bist du das, Schwarzer Kodsu?«, fragte er leise.

»Das war dumm«, erklang daraufhin eine Stimme, die den Raum bis hoch zur Zirkuskuppel erfüllte. »Warum musstet ihr unbedingt nach Rumung?«

»Was haben diese Beschwörer vor?«

»Oh, sie haben sich durchaus anspruchsvollere Ziele gesteckt als ihr gewöhnlichen Beschwörer, die ihr euch damit begnügt, gute Geister aus der jenseitigen Welt in diese zu zitieren. Sie wollen nämlich mit den Geistern verschmelzen. Wenn sie könnten, würden sie sogar mit ihnen Kinder zeugen.«

»Aber wozu?«

»Das Übliche. Macht und Reichtum«, antwortete der Geist. »Diese beiden Hebel setzen alles Tun der Menschen in Gang. Mitunter kann auch der Wunsch nach Zufriedenheit ein solcher Hebel sein, diese setzt aber in der Regel Macht und Reichtum voraus.«

»Wo ist Grizzly?«, wollte Ray nun wissen. »Du hast doch uns beide aus Rumung herausgebracht.«

»Stimmt. Aber wo er abgeblieben ist, weiß ich nicht«, sagte

der Schwarze Kodsu in gleichgültigem Ton. »Ich habe ihn irgendwo unterwegs rausgeschmissen, schließlich interessiert er mich nicht.«

»Und Sayunaro …« Ray fühlte sich, als wäre er mit eiskaltem Wasser übergossen worden. »Er sitzt jetzt in Rumung in der Falle! Und ich habe ihn auch noch gedrängt, dort zu bleiben!«

»Falls du die Absicht hast, ihn zu befreien, möchte ich dich daran erinnern, dass du in dieser herrlichen Stadt beinahe deinen letzten Atemzug getan hättest. Wenn ich nicht gewesen wäre …«

»Wir hätten ihn niemals im Zehngeistertempel zurücklassen dürfen!«

»Steh endlich auf!«, verlangte der Schwarze Kodsu, um dann, als er sah, dass Ray nicht gehorchte, deutlich sanfter hinzuzufügen: »Und beruhige dich bitte!«

»Diese Beschwörer bringen ihn um …«

»Das werden sie ganz gewiss nicht tun. Im Gegenteil, sie werden ihn hüten wie ihren Augapfel, denn ein größeres Glück könnte es für sie gar nicht geben. Endlich haben sie einen Beschwörer in ihren Reihen, der von einem Shiisan besessen ist. Sie werden einen sehr starken Krieger aus ihm machen.«

»Dann muss ich ihn warnen.«

»Das kannst du dir getrost sparen, schließlich hat dein Freund bereits einen erstklassigen Beschützer!«

In der Tat. Sharh, der Gebieter aller Shiisans, würde es nicht zulassen, dass irgendjemand sich an seinem Geschöpf vergriff.

Trost spendete Ray dieses Wissen nicht.

»Kommen wir jetzt zu uns beiden«, fuhr der Schwarze Kodsu fort. Seine Stimme hallte wie ein Donnerschlag im Zirkus nach. »Du hast mich gerufen, also gilt unser kleiner Handel.«

»Ich habe dich nicht gerufen.«

»Du hast an mich gedacht.«

»Eben! Damit habe ich dich nicht gerufen!«

»Du bist ein Beschwörer. Du weißt genau, welche Kraft deine Gedanken haben.«

Dem konnte Ray nicht widersprechen.

»Unser Handel gilt also«, fuhr der Schwarze Kodsu fort, als Ray keinen Einwand vorbrachte. »Vergiss das niemals!«

»Das werde ich nicht.«

Damit war ihr Gespräch beendet. Die Dunkelheit, in der sich der Schwarze Kodsu verborgen hatte, schwappte aus der Loge in die Manege, ergoss sich über die Sitzbänke, entrollte sich wie eine endlose Stoffbahn schwarzer Seide und türmte sich im Zirkusrund auf. Ray wich zurück. Weicher Stoff berührte seine Knie, zumindest fühlte es sich so an, aber eigentlich war es der Schwarze Kodsu selbst. Der Zirkus verschwamm vor Rays Augen.

Das nächste Mal war er am Ufer eines Flusses zu sich gekommen. Allein. Ebenso allein hatte er seinen langen Rückweg angetreten, nur der Yarudo war gelegentlich aufgetaucht …

Ein zartes Klopfen an der Tür riss ihn jetzt aus seinen Erinnerungen.

Der Yarudo verschwand sofort. Als Ray die Tür öffnete, stand ein Diener vor ihm, der nicht mehr ganz so jung war.

»Herr Beschwörer, entschuldigt die Störung«, sagte er und verbeugte sich. »Herr Akeno bittet Euch zu sich.«

»Jetzt?«

»Ja. Ich werde Euch zu ihm bringen.«

Ray erinnerte sich zwar ausgezeichnet an den Weg, erhob jedoch keinen Widerspruch. Vermutlich durfte er sich durch dieses Anwesen nur in Begleitung bewegen.

Der Diener brachte ihn zu einer hohen Tür, die mit Vögeln und Blumen bemalt war, öffnete einen Flügel, ließ Ray eintreten und entfernte sich.

Ray fand sich in der Bibliothek wieder.

Herr Nagateru saß an einem Schreibtisch vor einem Bücherschrank, der bis hoch zur Decke reichte, und tupfte sich erschöpft mit einem schneeweißen Tuch die schweißbedeckte Stirn ab. Vor ihm lagen allerlei Papiere.

»Ah, unser neuer Beschwörer«, begrüßte er Ray. »Warum brauchst du einen Plan des Anwesens?«

»Damit ich mir über seinen Aufbau klar werde.«

Hier werde ich wohl keinen Schritt tun können, dachte Ray, ohne dass gleich das ganze Haus darüber Bescheid weiß.

»Und warum willst du dir sämtliche Räumlichkeiten ansehen?«, setzte der Mann das Verhör fort.

»Um sicher zu sein, dass sich nicht irgendwo ein gefährlicher Geist eingenistet hat. Außerdem müssen möglicherweise einige Schutzzauber erneuert werden.«

»Was für ein löblicher Eifer«, giftete Herr Nagateru. »Kaum im Haus, stürzt er sich in die Arbeit.«

»Gibt es daran etwas auszusetzen?«, fragte Ray barsch zurück, während er ohne Aufforderung auf dem Stuhl vorm Schreibtisch Platz nahm.

»Wir sind bisher bestens ohne dich ausgekommen«, erwiderte der Sekretär kalt und nahm sich erneut seine Papiere vor.

»Trotzdem werde ich mich davon überzeugen, dass alles seine Ordnung hat.«

»Mein Junge«, brachte Herr Nagateru daraufhin mit größter Anstrengung heraus, »man hat dich in dieses Haus aufgenommen, dir Wasser für ein Bad und frische Kleidung zukommen lassen, obendrein hast du eine äußerst aparte Dienerin erhalten. Verbringe deine Zeit also bitte mit unbeschwerten Dingen, statt uns mit deinen sonderbaren Ansprüchen das Leben schwer zu machen!«

»Ich bin ein Beschwörer, kein Schoßhündchen«, erwiderte Ray unumwunden. »Deshalb werde ich mich bestimmt nicht dazu hergeben, diesem Haus als weitere Zierde zu dienen.«

»Es steht dir jederzeit frei, dorthin zurückzukehren, wo du hergekommen bist«, sagte Herr Nagateru und knetete seine Nasenwurzel, ehe er sich über das nächste Schriftstück beugte. »Vergiss dann bloß nicht, vorher das Zeichen des Beschwörers wieder abzugeben!« Grinsend blickte er auf das goldene Stück, das an Rays Obergewand prangte. »Es ist deutlich wertvoller als du und deine Gabe.«

Am liebsten hätte Ray das Wappen nun abgerissen und auf den Schreibtisch geknallt, mitten auf all die Papiere, die der Herr Sekretär so angelegentlich durchging.

»Ein Wappen macht noch längst keinen guten Beschwörer aus«, erwiderte er stattdessen ruhig. »Das brauche ich Euch doch nicht zu erläutern, oder?«

»Und ich brauche dir wohl nicht zu erläutern, dass nur Taten zählen«, stieß Nagateru aus und ließ sich gegen die Lehne des Stuhls zurücksacken. »Soweit mir bekannt ist, kannst du dich bisher aber nicht mit Heldentaten brüsten.«

»Das liegt schlicht und ergreifend daran«, hielt Ray mit kaltem Lächeln dagegen, »dass niemand zu würdigen weiß, was ich bereits getan habe.«

In dieser Sekunde wurde die Tür aufgerissen, und der Statthalter stürmte mit ausgreifendem Schritt herein.

»Zwei gute alte Bekannte ...«, bemerkte er spöttisch, »... im trauten Gespräch vereint.«

»Gestattet mir«, sagte Ray, während er sich voller Ehrfurcht erhob, »Euch für das Wappen des Beschwörers zu danken.«

»Es stammt von deinem Vorgänger«, erklärte Herr Akeno sorglos und bedeutete Ray, sich wieder zu setzen.

»Ihr hattet einen Beschwörer in Euren Diensten?«

Das war nichts Ungewöhnliches. Beschwörer verdingten sich häufig als eine Art Leibwache für reiche Menschen.

»Wundert dich das?«, erkundigte sich Akeno von oben herab, während er ebenfalls in einem Lehnstuhl Platz nahm. Die Edelsteine an seiner Kleidung sprühten dabei Funken.

»Nicht im Geringsten. Allerdings widerspricht es den Gesetzen des Ordens, denn wir sollen eigentlich nicht in den Diensten weltlicher Herrscher stehen.« Ray dachte kurz an Rekar, der für den Bruder des Statthalters in Datido gearbeitet hatte, und auch an Soburo, der angedeutet hatte, wie sehr adlige Herrschaften die dauerhaften Dienste eines Beschwörers zu schätzen wüssten. Und er selbst war nun auch bei Hofe gelandet ... »In meinem Fall ist es ja auch nur möglich, weil der Orden mir mein Zertifikat verweigert.«

»Dein Orden dürfte dir nicht nur in dieser Frage einen Bären aufgebunden haben«, behauptete Herr Nagateru und setzte einen schwungvollen Schnörkel unter ein weiteres Papier.

»Man kann jedes Gesetz umgehen, also auch die, welche der Turm des Ordens erlassen hat«, versicherte Akeno und wechselte mit seinem Vertrauten einen wissenden Blick.

»Ich könnte mich beispielsweise an deinen Orden wenden und erklären, dass der Statthalter von Yugora umgehend einen Beschwörer benötigt, der einen gefährlichen Geist vertreibt«, trällerte Nagateru. »Dann würde Warra jemanden schicken, aber wie lange der Mann braucht, um mit der Aufgabe fertig zu werden, steht nirgends geschrieben. Vielleicht zieht sich das ein Jährchen hin, vielleicht aber auch zwei oder drei.« Er lächelte durchtrieben. »Glaub mir, nicht einmal der Turm würde ihn drängen, wenn es um das Leben eines Statthalters geht. Obendrein ist auch der Orden dem Geld gegenüber nicht gleichgültig, und selbstverständlich zahlen wir gut.«

Macht und Reichtum, rief sich Ray innerlich grinsend die Worte des Schwarzen Kodsu in Erinnerung.

»Möglicherweise lägen die Dinge bei uns allerdings doch ein wenig anders«, räumte Herr Nagateru unvermittelt ein. »Wir haben offen gegen den Orden gehetzt, deshalb wird er vermutlich selbst dann keinen Finger krumm machen, wenn hier ein ganzes Shiisanenheer einfällt.«

»Das bereitet mir keine Sorge«, erwiderte Akeno gelassen, zog zwei kristallene Kugeln aus der Tasche und ließ diese derart geschickt durch seine Finger gleiten, dass eine feine Melodie entstand. »Doch zurück zu unserer Sache! Ich habe die Absicht, mich nach Warra zu begeben.«

»Wann hast du diese Entscheidung denn getroffen?«

»Nach dem Gespräch mit Ray. Sein Inhalt ist dir bekannt.«

»Das ist Wahnsinn«, zischte Nagateru. »Der Orden wird dir ins Gesicht lachen. Und mit gutem Grund. Obendrein wird er behaupten, du habest den Verstand verloren oder wollest, schlimmer noch, Zwist unter den Beschwörern säen.«

»Nagateru, ich bitte dich«, erwiderte Akeno. »Du kannst doch nicht allen Ernstes von mir verlangen, die Hände in den Schoß zu legen.«

»Du bringst dich seinetwegen in ernste Schwierigkeiten«,

konterte Nagateru und deutete mit einer verächtlichen Handbewegung auf Ray. »Alle werden glauben, du hättest dir diese Geschichte ausgedacht, um dem Orden ein hübsches Sümmchen abzuknöpfen.«

»Wie soll er sich denn bitte dadurch bereichern, dass er den Orden vor dem, was in Agosima vor sich geht, warnt?«

»Nichts einfacher als das. Man braucht bloß die entsprechenden Leute davon zu überzeugen, dass man gegen Agosima ziehen muss, um es von den abtrünnigen Beschwörern zu befreien«, erwiderte Nagateru in hochnäsigem Tonfall. »Krieg ist ein Geschäft, das sich lohnt und bei dem irgendjemand immer gut verdient. Man muss Waffen kaufen und gut ausgebildete Söldner anwerben. Steuern werden erhoben. Die Truppen brauchen Proviant. Wenn man den Sieg davonträgt, kann man die eroberten Länder ausbeuten. Vergiss auch nicht, dass Herr Akeno die Wertschätzung der Kaiserin genießt. Wenn er sie auf seine Seite zieht, wird er über beachtliche Mittel verfügen, das ist allen klar. Ebendeshalb wird man ihm unterstellen, er rühre das Wasser lediglich auf, um ein paar Fische zu fangen.«

»Das leuchtet ein«, entgegnete Ray.

»Wann willst du aufbrechen?«, wandte sich Nagateru wieder an Akeno.

»Sobald ich Antwort auf meinen Brief erhalten habe.«

»Warum hast du mich den Entwurf nicht lesen lassen? Wir wissen beide, dass Diplomatie nicht deine Stärke ist. Du fragst nicht, sondern befiehlst, du bittest nicht, sondern forderst.«

»Du warst beschäftigt.«

»Diese dummen Bittsteller! Wie oft habe ich mir nun schon Klagen über Nachbarn angehört, über saure Milch und verrostetes Eisen«, lamentierte Nagateru und schob weitere Papiere zur Seite. »Den ganzen Vormittag hat mich dieser Unsinn gekostet, den ich nur auf mich nehme, um dir den Rücken frei zu halten.«

»Diesmal hast du deine Zeit nicht nur vergeudet«, stellte Akeno klar und warf Ray einen zufriedenen Blick zu. »Diesmal hat uns der Morgen sogar etwas Gutes gebracht.«

»Ach ja?«, bemerkte Nagateru zweifelnd. »Aber gut, du musst es wissen.«

Ray hörte sich diesen Wortwechsel schweigend an. Was ihn erstaunte, war der recht lockere Umgangston der beiden. Es hörte sich überhaupt nicht an, als ob Herr und Diener miteinander sprechen würden, sondern als unterhielten sich zwei Freunde.

»Ich werde mich nach Warra begeben«, erklärte Akeno noch einmal, während die beiden Kugeln ein neues Lied anstimmten. »Und du, Ray, wirst mich begleiten. Auf dem Weg berichtest du mir in allen Einzelheiten, was du in Agosima gesehen hast. Das gibt dir die Möglichkeit, deinen Vortrag für Warra einzuüben.«

»Wen wollt Ihr dort eigentlich treffen?«

Nagateru deutete daraufhin bloß mit der Federspitze zur Decke. Es musste also um die höchsten Stellen der Macht gehen. Ein Name fiel jedoch nicht.

Damit war das Gespräch beendet.

»Darf ich mir jetzt das Anwesen ansehen?«, fragte Ray. »Ich möchte mich gern davon überzeugen, dass es frei von bösen Geistern ist.«

»Nicht jetzt«, entschied Akeno. »Auf dich warten dringendere Aufgaben. Als Erstes solltest du meine treuen Berater kennenlernen. Sie werden dich in deine Pflichten einweisen, dir den Tagesablauf schildern und dich darüber unterrichten, was in nächster Zeit auf dich zukommt.«

Herr Akeno sah Nagateru auffordernd an.

»Da wäre vor allem der heutige Abend«, erklärte er Ray sofort. »Du musst am Essen teilnehmen.«

»Und wenn ich nicht hungrig bin?«, fragte Ray, dem allmählich schwante, was für ein Leben ihn an diesem Hof erwartete.

»Das wird niemanden stören«, versicherte Nagateru, faltete ein Schriftstück und erhob sich. »Am Essen werden die Oberhäupter einiger höchst einflussreicher Familien aus Yugora teilnehmen. Sie sollten den neuen Beschwörer der Familie Ishiro kennenlernen. Es kann nie schaden, eine neue Waffe vorzuführen.«

»Ich bin keine Waffe«, wandte sich Ray an Akeno. »Oder glaubt Ihr tatsächlich, ich würde auf Euren Befehl hin jemanden töten?«

Der Statthalter lächelte kurz. In seinen Augen bemerkte Ray zwei weiße Funken.

»So, so«, murmelte Nagateru nur und deutete auf die Tür. »Mach dich jetzt erst einmal mit den verdienten Gefolgsleuten des Herrn Akeno bekannt. Sie beschweren sich nämlich schon, dass du dich für etwas Besseres hältst, weil du ihnen nicht die Aufwartung machst.«

Statt Geister zu vertreiben, musste Ray also mit handverlesenen Getreuen des Statthalters Freundlichkeiten austauschen.

Die Herrin Fiola war eine hochgewachsene Dame, die sich trotz ihres hohen Alters völlig gerade hielt. Ihr Gesicht ließ im Profil an einen Raubvogel denken. Sie trug ein schwarzes Kleid ohne jede Zier. Ihrer Einsilbigkeit haftete etwas Herablassendes an. Außerdem erweckte sie den Eindruck, eine enge Verwandte des Statthalters zu sein. Wenn ich mit einer Schwarzen Witwe plaudern würde, schoss es Ray durch den Kopf, wäre das vermutlich genauso liebreizend.

Dieser Geist lauerte im Wald und lockte einsame Wanderer, meist Männer, tief in diesen hinein, um sie einen langen und peinsamen Tod sterben zu lassen.

Der Befehlshaber über die Wache, Herr Shirey, wirkte auf den ersten Blick durch und durch unauffällig, doch hinter der Fassade der Unscheinbarkeit verbarg sich ein überaus starker Wille, der mit unbedingter Treue seinem Herrn gegenüber einherging. Der große, breitschultrige Mann war kaum älter als Ray.

Bei dem Verwalter des Anwesens handelte es sich um einen Herrn in mittleren Jahren, der ein bescheidenes graues Gewand trug, auf seinem flachen, leicht gelblichen Gesicht war ein etwas spöttisches Lächeln geradezu eingeprägt.

Ray lernte noch weitere Menschen kennen, doch irgendwann konnte er sich ihre Namen nicht mehr merken. Da lächelte er nur noch höflich und gab Antwort auf belanglose Fragen. Letzten Endes strengte es ihn mehr an, der Form Genüge zu tun, als einen Gayuur zu jagen oder gegen einen Shimaa zu kämpfen. Zu seinem Kummer hielt ihn dieses Geplauder nicht nur von seiner Arbeit ab, sondern verhinderte auch, dass er überhaupt festzustellen vermochte, ob sich auf dem Anwesen außer den Schutzgeistern am Tor noch andere Geschöpfe aus der jenseitigen Welt herumtrieben.

Irgendwann meinte er, an einer mehrtägigen Theateraufführung teilzunehmen, bei der er selbst ununterbrochen auf der Bühne stand. Er fühlte sich völlig ausgelaugt.

Sayunaro wäre mit dieser Aufgabe spielend fertig geworden, schoss es ihm durch den Kopf, als er endlich die Tür zu seinen Gemächern öffnete. Und eines dürfte jetzt auch klar sein: Als Beschwörer des Herrn Akeno Ishiro werde ich nie länger als fünf Minuten allein sein.

Kaum hatte er das gedacht, stahl sich auch schon Yui mit einem Arm voller Schriftstücke herein.

»Verzeiht, dass ich Euch habe warten lassen«, stieß sie keuchend aus. Offenbar hatte sie sich im Laufschritt zu ihm begeben. »Da ich nicht wusste, was genau Ihr haben wollt, habe ich alle Pläne mitgebracht. Der ursprüngliche ist leider nicht erhalten, alle anderen aber schon.« Sie lud ihre Beute auf dem Tisch ab. »Der Gehilfe des Herrn Nagateru wollte die Pläne anfangs nicht herausrücken. Als ich ihm jedoch gesagt habe, dass Ihr sie wünscht, hat er mir alle Unterlagen ausgehändigt.«

»Vielen Dank, Yui«, erwiderte Ray, dem diese Ausführungen unweigerlich ein Lächeln entlockten.

Er besah sich eine Rolle nach der nächsten. Die Pläne waren mit größtem Geschick und peinlicher Sorgfalt angefertigt worden. Sämtliche Fenster und sogar die Möbel waren eingezeichnet, im Garten fehlte offenbar nicht ein Strauch oder Baum.

»Sucht Ihr etwas Bestimmtes?«, erkundigte sich Yui und spähte ihm über die Schulter. »Oder wollt Ihr Euch nur mit der Anlage vertraut machen?«

»Ich versuche, einen Eindruck vom Anwesen zu gewinnen. Was ist das?«

»Der Hauptsaal. Das ist ganz einfach.« Sie zog das vergilbte

Papier zu sich. »Der Palast teilt sich in vier Bereiche.« Yuis schmaler Zeigefinger mit dem rund gefeilten Fingernagel fuhr über den Plan. »Der Nordflügel wird nur an Feiertagen genutzt, für festliche Zeremonien und Empfänge von Gesandten. Im Südteil liegen die Gemächer des Herrn Statthalter und der Familienangehörigen. Wir befinden uns im Westflügel. Hier leben Menschen, die Herrn Akeno nahestehen, also Ihr, Herr Nagateru, dessen Gehilfe, die Herrin Fiola, der erste Koch, aber auch all ihre persönlichen Diener. Eure Zimmer sind die hier!«

Ray nickte nur kurz, damit sie gleich fortfuhr.

»Der Ostflügel liegt am weitesten von den Gemächern der Herrschaften entfernt. In ihm ist die Küche untergebracht«, erklärte sie denn auch beflissentlich, »aber auch die Zimmer der übrigen Dienerschaft finden sich dort. Die Kaserne liegt etwas abseits, ist jedoch durch einen Säulengang mit dem Palast verbunden.«

»Verstehe. Was ist mit den Kellern?«

»Die seht Ihr hier.« Yui entrollte einen weiteren Plan. Der Staub, der dabei aufstieg, ließ sie die Nase krausziehen. »Hier wird Essen gelagert, hier ist der Weinkeller ... In diesem Bereich werden alte Möbel und andere nicht mehr genutzte Dinge aufbewahrt. Bei der Kaserne ist im Keller ein Gefängnis eingerichtet worden.«

»Du kennst dich ja gut aus.«

»Ich bin hier geboren«, erwiderte Yui lächelnd. »Von klein auf bin ich mit allerlei Aufträgen überallhin geschickt worden. Ich könnte mich hier mit geschlossenen Augen zurechtfinden.«

»Dann verrat mir etwas über ein bestimmtes Zimmer«, bat Ray. »Es liegt zwei Türen hinter diesem großen Saal.« Er zeigte auf einen Punkt im Nordflügel und sah Yui fragend an. »Die Tür besteht aus Ebenholz, die Bronzeklinke ist als Drachenkopf gearbeitet, wobei das rechte Horn abgebrochen ist. Das Schlüsselloch ist etwas größer als die anderen, die ich hier gesehen habe. Was ist das für ein Raum?«

In Yuis kristallklaren, unschuldigen Augen flackerte für den Bruchteil einer Sekunde Verzweiflung auf, dann aber richtete sie den Blick auf einen Punkt links von Ray, zuckte mit den Achseln und sagte möglichst beiläufig: »Nichts weiter.«

»Und wer wohnt darin?«

»Niemand. Es ist für Gäste gedacht.«

»Wer hat dann das letzte Mal dort übernachtet? Und wann war das?«

»Das weiß ich gar nicht.«

»Aber du wirst doch den Gästen begegnet sein, beispielsweise, wenn sie aus der Tür gekommen sind. Womöglich musstest du auch einmal etwas für sie erledigen oder die Zimmer aufräumen.«

»Herr Ray«, sagte Yui voller Nachdruck und sah ihn wieder mit ihren ehrlichen Augen an. »Es gibt hier zahllose Diener und Dienerinnen, und wir alle haben unsere Pflichten. Wer in der Küche arbeitet, bekommt die Herrschaften nie zu Gesicht. Die persönlichen Bediensteten räumen die Zimmer anderer nicht auf, das ist völlig undenkbar. Euch befiehlt man ja auch nicht, die Wege im Garten zu fegen oder Herrn Nagateru bei Tisch aufzuwarten. Seht Euch nur einmal meine Frisur an! Darin sind fünf Bänder eingeflochten.« Sie drehte den Kopf ein paarmal hin und her. »Das bedeutet, dass ich zahlreiche Pflichten habe, aber nicht alle Arbeiten erledige. Löst sich im Haar einer Frau jedoch nicht eine Strähne, kann ihr jede Aufgabe zugewiesen werden. Bei der Kaiserin wird das Haar dagegen nur durch ein einziges Band am Ende ihres Zopfes zusammengehalten. Das bedeutet, dass sie auch nur eine einzige Aufgabe hat, nämlich die, edle Stoffe zu besticken.«

»Verstehe«, murmelte er und dachte daran, wie er während seiner Ausbildung gefegt, umgegraben, gesät, die Ernte eingebracht und Säcke mit Dung oder Saatgut geschleppt hatte. Für Yui wäre das vermutlich unvorstellbar gewesen, denn sie hielt Beschwörer offenbar für eine besondere Art von Adligen. »Du hast also noch nie einen Fuß in dieses Zimmer gesetzt und weißt nicht, wie es darin aussieht?«

»So ist es.«

»Gut, dann werfe ich am besten selbst einen Blick hinein.«

»Herr Ray! Ich weiß nicht, warum Ihr das vorhabt, aber Ihr solltet auf alle Fälle von diesem Plan absehen.«

»Warum das?«, fragte er und behielt die aufgelöste Frau aufmerksam im Auge.

Sie wich seinem Blick aus.

»In jedem Haus gibt es schlechte Plätze. Dies ist einer davon, und er ist besonders gruselig.«

»Was meinst du damit?«

»Ich weiß wirklich nicht, was sich in diesem Raum befindet, aber angeblich ist darin jemand gestorben, und jetzt geschieht unweigerlich ein Unglück, wenn man die Tür auch nur öffnet.« Yui verstummte, schaute sich ängstlich um und fügte hinzu: »Mehr kann ich leider nicht sagen, aber Ihr seid ja ein Beschwörer, Ihr werdet wissen, was es damit auf sich hat. Deshalb solltet Ihr die Tür besser nicht öffnen.«

»Ich werde es mir merken«, murmelte er und rollte den Plan des Hauses ein. »Bis zum Abendessen, an dem ich unbedingt teilzunehmen habe, bleibt mir ja noch etwas Zeit. Da werde ich mich ein wenig umsehen.«

Yui trat an ihn heran. Sie würde ihn keine Sekunde aus den Augen lassen.

»Du kannst ruhig hierbleiben!«, sagte Ray ihr. »Es ist nicht nötig, dass du mich begleitest.«

»Ich will nur nicht, dass Ihr Euch verirrt.«

»Das wird der Plan verhindern.«

»Aber es gibt so viele Gänge«, beharrte Yui. »Manches wurde auch umgebaut, vielleicht ist das noch gar nicht eingetragen ...«

»Trotzdem bin ich hier nicht im tiefsten Wald«, hielt Ray lächelnd dagegen. »Da wird sich notfalls schon jemand finden, den ich nach dem Weg fragen kann.«

Yui überlegte fieberhaft, was sie dem entgegensetzen konnte, strich dann aber die Segel.

»Herr Ray«, murmelte sie kleinlaut, »ich darf Euch nicht allein lassen.«

»Sollst du aufpassen, dass ich keine silbernen Löffel stehle?«, fragte er lachend.

Yui lief so rot an, dass ihre Wangen beinahe die Farbe ihres Gewandes annahmen.

»Ihr seid ja neu hier und kennt die Regeln noch nicht«, erklärte sie, um den peinlichen Eindruck der Überwachung aus der Welt zu schaffen. »Deshalb hat man mich gebeten, Euch bei der Eingewöhnung zur Seite zu stehen.«

»Hast du den Schlüssel zu dem verbotenen Zimmer?«, erkundigte er sich, überging aber ihre Erklärung.

»Selbstverständlich nicht!«, stieß Yui aus. »Den würde mir die Herrin Fiola doch niemals aushändigen.«

»Könntest du sie herbitten, damit ich mit ihr reden kann?«

»Sie würde nicht kommen«, antwortete Yui. »Die Herrin erfüllt nur Aufträge, die sie von Herrn Akeno oder von Herrn Nagateru erhält.«

»Wie umständlich hier alles geregelt ist«, murmelte Ray. »Aber gut, dann helfen wir uns eben selbst. Und jetzt will ich mir endlich das Haus ansehen«

Seltsam, dachte er, während sie nun durch die Gänge des Palastes liefen. Da haben sie einen Beschwörer an der Hand, verhindern aber, dass er nach bösen Geistern Ausschau hält. Wieso lassen sie sich eine solche Gelegenheit entgehen?

Auf diese Frage fand Ray immerhin rasch Antwort: In diesem Anwesen gab es keine Geister.

Weder gute noch böse. Sämtliche Geschöpfe aus der jenseitigen Welt schienen wie von einem unsichtbaren Besen hinausgefegt worden zu sein. Eine solche Leere war Ray bisher nur einmal begegnet, im Haus von Soburo, dem Beschwörer vom Orden, der ihnen den Auftrag im Zirkus zugeschanzt hatte. Dort hatte jedoch ein magisches Artefakt für die Geisterlosigkeit gesorgt. Ob es auch hier ein solches Stück gab?

»Ist alles in Ordnung?«, fragte Yui leise.

»Das weiß ich noch nicht.«

Er durchmaß leere Zimmer, in denen überall die gleichen Möbel standen. Nicht einmal einen Hausbold machte Ray aus. Sollte es in diesem Anwesen tatsächlich nur die drei Schutzgeister am Tor geben?

Am nächsten Seitengang blieb Ray stehen. In die eine Richtung führte der Gang zum Nordflügel, in die andere in den südlichen Teil. Die Posten beäugten ihn misstrauisch.

»Wohin wollt Ihr eigentlich?«, fragte Yui, da Ray immer wieder seinen Plan zurate zog.

»Zu dem besagten Zimmer«, antwortete Ray, beruhigte Yui aber sogleich: »Keine Sorge, ich will es nicht betreten.«

Die Tür war auch diesmal abgeschlossen. Ray legte die Hand auf die schwere Klinke. Die Bronze war kalt.

»Zu kalt ...«, murmelte er.

Yui trat hinter ihm besorgt von einem Fuß auf den anderen. Sie hatte gar nicht gehört, dass er überhaupt etwas gesagt hatte.

Ray ließ sich auf ein Knie nieder und spähte durchs Schlüsselloch. Die Sonne bohrte sich durch das Gitter vorm Fenster und fiel auf die Möbel im Raum. Das Bett mit dem Baldachin wirkte wie ein Schiff mit zerfetztem Segel. Der Teetisch war so niedrig, dass er an eine Krabbe denken ließ. Die beschnitzte Tür des Schranks stand einen Spaltbreit offen.

»Könnt Ihr etwas erkennen?«, fragte Yui leise, aber voller Neugier.

»Das ist ein ganz gewöhnliches Zimmer«, antwortete Ray. »Sei jetzt bitte einmal ganz leise!«

Ray erhob sich, berührte die Tür mit den Fingerspitzen, schloss die Augen und lauschte in sich hinein. Aus dem Zimmer nahm er nichts wahr. Sollte sich darin ein Geist befinden, spürte er ihn nicht.

»Was habt Ihr an dieser Tür zu schaffen?«, erklang mit einem Mal hinter ihm eine eisige Stimme.

Ray drehte sich um, ließ die Hand jedoch, wo sie war. Er hatte eine Dame vor sich, die groß und hager war und mit durchgedrücktem Rücken dastand. Ihr helles, fast weißes Haar war streng zurückgekämmt. Sie sah ihn mit ihrem Raubvogelgesicht an. Eine zweite Herrin Fiola, allerdings zwanzig Jahre jünger.

»Dieses Zimmer ist aus gutem Grund abgeschlossen«, zischte

sie und warf der verlegenen Yui einen vernichtenden Blick zu. »Hier hat niemand seine neugierige Nase hineinzustecken.«

»Es geht hier nicht um meine neugierige Nase«, erwiderte Ray gelassen. »Abgesehen davon hatte ich nicht die geringste Absicht, die Tür zu öffnen.«

In dieser Sekunde fiel der Frau das Zeichen des Beschwörers an Rays Gewand auf. Sie zog die feinen Augenbrauen zusammen und presste die Lippen fest aufeinander.

»Ich bin die Helferin der Herrin Fiola. Auf Anordnung des Herrn Akeno ist dieser Raum schon vor sehr langer Zeit verschlossen worden. Mich wundert ...«, sie bedachte Yui mit einem strengen Blick, »... dass Euch niemand etwas davon gesagt hat.«

»Oh, mir wurde durchaus davon berichtet«, versicherte Ray.

»Immerhin. Im Übrigen sucht man Euch. Das Abendessen, bei dem man Euch erwartet, hat bereits angefangen.«

»Vielen Dank«, sagte Ray und wappnete sich innerlich für die nächste Prüfung.

Die Frau nickte nur.

Als Ray den Saal betrat, hatte man die Schalen mit den Vorspeisen bereits deutlich geplündert und dem Wein ordentlich zugesprochen. Trotzdem verstummten sämtliche Gäste bei seinem Anblick. So viele waren es dann doch nicht, insgesamt nur drei Männer, dazu natürlich der Statthalter und Herr Nagateru.

»Ich bitte um Entschuldigung, dass ich mich verspätet habe«, ergriff Ray das Wort und richtete den Blick auf Herrn Akeno, der auf einer Schilfmatte an der Stirnseite des Tisches saß.

Der Statthalter trug ein schwarzes Gewand, das mit schwarzen Edelsteinen bestickt war. Diese Aufmachung ließ ihn ein wenig wie ein Spiegelspenst aussehen, einen Geist, der sich in zerschlagenen Spiegeln einnistet. Ein kampffreudiges, nicht gerade angenehmes Wesen. Hinter Akeno Ishiros Gürtel steckte in einer Scheide ein Schwert, dessen Griff ebenfalls aus einem schwarzen Material angefertigt und mit funkelnden Steinen besetzt war.

»Schon vergeben«, erwiderte Akeno und deutete auf einen Platz neben Herrn Nagateru. »Setz dich bitte!«

Während Ray der Aufforderung folgte, waren alle Blicke auf ihn gerichtet. In ihnen lag unverhohlene Neugier. Ray vermutete, dass man bis zu seinem Eintritt über ihn gesprochen hatte.

Die drei Gäste waren ebenfalls bewaffnet. Ihre Langschwerter lagen neben ihnen auf dem Boden. Als Erstes fiel Rays Blick auf ein Nodachi. Diese Klinge wurde zumeist eingesetzt, wenn Fußsoldaten gegen berittene Krieger kämpften, denn mit ihr konnte man mit einem Streich Gegner wie Pferd verletzen. Es war eine seltene und kostbare Waffe, deren Herstellung höchstes Können voraussetzte. Wegen der Größe bereitete das Schmieden Mühe, außerdem war deutlich mehr Stahl nötig als für eine gewöhnliche Klinge. Das Schwert wurde auf dem Rücken getragen. Um es angemessen zu handhaben, bedurfte es ungeheurer Körperkraft.

Ray betrachtete den Besitzer dieser Klinge, einen breitschultrigen Mann mit finsterer Miene und strengem Blick. Über sein Gesicht verlief eine lange Narbe. Er machte in der Tat den Eindruck, als würde es ihm nicht die geringste Mühe bereiten, diese Klinge zu führen.

Das zweite Schwert wies eine gerade Klinge auf und war damit bestens geeignet für Stiche. Es gehörte einem fülligen Mann in weißer Kleidung, die seine Beleibtheit noch unterstrich. Seine schwarzen Augen bildeten einen scharfen Gegensatz zu den hellen Haaren, den Brauen und Wimpern. Zwei Kohlestücken im Schnee. Diesen Augen entging nichts, doch lag auch ein leichter Spott in ihnen.

Als Ray Platz nahm, musste ein hagerer Mann linker Hand etwas zur Seite rücken. Die Hautfarbe dieses jüngsten Gastes sah recht ungesund aus. Vermutlich kam er nicht oft genug an die frische Luft. Seine schlanken Finger waren ständig in Bewegung: Er zerbrach Reisbrot, sammelte die Krümel zu einem Berg zusammen, schob den Teller hin und her oder trommelte lautlos auf den Tisch. Ihm gehörte ein Schwert von mittlerer

Größe, die Klinge wohlhabender Adliger, die nur selten aus der reich verzierten Scheide gezogen wurde, sondern meist als Zier diente.

Der junge Mann schielte nur kurz zu Ray herüber, doch allein das genügte, um diesem eine Gänsehaut über den Rücken zu jagen.

»Herr Beschwörer«, begrüßte ihn der füllige Mann und deutete eine Verbeugung an. »Wie stehen die Dinge im Turm des Ordens?«

»Bestens, würde ich annehmen.«

Daraufhin schnaubte der Mann so ausdrucksvoll, dass sein Bauch ins Schwabbeln geriet.

»Erzähl uns doch etwas von deiner Arbeit«, bat der Besitzer des Nodachi.

Erst jetzt fiel Ray auf, dass ein Auge des Mannes völlig tot war, während das andere voller Spott hellgrün funkelte.

»Dachtet Ihr dabei an etwas Besonderes?«

»O ja, ich dachte an den Vorfall in Agosima.«

So, wie sämtliche Männer nun lachten, bekräftigte sich Rays Eindruck, sie hätten zuvor über ihn gesprochen.

Sein Blick suchte den des Statthalters.

»Das sind meine Freunde«, erklärte dieser. »Die Herren Shito, Benkei und Hitaru. Du kannst mit ihnen genauso offen reden wie mit mir.«

Daraufhin trug Ray seine Geschichte noch einmal vor. Niemand unterbrach ihn. Die Gäste sahen sich allerdings wiederholt wissend an.

»Wie ist es dir gelungen, dich aus Agosima zu retten?«, wollte der junge Mann wissen, den Ishiro als Hitaru vorgestellt hatte.

»Ich habe einen starken Geist herbeizitiert, der hat mich fortgebracht.«

Hitaru betrachtete ihn nun zum ersten Mal genauer. Etwas an ihm kam Ray vage vertraut vor.

»Die Beschwörer sind also stark«, hielt Shito fest, der Mann mit der Narbe. »Was würdest du da an ihrer Stelle aushecken?«

»Wenn ich mich für nahezu unbezwingbar halten würde,

dann würde ich mich nicht im Geringsten um die Angelegenheiten dieser Welt scheren.«

»Und falls du dich nicht ganz so stark fühlen würdest?«, hakte der Mann namens Benkei nach.

»In dem Falle würde ich mich in eine Provinz fernab der bewohnten Welt zurückziehen, also beispielsweise nach Agosima, und dort noch weitere Kräfte sammeln, um am Ende alle anderen Menschen zu unterwerfen.«

»Du weißt, dass wir dich unterstützen, Akeno«, wandte sich Shito nach diesen Worten an den Statthalter. »Vorbehaltlos. Aber ich muss dich warnen. Um nach Agosima zu gelangen, brauchen wir jemanden, der uns über die Pässe bringt. Und sollte der junge Mann recht haben, müssten uns unbedingt Beschwörer begleiten. Der Turm ist jedoch nicht gerade dein Freund.«

Der Statthalter streckte den Arm aus, und die schwarzen Steine auf seinem Gewand funkelten. Er führte seine Schale zum Mund, trank etwas und stellte sie zurück.

»Dann werde ich mit dem Turm reden«, brachte er danach heraus. »Ihr müsst mir jeder hundert Mann stellen.«

»Ich kann dir nur fünfzig Bogenschützen überlassen«, erklärte Shito. »Aber es sind erfahrene Krieger, von denen jeder einzelne so viel wert ist wie zehn kaiserliche Soldaten.«

»Von mir kriegst du hundert«, versicherte Benkei, und seine dunklen Augen verschwanden fast hinter seinen Lidern. »Dir ist aber klar, dass du sie in den sicheren Tod schickst? Was du brauchst, sind Beschwörer, nicht Soldaten, das kann ich nur noch einmal betonen.«

»Sayunaro ist mein Erbe.«

»Aber ja wohl nicht der einzige, oder?«, nuschelte Hitaru so leise, dass nur Ray ihn hörte.

»Der sich freilich von dir losgesagt hat«, gab Benkei zu bedenken und klaubte eine Staubfluse von seinem weißen Gewand.

»Für mich ist und bleibt er mein Sohn«, erwiderte Akeno in fast bedrohlichem Ton.

»Ich wüsste jemanden, der uns durch die Berge führt«, mischte sich Ray nun ein. »Die Frau hat uns damals auch nach Agosima gebracht. Sie kennt sich bestens in der Gegend aus.«

Akeno nickte Herrn Nagateru zu. Dieser hatte bislang kein Wort herausgebracht, legte jetzt aber umgehend zwei Schriftrollen auf den Tisch.

»Ich habe bereits einige Dokumente vorbereitet«, sagte er. »Die Herren brauchen sie nur noch zu unterzeichnen.«

»Reicht dir unser Wort nicht mehr?«, fragte Shito lachend, nahm sich eines der Papiere, hielt es weit von sich gestreckt und machte sich mühevoll daran, es mit seinem einen Auge zu entziffern.

»Vorsicht kann nie schaden«, erklärte Benkei, griff nach einer Feder und setzte seine Unterschrift auf das feine Reispapier. »Heutzutage sollte man ohne ein Schriftstück nicht mal mehr Steuern einziehen.«

Sobald diese Formalitäten erledigt waren, sprachen die Männer über die Gebiete im Norden Yugoras. Sollten sie den Boden urbar machen, oder wäre das bloß herausgeschmissenes Geld?

Die Diener trugen irgendwann die leeren Schalen hinaus und brachten neue. Erst als Ray das Essen darin sah, fiel ihm auf, wie hungrig er war.

Gerade als er sich darüber hermachen wollte, rieb hinter ihm leise Holz gegen Holz. Ein Teil der beschnitzten Wand wurde zur Seite geschoben. Seide raschelte, und eine junge Frau betrat den Saal.

Sie zog eine lange Schleppe hinter sich her, die rosafarben und rot schillerte. Die weiten Ärmel ihres Kleides reichten bis zum Fußboden und zeigten prachtvolle Blumen. Ihr offenes Haar wogte fast bis zu den Kniekehlen.

Als sie mit schnellen Schritten die Mitte des Raumes erreicht hatte, verbeugte sie sich vor allen Anwesenden, dann nahm sie neben dem Statthalter Platz.

Das bot Ray die Gelegenheit, sie genauer zu mustern.

Ihr Gesicht wirkte nicht besonders schön. Nara – von Tora ganz zu schweigen – war deutlich anziehender. In ihrer Gesamtheit war die Erscheinung jedoch so apart, dass Ray meinte, ein von Meisterhand geschaffenes Kunstwerk vor sich zu haben. Jede Geste sowie die Haltung des Kopfs waren aufs Höchste elegant und ungezwungen. Aus irgendeinem Grund war Ray sich völlig sicher, dass diese Anmut und Grazie auf jahrelangen harten Drill zurückgingen. Auch die Locke, die mit sorgloser Eleganz neben ihre Schläfe wippte, war schließlich an diese Stelle gebracht worden. Die vielschichtigen Gewänder der Frau zeigten die unterschiedlichsten Töne von Rot, Weiß und Rosa, also die Farben des Sommers. Damit entsprachen sie der Jahreszeit und waren ebenfalls nicht einfach einer Laune geschuldet.

Offenbar spürte die Frau Rays Neugier, denn sie sah auf und bedachte ihn mit einem versengenden Blick. Verstand und ein eiserner Wille loderten darin.

Mit einem Mal stieß Herr Nagateru ihn in die Seite, damit er die Frau nicht länger offen anstarrte.

»Wer ist das?«, fragte Ray ihn leise. »Die Frau des Statthalters?«

»Nein. Das ist seine erste Favoritin«, antwortete Nagateru ebenso leise. »Die Herrin Riyena.«

Stimmt, sie ist zu jung, um Sayunaros Mutter zu sein, überlegte Ray. Sie ist ja kaum älter als wir.

Die Gespräche, die beim Eintritt Riyenas kurz verstummt waren, wurden wieder aufgenommen.

»Das ist die dritte Familie, die versucht, den Boden in Yamarri zu bestellen«, erläuterte Akeno Ishiro. »Die beiden vor ihnen sind gestorben, sobald sie das Land betreten haben. Jetzt warte ich auf Nachrichten von dort.«

»Ich habe von verfluchten Gebieten gehört«, sagte Riyena mit melodischer Stimme, mit der sie sich die Aufmerksamkeit aller ebenso sicherte wie mit ihrer Kleidung und ihrer Haltung. »Es heißt, sie brächten Unglück oder gar den Tod. Vielleicht ist Yamarri ja auch verflucht. Dein neuer Beschwörer kann das sicher besser erklären als ich, Akeno.«

Sie lächelte Ray an.

»Was es mit Yamarri auf sich hat, weiß ich nicht«, erwiderte dieser. »Aber verfluchte Orte gibt es tatsächlich. Den Giharwald zum Beispiel.«

»Bist du etwa in diesem Wald gewesen?«, fragte Shito ungläubig.

»Ja.«

»Und wie bist du lebend wieder herausgekommen?«, wollte Benkei wissen.

»Indem ich sehr schnell gerannt bin«, antwortete Ray, der sich lieber nicht an Einzelheiten erinnern wollte. »Geflohen, um genau zu sein.«

Als Hitaru das hörte, verzog er verächtlich das Gesicht, die anderen wechselten beredte Blicke. Wer sich ohne Kampf ergab, verdiente ihre Achtung nicht.

Ray setzte bereits an, ihnen zu erklären, dass man mit einem Schwert nichts gegen einen Wald ausrichtete, dem die Kraft unzähliger Geister innewohnte und der selbst zum Geist geworden war, doch da ergriff Riyena das Wort.

»Ich erinnere mich an eine Geschichte«, sagte sie und hing kurz ihren Gedanken nach. Alle sahen sie erwartungsvoll an. »Einmal überquerte der große Meister des Schwertes Bushito Okawa auf einem Schiff den Terrum Teru. Mit an Bord war ein Kämpfer, der, bevor sie in See gestochen waren, dem Pflaumenwein im Übermaß zugesprochen hatte. Die Folge davon war, dass er den Meister in einem fort beleidigte und reizte. Bushito Okawa ertrug das Gepolter des Mannes jedoch geduldig. Irgendwann aber griff der Trunkenbold nach seinem Schwert. ›Du willst mit mir kämpfen?‹, sagte Bushito Okawa nur. ›Bist du sicher? Denn ich überwältige dich, ohne meine Klinge auch nur zu ziehen. Davon kannst du dich überzeugen, sobald wir die Insel da vor uns erreicht haben. Dort messen wir uns im Kampf.‹ Der Krieger brach in verächtliches Gelächter aus. Er hegte nicht den geringsten Zweifel an seinem Sieg. Als das Schiff das Ufer der Insel erreichte, stieß er den Meister zur Seite, um als Erster an Land zu gehen. Sofort befahl Okawa dem Steuermann beizudrehen. ›Na, was habe ich dir gesagt?‹, rief der weise Okawa dem tobenden Krieger zu. ›Ich habe dich ohne einen einzigen

Streich meines Schwertes besiegt.‹ Der Trunkenbold blieb auf der Insel zurück, bis er ausgenüchtert war und das nächste Schiff ihn mitnahm.«

Die Männer lachten, zudem stahl sich in ihren Blick mit einem Mal Verständnis für Ray. Seine Weigerung, gegen den Giharwald zu kämpfen, stellte sich ihnen nun wohl in anderem Licht dar: Nicht Schwäche hatte ihn zu diesem Schritt veranlasst, sondern Weisheit. Denn auch große Meister tun gelegentlich gut daran, den Kampf zu meiden.

Riyena lächelte ihn scheu an.

Die Gäste kamen nach dieser Erzählung nicht mehr auf Yamarri zurück, sondern schwelgten in Erinnerungen an die Fuchsjagd im letzten Monat, sprachen über den Schaukampf, den Shito ausrichtete, und die Krankheit von Benkeis geliebtem Hund. Riyena warf immer wieder kluge Bemerkungen ein, auf welche die Männer geradezu lauerten.

Irgendwann sammelte Nagateru die unterzeichneten Schriftstücke ein und zog sich zurück. Ihm auf dem Fuße folgte Hitaru. Akeno Ishiro und die anderen blieben noch bei ihrem Wein sitzen und unterhielten sich, wobei Riyena ihnen Gesellschaft leistete.

Nach einer Weile verließ auch Ray den Saal. Vor der Tür lief er beinahe Hitaru in die Arme, der so tat, als bewunderte er die Reliefdarstellungen von Geistern, die einen Wettbewerb im Bogenschießen veranstalteten. Der Bogen wiederum schien aus Menschenknochen gefertigt worden zu sein.

»Darf ich dich etwas fragen?«, sprach Ray ihn an. »Du bist kein Beschwörer, aber …«

»Stimmt, ich bin kein Beschwörer«, unterbrach ihn Hitaru lächelnd. »Ich nehme lediglich mitunter die Gegenwart von Geistern wahr. Aber ich kann sie nicht in der Weise beeinflussen wie du. Das liegt bei uns in der Familie. Sayunaro ist mein Bruder. Er hat die Gabe uneingeschränkt erhalten, ich nur einen schalen Abglanz.«

»Ich habe überhaupt nicht gewusst, dass Sayunaro einen Bruder hat.«

Hitaru verschränkte die Arme vor der Brust. Sofort fingen seine schlanken Finger an, auf den Ärmel seines Gewandes zu trommeln.

»Akeno ist unser beider Vater. Sayunaros Mutter stammt jedoch aus einem reichen Adelsgeschlecht, während meine Mutter seine dritte Favoritin ist. Damit dürfte klar sein, welche Stellung er und ich jeweils bei Hofe einnehmen, oder?«

»Das ist es in der Tat«, erwiderte Ray. »Aber dadurch dass Sayunaro über die Gabe gebietet, kann er nicht zum Herrscher von Yugora werden.«

»Das glaubst du doch selbst nicht«, widersprach Hitaru bitter.

Anscheinend wollte er noch etwas hinzufügen, biss sich dann aber auf die Zunge, machte auf dem Absatz kehrt und ging den Gang zum Südflügel hinunter, in dem der Statthalter und seine Familie lebten.

Ray begab sich ebenfalls in seine Gemächer. Ohne sich auszukleiden, ließ er sich auf das Bett plumpsen. War Herr Akeno am Ende also doch bereit, eine Einheit nach Agosima zu schicken, damit diese Sayunaro suchte ...

Die Schuldgefühle, die Ray den ganzen Weg von Agosima nach Yugora gepeinigt hatten, wichen allmählich von ihm. Er hatte die richtige Entscheidung getroffen, als er den Statthalter dieser Provinz aufgesucht hatte.

Aus dem Bad drangen das Tapsen nackter Füße und ein unzufriedenes Gemurmel herüber. Der Yarudo fuhrwerkte dort herum und kippte Wasser in das Becken. Ray lauschte und schloss die Augen. Nur für eine Minute, wie er meinte ...

Der gellende Schrei einer Frau riss ihn aus dem Schlaf. Im ersten Schreck glaubte er, in einer dunklen Höhle zu liegen, versteckt unter den Wurzeln eines riesigen Baumes. In einem solchen Unterschlupf hatte er vor ein paar Wochen tatsächlich einmal übernachtet. Doch schon in der nächsten Sekunde fiel ihm wieder ein, warum er die teure Kleidung trug. Dann begriff er auch, dass er nicht Opfer des Angriffs eines Geists geworden war, sondern das goldene Zeichen des Beschwörers sich ihm in die Haut gebohrt hatte.

Er schnappte sich die Yari und öffnete die Tür.

Eine Dienerin stand mit dem Rücken zu der beschnitzten Holzwand da und starrte mit vor Schreck bleichen Augen auf einen Körper, der reglos am Boden lag.

Ray eilte zu ihr. Auf dem Teppich lag eine junge Frau in feiner, halb durchscheinender Kleidung. Sie war wunderschön, auch wenn über ihre blassen, rosafarbenen Lippen Blut das Kinn hinuntersickerte, die gläsernen Augen im Licht der Laternen funkelten und das Haar zerzaust war.

»Was ist hier geschehen?«, fragte Ray.

Die Dienerin schüttelte bloß verängstigt den Kopf, war aber außerstande, einen Ton herauszubringen.

»Nun sag schon! Was weißt du?«

»Sie ist von oben auf mich draufgefallen. Da war sie bereits tot.«

Ray legte den Kopf in den Nacken, vermochte an der Decke jedoch nichts Verdächtiges festzustellen. Beschnitztes Ebenholz mit Querbalken. Ohne Leiter käme man nie dort hinauf.

»Geht es also wieder los!«, stieß die Dienerin plötzlich aus. »Nimmt das denn nie ein Ende?«

»Wovon sprichst du?«

Die Frau zog erschrocken den Kopf ein, weil ihr klar wurde, dass sie sich verplappert hatte. Aus ihr würde Ray nichts mehr herausbekommen. An der Toten stellte er immerhin eine magische Spur fest, doch welcher Geist sie hinterlassen hatte, war ihm ein Rätsel. Als er die Leiche genauer untersuchen wollte, riss ihn plötzlich jemand weg.

»Komm ihr nicht zu nahe!«, zischte Herr Shirey. Dann wandte er sich an die Dienerin. »Hast du noch nie eine Tote gesehen?! Verschwinde! Und kein Wort!«

Einige der Männer Shireys versuchten nun, Ray von der Leiche abzudrängen.

»Einen Augenblick noch!«, hielt dieser die Dienerin zurück. »Wie heißt du?«

»Mia«, hauchte sie.

»Ich habe noch einige Fragen an dich«, fuhr Ray fort und zeigte auf die Tür zu seinen Gemächern. »Warte in meinem Zimmer auf mich, ich bin gleich bei dir.«

Mia war noch völlig verwirrt, machte unentschlossen ein paar Schritte, stieß gegen einen der Posten und huschte geschwind durch die offene Tür.

Shireys Männer wollten die Leiche forttragen, doch das unterband Ray.

»Rührt sie nicht an«, verlangte er. »Sie muss dort liegen bleiben.«

»Hier habe ich das Kommando«, mischte sich Shirey ein. »Nicht du!«

»Diese Frau wurde von einem Geist ermordet, deshalb muss ich ein bestimmtes Ritual durchführen. Sobald das erledigt ist, könnt Ihr sie wegbringen.«

»Wenn wir doch bloß noch unseren alten Beschwörer hätten!«, stieß Shirey aus, bedeutete seinen Untergebenen aber dennoch, die Tote liegen zu lassen. »Der hat wenigstens nicht überall seine Nase reingesteckt und keine überflüssigen Fragen gestellt. Aber gut, führe dein Ritual durch, so viel Zeit haben wir noch.«

Er klang nicht gerade erleichtert, dass Ray das Haus vor einem bösen Geist schützen wollte. Auch seine Männer blickten mürrisch drein.

Merkwürdig, dachte Ray, während er mit der Lanze einen Kreis auf dem Boden beschrieb.

Immerhin warteten alle geduldig, bis er seine Arbeit beendet hatte. Er zeichnete einige magische Symbole in den Kreis, die er im Halbrund anordnete. Die Magie, die von der Leiche ausging, zerstreute sich jedoch bereits ohne sein Zutun. Diese Tote würde sich nicht in einen bösen Geist verwandeln, der sich an den Lebenden rächen wollte. Das war immerhin etwas. Nach wie vor verstand er allerdings nicht, wer für den Tod der schönen Frau verantwortlich war.

»Wer ist sie?«, fragte Ray, nachdem er sich wieder aufgerichtet und den Schweiß von der Stirn gewischt hatte. So mühelos, wie seine Arbeit aussah, war sie nicht.

»Das weiß ich leider nicht. Bei all den Dienerinnen kann ich schließlich nicht jede einzelne kennen«, antwortete Shirey, der seinen Männern nun befahl, die Leiche wegzutragen. »Wer weiß, vielleicht hat sie serviert, für warmes Wasser im Bad gesorgt …«

»Das ist keine schlichte Dienerin«, unterbrach Ray ihn. »Dazu sind ihre Hände viel zu gepflegt. Außerdem wird ihr Haar nur von einem einzigen Band zusammengehalten.«

»Ich war mit meiner Aufzählung etwaiger Pflichten ja noch nicht fertig«, erwiderte Shirey und grinste anzüglich.

»Dann verratet mir doch bitte …«

»Verrate du mir erst mal eins! Kaum tauchst du bei uns auf, bricht sich eine Frau das Genick!« Shirey trat näher an Ray heran. »Findest du nicht auch, dass das ein merkwürdiger Zufall ist?«

»Wollt Ihr damit etwa andeuten, ich hätte sie getötet?«

»Ich deute gar nichts an, aber ich frage mich, ob du am Ende nicht eigentlich unserem Statthalter nach dem Leben trachtest.«

Wie geschickt er den Verdacht auf mich lenkt, schoss es Ray durch den Kopf. Obendrein entbindet ihn das von der Pflicht, mir meine Fragen zu beantworten.

»Dafür bräuchtest du dir noch nicht mal selbst die Hände schmutzig zu machen«, fuhr Shirey fort. »Schließlich könntest du jederzeit irgendeinen fiesen Geist herbeizitieren, der das für dich erledigt.«

»Wir schützen Menschen vor Geistern, hetzen diese aber nicht auf sie!«

»Irgendwann geschieht alles zum ersten Mal«, erwiderte Shirey. »Von jetzt an behalte ich dich im Auge.«

Nach diesen Worten stapfte er seinen Männern hinterher, die bereits mit der Leiche abgezogen waren.

In einer Frage hat Shirey allerdings recht, überlegte Ray noch. Es ist ein merkwürdiger Zufall, dass ein Mord geschieht, kaum dass ich im Haus bin. Ob ich die Gefahr irgendwie magisch anziehe?

Als er dann sein Zimmer betrat, vernahm er zwei Stimmen, die miteinander flüsterten. Mia und Yui.

»Satu ist tot«, hauchte Mia gerade. »Als Nächstes bin bestimmt ich dran.«

»Red keinen Unsinn!«, fuhr Yui sie an. »Niemand wird dir auch nur ein Härchen krümmen!«

»Da bin ich mir nicht so sicher!«

»Aber wir haben jetzt einen Beschwörer im Haus. Er wird dich beschützen.«

»Das schafft nicht einmal er, und das weißt du genau. Dabei haben wir doch schon gedacht, es wäre alles zu Ende! Aber nein, es geht wieder los!«

»Hast du etwas gesehen?«

»Nein, nichts.«

»Gar nichts?«

»Gar nichts.«

»Mir kannst du es doch sagen, Mia, du weißt, dass ich nicht tratsche.«

»Ich habe nichts gesehen.«

Angespannte Stille breitete sich aus, die nur von dem Atem der beiden und einem leisen Rascheln der Schilfmatte durchbrochen wurde.

Im Zimmer war es schummrig, nur im Bad brannten Kerzen, deren Flammen sich im Wasser spiegelten und von dort aus helle Flecken an die Steinwand warfen. Außerdem schickte der Mond sein Licht durch das Gitter vorm Fenster.

Als die beiden Frauen Ray bemerkten, sprangen sie auf. Sie wirkten wie Schwestern, denn beide trugen ein Gewand in roten und weißen Tönen und hatten die gleiche Frisur. Nur war die eine etwas größer und schlanker, die andere etwas kräftiger. Yui blickte aufgeregt drein, Mia verängstigt.

»Die Frau ist fortgebracht worden«, teilte Ray ihnen mit und lehnte die Yari gegen die Wand. »Ein gefährlicher Geist treibt sich auch nirgends herum.«

Die beiden Dienerinnen ließen ihn keine Sekunde aus den Augen und lauerten darauf, dass er seinen Bericht fortsetzte.

Ray löste das Zeichen des Beschwörers vom Gewand, legte es auf den Tisch und fuhr sich mit der Hand über den Hals. Der steife Kragen seines Gewandes hatte die Haut aufgescheuert.

»Habe ich das eben richtig verstanden, Mia?«, richtete er das Wort nun an die Dienerin. »In diesem Haus sind bereits andere Menschen eines seltsamen Todes gestorben?«

»Davon weiß ich nichts.«

»Ich habe gehört, was du gerade eben zu Yui gesagt hast.«

Daraufhin stierte Mia nur zu Boden.

»Warum glaubst du, dass es das nächste Mal dich trifft?«, bohrte Ray geduldig weiter.

Mia schielte zu Yui hinüber, seufzte, brachte jedoch abermals kein Wort heraus. Ray zügelte seinen Ärger. Entweder verstand die Frau wirklich nicht, wie ernst die Lage war, oder sie schützte jemanden.

»Wohin wolltest du überhaupt mitten in der Nacht?«

»Die Herrin Riyena hat mir befohlen, ihr Papier und Tinte zu bringen«, sagte Mia, ohne den Blick zu heben. Sie fingerte an ihrem Gürtel herum. »Deshalb bin ich welches besorgen gegangen und dabei …«

Sie verstummte erneut.

»Vor wem hast du mehr Angst, Mia?«, wollte Ray nun unumwunden wissen. »Vor demjenigen, der in diesem Haus mordet? Oder vor mir?«

Während sie sich weiterhin in Schweigen hüllte, lief sie flammend rot an, ein untrügliches Zeichen dafür, dass Ray von ihr nichts mehr erfahren würde.

Yui wurde leicht unruhig. Offenbar hoffte auch sie auf eine Antwort ihrer Freundin.

»Gut, Mia«, sagte Ray schließlich, »du kannst gehen. Die Herrin Riyena fragt sich sicher schon, wo du steckst.«

Die Dienerin verbeugte sich rasch und lief davon, erleichtert, nicht länger mit Fragen gequält zu werden.

»Sie wird nichts sagen«, hielt Yui fest, nachdem sie die Tür hinter ihrer Freundin geschlossen hatte. Ray machte es sich derweil auf der Schilfmatte vorm Fenster bequem. »Niemand in diesem Haus wird irgendein Wort sagen.«

»Nicht einmal du?«

»Herr Ray«, sagte sie leise und sah ihn offen an. In ihrem Blick lag jetzt nicht die geringste Spur von Koketterie oder Beflissenheit. Sie setzte sich Ray gegenüber. »Ich weiß, dass Ihr Eure Arbeit verrichten müsst. Aber glaubt mir, nicht alle in diesem Haus wünschen, dass Ihr das tut, denn dafür müsstet Ihr etliche dunkle Verliese aufsperren. Das ist nicht jedermann recht.«

»Nur wegen der dunklen Geheimnisse eines Menschen sollte kein anderer sterben.«

Yuis Hände ruhten auf ihren Schenkeln. In dieser Sekunde fiel ein Strahl des Mondlichts auf sie. Als wäre sie davon verunsichert, rückte sie etwas zur Seite.

»Wir sind hier am Hofe des Statthalters«, brachte sie bedrückt heraus. »Für wen ist da schon von Belang, was mit uns Dienerinnen geschieht?«

Es werden also nur Frauen ermordet, hielt Ray für sich fest.

»Für mich ist das von Belang«, versicherte er.

»O nein«, widersprach Yui und schaute zum Fenster hinaus. »Für Euch ist lediglich von Belang, wer mordet, denn Euch interessieren die Geister mehr als die Menschen.«

Damit traf sie ins Schwarze – und das tat weh.

»Man hat mir beigebracht, den Menschen zu helfen«, setzte Ray zu seiner Verteidigung an. »Das versuche ich. Aber vor Kurzem habe ich begriffen, dass Geister mitunter ehrlicher sind als Menschen.«

Auf dem Weg von Agosima nach Yugora hatte man ihn mehr als einmal töten wollen, doch niemals war der Angriff von einem Geist ausgegangen.

Beim ersten Mal hatte ihn sein Stiefel gerettet. Um den Riemen nachzuziehen, musste er sich hinunterbeugen. In dieser Sekunde pfiff ein Pfeil über ihn hinweg. Er bohrte sich in einen Baumstamm, Ray suchte hinter einem anderen Deckung. Der Schütze sah von einem zweiten Versuch ab und entfernte sich mit raschen Schritten. Das Knacken von Ästen war noch eine Weile zu hören …

Während Ray seinen Gedanken nachhing, betrachtete Yui ihn mit einem Blick so voller Mitleid und Neugier, dass er ihr diese Geschichte erzählte.

»Warum hat der Mann das getan?«, fragte sie.

»Ich bin ihm nicht hinterhergerannt, um ihn danach zu fragen. Außerdem lässt sich das leicht denken. Meine Schuhe, meine Jacke oder meine Lanze werden ihm gefallen haben. Womöglich war es auch umgekehrt, und meine ganze Person hat ihm überhaupt nicht gefallen.«

»Wolltet Ihr es ihm denn nicht heimzahlen?«

Ganz kurz hatte Ray tatsächlich den Wunsch verspürt, dem Unbekannten einen kleinen, angriffsfreudigen Geist auf den Hals zu hetzen, der Versuchung am Ende aber tapfer widerstanden.

»Nein, das wollte ich nicht«, sagte er. »Auch wenn ich kurz mit dem Gedanken gespielt habe.«

»Und warum nicht?«

Ray hatte nicht vergessen, was Sayunaro ihm gesagt hatte: Er durfte nicht zum Mörder werden.

»Weil ich keine Menschen töte«, antwortete er Yui deshalb.

Diese lächelte verschmitzt und neigte den Kopf. Die kleinen Blumen in ihrem Haar legten sich dabei sanft auf ihre Schulter.

»Warum hättet Ihr ihn denn gleich töten sollen?«, fragte sie dann. »Ihr hättet ihm doch einfach einmal gehörig den Kopf waschen können, damit er nie wieder einen Beschwörer überfällt.«

Auch mit dieser Frage hatte sie ins Schwarze getroffen. Er war nicht auf den Gedanken gekommen, den hinterhältigen Kerl zur Ordnung zu rufen, er hatte ihn gleich töten wollen.

»Aber Ihr wurdet noch öfter überfallen, oder?«, wollte Yui wissen, als er schwieg.

Der Wagen, mit dem er die Provinz Suro verlassen hatte, war von Männern des Statthalters angegriffen worden. Dieser hatte angeblich keinen Sold mehr ausgezahlt, sodass die Burschen nun auf eigene Rechnung arbeiteten. Als Wegelagerer …

Kaum war der Kutscher mit den Zügeln in der Hand eingeschlafen, tauchten sie auf und mordeten den armen Fuhrmann. Ray konnte noch nach seiner Yari greifen.

»Habt Ihr sie getötet?«, hauchte Yui.

»Ich habe zwei von ihnen verwundet. Die anderen drei haben womöglich den Beschwörer in mir erkannt und sind daraufhin mit ihren verletzten Kumpanen im Schlepptau geflohen.«

Die Kerzen im Bad erloschen sanft. Nun war es im Raum völlig dunkel, denn das fahle Mondlicht richtete nichts mehr aus.

»Sterben hier viele Frauen?«, erkundigte sich Ray. »Das kannst du mir doch sagen, schließlich arbeiten wir beide für den Statthalter, und ich werde bestimmt keinen Tratsch verbreiten.«

Womöglich flößte die Finsternis Yui Mut ein, vielleicht verfingen aber auch Rays Beteuerungen. Jedenfalls rutschte sie etwas an ihn heran.

»Alle drei Jahre«, flüsterte sie.

»Und sind es viele?«

»Entweder eine oder drei.«

»Wann hat das angefangen?«

»Schon vor meiner Geburt.«

»Und warum hat Herr Akeno nicht befohlen, dass sich ein Beschwörer darum kümmert?«

»Das hat er, aber offenbar war der Mann machtlos. Deswegen hat er uns wohl auch wieder verlassen. Einzelheiten weiß ich nicht.«

»Und es wurden ausschließlich Dienerinnen ermordet?«

»Ja.«

»Von wem ist diese Frau gekommen?«

»Wie – von wem ist sie gekommen?«

»Yui, willst du mir etwa weismachen, schöne Frauen würden nachts ziellos in halb durchscheinenden Gewändern durch die Gänge schlendern? Sie ist aus dem Südflügel gekommen, in dem die Familie des Statthalters lebt. Wen hat sie dort besucht?«

»Herrn Hitaru«, gestand Yui mit einem schweren Seufzer. »Satu gefiel ihm.«

Gleich morgen früh rede ich mit ihm, nahm sich Ray vor. Warum Sayunaro wohl nie etwas davon erzählt hat, was in seinem Elternhaus vor sich geht? Oder wusste er am Ende gar nichts davon? Schließlich ist er irgendwann zur Ausbildung in den Tempel geschickt worden …

»Es ist schon spät«, sagte Yui leise und erhob sich. »Ich muss gehen. Und auch Ihr solltet besser schlafen.«

»Was ist mit den dunklen Geheimnissen«, kam Ray noch einmal auf ihr Gespräch zurück. »Hast du irgendeine Vermutung, worum es sich dabei handeln könnte?«

»Hinter die werdet Ihr bestimmt auch ohne meine Hilfe kommen«, erwiderte sie lächelnd. »Ihr seid doch ein kluger Mann.«

Nachdem Yui das Zimmer verlassen hatte, zog Ray sich rasch aus. Noch ehe er seinen Kopf aufs Kissen gebettet hatte, war er eingeschlafen.

Er träumte allerlei krauses Zeug, von Skeletten, die ihm mit Bögen in ihren knöchernen Händen auflauerten, vom Schwarzen Kodsu und von Blutflecken auf dem Boden. Doch selbst in dieser Wirrnis stellte er noch voller Erleichterung fest, dass der Schwarze Kodsu ihn seit geraumer Zeit nicht mehr bei Tage heimgesucht hatte. Ob er ihn vergessen hatte?

Auch Tora – jene aus der Welt des Schwarzen Kodsu, nicht die echte – schwirrte nicht mehr durch seine Träume. Das allerdings bedauerte Ray aufrichtig.

Irgendwann träumte er sogar davon, auf welche Weise er den mordenden Geist schnappen könnte, doch selbst im Schlaf wusste er, dass sich all die grandiosen Ideen beim Aufwachen als dumme Hirngespinste herausstellen würden.

Als Ray die Augen aufschlug, war es im Zimmer noch schummrig. Nur der weiße Holzschaft seiner Yari schälte sich aus diesem Halbdunkel heraus. Er zog sich rasch an, nahm die Lanze an sich und eilte in den Südflügel.

Auch heute bedachten ihn sämtliche Diener, die ihm begegneten, mit misstrauischen Blicken und eilten nach einer wortlosen Verbeugung weiter. Niemand sprach ihn auf den Mord an.

Die Posten im Südflügel spannten sich bei Rays Anblick kurz an, entdeckten dann aber das Zeichen des Beschwörers und ließen ihn passieren, ohne ihm auch nur eine Frage zu stellen.

In diesem Teil des Anwesens war alles noch prachtvoller. Die Holzschnitzereien an den Wänden zeugten von ungeheurem Können und Geschick, der Boden bestand aus unzähligen Dielen unterschiedlicher Farbe, bei den Kerzenhaltern handelte es sich um aufwendige Schmiedearbeiten. Außerdem wuselten hier deutlich mehr Bedienstete herum, die in ihren rotweißen Gewändern wie Vögel mit einem grellen Federkleid wirkten.

Trotz der frühen Stunde hatte Hitaru seine Gemächer bereits verlassen. Ein Diener richtete gerade dessen Bett und erklärte Ray, sein Herr habe sich in den Garten hinausbegeben, um seine Lieblinge zu füttern. Ray dankte dem Mann und machte sich auf die Suche nach Sayunaros Bruder.

Als er dabei an der abgesperrten Tür vorbeikam, konnte er sich nicht beherrschen und spähte erneut durchs Schlüsselloch. Er machte jedoch nur Purpurrot aus.

Sie haben das Schlüsselloch verhängt, hielt Ray für sich fest. Damit ja kein allzu neugieriger Beschwörer seine Nase in Angelegenheiten steckt, die ihn nichts angehen. Das heißt allerdings auch, dass irgendjemand Zutritt zu diesem Zimmer hat.

Er richtete sich wieder auf und ging weiter.

Im Garten schlug ihm noch frühmorgendlich kühle Luft entgegen. Die Sonne lugte eben erst hinterm Horizont hervor, um ihre ersten scheuen Strahlen über den fahlen Himmel zu schicken. Die niedrigen Sträucher ließen an Rauchwolken denken, die Bäume ragten gleich finsteren Wachtposten schweigend über ihnen auf. Sämtliche Pfade waren mit weißem Sand aufgeschüttet worden. Sie führten zu Pavillons, umrundeten künstliche Teiche und verloren sich inmitten von Blumenbeeten. Am Gras glitzerte noch Tau. Zarte Düfte schwängerten die Luft. Auch hier entdeckte Ray nirgends einen Geist.

Nach einer Weile erblickte er Hitaru. Dieser stand an einem

Teich, den hohes, silbrig glänzendes Riedgras säumte, und nahm in regelmäßigen Abständen etwas Fleisch von einem Tablett zu seinen Füßen, um es ins Wasser zu werfen.

Als Ray sich ihm näherte, sah er auch die langen, glatten Körper, die das Wasser durchpflügten. Immer wieder reckten die schwarzen Schlangen ihre Köpfe mit den spitzen Zähnen aus dem Wasser, fauchten und kämpften miteinander um die Beute.

»Sind sie nicht wunderschön?«, fragte Hitaru, während er nach einem weiteren Fleischbrocken langte. »Flinke, geschickte und angriffsfreudige Geschöpfe.«

Abermals fielen Ray die fahrigen Bewegungen Hitarus auf.

»Das sind Jugis, Süßwasserschlangen«, erwiderte Ray. »In ihrer Gegenwart tauchen gern Hebis auf, Geister, die wie diese Schlangen aussehen und sehr gefährlich sind.«

»Wie du bereits festgestellt haben dürftest, gibt es auf diesem Anwesen nicht einen einzigen Geist.« Hitaru warf das nächste Stück Fleisch ins Wasser. Sofort entspann sich ein wilder Kampf darum. »Und es wird sich auch nie einer einnisten.«

»Was wohl hoffentlich nicht an dem Wesen liegt, das hier junge Frauen ermordet?«

»Hat sich das schon herumgesprochen?«, bemerkte Hitaru und wischte sich die blutüberzogenen Hände an einem Tuch ab. »Das ging schnell.«

»Du weißt, dass es sich bei der Toten um deine Gespielin handelt?«

»Ja.«

»Und das beunruhigt dich nicht?«

»Sollte es das?«

»Wenn ich an deiner Stelle wäre«, erklärte Ray, »würde ich mir jetzt in der Tat ein paar Gedanken machen.«

»Aber du bist nicht an meiner Stelle.«

»Ist dir in der letzten Nacht etwas aufgefallen?«

»Hätte es das sollen?«

»Du hast doch gesagt, dass du gelegentlich Geister spürst ...«

Hitaru sah Ray forschend an. Sein blasses Gesicht wirkte vor dem dunklen Grün des Gartens wie eine weiße Seite, die aus einem Buch herausgerissen worden war. Seine Finger kneteten das Tuch, mit dem er sich eben seine Hände gesäubert hatte.

»Willst du etwa eine Untersuchung durchführen? Herumschnüffeln?«

»Diese Frau hat dir doch gefallen. Möchtest du da nicht, dass ich denjenigen finde, der sie getötet hat?«

»Hat dich vielleicht irgendjemand darum gebeten?!«, rief Hitaru voller Zorn aus. »Habe ich dich darum gebeten?! Eben! Misch dich also nicht in Angelegenheiten ein, die dich nichts angehen!«

»Ich erledige bloß meine Arbeit.«

Hitaru warf das blutverschmierte Tuch in den Teich, drehte sich um und stapfte zum Haus.

Im Grunde hatte Yui ihm heute Nacht bereits angedeutet, dass er bei seiner Untersuchung nicht auf Hilfe hoffen durfte. Aber dass man ihm solche Steine in den Weg legen würde – damit hatte er nicht gerechnet.

Hitaru war ohne Frage aufgewühlt gewesen. Dennoch unternahm er nichts, damit der Mörder dieser armen Frau gefunden wurde ...

Ein lautes Plätschern riss Ray aus seinen Grübeleien. Jemand hatte mit sicherer Hand einen Stein in den Teich geworfen, Wasser spritzte auf und schwappte über Rays Stiefel. Die Jugis stoben fauchend auseinander. Da kam auch schon der Yarudo wutschnaubend angestapft, um mit einem langen Stock im Wasser zu stochern.

»Ihr Mistviecher!«, murmelte er in einem fort.

Die flinken Schlangen entkamen den Angriffen jedoch mühelos. Der Yarudo gab die Hoffnung, wenigstens eines der Tiere aufzuspießen, aber nicht auf.

»Lass sie in Ruhe«, sagte Ray.

»Das sind ekelhafte Biester«, hielt der Yarudo dagegen. »Mistviecher!«

»Verrat mir lieber, ob du heute Nacht auf dem Anwesen gewesen bist!«

»Nein, hier halt ich es einfach nicht aus«, antwortete der Yarudo. »Den Garten lass ich mir ja noch gefallen, aber ins Haus kriegt mich niemand.«

»Warum nicht?«

»Weil der was gegen mich hat«, antwortete der Yarudo. »Weil der überhaupt gegen alle was hat.«

»Wer?«

»Ja!«, stieß der Geist jedoch erfreut aus. »Endlich habe ich eine erwischt!«

»Yarudo! Wer bitte hat etwas gegen dich?«

»Der Geist.«

»Einer von denen am Tor? Gibt es deswegen auf dem Anwesen keine anderen Geister? Aber wer tötet dann die Frauen?«

Doch der Yarudo blickte völlig hingegeben ins Wasser.

»Daneben!«, knurrte er. »Und das ist alles deine Schuld!«

Mit diesen Worten verschwand er.

Von ihm durfte Ray also keine Erklärungen erwarten.

Sehnsüchtig dachte er an die Tage zurück, als er sich mit Sayunaro und Grizzly hatte austauschen können. Tief in Gedanken versunken, ging er zum Haus zurück.

Eine halbe Stunde später war ihm endgültig klar, dass niemand mit ihm reden würde. Die Diener weigerten sich, selbst harmlose Fragen zu beantworten, die Wachtposten zischten ihn an, er möge sie nicht von ihrer Arbeit abhalten, und ließen ihn nur mit großem Widerwillen erneut in den Südflügel vor.

Noch ehe er Akeno Ishiros Gemächer erreichte, hörte er bereits dessen aufgebrachte Stimme.

»Es reicht, Riyena«, polterte der Statthalter. »Dir wird nichts geschehen, das verspreche ich dir.«

Die Erwiderung verstand Ray leider nicht.

»Ich habe dir bereits mehr als einmal gesagt«, erklang erneut Akenos Stimme, »dass wir über diese Angelegenheit nicht mehr reden werden.«

Nun knisterte Seide, und rasche Schritte waren zu hören.

Riyena trat mit hocherhobenem Kopf zur Tür heraus. Auch heute trug sie ein aufwendiges Kleid in zahlreichen Farben. Im

Unterschied zu gestern loderten ihre Augen heute jedoch vor Wut, hatte sie die Lippen fest aufeinandergepresst.

»Guten Morgen, Herr Beschwörer«, bemerkte sie dennoch freundlich. Dass er zu so früher Stunde vor der Tür des Herrn Akeno stand, wunderte sie nicht im Mindesten. »Ihr wollt mit dem Statthalter sprechen?«

Das war zwar Rays ursprüngliche Absicht gewesen, jetzt hatte er es sich aber anders überlegt.

»Kann ich Euch vielleicht helfen?«, fragte er leise.

»Ihr? Mir?«, erwiderte Riyena lächelnd. »Aber sicher. Mein Gedicht wollte mir heute morgen einfach nicht glücken. Da könnte ich in der Tat noch etwas Hilfe brauchen.«

Als sie nun unmittelbar vor ihm stand, konnte Ray auch seinen letzten Zweifel ausräumen: Riyena war genauso alt wie er oder sogar etwas jünger.

»In diesem Fall bin ich leider nicht Euer Mann«, antwortete er lächelnd. »Das Verseschmieden ist meine Sache nicht. Von Geistern verstehe ich allerdings eine Menge.«

Sie sah ihn so eindringlich an, als müsste sie erst eine Entscheidung treffen.

»Könnten wir nicht vielleicht im Garten spazieren gehen?«, fragte sie schließlich. »Und uns dort weiter unterhalten.«

»Aber natürlich.«

Als sie nebeneinanderher liefen, wogte die lange Schleppe von Riyenas Kleid über den Fußboden, die weichen Schuhe verursachten dagegen beim Auftreten kaum ein Geräusch.

»Ihr verfasst also Gedichte?«, nahm Ray das Gespräch wieder auf.

»Was für eine Frage, Herr Ray! Seht mich doch nur einmal an!« Sie breitete ihre Arme aus, sodass die weiten Ärmel fast wie Schmetterlingsflügel wirkten. »Was kann ich in dieser Kleidung wohl anderes tun, als elegant auf einer Schilfmatte zu sitzen, mich einem Brettspiel zu widmen und Gedichte zu verfassen?«

Während dieser Ausführungen musterte Ray ihre Erscheinung eingehend und versuchte herauszufinden, wie viele Gewänder sie eigentlich übereinander trug. Zu seiner Überraschung ertappte er sich bei dem Wunsch, ihren Körper ohne all diese Stofflagen zu betrachten. Schnellstens rief er sich zur Ordnung.

Riyena ließ die Arme wieder sinken, drehte sich elegant um und ging mit derart anmutigen Bewegungen weiter, als tanzte sie.

»Aber warum muss dieses Gewand so unpraktisch sein?«

»Es ist eine Art der Verständigung«, antwortete Riyena. »Mit diesem Gewand bringe ich zum Ausdruck, dass ich über ausreichend Zeit und Diener verfüge, all diese Kleider anzulegen, und mich ansonsten ausschließlich mit langen Spaziergängen, verschiedenen Instrumenten und der Lektüre von Gedichten beschäftige.« Riyena blickte Ray vergnügt an. »Ihr habt womöglich auch noch nie darüber nachgedacht, warum unser Alphabet in seiner erweiterten Form so schwierig ist?«

»Ich habe nur die schlichtere gelernt.«

»Was mich nicht erstaunt«, erwiderte Riyena und neigte den Kopf. »Eure Zeit ist knapp bemessen, ganz im Gegensatz zu der von uns Höflingen.«

Eine Weile liefen sie schweigend weiter. Was sollte das denn eben?, überlegte Ray. Mokiert sie sich darüber, wie die Herrschaften bei Hofe ihre Zeit totschlagen müssen? Wollte sie mir meine bescheidene Herkunft vor Augen führen? Oder ist das eine neue Form von Koketterie? Denn das musste Ray zugeben: Die junge Frau hatte ihm gehörig den Kopf verdreht. Fast hatte er darüber sein eigentliches Anliegen vergessen. Dass Herr Akeno dieser Favoritin den Vorzug vor allen anderen gab, war jedenfalls verständlich.

»Ich wollte Euch noch für die Geschichte über den Schwertmeister Bushito danken.«

»Ich bin von Kriegern umgeben«, erwiderte sie lächelnd. »Sie alle haben ihre eigenen Vorstellungen von Ehre, entsprechend wählen sie ihre Waffe. Ihr habt Euch für eine magische entschieden.« Ihr Blick huschte zu Rays Yari. »Ich dagegen ziehe mit Geschichten, Gedichten und Liedern ins Gefecht. Mitunter habe ich mit ihnen schon erstaunliche Siege errungen, denn durch sie lernen die Soldaten eine ganz neue Form von Tapferkeit kennen.« Sie zeigte auf einen Bogengang rechter Hand. »Wir müssen dort lang.«

Der Teil des Gartens, in den Riyena ihn brachte, war überdacht. In einem runden Saal mit hoher Gewölbedecke plätscherte ein Springbrunnen. In seiner steinernen Schale schwammen weiße Lilienblüten, um ihn herum standen Töpfe mit purpurnen Zinnien. An den Wänden ragten wie Lanzen Bambusstängel auf.

Riyena ließ sich auf einer Bank nieder und raffte ihr Kleid ein wenig, damit auch Ray Platz hatte.

»Fürchtet Ihr um Euer Leben?«, fragte er.

»Ja.«

Diesmal lächelte sie nicht.

»Wollt Ihr mir nicht erzählen, warum?«

»Kennt Ihr die Geschichte von der Favoritin des Kaisers?«, entgegnete sie zögernd. »Sie hat noch spät am Abend ihren Herrn aufgesucht. Eine ihrer Nebenbuhlerinnen hatte jedoch einige Dielen in dem Gang entfernt, der zu seinen Gemächern führte. Die Favoritin scheiterte in ihrem schweren, unbequemen Gewand an der Aufgabe, dieses Loch zu überwinden. Mein Kleid nimmt sich dagegen übrigens regelrecht schlicht aus.« Nun bedachte sie Ray mit einem Blick, in dem leichter Spott lag, der sowohl auf sie selbst als auch auf die Heldin ihrer Geschichte gemünzt sein konnte. »Sie schaffte es nicht einmal, sich umzudrehen, denn dazu war der Gang zu schmal. Hätte sie jemanden um Hilfe gerufen, hätte sie sich lächerlich gemacht. So verharrte sie, bis ihre Diener ihr zu Hilfe eilten.«

Selbstverständlich kannte Ray diese Geschichte nicht. Was wusste er schon vom Leben des Adels?

»Ich werde ganz bestimmt nicht reglos stehen bleiben«, fuhr Riyena fort, und für den Bruchteil einer Sekunde klirrte Stahl in ihrer sonst so sanften Stimme. »Man hat mir beigebracht, mich und die Menschen, für die ich verantwortlich bin, zu verteidigen. Meine Familie ist arm, aber tapfer. Von Kindesbeinen an haben mich Rangeleien mit meinen Brüdern begleitet. Aber gegen etwas, das ich nicht verstehe, kann ich nicht kämpfen.«

In ihren Augen leuchtete Stolz.

»Heute Nacht wurde eine Frau ermordet. Aber sie ist nur das erste Opfer. Es wird weitere geben.«

»Wie kommt Ihr darauf?«, hakte Ray nach.

»Ich weiß nicht, wer diese Frauen ermordet«, sagte sie, neigte den Kopf, und ihre fein gelegte Locke erzitterte sanft. »Aber der Täter ist sehr wählerisch. Sämtliche Frauen sind jung und schön und werden von den Männern aus der Familie des Statthalters begehrt. Mir ist übrigens zu Ohren gekommen, dass man ein Opfer freikaufen kann.«

»Bitte?«

»Ja. Offenbar dürstet derjenige, der das tut, nach einer besonders schönen Frau. Mitunter lässt er sich aber auch mit drei weniger anziehenden abspeisen.«

»Also statt der Favoritin des Statthalters ein paar Dienerinnen«, murmelte Ray.

»Ganz genau.«

»Wisst Ihr, wann es den ersten Fall dieser Art gegeben hat?«

»Akeno behauptet, das sei schon sehr lange her. Auf seiner Familie liegt offenbar ein Fluch.« Riyena senkte die Stimme. »Alle Frauen, die vertrauliche Beziehungen zu den Männern dieser Familie unterhalten, sterben irgendwann eines sonderbaren Todes.«

»Es sei denn, es werden drei Dienerinnen geopfert.«

»So ist es.«

Was für ein Idyll, schoss es Ray durch den Kopf. Allerdings verstehe ich jetzt, warum Sayunaro nicht in sein Elternhaus zurückkehren wollte.

»Ich habe gehört, dass dieser Geist, der hinter allem steckte, in einem der Säle des Palastes eingeschlossen wurde.« Riyena streckte die Hand aus und pflückte eine einzelne Blume, die auf einem schlanken Hals schaukelte. »Wenn die Magie, die den Raum versiegelt, nachlässt, bricht er aus. Danach kehrt er jedoch stets wieder in dieses Zimmer zurück.«

»Warum wurde er nicht vertrieben?«

»Euer Vorgänger hat das versucht, dabei jedoch den Tod gefunden. Ihr tragt jetzt sein Zeichen.«

Unwillkürlich linste Ray zu dem Zeichen an seinem Hemd hinunter. Der Statthalter hatte es einer Leiche abgenommen.

»Ich habe keine Ahnung, wie Akeno das damals alles mit dem Orden geklärt hat«, fuhr Riyena fort. »Aber der Turm hat ihn nicht mit Fragen behelligt.«

»Mir ist zu Ohren gekommen, dass der Statthalter und der Turm nicht gerade in Freundschaft miteinander verbunden sind. Deshalb wäre ich Euch aufrichtig dankbar, wenn Ihr mir sagen könntet, warum der Turm ihm überhaupt einen Beschwörer geschickt hat.«

»Das weiß ich leider auch nicht.«

Der Statthalter dürfte tief in die Kasse gegriffen haben, vermutete Ray.

»Wie genau muss ich mir das denn vorstellen, dass das Leben eines Opfers freigekauft wird?«

»Akeno hat gesagt, dies sei möglich«, antwortete Riyena so leise, dass ihre Stimme beinahe vom Plätschern des Brunnens übertönt wurde. »Aber wie genau das vor sich geht, hat er mir nicht erzählt. Am liebsten würde er dieses Thema ohnehin meiden. Ich glaube, das ist auch Euch nicht entgangen, als wir uns eben vor seinen Gemächern begegnet sind.«

Ray nickte. Dass aber auch nie jemand die Dinge beim Namen nannte!

»Wenn Ihr wisst, welche Gefahr Euch droht, warum verlasst Ihr das Anwesen dann nicht?«

»Es ist nicht meine Art, vor Gefahren davonzulaufen. Außerdem kann ich Akeno nicht im Stich lassen, er braucht mich.«

Ray sah sie an. Riyena vereinigte in sich in erstaunlicher Weise Mut, Grazie und Treue.

»Wisst Ihr«, fragte sie nun, »was das für ein Geist ist?«

»Noch nicht.«

»Wenn Ihr meine Hilfe braucht, werde ich Euch mit Freuden zur Seite stehen.«

Lächelnd erhob sie sich. Damit war auch dieses Gespräch beendet. Mit raschelnden Gewändern zog sie sich zurück. Fast meinte Ray, eine Schauspielerin zu beobachten. Ihr Stück kannte freilich nur ein Ende: Der Geist aus dem verschlossenen Zimmer würde sie heimsuchen.

»Herrin Riyena«, rief er.

Sie drehte sich mit einer geschmeidigen Bewegung um.

»Wie schafft Ihr es, Euch derart elegant zu bewegen?«

»Ich achte auf meinen Schatten«, antwortete sie vage, drehte sich wieder um und setzte ihren Weg fort.

Ray schloss die Augen. Gegen die Bank gelehnt, dachte er nach. Hier kamen Frauen zu Tode. Oder vielmehr: Sie wurden einem Geist als Opfer dargebracht. Entweder drei Dienerinnen oder die Favoritin des Statthalters. Der Turm war vermutlich über diese Geschehnisse im Bilde, scherte sich aber nicht darum. Und Rays Vorgänger hatte bei dem Versuch, den Geist zu vertreiben, den Tod gefunden.

»Was ist das bloß für eine Kreatur?«

»Eine, der es nicht gefällt, dass der Statthalter ein Auge auf Frauen wirft«, antwortete ihm da eine vertraute Stimme. »Auf schöne Frauen.«

Ray öffnete die Augen wieder und richtete sich auf. Vor ihm stand Yui mit einer kleinen silbernen Gießkanne in der Hand.

»Was hast du gerade gesagt?«

»Verzeiht mir«, erwiderte sie, »aber ich meinte, Ihr hättet mich etwas gefragt.«

»Wie kommst du überhaupt hierher?«

»Ihr habt noch nicht gefrühstückt, da habe ich Euch gesucht. Jemand hat mir dann mitgeteilt, dass Ihr Euch mit der Herrin Riyena unterhaltet. Selbstverständlich wollte ich nicht stören, deshalb habe ich mich ein wenig um die Blumen gekümmert.« Sie hob die Kanne etwas höher und goss eine Zinnie. »Eben habt Ihr aber nach dem Geist gefragt, da habe ich natürlich geglaubt, Ihr würdet eine Antwort von mir erwarten ...« Sie verstummte, doch offenkundig hätte sie das Gespräch nur zu gern fortgesetzt.

Ray sollte das recht sein.

»Weißt du noch mehr über ihn?«

»Man kann drei einfache Frauen gegen eine wertvolle eintauschen«, fuhr sie fort. »Und wer ist bei uns die wertvollste Frau? Doch wohl die Favoritin des Herrn Akeno, oder?«

»Stimmt«, bestätigte Ray. »Woher weißt du von der Möglichkeit des Tausches?«

»Ich habe Euer Gespräch mit der Herrin Riyena mitbekommen.«

»Du hast gelauscht.«

»Rein zufällig.«

»Lassen wir das«, entschied Ray. »Was weißt du sonst noch?«

»Ihr wolltet Euch doch das versperrte Zimmer ansehen«, bemerkte sie aufgeregt. »Daher habe ich den Schlüssel besorgt.«

»Wie hast du das geschafft?«

»Ich habe ihn der Herrin Fiola stibitzt«, erklärte sie mit einem entwaffnenden Lächeln. »Nachher lege ich ihn wieder zurück.«

Doch ehe Ray ihr für diese überraschende Hilfe danken konnte, ließ sich aus dem Haus ein wütender Aufschrei vernehmen.

Sofort zog Ray die Yari aus dem Trageriemen und eilte auf das Geräusch zu. Yui folgte ihm und entschuldigte sich noch bei einer Dienerin, die Ray im Eifer beinahe umgerissen hätte.

Riyena stand mit einem kurzen Dolch in der Hand da, dicht an die Wand gepresst. Ihr Gesicht war kreidebleich. Eine magische Spur machte Ray jedoch nicht aus.

»Da war eben etwas«, stieß Riyena aus. »Es ist an mir vorbeigehuscht.«

»Beschreibt das genauer!«

»Es war mit Sicherheit ein Geist, denn ich habe ihn kaum gesehen, eher gespürt.« Sie presste ihre Finger so fest um die Klinge, dass die Knöchel weiß hervortraten. »Außerdem ging alles unglaublich schnell. Aber wenn ich mich nicht täusche, ist er den Gang hinuntergeeilt.«

Rays Blick schnellte in die Richtung, in die Riyena zeigte. Gerade huschte jemand in einem weißen Gewand um die Ecke.

Das blasse, körperlose Wesen, das trotzdem wie aus Fleisch und Blut schien, flimmerte geradezu, verschwand mal, tauchte dann aber wieder auf. Ray wirkte einen Zauber, sah aber von einem Angriff ab, als das Wesen sich zu ihm zurückdrehte: Es hatte das Gesicht einer wunderschönen Frau. Dies wurde allerdings von einem wirren Netz aus Haaren gerahmt. Bei den Augäpfeln wiederum handelte es sich um rote Kugeln. Die Erscheinung sah Ray kurz an, lächelte verschlagen und sickerte in den Boden ein.

Ray rannte zum Kellerzugang. Sämtliche Diener wichen bei seinem Anblick schnellstens zur Seite, nur Herr Nagateru versuchte, ihn aufzuhalten. Ray stieß ihn kurzerhand von sich.

Die breite Treppe endete vor einer massiven Eisentür, die mit einem beeindruckenden Schloss versperrt war. Wutentbrannt schlug Ray gegen den Türrahmen.

»Es würde mich überhaupt nicht wundern«, stieß er verärgert aus, »wenn mein Vorgänger vor einer verschlossenen Tür gestorben ist, während er auf den Diener mit dem Schlüssel gewartet hat.«

»Es gibt noch einen anderen Zugang«, sagte Yui und fasste ihn am Ärmel. »Kommt mit, ich zeige ihn Euch!«

Bei diesem zweiten Zugang handelte es sich um ein glasloses Fenster in Kniehöhe, das hinter Büschen verborgen war und von einem verschnörkelten Gitter geschützt wurde. Wer nicht wusste, wo er suchen musste, würde es niemals entdecken.

»Wir ziehen uns manchmal heimlich in den Keller zurück«, erklärte Yui, während sie mit Rays Hilfe das Gitter wegnahm. »Hier kommt man gleich ins Lager mit dem alten Plunder.«

Als Ray ins Gebäude spähte, machte er lediglich die Umrisse sperrigen Mobiliars aus. Er zwängte sich in den Keller. Jemand hatte in kluger Voraussicht ein paar Kisten an der Wand aufgestellt. Über ihm polterte bereits Yui.

»Wag es ja nicht, mir zu folgen!«

»Aber ...«

»Du bleibst da!«

Schmollend gehorchte Yui.

In dem riesigen Raum standen Schränke, Truhen, Futons und Schilfmatten. Eine Ecke nahm ein Bett ein, das gut und gern die Maße eines kleineren Zimmers aufwies. Stühle waren zu einem wackligen Gebilde aufgetürmt. Ihre goldene Bemalung war im Laufe der Jahre verblasst. Ein blank gescheuertes Spielzeugpferd, das halb so groß war wie ein echtes, ragte inmitten von Holzschwertern auf. Ob Sayunaro einst damit sein Vergnügen gehabt hat?, fragte sich Ray.

Immer wieder huschten Ratten umher. Irgendwann machte Ray schmale Abzweigungen aus. Manuri oder andere Müllgeister müssten sich hier unten eigentlich wohlfühlen, doch selbst diese Geschöpfe nahm er nicht wahr. Ebenso wenig stieß er auf eine Spur jener Kreatur, die eben vor ihm geflohen war.

Ray durchlief etliche leere Räume mit halbrunder Gewölbedecke. Auf diese Weise drang er immer weiter zum unterirdischen Kern des Anwesens vor. Lange Fäden von Spinnweben schaukelten durch die Luft und schillerten im fahlen Licht, das durch der Belüftung dienende Deckenaussparungen hereinfiel. Den Boden überzog eine dicke Staubschicht, durch die sich eine Kette von Fußabdrücken zog. Jemand war hier stolpernd entlanggehetzt und hatte sich offenbar immer wieder umgesehen.

Ray hatte den Vertreibungszauber längst vorbereitet, feilte ihn nun aber aus. Den Geist sah er allerdings immer noch nicht.

Eine Treppe mit durchgetretenen Stufen führte zu einem Raum hinauf. Dessen Wände lagen im Dunkeln, die Gewölbedecke war sehr niedrig.

Die Spuren endeten an einer weiteren massiven Eisentür. Als Ray sie aufstieß, quietschte sie laut in den Angeln.

Dahinter türmten sich Steine auf, die aus dem Gemäuer gebrochen waren. Auf diesem Ziegelberg leuchtete der Saum eines roten Kleides.

Ray eilte darauf zu. Yui lag auf dem Boden, den linken Arm verdreht, die hellen Haare voller Sand. Die zarten roten Blüten in ihrem Haar schlängelten sich ihre Schläfe hinunter, als wären sie Blut. Das zu Lebzeiten so schöne und spitzbübische Gesicht war von Angst und Schmerz verzerrt. Ihre weiße Haut schien in kaltes Porzellan verwandelt. Yui war tot.

Unwillkürlich wich Ray einen Schritt zurück. Er wollte seinen Augen nicht trauen. Eben hatte er doch noch mit der Dienerin gesprochen. Da war sie übermütig und lustig gewesen, wollte ihm folgen ... Und jetzt lag sie hier, tot, ein zerbrochenes Spielzeug.

Plötzlich vernahm er in seinem Rücken ein Rascheln. Er wirbelte herum, hob die Lanze und sah Yui vor sich. Sie trat an ihn heran und betrachtete ihren eigenen Körper. Ihre Lippen umspielte ein mitleidsvolles Lächeln.

»Sieht aus wie eine gepflückte Blume, oder nicht?«, bemerkte die Erscheinung, sah Ray an und nahm ihre wahre Gestalt an.

Das rot-weiße Gewand wich einem dreckigen, zerrissenen Umhang, Arme und Beine wuchsen und wiesen mit einem Mal deutlich mehr Gelenke auf, das Gesicht zerfloss und zeigte nun spinnenhafte Züge. Statt Augen blickten Ray zwei fahle Monde an. Vor ihm stand der Schwarze Kodsu und lächelte.

»Mir war klar, dass du diese Leiche finden würdest«, lobte er ihn.

»Hast du sie getötet?«, fragte Ray. »Und bist dann in ihre Gestalt geschlüpft?«

»Nein«, antwortete der Geist. »Sie war das erste Opfer des blutdürstigen Geistes, der hier lebt. Sie hat versucht zu fliehen, es aber nicht geschafft. Die zweite war die Gespielin Hitarus, die du im Gang gefunden hast. Rechne noch mit einem dritten Opfer!«

Das also steckte hinter dem kürzlich erfolgten Sinneswandel der vermeintlichen Yui: Die echte hatte noch Angst gehabt, auf seine Fragen zu antworten, die falsche stahl sogar Schlüssel.

»Wann ist Yui gestorben?«

»An dem Tag, an dem du aufgetaucht bist.«

»Und wann bist du in ihre Gestalt geschlüpft?«

»Unmittelbar nach ihrem Tod«, sagte der Schwarze Kodsu. »In dieser Erscheinung hast du mir gegenüber immerhin die gebührende Höflichkeit an den Tag gelegt. Und jetzt lerne deine Lektion: Traue niemals leichtfertig deinen Augen!«

»Ich habe deine Anwesenheit überhaupt nicht gespürt. Übrigens auch nicht die von Takkaren. Dabei habe ich angenommen, diese Geister würden ständig um dich herumschwirren.«

Der Schwarze Kodsu lächelte Ray strahlend an und trug dann mit einer Stimme, die einem anderen Wesen zu gehören schien, vor:

Wir leben in Luft, in Wasser, in Feuer, ja, überall,
Eure Gedanken und Träume stehlen wir,
An euren Ängsten und Wünschen mästen wir uns!
Wir sind Holz, wir sind Stein, Wind und Licht,
Euer Schlafen und euer Wachen sind uns untertan,
Denn wir sind die wahren Herrscher der Welt!

In seinen funkelnden Augen lagen nun Weisheit, Verschlagenheit und Herablassung gegenüber den Menschen verborgen, die meinten, sie würden die Gesetze ihrer Welt kennen.

»Halten wir also fest: Auf diesem Anwesen gibt es keine Geister«, fuhr der Schwarze Kodsu dann fort. »Hast du mal darüber nachgedacht, warum das so ist?«

»Mehr als einmal«, gestand Ray. »Weißt du den Grund?«

Eigentlich hoffte er nicht auf eine Antwort. Und richtig ...

»Du bist doch Beschwörer«, erwiderte der Schwarze Kodsu. »Da wirst du in diesen Belangen doch besser beschlagen sein als ich.«

»Weißt du, was das für ein Geschöpf ist, das die Frauen tötet?«

»Sprich mit dem Statthalter darüber. Er müsste einiges wissen, was in diesem Fall nicht ganz unerheblich ist.«

»Mehr kannst du mir nicht sagen?«

»Doch!« Der Schwarze Kodsu sah ihn ernst an. »Präge dir ein, was du hier erlebst! Lerne es, Figuren auszutauschen! Ein paar zweitrangige gegen die eine, die wirklich von Bedeutung ist. Wer weiß, ob dir das in deinem weiteren Leben nicht noch von Nutzen ist.«

Dieser kluge Ratschlag brachte Ray auf, doch behielt er seinen Ärger für sich.

»Ist der Geist«, fuhr er stattdessen fort, »der die Frauen umgebracht hat, noch immer hier unten im Keller?«

»Nein«, antwortete der Schwarze Kodsu und trat einen Schritt zur Seite. »Geh also wieder hinauf, um die Leiche kümmere ich mich schon. Sie sollte man nämlich nicht finden.«

»Willst du etwa weiterhin Yuis Platz einnehmen?«

»Ich habe die vage Ahnung, dass du meine Hilfe brauchst. Und eine hübsche junge Dienerin erregt da doch etwas weniger Aufmerksamkeit als eine böse Riesenspinne.«

Er umrundete Ray und besah sich die tote Yui aufmerksam.

»Eine letzte Frage noch?«, sagte Ray.

Der Kopf des Geistes fuhr in einer Weise herum, wie sie ein Mensch nie zustande brächte. Er starrte Ray an.

»Ist Sayunaro wohlauf?«

»Ich hoffe, das wirst du bald selbst in Erfahrung bringen«, sagte der Schwarze Kodsu und verschwand, die Leiche hinter sich herziehend, im undurchdringlichen Schatten.

Ray blickte noch eine Weile wie benommen auf die Stelle, an der bis eben der Schwarze Kodsu gestanden hatte.

War dieser Geist also schon seit gestern um ihn herumgeschwirrt. Er hatte die Vorgänge im Haus beobachtet und seine Schlussfolgerungen daraus gezogen. Er hatte sich mit ihm unterhalten und ihm seine Hilfe geradezu aufgedrängt.

Denn wir sind die wahren Herrscher der Welt!, hallte es in Rays Kopf nach. Allmählich glaubte auch er das. Der Schwarze Kodsu bewegte sich mühelos in einem ansonsten geisterlosen Haus. Selbst die Beschwörer in Rumung hatten seiner Kraft nichts entgegenzusetzen gehabt …

»Wie täuschend echt er mir Yui vorgespielt hat«, murmelte Ray, während er zu dem Fenster zurückging, durch das er in den Keller gelangt war.

Ob der Yarudo ihn fürchtet?, überlegte er weiter. Oder doch jenen mordenden Geist, der sich hier irgendwo verschanzt hat?

Ray kletterte auf die Kisten an der Wand und zwängte sich

nach draußen. Dort erwartete ihn bereits jemand – mit einer Lanze in der Hand, die auf sein Gesicht zielte.

»Leg die Yari weg!«, verlangte eine klare Stimme. »Und leiste ja keinen Widerstand!«

Vor ihm stand Herr Shirey samt zwei bewaffneten Soldaten.

»Womit kann ich den Herren dienen?«, erkundigte sich Ray höflich.

»Wir führen einen Befehl des Herrn Nagateru aus. Du bist verhaftet, Freundchen.«

»Habt ihr jetzt völlig den Verstand verloren?«

»Folge uns! Dich erwarten ein paar Tage im Kerker, da kannst du dich mal ordentlich ausschlafen.«

»Und wessen klagt man mich an?«

»Bisher gibt es noch überhaupt keine Anklage. Aber die kann ja noch kommen«, erklärte Herr Shirey. »Ein Anschlag auf das Leben von Herrn Akeno oder von Herrn Hitaru zum Beispiel. Oder der Mord an der Dienerin.«

»Diesen Unsinn glaubt Ihr doch selbst nicht.«

»Es wird sich schon etwas finden, das man dir vorwerfen kann.«

Ray musterte die drei eingehend. Er würde mit ihnen fertig werden. Nur brächte ihm das letztlich keinen Vorteil.

»Fürchtet ihr euch eigentlich gar nicht, euch mit einem Beschwörer anzulegen?«

»Hier kannst du uns nichts antun«, behauptete Shirey mit unerschütterlicher Ruhe.

»Und jetzt setz dich endlich in Bewegung!«, verlangte einer der beiden Soldaten. Sein mit verheilten Pockennarben übersätes Gesicht strahlte in sicherem Triumph. Er hatte noch nie das Vergnügen gehabt, einen Beschwörer in den Kerker zu begleiten.

Sein älterer Gefährte hatte helle Augenbrauen, die in dem gebräunten Gesicht fast weiß wirkten. Er platzte beinahe an der eigenen Bedeutsamkeit angesichts der Mission, die ihm übertragen worden war. Dennoch las Ray in seinem Blick Mitgefühl, als er ihm die Yari abnahm und in Richtung Weg nickte.

Vermutlich füge ich mich besser, beschloss Ray. Schon allein um herauszufinden, was Herrn Nagateru zu diesem Befehl bewogen hat.

Während er voranging, versuchte Ray aus purem Übermut einen freundlichen Geist herbeizuzitieren, dies letztlich aber vergebens. Für den Bruchteil einer Sekunde tauchte zwar einer auf, doch verschwand er sofort wieder, fast als wäre er von einer starken Windböe davongefegt worden. Es stimmte also. Auf diesem Anwesen spielte es keine Rolle, ob er ein Beschwörer war oder nicht.

Seine Eskorte brachte ihn über einen Platz, auf dem gerade eine Einheit aus zehn Soldaten ihre täglichen Übungen hinter sich brachte. Sie vervollkommneten sich im Kampf gegen Strohpuppen im Umgang mit Stöcken und Lanzen. Obwohl keiner der Männer sein Tun unterbrach, brannten sie alle vor Neugier.

Das Gefängnis mit seiner niedrigen Decke war schummrig und kalt. Auf beiden Seiten eines Ganges waren mit Gittern Zellen abgetrennt. In einer lag ein kräftiger Bursche auf Stroh und stierte vor sich hin. Als er Shirey bemerkte, sprang er auf und nahm Haltung an, doch der Befehlshaber der Wachen würdigte ihn keines Blickes, sondern wartete nur darauf, dass ein Wachhabender endlich die Zelle für Ray aufgeschlossen hatte.

»Seit du hier bist, hatte ich nicht eine ruhige Minute«, erklärte Shirey, während der Posten die Tür wieder verschloss. »Und im Grunde grenzt es an ein Wunder, dass du selbst noch lebst.«

»Dann drückt der Herr Statthalter auf diese Weise seine Sorge um mich aus?«

»Einen allzu eifrigen Beschwörer hat ja leider schon ein vorzeitiger Tod ereilt. Warte also hier ab, bis alles vorüber ist, dann lassen wir dich wieder frei.«

»Wenn ihr mich einsperrt, wird eine weitere Frau sterben.«

»Menschen, die mehr von diesen Dingen verstehen als du, werden das zu verhindern wissen.«

»Ich muss mit Herrn Akeno sprechen.«

»Das kannst du, wenn du deine Zelle wieder verlässt.«

Shirey drehte sich um, nickte seinen Männern zu und ging zur Treppe zurück.

Seine Leute folgten ihm. Als die Tür hinter ihnen zufiel, rüttelte Ray an den Gittern, doch diese gaben nicht nach. Er ließ sich auf den Boden fallen und starrte auf die Fackel, die an der Wand gegenüber brannte.

Es hatte also bereits zwei Opfer gegeben.

Fehlte nur noch das letzte. Das dritte.

Und dieses Opfer würde heute Nacht dargebracht werden.

»He«, hörte er da eine leise Stimme.

Ray drehte den Kopf. Der Soldat in der Nebenzelle glotzte zu ihm herüber.

»Weshalb bist du hier?«, wollte der Mann wissen.

»Weil ich zu viele Fragen gestellt habe.«

»Mhm«, murmelte der Unbekannte, und auf seinem flachen Gesicht spiegelte sich Mitgefühl. »Da sind sie hier streng.«

»Gibt es eine Möglichkeit, hier herauszukommen?«

»Die gibt es. Dafür braucht bloß Herr Shirey mit dem Schlüssel aufzutauchen. Fliehen kannst du aber nicht, falls du das meinst. Wer bist du überhaupt? Ich habe dich hier noch nie gesehen.«

Ray deutete schweigend auf das Wappen an seiner Jacke.

»Aha«, knurrte der Soldat und zog sich auf sein Stroh zurück. »Dann beenden wir unser Gespräch besser. Sonst sitze ich noch eine Woche in diesem Verlies. Weil ich zu viele Fragen gestellt habe ...«

Die nächsten Stunden dehnten sich schier ins Unendliche. Ray ertrug es kaum, zur Untätigkeit verdammt zu sein. Sein Nachbar war eingeschlafen, sein Schnarchen hallte mal lauter, mal leiser in diesen Gemäuern wider.

Ray versuchte noch mehrmals, einen Geist herbeizuzitieren, doch nach wie vor vergebens. Sobald diese Geschöpfe kurz aufblitzten, waren sie auch schon wieder verschwunden.

Daraufhin maß er seine Zelle mit Schritten aus. Die Wut kochte immer stärker in ihm hoch. Wieso sperrten ihn diese Männer ein, statt ihn seine Arbeit verrichten zu lassen?

»Ich muss hier raus!«, zischte er seinem Schatten an der Wand zu. »Bevor ein weiteres Unglück geschieht!«

Er rief den Schwarzen Kodsu nicht, er dachte lediglich an seine Fähigkeit, selbst durch eine steinerne Wand in einen Raum vorzudringen. Kurz darauf quietschte die Tür. Jemand kam mit vorsichtigen Schritten die Treppe herunter.

Dann stand Yui mit seiner Yari in der Hand vor ihm. Sie sah sich um, lächelte Ray freundlich an und zog den Schlüssel für die Zelle aus ihrer Tasche. Lautlos schloss sie auf und öffnete sachte die Tür.

»Danke«, hauchte Ray lautlos.

Die blauen Augen der Frau leuchteten im matten Mondlicht.

»Du weißt, was du zu tun hast«, flüsterte sie und reichte ihm die Lanze.

Erst da bemerkte Ray das Blut. Das Holz des Oribaums, aus dem er den Schaft gefertigt hatte, musste dem Geist in Yui Schaden zugefügt haben. Doch der Schwarze Kodsu achtete gar nicht auf die Wunde an seiner Hand.

Ray ging den schwach beleuchteten Gang hinunter. Einer der Soldaten war auf den Tisch gesackt, die beiden anderen lagen auf Bänken.

»Sind sie tot?«, fragte Ray.

»Sie schlafen«, erklärte Yui mit der Stimme des Schwarzen Kodsu. »Und sie haben äußerst fesselnde Träume. Beeil dich! Nicht, dass sie doch noch aufwachen!«

Ray lief schneller.

Im Garten war es dunkel. Er hatte wirklich eine lange Zeit in der Zelle zugebracht.

Allem Anschein nach wunderte sich der Statthalter in keiner Weise über Rays Besuch. Er saß am Tisch, auf dem noch die leeren Schalen eines zweiten Gedecks standen. Sein dunkelblauer Hausmantel war mit großen grauen Perlen bestickt.

»Guten Abend, Herr Akeno«, sagte Ray, nachdem er die Tür hinter sich geschlossen hatte. »Wenn Ihr nichts einzuwenden habt, würde ich mich gern mit Euch unterhalten.«

»Ich habe noch keine Antwort aus Warra erhalten«, meinte dieser. »Aber sobald sie eintrifft, gebe ich dir Bescheid.«

»Vielen Dank«, erwiderte Ray. Die Beherrschung dieses Mannes erstaunte ihn. »Allerdings wollte ich über etwas anderes mit Euch sprechen.«

»Nur zu«, erwiderte Akeno und deutete auf den Stuhl ihm gegenüber.

Ray setzte sich und schob die leere Schale von sich.

»Herr Akeno, Ihr wisst sicher, dass auf Eurem Anwesen eine Dienerin gestorben ist.«

»Das tut mir leid«, bemerkte der Statthalter. »Es gibt hier immer wieder solch betrübliche Zwischenfälle. Aber darüber solltest du besser mit dem Kommandanten meiner Wache sprechen.«

»Die arme Frau wurde von einem Geist ermordet. Einem sehr starken und bösartigen Geist. Und Ihr seid über ihn bestens im Bilde.«

»Ach ja?«

»O ja. Und ich weiß auch genau, was mit meinem Vorgänger geschehen ist. Der Geist hat auch ihn getötet. Doch statt mir meine Arbeit zu erleichtern, lasst Ihr mich einsperren.«

»Offenbar nicht gut genug. Im Übrigen habe ich das nur zu deinem Besten getan.«

Ray wartete schweigend auf die nächsten Worte.

»Ich möchte nämlich, dass du am Leben bleibst.«

»Eigentlich kann ich ganz gut selbst auf mich aufpassen. Und dieser Geist muss unschädlich gemacht werden. Bislang mag er nur wenige Frauen töten und mit sich handeln lassen, eines Tages aber könnte er alle Bewohner dieses Hauses umbringen, also auch Euch.«

»Du willst ein Beschwörer sein?«, entgegnete Akeno mit unerschütterlicher Gelassenheit. »Dann öffne mal deine Augen, mein Junge, und sieh mich genau an! Na? Fällt dir nichts auf?«

Akeno rückte etwas zurück, senkte die Arme, die er bisher vor der Brust verschränkt hatte, schloss die Augen und entspannte sich. Da spürte Ray es. Der Mensch im Statthalter erzitterte, zerfloss, und ein anderes Wesen trat in den Vordergrund. In seinem Körper hatte sich ein Geist von gewaltiger Kraft eingenistet. Noch schlief er, doch bei der geringsten Gefahr würde er aufwachen.

»Der Schutzgeist ... «, stammelte Ray, »... steckt in Euch?!«

»Er wurde in mich eingelassen, als ich noch ein Kind war. Im Grunde könnte ich auf meine Wachen verzichten, denn ich bin nahezu unverletzlich. Ich werde nie krank, bei mir versagt jedes Gift, ich verfüge über eine enorme Lebenskraft und kann für zehn Mann arbeiten. Diese Vorteile gehen freilich mit der unstillbaren Gier nach Edelsteinen und schönen jungen Frauen einher.«

Fassungslos hörte Ray ihm zu. Gleichzeitig beobachtete er das Wesen, das mit dem Menschen verschmolzen war. Ein treuer und unsterblicher Beschützer, der stets in Akenos Nähe war. Deshalb gab es in diesem Anwesen keine anderen Geister. Sie alle fürchteten den mächtigen Geist im Statthalter.

Eine Ausnahme stellte nur jener Geist dar, der die Frauen tötete.

»Dergleichen ist mir noch nie begegnet.«

»Meine Eltern haben einen Beschwörer gefunden, der über dieses Wissen und Können noch verfügte. Der Preis für meine Sicherheit war allerdings ihr Leben. Doch sie waren bereit, ihn zu zahlen. Damals war es in Yugora ... sehr unruhig. Wir lagen im Krieg mit der Nachbarprovinz Hakata, und einmal wurde im Palast ein Meuchelmörder geschnappt, der alle Mitglieder der Herrscherfamilie umbringen sollte. Deshalb wollten meine Eltern einen guten Schutz für mich. Den haben sie bekommen ...«

»Was geschieht am Tag der Geister?«, erkundigte sich Ray.

»Da nehme ich einen Trunk zu mir, der mich in tiefen Schlaf versetzt. Außerdem werde ich in ein Zimmer eingeschlossen. Du kennst es und wolltest es dir unbedingt ansehen.«

»Warum lasst Ihr Euch nicht in Euren Gemächern einschließen?«

»Weil in jenem bestimmten Raum auch die Erscheinung

schläft, die du suchst. Sie liebt dieses Zimmer. Der erste Mord ist dort geschehen.«

»Wen hat es da getötet? Sayunaros Mutter?«

Der Statthalter rang sich ein schiefes Lächeln ab und fuhr mit der Hand über sein kurz geschnittenes Haar. Die Fingerringe funkelten in bunten Farben.

»Diese Erscheinung ist Sayunaros Mutter.«

Ray starrte Akeno an. Er meinte, sich verhört zu haben ...

»Meine Frau hat sich nach ihrem Tod in dieses Geschöpf verwandelt«, erklärte Akeno. »Sayua starb, als Sayunaro das Licht der Welt erblickte.«

»Warum habt Ihr kein Ritual zur Vertreibung durchführen lassen?«

»Das habe ich nicht übers Herz gebracht«, gestand Akeno müde. »Solange Sayunaro hier gelebt hat, hat sie niemandem ein Leid zugefügt, denn allein seine Anwesenheit hat sie beruhigt. Keine einzige Frau ist damals zu Tode gekommen.«

»Weiß Sayunaro, was es mit seiner Mutter auf sich hat?«

»Nein. Aber Sayua war der erste Geist, den er gesehen hat. Doch das versteht sich von selbst, oder? Schließlich gibt es hier keine anderen.«

Ray nickte nur.

»Erst als Sayunaro in den Tempel ging, ist Sayua böse geworden, und in letzter Zeit kenne selbst ich sie kaum wieder.«

»Das kann ich erklären.«

»Tatsächlich?«

»Sie spürt, was mit Sayunaro geschehen ist, kann ihm aber nicht helfen. Deshalb ist sie so wütend.«

Akeno versank in Gedanken. Ganz kurz linste sein Schutzgeist aus ihm heraus und versengte Ray beinahe mit dem weißen Feuer seines Blickes.

»Wisst Ihr, wo sie jetzt ist?«

»Vermutlich in den Gemächern Sayunaros.«

»Ich muss sie besänftigen, bevor sie noch jemanden umbringt.«

»Ebendiese Begegnung wollte ich verhindern, indem ich

dich habe einsperren lassen. Willst du sterben, nachdem du kaum mehr als einen Tag in meinen Diensten standest?«

»Sie wird mir nichts antun.«

»Warum nicht?«

»Weil ich ihr Nachrichten von Sayunaro bringe. Diese werden für sie bedeutender sein als mein Tod.«

»Und du hast keine Angst?«

»Ich komme ganz gut mit Geistern klar«, versicherte Ray mit einem traurigen Lächeln und ging zur Tür. »Nun verstehe ich aber auch, warum Sayunaro nicht in dieses Haus zurückkehren wollte.«

Darauf erwiderte Akeno kein Wort, sondern sah ihn nur mit einer Herablassung an, in die sich, wie Ray meinte, leichter Spott mengte.

Sayunaros Gemächer lagen mehr oder weniger nebenan.

Ray erwartete natürlich, etwas zu sehen, das ihn an Sayunaro erinnerte, aber seine Zimmer wirkten, als hätte nie jemand in ihnen gelebt. Über den Boden waren Schilfmatten verstreut, Möbel gab es kaum.

Im ersten Raum stand auf einem Tisch eine flache Schale voller Wasser, in dem eine Lotusblume schwamm. Bücher oder andere Habseligkeiten Sayunaros entdeckte Ray nicht. Was immer seinem Freund gehört hatte, war vermutlich in den Keller gebracht worden.

Der zweite Raum hatte nur noch einen nackten Steinboden, an den Wänden fehlten die üblichen Holzschnitzereien. Der dritte beherbergte das Bad.

Ein Osmanthus schwängerte die Luft mit seinem Duft. Der Baum stand vorm Fenster und schob seine Zweige mit den sternenartigen Blüten in den Raum.

Ray sah sich noch einmal aufmerksam um. Irgendwann hörte er ein unterdrücktes, klägliches Wimmern. Er folgte dem Geräusch, achtete dabei aber darauf, sich möglichst lautlos zu bewegen.

Nachdem er einen weiteren Raum durchquert hatte, fand er

sich im Schlafzimmer wieder. Hier stand ein Bett, allerdings ohne Matratze und Baldachin. Da obendrein der Holzrahmen zertrümmert worden war, erinnerte die ganze Konstruktion im Grunde an ein Folterwerkzeug.

In der dunkelsten Ecke saß eine kleine zusammengekrümmte Gestalt in einem weißen, weiten Gewand. Sie schluchzte in einem fort, hatte ihre Arme um die Knie geschlungen und wiegte sich hin und her. Die langen Haare fielen vor ihr Gesicht.

Ray ging langsam auf die Frau zu, hielt aber den Zauber zur Vertreibung bereit. Mit einem Mal verstummte sie und lugte zwischen ihren staubgrauen Strähnen mit leuchtenden purpurnen Augen zu ihm hoch.

Als ich damals durch das Schlüsselloch gespäht habe, erinnerte sich Ray, da habe ich in diese Augen gesehen. Da hatte niemand roten Stoff vor die Tür gehängt ...

»Noch nie hat mich jemand so hartnäckig gesucht«, ergriff die Geistererscheinung das Wort.

Sayua glich einer eisigen Windböe – bei ihren Worten bekam Ray eine Gänsehaut.

»Du kennst meinen Sohn«, fuhr sie fort.

»Ja.«

»Was ist mit ihm geschehen?«

»Ein Shiisan hat sich in ihm eingenistet.«

Als sie die Haare aus dem Gesicht strich, sah Ray, wie schön es war. Als wäre es aus weißem Stein gemeißelt. Obendrein erkannte er in diesen feinen Zügen die seines Freundes wider.

»Glaub mir«, fügte er hinzu, obwohl Worte nichts änderten, »das tut mir sehr leid.«

»Wo ist er jetzt?«

»In Agosima. Die Beschwörer von Rumung sind von seiner Gabe ... oder seinem Fluch geradezu gefesselt.«

Sayua erwiderte nichts. Ihr Schweigen wälzte sich mit eisiger Wut im Raum aus.

»Warum hast du ihn allein gelassen?«, fragte sie dann leise.

»Weil wir alle getäuscht wurden. Mich hat dann der Schwarze Kodsu weggebracht. Ohne ihn wäre ich jetzt tot.«

Sayua zerrte ihr Haar wieder vors Gesicht.

»Wenn ich bei ihm gewesen wäre ... warum muss ich bloß an dieses Haus und an Akeno gebunden sein ...? Ich hätte Sayunaro beschützt. Er ist der Einzige, der mich versteht. Er hat mit mir gesprochen. Bis man ihn mir weggenommen hat. Hier wäre ihm nie etwas zugestoßen ...«

»Warum hast du all die Frauen getötet?«, wollte Ray nach einer Weile wissen.

»Um zu sehen.« Sie berührte mit den Fingerspitzen ihre Unterlider. »Ihr Blut gibt mir Sehkraft. Sonst bin ich blind und kann nicht auf ihn aufpassen, doch je mehr Blut ich erhalte, desto klarer sieht mein inneres Auge.«

»Wie hat der Statthalter es geschafft, dich dazu zu bringen, seine Favoritinnen zu schonen?«

»Warum fragst du ihn das nicht selbst?«

»Weil ich eher den Geistern traue als den Menschen.«

»Ich erfülle ihm seine Bitten.« Zwischen den grauen Strähnen fuhr ihre Hand heraus und packte Ray bei der Schulter. »Kannst du mir meinen Sayunaro wiederbringen?«

»Wenn du mit dem Morden aufhörst.«

Sie hob den Kopf und sah Ray mit Augen an, die an Rubine erinnerten. Er hielt diesem Blick stand. Nach einer Weile senkte Sayua die Lider.

»Ich verspreche es«, hauchte sie.

Daraufhin ließ Ray Sayua wieder allein. Diese fing nicht erneut zu weinen an. Stattdessen wogte eine beredte Stille durch alle Räume Sayunaros, die von der Bereitschaft seiner Mutter kündete, geduldig zu warten.

Vor der Tür lauerte Yui auf ihn.

»Meine Hochachtung«, sagte der Schwarze Kodsu, der in ihr steckte. »Abermals ein keiner Handel mit einem Geist. Allmählich machst du dir das wohl zur Gewohnheit.«

Ray ging schweigend weiter.

»Herr Ray«, rief Yui ihm leise hinterher. »Nehmt Ihr mich mit nach Warra? Ich bin noch nie in der Hauptstadt gewesen.«

»Als ob ich dir etwas abschlagen könnte.«

2

Schmerz, der ewige Begleiter

Bislang war ihm nicht klar gewesen, wie viel Blut im Körper eines Menschen floss.

Das warme Nass hatte seine gesamte Kleidung getränkt, mittlerweile eine braune Schorfkruste gebildet und ihm das Haar an die Stirn geklebt. Seine Haut brannte. Das Stroh, auf dem er schlief, musste jeden Tag gewechselt werden. Der alte Beschwörer in einem roten Gewand, der das frische brachte, achtete strikt darauf, ihm nicht zu nahe zu kommen. Er stellte ihm bloß rasch etwas zu essen hin, klaubte das blutgetränkte Stroh zusammen und eilte wieder davon.

Der neue Schüler des Meisters verhielt sich jedoch stets friedlich. Schweigend saß er da und beobachtete den Mann durch die von Blut verkrusteten Strähnen des Stirnhaares, die ihm wirr vor die Augen fielen. Allerdings loderte in diesen ein hungriges Feuer.

Sobald sich der Gefangene auf dem frischen Stroh ausstreckte, stieg ihm der Geruch von trockenem Gras, heißem Wind und aufgelockertem Boden in die Nase. Vor nicht allzu langer Zeit waren diese Gerüche für ihn noch das Natürlichste der Welt gewesen. Jetzt kamen ihm die Bilder, die sich damit verbanden, völlig unvertraut vor.

Irgendwann schloss erneut jemand die Tür auf. Licht fiel herein, das Geräusch schwerer Schritte drang an sein Ohr.

»Nun, mein Freund«, erklang die tiefe Stimme Ruams. »Wie fühlst du dich?«

Der Spott war unverkennbar. Eine Öllampe entriss dem Dunkel einen hochgewachsenen Mann in einem leuchtend roten Gewand. Über seine braun gebrannte Stirn zog sich ein weißer Streifen, im schwarzen Bart schimmerten einige graue Strähnen. Er musterte den Mann, der sich in der Ecke zusammengekauert hatte, mit unverhohlener Neugier.

Auf dem Weg zur Pritsche stieß er gegen eine Schüssel. Er hob sie auf, starrte auf das rohe Fleisch, das in Blut trieb, und schnupperte kurz.

»Warum isst du nichts?«

»Weil ich keinen Hunger habe.«

»Ist die Speise nicht nach deinem Geschmack?«, erkundigte sich der Mann und schob die Schüssel schwungvoll über den Boden zu dem Gefangenen.

Dieser schnappte sich den Napf mit einer derart schnellen Bewegung, dass sie kaum auszumachen war, und schleuderte ihn gegen die Wand. Der Inhalt sickerte langsam am Gemäuer herab.

»Bisher waren frisches Blut und rohes Fleisch doch deine Leibspeise«, sagte Ruam, den die Flinkheit seines Gegenüber im Grunde entzückte. »Was hat sich geändert, mein guter Sayunaro?«

»Ich will hier raus!«

»Bist du dir da sicher? Nach allem, was beim letzten Mal geschehen ist?«

Sayunaro hatte keinen blassen Schimmer, worauf Ruam anspielte.

»Du stellst eine Gefahr dar«, erinnerte ihn dieser. »Sogar für dich selbst.«

»Ihr habt mir versprochen, mir beizubringen, den Shiisan in mir zu zügeln.«

»Das brächtest du längst zustande, wenn du dich meinen Bemühungen nicht widersetzen würdest.«

»Warum nimmt sich meiner nicht Meister Hyeon an?«

»Weil er dazu viel zu beschäftigt ist«, antwortete Ruam. »Obendrein versteht er weniger vom Umgang mit Shiisans als ich. Daher musst du mit mir vorliebnehmen. Und jetzt steh auf! Sofort!«

Sayunaro setzte sich mit Mühe auf, sackte aber gleich wieder gegen die Wand. Erst jetzt nahm er den Schatten in Ruams Rücken wahr. Dieser gewann immer mehr an Größe und Kontur. Die langen, seitlich ausgestreckten Arme waren klar zu erkennen, ebenso die Rippen, die aus dem ausgemergelten Körper herausstaken. Den flachen Kopf krönte ein dornenbesetzter Hahnenkamm, in dem länglichen Fischgesicht funkelten fahle Augen.

Sayunaro betrachtete den Shimaa völlig gelassen. Noch bis vor Kurzem war der Shiisan in ihm beim Anblick dieses Geistes in Aufruhr geraten. Da wollte er ihn auf der Stelle in Stücke reißen. Mittlerweile brachte er dem mit Ruam verschmolzenen Geschöpf nur noch Gleichgültigkeit entgegen. Nicht nur Sayunaro war müde, sondern auch der Shiisan in ihm.

»Greife den Shimaa an!«, befahl Ruam.

»Wozu?«

»Weil ich es sage«, erwiderte Ruam. »Du musst lernen, über deine Wut zu gebieten, damit du sie im Kampf gegen einen Gegner anfachen und danach wieder unterdrücken kannst. Und nun tu, was ich verlangt habe, Schüler!«

»Ich bin nicht dein Schüler«, zischte Sayunaro und sprang auf – allerdings nicht, um Ruams Befehl zu befolgen, sondern um diesen anzugreifen.

Der Mann aus Rumung wehrte die beinerne Schwerthand nur mit Mühe ab, packte Sayunaro dann bei der Kehle, würgte ihn und rammte ihn gegen die Wand.

»Wenn du das noch einmal wagst«, brüllte Ruam, »breche ich dir das Genick!«

»Das glaubst du doch selbst nicht«, stieß Sayunaro aus, während er gleichzeitig hustete und lachte. »Schließlich brauchst du den Shiisan in mir noch.«

Fluchend stapfte Ruam die Treppe hoch und verließ die Zelle. Sayunaro wirkte sofort einen Zauber. Ein winziges Licht schimmerte auf. Der Uddo kreiste durch die Luft, bis er auf einen in Gedanken ausgesprochenen Befehl hin zur Tür flog. Doch auch diesmal fand er keinen Weg hinaus. Mit voller Wucht schlug er gegen das Ebenholz und zerfiel zu Hunderten winziger Funken. Zischend sanken diese zu Boden und erloschen. Sayunaro starrte in ihrem versiegenden Licht auf die Wand seiner Zelle. Einundzwanzig Striche prangten dort.

»Jetzt bin ich schon drei Wochen hier«, flüsterte er. »Fast einen Monat …«

Er sackte aufs Stroh und schloss die Augen.

Und ausgerechnet hier in Agosima hatte er auf Rettung gehofft. Verzweifelt dachte er an seine Ankunft zurück …

Sayunaro lief in Begleitung von Meister Hyeon und Ruam durch den Zehngeistertempel. Die beiden zeigten ihm die Sammlung von alten Artefakten und Schriftrollen. In einer Galerie standen Statuen, die Geister darstellten, denen man in Warra oder Umgebung niemals begegnete.

Die Tempelanlage war riesig, besaß Dutzende von Gängen und Treppen. Sayunaro hatte bereits Pläne solcher Gebäude gesehen, allerdings ausschließlich in Büchern, die sich den Bauten widmeten, die es vor über tausend Jahren gegeben hatte. Den Kern bildete ein riesiger, von Säulen gesäumter Saal, an den sich Hunderte kleinerer Räume anschlossen, sodass diese Gebilde ein wenig an Waben erinnerten.

Bereits als Kind hatten Sayunaro die Pläne solcher Bauwerke in ihren Bann geschlagen. Stundenlang konnte er über ihnen sitzen und versuchen, sich die Paläste und Tempel vorzustellen, die nach ihnen entstanden waren. Er hatte sogar seinen Vater gefragt, ob sie ihr Anwesen nicht entsprechend umbauen könnten. Dieser hatte jedoch gemeint, dafür sei das Klima in Yugora nicht geeignet. Obendrein wären die Ausgaben gewaltig, er aber habe nicht die Absicht, für einen solchen Irrsinn die Steuern zu erhöhen. Damit hatte er Sayunaros Eifer einen tüchtigen Dämpfer aufgesetzt.

Doch wer hätte damals geahnt, dass er eines Tages einen solchen alten Tempel mit eigenen Augen sehen würde?

Während Ruam ihn umherführte, sprach er von der Zeit, in der die einzelnen Teile der Anlage errichtet worden waren, und verwies immer wieder auf das geheime Wissen, das hier gepflegt wurde.

Sayunaro hörte ihm allerdings nur mit halbem Ohr zu. Eben erst hatten ihn seine beiden Freunde verlassen. Genauer gesagt, sein einziger Freund. Denn was Grizzly anging, machte er sich nichts vor, dieser vertraute ihm längst nicht mehr. Sayunaro verübelte ihm das nicht. Nur ein überheblicher Beschwörer würde jemandem trauen, in dem sich ein Shiisan eingenistet hatte.

»Unser Orden ist über fünftausend Jahre alt«, berichtete Ruam voller Stolz.

»Das stimmt doch nicht, der Orden ist erst vor zweitausend Jahren entstanden«, ereiferte sich Sayunaro. »Nachdem sich die Beschwörer zusammengeschlossen haben, um ...«

»Das gilt für den Orden in Warra«, bemerkte Ruam von oben herab. »Unser Orden bestand jedoch schon, als Akane noch nicht in Provinzen unterteilt war. Und vor jener Katastrophe, die einen Teil des Landes ins Wasser gerissen hat.«

»Von dieser Geschichte habe ich noch nie etwas gehört«, erwiderte Sayunaro und sah Meister Hyeon an.

»Deshalb wirst du bei uns ja auch endlich das wahre Wissen erlangen«, fuhr Ruam fort, öffnete eine schwere Tür und ließ den beiden anderen den Vortritt in einen großen Saal.

In diesem standen mehrere lange Tische aus weißem Marmor. Durch runde Öffnungen in der Decke bahnten sich die Sonnenstrahlen ihren Weg und warfen kugelrunde Flecken darauf. An den Wänden zogen sich hohe Regale hin, in denen sich Schriftrollen stapelten. An langen, mittlerweile grün angelaufenen Ketten hingen schwere Kerzenhalter von der Decke. Dies war die größte Bibliothek, die Sayunaro je gesehen hatte.

Doch noch ehe er alles in Ruhe bewundern konnte, traten mit raschen Schritten einige Beschwörer in roten Gewändern ein. Bis auf einen Mann mit langem schwarzen Haar, das in gertenartigen Strähnen herabhing, waren alle angeschlagen. Eine Frau musste sogar gestützt werden.

»Sie sind entkommen!«, brüllte der schwarzhaarige Mann.

Auf seinem narbenzerfurchten Gesicht spiegelte sich nackte Wut. »Nicht einmal zwei nichtsnutzige Jungen können sie aufhalten! Und das, obwohl sie in der Überzahl waren! Sechs gegen zwei!«

»Was ist los?«, erkundigte sich Ruam.

»Sie hatten einen Schwarzen Kodsu dabei!«, stellte eine Frau mit schwarzer Mähne klar. Ihr Kleid war zerfetzt, sodass hier und da die glatte, braun gebrannte Haut durchschimmerte. »Er hat den einen von ihnen beschützt, als wäre es sein eigen Fleisch und Blut.«

»Hyeon!«, schrie der tobende Mann. »Warum hast du uns nicht gesagt, dass dein Schüler den Schutz des Schwarzen Kodsu genießt?!«

»Weil ich das nicht gewusst habe.«

»Was weißt du überhaupt?!«, fuhr ihn die Frau an. In dieser Sekunde entdeckte sie Sayunaro. Sie erstarrte wie ein Raubtier, das gleich mit einem einzigen Sprung seine Beute erledigen würde. »Wer ist das?«

»Ein ehemaliger Schüler Hyeons«, antwortete Ruam. »Jetzt ist es meiner.«

»Freut mich, dich kennenzulernen«, sagte die Frau, und ihre Lippen umspielte ein Lächeln, das allerdings eher einem Zähnefletschen gleichkam. »Tut mir leid, dass wir dich mit unseren Schwierigkeiten langweilen.«

»Es scheinen nicht nur eure Schwierigkeiten zu sein«, entgegnete Sayunaro. »Ihr habt von meinem Freunden gesprochen, oder etwa nicht?«

»Wie kommst du denn darauf?«, fragte ihn der schwarzhaarige Beschwörer.

»Von wem sollte sonst die Rede sein?«

»Du irrst«, versicherte die Frau. »Wieso hätten wir auch deine Freunde daran hindern sollen, nach Warra zurückzukehren?«

»Vielleicht sollte ich ihnen doch besser folgen. Tut mir leid, Ruam, aber ich habe es mir überlegt und werde meine Ausbildung nicht bei euch fortsetzen.«

»Das wird nicht ohne Weiteres möglich sein.« In diesen Worten schwang nicht die geringste Drohung mit. Ruam sprach lediglich aus, was jeder wusste. »Die Straße nach Rumung führt nämlich nur in eine Richtung.«

Die Beschwörer aus Rumung kamen langsam auf ihn zu. Damit war Sayunaro eingekesselt.

Mit einem Mal erhob sich hinter einem von ihnen ein grauer Schatten, der sich langsam verdichtete. Sofort erwachte der Shiisan, der in Sayunaro schlummerte. Genau wie damals im Kampf gegen die Ombragi in dem Kanrin mit der Quelle. Oder als sie in dem verlassenen Haus des Yarudo von Garugi angegriffen worden waren. Ein roter Schleier fiel vor Sayunaros Augen. Durch ihn nahm er nur noch die Konturen der Beschwörer und die Geister wahr, die mit ihnen verbunden waren. Bei Letzteren handelte es sich um Shimaas.

Seine Hand verwandelte sich in ein beinernes Schwert. Über seine Wange sickerte Blut.

»Ein Shiisan!«, stieß jemand aus. »In ihm hat sich ein Shiisan eingenistet! So etwas habe ich noch nie erlebt!«

»Er darf uns nicht auch noch entkommen«, brüllte Ruam. »Ich brauche ihn! Lebend!«

Sayunaro ging zum Angriff über, doch der Geist, auf den er es abgesehen hatte, duckte sich in letzter Sekunde weg. Der Beschwörer aus Rumung torkelte immerhin zur Seite und hielt sich die blutende Wunde. Ein zweiter Shimaa kam wie eine Schlange auf Sayunaro zugekrochen. Dieser hieb mit aller Wucht auf den Geist ein, der daraufhin in zwei Hälften zerfiel und sich in Rauch auflöste.

Dann setzten alle gemeinsam zum Angriff an. Hyeon schickte ihm einen aufwendigen, sehr starken Zauber in den Rücken. Ein unsichtbarer Strick umschlang ihn. Als Sayunaro Widerstand leistete, zog sich dieser nur noch fester um ihn. Schließlich wurde er zu Boden geworfen. Die roten Konturen der Beschwörer waberten auf ihn zu.

»Und du willst diesen halben Shiisan wirklich am Leben lassen, Ruam?!«

»Ja, Sikh. Glaub mir, wenn ich mich noch ein wenig mit ihm beschäftige, wird er uns gute Dienste leisten.«

»Meiner Ansicht nach vergeudest du mit ihm nur deine Zeit.«

»Bestimmt nicht.«

»Also gut, versuch es.«

Sayunaro sah noch den verschwommenen Fleck eines Gesichts vor sich, dann fiel er in Ohnmacht.

Als er wieder zu sich kam, fand er sich in einer Zelle wieder. Ruam stand vor ihm und betrachtete ihn neugierig.

»Du musst nun eine schlichte Wahl treffen«, teilte er ihm freundlich mit. »Entweder bringen wir dich auf der Stelle um, oder du eignest dir das Wissen an, über das wir verfügen. Ich bin nach wie vor bereit, es dir zukommen zu lassen. Wie lautet deine Entscheidung?«

»Bilde mich aus.«

»Das ist eine kluge Entscheidung. Dann lass uns mit dem Unterricht beginnen.«

Wenn Ruam ihn fortan in seiner Zelle besuchte, zeichnete er Symbole auf den Boden, die selbst Sayunaro nichts sagten, ihn aber ein wenig an Elemente aus den Zaubern erinnerten, mit denen Geister herbeizitiert oder unterworfen wurden. Dazu murmelte Ruam Sprüche, in denen bekannte Wörter durch solche ersetzt wurden, die Sayunaro noch nie vernommen hatte. Er ließ Sayunaro nicht eine Sekunde aus den Augen, doch die Veränderung, auf die Ruam hoffte, blieb aus.

Sayunaro begriff jedoch bald, dass er nicht den Shiisan in sich bezwang, sondern immer mehr zu diesem wurde. Irgendwann befahl Ruam, ihn mit rohem Fleisch zu füttern. Dem Shiisan war das nur recht, dem Menschen längst einerlei.

Immer tiefer versank Sayunaro im Dunkel. Die wenigen klaren Bilder, die gelegentlich vor seinem inneren Auge vorbeizogen, sagten ihm nichts mehr. Eine hochgewachsene Frau mit rotem Haar. Ein mürrischer Mann, dessen Kleidung über und über mit Edelsteinen bestickt war. Zimmerfluchten, in denen sich eine wunderschöne Frau mit weißer Haut und rubinroten Augen aufhielt. Sie rief mit sanfter Stimme nach ihm ...

Sayunaro schlief beinahe ununterbrochen. Erwachte er für wenige quälende Minuten, meinte er häufig, noch immer von Träumen heimgesucht zu werden. Immer öfter versengte ihn auch Schmerz. Es war, als würde ihm ein Messer ins Fleisch schneiden ...

Jemand berührte sanft seine Schulter und rief seinen Namen. Als er die Augen aufschlug, traf ihn beißendes weißes Gleißen.

»Lösch das Licht!«, schrie er und riss den Unterarm vors Gesicht. »Sofort!«

Mitunter machte ihm Helligkeit nichts aus, mitunter fügte ihm schon der schwächste Schimmer unbeschreibliche Pein zu.

»Tut mir leid!« Das Licht ging aus. Der bittere Geruch von gelöschtem Docht und brennendem Öl hing in der Luft. »Ist es so besser?«

»Ja.«

Sayunaro zog den Arm zurück. Vor ihm kniete eine junge Frau mit hagerem Gesicht und kurz geschnittenem dunkelblonden Haar. Sie blickte ihn besorgt an. Das weiße Gewand ließ ihn an einen Beschwörer vom Orden denken.

»Du bist Nara, oder?«, fragte er. »Ich erinnere mich an dich.«

Der Duft von Blättern, feuchter Erde, Moos und Baumrinde haftete an ihrer Kleidung und ihrem Haar. Sie musste viel Zeit im Wald verbringen ...

»Sayunaro«, flüsterte sie und strich sich einige Strähnen aus der Stirn. »Ich bin erst seit Kurzem wieder im Tempel, daher habe ich erst jetzt erfahren, was geschehen ist.«

»Erzähl mir alles!« Er stemmte sich auf einen Ellbogen hoch. Beide Arme zeigten zum Glück wieder ihre gewöhnliche Form.

»Ruam und die anderen wollten Ray und Grizzly umbringen, aber sie konnten fliehen. Ein Schwarzer Kodsu hat beide von hier weggebracht.«

»Und weiter?«

»Ich habe sie belauscht. Sie wollen ...« Nara rückte noch ein bisschen näher an Sayunaro heran. Ihre Augen funkelten in der

Dunkelheit, ihr Atem wirkte wie eine warme Brise. »Sie hoffen, mit deiner Hilfe Macht über Sharh zu gewinnen.«

»Was bilden sich diese Narren bloß ein?!«, stieß er mit bitterem Gelächter aus.

»Ruam glaubt fest daran, dass er es schafft.« Aus Naras Stimme war deutlich Furcht herauszuhören. »Er behauptet, einen Weg zu kennen, den Gebieter der Shiisans in die Knie zu zwingen. Wenn es ihm bisher noch nicht geglückt sei, dann nur, weil du dich widersetzt.«

»Aber was verspricht er sich davon?«

»Ein Heer von Shiisans«, antwortete sie und sah ihn erneut mit einem Blick an, in dem nacktes Entsetzen lag. »Wenn ich mir vorstelle, was er mit dieser Macht beabsichtigt, wird mir angst und bange.«

»Und deshalb verrätst du sie jetzt?«

»Ja ... Zunächst war ich froh, hier zu sein, denn sie haben Kazumi und mir neue Zauber beigebracht. Und ich wollte doch lernen.« Naras Stimme überschlug sich. »Aber sie bereiten eine Verschwörung vor! Einen Krieg! Und daran will ich nicht teilhaben!«

»Wenn ich mich bloß mit Ray in Verbindung setzen könnte ...«

»Glaubst du denn, dass er noch am Leben ist?«, fragte Nara. »Obwohl er dem Schwarzen Kodsu in die Hände gefallen ist?«

»Da bin ich mir ganz sicher. Aber ich kann hier drinnen nichts machen. Du musst Warra darüber in Kenntnis setzen, was hier vor sich geht.«

»Ich werde es versuchen«, versprach sie. »Aber sie behalten mich jetzt ständig im Auge. Es grenzt ja schon an ein Wunder, dass ich unbemerkt zu dir in die Zelle schlüpfen konnte. Ich sollte jetzt wohl auch wieder gehen, bevor man mich hier erwischt.«

Sie erhob sich.

»Ruam darf nicht die Oberhand über den Shiisan in dir gewinnen«, sagte sie leise. »Leiste ihm um jeden Preis Widerstand!«

Sayunaro grinste nur. Nara eilte die Treppe hoch. Sobald sie draußen war, schloss er wieder die Augen.

Mit einem Mal bohrten sich Hunderte unsichtbarer Nadeln in seine linke Hand. Das kannte er sonst nur, wenn sich seine Hand in ein Schwert verwandelte und nach Blut dürstete. Sayunaro wischte sich die Finger unwillkürlich an der Hose ab. Da fiel ihm zum ersten Mal seine Kleidung auf. Ein weites Leinenhemd, das an der Brust mit schwarzen Symbolen bestickt war. Obwohl Blut diese mit einem seltsamen Ornament überzogen hatte, blieben die Zeichen klar erkennbar. Die gleichen Stickereien zogen sich auch über die Knie seiner Hosen.

Es war ein Zauber, um einen Geist herbeizuzitieren. Für den Shiisan in ihm musste er ebenso verführerisch sein wie der Duft frischen Blutes. Irgendwann würde er diesem Ruf folgen ...

Umgehend zerrte Sayunaro am Ausschnitt seines Hemdes, bis es über der Brust einriss. Die Zeichen waren nun voneinander getrennt. Das müsste den Ruf dämmen, wenn nicht gar völlig unterbinden.

Wenn man lange ins Dunkel schaut, fängt das Dunkel irgendwann an, dich zu beäugen. Diese Worte hatte er einmal in einem Buch gelesen. Nun flackerten sie überraschend in seinem Gedächtnis auf. Damals, in jenen fernen Tagen voller Glück, musste ihm der Gedanke gefallen haben. Nur hätte er sich damals wohl im Traum nicht ausgemalt, dass er irgendwann am eigenen Leib erfahren würde, wie wahr diese Worte waren.

»Ich darf nicht in das Dunkel schauen ...«, schärfte er sich ein.

Ray blitzte in seiner Erinnerung auf. Was hatte er ihm doch gleich gesagt? Du darfst Kazumi nicht töten, du darfst dich nicht deiner Rachsucht überlassen, du musst den Shiisan in dir zügeln, sonst gewinnt er die Oberhand über dich. Blieb nur zu hoffen, dass er es schaffte, diesem Rat Folge zu leisten.

Denn die Beschwörer aus Rumung waren auf ein Shiisanenheer erpicht. Sie würden ihm keine Ruhe lassen, bis ...

Sayunaro streckte sich wieder aus und vergrub das Gesicht im Stroh. Ein betörender Geruch stieg ihm in die Nase. Er hielt ihn in dieser Zelle, verhinderte, dass er in Gedanken zu jenem letzten Tag der Geister zurückkehrte. Auf gar keinen Fall wollte er an die unterirdischen Säle denken, an das Ritual, das die Geister bereits eingeleitet hatten und das ihn in einen Shiisan verwandeln sollte. Früher hatte ihm in diesen Momenten der Qual die Erinnerung an Tora geholfen, die kühne und strahlende Akrobatin. Irgendwann hatte er jedoch geträumt, seine Zähne in ihren starken und geschmeidigen Körper zu rammen. Danach hatte er sich jede Erinnerung an Tora auf der Stelle untersagt.

Er dachte nicht einmal mehr an ihre Briefe, in denen sie von sich, von ihrer Mutter aus Suro und ihrem Vater aus Hagura berichtet hatte. Auch er war ein Artist gewesen, dann aber bei einer Vorstellung vom Trapez gestürzt und zu Tode gekommen. Vom Zirkus hatte Tora überhaupt viel erzählt. Es war eine Welt voller Freude, die jedoch nach harter Arbeit verlangte. Auf jeden Sieg folgte eine Niederlage. Ein wenig glich ihr Leben also dem seinen, nur dass sie nicht von einem Gayuur gefressen wurde, wenn ihr ein Salto missglückte, und sich kein Shiisan in ihr einnistete, wenn sie ihrem Partner half. Außerdem hatte Tora ihm immer wieder unwahrscheinliche und erschreckende Ereignisse geschildert, die ihre Freunde oder Bekannten erlebt hatten, und er hatte dann seine Vermutungen abgegeben, welcher Geist wohl dahinterstecken könnte. Gleichzeitig hatte er ihr von guten Geistern erzählt, die klugen, ehrlichen und tapferen Menschen beistehen oder ihnen schlicht eine Freude bereiten. Vom weisen Yuumo beispielsweise, der die Wissbegierigen unterstützt, oder von Rugg, der Krieger belohnt, die sich dem Schutz der Schwachen verschrieben haben. Oder auch von Annosu, der Kinder beschützt und sie vor Krankheiten bewahrt ... Er hatte Tora unbedingt veranschaulichen wollen, dass es nicht nur den Schwarzen Kodsu oder Shiisans gab, um dadurch ihr Leben etwas leichter und heller zu machen, denn sie war der einzige gewöhnliche Mensch, mit dem er sich wohlfühlte. Nun war auch das vorbei ...

Alles, was ihm nun noch blieb, war, auf Ruam zu warten. Der Beschwörer stellte seine einzige Verbindung zur Welt außerhalb dieser Zelle dar. Er trug einen Geruch herein, der ihm verriet, was dort vor sich ging, ob es regnete oder die Sonne schien, ob man Zauber übte oder den Geistern ein Opfer brachte.

Ruam enttäuschten die Besuche indes zunehmend. Sayunaro sah durch ihn hindurch, gab keinen Ton von sich, ließ sich weder von Herbeirufungszaubern noch von Schmerz beeindrucken. Er blieb in seine eigene Welt versunken.

Irgendwann platzte Ruam der Kragen.

»Nichts«, keifte er, sobald er Sayunaros Zelle verlassen hatte. »Nicht die geringste Veränderung.«

»Genau das hat Sikh dir vorausgesagt«, erwiderte eine unbekannte Stimme.

Doch Ruam irrte. Sayunaro veränderte sich. Er verfügte mittlerweile über ein derart ausgeprägtes Gehör, dass es ihn selbst erstaunte. Wenn Zugluft Sand über den Steinboden trieb oder jemand vor seiner Zelle auf und ab ging, hörte er das. Sogar die Stimmen gesichtsloser Geister vernahm er. Außerdem wurde er immer wieder von einem Traum heimgesucht, in dem ihn jemand heimlich beobachtete, der aber jedes Mal verschwand, wenn er, Sayunaro, nach ihm Ausschau hielt.

»Vielleicht solltest du ihn einmal aus der Zelle herauslassen?«, fuhr der Unbekannte fort. »Bring ihn ins Armenviertel, damit er dort seinen Leidenschaften frönt. Was ist, soll ich Sikh um Erlaubnis bitten?«

Sayunaro sprang auf. In seinem Kopf wirbelten die kühnsten Ideen durcheinander. Hier bot sich eine Möglichkeit, Ray zu benachrichtigen, vielleicht sogar zu fliehen …

»Das ist ein guter Gedanke, Nikhir«, erwiderte Ruam. »Etwas Auslauf könnte ein Wunder vollbringen.«

Dann entfernten sich die Stimmen und verstummten schließlich. Sayunaro atmete tief durch und ließ sich wieder aufs Stroh sinken. Was, wenn Sikh Ruam verbot, ihm einen kleinen *Auslauf* zu gönnen? Angespannt lauschte er auf jedes Geräusch, das aus dem Gang an sein Ohr drang. Nach Stunden näherte sich ihm endlich jemand mit raschen Schritten, hantierte am Schloss und öffnete die Tür.

»Steh auf!«, befahl Ruam. »Ich habe in der Stadt etwas zu erledigen. Du wirst mich begleiten.«

Ohne jede Hast erhob Sayunaro sich. Er wollte sich seine Freude um keinen Preis anmerken lassen.

»Ich behalte dich im Auge«, zischte Ruam mit wissendem Grinsen auf den Lippen. »Schlag dir also sämtliche Dummheiten aus dem Kopf!«

Im Tempel war es schummrig, da nur die Hälfte der Kerzenhalter an den Wänden entzündet worden war. Obendrein gab es nicht ein Fenster. Die Wände des langen Ganges mit der niedrigen Decke waren mit Reliefs verziert, die heute jedoch kaum noch zu erkennen waren. Nur vage machte Sayunaro die Figuren von Menschen aus, die sich in einer Weise vorgebeugt hatten, als liefen sie gegen eine starke Windböe an.

Sayunaro ging voraus. Da er Ruams Blick in seinem Rücken spürte, beschleunigte er den Schritt. Merkwürdige Erinnerungen stiegen in ihm auf, lauter Schauergeschichten, die er in seiner Kindheit gehört hatte, im Flüsterton vorgetragen von einer Frauenstimme, die aus dem Dunkel kam. Er hatte diese Geschichten vergessen wollen, doch sie hatten sich fest am Rand seines Bewusstseins eingenistet. Der Shiisan in ihm erwachte, gab jedoch sofort Ruhe, als eine Kerze ihn blendete.

»All diese Säle und Gänge liegen unterhalb des Tempels«, erläuterte Ruam ungefragt. »Sie hat es schon lange vor ihm gegeben. Hier haben die Menschen Zuflucht gesucht, nachdem ein Teil des Landes von der großen Flut verschlungen worden ist.«

Sayunaro drehte sich zu ihm zurück. Ruam maß ihn mit einem triumphierenden Blick: Sein Wissensdurst hatte in ebendieser Sekunde seine Sturheit bezwungen.

»Wie ich schon vor unserem kleinen Streit, der dich in deine Zelle gebracht hat, erwähnt habe«, setzte Ruam lächelnd an, »ist Akane einst noch größer gewesen. Angeblich lassen sich an klaren Tagen vom Ufer aus noch heute drei Klippen ausmachen, die aus dem Wasser herausragen und früher zu Agosima gehörten.«

Ruam sprach freundlich und ruhig, fast als hätte er Sayunaro nicht einen Monat lang eingesperrt und gepeinigt, um den Shiisan in ihm herauszulocken.

»Nach dieser Katastrophe waren weithin die Schreie und das Stöhnen der Menschen zu hören, die von den Wellen erfasst worden waren«, fuhr Ruam fort. »Fast alle von ihnen sind gestorben. Das hat selbstverständlich Geister in Scharen angezogen.«

Ruam bedeutete Sayunaro, der immer langsamer gegangen war, nicht stehen zu bleiben. Sie erreichten nun einen Saal mit Säulen, die an gewaltige Baumstämme denken ließen, denn die Maserung wirkte wie Rinde.

Hinter einer dieser Säulen trat ein Mann in einem roten Gewand hervor, doch Ruam grüßte ihn nicht einmal. Schnurstracks durchquerten die beiden den Raum und bogen in einen Gang linker Hand ein.

»Die Beschwörer der Vergangenheit haben alles getan, um die blutdürstigen Geister aufzuhalten, doch vergebens«, setzte er seine Erzählung fort. »Schließlich blieb ihnen nichts anderes übrig, als einige Bergerschütterer herbeizuzitieren und sie um Hilfe zu bitten. Diese schufen jenes Gebirgsmassiv, das Agosima heute von seinen Nachbarn trennt.« Ruam schob polternd ein Holzgitter im Gang beiseite. »Im Grunde sind wir hier also alle eingekerkert. Allerdings ist unsere Zelle etwas größer als deine. Bei ihr handelt es sich um die gesamte Provinz.«

Das sah Sayunaro zwar ein wenig anders, er behielt seine Auffassung jedoch für sich. Obendrein versuchte er fieberhaft, sich den Weg einzuprägen: Der Gang führte zu einer Treppe, die vor einer massiven, eisenbeschlagenen Tür endete. Durch feine Risse im Holz drang endlich Licht …

»Aber wir werden bald aus unserem Gefängnis ausbrechen«, versicherte Ruam, während er den Schlüssel hervorzog und aufschloss. »Und auch du wirst bald frei sein.«

Kaum dass Sayunaro durch die Tür getreten war, meinte er zu erblinden. Das grelle Licht peitschte geradezu auf ihn ein. Jäh blieb er stehen.

Ruam legte Sayunaro die Hand auf die Schulter und stieß ihn sanft vorwärts.

»Wenn man dich so beobachtet«, bemerkte er in spöttischem Ton, »könnte man glatt auf den Gedanken kommen, dass dir die Freiheit geradezu Angst einjagt.«

Allmählich verflüchtigten sich die bunten Flecken, die vor Sayunaros Augen tanzten, und er sah wieder klar. Vom Dach eines der zahllosen Tempelgebäude stieg eine Schar Tauben zum hellen Morgenhimmel auf. Das Schlagen ihrer Flügel war noch zu hören, als sie selbst schon längst dem Blick entschwunden waren.

Sayunaro sog gierig die Luft ein. Sie war von Düften geschwängert. Zu dem Geruch von über Nacht erkaltetem Gemäuer gesellte sich der von feuchtem Staub und schmutzigem Wasser, von der süßen Fäulnis der Früchte in den Opferschalen, von Safran und vom warmen Fell der Makos.

Weit unter ihnen lag die gerade erwachende Stadt. Wagen rumpelten durch die Straßen, im Viertel der Kesselflicker ertönte das erste Gepolter, die Steinmetzen schwangen ihre Hammer, und über allem erhoben sich Geschrei und Gezänk. Um den Tempel herum herrschte dagegen noch tiefe Stille.

Die beiden hielten auf eine Treppe zu, die deutlich schmaler war als die Haupttreppe, die Sayunaro und seine Freunde bei ihrer Ankunft erklommen hatten. Überall saßen und lagen Bettler, abgerissene schmutzige Gestalten, die einen beißenden Geruch verströmten.

Zwischen den schlanken Kiefern und Akazien zogen sich winzige Holzhütten über den Hang. Sie waren im Laufe der Jahre fast schwarz geworden. Der Geruch von Alter, Krankheit und Verwesung stieg Sayunaro in die Nase. Die Menschen spähten voller Scheu zu ihnen herüber.

»Was ich dir schon längst sagen wollte«, fuhr Ruam freundlich fort, »ist, dass du lernen solltest, den Schmerz zu schätzen, den ich dir zufüge.«

»Ach ja?«

»O ja, denn ein Shiisan versteht nur eine Sprache, und das ist die des Schmerzes. Mit dem Schmerz wende ich mich also an ihn. Auf diese Weise will ich mir ihn gefügig machen, nicht dich. Er muss meine Befehle ausführen, sonst vernichtet er den Menschen in dir. Den möchte ich jedoch retten.«

»Das alles ist also einzig zu meinem Besten?«

Ruam grinste bloß und zog dann ein abgegriffenes Blatt Papier aus seinem breiten Ärmel.

»Das ist für dich«, sagte er. »Lies es nur!«

Sayunaro erkannte Toras Handschrift. Am liebsten hätte er den Brief sofort an sich gerissen und die ungleichmäßig hingeworfenen Zeilen verschlungen, doch diesen Wunsch unterdrückte er, um sich abzuwenden und den Kopf zu schütteln.

»Bist du sicher, dass du ihn nicht lesen willst?«, fragte Ruam.

»Ja.«

»Eine kluge Entscheidung«, lobte ihn Ruam, zerriss den Brief und ließ die Fetzen zu Boden fallen. »Sie kann auf einen Shiisan getrost verzichten, denn der würde sie nur in Stücke reißen. Aber das weißt du ja selbst. Lass mich deshalb fortan meine Arbeit verrichten, denn sie ist, wie wir eben geklärt haben, nur zu deinem Besten. Vertrau mir!«

»Ich kann niemandem vertrauen, der versucht hat, meine Freunde zu töten.«

»Wie oft soll ich das eigentlich noch wiederholen?! Niemand hatte die Absicht, deine Freunde zu töten.« Ruam warf den Bettlern beiläufig ein paar Münzen zu. Die Männer klaubten sie auf und schickten ihm allerlei Worte des Dankes nach. »Wir wollten lediglich in Ruhe mit den beiden reden. Sie aber glaubten, ihr Leben sei in Gefahr, und haben uns angegriffen. Es ist letztlich die gleiche Geschichte wie bei dir.«

»Ich habe keinen von euch angegriffen.«

»Stimmt, das warst nicht du, das war dein Shiisan. Jener Geist in dir, mit dem du allein nicht fertig wirst.«

Sayunaro schloss kurz die Augen. Das Licht blendete ihn, und Ruams Worte legten sich wie ein Spinnennetz aus Lügen um ihn – die obendrein verlockend wahr anmuteten.

Mit einem Mal fiel ihm ein, was sein Vater häufig nach Begegnungen mit seinen Untertanen von sich gegeben hatte: »Diese Menschen haben mich nicht angelogen, sie halten wirklich alles, was sie gesagt haben, für die reine Wahrheit. Es liegt an dir, sich ihrer Sicht der Dinge anzuschließen oder nicht. Deshalb musst du zuallererst dahinterkommen, ob ihre Wahrheit für dich von Vorteil ist.«

Die kräftige und machtvolle Stimme erklang derart klar in Sayunaros Kopf, als stünde sein Vater neben ihm. Für ihn galten diese Worte freilich nicht länger, denn er hatte es mittlerweile stets mit zwei Wahrheiten zu tun, mit der des Menschen und mit der des Shiisans ...

Rumung war völlig anders als Warra. Das Armenviertel war ein Labyrinth aus Gassen. Auch wenn die Sonne schien, war es hier feucht und schummrig. Die Straßen waren so schmal, dass in den engen Spalt zwischen den Häusern kaum Licht durchdrang. Über Fischköpfen, Knochen und Innereien hingen Schwärme von Fliegen. Jeder warf seinen Müll vor die Tür, niemand machte sich die Mühe, diese Abfälle wegzuräumen oder zu verbrennen.

Eine stinkende grüne Brühe sickerte durch die Gassen. Die Hauswände zierten Schimmel und verblasste Zeichnungen von Geistern. Einige von ihnen zeigten freundliche Geister, andere grauenvolle. Die meisten kannte Sayunaro gar nicht, er nahm aber an, dass sie dem Schutz des Hauses dienten.

Schwarzhaarige Frauen und Männer mit vor Dreck grauer Haut in bunter, wenn auch ebenfalls schmutziger Kleidung gingen mit Körben zum Markt, der sich, dem scharfen Geruch von Obst und Fleisch nach zu urteilen, in unmittelbarer Nähe befinden musste, kippten Abwaschwasser auf die Straße, klatschten und stritten oder nahmen unter freiem Himmel Tiere aus. Überall wuselten rotznäsige Kinder herum. Sie alle verstummten jedoch und senkten den Blick, sobald sie Ruam erblickten, der durch die Straßen pflügte wie ein Schiff durch die Wogen. War er außer Hörweite, tuschelten sie aufgeregt miteinander.

Zwischen all den Hütten und hastig zusammengezimmerten Läden, zwischen den Körben mit Waren und den Karren voller

Obst blitzten immer wieder die Überreste alter Bauten auf, die von unvergleichlicher Schönheit waren. Säulen, Mauerreste und Treppen erstrahlten nach wie vor im matten Glanz ihres weißen, schwarzen oder roten Gesteins. Mit ihren aufwendigen Dächern und Kuppeln erinnerten sie ein wenig an die Tempel, die sich in Warra am Ufer der Bagmana erhoben.

Die heutige Stadt hatte die Ruinen einer untergegangenen Zivilisation unter sich begraben, die alten Spuren jedoch nicht vollständig ausgelöscht. Nun bestanden Vergangenheit und Gegenwart nebeneinander und waren zu einem unverbrüchlichen Ganzen verwoben.

In Kellern und auf Dachböden, unter Treppen und Türstürzen, in Ruinen und Baumkronen hausten selbstverständlich etliche Geister. Der Shiisan in Sayunaro witterte sie zwar, doch reizten sie ihn nicht. Ganz im Unterschied zu den Menschen. Bei all der Beute wäre er nur zu gern auf Jagd gegangen. Sayunaro mied daher tunlichst jeden Blick auf die Menschen um ihn herum.

»Wir werden uns nie einigen, ob der Shiisan angegriffen hat oder ich«, wandte er sich wieder an Ruam. »Daher bleibt wohl nur festzuhalten, dass wir jeweils unsere eigene Sicht der Wahrheit vertreten.«

»So verhält es sich immer«, erwiderte Ruam. »Nimm nur diesen Bettler!« Er zeigte auf einen ausgemergelten Buckligen in zerrissenen gelben Lumpen, der sich auf nackten, geschwollenen Füßen durch die Straße schleppte. Er hatte sich seine Kapuze tief in die Stirn gezogen, sodass einzig die Augen aus dem verschatteten Gesicht herausfunkelten. »Er glaubt fest daran, dass er dieses erbärmliche Leben verdient. Deshalb kommt er nicht einmal auf den Gedanken, es zu ändern. Er wurde als Bettler geboren und wird auch als solcher sterben. Etwas anderes wäre für ihn gar nicht vorstellbar. Wir beide wissen jedoch, dass sich stets alles ändern kann.«

»Vielleicht«, sagte Sayunaro, der den Blick rasch von dem Bettler abwandte, damit der Shiisan in ihm gar nicht erst auf die Idee kam, den armen Mann anzugreifen. »Aber auch hier gilt: Etwas wird zur Wahrheit, sobald zwei Menschen es glauben.«

»Etwas wird zur Wahrheit, sobald ein Herrscher es dazu erklärt.«

Er lenkte Sayunaro nun zu einem schmalen Durchgang zwischen zwei Häusern. Dieser führte zu einer Straße, die nicht ganz so düster und verdreckt war. Auf den Dächern standen sogar Kübel mit Blumen, in der Luft hing der Geruch von gegrilltem Fisch.

Zwei Männer in schwarzen Gewändern hielten mit Krummsäbeln in der Hand an einer Ecke Wache. Auch sie verneigten sich ehrfurchtsvoll vor Ruam und richteten sich erst wieder auf, als dieser mit einem huldvollen Nicken an ihnen vorbeigegangen war.

»Der Orden vertritt die Auffassung«, fuhr Ruam fort, »dass ein Beschwörer, in dem sich ein Shiisan eingenistet hat, gefährlich ist und getötet werden muss. Ich aber denke, dass ein solcher Beschwörer Achtung verdient, denn er gebietet über große Kraft. Beide Auffassungen sind nicht von der Hand zu weisen. Bleibt die Frage, welche der beiden dir eher zusagt.«

»Weder die eine noch die andere. Ich brauche keine Achtung, ich möchte lediglich lernen, den Geist in mir zu zügeln, damit ich in Frieden leben kann.«

»Da die Welt dich aber nicht so nimmt, wie du bist, musst du in dem Fall wohl die Welt ändern.«

»In dem Fall ändere ich doch lieber erst mich selbst.«

»Das wird dir nicht gelingen. Du wirst nie wieder der Alte werden.«

Sayunaro versank erneut in Gedanken. Sein Wissenshunger ließ ihn vorübergehend sogar seinen Wunsch zu fliehen vergessen.

»Darf ich dir eine Frage stellen?«, wandte er sich nach einer Weile wieder an Ruam.

»Jede, die dir unter den Nägeln brennt.«

»Was weißt du über den Schwarzen Kodsu?«

»Wäre es angesichts deiner Lage nicht ergiebiger, mich über

Shiisans auszuquetschen?«, erwiderte dieser vergnügt. »Aber gut, du sollst deine Antwort haben. Der Schwarze Kodsu ist ein hinterhältiger, angriffsfreudiger und gerissener Geist. Eine Spinne, die ihr Opfer lange beobachtet, ehe sie es fängt und alles Leben aus ihm heraussaugt. Reicht dir das, oder möchtest du noch mehr über dieses Geschöpf wissen?«

»Unter welchen Bedingungen würde er sich darauf einlassen, einem Menschen, genauer einem Beschwörer, zu helfen?«

»Du denkst an deinen Freund?«, fragte Ruam und blinzelte, denn die Sonnenstrahlen wurden hier von den auf Hochglanz polierten Türklinken zurückgeworfen, die wie drachenartige Wesen geformt waren. »Ehrlich gesagt, kann ich mir nicht vorstellen, dass der Schwarze Kodsu ihm geholfen hat. Die Shiisans würden ihn in ihresgleichen verwandeln, aber das tut der Schwarze Kodsu nicht. Er frisst ausnahmslos jedes Opfer.«

»Wie wird man ihn wieder los?«

»Gar nicht.«

Sie gelangten nun zu einem kleinen Platz vor einem Tempel, den Säulen mit weißen Fackeln säumten. Diese waren mit einem Zeichen versehen, mit dem um Gesundheit und Wohlergehen gebeten wurde. Wenn sie nachts brannten, bildeten die hellen Punkte einen gewaltigen Gegensatz zu dem steinernen Bau, der an eine beschnitzte Schatulle mit einem Deckel in Form einer Lotusblüte erinnerte. Vor dem offenen Eingang knieten einige Pilger in blauen Gewändern.

»Ich würde meinem Freund gern einen Brief schicken«, gestand Sayunaro.

»Ob der ankommt?«, bemerkte Ruam. »Das soll keine Drohung sein. Ich hege lediglich meine Zweifel, dass er die Begegnung mit dem Schwarzen Kodsu überlebt hat. Aber gut, er ist ja ein findiger Bursche ... Schreibe also deinen Brief und gib ihn mir!«

»Das würde mir nicht behagen.«

»Vertraust du mir nicht?«

»Richtig.«

»Warum sollte ich dann dir vertrauen? Und woher soll ich

wissen, dass du dich nur bei deinem Freund nach seinem Wohlbefinden erkundigst und dich nicht an den Orden wendest, um den Unsinn zu wiederholen, dass wir deine Freunde hätten töten wollen? Im Übrigen solltest du dem Orden nicht vorbehaltlos vertrauen. Was glaubst du denn, warum er euch am Tag der Geister durch die Stadt treibt? Damit sichert er sich die besten jungen Beschwörer und jagt die unbrauchbaren erbarmungslos in den Tod. Letzten Endes waren wir da freundlicher. Von euch dreien wollten wir nur dich, die anderen haben wir lediglich wieder fortgeschickt.«

Er verstummte. Offenbar erwartete er, dass Sayunaro etwas erwiderte. Dieser hüllte sich jedoch in Schweigen.

»Was hältst du eigentlich von unserer Stadt?«, wechselte Ruam das Thema, während ihr Weg sie nun wieder zu heruntergekommeneren Häusern brachte.

»Die Menschen sollten für etwas mehr Ordnung sorgen, dann gäbe es hier weniger aasfressende Geister«, antwortete Sayunaro, während sie an einem Berg verfaulter Früchte vorbeiliefen, den bereits ein Schwarm Kurutsen erobert hatte. Die Geister stoben jedoch auseinander, kaum dass sie den Shiisan in Sayunaro gespürt hatten.

»Hier sieht man das anders. Wenn die Geister nur genug zu essen finden, fallen sie die Menschen nicht an.« Ruam schaute den Kurutsen kurz nach, richtete den Blick dann aber wieder auf Sayunaro. »Und sonst?«

»Was sind das eigentlich für Bauten? Die dort oben meine ich.« Sayunaro zeigte auf einige weiße Gebäude am Hang gegenüber, die im Grün der Bäume aufleuchteten.

Diese Gebäude standen mit ihren goldenen Dächern im scharfen Gegensatz zu den baufälligen Hütten, an denen sie gerade vorbeiliefen.

»Das ist der Palast des Statthalters«, antwortete Ruam, der die Augen mit der Hand abschirmte und zu den in der Sonne funkelnden Häusern hinüberschaute. »Ein weiteres Gefängnis, das äußerst prachtvoll und weitläufig ist.«

Sayunaro sah ihn in Erwartung genauerer Ausführungen an.

»Der Statthalter hat hier nicht das Geringste zu sagen«, ergänzte Ruam denn auch. »Er gereicht der Provinz zur Zierde, doch die eigentliche Macht liegt in unseren Händen.«

Also ist es ähnlich wie bei dem Statthalter von Hakata, schoss es Sayunaro durch den Kopf. Auch der Sohn der Kaiserin kann keine Entscheidung ohne Einwilligung seiner Mutter treffen. Er dachte an eine Begebenheit im Palast seines Vaters zurück: Damals hatte Herr Haikin, der Sayunaro mit seinen nervösen Bewegungen an seinen Bruder erinnerte, bei ihnen in Yugora zu Besuch geweilt und war ständig um seinen Vater herumgeschwirrt, um ihn sich gewogen zu machen. Irgendwann hatte Sayunaro seinen Vater gefragt, warum ihr Gast sich so verhielt.

»Er möchte mit meiner Hilfe die Kaiserin stürzen«, hatte sein Vater grinsend geantwortet. »Bei der Gelegenheit würde er auch noch gern den Palast seiner Mutter dem Erdboden gleichmachen und die Hauptstadt Akanes nach Hakata verlegen.«

»Dabei wirst du ihm ja wohl nicht behilflich sein?«, hatte Sayunaro gefragt. »Mir gefällt die Herrin Suiko nämlich weit besser als ihr Sohn.«

»Mir auch«, hatte ihm sein Vater gestanden und ihn lachend zu ihrem Gast geschickt, damit er sich mit ihm unterhielt ...

Sayunaro lächelte bei dieser Erinnerung in sich hinein, zwang sich aber sogleich, seine Gedanken wieder auf die Gegenwart zu lenken.

Ihnen begegneten nun mehr Menschen. Immer wieder machte Sayunaro inmitten der Agosimer mit dem dicklippigen Mund, der niedrigen Stirn und der breiten Nase ein Gesicht aus, das apartere Zügen zeigte. Es schien aus einer anderen Zeit hierher gelangt zu sein, nahm sich ebenso wie ein Widerhall der Vergangenheit in dieser Gegenwart aus wie die schönen Ruinen inmitten der klapprigen Hütten.

Obwohl die Menschen unverändert vor Ruam zurückwichen, lud sich die Luft zunehmend mit Anspannung auf. Sayunaros linke Hand verursachte ihm bereits die vertraute Pein, fast als wollte sie sich gleich in ein Schwert verwandeln. Kopfschmerzen kündigten an, dass er gleich das Sehvermögen eines Menschen einbüßen würde und vorübergehend auf die Sinne des Shiisan zurückgreifen müsste. Jeder noch so leise Laut verwandelte sich in ein Donnern und steigerte damit seine Marter.

»Was meint denn Meister Hyeon?«, wandte sich Sayunaro an Ruam. Er wollte auf gar keinen Fall zum Shiisan werden und klammerte sich daher verzweifelt an diese Wirklichkeit. »Hält auch er Rumung für ein Gefängnis?«

»Das fragst du ihn besser selbst.«

»Wie dir nicht entgangen sein dürfte, unterhalten wir uns nicht gerade häufig miteinander.«

»Vielleicht gibst du ihm einfach nicht deutlich genug zu verstehen, wie sehr dir daran gelegen wäre.«

»Es ist recht schwierig, in einer Zelle geselligen Umgang zu pflegen.«

Sayunaros Blick wanderte erneut hinüber zum Palast des Statthalters, doch die Dächer der Häuser nahmen ihm inzwischen fast die Sicht.

Er hatte oft genug die Karte Akanes gesehen, die im Kabinett seines Vaters hing. Agosima bildete darin einen nahezu weißen Fleck jenseits hoher Berge mit nur wenigen Städten. Daon an der Küste und Kishiwado etwa in der Landesmitte. Rumung hatte darauf jedoch gefehlt.

Sein Vater hatte die spärlichen Kenntnisse, die sie über diese Provinz besaßen, damit erklärt, dass sie letztlich abgetrennt vom Rest der Welt sei. Darüber hinaus hätten die sonstigen Provinzen genug mit Kriegen untereinander und mit Fieberepidemien zu tun gehabt, als dass jemand dieses ferne Gebiet hätte erkunden können.

»Gibt es außer Rumung noch andere große Städte in Agosima?«, fragte Sayunaro.

»Die zweitgrößte Stadt war früher Daon«, teilte ihm Ruam mit. »Sie wurde durch ein Erdbeben zerstört. Akura liegt zwei Tagesmärsche von hier entfernt. Es würde dir vermutlich gefallen, dort gibt es verschiedene Tempel, in denen wir unsere Schüler ausbilden. Dann ist da noch Dahadshiri …«

In dieser Sekunde trat aus einem Tordurchgang eine ältere Frau in einem himbeerroten Gewand heraus.

»Herr …«, sprach sie ihn an und verneigte sich tief. In ihrem schwarzen Haar schillerten etliche graue Strähnen, durch eine dicke Wolke von Duftölen nahm Sayunaro den Geruch von einem nicht allzu sauberen Körper und teils schimmliger Kleidung wahr. »Verzeiht, dass ich Euch anspreche …«

»Was gibt es?«, erwiderte Ruam und wandte sich ihr zu.

Das war die Gelegenheit für Sayunaro. Jetzt könnte er davonstürmen. Er bräuchte bloß durch die Straßen zu rennen, unter der zum Trocknen aufgehängten Wäsche hindurch zu tauchen und über Pfützen hinwegzusetzen … Doch da packte Ruam ihn schon fest bei der Schulter und zwang ihn, aus seinen Träumen aufzuwachen.

»Wir haben einen weiteren Unglücksfall zu beklagen«, erklärte die Frau leise. »Die Daghi geben keine Ruhe. Dürfen wir auf Eure Hilfe hoffen?«

»Auf meine nicht«, antwortete Ruam höflich. »Aber auf die meines Schülers.«

»Ist das dein Ernst?«, brachte Sayunaro heraus.

Dass Ruam sich mit einem Mal wie ein echter Lehrer verhielt, erstaunte ihn.

»Warum nicht?«, sagte dieser nur und entließ Sayunaro aus seinem festen Griff. »Deine Fähigkeiten reichen aus. Außerdem gibt es mir die Möglichkeit, dir zu beweisen, dass du nicht unser Gefangener bist. Im Gegenzug wirst du mir zeigen, dass ich dir vertrauen darf.«

»Soll das heißen, du lässt mich allein zu dieser Frau gehen?«

»Diesmal noch nicht. Aber wenn du die Aufgabe meisterst, werde ich mir durch den Kopf gehen lassen, ob ich dir nicht größere Freiheiten einräumen sollte.«

»Gut, dann kümmere ich mich um diese Angelegenheit.«

Die Frau verneigte sich dankbar vor den beiden.

Die Frau brachte sie zu einem engen Tal. Der Anblick verschlug Sayunaro die Sprache. Riesige schwarze Pfähle, die aber teils bereits angefault oder geborsten waren, trugen unzählige Hütten. Die Wände muteten an, als würden sie jeden Moment zusammenbrechen. Bretter führten über Löcher, Leitern oder Taue zu den Eingängen. Überall wuselten Menschen herum, die Körbe, Stroh oder kleine Kinder auf dem Rücken trugen.

Was für ein Wespennest!

Da bei Regen sämtliche Abwässer Rumungs in dieses Tal gespült wurden, hing über ihm ein beißender Gestank.

Zwischen den Pfählen spross Sumpfgras. Horden von Stechmücken schwirrten durch die Luft. Die knochigen Kühe hofften sich vor ihnen zu retten, indem sie sich in den fauligen Schlamm kauerten. In diesem trieben Abfälle, Holzstücke und tote Ratten. In den wenigen Gemüsebeeten wuchs etwas, das Sayunaro an Menschenschädel erinnerte. Unwillkürlich ging er langsamer und blinzelte einige Male, doch der Eindruck verflog nicht.

Die Frau lief vor ihnen her, ihr langes Gewand gerafft, damit es nicht schmutzig wurde. Die Haut an ihren Füßen schuppte, die Gelenke waren geschwollen. Sie schaute sich immer wieder verstohlen nach ihnen um, fast als fürchtete sie, die beiden Beschwörer könnten sich davonstehlen. Jedes Mal, wenn Sayunaro den Blick ihrer dunklen Augen auffing, las er darin Furcht, gepaart mit Neugier.

Wäre ich hier Statthalter, überlegte er, würde ich diese schimmelzerfressenen Hütten abreißen lassen. Ich würde sie niederbrennen und weiter oben am Hang neue Häuser bauen. Dort würde der Wind die Krankheiten davontragen, die vom Sumpf herankriechen. Außerdem würde ich befehlen, den Boden trockenzulegen, fruchtbare Erde aufzuschütten und Bäume anzupflanzen.

Aber er war nun einmal nicht der Statthalter, er war Beschwörer – und auf den wartete hier Arbeit.

»Wer sind diese Daghi?«, fragte er Ruam. Bisher hatte er vergeblich versucht, Geister wahrzunehmen.

»Hast du noch nie welche gesehen?«, erwiderte dieser, während er eine Schar Kinder beobachtete, die sich an einem Tau hochhangelten und in eine Hütte huschten, aber gleich danach zwischen Ritzen in den Brettern herauslugten.

»Ich habe noch nicht einmal von ihnen gehört. Obwohl ich mehr als genug Beschreibungen von Geistern gelesen habe.«

»Dann werde ich dir vor Ort alles erklären«, sagte Ruam.

Die Frau blieb vor einer Leiter stehen, die zu den Hütten hinaufführte. Eine weitere Frau näherte sich ihr scheu. Sie war wesentlich jünger, trug aber ebenfalls ein himbeerrotes Gewand, das vor Schmutz starrte. Beide flüsterten kurz miteinander und schielten dabei immer wieder zu Sayunaro hinüber.

Sobald er auf sie zukam, zog sich die jüngere Frau jedoch unter ständigen Verbeugungen eiligst zurück.

»Wir müssen hier hoch«, sagte die ältere Frau.

Bei jedem Tritt knarrte das Holz unter ihren Füßen. Sie zwängten sich durch einen Spalt zwischen zwei Hütten in eine düstere überdachte Gasse. Dahinter lagen weitere Häuser.

Modriger Geruch vermischte sich mit dem Gestank in den alten Hütten. Durch Löcher im Bretterboden machten sie mehr als einmal den schmalen Körper einer Sumpfschlange aus. Sämtliche Wände wiesen Spuren von Holzkäfern auf. Abermals ging Sayunaro der Gedanke durch den Kopf, dass er diese Siedlung am liebsten abreißen ließe oder zumindest für mehr Licht sorgen würde.

Wer auch immer ihnen entgegenkam, wirkte verängstigt. Zwei Männer gerieten bei ihrem Anblick sogar vor Schreck ins Stolpern. Dabei wäre ihnen beinahe ein langes Brett entglitten, auf dem sie Steine herantrugen. Ein kleinerer Quader fiel zu Boden und landete mit lautem Poltern auf dem Holz. Feiner Mulm stieg auf. Die beiden Männer erstarrten geradezu.

In diesen Hütten herrschte Angst. Sie überzog die Wände wie Schimmel und nahm den Menschen, die hier lebten, die Luft zum Atmen.

Schließlich traten sie wieder aus dem Hüttendorf heraus. Ein Stück vor ihnen lag eine Art Platz, an dem sich aus dem sumpfigen Wasser ein halb zerstörter Tempel erhob. Er war aus schwarzem Stein errichtet worden, seine Mauer zierte ein aufwendiges Muster, das noch immer gut erkennbar war, auch wenn die Stätte inzwischen ringsum von Bäumen bedrängt wurde.

Die drei blieben vor einigen Holzbrettern stehen, die zu der Ruine führten.

»Herr Ruam hat gesagt, sie kommen da durch«, erklärte die Frau und zeigte auf ein Loch in einer Wand des Tempels. Durch dieses war eine Statue aus weißem Stein zu sehen, die einen Shu darstellte. Der schlangenartige Wassergeist blickte voller Gleichmut auf die kümmerlichen Hütten, die vor seinem Zuhause entstanden waren.

»Was genau sind das für Wesen?«, erkundigte sich Sayunaro.

»Daghi, Herr.«

»Wie sehen sie aus?«

Die Frau starrte Sayunaro ungläubig an, senkte dann aber sofort den Blick.

»Wir sind einfache Menschen, Herr, wir können sie nicht sehen.«

»Aha. Und welchen Schaden fügen sie euch zu?«

»Macht der Herr sich vielleicht über uns lustig?«

»Kannst du mir diese Frage beantworten?«

Die Frau trippelte verängstigt von einem Fuß auf den anderen und setzte bereits wieder zu einer Verbeugung an.

»Bitte, Herr, zürnt mir nicht, ich ...«

Da brach Ruam in schallendes Gelächter aus.

»Siehst du denn nicht, was du da anrichtest?«, sagte er dann. »Lass sie zufrieden!«

»Jage ich ihr solche Angst ein?«

»Du bist ein Beschwörer, sie ist eine Bettlerin und Ausgestoßene. Ihre Achtung vor dir verbietet es ihr im Grunde, auch nur das Wort an dich zu richten. Außerdem müsstest du ihrer Ansicht nach die Antworten auf deine Fragen kennen. Wenn du sie trotzdem fragst, heißt das für sie, dass sie vor dir schuldig geworden ist.«

»Ich bitte dich, Ruam«, erwiderte Sayunaro in scharfem Ton, »das ist doch blanker Unsinn.«

»Du wirst dich an diesen Unsinn gewöhnen müssen.« Er drehte sich der Frau zu. »Du kannst gehen.«

Die Bettlerin verneigte sich noch einmal und rannte fast davon.

»Nun ist deine Stunde gekommen«, sagte Ruam und deutete zum Tempel hinüber. »Zeig mir, wozu du imstande bist!«

Sayunaro stapfte über die Bretter zu der Ruine und sprang durch das Loch. Er landete knietief im Wasser. Ob der Shu den Tempel geflutet hat?, schoss ihm durch den Kopf. Selbst wenn er nur eine Statue ist? Aus Wut darüber, dass sein Zuhause zerstört wurde …

Die hohe Kuppel in dem runden Saal war eingestürzt. Ihre Bruchstücke lagen traurig im Wasser. Schwarze Wurzeln griffen nach den Mauern des Tempels, die bereits Risse aufwiesen.

Als Sayunaro auftauchte, stoben etliche Vögel von einem breiten Sims auf, danach herrschte tiefe Stille.

Nichts deutete auf die Anwesenheit eines Geistes hin.

Sayunaro umrundete die Statue. Die steinernen Augen des Shu schienen ihm zu folgen.

Mit einem Mal bewegte sich hinter ihm etwas. Sayunaro fuhr herum. Über einem Berg von Steinen ragte ein mannshoher Kupferschild auf. In ihm spiegelte sich eine Gestalt mit purpurnen Streifen auf den weißen Wangen. Sayunaro stand dem Shiisan in sich gegenüber. Dieser bleckte die Zähne und verengte die roten Augen zu Schlitzen. Am liebsten hätte Sayunaro diese Kreatur getötet, doch er wusste ebenso gut wie der Shiisan in ihm, dass das unmöglich war.

Da beugte sein Spiegelbild den Kopf und starrte auf ein Bruchstück der Kuppel, das ganz in der Nähe im Wasser lag. Sayunaro folgte dem Blick.

Fahle Augen mit länglichen Pupillen spähten ihn an.

Hier ist der höchste Vertreibungszauber nötig, befand Sayunaro. Das ist ein ausgesprochen feindseliger Geist.

Doch der Shiisan wusste etwas noch Wirkungsvolleres. Sayunaros linke Hand brannte bereits. Noch unterdrückte er jedoch mit aller Kraft die Verwandlung seines Fleisches in ein beinernes Schwert und beobachtete das unbekannte Geschöpf weiter.

Plötzlich verschwanden die Augen. Kurz darauf tauchte hinter den Steinbrocken der Kopf eines Menschen auf. Ein kahler Schädel, eine niedrige Stirn, eine breite Nase mit geblähten Flügeln, eingefallene Wangen, ein schmaler lippenloser Mund und ein langer Hals. Ein sehr langer. Ein geradezu endloser Hals ... Mit langsamen Bewegungen kam das Geschöpf hinter den Steinen hervorgekrochen. Die fahle Haut hing in schlaffen Falten an ihm herab.

Ein scharfer Geruch stieg Sayunaro in die Nase, allerdings nicht der von Fäulnis, Blut oder rohem Fleisch, sondern der Duft eines Osmanthus. Vor dem Fenster seines Zimmers im Palast von Yugora stand ein solcher Baum ...

Diese Erinnerung an Frieden und Ruhe stachelte den Shiisan in ihm weiter an. Die Kreatur wiederum stierte Sayunaro unverändert mit ihren fahlen Augen an. Das war, als würde sie ihn mit einer eiskalten Hand berühren. Sein Herz stockte kurz.

Sayunaro ersetzte einen Teil des Vertreibungszaubers durch ein Zeichen zum Angriff, dann schlug er zu. Der Dagh geriet ins Schwanken wie ein Baum, der gerade gefällt wurde, und sank lautlos ins Wasser, um sich dort aufzulösen.

Sofort kroch hinter der Statue des Shu ein zweiter Dagh hervor. Ihm folgte ein dritter und ein vierter ... Sayunaro zählte noch gut ein Dutzend dieser Kreaturen, ehe er den Überblick verlor. Im alten Tempel wimmelte es nun von Geistern, deren Geruch den Beschwörer zu betäuben drohte. Die Daghi waren überall, und sie strahlten etwas aus, das Sayunaro Angst einjagte und ihn schließlich lähmte, ihm seinen Willen und den Verstand raubte.

Grelle Schreckensbilder zogen vor seinem inneren Auge vorbei. Tora, die wie eine zerbrochene Puppe an einem Seil unter der Zirkuskuppel baumelte, während über ihren blassen, nackten Körper leuchtend rotes Blut strömte. Ray, der bäuchlings im Wasser eines Bergflusses lag, während die Wellen seinen kraftlosen Arm wiegten. Grizzly, der mit drei Lanzen an einen Baum genagelt war. Sein eigener Vater mit eingeschlagenem Brustkorb. Der Palast in Yugora, der sich in qualmende Ruinen verwandelt hatte. Die zu Kleinholz zerhackten Alatanen am Tempel von Warra ...

»Hanogis«, flüsterte Sayunaro. »Bei diesen Daghi handelt es sich um Hanogis.«

Diese Geister ernährten sich von den Gefühlen der Menschen. Zunächst nahmen sie die stärksten auf, Angst, Freude, Entzücken und Hass, dann die schwächeren, bis sie einen Menschen völlig ausgelaugt hatten und dieser starb. Sie gaukelten einem allerlei Trugbilder vor, die einige Beschwörer aber für einen Blick in die Zukunft hielten.

Diese Trugbilder führten auch dazu, dass einige Menschen mit einem Lächeln auf den Lippen starben, andere mit vor Grauen entstellten Gesichtern.

Sayunaro wollten die Hanogis offenbar umbringen, indem sie seine Angst anfachten und ihn dann aussaugten. Doch das scheiterte an dem Shiisan in ihm. Voller Wut stürzte er sich auf die Hanogis und ließ dem Geist in sich die Zügel schießen. Das beinerne Schwert zerhackte all diese Bilder und bohrte sich knirschend in den Hals des ersten Dagh. Gnadenlos ging er weiter in dieser Weise vor.

Am Ende sah er sich jedoch zu vielen Gegnern gegenüber. Immer wieder krochen sie an ihn heran, wichen seinen Schlägen aus, ballten sich zusammen und huschten wieder auseinander.

Ihre Trugbilder setzten Sayunaro stärker zu als jeder Hieb. Er wusste nicht mehr, ob das, was er sah, wirklich geschah oder nicht.

Damit war Sayunaro an dem Punkt, an dem Ruam ihn haben wollte. Deshalb durfte ich meine Zelle also verlassen, ging es ihm durch den Kopf. Damit die Hanogis vollenden, woran dieser Widerling gescheitert ist: Sie sollen den Menschen in mir töten.

Daraufhin kämpfte Sayunaro nur noch verzweifelter um sein Leben. Zum ersten Mal war er beinahe froh, den blutdürstigen

Geist zu beherbergen, denn dieser half ihm nun, den Menschen in sich zu retten.

In dieser Sekunde zerriss ein selbst ihm bis dahin unbekannter Schmerz seinen Kopf, er erblindete – und sah danach alles mit den Augen des Shiisans. Die Tempelruine war in Rot getaucht, die Hanogis hatten sich in schwarze Klumpen verwandelt, das Wasser in eine purpurne Brühe, aus der die Statue des Shu und die Mauer mit dem Loch darin aufragten. Durch dieses sah Sayunaro einen weißen, sanft wehenden Schleier. Dahinter lag die Welt der Geister, in die er die ungebetenen Gäste zurücktrieb. Hatte er das geschafft, musste er jene unsichtbare Tür zwischen den beiden Welten möglichst fest verschließen.

Der Shiisan hatte es da einfacher. Er tötete die Geister kurzerhand. Das spürten auch die Hanogis, weshalb sie ihre Rettung hinter dem Schleier suchten. Mit den Geistern verschwanden auch die Trugbilder, die Sayunaro gepeinigt hatten.

Sobald der letzte Geist geflohen und auch der Duft des Osmanthus abgezogen war, versiegelte Sayunaro die Tür zwischen den Welten und krachte entkräftet zu Boden. Seine Schwerthand sah unter Wasser aus wie ein plumper Stein.

Kurz darauf plätscherte es hinter ihm, und ein vertrauter Geruch stieg ihm in die Nase. Ruam kam auf ihn zu.

Alles, was er je gesagt hat oder je sagen wird, ist gelogen, hielt Sayunaro müde für sich fest. Welche Aufgabe auch immer ich meistere, er sperrt mich wieder in meine Zelle. Er wird mir nie meine Freiheit zurückgeben, er wird nie zulassen, dass ich wieder mein eigenes Leben lebe.

Sobald Ruam hinter ihm stehen blieb, drehte sich Sayunaro herum und riss die Schwerthand aus dem Wasser. Zahllose Spritzer formten eine hohe Fontäne. Am Ende rammte er die Klinge aber doch nicht in seinen Kerkermeister. Dafür war er nach dem Kampf gegen die Hanogis zu schwach. Ruam indes zögerte nicht, er griff Sayunaro mit einem Zauber an.

»Wenn du das noch einmal wagst, breche ich dir das Genick«, zischte er und drückte die beinerne Klinge nun auch mit seiner Hand nach unten.

»Das war ich nicht«, beteuerte Sayunaro. »Das war der Shiisan in mir.«

»Spar dir diese Albernheiten«, fuhr Ruam ihn an und gab die Schwerthand wieder frei, beugte sich vor und riss Sayunaro hoch.

Wie er zum Zehngeistertempel zurückgelangt war, hätte dieser nicht zu sagen vermocht.

3

Warra

» Und du würdest dich wirklich noch einmal nach Agosima begeben?«

Wie es sich für eine brave Dienerin gehörte, lief Yui mit gesenktem Blick hinter ihm her, sprach jedoch mit der aufdringlichen Stimme des Schwarzen Kodsu, die Ray wie das Gesumm einer Wespe in den Ohren klang.

» Das würde ich«, antwortete er und drehte sich in der engen, vermüllten Straße um, die zu den Freudenhäusern führte. » Denn ich lasse mir keine Angst einjagen.«

Der heutige Gang durch die Stadt stellte für Ray eine völlig neue Erfahrung dar. In den Augen aller Menschen las er nun Achtung, Scheu, gelegentlich Liebdienerei oder sogar Furcht. Ob Obsthändler, Wasserträger, Verkäufer von Amuletten und Kupfergeschirr oder Wahrsager – sie alle wichen zur Seite, sobald sie das goldene Zeichen des Beschwörers an seinem blauen Gewand ausmachten. Die jungen Frauen tuschelten aufgeregt und lugten ihm unverfroren hinterdrein, die Männer verneigten sich respektvoll. Selbst die Kinder unterbrachen ihr Spiel, um ihm begeisterte Blicke nachzuschicken.

Was für eine Verehrung, ging es Ray durch den Kopf, der mit einem Nicken den Gruß von zwei Arbeitern aus Hakata erwiderte. Dabei bin ich doch noch immer der Alte.

» Falsch«, säuselte der Schwarze Kodsu, der offenbar seine Gedanken gelesen hatte. » Du trägst jetzt ein goldenes Schmuckstück. Weißt du eigentlich, dass die Beschwörer in grauer Vorzeit auf jedes Wappen verzichtet haben?«

»Nein, das höre ich zum ersten Mal.

»Aber es stimmt, sie machten sich rein gar nichts aus diesem Tand. Denn früher ging es um das Sein, heute um den Schein.«

Ray drehte sich zu Yui um. Sie bewegte die Lippen nicht. Die widerliche Stimme des Schwarzen Kodsu erklang also nur in seinem Kopf.

»Was meinst du damit?«

»Du bist doch ein Beschwörer, oder?«

»Ja.«

»Und du wirst mit jedem Geist fertig?«, fuhr der Schwarze Kodsu fort. »Auch mit mir?«

»Nein.«

»Dann bist du also doch kein Beschwörer. Die Menschen mögen dich wegen des Wappens und der Yari dafür halten, aber sie irren. Früher hat dagegen niemand nach solchen Kinkerlitzchen Ausschau gehalten, denn da war ein Beschwörer auch wirklich einer.« Der Schwarze Kodsu verstummte, um dann mit freundlicher Stimme fortzufahren: »Vom Schein zum Sein ist es ein langer und beschwerlicher Weg. Wahrscheinlich kann man erst auf dem Sterbebett sagen, ob jemand ein großer Beschwörer oder ein Scharlatan vom Lande gewesen ist, ein unbezwingbarer Krieger oder nur ein ausgebuffter Kerl, der sich einen Schutzgeist eingepflanzt hat.«

»Aber ihn besiegt wirklich niemand«, erwiderte Ray grinsend bei der Anspielung auf Herrn Akeno.

»Der Drache in ihm ist unbezwingbar«, fuhr der Geist ihn an. »Akeno selbst ist völlig hilflos. Ihr Menschen seid schwach, träge und satt geworden.«

»Das behaupten die Beschwörer in Rumung auch.«

»Die Beschwörer in Rumung sind so hilflos, dass sie nun selbst zu Geistern werden«, spie der Schwarze Kodsu aus. »Ihr alle seid so langweilig. Lang-wei-lig!«, zerhackte der Geist das Wort in seine Bestandteile. »Früher – da waren die Menschen Beschwörer, Krieger oder Bauern! Da haben Beschwörer mit den starken Geistern verhandelt und sogar Hokayus übers Ohr gehauen, da sind sie auf Nirithen geflogen oder haben atemberaubende Gebäude geschaffen. Aber mittlerweile ist alles den Bach runtergegangen, da ist niemand mehr ein Beschwörer, da sind alle nur Trugbilder! Es ödet mich an, mir eure langweilige Welt anzugucken!«

»Dafür hast du ja dann deine eigene.«

»Eben! Die habe ich mir einzig und allein aus Langeweile aufgebaut.«

»Und warum hast du dich dann an einen Langweiler wie mich gehängt?«, fragte Ray grinsend.

»Mit dir habe ich wenigstens noch ein bisschen Spaß. Du kannst so herrlich unverfälscht hassen. Und du handelst, wenn auch meist unüberlegt.«

Über all das musste Ray erst einmal nachdenken. Die großen Beschwörer der Vergangenheit hatten ja in der Tat Heldentaten vollbracht, zu denen heute niemand mehr imstande war ...

Ray ließ seinen Blick schweifen. Warra quoll nach wie vor über von Menschen. Die Stadt war laut, in der Luft hingen die unterschiedlichsten Gerüche. Auch Geister gab es in Scharen.

In kleinen Läden wurde Fisch gebraten, Reis mit einer sauren Soße gekocht und süßer Teig gerollt. Selbstverständlich trieben sich in ihnen harmlose Naisaka-nomis herum. Menschen konnten diese Geschöpfe, die gierig die unterschiedlichen Düfte einsogen, nicht sehen. Überall traten Artisten auf, die Feuer schluckten oder jonglierten. Jemand sammelte Münzen, aber auch kleine Gaben in Form von Speisen. Ratten durchforsteten den Müll in trauter Eintracht mit Xamikus, flinken und nimmersatten Geistern.

Ein paar Jungen versuchten Männern Zettelchen mit den Darstellungen von Schönheiten aus den Freudenhäusern dieser Straße in die Hand zu drücken. Zum Fenster einer dieser Einrichtungen spähte gerade eine blasse Schönheit mit traurigem, halb durchscheinendem Gesicht heraus. Eine Kanashima. Sobald diese Geistererscheinung Ray entdeckte, zog sie sich zurück, um das Schicksal nicht herauszufordern.

Nach dem Aufenthalt im Anwesen des Statthalters von Yugora genoss Ray es, endlich wieder die Anwesenheit von Geistern zu spüren. Er hatte beinahe vergessen, dass er neben dem Sehvermögen und dem Hörsinn auch noch über diese Möglichkeit der Wahrnehmung verfügte.

Nachdem vor zwei Tagen endlich der so dringend erwartete Brief aus Warra eingetroffen war, hatten sie sich umgehend mit kleinem Gefolge auf den Weg gemacht. Seit einer Stunde waren sie nun in der Hauptstadt der Provinz Rayun, die zugleich die von ganz Akane war.

Herr Akeno besaß hier ein großes Haus, das nur wenige Straßen vom Palast der Kaiserin entfernt lag, hinter den Bäumen eines prachtvollen Gartens verborgen.

Früher hatte Ray zusammen mit Kanrinin auf diesem Grundstück heimlich geübt, Niwatori einzufangen. Wie lange das inzwischen her war ...

Vorhin war er ganz offen durch den Garten mit seinen Pflaumenbäumen und den Jasminsträuchern geschlendert, als geschätzter Gast, der nicht darauf zu achten brauchte, ob unter seinen Füßen Kiesel knirschten.

Das ebenerdige Steingebäude auf dem Anwesen des Herrn Akeno wirkte finster, leer und kalt. Bisher hatte Ray nicht gewusst, dass es der Familie Ishiro gehörte und der Statthalter Yugoras während seiner seltenen Besuche der Hauptstadt dort Quartier nahm.

Bei ihrer Ankunft hatten sie in allen Zimmern Spinnweben, Staub und kleine Geister empfangen. Der gemütliche Dicke, der sich um den Haushalt kümmerte, schnaufte nur, als er darauf angesprochen wurde, und klagte über faule Diener und freche Geister. Herr Akeno las ihm diesmal nicht die Leviten, denn ihn bedrückten andere Sorgen.

Ohnehin reichte allein seine Anwesenheit aus, um sämtliche Piwi und Bibs in Angst und Schrecken zu versetzen. Der Schutzdrache in ihm vertrieb die Geister im Nu. Danach war auch dieses Haus völlig frei von Geschöpfen aus der jenseitigen Welt.

Die Diener hatten eilig das Gepäck hereingetragen, die Kleidung im Schrank verstaut, ein leichtes Mittagessen aufgetragen und den Staub weggewischt. Akenos Männer hatten sich rund um das Haus postiert, als fürchteten sie allen Ernstes, jemand könnte auf den Gedanken verfallen, ihren Herrn anzugreifen.

Aber Vorsicht ist letzten Endes die Mutter der Porzellankiste, hatte Ray nur gedacht. Was weiß ich denn schon von der Welt des Statthalters?

»Du musst dich mehr mit Politik befassen«, hatte der Schwarze Kodsu ihm in Gestalt Yuis geraten.

Ray hatte ihm schweren Herzens recht geben müssen. Er brauchte nun keine Zauber, sondern eine flammende Rede, mit der er selbst noch so feindselige Zuhörer überzeugen würde.

Sayunaro hätte das spielend geschafft, ging es Ray weiter durch den Kopf, während er sich auf sein Zimmer begab.

»Wie lange wir hier wohl bleiben werden?«, fragte Yui mit einer solchen Grabesstimme, als erkundigte sie sich, wie lange sie ihr irdisches Dasein noch ausdehnen dürften.

»Bis der erste Beschwörer den Schwarzen Kodsu in dir spürt«, hatte Ray geantwortet.

Allerdings beschlichen ihn längst Zweifel, ob die Angehörigen des Ordens tatsächlich in der Lage wären, in dieser freundlichen Dienerin den dunklen Geist zu erspüren. Der Schwarze Kodsu weilte in seiner eigenen Welt und zog von dort aus an den Strippen seiner neuen Marionette, die wie eine junge Frau aussah und sich wie eine solche verhielt. Keiner der Diener ahnte auch nur, dass er nicht mehr Yui vor sich hatte. Den Beschwörern, die ihren Wagen bei der Einfahrt in die Stadt überprüft hatten, war ebenfalls nichts aufgefallen.

»Solange Herr Akeno mit seinem Drachen in unserer Nähe ist, wird mir niemand auf die Schliche kommen«, versicherte Yui, fuhr mit dem Finger über einen Fensterrahmen und stierte diesen anschließend gedankenverloren an. Er war voller Staub. »Aber soll ich dir etwas verraten? Der Bursche tut mir leid.« Als sie Ray nun ansah, leuchteten in ihren Augen die zwei weißen Monde des Schwarzen Kodsu hervor, der von seiner Welt aus dieses Gespräch verfolgte. »Bei lebendigem Leibe in den Körper eines Menschen eingemauert zu sein …« Sie grinste unfroh.

»Ideen habt ihr Menschen! Dagegen bin ich regelrecht harmlos!«

»Red keinen Unsinn!«, polterte Ray, während er sein Obergewand auszog, das unterwegs völlig eingestaubt war. Er warf es auf eine Bank vor der Wand und entnahm der Truhe, welche die Diener gerade hereintrugen, ein frisches. »Als ob wir beide nicht genau wüssten, wie grausam du bist!«

»Ich bin nicht grausam«, entgegnete der Schwarze Kodsu nachdenklich und schaute zum Fenster hinaus, wo die Alatane ihre silbrigen Zweige zum Himmel hinaufstreckte und bunte Fahnen im Wind knatterten, »sondern barmherzig.«

»Spar dir diese Wortklaubereien!«

»Das sind keine ... He! Wo willst du eigentlich hin?«

»Ich habe etwas zu erledigen«, antwortete Ray, während er sich sein neues Hemd überzog. »Und ich muss ein paar Leute besuchen.«

»Du meinst, du willst bei deinem Freund Grizzly vorbeischauen«, sagte der Schwarze Kodsu und wandte sich vom Fenster ab, um Ray mit einem neugierigen Blick förmlich zu verschlingen.

»Richtig«, gab Ray zu, fingerte an dem steifen Kragen herum und brachte das goldene Wappen an.

»Wann habt ihr die Audienz, von der sich Akeno so viel verspricht?«

»Heute Abend«, setzte ihn Ray ins Bild, wischte den Staub von den Stiefeln, behielt diese aber an. »Aber das weißt du doch längst. Im Übrigen hoffe ich, dass du mich nicht auch zu diesem Empfang begleiten willst.«

»Aber, Herr Ray«, säuselte der Geist mit Yuis Stimme, »das ziemte sich doch nicht für eine Dienerin.«

»Wenigstens etwas«, stieß Ray erleichtert aus. »Dann geh ich jetzt mal los.«

»Auf diesem Gang begleite ich dich aber, denn Ihr, Herr Ray, solltet nicht ohne Dienerschaft durch die Stadt spazieren.«

»Alles andere hätte mich auch überrascht«, hatte Ray nur gemurmelt.

Während er nun also durch die Stadt lief, meinte er, dem Schwarzen Kodsu würde es durchaus Vergnügen bereiten, in der Gestalt von Yui um ihn herumzuwuseln. Ob er sich tatsächlich langweilte?

Ray dachte weiter über die Besonderheiten des Geistes nach. Irgendwann fiel ihm jedoch auf, dass das Stimmengewirr verstummt war und die bunte Menge sich zerstreut hatte.

Neugierig hielt er nach dem Grund dafür Ausschau. Eine Einheit von Soldaten zog durch die Straße. Ihre Uniformjacken schienen aus der Ferne unscheinbar, doch als sie näher kamen, erkannte Ray, dass sie ein aufwendiges Ornament zierte, das einen Tiger im Sprung darstellte. Die Männer trugen Schwerter, deren Scheiden von einem metallenen Netz umspannt wurden, das in der Sonne funkelte. Mit raschen Blicken zum Straßenrand versicherten sie sich, dass die Menschen sich ehrfürchtig genug zeigten.

»Die kaiserliche Garde«, flüsterte Yuis Stimme in Rays Rücken. »Eine Eliteeinheit, sogenannte Silbertiger. Angeblich haben sie einmal gnadenlos ein ganzes Dorf ausgelöscht, um einen Aufstand zu vereiteln.«

Yui vollführte eine tiefe Verbeugung, bei der sogar die roten Blumen in ihrem Haar ihre Verehrung für die tapferen Männer zum Ausdruck zu bringen schienen.

Als der Befehlshaber der Garde bemerkte, dass Ray sich nicht verbeugte, wollte er diesen schon zurechtweisen, entdeckte dann jedoch das goldene Wappen des Beschwörers und nickte ihm nur einen Gruß zu. Ein Mann, der zwar nicht gegen Menschen, dafür aber gegen Geister kämpfte, galt ihm offenbar als ebenbürtig. Ray erwiderte die Geste, damit war der Form Genüge getan.

Sobald die Silbertiger vorbeigezogen waren, richteten sich die Menschen auf der Straße auf. Wer in Läden geflüchtet war, traute sich wieder hinaus. Alle tuschelten miteinander. Im Nu erfüllte die Straße der übliche Lärm.

Ray setzte seinen Weg fort.

»Haben Geister auch diese Probleme?«, fragte er den Schwarzen Kodsu. »Dass sie nicht sind, was sie zu sein vorgeben, meine ich.«

»Nein«, antwortete dieser. »Ein Uddo ist ein Uddo, er wird nie als Yuumo durchgehen. Ich übrigens auch nicht. Daher standen früher die starken Geschöpfe der jenseitigen Welt bedeutenden Menschen gegenüber, und es gab ein Gleichgewicht zwischen beiden. Das ist heute nicht mehr der Fall.«

Ray durchzuckte eine Ahnung, worauf der Schwarze Kodsu hinauswollte. Gerade als er die nächste Frage stellen wollte, säuselte dieser mit Yuis Stimme: »Wir sind da, Herr Ray.«

Sie blieben vor einer Tür stehen. In dieser Straße gab es nur Freudenhäuser, und sie alle sahen gleich aus: Das ebenerdige Stockwerk war in grauem Stein gehalten, der erste Stock bestand aus bereits nachgedunkeltem Holz. Nur durch die Farbe der Fackeln an den Türen hoben sich die einzelnen Bauten voneinander ab. Sie standen vor lilafarbenen, links von ihnen hingen grüne, rechts rote.

»Ich warte hier auf Euch, Herr«, sagte Yui und nahm auf einer Bank unter einer Akazie Platz. »Anständige Frauen sollten ein solches Etablissement nicht betreten.«

Sie faltete die Hände auf den Knien und setzte eine derart entrückte Miene auf, dass jedermann annehmen musste, es habe sie rein zufällig oder allenfalls wegen ihres Herrn in diese Straße verschlagen, doch würde sie sich hier bestimmt nicht lange aufhalten, denn wenn es nach ihr gegangen wäre, hätten sie einen weiten Bogen um das Viertel gemacht. Ray konnte nur staunen.

Er betrat das Haus durch die schmale Tür und hielt auf die Stimmen zu, die vom Ende des hellen Ganges zu hören waren.

»He«, rief ihm jemand hinterher. »Waffen haben hier drinnen nichts zu suchen.«

Ray drehte sich um. Aus einer unscheinbaren Tür war ein Mann getreten, der in dieser Einrichtung offenbar für Ordnung sorgte. Als er das goldene Wappen an Rays Jacke sah, wurde er allerdings unsicher.

»Verzeiht, Herr Beschwörer«, murmelte er mit einer Verbeugung, »ich habe wohl nicht richtig hingeschaut. Aber wir haben unsere Regeln. Klingen müssen bei mir abgegeben werden. Früher hat uns nämlich des Öfteren der legendäre Sentoki die Ehre erwiesen. Einmal hat er zu viel getrunken und danach in einem Zimmer im ersten Stock furchtbar gewütet. Noch heute sind im Holz Kerben seines Schwertes zu sehen. Geht nur hinauf und schaut sie Euch an.«

Ray kannte diese Geschichte. Nicht nur Freudenhäuser, sondern auch Speiselokale rühmten sich nur zu gern damit, dass zu ihnen nahezu täglich Sentoki kam, der mit seinem berühmten Schwert in ihren Möbeln Kerben hinterlasse. Kanrinin und Ray hatten einmal überschlagen wollen, wie viele Tische, Stühle und Bänke der wackere Held auf diese Weise verziert hatte. Nebenbei hatten sie festgestellt, dass er, selbst wenn er sein Salär aus der kaiserlichen Kasse beziehen würde, niemals über ausreichend Geld verfügen könnte, um für all die Schäden aufzukommen.

»Unsere Mädchen sind die besten in der ganzen Stadt, sie werden Euch jedes gewünschte Vergnügen bereiten«, prahlte der Mann. »Ihr werdet es nicht bereuen, uns beehrt zu haben.«

»Das ist eine magische Waffe, die gebe ich nicht ab«, erklärte Ray. »Außerdem bin ich in meiner Eigenschaft als Beschwörer hier, nicht um mich zu vergnügen. Ich suche einen Kollegen, ich muss dringend mit ihm reden.«

»Ich werde umgehend in Erfahrung bringen, ob er gerade beschäftigt ist«, meinte der Mann. »Wartet bitte hier!« Er deutete auf eine Tür, warf einen letzten Blick auf die Yari, verlangte jedoch nicht noch einmal ihre Herausgabe.

Ray betrat den Raum, nahm auf einer Schilfmatte vor einem niedrigen Tisch Platz und legte die Lanze neben sich auf den Boden. Kurz darauf glitt eine junge, betörend schöne Frau mit einem Tablett ins Zimmer. So geschmeidig, wie sie sich bewegte, so grazil, wie sie den Tee einschenkte, musste Ray unwillkürlich an Riyena denken. Mit der Favoritin des Statthalters konnte diese Frau letztlich aber nicht mithalten. Nachdem sie ihm einige Speisen auf kleinen Tellern hingestellt hatte, entfernte sie sich wieder.

Ein paar Minuten später fand sich Grizzly ein. Er trug ein dunkelgraues weites Obergewand und Hosen ohne jede Stickerei. An seiner Brust funkelte jedoch das goldene Wappen des Beschwörers. Eine schlichte, aber stilvolle Erscheinung. Grizzly selbst schien in den Schultern noch breiter geworden zu sein, obendrein erfüllte ihn die ruhige Würde eines Menschen, der sich seiner selbst völlig sicher ist.

»Ray! Das nenn ich eine Überraschung!«, rief er aus und eilte mit einem strahlenden Lächeln auf ihn zu. »Was für eine Freude, dich zu sehen!«

Ray fürchtete schon, gleich seine Rippen knacken zu hören, als dieser Bär ihn in seine Arme schloss.

»Dito«, versicherte er lachend, während er sich aus der Umklammerung befreite.

»Das wurde aber auch Zeit!«, stieß Grizzly begeistert aus und schnippte mit dem Finger gegen Rays Zeichen. »Anfangs habe ich mich ja gefragt, ob du überhaupt noch ... nachdem ... na, du weißt schon ...« Er zwinkerte ihm verschwörerisch zu. »Aber dann kam endlich dein Brief«, fuhr er fort. »Mir ist ein Stein vom Herzen gefallen, das darfst du mir glauben. Wie war die Reise?«

»Das Übliche.«

»Als dein Uddo mir deine Nachricht gebracht hat, war ich selbst übrigens schon fast in Warra.«

Grizzly vermied es tunlichst, den Schwarzen Kodsu zu erwähnen, der sie beide aus Agosima herausgebracht hatte. Ob das ein gutes oder ein schlechtes Zeichen war, vermochte Ray nicht zu entscheiden.

»Du hast hier also Arbeit gefunden?«, erkundigte er sich.

»Besser hätte ich es kaum treffen können«, antwortete Grizzly. »Und die Mädchen sind herrlich.«

»Wozu braucht ein Freudenhaus denn einen eigenen Beschwörer?«

»Ja liegt das nicht auf der Hand?«, entgegnete Grizzly. »Das Haus ist alt, da haben sich allerlei Biester eingenistet. Manchmal trinken die Gäste auch ein Gläschen zu viel und prügeln sich, dann taucht natürlich ein Takkar auf und jagt allen einen furchtbaren Schrecken ein. Außerdem schlafen die Besitzer ruhiger, wenn sie wissen, dass immer jemand vor Ort ist, der ein Ritual durchführen kann, falls hier überraschend jemand stirbt. Sie wissen dann, dass in ihr Bordell kein böser Geist einfällt.«

»Warum nicht alle Freudenhäuser einen von uns einstellen …?«

Abermals betrat die junge Frau den Raum, um eine weitere Teekanne zu bringen und dem Gast ein strahlendes Lächeln zuzuwerfen. Sie schwirrte um Grizzly herum und fegte einige nicht vorhandene Krümel vom Tisch, bevor sie sich endlich wieder entfernte.

»Wie ist es dir ergangen?«, erkundigte sich Grizzly, sobald sich die Tür hinter der Frau geschlossen hatte. »Deiner Aufmachung nach zu urteilen, gar nicht schlecht, würde ich meinen. Wo bist du untergekommen?«

»Beim Statthalter von Yugora. Er brauchte einen Beschwörer.«

»Bei Sayunaros Vater?« Grizzly zog erstaunt die Augenbraue hoch und nickte gleichzeitig voller Anerkennung. »Nicht übel.« Dann sah er Ray noch einmal eindringlich an. »Aber du bist doch nicht hier, um mit deinem Wappen und deinem neuen Bekannten anzugeben, oder? Und sicher auch nicht nur, um mich wiederzusehen.«

»Stimmt. Ich brauche deine Hilfe.«

»Aber sicher«, erwiderte Grizzly grinsend. »Du machst ja ganz den Eindruck, in der Klemme zu stecken.«

»Hast ja recht. Ich will Sayunaro aus Rumung herausholen. Sein Vater redet mit dem Orden. Dieser muss erfahren, was sich in Agosima zusammenbraut.«

»Rechne in dieser Angelegenheit lieber nicht auf mich«, sagte Grizzly und nippte an seinem Tee. Danach schwenkte er die Schale sanft hin und her und beobachtete, wie der Tee die Tonwände hinaufschwappte. »Ich habe mich schon einmal auf ein Abenteuer mit euch beiden eingelassen. Mich kriegen keine zehn Pferde mehr in diese Provinz.« Er grinste unfroh. »Wenn jemals Geschichten über uns erzählt werden und es dann heißt:

Sie gingen nach Agosima, werden alle wissen, was das bedeutet: *Sie brachten ohne Sinn und Verstand ihr Leben in Gefahr.*«

»Hast du eigentlich irgendjemandem davon erzählt, was sich dort tut?«

»Was genau geht denn deiner Meinung nach dort vor sich?«

»Ich bitte dich, Grizzly! Die töten dort alle Beschwörer aus Warra!«

»Falsch! Meister Hyeon lebt noch und auch Sayunaro, Nara und Kazumi.«

»Dann kann ich also nicht auf dich zählen?«

»Diesmal wirklich nicht. Und ehrlich gesagt verstehe ich nicht, warum du so ein Aufhebens um ein paar Narren machst, die keine Besucher dulden. Lass sie! Sollen sie doch in ihrer Bergödnis verrecken!«

»Und was ist mit den Shimaas? Wozu brauchen die dortigen Beschwörer denn die?«

»Woher soll ich das wissen?! Aber diese Hohlköpfe haben uns bisher nichts getan, und daran wird sich auch so schnell nichts ändern. Stechen wir also besser nicht in ein Wassupunest.«

»Aber was, wenn sie zum Krieg rüsten?«

»Ray!«, brauste Grizzly auf. »Das ist doch völlig aus der Luft gegriffen!«

»Hast du vergessen, was sie mit uns gemacht haben?«, fragte Ray. »Die wollten uns umbringen!«

»Das liegt vermutlich in der Tat an den Shimaas. Wenn ein Geist in dir steckt, willst du töten«, schnaubte Grizzly. »Sayunaro ist dafür das beste Beispiel. Bisher habe ich meinen Mund gehalten, aber ich bin mir sicher, dass er damals diesem Beschwörer im Dorf von Imari, diesem Morten, aufgelauert und ihn getötet hat, nicht du. Mit seinem Shiisan ist er jetzt in Rumung bestens aufgehoben, denn da ist er weit weg. Sayunaro stellt mittlerweile eine Gefahr für sich und alle um ihn herum dar. Hier in Warra würde man ihn deshalb auf der Stelle umbringen. Vielleicht müssten am Ende sogar du oder ich das erledigen.«

Ray schwieg. In gewisser Weise hatte Grizzly ja recht. Sayunaro konnte sich doch nicht für den Rest seines Lebens im Palast von Herrn Akeno verstecken und nur noch nachts heimlich durch den Garten streifen. Zusammen mit dem Geist seiner Mutter weggeschlossen, würde er mit der Zeit den Verstand verlieren und sich ebenfalls in ein Geschöpf verwandeln, über das die Dienerschaft hinter vorgehaltener Hand tuschelt. Der Schwarze Kodsu hatte behauptet, Sayunaro würde in Rumung keine Gefahr drohen, weil die dortigen Beschwörer ihn bräuchten. Aber durfte er etwas auf die Worte dieses Geistes geben? Durfte er das – wenn seine innere Stimme lauthals von Gefahr für seinen Freund kündete?

»Könntest du dann nicht wenigstens meinen Bericht bestätigen?«

»Dass du ständig deine Nase in Dinge stecken musst, die dich nichts angehen«, knurrte Grizzly, der allmählich die Geduld verlor. »Der Orden weiß doch bestimmt längst, was in Agosima vor sich geht. Vielleicht schickt er selbst ja sogar seine unliebsamen Beschwörer dorthin ... Nein, für mich ist nicht bewiesen, dass da eine Verschwörung geplant wird.«

»Dann bezeugst du noch nicht einmal meine Worte?«

»Richtig«, antwortete Grizzly mit fester Stimme und verschränkte die Hände vor der Brust. »Ich habe nicht die Absicht, mich zum Gespött des Ordens zu machen. Im Übrigen würde ich auch dir raten, dich aus der Politik rauszuhalten. Unser Metier, das sind Geister. Bei der Gelegenheit ...« Grizzly holte tief Luft. »Mir ist völlig klar, wer uns aus dem Zehngeistertempel herausgeholt hat. Das war der Schwarze Kodsu.«

»Das gibst du also zu, ja?«, erwiderte Ray. »Aber dass die Beschwörer von Rumung irgendetwas aushecken, das nicht ... Also, wenn du mich fragst, dann hast du dir den Schwarzen Kodsu genauso eingebildet wie ich mir die Verschwörung.«

»Nun hört aber alles auf!«, polterte Grizzly, der kurz davor war, vollends aus der Haut zu fahren. »Der Dienst beim Statthalter von Yugora steigt dir wohl zu Kopf! Dann will ich dir jetzt einmal etwas als dein Freund sagen! Du hast zwar inzwischen ein Wappen, dafür aber keinen Verstand mehr! Sonst würdest du dir nämlich mal ein paar Gedanken darüber machen, dass du nicht so endest wie Sayunaro und sich in dir nicht auch ein Geist einnistet!«

»Keine Sorge, da achte ich schon drauf!«

Ray nahm die Lanze an sich, erhob sich und verließ das Haus. Zum ersten Mal hatte er sich ernsthaft mit Grizzly gestritten. Trotzdem bedauerte er seine Worte nicht.

Yui saß nicht mehr auf der Bank. Zum Glück, dachte Ray, der gerade nicht in der Stimmung war, sich die höhnischen Bemerkungen des Schwarzen Kodsu anzuhören. Eines muss ich allerdings zugeben: Mit seiner Behauptung, von Grizzly sei keine Hilfe zu erwarten, hat er recht gehabt.

Mit diesen finsteren Gedanken kehrte Ray zu Akenos Residenz zurück, wo er als Erstes Herrn Nagateru in die Arme lief.

»Wo bist du gewesen?«, fragte Nagateru, wartete die Antwort aber gar nicht ab, sondern packte Ray und eilte mit ihm die Treppe hinauf. »Mach dich rasch frisch, Herr Akeno wartet bereits auf dich!«

»Die Audienz ist doch erst heute Abend«, antwortete Ray und befreite sich aus dem festen Griff des Mannes. »Und es ist mir ja wohl nicht verboten, ein wenig durch die Stadt zu spazieren.«

»Es gibt einen neuen Befehl«, erklärte Herr Nagateru, der angesichts von Rays Aufmüpfigkeit nur die Stirn runzelte. »Ihr habt bereits in einer Stunde zu erscheinen. Beeil dich also!«

In Rays Abwesenheit hatte man seine Gemächer hergerichtet. Nun standen darin ein Waffenständer und ein Teetisch, auf dem Boden lagen Sitzkissen, der Schrank quoll von Kleidung über. Ein Zimmer hatten die braven Diener mit Schilfmatten für das Einüben von Kampftechniken ausgelegt. Sogar an eine Möglichkeit, Gäste und Bittsteller zu empfangen, hatten sie gedacht.

Yui blieb nach wie vor verschwunden. Auf dem Bett war ein neues Gewand ausgebreitet, das wesentlich bescheidener war als das, welches Ray gerade trug. Glatter dunkelgrauer Stoff ohne jede Stickerei. Wie oft soll ich mich eigentlich pro Tag umziehen?, brauste Ray innerlich auf. Früher war sein Leben deutlich einfacher gewesen. Erneut fielen ihm die Worte des Schwarzen Kodsu ein: *Lerne endlich, die alte Haut abzuwerfen und dir eine neue zuzulegen ...*

Plötzlich machte er einen Schatten in der hinteren Ecke des Zimmers aus.

»Yarudo?«, sprach Ray ihn an. »Was machst du denn hier?«

»Ich will gehen.«

»Dann tu das«, erwiderte Ray lächelnd und zog sich die Stiefel aus. »Es hält dich niemand auf.«

»Für immer.«

»Selbst in dem Fall hält dich niemand.«

»Doch! Er!«, spie der Geist aus, und seine Augen funkelten wütend.

»Wer bitte?«

»Der Schwarze Kodsu!«

»Was will der denn von dir?«

»Das musst du ihn selbst fragen.«

»Dann lasse ich dich eben frei.«

»Und wie?«, fragte der Geist misstrauisch, erhob sich und stolzierte theatralisch ins angrenzende Zimmer, um dort lautstark herumzurumoren.

»Soll mir auch recht sein«, murmelte Ray. »Kümmern wir uns um diese Frage später.«

Ihn beschäftigte jetzt vor allem, was er den Beschwörern aus dem Turm sagen sollte, die er gleich treffen würde. Herr Nagateru hatte für ihn eine Rede aufgesetzt, die er dem Sekretär sogar unterwegs hatte vortragen müssen. Sie erschien Ray eigentlich recht überzeugend ... »Mehr Politik, weniger Magie«, schärfte er sich grinsend ein.

Wenn nur die Beschwörer Menschen mit Verstand sind!, stieß Ray innerlich aus. Nicht, dass der Schwarze Kodsu am Ende mit seinem Geschwätz von Schein und Sein recht behält.

Mit diesen Gedanken verließ er seine Gemächer. Im Garten hatte sich bereits eine recht große Gruppe zusammengefunden. Die drei Dutzend Soldaten in den roten Harnischen ließen Ray prompt an die Beschwörer in Rumung denken. Allerdings zierten ihre Panzer noch Darstellungen von Drachen. Die Männer trugen Piken und hatten sich in zwei Reihen aufgebaut. Unter den dornenbesetzten Helmen waren ihre Gesichter kaum noch zu erkennen.

Sie umstanden eine schneeweiße Sänfte mit goldenen Vorhängen. Die langen Tragestangen leuchteten in rotem Mahagoni, das Holz der Verkleidung war aufwendig beschnitzt.

Sechs kräftige Diener verbeugten sich ehrerbietig vor Ray. Einer von ihnen hob den Vorhang an, damit er Platz nehmen konnte. Der Statthalter hatte es sich bereits in der Sänfte bequem gemacht und ging ein Schriftstück durch. Er war im Grunde genauso gekleidet wie seine Soldaten, nur dass bei ihm die Drachen auf dem Harnisch aus Edelsteinen zusammengesetzt waren. Auf das helle, nach hinten gekämmte Haar fiel ein Widerschein der purpurnen Seide, mit der die Sänfte ausgekleidet war. Akenos Augen schienen völlig farblos: In dieser Sekunde blickte sein Schutzgeist durch sie hindurch.

»Wie mir berichtet wurde«, wandte sich Akeno nun an Ray, und in seiner Stimme schwang leichter Spott mit, »hat sich dein Freund geweigert, deine Geschichte zu bestätigen.«

»Ja, leider. Wir beide bewerten die Ereignisse in Agosima ganz und gar unterschiedlich.«

Akeno Ishiro nickte nur. Offenbar hatte er nichts anderes erwartet.

Die Sänfte schaukelte kurz, als sie angehoben wurde. Ray hielt sich an einem Griff fest. Die Soldaten stampften mehrfach mit ihren Piken auf, bevor sich der Zug in Bewegung setzte.

Ray wurde nicht gern in einer Sänfte getragen. Während seiner Ausbildung hatte er Meister Hyeon ein paarmal in den Südtempel begleiten müssen. Sein Lehrer wollte dort einen Beamten treffen, und es wäre unhöflich gewesen, sich zu einer solchen Begegnung im magischen Wagen aufzumachen. Die Erfahrung damals hatte Ray jede Freude an dieser Fortbewegungsart genommen. Die Träger waren mit einer irren Geschwindigkeit durch die Straßen gelaufen, sodass der stickige

Kasten wie wild geschaukelt hatte. Obendrein hatte ihm allein die Vorstellung, sich tragen zu lassen, nicht behagt. Lieber wäre er zu Fuß gegangen. Aber selbstverständlich hatte sich niemand nach seinen Wünschen erkundigt.

Nun war er also wieder in einer Sänfte gelandet.

Ray versuchte verzweifelt, nicht auf die Schaukelei zu achten. Mittlerweile mussten sie das Tor des Anwesens passiert haben. Anscheinend bogen sie nach links ab. Das Geräusch der Schritte klang nun dumpfer, weil die Straße mit Sand aufgeschüttet worden war.

Akeno hatte sich bereits wieder in seine Papiere vertieft.

»Warum wollt Ihr eigentlich den Orden zerschlagen?«, stellte Ray da die Frage, die ihm schon seit Langem unter den Nägeln brannte.

»Ich will lediglich seine Rechte beschneiden«, antwortete Akeno, ohne den Blick zu heben. »Der Turm sollte meiner Ansicht nach weniger Gelder aus den Steuern erhalten.« Nun sah er zu Ray hinüber. Als er dessen mürrisches Gesicht wahrnahm, erklärte er: »Seit dem letzten Krieg darf der Orden diese Gelder eintreiben, denn die Macht in Akane liegt heute im Grunde in den Händen der Beschwörer. Sie vertreten die Auffassung, dass die Menschen sie bezahlen müssen, weil sie uns gegen Geister beschützen. Sie haben ebenso viele Stimmen im Rat wie die kaiserliche Familie. Sie beteuern, nur zu unserem Besten zu handeln, doch wenn sie ihre eigene Lage gefährdet glauben, ziehen sie ihre schützende Hand im Nu von uns weg. Dann wären wir sämtlichen angriffsfreudigen Geistern hilflos ausgesetzt, die einfachen Menschen ebenso wie die Statthalter oder die Kaiserin. Das reiben sie uns nur zu gern unter die Nase.«

Ray erwiderte nichts. Am Rande seines Bewusstseins nahm er wahr, dass sie den Marktplatz erreichten, denn das Stimmengewirr schwoll an. Immer wieder stießen die Menschen Laute des Erstaunens aus, wenn sie ihren Zug bemerkten.

»Aber dann wäre Eure Forderung doch sehr kurzsichtig«, wandte er sich schließlich an Akeno. »Ihr habt gerade selbst eingeräumt, dass die Beschwörer die Menschen nicht mehr beschützen würden, wenn man ihre Rechte beschneidet.«

»Früher konnten sich auch einfache Menschen mit Geistern ins Benehmen setzen. Wusstest du das? Das machte ihr Leben nicht immer einfacher, aber dafür hielten sie ihr Schicksal selbst in der Hand. Damals hat sich die Welt im Gleichgewicht befunden. Aber nach dem letzten Krieg hat sich das alles geändert. Seitdem mischt sich der Orden auch in Fragen der Politik ein. Er will uns Menschen nicht länger nur gegen Gefahren schützen, die von Geistern drohen, sondern hat Geschmack an der Macht gefunden. Und er kommt auf seine Kosten, denn wir Menschen haben leider vergessen, wie man mit Geschöpfen aus der jenseitigen Welt redet. Wegen jeder Maus, die über ein Feld huscht, rennen wir heute zu einem Beschwörer, weil wir fürchten, es handle sich um einen Takkar.«

»Das, was Ihr vorbringt, lässt sich in der Tat nicht von der Hand weisen«, erwiderte Ray. »Auch ich habe an unserem Umgang mit Geistern eine Menge auszusetzen. Statt zu versuchen, friedlich mit den Geschöpfen aus der jenseitigen Welt übereinzukommen, vertreiben wir Beschwörer sie häufig oder mauern sie in Kellergewölbe ein. Wir ketten unterschiedliche Geister aneinander, damit sich eine größere magische Kraft bildet, obwohl das diesen Geschöpfen Schmerzen verursacht. Wir …«

Ray verstummte. Er hatte sich mitreißen lassen. Was sollte der Statthalter schon mit seinen Gedanken zum Umgang mit Geistern anfangen? Dieser schien jedoch nicht gelangweilt, im Gegenteil.

»Aber die Vergangenheit holt man nicht zurück«, sagte er bloß noch. »Oder glaubt Ihr, wir könnten den Lauf der Dinge noch einmal ändern?«

»Zumindest will ich es versuchen. Wenn wenigstens einige Beschwörer ins Grübeln geraten, wäre schon viel gewonnen. Deshalb werde ich nicht mit meiner Meinung hinterm Berg halten und nötigenfalls den Finger auf offene Wunden legen. Mag ich dem Orden dann auch wie eine Gräte im Hals stecken, mich schreckt nicht, was er sich einfallen lassen könnte, um mich wieder auszuspucken.«

»Im Grunde seid Ihr ein ebenso hoffnungsloser Idealist wie ich«, bemerkte Ray. »Vermutlich habt Ihr mir deshalb auch Arbeit als Beschwörer gegeben. Ihr müsst gespürt haben, dass wir gleich denken.«

Der Statthalter brach daraufhin in schallendes Gelächter aus, bei dem sogar die Sänftenträger aus dem Tritt kamen.

»Nichts ist mehr eindeutig«, kehrte Ray mit einem vorsichtigen Grinsen zum Ausgangspunkt ihres Gesprächs zurück. »Ihr habt den Orden nicht in Euer Herz geschlossen, aber dennoch schon vor mir einen Beschwörer bei Hofe beschäftigt. Dass in Euch ein Schutzgeist steckt, verdankt Ihr ebenfalls Beschwörern. Ihr seid nun unverletzlich – aber der Drache in Euch dürfte sich kaum seines Lebens freuen.«

»Du hast völlig recht«, pflichtete Akeno ihm bei. »Gerade daher müsste aber auch dir daran gelegen sein, die Dinge, so wie sie sind, zu verändern.«

»Das eben ist schwierig. Mir hat man beispielsweise nur einen einzigen Umgang mit Geistern beigebracht.«

»Auch mir hat man nie andere Wege aufgezeigt, Ray.«

»Allerdings würde ich die Menschen gern verteidigen, ohne den Geistern Schaden zuzufügen.«

»Im Grunde will ich das auch«, sagte Akeno. »Ich möchte die Menschen, die mir vertrauen, um jeden Preis schützen. Gleichzeitig vernichte ich einige gefährliche Geister nicht, weil mich ein festes Band mit ihnen verbindet.«

»Ein Krieg wäre für Euch von Vorteil, stimmt es nicht, Herr Akeno?«

»Nur wenn ich darauf erpicht wäre, vor meinem Tod dem Orden ins Gesicht zu speien und aufzutrumpfen: Hättet ihr Kindsköpfe doch auf mich gehört! Nun müsst ihr teuer für eure Fehler bezahlen!«

»Falls dann noch jemand da ist, dem Ihr diese Worte ins Gesicht speien könntet.«

»Völlig richtig.«

Beide schwiegen einen Moment lang. Die Träger bogen ein weiteres Mal ab. Schatten fiel auf ihre Sänfte. Sie mussten in die Straße der Azaleen eingebogen sein, die zu beiden Seiten hohe Bäume säumten. Damit waren sie fast am Ziel.

»Vielleicht gibt es ja auch gar keinen Krieg«, fuhr Ray nachdenklich fort. »Vielleicht glaubt der Orden uns ja gar nicht und hält die Beschwörer in Agosima nicht für eine Gefahr.«

»Selbst wenn uns der Orden nicht glaubt«, erwiderte Akeno ruhig, »gilt es, auf die eigene innere Stimme zu hören und sich von niemandem vom gewählten Weg abbringen zu lassen.«

»Das hieße letzten Endes, allein gegen alle anderen zu kämpfen.«

»Mit der Zeit gewöhnt man sich auch daran.«

Ray nickte nur. Wenn er diesen Weg wählte, stünde er als ewiger Sturkopf da, der sich stets mit allen anlegte. Aber wenigstens würde er dann nicht als der einzige Sturkopf weit und breit dastehen.

Akeno wandte sich wieder seinen Papieren zu und gab Ray damit zu verstehen, dass das Gespräch beendet war. Dieser achtete nun auf jede Bewegung der Träger. Doch statt links zum Turm abzubiegen, liefen sie geradeaus weiter. Daraufhin spitzte Ray die Ohren. Nein, er hatte sich nicht getäuscht, sie bewegten sich wirklich nicht auf den Turm zu.

»Wollen wir denn nicht zum Orden?«, fragte er Akeno.

»Wir sind zum kaiserlichen Palast einbestellt.«

Ray verschlug es die Sprache.

»Vom Orden hätte mich niemand angehört«, erklärte Akeno. »Im Palast sieht das anders aus.«

Vermutlich hat er recht, dachte Ray, dem allerdings der Gedanke, gleich den Palast zu betreten, den Atem stocken ließ.

»Lass mich dir noch einen Rat geben«, sagte Akeno. »Was auch immer du hörst, versuche, nicht die Beherrschung zu verlieren.«

»Ich werde mir alle Mühe geben.«

Überraschend schnell hielten sie an. Mächtige Magie umhüllte Ray. Herr Akeno runzelte die Stirn und presste die Hände gegen die Brust. Auch der Schutzgeist in ihm spürte, dass starke Verteidigungszauber durch die Luft waberten. Ihm gefiel das ganz und gar nicht.

»Wir sind am Großen Tor«, teilte Akeno Ray mit, als sich ihr Zug wieder in Bewegung setzte.

Es ging nun äußerst langsam weiter, und nach wenigen Minuten hielten sie erneut an.

»Der Herr Statthalter von Yugora«, verkündete eine Stimme.

Ray hätte zu gern gewusst, was sich draußen tat, doch Akeno schüttelte den Kopf, als er den Vorhang zur Seite schieben wollte.

»Du darfst dich nicht darum kümmern, was außerhalb dieser Sänfte vor sicht geht«, flüsterte er. »Vielmehr sollten die Männer draußen sich darüber Gedanken machen, wer hier drinnen ist.«

»Habt Ihr nie Angst, überfallen zu werden?«

»Nicht wenn meine Soldaten bei mir sind, und ein Beschwörer sie unterstützt.«

Irgendwann ertönten Schritte, denen ein taktvolles Hüsteln folgte. Erst da schob Akeno den Vorhang zur Seite. Ein Posten spähte kurz in die Sänfte.

Nach zehn langen Minuten des Wartens setzten sie sich wieder in Bewegung. Als sie danach erneut stehen blieben, bedeutete Akeno Ray mit einem Nicken auszusteigen.

Vor ihnen lag eine breite Treppe, die hoch zum Eingang des Palastes führte. Die hölzernen Flügeltüren waren mit Metall beschlagen. Das hohe Gebäude ragte mit einem ganzen Wald aus Türmen, Spitzen und Dächern zum Himmel auf.

Als Ray die Treppe hinaufstieg, fiel ihm auf, dass jede einzelne Stufe Magie ausstrahlte: In ihnen allen steckte ein Schutzgeist, weshalb er meinte, über reglos daliegende Geschöpfe zu kraxeln, die ihn bei der geringsten Gefahr abwerfen, verschlingen oder unter das mächtige Fundament des Palastes ziehen würden.

»Du machst ein Gesicht, als würdest du über Leichen stiefeln«, bemerkte Akeno.

»Genau das Gefühl habe ich auch.«

»Achte nicht darauf«, riet Akeno ihm. »Bewundere lieber die Bauweise dieser herrlichen Anlage!«

Daraufhin hob Ray den Kopf, um den Palast genauer zu betrachten.

Von der Größe her erinnerte er an den Turm des Ordens. Die kaiserliche Residenz wirkte jedoch trotzdem grazil. Ihre unzähligen Balkone glitzerten in der Sonne, die versponnen geschwungenen Dächer wurden von einer Girlande im Wind knatternder Fahnen gerahmt.

Das Tor öffnete sich wie von selbst. Dahinter erstreckte sich ein langer Gang. Die weißen Steinwände waren mit aufwendigen Schnitzereien verziert, in deren Vertiefungen Ray jedoch eine Gefahr wahrzunehmen meinte.

»Das sind Schießscharten. Zwei Dutzend auf jeder Seite«, flüsterte ihm Akeno da auch schon zu. »Wenn den Wachleuten jemand missfällt, überziehen sie ihn mit Pfeilen.«

Ray besah sich den Zierrat daraufhin noch einmal genauer. Nun machte er im Schwarz einer Einbuchtung tatsächlich das Funkeln von Stahl aus.

Am Ende des Gangs standen zwei Posten, die beim Erscheinen der beiden Besucher die Tür aufrissen, damit sie, ohne innezuhalten, in einen großen Saal eintreten konnten.

Dessen schwarzer Boden war auf Hochglanz poliert. Breite Stufen führten zu einem Podest hinauf. Auf diesem hatten sich drei Frauen aufgebaut. Zwei Männer in weißen Gewändern saßen auf der Stufe darunter, ohne Frage Beschwörer. Akeno schritt selbstsicher auf diese fünf zu. Ray meinte, einer gut eingeübten Theateraufführung beizuwohnen.

Insgesamt hatte Ray jedoch nur noch Augen für die Kaiserin. Sie erinnerte an eine wunderschöne Puppe. Ihr Gesicht wurde von einer weißen Lackmaske bedeckt, die mit erstaunlicher Könnerschaft bemalt worden war. Sie zeigte einen Ausdruck wohlwollender Aufmerksamkeit, die aufgemalten Lippen lächelten, die feinen Brauen waren leicht hochgezogen. Die Augen ließen sich kaum erkennen, da ein feines Netz vor die Aussparungen in der Maske gespannt war. Die schillernde Kleidung wogte in mehreren Schichten über den Boden. Die Hände waren in den weiten Ärmeln verborgen. Das Gewand zierte keine Blume der Jahreszeit, sondern lediglich eine goldene Anstecknadel, die in Form einer strahlenden Sonne gestaltet war.

Die Frauen links und rechts der Kaiserin trugen zwar etwas bescheidenere, doch noch immer höchst prachtvolle Gewänder. Ihre Gesichter wurden von langen, aschgrauen Haaren gerahmt. Die beiden waren schön, wirkten aber teilnahmslos. Ihre Hände mit den langen Fingern lagen locker auf der herrlich verzierten Kleidung.

Vor dem Podest blieb Akeno stehen. Die mit Gold und Edelsteinen geschmückten Kleider der Frauen neben der Kaiserin blendeten Ray nun fast, zusätzlich ging von ihnen selbst eine Art Strahlen aus ... Deshalb ist im Raum keine Wache nötig, begriff er. Die beiden Gestalten waren Aoris, Geister, welche die Kaiserin zuverlässiger verteidigen würden als jedes Heer. Als Ray sich verbeugte, entbot er mithin nicht nur der Kaiserin, sondern auch den beiden Gestalten neben ihr seinen Respekt. Letztere erwiderten den Gruß mit einem freundlichen Nicken, die Kaiserin dagegen blieb reglos wie eine Statue.

Als Akeno sich auf der untersten Stufe niederließ, folgte Ray seinem Beispiel. Jetzt sah er sich auch die zwei Beschwörer genauer an. Eine gewisse Enttäuschung stieg in ihm auf. Die beiden wirkten längst nicht so entschlossen wie Meister Hyeon oder so beeindruckend wie der breitschultrige Meister Sin, geschweige denn so gefährlich wie die Beschwörer aus Rumung. Diese beiden Männer ähnelten eher Beamten, die einen großen Teil ihrer Zeit am Schreibtisch verbrachten, um ihre Einkünfte und Ausgaben zu berechnen.

Bei dem einen handelte es sich um einen korpulenten Glatzkopf mit rundem Gesicht, auf dem ein hochnäsiger Ausdruck lag. Für Akeno hatte er nur offene Feindseligkeit übrig, Ray dagegen übersah er völlig.

Der zweite Mann schien keinen einzigen Knochen in seinem mageren Leib zu haben, denn seine Gestalt war auf geradezu undenkbare Weise zusammengesetzt. Er hatte sich die Kapuze seines weißen Gewandes übergestülpt, sein Haar – oder seine Glatze – war also verdeckt. Das Gesicht mit den schlaffen Wangen bestach durch seine Gutmütigkeit. Dieser Mann tat bestimmt keiner Fliege etwas zuleide, im Gegenteil, er schloss alle Menschen vorbehaltlos ins Herz.

Sofort rief Ray sich innerlich zur Ordnung. Als Beschwörer wusste er, dass er kein Wesen nach seinem Äußeren beurteilen durfte.

»Herrin«, fing Akeno an und legte in dieses eine Wort höchsten Respekt. »Mich haben besorgniserregende Neuigkeiten aus Agosima erreicht. Dieser junge Mann kommt gerade aus dieser Provinz und kann berichten, was sich dort tut.«

»Dann möge er beginnen«, verlangte die links von der Kaiserin sitzende Aori mit kristallheller Stimme.

Akeno nickte Ray aufmunternd zu. Im Blick des korpulenten Beschwörers spiegelte sich unverhohlene Verärgerung, sein Kollege betrachtete ihn jedoch nach wie vor freundlich.

Ray versuchte, die beiden überhaupt nicht anzusehen. Er sprach ausschließlich für die Kaiserin. Den Blick auf die Aussparungen in der Maske gerichtet, schilderte er, was Sayunaro, Grizzly und ihm in den letzten Monaten widerfahren war, hielt sich dabei mit einer eigenen Einschätzung der Dinge aber strikt zurück.

Als er geendet hatte, herrschte eine Weile tiefes Schweigen.

»Erstaunlich«, ergriff dann der hagere Beschwörer das Wort. »In Agosima wird also eine Verschwörung gegen den Rest der Welt vorbereitet?«

»Nicht unbedingt gegen die ganze Welt, Herr ...«

»Meister Otsui«, stellte sich der Beschwörer in liebenswürdigem Ton vor. »Dies ist Meister Fumai.«

»Dennoch, Meister Otsui«, fuhr Ray nun fort, »halte ich es für meine Pflicht, den Orden zu warnen. Die Beschwörer in Rumung brüten mit Sicherheit finstere Pläne aus. Weshalb sollten sie sonst alle Besucher ihres Tempels umbringen, selbst wenn diese in friedlicher Absicht kommen? Offenbar wollen sie damit verhindern, dass jemand über ihr Tun im Bilde ist.«

Aus den Augenwinkeln heraus nahm Ray wahr, dass Akeno ihm beifällig zunickte.

»Nun sitzt du ja hier vor uns«, bemerkte Meister Otsui. »Da können diese Beschwörer in Agosima so unbarmherzig doch wohl nicht sein. Oder sehe ich das falsch?«

»In gewisser Weise ja«, erwiderte Ray zum Erstaunen der beiden Angehörigen des Turms. »Die Rumunger sind grausam, gefährlich und sehr stark.«

»Wenn die Rumunger wirklich derart grausam sind, dürftest du kaum noch am Leben sein«, mischte sich nun auch Meister Fumai ein. »Genau das wollte mein Kollege dir vor Augen führen.«

»Eben. Du bist lediglich ein unerfahrener junger Mann, der nicht einmal seine Abschlussprüfung bestanden hat. Dennoch hast du dich gegen diese Rumunger behaupten können«, erklärte Meister Otsui. »Die erfahrenen Meister des Turms werden mit ihnen nötigenfalls also spielend fertig.«

»Ganz sicher nicht!«, polterte Ray und fing sofort einen warnenden Blick Akenos auf. »Selbst Ihr könntet an den Rumungern scheitern«, fuhr er daher in gemäßigterem Ton fort. »Denn sie haben Shimaas für sich gewonnen, bilden mit ihnen nun ein Ganzes und schöpfen Kraft aus ihnen. Damit sind sie stärker als jeder gewöhnliche Beschwörer.«

»Vermutlich hast du in Agosima Todesängste ausgestanden und dir deshalb wer weiß was eingebildet.«

»Ich bin ein Beschwörer«, entgegnete Ray ruhig. »Wenn ein Geist und ein Mensch miteinander verschmolzen sind, erkenne ich das.«

»Wie hast du dann überlebt?«, fragte Meister Otsui, der allmählich die Geduld verlor.

»Indem ich geflohen bin«, antwortete Ray ausweichend. »Ich hatte einfach Glück.«

»Wir verschwenden bloß unsere Zeit mit diesem Gespräch«, warf Meister Fumai ungehalten ein. »Der Junge hat einen Shimaa im Wald gesehen und es mit der Angst zu tun bekommen. Der Herr Statthalter wiederum ergreift bekanntlich jede

Möglichkeit beim Schopfe, dem Orden Schaden zuzufügen oder Ärger zu machen.«

»Meinen Freund und mich hat ein Geist gerettet«, gestand Ray. »Der Schwarze Kodsu.«

Die Blicke der beiden Aoris schnellten zu Ray hinüber, die beiden Beschwörer verzogen beredt das Gesicht.

»Wer bitte hat dich gerettet?«, säuselte Meister Otsui.

»Der Schwarze Kodsu.«

»Junger Mann! Der Schwarze Kodsu ist ein Geist von unglaublicher Stärke, er ist hinterhältig und gemein ...«

»Ich weiß nur zu gut, was es mit diesem Geist auf sich hat.«

»Offenbar nicht«, hielt Meister Fumai dagegen und wandte sich ihm zu. Da er eine Stufe über Ray saß, schien es, als wollte er ihn regelrecht erdrücken. »Dieser Geist fügt Menschen einen langsamen und peinvollen Tod zu, aber er hilft ihnen niemals. Oder gibt es einen triftigen Grund, warum er bei dir eine Ausnahme gemacht hat?«

»Weil ich mich auf einen Handel mit ihm eingelassen habe.«

Meister Otsui lachte höhnisch und sah die Kaiserin an, als wollte er sie auffordern, in sein Gelächter einzustimmen. Diese zeigte jedoch nach wie vor keine einzige Regung. Die Aoris ließen Ray dagegen nicht mehr aus den Augen.

»Geister wie der Schwarze Kodsu lassen sich niemals auf einen Handel ein«, spie Meister Otsui aus. »Das ist völlig ausgeschlossen!«

»Ihr irrt.«

»Dergleichen ist mir noch nie zu Ohren gekommen«, beteuerte Otsui und sah zu Fumai, der bekräftigend nickte.

»Der Geist Rugg stand Yurana aus der Provinz Datido zur Seite, einer der stärksten Beschwörerinnen in unserer Geschichte, und hat sie immer wieder beschützt«, gab Ray wieder, was der Schwarze Kodsu ihm anvertraut hatte. »Eine Yarra hat sich mit Orl aus Rossa angefreundet. Und der berühmte Corn hat sein hohes Alter von über einhundert Jahren nur erreicht, weil ihm ein Iume Kraft und Jugend geschenkt hat.«

»Willst du dich vielleicht mit einem dieser Helden der Vergangenheit auf eine Stufe stellen?«, stichelte Meister Otsui. »Hältst du dich für einen derart herausragenden Beschwörer?«

»Nein«, stieß Ray müde aus. »Ich möchte, wie gesagt, nur vor der Gefahr warnen, die aus Agosima droht.«

»Mit einer derart unglaubwürdigen Geschichte? Wir lassen uns doch keinen Bären aufbinden. Obendrein kann ich nur noch einmal betonen, dass der Herr Statthalter stets darauf erpicht ist, uns Ärger zu machen. Offenbar bist du dir nicht zu schade, nach seiner Pfeife zu tanzen. Rufe dir daher besser in Erinnerung, dass wir Beschwörer uns niemals vor den Karren weltlicher Herrscher spannen lassen!«

Ray sah die Kaiserin an, drang aber auch diesmal nicht durch das Netz hinter der Maske zu ihren Augen vor.

»Die Gefahr, die uns allen droht, ist nur schwer vorstellbar. Aber wenn die Rumunger hier einfallen, stünde uns ein nie enden wollender Tag der Geister bevor. Diese Beschwörer verachten den Orden, sie werden uns zertreten wie lästige Käfer, Herrin!« Ray versuchte in die schlichte Anrede mindestens die Hälfte der Achtung zu legen, die Herr Akeno in ihr untergebracht hatte. »Sie können sogar Eure beiden Aoris dazu bringen, Euch zu töten. Sie werden die Schutzgeister aus den Fundamenten des Palastes herauslocken, damit sie Eure Wache vernichten. Und die versteckten Bogenschützen im Gang werden die Rumunger bestimmt nicht aufhalten.«

Eine der beiden Aoris beugte sich nun zu der Kaiserin und flüsterte ihr etwas ins Ohr. Diese nickte. Nun meinte Ray sogar, hinter dem Netz ihre Augen auffunkeln zu sehen.

»Das ist doch blanker Unsinn!«, polterte Meister Otsui. »Glaubst du eigentlich, wir würden nicht auch Nachrichten aus Agosima erhalten? Der Orden ist bestens darüber im Bilde, was in dieser Provinz vor sich geht. Dieses verödete Land hat seine einstige Größe unwiderruflich eingebüßt. Nach der letzten Epidemie gibt es dort ohnehin kaum noch Dörfer.« Er atmete tief durch und fuhr dann in kaltem Ton fort: »Du tätest mir aufrichtig leid, weil du diesen Unfug offenbar selbst glaubst, doch mischt sich in mein Mitgefühl Ärger, weil du ihn uns für bare

Münze hast verkaufen wollen. Verzeiht, Herrin, dass wir Eure Zeit beansprucht haben, und lasst mich Euch noch einmal versichern: Warra droht nicht die geringste Gefahr.«

Eine angespannte Stille breitete sich aus. Mit einem Mal erhob sich die Kaiserin. Langsam und anmutig. Ihr langes Gewand glitt mit einem leisen Rascheln über die Stufen und schillerte wie Schlangenhaut.

Wie auf Befehl standen nun alle Anwesenden auf und verbeugten sich schweigend. Die Audienz war beendet.

Die Türen des Saals wurden lautlos geöffnet.

Als Erste verließen Akeno und Ray den Raum. Sobald sie zur Tür hinausgetreten waren, blieben sie stehen. Ray ließ seinen Blick über den weit unter ihnen liegenden Garten schweifen und über das hohe goldene Tor, durch das sie hereingekommen waren. Er war allerdings nicht in der Stimmung, die Schönheit, die sich dort unter ihm ausbreitete, zu würdigen, denn das Wissen, gescheitert zu sein, nahm ihm die dafür nötige innere Ruhe.

Kurz darauf erschienen die beiden Beschwörer.

Meister Fumai bedachte Akeno mit einem verächtlichen Blick und stapfte schweigend an ihm vorbei, Meister Otsui presste die Lippen aufeinander und blieb kopfschüttelnd vor Ray stehen.

»Das war unschön«, tadelte er ihn. »Und selbstgefällig.«

»Was genau?«

»Dass du dich auf diese Weise hast beliebt machen wollen. Wir Beschwörer dürfen uns nicht in die Politik einmischen.«

Diese Worte waren wie eine Ohrfeige.

Es führt zu nichts Gutem, rief Ray sich sofort zur Ordnung, wenn ich es auf einen Streit ankommen lasse.

Meister Otsui maß Akeno mit einem letzten Blick, dieser behielt aber eine Miene gleichgültiger Freundlichkeit bei.

»Wie können sie nur so blind sein?«, machte Ray seinem Ärger Luft, sobald die beiden Beschwörer außer Hörweite waren. »Und taub obendrein?«

»Die Macht verstellt ihnen den Blick«, antwortete Akeno ruhig, während er die Aussicht auf den prachtvollen Garten genoss.

»Aber warum haben sie sich von vornherein geweigert, mir Glauben zu schenken?! Sobald ich den Mund aufgemacht habe, waren ihre Ohren verstopft. Wir haben mit dieser Audienz nur unsere Zeit vergeudet!«

»Ganz ruhig, Ray! Das ist nur der erste Akt gewesen.«

»Werden wir die Bühne denn nicht verlassen?«

»Nein, dazu ist es noch zu früh.«

Tatsächlich kam kurz darauf eine der beiden Aori auf sie zu.

»Wenn Ihr mir bitte folgen würdet«, sagte sie. »Auch Ihr, junger Herr.« Ihre Augen von reinem Gold funkelten vergnügt, als sie Ray ansah.

Geschmeidig glitt die Geistererscheinung zurück zum Saal. Ihre Füße schienen den Boden überhaupt nicht zu berühren. Wie verzaubert betrachtete Ray die vollendete Gestalt und das seidig schimmernde Haar.

»Ich bin noch nie einer Aori begegnet.«

»Und ich noch nie einem Menschen«, erwiderte die Aori lächelnd, »der eine gemeinsame Sprache mit dem Schwarzen Kodsu gefunden hat.«

Der Saal war nun leer, kalt und dunkel. Als ob ohne die Kaiserin sämtliche Farben verblasst und das Gold stumpf geworden wäre.

Die Aori öffnete eine schmale Tür. Dahinter lag ein kleinerer, runder Saal, dessen Wände aus glatt geschliffenen Edelsteinen in allen nur denkbaren Farben bestanden. Sie bildeten die Umrisse der einzelnen Provinzen nach. Rayun war in Rot gehalten, Welessa in Blau, Yugora in Gold, Ando strahlte in Weiß, Sinora in Purpur, und Agosima dräute schwarz.

Die Kaiserin hatte ihnen den Rücken zugekehrt. Auch diesmal stand sie auf einem Podest, eine unerreichbare Sonne über den Köpfen gewöhnlicher Sterblicher. Die endlose Schleppe ihrer goldenen Gewänder ergoss sich wie ein Lichtmeer über die Stufen davor.

Auf das Geräusch der Schritte hin drehte sich die Herrin Suiko langsam um. Ihre Maske hatte sie nun abgelegt. Ihr Gesicht war glatt, zeigte nicht eine Falte, wirkte aber dennoch nicht jung, sondern durch und durch alterslos. Helle, rosafarbene Haut spannte sich fein wie Porzellan über hohe Wangenknochen. Die scharf geschnittene Nase, die leicht eingefallenen Wangen, die schmalen Lippen – all das war von vollendeter Schönheit. Die Augen mit ihrem ungewöhnlichen Gold und den sehr großen Pupillen ruhten fest auf Ray.

»War das, was du gesagt hast, die Wahrheit?«, fragte sie.

Sie hatte eine erstaunliche Stimme, rein wie Vogelgesang und kalt wie Stahl. Allein mit ihr hätte sie jeden dazu gebracht, ihr aufmerksam zuzuhören. Um diese Stimme dürfte sie jeder Beschwörer beneiden.

»Ja, Herrin«, antwortete Ray, der nun eine Schüchternheit empfand, wie er sie noch nie zuvor verspürt hatte.

»Du glaubst ihm, Akeno?«, wandte sich Suiko an den Statthalter, ohne Ray dabei aus den Augen zu lassen.

»Unbedingt«, antwortete Akeno.

»Vertraust du ihm auch?«

»Sonst wäre ich nicht hier.«

»Er ist sehr jung.«

»Ich selbst war erst fünfzehn Jahre alt, als ich gegen meinen Onkel Yochina Ishiro kämpfen musste, der meinte, er könne Yugora weit besser regieren als ich«, entgegnete Akeno mit einnehmendem Lächeln. »Das Alter spielt in gewissen Fragen keine Rolle.«

Suikos Lippen zuckten leicht. Das war offenbar ihre Art zu lächeln.

»Auf wessen Wort soll ich nun etwas geben? Auf das der stürmischen Jugend, die es in den Kampf zieht, oder auf das der weisen Alten, die zur Vorsicht gemahnen?«

»Vertraue auf deinen gesunden Menschenverstand«, erklärte Akeno und trat etwas näher an die Kaiserin heran. Ray hätte sich nicht einmal gewundert, wenn er sich unmittelbar neben sie gestellt hätte. »Ich verlange ja nicht, dass sämtliche Truppen sich bereithalten. Das würde den Menschen nur Angst einjagen und Panik schüren. Aber die Statthalter von Hagura und Ando sollten ins Bild gesetzt werden und ihre Garnisonen verstärken.

Wenn es zu Bewegungen an ihrer Grenze kommt, müssen sie vorbereitet sein.«

»Gegen Geister könnten sie nichts ausrichten«, mischte sich Ray da ein. »Daher brauchen sie Beschwörer an ihrer Seite. Der Orden jedoch hat nicht die Absicht, etwas zu unternehmen.«

»Oh, der Orden wird sich schon rühren«, widersprach Akeno. »Sobald der erste von ihnen den Tod gefunden hat.« Mit einer Handbewegung gebot er Ray Schweigen, danach wandte er sich wieder der Kaiserin zu. »Mich scheren weder die Ränke der Beschwörer noch ein möglicher Krieg, das weißt du, aber ich will meinen Sohn aus den Klauen der Rumunger befreien.«

»Das ist mir klar. Ich brauche dir aber auch nicht zu sagen, dass ich dem Orden keine Befehle erteilen kann. Ihm gegenüber darf ich lediglich Empfehlungen aussprechen.«

»Das weiß ich. Ebenso wie ich weiß, dass deine Empfehlungen klug sind.«

Die Kaiserin deutete abermals ein Lächeln an, dann richtete sie ihren Blick wieder auf Ray oder vielmehr auf das goldene Zeichen an seinem Gewand.

»Ich danke dir für deinen Mut, Ray. Was du getan hast, sagt mir, dass du dieses Wappen zu Recht trägst. Darf ich auch in Zukunft auf deine Hilfe hoffen?«

»Selbstverständlich.«

»Mir scheint, dir ist nicht ganz klar, was ich da verlange. Daher lass es mich genauer ausdrücken: Im Notfall müsstest du dich dann gegen deinen Orden wenden. Würdest du meinem Befehl oder dem des Herrn Akeno gehorchen, selbst wenn dieser den Wünschen des Turms zuwiderläuft?«

Die Kaiserin versengte ihn abermals mit dem Blick ihrer goldenen Augen, doch Ray hielt ihm stand.

»Der Orden will mich nicht in seinen Reihen haben«, erwiderte er. »Nicht einmal auf mein Wort gibt er etwas. Deshalb werde ich Euch unterstützen. Allerdings werde ich mich nicht auf politische Ränke einlassen, auf Morde oder unbegründete Provokationen. Ich will einen Krieg verhindern und einem Freund helfen, der in eine schlimme Lage geraten ist.«

Die Kaiserin lachte leise und sah den Statthalter an.

»Du hast recht, Akeno. Beschwörer kennen keine Furcht vor gewöhnlichen Menschen. Ich habe immer angenommen, ihr Gefühl von Überlegenheit speise sich aus der Stellung des Ordens. Aber selbst dieser junge Mann, der aus ihrer Gemeinschaft vertrieben wurde, der die Gewänder und das Wappen eines anderen Beschwörers trägt, der also im Grunde ein Niemand ist – selbst er wagt es, mir Bedingungen zu stellen.«

Ray hätte zwar gern widersprochen, als die Kaiserin ihn als Niemand bezeichnet hatte, schwieg jedoch. Die Wendung, die das Gespräch genommen hatte, behagte ihm nicht, denn offenbar hegte die Kaiserin Vorbehalte gegenüber Beschwörern, die sie nun bestätigt fand.

»Ich stelle keine Bedingungen«, bemerkte Ray. »Es geht einzig und allein darum, dass auch Ihr versteht, was es bedeutet, wenn ich Euch meine Unterstützung zusichere.«

Akeno setzte an, etwas zu sagen, doch die Kaiserin kam ihm zuvor.

»Gut, Ray, dann halten wir Folgendes fest: Ich werde von dir nichts verlangen, was dein Gewissen als Beschwörer dir nicht zu tun erlaubt. Einverstanden?«

»Ja, vollauf.«

Sie neigte huldvoll den Kopf, er vollführte eine ehrerbietige Verbeugung. Anschließend bedeutete Akeno Ray, er möge gehen, blieb selbst jedoch noch bei der Kaiserin.

Damit war für Ray auch dieser Teil der Audienz beendet.

Eine Aori tauchte auf und sagte: »Ich begleite Euch.«

Sie führte ihn in den Garten hinaus. Dort schlug sie einen Weg ein, der sich zwischen Jasminsträuchern dahinschlängelte und zu einer schmalen Treppe führte.

»Ist es für Euch nicht anstrengend, hier zu arbeiten?«, fragte Ray schließlich. »Soweit ich weiß, ist Euer Element die Luft. Ihr liebt den offenen Raum und die Gipfel der Berge.«

»Alles endet einmal«, antwortete die Geistererscheinung ausweichend. Sie sah ihn mit unverhohlener Neugier an, stellte ihrerseits jedoch keine Frage. »Folgt dem Pfad, er wird Euch hinausbringen. Wenn Ihr wollt, kann ich Euch aber auch nach Hause begleiten.«

»Danke, nicht nötig.«

»Das habe ich vermutet.«

Sie verabschiedete sich höflich von ihm und zog sich in den Palast zurück.

Während Ray ihr nachsah, fragte er sich, wie stark wohl der Zauber sein musste, der dieses freiheitsliebende Geschöpf unterworfen hatte. Und welcher Beschwörer ihn gewirkt haben mochte. Er konnte sich jedoch keinen einzigen vorstellen, der dazu in der Lage war.

Auf dem Weg zurück zu Akenos Anwesen dämmerte es bereits. Er lief schnell, besondere Vorkommnisse gab es glücklicherweise nicht.

Die Residenz wirkte völlig verlassen, als wäre mit Akeno alles Leben daraus gewichen. Dafür tummelten sich nun offen Geister auf dem Anwesen.

Der Schwarze Kodsu saß in seiner eigenen Gestalt in Rays Zimmer. Obwohl kein Wind ging, flatterte seine zerrissene Kleidung um seinen ausgemergelten Leib.

»Ich hätte mit dir wetten sollen, dass du mich erwähnst«, sagte er mit breitem Grinsen.

»Woher weißt du das?«

»Das hat mir mein kleiner Freund erzählt«, gestand der Schwarze Kodsu und zeigte mit seinem langen Finger auf Rays Schulter.

Dieser riss den Kopf herum. Aus einer Naht seines Gewandes kroch gerade eine winzige schwarze Spinne heraus, die kaum größer als ein Nadelkopf war. Bevor Ray sie sich schnappen konnte, huschte sie davon und rutschte über einen spinnwebfeinen Faden zu Boden, um dann zum Schwarzen Kodsu zu kriechen und ihm auf die Hand zu krabbeln. Auf ihr wimmelte es von Spinnen, nicht einmal mehr die Haut war noch zu erkennen, es war eine einzige wogende Schwärze.

»Das sind alles meine Freunde«, erklärte der Schwarze Kodsu. »Möchtest du sie vielleicht auch kennenlernen?«

»Nein danke, ich habe meine eigenen Freunde«, entgegnete Ray, der sich von solchen Albernheiten schon seit langer Zeit nicht mehr beeindrucken ließ.

»Die dir gegenwärtig aber kaum eine Hilfe sind«, fuhr der Schwarze Kodsu fort. »Der eine von ihnen steckt in Agosima fest und braucht selbst Unterstützung, der andere ist aus seinem Freudenhaus nicht herauszulocken. Und falls wir den Statthalter von Yugora zu deinen Freunden zählen wollen – dieser Mann verbringt seine Zeit am liebsten in Gesellschaft schöner Frauen. Wenn du mich fragst, stehst du ziemlich allein da.«

Da Ray es unter seiner Würde empfand, auf diesen Unsinn einzugehen, kehrte der Schwarze Kodsu zum Ausgangspunkt ihres Gesprächs zurück.

»Man hat dir also nicht geglaubt?«, fragte er.

»Kein einziges Wort. Dabei waren es erfahrene Beschwörer, Meister vom Turm. Aber sie weigern sich, irgendetwas in Betracht zu ziehen, das nicht zu ihrer Sicht der Dinge passt.«

»Ich kann mir lebhaft vorstellen, was sie alles zusammengeschwafelt haben«, bemerkte der Schwarze Kodsu. »Agosima ist weit weg, Rumung untergegangen. Die dortigen Beschwörer sind feige Abtrünnige, der Schwarze Kodsu lässt sich niemals auf einen Handel mit einem Menschen ein ... Du wolltest ihre Weltsicht erschüttern. Kein Wunder, dass sie dir nicht geglaubt haben.«

»Aber für mich war es doch auch schwer, mir einzugestehen, dass wir nie nach Agosima hätten gehen dürfen.«

»Es gibt vieles, was dich von den Beschwörern des Turms unterscheidet«, entgegnete der Schwarze Kodsu. »Von denen hätte sich keiner in meine Welt vorgewagt, geschweige denn auf einen Handel mit mir eingelassen. Man kann mich nicht vertreiben und nicht verfolgen. Deshalb will niemand etwas mit mir zu tun haben.«

»Vergessen wir den Turm vorerst. Was sollen wir jetzt unternehmen?«

»Zur Abwechslung solltest du einmal das tun, was jeder Beschwörer tut«, erwiderte der Schwarze Kodsu. »Abwarten.«

4

Die Flucht

In letzter Zeit kam Nara nicht mehr zu ihm. Ob das ein gutes Zeichen war oder nicht, entzog sich Sayunaros Urteilsvermögen.

Er konnte nur noch der Dinge harren, die da kamen. Irgendwann geschah dann etwas: Die Tür zu seiner Zelle öffnete sich, und ein Mann wurde die Treppe hinuntergestoßen.

»Nein!«, schrie dieser wie am Spieß. »Nicht zu ihm! Lasst mich nicht mit ihm allein!«

Er krabbelte die paar Stufen wieder hoch, fing sich jedoch nur weitere Tritte ein. Dann fiel die Tür wieder ins Schloss und wurde von außen verriegelt.

Sayunaro richtete sich ein wenig auf und betrachtete den ungebetenen Gast. Er kauerte zusammengekrümmt auf einer Stufe und jaulte fürchterlich. Seine einst weiße Kleidung starrte vor Dreck, dem Geruch nach zu urteilen, eine Mischung aus Sand, verfaultem Obst, Angstschweiß und Blut. Wahrscheinlich war er über den Boden geschleift worden, bevor man ihn in die Zelle geworfen hatte. Sayunaro witterte seine noch blutenden Wunden und seine Panik.

»Kazumi!«, rief Sayunaro leise. »Bist du das?«

Dieser fuhr zusammen, als wäre er geschlagen worden.

»Töte mich nicht!«, jaulte er und fiel noch weiter in sich zusammen. »Bitte! Tu, was du willst – aber töte mich nicht!«

»Keine Sorge«, erwiderte Sayunaro. Seine Wut auf Kazumi war verflogen. Für ihn gab es nur noch den Schmerz in seinem Kopf. »Von mir hast du nichts zu befürchten!«

»Ich soll dir glauben, dass du mich nicht umbringst?«, fragte Kazumi und sah ihn an. Nun machte Sayunaro ein gewaltiges Veilchen unter einem Auge aus. Die früher stets sorgsam geschnittenen aschgrauen Haare glichen inzwischen einem verfilzten Schaffell. In ihm steckten Dornen, Blüten und eingetrockneter Schlamm. Sein Obergewand starrte an der Brust von Staub.

Sayunaro musste unwillkürlich grinsen. Die Nase des Shiisans hatte ihn nicht getrogen, Kazumi war tatsächlich zur Zelle geschleift worden.

»Sei unbesorgt«, versicherte er. »Ich werde dir kein Härchen krümmen.«

»Doch, das wirst du«, widersprach Kazumi stur. »Wenn nicht jetzt, dann später.«

»Ich habe nur einen einzigen Wunsch«, stieß Sayunaro aus. »Ich will dich nie wiedersehen.«

»Glaub mir, ich würde liebend gern zur Tür hinausgehen«, erwiderte Kazumi mit einem ätzenden Lachen. »Aber sie ist leider abgeschlossen.«

»Weshalb hat man dich hierher gebracht? Doch bestimmt nicht, um mir meine einsamen Tage zu verschönern.«

»Sie wollen, dass du die Beherrschung über dich verlierst. Ihrer Ansicht nach bist du noch viel zu gefestigt. Das wollen sie ändern. Nun hoffen sie, dass dein Hass zum gewünschten Ergebnis führt.«

»Wieso bist du in Ungnade gefallen?«

»Sie wollten mich mit einem Shimaa verschmelzen«, antwortete Kazumi, nachdem er sich ängstlich umgesehen hatte. Ja, fürchtete er denn, hier unten könnte ihn jemand belauschen? »Aber dagegen habe ich mich verwehrt. Ich bin ein Beschwörer, dem man Achtung erweist und der für seine Arbeit anständig bezahlt wird und folglich ganz bestimmt nicht nach Agosima gekommen, damit man mich in ein Ungeheuer verwandelt. Selbst wenn ich durch die Verbindung mit einem Geist stärker wäre, lehne ich das ab. Meister Hyeon hat sich darauf eingelassen ...« Kazumi umfasste seine Schultern und wiegte sich hin und her. »Danach sollte ich an die Reihe kommen, aber da habe ich mich geweigert.«

»Und deshalb hat man beschlossen, dich an den Shiisan in mir zu verfüttern?«

»Angeblich brauchst du frisches Menschenfleisch«, erwiderte er angewidert. »Weil du das von Tieren nicht mehr isst.«

»Welch rührende Sorge.«

»Sie sagen, sie brauchen dich.«

»Wie geht es eigentlich Nara?«, wechselte Sayunaro das Thema.

»Das kann ich dir nicht sagen«, antwortete Kazumi. »Ich habe sie schon lange nicht mehr gesehen.«

Mit einem Mal quietschte die Tür, und Ruam erschien oben an der Treppe. Sein rotes Gewand wirkte jetzt beinahe schwarz, während der weiße Streifen auf seiner Stirn geradezu leuchtete. Seit dem Kampf gegen die Hanogis hatte Sayunaro ihn nicht gesehen. Damals hatte Ruam ihn in seine Zelle gesteckt, die Tür verriegelt und sich nicht mehr blicken lassen.

Nun schaute Ruam die beiden ruhig an.

»Hunger hast du also offenbar nicht«, wandte er sich an Sayunaro. »Oder ist die Speise nicht nach deinem Geschmack?«

Kazumi kroch daraufhin fast in die Wand hinein. Als Ruam langsam die Treppe hinunterkam, fauchte der Shimaa in seinem Rücken gierig. Sayunaro spannte sich an. Er rechnete mit einem Angriff. Seine linke Hand brannte bereits in dem Schmerz, welcher der Verwandlung in ein beinernes Schwert vorausging.

»Bis auf die Frau hat Hyeon wirklich nur Aas in unser schönes Rumung gebracht.« Ruam blieb vor Sayunaro stehen und holte langsam mit einer langen Peitsche aus, deren Ende gleich einer Schlangenzunge gespalten war. Der Shiisan knurrte zornig. Diesen Gegenstand kannte er nur zu gut. »Ich habe es mit Worten versucht«, sagte Ruam, während er langsam mit der Peitsche durch die Luft fuhr. »Aber die verfangen bei dir nicht. Bleibt die Frage, wie lange du dich noch in Schweigen hüllst, wenn du mit ansehen musst, wie ich dein Geschöpf langsam zu Tode prügle.«

Da erst begriff Sayunaro, dass Ruam sich an Sharh wandte, den Gebieter aller Shiisans.

Der erste Schlag traf Sayunaros Brust.

Sein Körper brannte, der Shiisan in ihm heulte und verlangte, freigelassen zu werden.

»Flieh!«, krächzte Sayunaro und sah Kazumi an, doch der rührte sich nicht, sondern presste sich nur weiter gegen die Wand und beobachtete entsetzt, wie Ruam wütete.

Der Schmerz raubte Sayunaro den Verstand. Blut rann über sein Gesicht, seine Hand schien zerfetzt zu werden. Irgendwann schleifte Ruam den vor Angst wimmernden Kazumi zu ihm und drückte Sayunaros Kopf hinunter an dessen Hals.

»Iss endlich! Du kannst dich schließlich nicht für alle Zeiten an den Menschen in dir klammern! Der ist doch der erbärmlichste Teil von dir!«

Sayunaro rührte sich nicht.

Kurz darauf senkte sich das Dunkel über ihn, jene Finsternis, die ihn stets zu sich rief. Jener formlose, gefährliche Schatten.

Als er wieder zu sich kam, hatte er jede Erinnerung an den Vorfall verloren. Hatte er Kazumi getötet? Wie lange war er ohnmächtig gewesen? Oder hatte er das Bewusstsein womöglich gar nicht verloren? War jemand zu ihm gekommen? Befand sich jetzt jemand bei ihm?

»Sayunaro! Hörst du mich?«

Seine Zähne stießen gegen den Rand einer Trinkschale. Eine kalte Flüssigkeit sickerte ihm die Kehle hinunter. Wasser. Schlichtes Wasser. Er trank, bis er nach Atem ringen musste. Jemand nahm ihm die Schale weg. Ein feuchtes Tuch fuhr sanft über sein Gesicht und säuberte es von dem eingetrockneten Blut.

»Wie geht es dir?«

»Noch bin ich ja am Leben.«

»Kannst du aufstehen? Wir müssen von hier verschwinden.«

»Nara?«

Pikende Haare strichen über seine Wange. Sie musste sich dicht über ihn gebeugt haben.

»Ja, ich bin's. Wir müssen hier weg!«

»Was ist geschehen?«

Etwas Raues und fast Schwereloses berührte seine Stirn. Der Ärmel von Naras Gewand. Dann schepperte etwas. Sie hatte die Schale auf den Boden gestellt.

»Sie wollen Ando angreifen. Die Beschwörer aus Rumung, meine ich. Aber das ist nur der erste Schritt. Eigentlich wollen sie in Warra einfallen!«

»Woher ... weißt du das?«

»Meister Hyeon hat es mir anvertraut. Aber ich werde mich nicht auf diesen Krieg einlassen!«

Sayunaro setzte sich auf. Als das Stroh unter ihm dabei leise raschelte, verursachte das in seinen Ohren geradezu ein Dröhnen.

»Würden die Rumunger dich denn überhaupt dabeihaben wollen? Du bist ja keine von ihnen ...«

Nara schluchzte auf. Da erst bemerkte Sayunaro den hauchzarten Schatten in ihrem Rücken.

»Das haben sie gestern gemacht«, teilte Nara ihm mit und wischte sich wütend die Tränen von den Wangen. »Sie haben mich mit irgendeinem Trank betäubt und dann dieses Ritual durchgeführt. Deshalb will ich unbedingt von hier verschwinden, solange der Shimaa noch schwach ist. Ist er erst einmal zu Kräften gekommen, wird er bestimmt jeden Fluchtversuch vereiteln. Bei all den Vorbereitungen kümmern die Rumunger sich aber gerade gar nicht um uns.«

Obwohl Sayunaro da seine Zweifel hegte, drängte es auch ihn mit aller Kraft zur Flucht.

»Gut, gehen wir«, sagte er und erhob sich langsam. Ihm schwindelte leicht, doch er hielt sich auf den Beinen. »Ich hoffe sehr, dass Ray den Orden ins Bild gesetzt hat und dieser die Gefahr richtig einschätzt.«

»Darauf würde ich lieber nicht vertrauen.«

Nara schulterte eine kleinere Tasche und ging als Erste die Treppe hinauf. Vorsichtig öffnete sie die Tür, erstarrte dann aber förmlich. Vor ihr stand ein Beschwörer aus Rumung.

»Was machst du denn hier, Nara?«, fragte er erstaunt.

Noch ehe Nara sich eine Antwort einfallen lassen konnte, bohrte sich bereits ein Schwert so tief in den Mann, dass es am Rücken austrat. Blut haftete an der beinernen Klinge. Sayunaro zog das Schwert wieder heraus und blickte wie gebannt auf die Leiche. Aus der Wunde tropfte kein Blut, fast als hätte die Klinge alles aufgesogen, um damit ihren ewigen Durst zu stillen.

Er schleifte den Toten die Treppe hinunter und warf ihn auf das Stroh. Erst jetzt erkannte er ihn. Es war jener Beschwörer, der ihm Essen gebracht und das Stroh gewechselt hatte. Trotzdem empfand er kein Mitleid mit ihm.

Als Sayunaro anschließend die Treppe hinaufeilte, hoffte er inständig, er würde diesen Weg zum letzten Mal nehmen.

Nara stand im Gang Posten.

»Ich kenne nur einen Weg aus dem Tempel«, flüsterte Sayunaro, während er die Tür leise verriegelte. »Er führt durch einen Säulensaal.«

»Da kommen wir jetzt leider nicht unbemerkt durch.«

»Dann musst du uns hier rausbringen.«

Der Tempel wurde von flackernden Lichtern erhellt, die vor Sayunaros Augen als verschwommene rote Kreise tanzten und sein Sehvermögen weiter trübten. Er hob die Hand und wischte sich das Blut von den Wimpern. Nun schien alles mit einem purpurnen Schleier überzogen.

Sie hielten sich dicht an der Wand, spitzten die Ohren und spähten um sich, damit sie notfalls sofort stehen bleiben konnten.

Schatten waberten durch den Gang, die Sayunaro mal als eisige, mal als warme Gebilde wahrnahm. Manche griffen sogar mit glühenden Fingern nach seinem Gesicht.

Gigantische Säulen trugen das Dach, der Boden war so glatt und rutschig, als wäre Öl darauf ausgekippt worden, die Wände strahlten Kälte aus. Dennoch bewegte sich Nara beinah lautlos vorwärts und führte sie beide sicher durch all die Gänge.

Irgendwann erreichten sie die Bibliothek. Sayunaro erkannte den Geruch von alten, staubüberzogenen Schriftrollen und hölzernen Regalen. Selbst die Luft schien aus einzelnen Seiten Papier zu bestehen, die sich übereinander abgelagert hatten.

Als Nächstes folgte eine warme Brise, die geschwängert von den Düften der Nacht war, in die sich Sandelholz, Safran und Samtblume mit Moder und Felsgestein mengten. Diese schwappten in sanften Wellen über sie hinweg. Es muss in diesem Gang unter der Decke Aussparungen zur Belüftung geben, hielt Sayunaro für sich fest, der noch immer fast blind hinter Nara herstapfte. Kurz darauf vernahm er laute, aufgeregte Stimmen. Sofort huschte er in einen Streifen kalten Schattens. Das Rascheln von Kleidung ließ ihn vermuten, dass Nara ebenfalls Deckung suchte.

Als Sayunaro diesmal blinzelte, hatte er mehr Erfolg. Endlich sah er halbwegs klar. Vor ihm lag der Eingang zu einem hell erleuchteten Saal. Aufgeregtes Stimmengewirr drang aus diesem heraus.

»Wir dürfen nicht länger warten!«

»Auch ohne den Shiisan sind wir stark genug! Du lockst ihn eh nicht aus ihm heraus, Ruam!«

»Wir haben genug Zeit vertrödelt! Schlagen wir endlich zu!«

»Gebt mir noch einen Tag! Nur noch einen einzigen Tag! Wenn der Junge dann nicht einknickt, töte ich ihn.«

Sayunaro knurrte leise. Nara tastete mit der Hand hinter sich, um ihn zu beruhigen. Als sie jedoch die beinerne Klinge berührte, huschte sie entsetzt einen Schritt vor. Nun ergriff Sayunaro ihr Handgelenk, um ihr zu bedeuten, sie möge noch weiterlauschen.

Nara sah sich um. Auf ihrem blassen Gesicht lag ein entschlossener Ausdruck. Mit einem Nicken verlangte sie weiterzugehen, doch Sayunaro rührte sich nicht vom Fleck.

»Ando ist nur einen Tagesmarsch entfernt«, bemerkte eine tiefe Männerstimme. »Jenseits der Berge liegen bloß ein paar nichtsnutzige Dörfer. Knöpfen wir uns als Erstes Heno vor. Das ist hier.«

»Willst du sämtliche Dörfler umbringen?«

»Wozu? Sie werden uns mit Freuden willkommen heißen,

denn wir sind die wahren Herrscher dieser Welt. Jahrhunderte mussten wir uns verstecken und konnten nur hoffen, dass irgendwann die Gerechtigkeit siegt.«

Daraufhin lachte jemand zufrieden.

»Ich würde lieber keinen Feind in meinem Rücken wissen«, gab eine junge und harte Stimme zu bedenken.

»Vergesst auch Datido nicht«, warf eine Frau ein. »Diese Provinz ist nicht allzu weit entfernt, und dort gibt es genug Beschwörer, die ...«

»... die genauso träge, hilflos und schwach sind wie der Rest dieser Nichtsnutze.«

»Aber sie könnten Warra warnen.«

»Jede Warnung träfe zu spät ein.«

Nara drehte sich noch einmal zu Sayunaro um und funkelte ihn an. Sie hatten die richtige Entscheidung getroffen, jetzt hieß es, sich zu beeilen. Als sie ihn diesmal mit sich fortzog, leistete er keinen Widerstand.

Während sie an der Tür vorbeihuschten, sahen sie drei Rumunger, die um einen Tisch standen, auf dem eine Karte ausgebreitet war. Einer ihrer Shimaas wurde unruhig, denn offenbar witterte er die beiden. Zum Glück beruhigte er sich aber gleich wieder.

Unbemerkt gelangten sie in einen schmalen Gang. Nara kauerte sich hinter zwei Statuen, die große Beschwörer der Vergangenheit darstellten. Sayunaro erkannte in dem einen Tanigawa, der sämtliche bösen Geister vom Fuko Noyama vertrieben und damit die Menschen aus dem Dorf am Fuße des Berges gerettet hatte.

Hinter den Statuen tat sich ein weiterer Gang auf, aus dem ihnen ein muffiger Gestank entgegenschlug.

»Rasch!«, flüsterte Nara. »Da entlang!«

Sayunaro orientierte sich in der Dunkelheit am Geruch und am Hall, sodass er nicht ein einziges Mal stolperte. Nara dagegen blieb ein wenig zurück. Obendrein waren ihre Schritte ungleichmäßig, was Sayunaro vermuten ließ, dass sie sich öfter umdrehte, um nach etwaigen Verfolgern Ausschau zu halten.

Was sie wohl tut, wenn unsere Flucht glückt?, fragte er sich. Will sie dann mit einem Shimaa im Schlepptau weiterleben? Oder ich? Was fange ich mit dem Shiisan in mir an?

Sie erreichten eine massive Steinplatte, die mit der Darstellung eines weiteren berühmten Beschwörers verziert war. Nara legte beide Hände auf die raue Oberfläche und drückte leicht dagegen. Mit einem leisen Klacken glitt der Stein zur Seite. Durch den schmalen Spalt drang warme Luft zu ihnen, die den Geruch von Pech und brennenden Dochten herantrug. Er kratzte Sayunaro derart in der Kehle, dass er nur mit Mühe einen Hustenanfall unterdrücken konnte.

Nara spähte hinaus, drehte sich dann zu ihm um und gab ihm zu verstehen, dass ihnen keine Gefahr drohe. In dieser Sekunde schoss eine lange beinerne Hand aus dem Dunkel in ihrem Rücken heraus, packte sie an der Schulter und zog sie zu sich heran. Erst da spürte Sayunaro den Geist. Er wirbelte herum und fand sich einem Hone-te gegenüber wieder.

Der Geist neigte einen seiner beiden Köpfe und wollte seine Herren warnen, dass hier zwei Menschen flüchteten, doch da bohrte sich das beinerne Schwert bereits in sein weit aufgerissenes Maul. Der Hone-te fing zu röcheln an. Das Blut, das über die Klinge rann, erinnerte an Pech. Der zweite Kopf des Geistes war blind und stumm. Er kippte nun hilflos zur Seite, weil Nara einen unsichtbaren Strick um seinen dürren Hals geschlungen hatte. Sobald der Hone-te sie freigab, zog Sayunaro das Schwert zurück. Der Geist krachte zu Boden.

»Gibt es noch weitere Wächter?«, wollte Sayunaro von Nara wissen, während er das Schwert an dem kurzen Fell des Hone-te abwischte.

»Bisher war hier noch nie einer«, versicherte sie und rieb sich die schmerzende Schulter. »Früher gab es im ganzen Tempel keinen einzigen Geist, der ihn beschützt hätte. Aber vielleicht spüren die Geschöpfe der jenseitigen Welt den Shiisan in dir und krauchen deshalb aus allen Ritzen.«

»Vielleicht,« erwiderte Sayunaro und sah seine Schwerthand an, die immer mehr zu einem echten Teil seines Körpers wurde.

Nachdem sie sich durch den Spalt gezwängt hatten, erreichten sie nach wenigen Schritten einen runden Saal mit niedriger Decke.

In den Boden waren einige schwarze Steinplatten eingelassen. Über ihnen war ein leises Rauschen zu hören, als sprudelte die Luft selbst.

»Das sind Gräber von Beschwörern«, erklärte Nara. »Pass auf, dass du da nicht drauftrittst.«

Sayunaro nickte nur und hielt sicheren Abstand zu diesen bedrohlich wirkenden Anlagen. Trotzdem schoss mit einem Mal eine schwarze Flammensäule hoch, schlug gegen die Decke, hinterließ dort einen Rußfleck und sickerte langsam zurück in ihre Grube.

Nara fuhr herum und sah missbilligend auf Sayunaros beinerne Schwerthand, sagte jedoch keinen Ton.

Danach störte der Shiisan in Sayunaro zum Glück keinen weiteren toten Beschwörer auf. Sobald die beiden den Raum durchquert hatten, stieß Nara einen Seufzer der Erleichterung aus.

»Hier lang«, flüsterte sie. »Wir haben es gleich geschafft.«

Sie schlichen durch einen schummrigen Tordurchgang. An den Wänden rannen dicke Wassertropfen herab, fast als würde das Gestein unter der schweren Last des Tempels schwitzen. Auf dem Boden hatten sich bereits Lachen gebildet, in denen sich die Wandfackeln spiegelten.

»Durch dieses Tor trägt man die Leichen in den Tempel«, erklärte Nara und schob den Riemen ihrer Tasche zurecht.

Sayunaro erinnerte sich vage daran, dass es im Tempel von Warra einen Saal gegeben hatte, an dessen Wand eine Tafel mit den Namen toter Beschwörer angebracht worden war. Das reichte aus, denn meist fand man ihre Leichen nach einem Kampf gegen ein Geschöpf aus der jenseitigen Welt ohnehin nicht mehr. In Rumung hatte man offenbar einen anderen Umgang mit dem Tod. Hier fürchtete man die Kraft des Dunkels nicht, die in einem Grab entstehen konnte. Oder war man möglicherweise sogar gerade auf sie erpicht?

Am Ende des Durchgangs befand sich ein Eisengitter. Die reich verzierten Stäbe waren voller Staub, offenbar wurde das Tor nur selten geöffnet. Inzwischen war eine heiße, dunkle Nacht angebrochen. Nara trat an das Gitter heran und stemmte sich mit ihrem ganzen Gewicht dagegen. Sobald Sayunaro ihr half, öffnete sich das Tor mit einem unangenehmen Quietschen.

Sie traten auf einen kleinen Platz mit etlichen Statuen von Geistern heraus. Diese standen so dicht beieinander, als hätten Beschwörer die Geschöpfe der jenseitigen Welt hier zusammengetrieben und dann in Stein verwandelt. Nebel wogte über den Platz und schillerte im Widerschein der Fackeln. Das sonderbare Licht zauberte einen traurigen und verzweifelten Ausdruck auf das Gesicht einer Sayna, jener Statue, die am dichtesten in ihrer Nähe stand.

Nara klaubte etwas Sand auf und ließ ihn über die Gitterstäbe rieseln, um ihre Spuren zu tarnen. Sayunaro hätte sich an der frischen Luft beinahe verschluckt, denn von ihr hatte es in seiner Zelle nicht allzu viel gegeben. Mit wenigen Schritten überquerten sie den Platz. Dahinter lag ein Hang, den sengende, klamme oder klebrige Gerüche hinaufkrochen. Die Stadt schlief noch, war im Tal erstarrt wie ein Tausendfüßler.

Um sie herum war alles ruhig, nur die Makos schossen umher und stahlen die Früchte, die man den Geistern dargebracht hatte.

»Die wollen doch in den Krieg ziehen«, sagte Sayunaro. »Warum sind dann nirgends Soldaten, Waffen oder Proviantwagen zu sehen?«

»Weil sie Shimaas haben«, erwiderte Nara. »Außerdem noch Hokayus. Und wenn die Rumunger ihre Kräfte bündeln, können sie vermutlich sogar Manmos herbeizitieren. Wozu sollten sie da noch Soldaten brauchen?« Sie sah Sayunaro an. »Lässt sich das irgendwie ändern?« Sie deutete auf seine Schwerthand.

»Hast du Angst, dass ich dir diese herrliche Klinge in den Rücken bohre?«

»Es ist einfach kein besonders angenehmes Gefühl, einen Shiisan im Nacken zu wissen.«

»Mir behagt die Gesellschaft dieses Geistes auch nicht unbedingt.«

Nara lächelte, doch die Dunkelheit verschlang diesen freundlichen Ausdruck auf der Stelle und ließ ihr Gesicht genauso traurig wirken wie das der steinernen Sayna.

»Gehen wir! Da drüben kommen wir runter.«

Die Treppe, die schmaler und steiler war als die Haupttreppe, verschwand beinahe im Dunkel.

»Rasch!«, verlangte Nara und eilte bereits die Stufen hinab.

Sayunaro folgte ihr auf dem Fuße. Er blieb nicht stehen, er sah sich nicht um, sondern tauchte immer weiter in die Finsternis ein, die unter ihnen im Tal lag.

Die Nacht glänzte mit ihrem Schwarz wie eine lackierte Schatulle. Und auch in ihr dürften zahllose Geheimnisse stecken ...

Allerlei Gerüche umhüllten Sayunaro. Ein Mako lief aufgeregt an ihnen vorbei und hinterließ einen langen, felligen Duftschweif. Der Boden klebte, weil überreife Früchte geplatzt waren. Verschiedene Krabbler schlürften den süßen Saft auf und durchsetzten die Luft mit einem beißenden Aroma.

Als sie die Treppe schon fast hinter sich hatten, packte Sayunaro Nara bei der Hand, damit sie langsamer und leiser weiterging. Der scharfe Geruch ungewaschener Körper, dreckiger Lumpen und verfaulten Essens verriet ihm, dass Bettler auf den Stufen ihr Nachtlager eingerichtet hatten. Doch selbst als sie an ihnen vorbeischlichen, riss das Schnarchen nicht eine Sekunde ab, rührten sich die klobigen Körper nicht.

Für den Bruchteil einer Sekunde fühlte sich Sayunaro wie einer der Geister der verstorbenen Beschwörer, die den Legenden zufolge nachts vom Gipfel des Berges Dake heruntersteigen, um durch die Fenster zu den Menschen hineinzuspähen. Sterbliche sehen sie nicht, sondern hören nur ihre leisen Schritte und die gespenstischen Stimmen ...

Erstaunlicherweise begehrte der Shiisan in Sayunaro selbst in der Nähe der schlafenden Bettler nicht auf. Mehr noch als die leichte Beute musste ihn die Freiheit locken.

Am Fuße der Treppe wuchsen dichte Sträucher, in denen

Nara sofort Schutz suchte. Sie kroch so geschickt in die Büsche, dass nicht ein Zweig ins Schwanken geriet. Fast als wäre sie vorübergehend zu einem körperlosen Geist geworden. Sayunaro folgte ihr und atmete genüsslich den Duft feuchter Erde und jungen Grüns ein.

In diesem zuverlässigen Schutz stahlen sie sich bis zum Wald, um dann Hals über Kopf davonzustürmen. Sayunaro fühlte sich, als wäre er endlich aus einem langen Albtraum erwacht. Er atmete ruhiger und konnte wieder klar denken. Der Freiheitsdrang war gestillt und einem neuen Gefühl gewichen, das Sayunaro allerdings nicht ganz begriff – und das beunruhigte ihn.

Irgendwann blieb Nara keuchend stehen. Sofort spähte sie zurück ins Dunkel. Riesige Kastanienbäume umgaben sie. Auf dem Boden lagen allerlei Steine, die an einer Seite derart glatt behauen waren, dass man meinen konnte, der legendäre Heno habe sie aus einem Schloss herausgerissen und im Wald verstreut.

Die Winterbeeren, die hier wuchsen, wirkten mit ihren geraden Zweigen wie dunkelgrüne Piken. Ihr Geist hatte zwischen den Blättern ein reich verziertes Netz gewebt. Als er den Shiisan witterte, loderte er kurz auf und suchte anschließend zwischen den Wurzeln der Pflanzen, die er beschützte, Zuflucht.

»Wann sie unsere Flucht wohl bemerken?«, fragte Nara und wischte sich mit dem Ärmel den Schweiß von der Stirn.

»Das kann uns völlig einerlei sein.«

Sayunaro wirkte bereits einen Herbeirufungszauber. Sogleich umkreiste ihn eine Art Glühwürmchen.

»Hätten wir damit nicht besser noch warten sollen?«, fragte Nara. »Dein Zauber ist recht auffällig. Nicht, dass sie ihn am Ende bemerken.«

»Falls unsere Flucht scheitert, haben wir wenigstens einen Uddo losgeschickt.«

Mit seiner Schwerthand schnitt er am Saum seiner Jacke ein Stück Stoff ab, brach dann einen Zweig der Winterbeeren ab und schrieb mit ihrem Saft einige knappe Worte darauf. Sobald die Flüssigkeit getrocknet war, faltete er den Stoff und überreichte ihn dem Geist.

»Finde Ray!« Den Befehl bekräftigte er durch einen weiteren, nur in Gedanken erteilten, zudem wirkte er noch einen Zauber. »Übergib ihm das!«

Der Uddo zwinkerte noch einmal, dann löste er sich auf.

Wenn sie uns jetzt schnappen, spielt das keine Rolle mehr, dachte Sayunaro, und sofort wurde ihm leichter zumute. Der Kopfschmerz ließ nach, seine Schwerthand nahm wieder die gewöhnliche Form an.

»Wenn ich bloß meinen Wagen hätte ...«, brachte Nara heraus, als sie weitergingen. »Sag mal, weißt du zufälligerweise, was aus ihm geworden ist, nachdem Ray ihn sich ausgeliehen hatte?«

»Leider nicht. Aber ich kann dir sagen, dass er vorübergehend einen Ohnlitz dort eingepflanzt hatte.«

»Dann kann ich ihn vergessen.«

Sie wusste genauso gut wie Sayunaro, was es bedeutete, wenn man einen derart bösartigen Geist in einen Gegenstand bannte. Dieser würde binnen kurzer Zeit zu Staub zerfallen. Deshalb mieden Beschwörer es in der Regel, einen Ohnlitz in ein kostbares oder seltenes Stück zu pfropfen – falls sich überhaupt jemand bereitfand, mit diesem Geist zusammenzuarbeiten.

»Ray hatte damals keine andere Wahl.«

»Die hatte ich im Grunde auch nicht, als ich ihm meinen Wagen und die Yari überlassen habe«, stieß sie aus und kämpfte sich durch die Winterbeeren.

Mit einem einfachen, kaum wahrnehmbaren Zauber brachte sie den Geist dieser Pflanzen dazu, ihnen zu folgen. Diesem behagte die Nähe des Shiisan zwar nicht, dennoch richtete er brav niedergetretene Zweige wieder auf, sammelte herabgefallene Früchte ein und tat alles, um ihre Spuren zu verwischen.

Nun begriff Sayunaro auch, warum Nara seinen Zauber als zu auffällig bezeichnet hatte.

»Du wirkst sehr feine Zauber«, stellte er fest. »Uns hat man das nicht beigebracht.«

»Es sind unterschiedliche Herangehensweisen«, erwiderte sie. »Eure Magie gleicht einem Hammer, mit dem ihr voller Kraft auf eine große Fläche einschlagt. Unsere entspricht eher dem überraschenden Angriff mit einer feinen Klinge. Das eine wie das andere kann den Tod bedeuten, nur gehen wir dabei unauffälliger und leiser vor.«

»So muss man das wohl sehen«, räumte Sayunaro ein. »Offenbar hat Hyeon uns mit Absicht unterschiedlich ausgebildet.«

»Das mit Sicherheit«, brummte Nara. »Und weißt du was? Hier habe ich erfahren, was es eigentlich mit der Prüfung am Tag der Geister auf sich hatte.«

»Damit sollen die begabtesten, pfiffigsten und kühnsten Schüler ermittelt werden, oder?«

»Eben!«, spie Nara aus. »Nur war das weniger eine Prüfung als vielmehr eine tödliche Auslese.«

»Die Rechnung von Meister Hyeon ist am Ende aber nicht aufgegangen«, hielt Sayunaro grinsend dagegen. »Sein bester Schüler lehnt ihn ab und flieht gerade mit seiner besten Schülerin vor ihm. Warum hast du eigentlich beschlossen, mir zu helfen?«

»Du hast es doch selbst gehört. Ruam hätte dich sonst umgebracht.«

Nara blieb kurz stehen. Die Winterbeeren lagen nun hinter ihnen, sodass sie den Geist dieser Pflanze wieder entlassen durfte. Er verschwand im Nu zwischen den Sträuchern. Hinter den Bäumen zeichnete sich bereits das Tal ab.

»Außerdem haben wir zu zweit viel bessere Aussichten, von hier wegzukommen«, fuhr Nara fort und begann den Abstieg. »Und man hat uns beide getäuscht. Dir haben sie versprochen, dass sie dir beibringen, wie du den Shiisan in dir lenkst. Mir …« Sie verstummte kurz. »Mir … mir haben sie alles Mögliche versprochen.«

Obwohl Sayunaro zu gern gewusst hätte, was die Rumunger ihr in Aussicht gestellt hatten, hakte er nicht nach.

»Hast du eigentlich irgendeinen Plan?«, fragte er stattdessen. »Oder bewegen wir uns aufs Geratewohl vom Tempel weg?«

»Ich kenne diese Gegend hervorragend«, erwiderte Nara und verlangsamte ihren Schritt etwas, weil der Hang steiler wurde. »Bei den Aufgaben, die Meister Hyeon mir gestellt hat, bin ich auf einige gute Verstecke gestoßen, meist Ruinen, die der Wald bereits fast geschluckt hat, aber ohne Shimaas. Bis Tagesanbruch müssten wir den ersten Unterschlupf erreicht haben.«

»Das hört sich schon mal gut an. Wie geht es danach weiter?«

»Sobald wir frische Kraft geschöpft haben, möchte ich einen möglichst großen Abstand zwischen uns und Rumung bringen.«

»Es gibt da einen Pfad, der von Agosima nach Ando führt.« Sayunaro hielt Nara die Hand hin, damit sie nicht auf ein paar lockeren Steinen ausrutschte. »Wir haben ihn benutzt, als wir hierhergekommen sind. Damals hat uns eine Frau geführt, die behauptet hat, kaum jemand kenne diesen Weg.«

»Das ist genau das, was wir brauchen.« Nara ließ seine Hand wieder los und dankte ihm mit einem Nicken für seine Hilfe. »Ich habe eine Karte dabei. Bei unserer Rast überlegen wir uns den weiteren Weg.«

»Wohin möchtest du eigentlich gehen?«

»Zum nächsten Tempel des Ordens. Damit ich davon berichten kann, was sich in Agosima tut.«

»Meinst du wirklich, man wird uns dort mit offenen Armen empfangen? Immerhin hat sich in mir ein Shiisan eingenistet, während du jetzt die Gesellschaft eines Shimaas genießt.«

»Du willst also lieber hierbleiben?« Nara sah ihn an, und in ihren blauen Augen, unter denen die Müdigkeit sich mit dunklen Schatten abgelagert hatte, blitzte spöttische Belustigung auf. »Schließlich hast du dich in der letzten Zeit ja davon überzeugen dürfen, wie sehr man uns hier ins Herz geschlossen hat.«

Sayunaro grinste, danach liefen beide schweigend weiter, denn der Abstieg verlangte inzwischen ihre ganze Aufmerksamkeit. Hier wuchsen Alatanen, und der Boden war mit Laub und Fruchthülsen bedeckt, sodass jeder Schritt ein leises Rascheln und Knacken verursachte. Hier und da ragten Steine aus dem Erdreich, die ein wenig an Fischflossen erinnerten.

Als der Hang endlich flacher wurde, kamen sie zwar müheloser voran, dennoch schaute Nara sich immer öfter um.

»Hier ist nicht ein Geist«, bemerkte sie irgendwann. »Wahrscheinlich hast du die alle verscheucht. Dabei hat es früher hier nur so von ihnen gewimmelt. Deswegen hatte ich schon einige Zauber vorbereitet, um sie zu vertreiben. Nicht, dass ich mich darüber beklage, sie nicht zum Einsatz bringen zu müssen ...« Sie verlangsamte ihren Schritt und lauschte. »Aber merkwürdig ist das schon.«

»Immerhin kommen wir dadurch schneller voran.«

»Stimmt«, erwiderte Nara in nur halb überzeugtem Ton, denn die Geisterlosigkeit um sie herum verunsicherte sie.

Als sie den Abstieg hinter sich hatten, suchten sie unter einigen Hainbuchen Schutz. Die Stämme wirkten wie Säulen in einem schummrigen Saal. Mondlicht bohrte sich seinen Weg durch das dichte Geäst. Die feierliche Stille wurde von keinem einzigen Laut durchbrochen. Selbst die Nachtvögel schwiegen.

Nara und Sayunaro liefen nun schneller. Nach einer Weile kroch der Wald wieder einen Hügel hinauf, wobei sich immer mehr Sträucher an die Baumstämme schmiegten. Ein Schwarm scheuer, bunter Glühwürmchen sprühte gleichsam Funken, als die beiden sich ihm näherten. Plötzlich drang aus der Ferne ein trauriges Heulen zu ihnen. Der Shiisan in Sayunaro witterte den Geruch eines Hokayu, der unbekümmert durch die Gegend streifte und dabei immer wieder Äste zerknackte.

Hoffentlich überlegt der Bursche es sich nicht anders und nimmt die Verfolgung auf, durchfuhr es Sayunaro, und er beschleunigte seinen Schritt. Er selbst hätte vermutlich die ganze Nacht durchmarschieren können, doch Nara wurde zunehmend langsamer und stolperte immer öfter.

»Tut mir leid«, stieß sie schließlich keuchend aus. »Dieses Viech saugt meine ganze Kraft auf.«

In einigen Wochen, wenn der Shimaa stark genug wäre, würde Nara seinetwegen vermutlich keinen Hunger und keine Müdigkeit mehr spüren. Solange der Geist jedoch noch im

Wachstum war, verleibte er sich ihre Kraft ein, ohne ihr etwas von der seinen abzugeben.

»Ist es noch weit bis zu dem Versteck?«

»Nein, wir sind fast da.«

Der Wald wurde immer dichter, und pikende Sträucher bildeten ein nahezu undurchdringliches Hindernis. Hohes Gras schlang sich um ihre Füße. Luftwurzeln verflochten sich mit Ästen und drohten, sich in der Kleidung zu verfangen. Sayunaro spielte bereits mit dem Gedanken, seine Hand in das beinerne Schwert zu verwandeln und sich damit einen Weg zu schlagen. Doch da blieb Nara stehen.

»Endlich!«, rief sie erleichtert aus.

Sayunaro sah lediglich eine weitere grüne Wand, doch Nara deutete auf ein schmales Loch in dieser Mauer, das dicht über dem Boden lag. Flink wie eine Eidechse schlüpfte sie hindurch. Als Sayunaro ihr folgte, musste er gegen Stacheln und Dornen kämpfen.

Die Ruinen eines kleineren Tempels empfingen sie. Die Bruchstücke aus schwarzem Granit zeigten Reliefdarstellungen, die meisten von ihnen wurden bereits von Sträuchern überwuchert. Hier wimmelte es von Schlangen, die unzufrieden zischten, als sie sich vor den Eindringlingen in Sicherheit brachten. Vor den einstigen Fenstern hatten fette, pelzige Spinnen ihre Netze gespannt. Von den Bäumen hingen Lianen herab, die sich um das Gestein schlangen. In ihnen wimmelte es von vielfüßigen Käfern, die scharfe Ausdünstungen verströmten.

Nara und Sayunaro richteten sich in einem Raum ein, dessen Wände noch halbwegs erhalten waren. Das Dach bildeten die Zweige eines Bergmahagonibaums. Die Steinplatten am Boden zeigten bereits etliche Risse, verfaulte Blätter und feuchtes Erdreich hatte sich hier in einer dichten Schicht abgelagert.

Sayunaro ging an den noch erhaltenen Wänden entlang, um die alten Darstellungen zu betrachten. Dank seines geschärften Blickes vermochte er selbst feinste Einzelheiten zu erkennen. Er entdeckte Shimaas und Berghapuros, die Städte erbauten, Gipfel spalteten und Landmassen teilten. Die Menschen, die ihnen halfen, nahmen sich neben ihnen klein wie Kinder aus.

»Hat Ruam nicht behauptet, Akane sei früher weit größer gewesen?«, fragte Nara bei diesem Bild und setzte sich müde auf den Boden.

»Ja«, antwortete Sayunaro und ging zum nächsten Relief. »Er hat von einem Unglücksfall gesprochen.«

»Möchtest du etwas trinken?« Nara zog eine Flasche aus ihrer Tasche und hielt sie ihm hin.

»Nein, danke.«

Er wischte ein Spinnennetz von der Wand und ging in die Hocke, um sich eine Darstellung genauer anzusehen.

»Angeblich handelt es sich bei zahlreichen Geistern, mit denen wir es heute zu tun haben, um einstige Menschen oder Beschwörer, die bei diesem Unglück den Tod gefunden haben«, meinte Nara, während sie ihren Blick ebenfalls auf das Relief richtete.

»Wenn man diese Darstellungen sieht, könnte man das glatt glauben«, erwiderte Sayunaro und betrachtete etliche Shiisans, die am Eingang zum Tempel dargestellt waren.

»Hast du keine Angst vor ihnen?«, fragte Nara, als sie seinem Blick folgte. »Oder vor dir selbst?«

»Doch, ich habe Angst. Davor, dass ich den Shiisan in mir irgendwann nicht mehr zügeln kann.« Sayunaro wandte sich von dem Relief ab und setzte sich neben Nara. »Und dass ich irgendwann nur noch aus meiner Schwerthand bestehe, die dann zu einem zweiten Epetamu wird und wie diese Klinge aus eigenem Antrieb aus der Scheide fährt, um Feinde zu töten.«

»Um das zu verhindern, musst du dem Drachen No-ori-ray ja auch die Edelsteine geben.«

Sie kannte diese Legende also auch.

»Auch ich habe die Sorge, dass irgendwann der Shimaa die Oberhand gewinnt«, gab Nara zu. »Ich hätte nie gedacht, dass meine Ausbildung ein derart grauenvolles Ende nehmen würde. Allerdings war auch ihr Anfang schon nicht gerade vielversprechend.«

»Warum das nicht?«

Sie lächelte, wodurch ihr hageres Gesicht trotz des Schmutzes auf Stirn und Wangen sehr anziehend wirkte. Das Lächeln wurde jedoch von den Erinnerungen im Nu von ihren Lippen vertrieben.

»Ich bin in Warra geboren. Meine Eltern hatten einen kleinen Laden in der Straße des Handels. Deshalb mussten sie häufig ein paar Tage fort, um Waren einzukaufen. Dann haben sie mich zu meinem Onkel aufs Land gebracht. Dort habe ich als fünfjähriges Mädchen meinen ersten Geist gesehen oder, genauer gesagt, gleich zwei Geister. Du malst dir nicht aus, wie grauenvoll das gewesen ist.«

»Ich glaube, ich kann es mir recht gut vorstellen.«

»Das waren Kinder, ein Junge und ein Mädchen. Als ich eines Tages in mein Zimmer getreten bin, saßen sie auf meinem Futon und haben mich angelächelt. Das war allerdings eher ein Grinsen oder als ob sie die Zähne fletschen würden. Außerdem tuschelten sie miteinander und gafften mich ganz offen an. Plötzlich waren sie verschwunden, sind aber beim Abendessen wieder aufgetaucht. Sie haben mir gegenüber Platz genommen. Mein Onkel und meine Tante haben sie überhaupt nicht gesehen, mich aber die ganze Zeit gefragt, warum ich denn so starren würde.« Nara rang sich ein unfrohes Lächeln ab, zog die Knie an und schlang ihre Hände darum, fast als wollte sie sich gegen ihre eigene Vergangenheit schützen. »Kurz darauf ist eine große, dürre Frau hereingekommen, die ganz in Schwarz gekleidet war und genauso grauenvoll grinste. Sie trat an den Tisch, hantierte darunter herum und zog am Ende drei Teller hervor. Wir drei Kinder kriegten alle je einen. Dann sagte sie zu mir: ›Iss nur, Mädchen, wahrscheinlich bist du sehr hungrig.‹ Auf dem Teller lagen abgeschnittene Menschenfinger.«

Nara sah Sayunaro wortlos an.

»Modoki«, sagte er verstehend.

»Ganz genau. Ausgerechnet Geister, die Menschenfleisch essen«, fuhr sie fort. »Ich habe natürlich wie am Spieß geschrien und mich erst nach Stunden wieder beruhigt. Am nächsten Tag hat mein Onkel einen Beschwörer geholt. Er hat die Geister vertrieben und mich zum Orden gebracht.« Sie schüttelte den Kopf, um die schrecklichen Bilder zu verscheuchen. »All meine Freundinnen haben niedliche Bibs, komische Hausbolde oder flinke Anagatos gesehen, aber mir sind ausgerechnet diese widerlichen Geister erschienen.« Sie kaute auf der Unterlippe herum und versank in Gedanken. »Wie war es denn bei dir?«, fragte sie nach einer Weile. »Als du deinen ersten Geist gesehen hast, meine ich.«

»Das war eine junge und schöne Frau.«

»Und wo war das?«

»Bei uns zu Hause. Sie saß neben meinem Bett, als ich noch ein ganz kleines Kind gewesen bin, sang mir Wiegenlieder vor, erzählte mir Märchen, brachte mir allerlei bei ...«

»Was zum Beispiel?«

»Dass du etwas sofort suchen musst, wenn du es in der Dunkelheit fallen lässt, weil du sonst damit womöglich einen Geist anlockst. Dass du nicht aufspringen und Licht machen darfst, wenn du aus dem Schlaf gerissen wirst, weil ein Rascheln und Flüstern unter deinem Bett zu hören ist. Dass du nachts die Tür nicht öffnen sollst, wenn jemand laut daran hämmert. Dass du dich nicht umdrehen darfst, wenn du nach Sonnenuntergang allein im Wald bist und meinst, jemand würde dir folgen ...«

Nara sah ihn ungläubig an.

»Außerdem hat mir die Frau erzählt, dass man mit zehn Kerzen die Geister verstorbener Vorfahren herbeirufen kann, und mir beigebracht, wie man mit einem Gespenst Fangen spielt. Sie hat mir erklärt, wie man den Hundegeist vom Friedhof zähmt oder was ich unternehmen muss, damit der Schlüsselbewahrer kommt und mich in die Welt der Geister bringt.«

»Hast du das alles auch versucht?«

»Das eine oder andere schon«, gestand Sayunaro. »Ich war neugierig, und es hat Spaß gemacht. Für mich war es ein besonders aufregendes Spiel. Das Ganze endete, als mein Bruder voller Angst zu unserem Vater gerannt ist und ihm erzählt hat, dass aus meinem Zimmer merkwürdige Stimmen kommen, es dort ständig hämmert und selbst an Tagen, wo kein Lüftchen geht, darin der Wind heult. Daraufhin hat er verlangt, ich solle diesen sonderbaren Zeitvertreib einstellen. Dem Befehl habe ich mich gefügt.« Sayunaro sah auf seine linke Hand und zerpresste einige Blätter in der Faust. »In letzter Zeit frage ich mich ständig, ob ich wirklich zum Shiisan geworden bin, weil ich mich am Tag der Geister habe von Kazumi täuschen lassen oder ob ich nicht eigentlich von Geburt an auf eine besondere Weise mit der jenseitigen Welt verbunden bin und sie mich jetzt nur ganz zu sich ziehen will. Denk nur einmal an Ray! Er unterscheidet klar zwischen unserer Welt und jener der Geister. Er lernt, übt und behält stets einen klaren Kopf. Mein Leben war dagegen ständig angefüllt von einem Rascheln, von vagen Schatten und unklaren Geräuschen ...«

Nara sah ihn aufmerksam an, sagte jedoch nichts.

»Ich hatte als Kind nicht die geringste Ahnung, was es mit jener Frau auf sich hatte«, fuhr Sayunaro fort. »Als ich irgendwann etwas von ihr erzählt habe, haben mich alle entsetzt angestarrt. Gerüchte kamen auf. Selbst mein Vater schaffte es nicht, sie zu unterbinden, hinter vorgehaltener Hand redete man weiter über mich.«

Obwohl Nara ohne Frage auf die Fortsetzung der Geschichte wartete, brachte Sayunaro eine ganze Weile keinen Ton mehr heraus. Die Erinnerungen an die Vergangenheit waren heute wesentlich klarer als in all den Tagen, die er in seiner Zelle zugebracht hatte.

»Mein Vater hat alles getan, um meine Gabe zu verheimlichen«, berichtete er schließlich. »Aber am Ende hat der Orden doch davon erfahren. Und mich von zu Hause weggeholt.«

Nach diesen Worten schwiegen beide. Sayunaro war Nara aus tiefstem Herzen dankbar dafür, dass sie ihn nicht fragte, um was für einen Geist es sich bei seiner nächtlichen Besucherin gehandelt hatte.

Sie lauschten den Geräuschen des Waldes, dem Zischen der Schlangen und dem Atmen der alten Mauern. Allmählich brach der Tag an. Die schweren Gerüche der Nacht wurden von den frischen Düften des Morgens vertrieben. In diesen kurzen Augenblicken konnten auch Menschen Geister sehen, wenn diese sich aus der diesseitigen Welt in die jenseitige zurückzogen.

Sayunaro dachte an die purpurnen Augen in der Dunkelheit und die bleiche Gestalt. Mit leiser, melodischer Stimme hatte diese Erscheinung vom kühnen Bauern Heijiro erzählt, der die ganze Nacht auf Drosseljagd ging, bei Tagesanbruch in seinem Netz aber keine Vögel, sondern nur die Köpfe lebender Menschen fand. Als kleiner Junge hatte Sayunaro dieser grausamen Geschichte immer mit einer Mischung aus Neugier und Angst gelauscht ...

»Was wirst du tun, wenn ... wenn unsere Flucht glückt?«, riss Nara ihn aus seinen Erinnerungen. »Ob der Orden uns mit den Geistern helfen wird?«

»Der letzte Beschwörer des Turms, der mir begegnet ist, wollte mich töten.«

»Warum sind wir dann eigentlich geflohen?«

»Weil der Mensch in uns stärker ist als der Geist in uns. Jedenfalls hoffe ich, dass es sich noch immer so verhält.«

Sie ließ sich diese Worte durch den Kopf gehen. Nach einer Weile holte sie eine Karte aus der Tasche, faltete sie auseinander und breitete sie auf dem Boden aus.

Sayunaro beschwerte das Papier mit einigen kleineren Steinen und beugte sich darüber. Von Agosima war bedauerlicherweise lediglich ein Teil der Bergkette dargestellt, aber immerhin waren in dieser auch noch so kleine Gipfel, Seen, Flüsse und Dörfer eingetragen.

»Wir sind jetzt hier«, sagte Nara und deutete auf einen Punkt mitten im grünen Massiv des Waldes.

»Diese Seen kenne ich«, bemerkte Sayunaro und zeigte seinerseits auf zwei blaue Kreise.

»Das sind die sogenannten Augen der Berge.«

»Auf dem Herweg haben wir dort unser Nachtlager aufgeschlagen«, fuhr Sayunaro fort. »Über diese Gipfel führt ein Pfad, der aber selbst in dieser Karte nicht eingezeichnet ist.

Imari, die uns damals durch die Berge gebracht hat, dürfte also recht haben. Diesen Weg kennt bestimmt kaum jemand.«

»Das ist eine hervorragende Strecke«, stellte Nara lächelnd fest. »Viel besser als die, die ich geplant hatte.«

»Selbst wenn ich mich nicht an alle Einzelheiten des Weges erinnere«, sagte Sayunaro, »der Shiisan in mir schon.«

»Wie das?«, erkundigte sich Nara. »Und wie nimmst du dann, wenn der Shiisan in dir durchbricht, deine Umgebung wahr?«

»Anhand von Gerüchen, Geräuschen und Luftbewegungen ...« Er wollte noch von den Schmerzen sprechen, die mal stärker, mal schwächer waren, unterließ es dann aber, um weitere Fragen und unangemessenes Mitleid zu vermeiden.

»Erstaunlich«, bemerkte Nara und faltete die Karte wieder sorgfältig zusammen. »Ich meine, es hat schließlich noch niemand unsere Welt mit den Augen eines Shiisans betrachtet, ohne selbst ein Shiisan zu sein.«

»Oh, ich weiß das Glück, der Erste zu sein, durchaus zu schätzen.«

»Du bist aber nur bei den Shiisans der Erste«, hielt Nara dagegen. »Wenn es um Shimaas geht, kann ich auch einiges zu der Frage beitragen. Aber davon später ... Was ist? Wollen wir weiter?«

»Bist du wieder bei Kräften?«

»Ja.«

Das stimmte mit Sicherheit nicht, denn Naras Bewegungen hatten ihre bisherige Leichtigkeit eingebüßt. Auch ihre muntere Miene täuschte Sayunaro nicht. Nara machte sich ebenso wie ihm etwas vor.

»Wir müssen schließlich weiter«, sagte sie, fuhr sich mit den Händen über die Schläfen und sah Sayunaro an. Mit einem Mal spiegelte sich Sorge in ihrem Blick wieder.

»Was ist?«, fragte er.

»Du blutest an der Stirn.«

Er hob die Hand, strich über die Stirn und besah sich seine Finger. Sie waren blutrot. Die Knochen seiner linken Hand schmerzten. Das kannte er bereits ...

»Lauert irgendwo Gefahr?«, fragte Nara.

»Nein.«

Um sie herum war nach wie vor nicht ein Geist. Weder ein gefährlicher noch ein harmloser. Dennoch wollte der Shiisan in ihm diesen Ort unbedingt hinter sich lassen. Dergleichen hatte Sayunaro noch nie erlebt.

»Gehen wir!«, verlangte er und schnappte sich Naras Tasche. »Rasch!«

»Hat uns jemand entdeckt?«

»Ich weiß es nicht.«

Sobald Sayunaro ihr Versteck verlassen hatte, ging ein wahrer Sturzbach über ihm nieder. Der Regen bohrte sich mit aller Macht seinen Weg durch die Baumdecke, riss Blätter ab, schoss in trüben Strömen über den Boden – und fesselte Sayunaro. Vergebens versuchte dieser, der Naturgewalt zu entkommen.

»Sayunaro!«, rief Nara, die genauso durchnässt war wie er. »Worauf wartest du denn noch? Lauf! Der Regen verwischt unsere Spuren!«

»Das ist kein Regen«, brachte er mit Mühe heraus. »Das ist ein Netz! Ich kann mich nicht mehr vom Fleck rühren!«

Das Wasser wuscht ihm das Blut von der Stirn. Seine Kleidung klebte an ihm, seine Hand hatte sich in die beinerne Klinge verwandelt, und jeder einzelne Tropfen nagelte ihn am Boden fest.

»Was ist das für ein Zauber?!«, stieß Nara mit wütender Verzweiflung aus. »Ich habe nicht die geringste Ahnung, was ich dagegen tun kann. Ich begreife nicht einmal, gegen wen er sich richtet, gegen dich oder gegen den Shiisan.«

»Das spielt doch gar keine Rolle! Du musst jetzt fliehen!«

»Nein.«

»Du hast die Karte, und du kennst den Weg.«

»Ich lasse dich nicht im Stich!«

»Lauf! Sonst kriegen sie uns am Ende beide! Such einen Tempel auf und erzähl den Beschwörern dort, was hier vor sich geht!«

»Das schaffe ich doch nie ohne ...«

»Du hast den Tag der Geister überlebt, du schaffst auch das hier. Geh jetzt bitte!«

Sie bedachte ihn mit einem verzweifelten Blick, der ihn fast verbrannte. Wenn sie bloß versteht, dass es keine andere Möglichkeit gibt!, flehte Sayunaro innerlich. Doch Nara rührte sich nicht von der Stelle, fast als wäre sie ebenfalls in diesem Regennetz gefangen.

»Lauf!«

Sie biss sich auf die Unterlippe, dann trat sie entschlossen an Sayunaro heran, umarmte ihn so fest, dass er durch seine nasse Kleidung hindurch die Wärme ihres Körpers spürte, und verschwand im Regen.

Er blieb allein zurück. Wie viel Zeit verging, wusste er nicht. Eine Stunde, zwei? Ein Tag? Er stand einfach nur da, dachte nichts, wünschte nichts, empfand nichts.

Irgendwann schob sich aus der Regenwand lautlos ein schwarzer Wagen heraus, der an einen riesigen Käfer erinnerte. Seine Kuppel glänzte feucht. Das Vehikel rumpelte über die Unebenheiten des Bodens und fegte mit schweren Schaufeln das feuchte Laub zur Seite.

Die Rumunger hatten ihn mühelos mit einem Zauber aufgespürt und ausgeschaltet. Nun holten sie ihn sich.

Der Regen endete genauso jäh, wie er begonnen hatte. Stille hüllte Sayunaro ein wie ein dicker Kokon, der Tag erlosch und wich ihm Nu der schwarzen Kehrseite der Welt, die selbst das Auge des Shiisans nicht zu durchdringen vermochte.

Als Sayunaro wieder zu sich kam, meinte er, sich abermals in den Sälen der Shiisans zu befinden. Seine gespreizten Arme schmerzten, über sein Gesicht rann Blut, die Haare klebten ihm in der Stirn, die nassen Kleider an der Haut. Unter Aufbietung seiner letzten Kräfte hob er den Kopf. Ruam stand vor ihm, zusammen mit drei anderen Beschwörern. Sie alle betrachteten ihn neugierig.

Würde er nicht zwischen den Bäumen hängen und an Armen

und Beinen gefesselt sein, hätte er sich auf sie gestürzt. Im Grunde war es also wirklich fast wie in der Welt der Shiisans.

Ruam wirkte einen langen Zauber, ohne überhaupt darauf zu achten, dass Sayunaro sich zu befreien versuchte. Ins Erdreich hatte er verschiedene Zeichen geritzt, die immer wieder aufleuchteten, bis sie sich schließlich in Asche verwandelten.

»Wenn es diesmal auch nicht klappt, musst du ihn umbringen«, stellte einer der drei anderen Beschwörer klar.

Dieser hatte ein bleiches Gesicht mit einer aufwendigen Tätowierung auf der linken Seite, die unter der schwarzen Kapuze allerdings nur schwer zu erkennen war. Er betrachtete Sayunaro mit auf die Seite gelegtem Kopf. Der Anblick eines blutüberströmten Menschen, der in Seilen zwischen Bäumen baumelte, schien ihn ungemein zu belustigen. Sayunaro schloss kurz die Augen. Als er sie wieder aufschlug, stand der Mann unmittelbar vor ihm, die fahlen, irgendwie ausgeblichenen Augen fest auf ihn gerichtet.

»Hast du die Absicht, dieses Spielchen noch lange weiterzuspielen?«, fragte er, ohne dass sich seine Lippen beim Sprechen bewegten. Die tiefe Stimme hallte einzig in Sayunaros Kopf wider.

»Bitte?«, fragte Sayunaro genauso lautlos zurück.

»Ich will wissen, wie lange du es noch zulassen möchtest, dass der Mensch in dir feixend triumphiert?«

Da ahnte Sayunaro, wen er vor sich hatte. Keinen Rumunger. Doch mit seinem vom Schmerz vernebelten Kopf war ihm auch das einerlei.

»Ich weiß, was sie wollen«, tönte der Mann. »Sie wollen meine Kraft. Gib ihnen also das, worum sie schon die ganze Zeit bitten!«

»Das kann ich nicht«, brachte Sayunaro heraus.

»Du gehörst zu uns, seit du in meiner Welt gewesen bist. Das wissen wir beide. Du hast noch einen kurzen Aufschub erhalten, aber jetzt wird es Zeit, dass du dich uns endgültig anschließt.«

»Das kann ich nicht.«

»Du bist kurz davor zu sterben. Willst du das?«

»Nein.«

»Dann tu, was man dir sagt. Danach ...«

Er schob seinen Kopf unmittelbar vor Sayunaros Gesicht. Dieser nahm seinen Geruch war, der heiße Atem berührte sein Ohr zusammen mit dem Flüstern, in das sich drei Worte mischten. Versprechen. Hoffnung. Ehre.

Der Shiisan in Sayunaro sah darin ohne Frage eine angemessene Entschädigung für das peinvolle Warten.

Habe ich denn noch eine andere Wahl?, dachte Sayunaro verzweifelt. Das Leben rinnt aus mir heraus. Schon bald werde ich sterben, dann wäre meine ganze Qual sinnlos gewesen. Was wohl Ray an meiner Stelle täte? Würde er einen Handel mit Sharh schließen? Das wäre ihm sicher geglückt ...

»Was muss ich tun?«, fragte er.

Sharh fasste nach seinem Nacken. Von dort züngelten heiße Strahlen über Sayunaros Kopf, liefen ihm dann ins Gesicht, vermengten sich und flossen wieder auseinander. Als der heiße Strom seine Augen berührte, erblindete Sayunaro. Gleichzeitig gewann er ein neues Sehvermögen, das auf Gerüche, Laute und Luftbewegungen zurückgriff.

»Hab ich's nicht gesagt?!«, vernahm er die triumphierende Stimme Ruams. »Er verwandelt sich!«

»Das geht zu schnell. Er entgleitet mir.«

»Schafft einen zweiten Verteidigungskreis!«

Die Seile rissen. Sayunaro schlug mit Knien und Händen auf und bohrte die hakenartigen Finger in die Erde. Langsam hob er den Kopf. Die Beschwörer um ihn herum wichen immer weiter zurück. Ruam brach in schallendes Gelächter aus, wirkte dann aber einen Zauber der Unterwerfung. Seine Stimme barst vor Sicherheit, dieses Geschöpf, das vor ihm auf den Knien stand, bezwungen zu haben. Daraufhin huschte über Sayunaros bleiches Gesicht ein Ausdruck abgrundtiefer Verachtung, den die Rumunger, blind in ihrer Selbstherrlichkeit, indes nicht einmal bemerkten.

5

Heno

Etliche Häuser standen in Flammen, die Luft flirrte vor Hitze. Über der Wiese quoll dicker Rauch auf. Es regnete. Auf dem Boden lagen Leichen.

Heno war das erste Dorf in der Provinz Ando, in dem die Rumunger eingefallen waren. Die bisherigen Ortschaften hatten sie geschont, weil sie zu weit abseits lagen.

Die Wagen der Beschwörer zogen langsam durch die Straßen. Die schwarzen Vehikel waren mit Dornen gespickt und erinnerten ein wenig an den Streitkolben Ruggs. Vorne ragte ein spitzer Keil heraus, hinten drei Krallen, die sich bei jedem Halt in den Boden bohrten, als wollten sie diesem sämtliche Säfte entziehen.

Irgendwann hielten einige Wagen auf dem Marktplatz, während die anderen wie gigantische Käfer um die brennenden Häuser kreisten. Sayunaro stand gebannt vor den Flammen. Das Feuer im Haus des Dorfvorstehers von Heno fesselte ihn geradezu. Die roten Zungen beleckten die Mauern, umspielten zu Boden gekrachte Balken und schleuderten immer wieder Funkengarben in die Luft.

Als Sayunaro den Kopf in den Nacken legte, fielen ihm eisige Tropfen ins Gesicht und kühlten die sengende Hitze. Sie sammelten sich in seinen Augenhöhlen zu kleinen Lachen und rannen an den Schläfen herab.

Die Flammen der Erde züngelten nach den Wassern des Himmels. Wind peitschte, der Boden barst. Sayunaro überließ sich diesem Wüten der Naturgewalten.

Bis vor Kurzem hatte ihn ein Rumunger aus sicherem Abstand beobachtet, um sich zu vergewissern, dass der Mensch in Sayunaro vollends vernichtet war. Zufrieden war er abgezogen. Nun warteten andere Aufgaben auf diesen Beschwörer.

Raitoningus streiften durch die Umgebung. Die Geister liefen so schnell, dass sie wie graue Blitze wirkten. Sie würden mit den übrigen Dörfern spielend fertig werden, selbst wenn diese sich für echte Garnisonen hielten. Die Menschen dort wären tot, ehe sie überhaupt begriffen hätten, was ihnen geschah.

Obwohl nur zwei Dutzend Beschwörer aus Rumung aufgebrochen waren, schienen sie überall gleichzeitig zu sein. Geister fingen für sie alle ein, die fliehen wollten, töteten die Menschen auf der Stelle oder trieben sie wie treue Hütehunde zu den schwarzen Wagen der Beschwörer.

Ein Raitoningu lief dicht an Sayunaro vorbei und fauchte ihn an. Dieser drehte langsam den Kopf. Sofort zog der Geist ab. Mit einem Shiisan legte selbst er sich nicht an.

Ganz in der Nähe hielt nun ein Wagen. Sobald sich die Kuppel öffnete, steckte ein Mann seinen Kopf heraus. Der Geruch von Sandelholz in der Kleidung verriet Sayunaro, um wen es sich handelte: Ruam. Den Mann, der sich für seinen Lehrer hielt.

»Darf ich dich zu einer Spazierfahrt einladen?«, rief er.

Mit Mühe löste Sayunaro den Blick von dem Feuer.

»Was willst du von mir?«, fragte er mit einer Stimme, die einen völlig neuen Klang besaß.

»Es sind zwei Beschwörer vom Orden eingetroffen. Was sie hierher verschlagen haben mag, ist mir ein Rätsel.«

Nach diesen Worten eilte Sayunaro zum Wagen und stellte sich auf das Trittbrett an der Seite. Wind fegte über ihn hinweg, während der Regen auf seinen ganzen Körper einprasselte.

Sie fuhren zu einem kleinen Tempel, der noch nicht zerstört worden war. Sayunaro sprang vom Wagen und eilte durch den Garten. Gierig sog er den Duft des nassen Grases, der Teiche und des Pfeilkrauts ein. Darüber hatte sich der widerliche Gestank von verbranntem Menschenfleisch abgelagert.

»Diese Narren glauben allen Ernstes, sie könnten uns Widerstand leisten!«, verkündete eine Frau, deren Stimme Sayunaro schon einmal in Rumung gehört hatte. »Wir haben ein Netz über das Haus geworfen. Damit sind sie völlig von der Außenwelt abgeschnitten, können also nicht einmal einen Geist zu Hilfe rufen. Sollen wir sie zusammen mit dem Tempel verbrennen? Das würde Zeit sparen.«

Für sie war das ein abwechslungsreiches Spiel ...

Aus dem Haus drang ein verzweifelter Schrei heraus, danach wogte der Geruch von frischem Blut durch die Luft, doch seltsamerweise wurden die Shimaas nicht unruhig. Ob sie sich bereits derart überfressen hatten, dass sie kein Futter mehr brauchten?

Sayunaro dagegen stapfte nun schweigend zum Eingang.

»He! Wohin willst du?!«, schrie die Frau.

»Lass ihn ruhig gehen, Ari!«, sagte Ruam. »Er hat mit den Beschwörern vom Orden noch eine Rechnung offen. Außerdem muss er etwas essen.«

Kleine Steine knirschten unter Sayunaros Füßen. Das Geräusch erschwerte es ihm festzustellen, was im Innern des Hauses vor sich ging.

Das Netz der Rumunger erinnerte Sayunaro an einen unglaublich starken Luftstrom. Ihn hielt dieser allerdings nicht auf. Als er die wenigen Stufen zur Tür hochstieg, knarrten die alten Bohlen. Ein runder Schatten fiel ihm ins Gesicht, der von einer beschnitzten Holzscheibe am Dach stammte. Wasser tropfte auf Stein. Es klang ihm angenehm in den Ohren, beinahe wie eine nie versiegende, beruhigende Melodie. Früher hatte Sayunaro davon geträumt, in einem kleinen Tempel zu leben, Bücher zu lesen und seine Zauber zu vervollkommnen. Nun war er zu einem Wesen geworden, das einzig dem Ruf des Todes und des Blutes folgte.

Kleine Glöckchen bimmelten. Der Geruch von Holz und getrockneten Blumen wurde von dem der Angst, des Schmerzes und der Verzweiflung fast erstickt.

Die beiden Beschwörer hielten sich in einem kleinen Übungsraum auf. Bei einem deutete der Geruch der trockenen Haut und des trägen Blutes auf einen älteren Mann hin. Er lag bereits im Sterben. Das Leben floss langsam aus der frischen Wunde heraus und sickerte in die Schilfmatten auf dem Boden. Mit diesem Opfer hatte er Geister anlocken wollen, um seinen Schüler und vielleicht auch sich selbst zu retten.

»Ein Shiisan!«, krächzte der zweite Beschwörer mit brechender Stimme, als Sayunaro eintrat. Der junge Mann dürfte seine Ausbildung gerade erst beendet haben.

Er sprang auf und wirkte einen Zauber, doch dieser verfing sich sofort in dem Netz der Rumunger.

Mit den bereits vertrauten Schmerzen verwandelte sich Sayunaros Hand in ein beinernes Schwert. Er stieß den Jungen gegen die Wand. Dieser verlor sofort das Bewusstsein. Sayunaro stapfte zu dem Mann am Boden.

»Du wirst sterben«, sagte er zu ihm und atmete den Tod ein, der aus der Wunde des alten Beschwörers strömte. »Aber ein wenig Zeit bleibt dir noch.«

»Töte mich lieber gleich!«, zischte er. »Oder hast du irgendeinen Grund, damit zu warten?«

Er versucht es tatsächlich, hielt Sayunaro für sich fest. Er will mit mir ins Geschäft kommen. Aber gut, es gibt ja Beschwörer, die selbst mit bösen Geistern eine gemeinsame Sprache finden. Einen von ihnen kenne ich sogar. Nur ist er leider weit weg. Dieser Mann hier reicht leider nicht an Ray heran …

»Du hast mich mit deinem Blut doch selbst gerufen.«

»Dir galt meine Bitte bestimmt nicht, Shiisan!«

»Wen erwartest du denn, wenn du dich selbst verletzt, um einen Geist mit Blut anzulocken? Im Übrigen können wir uns durchaus ins Benehmen setzen«, erwiderte er. »Ich werde dir helfen.«

»Hau ab! Mit dir lasse ich mich auf keinen Handel ein!«

Sayunaro richtete sich auf und musterte den Mann ungläubig.

»Du stirbst eh«, hielt er fest.

»Lieber sterbe ich … als dass ich mit einem … mit einem wie

dir …« Seine Stimme brach, das Blut schoss jetzt geradezu aus ihm heraus.

»Das ist allein deine Entscheidung, ich zwinge dich zu nichts«, entgegnete Sayunaro, drehte sich um und ging zu dem Schüler des Mannes, beugte sich über ihn und gab ihm mit der rechten Hand einige Ohrfeigen, damit er wieder zu sich kam. Dann packte er ihn bei den Haaren und zog seinen Kopf hoch, bis er ihm in die Augen sah.

»Steh auf und lauf! Das schaffst du doch, oder?«

Der Junge begriff kaum, was Sayunaro verlangte. Diesem stieg der süße Geruch der Angst in die Nase, der ihn diesmal allerdings anekelte.

»Ich gebe dir die Möglichkeit zu fliehen.«

Der Junge fing zu zittern an, schnappte nach Luft und starrte Sayunaro in die blinden Augen.

»Ich bringe dich hier raus.«

Der Beschwörer murmelte noch etwas und schlug dann zu. Für einen Menschen erfolgte sein Angriff mit erstaunlicher Schnelligkeit. Sayunaro spürte, wie eine kalte Stahlklinge in seinen Körper eindrang, die mit Magie aufgeladen war. Er ging zum Gegenangriff über, bevor er sich überhaupt vergegenwärtigte, was das bedeutete. Sein beinernes Schwert grub sich in die Brust des Jungen. Dieser stieß einen gepressten Schrei aus und stolperte vorwärts, wodurch sich die Klinge nur noch tiefer in ihn bohrte.

Sayunaro zog das Schwert heraus, aber da war es bereits zu spät. Der tote Beschwörer sackte auf die Schilfmatte, die Klinge saugte das frische Blut gierig auf.

»Wunderbare Arbeit«, ließ sich da plötzlich Aris Stimme in seinem Rücken vernehmen. »Schnell und sauber.«

Ihr langes Gewand schleifte über die Schilfmatten, als sie auf Sayunaro zuging.

»Bist du deshalb gekommen? Um die Güte meiner Tat zu beurteilen?«, fragte Sayunaro und tastete nach dem Messer in seinem Bauch. Er spürte keinen Schmerz, doch die Magie, die in der Klinge steckte, war ihm unangenehm.

»Ich will gar nicht verhehlen, dass ich dir nicht ganz über den Weg getraut habe«, gestand sie. »Offenbar zu Unrecht. Und jetzt lass mich dir helfen!«

Als Sayunaro nichts erwiderte, zog sie die Klinge aus der Wunde und warf sie zur Seite.

»Nirgends Blut«, murmelte Ari und fuhr mit ihren Fingerspitzen über seine Kleidung. »Du wirst zunehmend zum Geist. Schon bald wird von dem Menschen in dir nichts mehr übrig sein.«

»Ich bin längst kein Mensch mehr.«

Er verließ den Tempel als Erster, ohne weiter auf das Glockengeläut oder den Regen oder die Gerüche im Garten zu achten. Ari folgte ihm.

»Sie sind bereits tot«, teilte sie Ruam mit.

»Ich habe dir doch gesagt, dass ich ihn mir gefügig mache«, teilte dieser dem Mann neben ihm mit. »Aber du wolltest mir nicht glauben. Doch nun sieh dir deinen einstigen Schüler an! Was für ein Prachtbursche aus ihm geworden ist!«

Der Mann, mit dem Ruam sprach, verströmte den Geruch von sauberer Leinenkleidung und von Alatanenwurzeln, obendrein war er in eine Wolke ruhiger Gefasstheit gehüllt. Es war Meister Hyeon.

»Hast du sie getötet?«, fragte dieser mit leiser Stimme.

»Ich werde auch dich töten, wenn es nötig ist«, antwortete Sayunaro und drehte sich Ruam zu. »Ganz wie du es mir beigebracht hast.«

»Völlig richtig«, erwiderte Ruam. »Du bist verletzt. Friss das!«

Jemand wurde zu ihm geschubst. Seine Hände erfassten ein warmes, glattes Gesicht, dessen Haut Schweiß überzog. Keuchender Atem und Zähneklappern, ein Geruch von Blättern, Moos und trockenen Gräsern, von panischer Angst, Hoffnung und Verzweiflung … Nara. Sie hatten auch sie geschnappt.

Er zog sie dicht an sich heran. Warmes Blut schoss durch ihre Adern. Irgendwo lauerte zudem der Shimaa. Er sollte Nara umbringen, aber das wollte er nicht.

»Ich töte meinesgleichen nicht« zischte er Ruam zu. »Jedenfalls nicht, solange von diesen Geschöpfen keine Gefahr ausgeht. Und diese Kreatur hier ist verängstigt und hilflos.«

»Sie ist ein Mensch.«

»Der mit einem Geist verbunden ist, das spüre ich genau.«

»Du sollst sie doch nicht töten«, flötete Aris Stimme dicht neben ihm, und eine zarte, warme Hand berührte seine Schulter. »Du sollst nur etwas essen, damit du zu Kräften kommst.«

»Ich bin satt. Und jetzt lasst die Frau in Ruhe. Ich brauche ihre Augen.«

Er vergrub die Finger seiner rechten Hand in Naras Haar, zog ihren Kopf ein wenig zu sich, presste die linke gegen ihre Schläfe und spürte, wie sie vor Angst zitterte.

Immerhin entfernten sich die Rumunger. Auf sie warteten dringende Aufgaben, da konnten sie sich nicht damit vergnügen zuzusehen, wie Sayunaro mit seinem Opfer spielte. Er brachte Naras Ohr unmittelbar vor seine Lippen.

»Ich konnte sie nicht mehr retten«, flüsterte er.

»Das ist mir klar.«

»Wie haben sie dich geschnappt?«

»Ich bin freiwillig zurückgekommen.«

»Warum? Das war dumm.«

»Ich durfte dich doch nicht mit dem Shiisan allein lassen.«

»Das war wirklich sehr dumm«, stieß Sayunaro aus, auch wenn er sich innerlich eingestand, dass er sich über ihre Rückkehr freute. »Haben sie dir Ärger gemacht?«

»Nein. Ich habe gesagt, dass ich aus Angst weggelaufen bin, weil die Verschmelzung mit dem Shimaa vorübergehend meinen Verstand getrübt hätte. Wahrscheinlich haben sie mir nicht geglaubt, mich aber trotzdem nicht behelligt.« Sie verstummte kurz. »Siehst du … siehst du irgendwas?«

»Nur vage Konturen. Ich rieche, nehme Luftbewegungen wahr, Wärme, Kälte und Schatten. Das genügt mir, um mir zusammenzureimen, was um mich herum vor sich geht.«

»Warum brauchst du dann meine Augen?«

»Für den Notfall, damit mir nicht doch etwas Wichtiges entgeht.« Er gab Nara frei und stupste sie etwas von sich. »Erzähl mir bitte, was du siehst!«

»Ein paar Häuser brennen. Das ist ein ebenso betörender wie grauenvoller Anblick. Die Flammen züngeln hoch auf und neigen dann ihre Spitzen, als würden sie sich köstlich über alles amüsieren, was sie sehen. An den Bäumen rührt sich nicht ein Blatt. Die Äste sind feucht und beugen sich fast bis zum Gras hinunter …«

Nara klang, als würde auch ihr dieser Bericht helfen. Auf diese Weise verarbeitete sie, was die Rumunger in diesem Dorf angerichtet hatten. Unterdessen hatten sie den Tempel hinter sich gelassen.

»Die Häuser sind alt und verwittert und allesamt mit grauem oder grünem Moos überwuchert. Auf einigen Dächern wachsen sogar Sträucher. Es gibt nur wenige Straßen. Wald säumt das Dorf. Wir laufen gerade durch die Straße, die vom Tempel zum Marktplatz führt. Die Berge sind zu erkennen, an ihren Hängen klettert ebenfalls Wald hinauf. Deshalb wirken sie dunkelblau. Über den Gipfeln wogt dichter Nebel, doch manchmal lichtet er sich, dann sind drei weitere Felsriesen zu erkennen. Diese sehen aus, als würden sie sich neugierig vorbeugen. Ein recht grausiger Anblick.«

»Das sind der Nantai, der Nyehoe und der Taruo«, erklärte Sayunaro. »Früher hat man sie für schlafende Geister gehalten und sehr verehrt.«

»Und später?«

»Später hat man sich Geister gesucht, die nicht so majestätisch anmuteten.«

Nara erwiderte nichts.

»Wir stutzen alles auf eine geringe Größe. Uns selbst, aber auch die Helden und Geister, die wir verehren.«

»Ein wenig sind diese Gipfel wie du«, erwiderte Nara. »Sie schüchtern mich ein, gleichzeitig ziehen sie mich an.«

Diese Aussage brachte Sayunaro dazu, über etwas nachzudenken, was ihm bisher nicht klar gewesen war.

»Wie sehe ich für dich eigentlich aus?«

»Du?«, erwiderte Nara gedehnt.

»Ja.«

»Wer nicht genau hinsieht, meint, einen gewöhnlichen jungen Mann mit langen blonden Haaren vor sich zu haben.« Sie atmete tief durch. »Aber wenn man genauer hinschaut, hat man den Eindruck, dass du größer bist als ein gewöhnlicher Mensch. Und sehr mager. Deine Leinenkleidung schlackert förmlich an dir. Trotzdem wirkst du weder krank noch schwach. Ein wenig erinnerst du an einen Skorpionfisch. Der scheint ja auch nicht gerade kräftig, ist aber ungeheuer gefährlich.« Sie wandte sich von ihm ab. Offenbar war es ihr etwas unheimlich, ihn die ganze Zeit zu betrachten. »Du drehst dich deinem Gegenüber jetzt immer mit dem ganzen Körper zu, verziehst dabei aber keine Miene. Dein Gesicht ist blass und völlig ausdruckslos. Vor deinen Augen hängt ein trüber Schleier, sodass nicht einmal mehr ihre Farbe zu erkennen ist. Trotzdem kommt man nicht darauf, dass du blind bist. Aber dein Blick ist unangenehm, denn er scheint einen abzutasten. Außerdem beben deine Nasenflügel die ganze Zeit, was sich natürlich damit erklärt, dass du ständig die Gerüche der Umgebung in dich einsaugst. Es hat jedoch etwas geradezu Raubtierhaftes ...«

»Danke«, sagte Sayunaro aufrichtig.

Nara nickte bloß.

»Der Wind ist eisig«, erklärte Nara. »Spürst du das auch?«

»Nein. Und du wirst es bald auch nicht mehr bemerken. Dann schützt dich der Shimaa gegen Kälte, Hitze und Hunger.«

»Aber noch schläft er zum Glück.«

Sie verstummte, da gerade ein Rumunger an ihnen vorbeiging. Er ließ Kiesel durch seine Finger gleiten, was ein beständiges Klackern erzeugte.

»Das war Ikiru«, sagte Nara, sobald er außer Hörweite war. »Wenn doch bloß dieser Regen endlich aufhören würde.«

»Ich dagegen wünschte, er würde nie enden«, erwiderte Sayunaro und lauschte dem immer schwächer werdenden Klackern der Kiesel in Ikirus Händen. »Mir gefällt der Regen. Er beruhigt mich.«

»Aber das tut auch fließendes Wasser, eine züngelnde Flamme oder ein herabfallendes Blatt, stimmt's?«

»Ja.«

»Vorsicht!«, sagte Nara und fasste ihn am Oberarm, als wollte sie ihn am Weitergehen hindern. »Da kommt eine Pfütze.«

»Ich weiß, denn ich habe gehört, wie Wasser auf Wasser tropft und den Geruch der feuchten Erde erschnuppert.«

»Verstehe«, murmelte Nara und zog sofort ihren Arm weg. »Was meinst du – sollte ich eine Kerze bei mir tragen, die ich anzünden kann, damit du notfalls deine Ruhe wiederfindest?«

»Ich fürchte, *notfalls* würde eine einzelne Kerze nicht ausreichen.«

»Trotzdem besorge ich mir eine«, erwiderte sie, und Sayunaro konnte beinahe hören, wie sie lächelte – und wie dieses Lächeln von ihren Lippen kroch. »Wir erreichen jetzt den Marktplatz. Die Rumunger haben die einfachen Bauern verschont. Sie alle haben sich jetzt dort eingefunden.«

Der Geruch von Hirseöl, Rettich, feuchtem Stoff und schlecht gegerbtem Leder, Milch, Brot, Gemüse, aber auch von jungem, frischem Blut, von Alter, Krankheit, Wachsamkeit und Neugier hing in der Luft.

»Sie sehen überhaupt nicht verängstigt und bedrückt aus«, teilte Nara ihm mit.

Als sie weitergehen wollte, hinderte sie Sayunaro jedoch daran und zog sie in den Schatten eines Hauses, das etwas abseits lag.

Nun standen sie im Rücken der Bauern und machten Sikh auf dem Dach eines Wagens aus. Die langen Gerten seines Haars waren nass vom Regen. Das rote Gewand loderte vor den grauen, bemoosten Mauern der Häuser förmlich, fast als wäre es ein zweiter Rugg.

»Wir wissen, dass ihr Hunger leidet«, donnerte seine Stimme über den Platz. »Euer Boden ist karg, selbst das Gras der Wiesen reicht nicht, um das Vieh zu füttern. Eure Winter sind lang. In den Flüssen gibt es fast keine Fische mehr. In diesem Jahr habt ihr kaum Buchweizen oder Hirse geerntet, selbst die Eichen und Kastanien in den Bergen haben keine Früchte getragen. Die Beschwörer aus Warra tun jedoch nichts, um eure Not zu lindern. Für die Hauptstadt dagegen kann ihnen nichts gut genug sein. Deshalb locken sie die guten Schutzgeister von euren Feldern weg und sorgen dadurch für schlechtes Wetter bei euch, nur damit über ihren eigenen das ganze Jahr die Sonne scheint ...«

»Was für ein Unsinn!«, zischte Nara. »Was haben wir Beschwörer mit dem Wetter zu tun? Wie können sie es überhaupt wagen, dem Orden etwas in die Schuhe zu schieben, nachdem sie gerade in diesem Dorf gewütet haben?«

»Du hast es vorhin doch selbst gesagt. Sie haben die Bauern verschont«, erwiderte Sayunaro. »Von dem Dorfvorsteher oder den anderen, die hier etwas zu sagen hatten, können sie behaupten, es hätte sich um Handlanger des Ordens gehandelt, die den armen Menschen hier das Leben schwer machen sollten.«

Nara hüllte sich in Schweigen, doch ihr stoßweise gehender Atem verriet Sayunaro, wie wütend sie war.

Die Bauern zollten Sikh und seiner flammenden Rede immer wieder Beifall und schimpften lautstark auf die Beschwörer aus Warra.

»Ihr lebt in Hütten, die bei jedem Windstoß einzukrachen drohen, die Kälte lässt euch mit den Zähnen klappern, und zu allem Überfluss müsst ihr noch horrende Steuern zahlen, damit sich die Herren Beschwörer in ihren Palästen auf die faule Haut legen können. Sie reden euch ein, euch gegen Geister zu beschützen, aber das stimmt nicht, denn wir sind die wahren Gebieter über die Geschöpfe aus der jenseitigen Welt. Doch uns haben sie aus allen Provinzen Akanes verjagt. Nur wenige von uns konnten sich nach Agosima retten. Nun jedoch ist die Stunde gekommen, da wir in unsere angestammte Heimat zurückkehren. Wir werden in Akane für Ordnung sorgen. Euer Boden wird wieder Früchte tragen, eure Kinder werden nicht mehr erkranken, die Alten nicht mehr Hungers sterben.«

Selbst Sayunaro musste bei diesen Worten die Stirn runzeln. Nara bebte geradezu vor Wut, aber die Bauern hingen an Sikhs Lippen und johlten, als er ihnen die grausamen Strafen schilderte, mit denen die Beschwörer des Turms dafür büßen sollten, dass sie friedliche Bauern um ihre Ernte, ihren warmen Sommer und ihren milden Winter gebracht hatten.

»Wieso fallen sie auf diesen Humbug herein?!«, stieß Nara aus.

»Die Menschen brauchen immer einen Sündenbock«, sagte Sayunaro und drückte ihre Hand, damit sie sich beruhigte.

»Diese Widerlinge haben ihnen völlig den Verstand vernebelt«, stieß Nara aus. »Ich hätte nie gedacht, dass Sikh ein so ausgezeichneter Redner ist. Bisher hat er kaum ein Wort über die Lippen gebracht.«

»Sie haben sich wirklich gut vorbereitet.«

Nara zuckte verärgert die Schultern. Sayunaro richtete seine Aufmerksamkeit bereits wieder auf Sikh. Dieser kam gerade zum Ende. Mit wenigen Sätzen gewann er seine Zuhörer endgültig für sich. Fortan würden sie die Rumunger vorbehaltlos unterstützen.

»Das war's, Ende der Vorstellung«, spie Nara aus, als Sikh verstummte und die Bauern eifrig über das zu sprechen anfingen, was sie eben gehört hatten. »Wenn du bloß sehen könntest, wie sie vor Glück strahlen! Außerdem prügeln sie sich fast darum, wer den wahren Gebietern über die Geister ein Nachtlager anbieten darf. Davon versprechen sie sich offenbar, dass danach die guten Geister in Scharen bei ihnen einfallen und sämtliche Feldarbeiten für sie erledigen.«

»Gehen wir«, verlangte Sayunaro. »Ich will ihnen jetzt nicht begegnen.«

Sie stahlen sich unauffällig davon. Nach wie vor regnete es, bei jedem Schritt schmatzte der Schlamm, in den sich der Boden verwandelt hatte. Durch die Baumkronen fuhr Wind. Neben einem Haus sprudelte Wasser aus einer Regentonne.

»Erzähl mir mehr über die Rumunger«, bat Sayunaro.

»Was willst du wissen?«

»Alles, was du weißt.«

»Am Anfang habe ich gedacht, sie hätten gar keine Hierarchie und jeder fände mit seiner Ansicht Gehör. Aber letzten

Endes entscheidet immer Sikh. Was er sagt, wird getan. Ruam ist sein engster Vertrauter. Dann kommt Ari. Alle anderen führen im Grunde nur die Befehle dieser drei aus.«

»Was ist mit Hyeon?«

»Er wird für sie immer ein Fremder bleiben. Sie teilen zwar ihr Wissen mit ihm, er darf sich auch frei bewegen und jedes Buch ausleihen, aber er wird niemals wirklich zu ihnen gehören.«

Sayunaro nahm diese Worte zur Kenntnis, ohne etwas zu sagen.

»Warum lässt er sich bloß auf dieses Spiel ein?«, brachte Nara mit einem Mal wütend hervor. »Er ist doch ein Beschwörer. Wie kann er sich da gegen den Turm stellen?«

»Vielleicht hat er gewichtige Vorbehalte gegen den Turm. Oder er hatte schlicht keine andere Wahl.«

»Er wusste genau, was es mit den Rumungern auf sich hatte, und er hat sich freiwillig zu ihnen begeben.« Zorn und Enttäuschung ließen Naras Stimme tiefer klingen. »Wir hätten niemals mit ihm fortgehen dürfen, schon gar nicht, ohne vorher zu fragen, wohin er uns eigentlich bringt. Aber wir haben ihm guten Glaubens unsere Freiheit geschenkt, und jetzt sieh dir an, wo wir gelandet sind!«

Sie sprach von sich und Kazumi, aber letzten Endes galten diese Worte auch für ihn. Er war aus freien Stücken im Zehngeistertempel geblieben und hatte Ruams Versicherungen geglaubt. Jetzt musste er dafür bezahlen.

Der Regen nahm zu, allmählich brach auch die Nacht herein. Sayunaro spürte die frische Abendluft, die über sein Gesicht fuhr. In den winzigen Fenstern wurden Kerzen entzündet. Die Hunde zogen sich in ihre Hütten zurück und knurrten alle an, die an ihnen vorbeigingen, während die Katzen fauchten und ihre Augen wie glühende Kohlen funkelten.

Vor dem ausgebrannten Haus des Dorfvorstehers streifte ein einsamer Geist herum und fletschte die Zähne. Sayunaro suchte sich einen Platz im Schatten, Nara zog sich in ihren klitschnassen Kleidern in das Haus zurück, das man den Rumungern für die Nacht zur Verfügung gestellt hatte. Sie war am Ende ihrer Kräfte, Sayunaro dagegen brachte der Regen nach wie vor Linderung. Das Wasser, das über seinen Körper rann, spülte die aufwühlenden Gefühle fort und ließ ihn eins mit sich sein, obwohl er bereits nicht mehr genau wusste, wer er eigentlich war.

Das Paar, das den Beschwörern ihr Haus überlassen hatte, verbrachte die Nacht in der Scheune. Sayunaro lauschte noch lange ihrem glücklichen Geflüster. Sie sprachen über die Genugtuung, die der Tod des Dorfvorstehers ihnen bereitete, der stets nur Steuern eingetrieben, aber nie etwas für sie getan hatte. Das Einzige, was sie bedauerten, war, dass sein Haus niedergebrannt worden war, bevor man all das Hab und Gut herausgeschafft hatte. Irgendwann schliefen sie zufrieden ein.

Sayunaro streifte noch eine Weile durch das Dorf. Plötzlich trat ihm aus der Dunkelheit ein nicht sehr großer, hagerer Mann in einem einfachen Gewand entgegen. Er hielt einen Schirm über sich, in dessen Griff eine Klinge versteckt war, deren kalter Stahlgeruch Sayunaro in die Nase stieg, während die Tropfen auf den gespannten Stoff trommelten.

»Suchst du mich?«, fragte Meister Hyeon.

»Ja.« Er atmete tief ein. Der Geruch seines alten Lehrers war unverändert, ein Gemisch aus Alatanenwurzel, frisch gewaschenem Leinen, dem nassen Leder der Stiefel. Nur der Shimaa, mit dem er nun verbunden war, brachte einen neuen Duft mit. Hyeons besonnene Bewegungen ließen weder auf Angst noch auf Anspannung schließen.

»Willst du mit mir reden?«

»Warum seid Ihr hierhergekommen?«, stellte Sayunaro die Frage, die ihm seit seiner Ankunft in Agosima keine Ruhe gelassen hatte.

»Um mein Wissen zu mehren«, erwiderte Hyeon in einem Ton, als verstünde sich diese Antwort von selbst. »Und du?«

»Um Rache zu nehmen.«

»Und? Ist dir das geglückt?«

Sayunaro dachte an Kazumi, wie er auf der Treppe seiner Zelle gekauert hatte, panisch vor Angst, hilflos und unterwürfig.

»Wahrscheinlich. Und Ihr? Habt Ihr erhalten, was Ihr gesucht habt?«

»Ja.«

»War es den Preis wert?«, fragte Sayunaro und drehte den Kopf zu einem ausgebrannten Haus hinüber.

»Alles hat seinen Preis«, erwiderte Hyeon voller Nachdruck. Diese Worte hatte Sayunaro bereits während des Studiums wiederholt von ihm vernommen. »Du zahlst mit dem Menschen in dir und mit deiner Einsamkeit für die Stärke des Shiisans, Ray mit Armut und mangelnder Achtung für seine Unabhängigkeit, Nara mit ihrer Freiheit für ihr Können. Sie ist die Verwandte eines bekannten Waffenschmieds und hat immer davon geträumt, magische Klingen zu fertigen, doch einer Frau ist dieses Handwerk verboten. Sie hat sich jedoch nicht abschrecken lassen ... Kazumi bezahlt mit seiner Erniedrigung und Angst für den Abglanz der Macht, der von den Rumungern auf ihn fällt.«

»Und Ihr?«

»Ich habe mein behagliches Leben, die Anerkennung der Angehörigen des Ordens und meine Macht in Warra gegen ein Wissen eingetauscht, das ich in der Hauptstadt nie erlangt hätte.«

»Ihr müsst auf diese Rechnung auch noch das Leben all Eurer Schüler setzen, die am Tag der Geister gestorben sind. Ist dieser Preis nicht doch zu hoch?«

»Wissen ist ein teures Gut. Anfangs zahlt man nur mit kleiner Münze, mit ein wenig gedanklicher Anstrengung und einem geringen Teil seiner Zeit. Doch im Laufe der Jahre steigt der Preis. Um Antworten zu finden, muss man sich dann quälen. Dann muss man etliche Enttäuschungen und Fehler hinnehmen.« Meister Hyeon verstummte kurz. So hatte er es während ihrer Ausbildung auch gehalten, wenn er die Aufmerksamkeit seiner Schüler auf einen besonders schwierigen Zauber richten wollte. »Mitunter muss man von seinen Freunden scheiden oder von seiner Familie. Man setzt die eigene Gesundheit und sogar den eigene Kopf aufs Spiel. Gelegentlich auch Leib und

Leben anderer. Aber das Wissen, das man sich dann aneignet, ist es wert. Es gibt dir Freiheit, Macht und Reichtum. Doch kaum jemand versteht die Bedeutung des Wissens.« In seiner leisen Stimme lag aufrichtiges Bedauern. »Du hast stärker als jeder andere meiner Schüler danach gedürstet. In diesem Streben nach Antworten ähneltest du mir. Deshalb habe ich dich mehr als die anderen geschätzt.«

Während seiner Ausbildung hätten Sayunaro diese Worte vermutlich gefreut, und er wäre stolz auf diese Einschätzung seines Lehrers gewesen. Doch heute verschwendete er keinen einzigen Gedanken mehr daran, was andere Menschen über ihn dachten. Genau wie es dem Shiisan in ihm einerlei war, was andere Geister von ihm hielten.

»Ich würde meine Freunde nie wegen eines neuen Vertreibungszaubers in den Tod schicken«, erwiderte Sayunaro dennoch wie der Beschwörer, der er einst gewesen war. »Und auch ich selbst würde mein Leben nicht dafür hergeben.«

»Deshalb hast du die Prüfung auch nicht bestanden«, hielt Meister Hyeon fest und schüttelte den Schirm ein wenig, damit die Regentropfen, die sich darauf gesammelt hatten, zu Boden rieselten. »Deine Erfahrung und dein Verstand hätten es dir verbieten müssen, einem Beschwörer zu Hilfe zu eilen, der das nicht verdient. Allerdings hast du dadurch ganz überraschend eine nie geahnte Kraft gewonnen. Ruam wird nun dafür sorgen, dass sie in dir siegt.«

Sayunaro widersprach seinem einstigen Lehrer nicht, suchte nicht nach einem Weg, dessen Sicherheit zu erschüttern. Das wäre in der Vergangenheit für ihn von Bedeutung gewesen, heute zählte es jedoch nicht mehr, denn den Shiisan in ihm scherten die Rangeleien der Menschen nicht im Mindesten.

»Es hat mich gefreut, mich mit dir zu unterhalten«, sagte Meister Hyeon, als Sayunaro sich in Schweigen hüllte. »Ich wünsche dir noch einen angenehmen Abend.«

Dieser brachte weiterhin keinen Ton heraus. Darauf wandte Hyeon sich ab und stapfte in die Dunkelheit davon, um für die Nacht bei den Rumungern Zuflucht im Haus zu finden.

Mit einem Mal drang Lärm daraus hervor. Jemand stolperte auf die Veranda heraus.

»Kannst du nicht einmal tun, was man von dir verlangt?!«, brüllte Ruam. »Das hätte schon vor einer Stunde erledigt sein sollen!«

»Als ob ich zum Schuhputzen hier bin!«, zischte Kazumi.

Selbst im Regen entging Sayunaro weder eine Bewegung Kazumis noch das Zucken des Shimaas. Dennoch verspürte er keinen Wunsch, ihn anzugreifen.

Kazumi fuhrwerkte ungeschickt mit einer Scheuerbürste und allerlei Lappen herum. Immer wieder spähte er ins Dunkel. Er spürte den Shiisan, tat aber so, als wäre nichts – bis er irgendwann die Segel strich.

»He!«, schrie er. »Ich weiß, dass du hier bist!«

Sayunaro trat in einen matten Lichtfleck.

Kazumi wich erschaudernd zurück, wobei er fast über Ruams Stiefel gestolpert wäre.

»Wusst ich's doch! Wag es ja nicht, mich anzurühren!«

Sayunaro sah nur eine verschwommene rote Kontur vor sich, die mit den Armen fuchtelte und sogar versuchte, einen Zauber zu wirken. Kazumis Angst bereitete ihm Genugtuung, ebenso wie sein vergeblicher Versuch, diese Angst zu bezwingen.

»Was glotzt du mich so an?«, knurrte er. »Was willst du?«

»Es ist ausgesprochen spaßig, dich auf diese Weise zu beobachten.«

»Auf welche Weise?«

»Mit den Augen eines Geistes.«

»Und was siehst du jetzt?«

»Einen Mann, der viel zu weit von zu Hause weg ist. Der sich verlaufen und fast selbst verloren hat.«

»Wir alle sind sehr weit von zu Hause weg«, erwiderte Kazumi zu Sayunaros Überraschung völlig gelassen. »Und wir werden uns immer weiter davon entfernen. Vor allem du.«

»Nur jagt mir das keine Angst ein.« Sayunaro machte noch einige Schritte auf Kazumi zu, damit der Regen nicht die Gerüche davontrug, die aus dem Haus strömten: Pfeifentabak, frisches Brot, Äpfel, feuchtes Moos und getrocknete Gräser. Diese Düfte gehörten zu Nara …

»Mir schon«, gab Kazumi zu und setzte sich auf die obere Stufe. »Bislang soll ich hier nur Stiefel putzen. Aber früher oder später werde ich mit ihnen in den Kampf ziehen und morden müssen.«

»In dem Fall musst du dich entscheiden. Entweder verschmilzt du vollständig mit dem Shimaa und tötest den Menschen in dir, oder du bleibst ein Mensch und leistest Widerstand.«

»Dann bringen sie mich um.«

»Auch hier musst du dich entscheiden. Willst du leben oder zum Mörder werden?«

»Es ist schon komisch, wie weit wir von zu Hause weg sein müssen, um uns zum ersten Mal ernsthaft miteinander zu unterhalten«, bemerkte Kazumi grinsend. »Als wir noch gemeinsam die Schulbank gedrückt haben, haben wir das nie getan.«

»Ich musste halt erst zum Shiisan werden und du zur Geisel der Rumunger.«

»Ich habe dich immer beneidet«, fuhr Kazumi fort. »Um deine Erfolge, deine Herkunft …«

»Beneidest du mich womöglich auch jetzt noch?«

»Ja, denn dir fällt das Töten leicht.«

»Bist du dir da sicher?«

Darauf wusste Kazumi keine Antwort. Sayunaro zog sich zurück ins Dunkel. Hinter dem dichten Regenvorhang verborgen, schlich er am Haus entlang. Eines der Fenster stand einen Spaltbreit offen. Der Geruch von bitterem Tabak drang heraus. Sikh schmauchte abends gern ein Pfeifchen.

»Morgen ziehen wir gen Nikko«, erklang da auch schon seine Stimme.

»Die Stadt ist gut befestigt«, antwortete ihm Meister Hyeon. »Dort bekämen wir es auch mit Beschwörern zu tun, die Widerstand leisten werden. Sollten sie den Orden warnen, können wir danach nicht unbemerkt gen Warra vorrücken.«

»Das spielt keine Rolle«, hielt Sikh dagegen. »Wir sind schnell und wendig, denn unsere Armee braucht weder Proviant noch Waffen.«

»Hyeon«, mischte sich nun Ruam ein, »glaubst du wirklich, sie werden so dumm sein, Menschen gegen uns ins Feld zu schicken?«

»Warum nicht?«, entgegnete dieser. »Schließlich sind auch wir sterblich. Und ein Pfeil durchbohrt jede Rüstung. Warum sollten sie es also nicht versuchen?«

»Mir wäre es lieber«, gab Ruam zu, »wenn die einfache Bevölkerung in diesem Kampf außen vor bliebe.«

Bei diesen Worten empfand Sayunaro zum ersten Mal einen Hauch von Achtung für Ruam.

»Du hast Sharh immer noch nicht davon überzeugt, uns seine Unterstützung zuzusichern«, bemerkte Sikh und klopfte seine Pfeife gegen das Fensterbrett, um die Asche anschließend in den Regen rieseln zu lassen.

»Nur die Ruhe!«, erwiderte Ruam, der durch das Zimmer lief. »Ich habe ein Ritual vollzogen, um die Verwandlung Sayunaros abzuschließen. Das ist mir auch geglückt. Geben wir dem Shiisan also noch ein wenig Zeit, sich an diese Welt zu gewöhnen.«

»Da wir gerade von Geistern sprechen ...«, erklang da mit einem Mal die leise Stimme Ikirus, dessen schmale Silhouette nun im Fenster erschien. Wie stets bewegte er einige Kiesel in seiner Hand. »Da hätte ich noch einen Vorschlag.«

Sayunaro spannte sich unwillkürlich an. Dieser Beschwörer war nicht mit einem Shimaa verbunden, weil er schlicht und ergreifend der Unterstützung eines Geistes nicht bedurfte. Sayunaro hielt deshalb ihn, nicht Sikh, für den gefährlichsten Gegner. Ikiru konnte jeden Gegenstand beleben und ihn in eine gefährliche Waffe verwandeln, indem er ihm einen Teil seiner eigenen Kraft überließ. Steine, Zweige, Sand, Staub und Wasser fügten sich seinem Willen und töteten genauso erbarmungslos wie Gayuuren, Manmos oder Shiisans. Er hatte damals auch den Regen in jenes Netz verwandelt, das Sayunaro nach seiner Flucht wieder eingefangen hatte.

»Wir sollten den Bauern noch ein kleines Geschenk machen«, fuhr er fort. »Immerhin habe ich dem neuen Dorfvorsteher meine Hilfe versprochen. Die soll er doch bekommen.«

Ikiru holte aus und warf die Kiesel zum Fenster hinaus. Sie flogen an Sayunaro vorbei und fielen ins Gras. Ein Rascheln und Knacken ließ sich vernehmen, fast als würde derber Stoff zerrissen. Dann bewegte sich etwas am Boden. Es kroch auf Sayunaro zu, hielt jedoch inne, als es den Shiisan witterte, und drehte ab.

Ein Ino, erkannte Sayunaro und verfolgte den Weg des Geistes von seinem Standort aus.

Dieser würde das Dorf fortan gegen Wölfe, Füchse, Ratten, Mäuse, Heuschrecken und sogar Blattläuse schützen. Einen besseren Wachtposten fand man kaum. Der einzige Nachteil an ihm war, dass er auch niemanden aus dem Gebiet herausließ, das er für sein Eigentum hielt. Kein Bauer würde nun noch weiter als bis zum Wald oder Feld kommen. Niemand würde Hungers sterben, aber von Reisen konnte fortan keine Rede mehr sein. Falls es irgendeinem der Dörfler also in den Sinn kommen sollte, seine Nachbarn zu warnen, wäre ihm der Weg zu ihnen versperrt.

Lautlos zog sich Sayunaro in den Schatten zurück. Als er den Ino vertreiben wollte, wurde ihm schnell klar, dass ihm das nicht gelingen würde. Obwohl der Zauber eigentlich recht schlicht war, fielen ihm nur noch Bruchstücke davon ein. Seine Gabe, die ihn noch nie im Stich gelassen hatte, war versiegt. Restlos. Sayunaro ballte die Hand zur Faust, die so leicht zum Schwert wurde. Die Fingernägel bohrten sich ihm in die Haut. Die Verzweiflung nahm ihm vorübergehend die Fähigkeit, klar zu denken. Der Schmerz verschaffte keine Abhilfe, denn an ihn war er längst gewöhnt.

Sayunaro durchforstete sein Gedächtnis nach einem anderen Zauber, doch sein Kopf war wie leer geräumt. Flüchtig blitzten einige Zeichen auf, die er einst zu deuten gewusst hatte, erloschen aber gleich darauf wieder. Nicht einmal einen Uddo konnte er noch herbeizitieren.

»Ich bin kein Beschwörer mehr«, hauchte er im Dunkel.

Er konnte keine Zauber mehr wirken und keine Geister mehr lenken. Aber noch hatte er nicht alle Gefühle verloren, die einen Menschen ausmachten.

»Ich bin kein Beschwörer mehr. Aber ich bin auch kein Shiisan. Wer bin ich? Was bin ich?«

Hinter den Bäumen fing der Ino an zu krächzen, fast als wollte er damit auf die verzweifelten Fragen Sayunaros antworten, dann aber verstummte er unvermittelt wieder.

Ein grauer Morgen zog herauf, feucht wie ein Schwamm. Sayunaro fürchtete beinahe, zwischen seinen Fingern müsste Wasser herausquellen, sobald er seine Hand zur Faust ballte. Um die Gipfel hingen schwere Wolken, die gleich von Regen zu platzen drohten.

Die Rumunger stiegen rasch in ihre Wagen, ohne dabei auch nur ein Wort miteinander zu wechseln. Die Bauern beäugten sie aus gebührendem Abstand, flüsterten miteinander und wechselten fragende Blicke. Der neue Dorfvorsteher, ein nicht sehr großer Mann mit rundem Gesicht, verbeugte sich in einem fort und schwitzte trotz der Kälte. Er redete auf Sikh ein, der ihm geduldig zuhörte, bis er sich irgendwann abwandte und durch die Pfützen zu seinem Wagen stiefelte. Der Bauer wischte sich fast erleichtert mit dem Ärmel über das Gesicht.

Die Wagen setzten sich in Bewegung und brachten einen immer größeren Abstand zwischen sich und Heno. Niemand achtete auf umgestürzte Bäume oder Steinhaufen, denn nichts stellte ein Hindernis für diese Wagen dar. Nach nur wenigen Minuten erreichten sie den Wald an den Hängen Andos.

Die Wagen mäanderten um die Bäume, setzten über bemooste Wurzeln und spritzten durch Bäche. Sayunaro stand wie immer auf einem Trittbrett an Ruams Wagen. Der Wind peitschte auf ihn ein. Immer wieder strichen tief hängende Zweige über sein Gesicht. Regentropfen oder auch Blätter gingen auf ihn nieder. Mit seinen Shiisanenaugen sah er Bilder, die nicht mit Farben, sondern mit Düften gemalt worden waren und die von Wald, Luft, Stein und Rumungern kündeten. Einmal erschnupperte er Nara. Sayunaro streckte die Hand aus, um die kalten Streben ihres Wagens zu berühren, dieser wich jedoch aus.

Sobald sich der Zug näherte, huschten sämtliche Tiere und harmlosen Geister aufgeregt davon. Gewöhnliche Menschen brauchten für die Strecke, welche die Rumunger zurücklegten, mehrere Wochen, sie dagegen schafften es in wenigen Stunden.

Schließlich gelangten sie in einen riesigen, majestätischen Wald, in dem tausendjährige Sugi standen, Bäume, die ein wenig an Zypressen erinnerten. Man schrieb ihnen die gleiche magische Wirkung zu wie Alatanen, denn auch sie hielten kleinere böse Geister fern. Im Gegensatz zu Alatanen vertrugen die Sugi es jedoch nicht, wenn man in ihrer Nähe Häuser baute. Häufig ließen sie dann ihre Zweige auf die Dächer krachen oder rissen mit ihren Wurzeln den Fußboden auf.

Sayunaro sog voller Genuss den frischen Harzduft ein. Tief in diesem Wald befand sich das Grab von Iasu Togawa, dem Begründer des Herrschergeschlechts, das vor dem der Kaiserin Suiko die Geschicke Akanes gelenkt hatte. Diesem einmaligen und sagenumwobenen Mann war es gelungen, die Kriege in Akane zu beenden und das Land zu einen.

Dreißig Bauherren, Künstler und Steinmetzen aus Warra hatten nach seinem Tod den Auftrag erhalten, ein Grabmal für ihn zu schaffen. Die fünf besten Beschwörer hatten mächtige Schutzgeister an diesen Ort zitiert, sämtliche Statthalter Material für den Bau gestiftet.

Einer dieser Statthalter war ein Vorfahr Sayunaros gewesen. Er hatte vorgeschlagen, ein weiträumiges Gelände um das Grab herum mit heiligen Bäumen zu bepflanzen.

Dieser Gedanke wurde bereitwillig aufgegriffen.

Die Namen derjenigen, die das Grab einst erbaut hatten, waren längst in Vergessenheit geraten, die Anlage selbst von Moos überwuchert, doch der Wald hieß noch heute Ishirowald.

All das hatte für Sayunaro nun keine Bedeutung mehr. Die Namen seiner Ahnen, auf die er früher einmal stolz gewesen war, hatten sich genau wie sein bisheriges Leben in nichtssagende Töne verwandelt.

Vor einem Hang hielten sie an. Unten im Tal lag Nikko. Die Rumunger musterten die Stadt eingehend.

Hier floss die Daya, über die zwei Brücken führten. Wie Sayunaro wusste, war eine von ihnen an der Stelle einer alten Holzbrücke errichtet worden. Wie eine Legende besagte, war einst ein Beschwörer an das Flussufer gelangt. Kurz darauf kamen einige Schlangen durch die Luft auf ihn zugeschossen, verflochten sich miteinander und legten sich gleich einem Steg über den Fluss.

Als die Schlangen dann wieder verschwanden, baute man an ihrer statt eine Holzbrücke, die als heilig galt. Sie war den Angehörigen des Ordens und den Mitgliedern der Togawafamilie vorbehalten. Für gewöhnliche Menschen errichtete man eine zweite Brücke. Diese Ungerechtigkeit erzürnte die Geister, und eines Tages trat der Fluss über die Ufer und brachte die erste Brücke zum Einsturz. Als man sie erneuerte, erlaubte man daher auch den einfachen Menschen, sie zu benutzen, an Feiertagen kostenlos, an jedem anderen gegen geringen Wegezoll.

Warum die Erinnerungen des Menschen in ihm noch immer so stark nachhallten, konnte sich Sayunaro beim besten Willen nicht erklären.

»Von hier oben sieht Nikko ruhig und friedlich aus«, berichtete ihm Nara, die an ihn herangetreten war. »Solide Häuser mit hohen Zäunen drum herum. Inmitten eines wunderschönen Gartens mit kleinen Teichen erhebt sich ein Tempel. Sein breites Tor wird von zwei roten Säulen gerahmt und steht offen …«

»Etwas stimmt hier nicht«, brachte Ruam hervor, der sich nun zu ihnen gesellt hatte. »Eine unruhige Anspannung liegt in der Luft. Die eine Brücke ist zerstört, am Tor der anderen stehen Posten, auf den Türmen lauern weitere Männer. Ob sie uns erwartet haben?«

»Aber das ist doch unmöglich«, behauptete Nara.

»Wer weiß?!«

Daraufhin wechselte Ruam einen raschen Blick mit Sikh, um sich wortlos mit diesem zu verständigen.

»Möchtest du dir vielleicht ein wenig die Füße vertreten?«, wandte er sich dann an Sayunaro.

»Besser, ich mache das«, mischte sich da zu ihrer aller Überraschung Ikiru ein, der sofort seine Kiesel fallen ließ. Sie rollten hurtig unter ein Gebüsch und erstarrten dort. »Im Unterschied zu euch falle ich nämlich nicht auf. Außerdem kann nur ich Gegenstände beleben. Das dürfte hier von Nutzen sein.«

»Und den Shiisan nimmst du wohl an die Leine?«, fragte Sikh grinsend.

Ikiru antwortete jedoch nicht, sondern legte seinen roten Umhang ab und stand nun in der Kleidung eines einfachen Bauern vor ihnen. Ein armer, aber sauberer Mann. Danach brach er einen soliden Ast von einem Baum und entfernte die Blätter.

Nara setzte schon an, ihn etwas zu fragen, überlegte es sich dann aber anders.

»Sei vorsichtig«, empfahl Ari. Sayunaro spürte ihre Unruhe. »Such dir lieber noch Unterstützung!«

»Aber ich habe doch meinen treuen Begleiter!«, sagte Ikiru und drehte sich dann Sayunaro zu: »Komm!«

Während sie den Hang hinuntergingen, wirkte Ikiru einen Unterwerfungszauber.

»Du sagst kein Wort«, verlangte er, »bleibst hinter mir und machst nichts, was ich dir nicht ausdrücklich befehle.«

»Soll ich auf deinen Befehl hin auch töten?«

»Das in erster Linie. Noch was!« Ikiru blieb stehen, riss sich ein Stück Stoff vom Saum seines Hemdes ab und verband Sayunaro die Augen. »Die brauchst du ja eh nicht.«

Sayunaro leistete keinen Widerstand. Er war in der Tat nicht länger auf die Augen eines Menschen angewiesen. Obendrein versprach er sich einiges davon, eine Weile nach den Regeln Ikirus zu spielen und bedingungslosen Gehorsam vorzutäuschen.

Mit Ikiru gingen derweil erstaunliche Veränderungen vor sich. Er stützte sich immer stärker auf seinen Stock, zog schlurfend ein Bein nach und schnaufte laut. Selbst sein Geruch war nun der eines alten Mannes. Dazu knurrte er in einem fort mit schwacher Stimme vor sich hin.

Statt des schmalen, gefährlichen Beschwörers schleppte sich ein buckliger Alter den Hang hinunter, wie er harmloser kaum sein konnte.

Sobald sie sich der Brücke näherten, griff Ikiru mit knöchernen, festen Fingern nach Sayunaros Arm und zog ihn dicht an sich heran. Es war nun nicht mehr zu entscheiden, ob er sich auf den Jungen stützte oder den Blinden führte – mit Sicherheit aber gaben sie ein mitleiderregendes Bild ab.

Sie hatten Nikko fast erreicht. Die Gerüche von geschmolzenem Wachs, von Blumen, würzigen Alatanenblättern und altem Stein triumphierten über zahllose andere, die durch die Stadt drifteten. Vor ihnen quietschten Räder, ein Ochse muhte, ein Mann brüllte mürrisch, um das langsame Tier anzutreiben. Kurz darauf holten sie den mit Heu beladenen Wagen ein.

»He!«, rief der Bauer. »Soll ich euch vielleicht mitnehmen?«

»Das wäre freundlich von euch«, erwiderte Ikiru im Tonfall eines Mannes aus Ando und hinkte zum Wagen. »Wir sind jetzt seit einer Woche unterwegs. Meine Füße wollen mich kaum noch tragen.«

Der Kutscher verströmte den Geruch von trockenem Heu, heißem Boden, schmutziger Kleidung, Schweiß und gekochtem Reis. Vor Sayunaros innerem Auge formte sich das Bild eines kräftigen, sonnengebräunten Mannes in staubiger Kleidung, der die Ärmel hochgekrempelt hatte und die Zügel fest in der Hand hielt. Ein mit sich und seinem Tagewerk zufriedener Gesell.

Sobald sie in den Wagen geklettert waren, trieb der Mann den Ochsen wieder an.

»Kommt Ihr von weither?«, fragte er, während sie über die Brücke fuhren.

»Aus Heno«, gab Ikiru bereitwillig Auskunft und legte sich den Stab quer über die Schenkel. »Wir würden gern in euern Tempel. Die Beschwörer sollen sich mal meinen Sohn ansehen. Er ist blind. Was meint Ihr, ob sie uns helfen können?«

»Möglich wär's«, erwiderte der Fuhrmann ohne rechte Überzeugung und musterte den blinden Jungen neugierig, was für Sayunaro einem groben Abtasten gleichkam. Es hätte nicht viel gefehlt, und er hätte den Kutscher vom Bock geschmissen. »Nur lässt man zurzeit im Tempel niemanden vor. In der Stadt ist es unruhig. Die Wachen patrouillieren jetzt jede Stunde.«

»Gibt es einen Grund dafür?«

»Wenn, dann kennt ihn niemand. Das ging vor ein paar Tagen los. Am Abend war noch alles wie immer, aber am nächsten Morgen standen plötzlich Posten vorm Tor. Angeblich auf Befehl des Statthalters. Seht Ihr, da sind die Wachen. Jeder Wagen wird jetzt durchsucht, bevor er in die Stadt darf. Gleich bringen sie mir wieder das ganze Heu durcheinander.«

»Halt!«, befahl eine kraftvolle Stimme. Der Ochse kam widerwillig zum Stehen. »Was bringst du?«

»Heu«, antwortete der Kutscher. »Wie oft soll ich euch das eigentlich noch sagen?! Ich habe nie etwas anderes hinten drauf!«

Die Lanze des Soldaten fuhr mehrmals so tief in das trockene Stroh, bis es gegen den Wagenkasten stieß.

»Was ist mit den beiden Männern?« Der Posten roch nach Lauch und gebratenem Rind. Obwohl er sich flink bewegte, hielt Sayunaro ihn für leichte Beute.

»Ich würde gern in den Tempel«, erklärte Ikiru mit jämmerlicher Stimme, kletterte vom Wagen und zog Sayunaro hinter sich her. »Mein Junge ist erkrankt. Er hat einen Geist gesehen, seitdem ist er blind.«

»Woher kommt ihr?«

»Aus Heno.«

»Pech gehabt, Alter«, erklang eine zweite Stimme, die jung und verschlagen war. Der Atem stank vor Hunger. »Du musst zurück nach Heno. Der Tempel ist dicht.«

»Was soll das heißen?!«, jaulte Ikiru. »Wir haben eine Woche für den Weg gebraucht und sind am Ende unserer Kräfte. Da können wir doch jetzt nicht umkehren!«

Er malte in allen Farben sein schweres Los und die Krankheit seines Sohnes aus.

»Lassen wir ihn durch«, entschied der erste Soldat schließlich. »Welche Gefahr soll schon von einem armen Alten und seinem blinden Sohn ausgehen?«

»Hey, Junge«, sagte der andere. »Nimm mal deine Binde ab!«

»Tu, was man von dir verlangt, mein Sohn!«

Sayunaro hob langsam die Arme, knöpfte den Knoten am Hinterkopf auf, nahm das Tuch ab und drehte dem Posten sein Gesicht zu.

»Oh«, presste der erste Soldat heraus. »Dich hat es ja wirklich übel erwischt. Geht durch! Und du, Kutscher, fahr weiter!«

Sobald sie das Tor hinter sich hatten, bot der Kutscher den beiden an, sie zum Tempel zu bringen, doch Ikiru lehnte dankend ab. Der Kutscher winkte ihnen noch zum Abschied zu und fuhr dann über die breite, gepflasterte Straße davon.

Ikiru packte Sayunaro, legte ihm die Binde wieder an und zog ihn hinter sich Richtung Tempel.

Die beiden sprachen kein Wort miteinander.

Wer immer ihnen entgegenkam, bedachte sie mit einem mitleidvollen Blick. Selbstverständlich witterte niemand in dem Greis, der so begeistert die gepflegten Häuser betrachtete, eine Gefahr.

»Was soll ich jetzt tun?«, erkundigte sich Sayunaro leise.

»Meine Worte von vorhin gelten noch immer«, erwiderte Ikiru, hob ein paar Kiesel auf und ließ sie durch seine Finger gleiten. »Du schweigst, gehorchst und tötest.«

Das Klackern der Kiesel in seiner Hand klang wie eine Drohung.

»Ich dachte eigentlich, Ruam hat uns nur zum Kundschaften ausgeschickt.«

»Für einen Shiisan redest du entschieden zu viel«, fuhr Ikiru ihn an. »Außerdem bist du zu neugierig. Ich hoffe, das gibt sich bald.«

Sayunaro hüllte sich in Schweigen, um den Beschwörer nicht weiter gegen sich aufzubringen.

Der Tempel war deutlich größer als der, den sie in Heno zerstört hatten. Bereits außerhalb der Anlage gab es eine Möglichkeit zur Waschung. Das reine Wasser sprudelte über Steine und ergoss sich in ein großes Becken, darin trieb eine Kelle.

Ikiru warf die Kiesel zu Boden, sprach einen Zauber und stieß mit seinem Stock gegen den niedrigen Zaun.

Über dem Tempel bildete sich eine unsichtbare Kuppel, die verhinderte, dass Geister in das Gebäude eindrangen. In gleicher Weise waren sie in Heno vorgegangen. Die Rumunger würden nicht von ihrem ursprünglichen Plan abrücken.

»He, Alter!«, rief ein Soldat, der mit einer Lanze bewaffnet war, und trat zum Tor heraus. »Was tust du hier? Der Tempel ist geschlossen!«

Ikiru drehte sich dem Mann jedoch nicht zu, sondern fuchtelte nur mit der Hand herum. Daraufhin barst der Boden an der Stelle, wo der Soldat stand. Eine Sandrennnatter schnellte hoch, wand sich um den Hals ihres Opfers und brach ihm knackend das Genick.

Auf seinen Stock gestützt, trat Ikiru durch das Tor und hielt auf den Tempel zu.

Warmer Wind streifte Sayunaro, der den Duft verbrannter Kräuter herantrug. Ganz in der Nähe glühten in einem abgedeckten Metallbecken Kohlen. Aus runden Öffnungen im Deckel strömte Rauch. Wer ihn einatmete, wurde von Krankheiten geheilt, die böse Geister einem zugefügt hatten.

Glocken waren zu hören. Sayunaro zählte sechs Schläge. Jeder von ihren vertrieb ein menschliches Laster: Bosheit, Leichtsinn, Dummheit, Unentschlossenheit, Gier und Geiz.

Erinnerungen an die Stimme seines Vaters regten sich in Sayunaro.

»Jedes Mal, wenn ich gerade einschlafen möchte, läutet bei uns im Tempel die Glocke. Wirklich jedes Mal, unabhängig davon, ob es nachts, morgens oder mittags ist«, hatte er lachend berichtet. »Und das alles nur wegen ein paar allzu menschlicher Laster. Du ahnst nicht, welche Willenskraft es mich kostet, meinen Zorn zu zügeln und nicht sämtliche Beschwörer, die mich nach einem langen Tag voller Arbeit am Schlafen hindern, über alle Berge zu jagen.«

Unwillkürlich musste Sayunaro lächeln. Ikiru sah in diesem Lächeln prompt ein Zeichen der Vorfreude auf die kommenden Morde.

»Ich überlasse dir das ganze Vergnügen«, versprach er Sayunaro. »Wie viel sind da drinnen?«

»Vier«, antwortete dieser.

Die beiden stiegen die drei Stufen zum Eingang hoch und betraten den Tempel.

»Dort entlang«, sagte Sayunaro und wies auf einen schmalen Gang, in dem es nach Essen und frisch gebrühtem Tee roch. Er hatte längst gespürt, dass sich alle Beschwörer im selben Raum aufhielten.

Sie gelangten zu einem kleinen Saal, in dem die Beschwörer gerade ihr Essen einnahmen.

»Ich wünsche guten Appetit«, brachte Ikiru freundlich heraus und verneigte sich ehrfurchtsvoll. »Verzeiht, wenn ich Euer Mahl störe.«

Es waren in der Tat vier Menschen anwesend: eine Frau in fortgeschrittenen Jahren, eine zweite, die kaum älter war als Nara, ein Greis und ein Mann um die dreißig. Die vier saßen an einem niedrigen quadratischen Tisch und drehten ihnen verwundert die Köpfe zu.

»Wer bitte seid Ihr?«, fragte der jüngere Mann. »Und was wollt Ihr von uns?«

»Mein Sohn ist erkrankt ...«, erklärte Ikiru, dessen Stimme die Falschheit nun allerdings anzuhören war. »Ich habe angenommen, Ihr als große Beschwörer, denen sich sämtliche Geister Akanes unterwerfen, könntet ihn heilen.«

»Und die Wache hat dich durchgelassen?«, fragte die ältere Frau ungläubig.

»Ich habe sie inständig darum gebeten«, antwortete Ikiru lächelnd. »Da konnte sie mir meinen Wunsch nicht abschlagen.«

Die junge Frau stand auf. Ihre Schritte ließen Sayunaro vermuten, dass sie groß, schlank und entschlossen war.

»Am besten sehe ich mir Euren Sohn einmal an«, erklärte sie und trat vor Sayunaro. Ihre kalten Finger verströmten den

Duft eingelegter Pflaumen. Behutsam machte sie sich daran, die Binde abzunehmen. »Wer hat dich angegriffen?«

»Ein Shiisan.«

Doch da sah sie ihm schon in die blinden Augen und wich schreiend zurück. Sayunaro packte sie bei der Gurgel, drückte zu und schleuderte sie zur Seite. Als sie bewusstlos zu Boden ging, mussten die anderen im Raum annehmen, er hätte sie ermordet.

»Du Nichtsnutz!«, brüllte Ikiru. »Noch habe ich dir den Befehl zum Töten nicht erteilt!«

Der jüngere Mann sprang auf, stieß den Tisch um und stürzte sich auf Sayunaro, der ihn jedoch mühelos zurückwarf. Als der Beschwörer fiel, gingen Teller zu Bruch, wirbelten Essensreste und Holzsplitter durch die Luft. Der Greis wirkte unterdessen einen Zauber, der Sayunaro lähmen sollte. Und für den Bruchteil einer Sekunde verharrte er tatsächlich völlig reglos. Das nutzte die ältere Frau, um mit einem Dolch auf ihn loszugehen, dessen Griff aus dem Holz des Oribaums gefertigt worden war.

Nun schritt auch Ikiru zur Tat und warf seinen Stock gegen den Greis. Das Holz umkreiste den alten Beschwörer mehrmals und spann ihn gleichsam in einen Kokon ein. Als der Mann dann einen Geist zu Hilfe rufen wollte, prallte der Zauber selbstverständlich an der Kuppel ab. Der Kokon zog sich derweil immer enger zusammen und presste alles Leben aus ihm heraus.

Der Frau gelang es nun, Sayunaro den Dolch in die Brust zu rammen. Danach aber packte er ihre Hand und quetschte diese so fest, dass die Knöchel weiß hervortraten. Dennoch gab die Beschwörerin die Klinge nicht frei. Sie starrte Sayunaro an, der ihre Hand nun langsam zur Seite führte und auf diese Weise die Klinge aus seiner Brust zog. Erst jetzt fiel ihm auf, dass die Frau an der anderen Hand blutete. Sie musste mit der beinernen Klinge in Berührung gekommen sein.

Der junge Mann holte unterdessen mit einem Schwert nach Ikiru aus, der sich jedoch mühelos wegduckte. Mittlerweile war er des Spiels überdrüssig und fuhr mit der Hand durch die Luft, worauf die Schilfmatte unter seinem Gegner spitze Dornen ausfuhr und den Mann zu Fall brachte. Die Dornen verwandelten sich in Lanzen und durchbohrten ihn.

»Lauf!«, schrie er der jungen Frau noch mit letzter Kraft zu, denn er hatte aus den Augenwinkeln gesehen, dass sie nicht tot war, sondern sich gerade hochstemmte.

»Das Mädchen darf uns nicht entkommen!«, schrie Ikiru, während er sich weiter den Greis vornahm.

Sayunaro eilte der jungen Frau brav hinterher.

Von dem Gang ging eine weitere Tür ab, der Hinterausgang. Sayunaro blieb stehen, um die kühle Luft einzusaugen. Sofort witterte er die junge Frau. Der Duft von Pflaumen, gemischt mit dem Geruch von Angst, Schmerz und kaltem Schweiß war unverkennbar.

Sayunaro nahm die Verfolgung auf, die ihm großes Vergnügen bereitete. Plötzlich trug eine Windböe den Geruch der Frau davon, doch da half ihm sein Gehör: Der Atem der Frau ging rasch, ihre Kleidung raschelte, unter ihren Füßen knackten abgerissene Zweige.

Der Abstand zwischen den beiden schmolz im Nu. Sayunaro lief noch schneller. Kurz darauf hatte er die junge Frau eingeholt und gepackt.

Sie schrie auf, doch noch ehe sie Sayunaro mit einem Zauber angreifen konnte, stieß er sie gegen einen Baum und presste ihr die Hand auf den Mund.

»Wenn dir dein Leben lieb ist, hör mir jetzt zu!«

Im Tempel von Heno hatten die beiden Beschwörer nichts auf seine Worte gegeben. Hoffentlich war diese Frau klüger.

»Begib dich zum Grab Togawas«, fuhr Sayunaro fort, wobei er seine blinden Augen auf ihr Gesicht zu richten versuchte. »Wenn die Schutzgeister ihre Kraft nicht eingebüßt haben, bist du dort sicher. Hast du das verstanden? Hast du begriffen, was ich eben gesagt habe?«

Er schüttelte sie leicht, bis sie gehorsam nickte. Ihr bisher wie wild hämmerndes Herz schien in der Tat ein wenig ruhiger zu schlagen. Sie atmete auch gleichmäßiger, das spürte Sayunaro durch den Luftzug an seiner Wange.

»Ich lasse dich jetzt los, aber du solltest besser nicht schreien oder versuchen, mich zu töten, denn damit würdest du nur deine Feinde auf dich aufmerksam machen. Ist das klar?«

Sie nickte erneut. Sayunaro löste die Hand von ihrem Mund und lockerte seinen Griff.

»Warum tust du das?«, krächzte die Frau. Er musste sie im Tempel doch stärker erwischt haben, als er gedacht hatte. »Erst willst du mich umbringen, dann rettest du mich ...?«

»All das spielt jetzt keine Rolle. Du musst fliehen. Weißt du, wo das Grab ist?«

»Ja.«

Sayunaro trat einen Schritt zurück.

»Dann lauf! Und berichte dem ...«

In seinem Rücken erklang ein böses Lachen. Ikiru trat hinter den Bäumen hervor.

»Habe ich es mir doch gedacht!«, stieß er leise aus. »Ruam ist ein Narr. Ich habe ihm immer wieder versichert, dass du genauso wenig taugst wie all die Jammerlappen aus Warra.«

Er nagelte die Beschwörerin mit Magie an den Baumstamm.

»Wenn du am Leben bleiben möchtest, tötest du sie jetzt!«

Nach diesen Worten verstärkte Ikiru den Unterwerfungszauber noch, den er vorhin gewirkt hatte. Dieser nahm Sayunaro jede Möglichkeit, Luft zu holen oder einen klaren Gedanken zu fassen. Mordlust loderte in ihm auf. Blinder, unbezwingbarer Hunger. Er trat einen Schritt auf die Frau zu und hob die Schwerthand. Sie stöhnte auf. Ikirus Magie sickerte über ihre krampfhaft zusammengepressten Finger und tropfte zu Boden.

»Worauf wartest du noch?«, keifte der Rumunger.

Und da schlug Sayunaro zu – nur bohrte sich sein beinernes Schwert so tief in Ikirus Brust, dass es am Rücken wieder austrat.

»Was ...«, stammelte dieser, während purpurnes Blut über seine Lippen rann, »... hast du getan?«

»Getötet, damit ich am Leben bleibe«, erwiderte Sayunaro kalt und zog die Klinge aus Ikirus Körper.

Sobald der Rumunger zu Boden fiel und sein Blut über die

Nadeln der Sugi strömte, taten sich um Sayunaro herum Risse im Erdreich auf und legten tiefe Höhlen frei, in denen ein sanftes Licht schimmerte. Die Welt der Shiisans rief ihn ...

Die junge Frau stöhnte. Als ihr Blick sich mit dem Sayunaros verhakte, bohrten sich dessen blinde Augen wie glühende Eisen in ihren Kopf.

»Berichte allen«, krächzte er, »was du gesehen hast! Wir werden alle töten. Jemand muss uns aufhalten.«

Und dann zog die Welt der Shiisans ihn zu sich.

Die junge Frau presste sich eine Hand auf ihre schmerzenden Rippen, mit der anderen suchte sie am Baumstamm Halt, um nicht zu fallen. Noch in derselben Sekunde wurde beim Tempel Alarm geschlagen.

6

Aroshima

Der Uddo kam durch das offene Fenster hereingeflogen, flatterte aufgeregt umher und stieß dabei mal gegen die Wand, mal gegen einen Raumteiler. Er wirkte völlig verängstigt. Selbst sein Brummen, das sonst so fröhlich klang, drückte heute schiere Verzweiflung aus.

Ray beobachtete ihn eine Weile. Wusste dieser Geist überhaupt, wo er war, was er hier wollte und wen er eigentlich suchte? Irgendwann stellte Ray die Yari, mit der er in den letzten Stunden in dem eigens für diese Zwecke hergerichteten Raum geübt hatte, gegen die Wand und näherte sich vorsichtig dem Uddo. Sofort ergriff dieser die Flucht und huschte zwischen die Schäfte der Lanzen. Erst dort beruhigte er sich, kurz darauf flog er entschlossen auf Ray zu.

»Willst du also zu mir?«, fragte dieser.

Der Uddo warf Ray einen zusammengeknüllten Lumpen zu und verschwand unter mürrischem Gebrumm wieder.

Ray faltete den Stoff auseinander. Er war blutgetränkt. Hatte er nicht einmal von Tora geträumt, die ihm einen Brief auf einem Stück Haut geschrieben hatte? Sofort vertrieb er die Erinnerung daran. Als er nun die Worte las, blieb ihm die Luft weg. Das war Sayunaros Handschrift, wenn auch entstellt. Bisher hatte er sich selbst nicht eingestehen wollen, wie inbrünstig er auf eine Nachricht von seinem Freund hoffte. Jetzt war sie endlich eingetroffen. Die knappen Sätze jagten ihm eine Gänsehaut über den Rücken.

Sie kommen. Eine Armee aus Geistern. In Heno schlagen sie

los. Morgen. Sie haben es auf Warra und den Orden abgesehen. Antworte mir nicht! Begib dich zu meinem Vater! Er muss helfen.

»Wusst' ich's doch«, murmelte Ray und stierte auf die Buchstaben, die vor seinen Augen tanzten, bis er den Lappen schließlich zusammenknüllte und in Herrn Akenos Gemächer stürmte. »Ich habe schlechte Neuigkeiten!«

»Ich ebenfalls.«

Der Statthalter stand in einem dunkelgrünen Hausmantel mit Goldstickerei, der ein wenig an die Haut einer Schlange erinnerte, vorm Fenster seines Arbeitszimmers und hielt eine Schriftrolle in Händen. Da aus seinem nassen Haar noch Wasser in seinen Kragen rann, musste man ihm das Dokument im Bad zugestellt haben.

»Aber selbstverständlich«, sagte er grinsend, als er Rays enttäuschtes Gesicht sah, »darfst du deine zuerst loswerden.«

»Ich habe einen Brief von Sayunaro erhalten.«

Ray schob die Papiere auf dem Tisch zur Seite, damit er das Stück Stoff an dem freigelegten Plätzchen ausbreiten konnte.

Herr Akeno trat ruhig – für Rays Empfinden viel zu ruhig – an den Tisch heran, um sich über die wenigen Zeilen zu beugen.

»Aha«, stieß der Statthalter bloß aus.

»Mehr habt Ihr dazu nicht zu sagen?« Mit einer derart wortkargen Aufnahme dieser Nachricht hatte Ray nicht gerechnet. »Sayunaro lebt. Er hat uns sogar eine Warnung zukommen lassen. Damit ist der Beweis erbracht, dass die Rumunger uns angreifen wollen. Er zählt auf Euch, aber noch bleibt uns ja etwas Zeit, um ...«

»Nein, es ist längst zu spät.«

Ray japste.

»Sie sind bereits in Ando«, erklärte Akeno und deutete mit einem Nicken auf die Schriftrolle. »Gestern haben sie Heno genommen und den alten Tempel dort zerstört. Die beiden Beschwörer sind ermordet worden.«

»Woher wisst Ihr das?«

»Ich habe meine eigenen Quellen«, antwortete Akeno und richtete den Blick dann noch einmal auf den Stofffetzen.

»Sayunaro schreibt, die Rumunger würden den Angriff planen, dabei rücken sie bereits gegen uns vor. Wie lange braucht ein Uddo eigentlich, um ein Schreiben zu überbringen?«

»Äußerstenfalls ein paar Stunden, aber ...«

»Hängt das von der Entfernung ab?«

»Nein ... Wollt Ihr damit etwa andeuten, Sayunaro habe uns diese Nachricht absichtlich so spät zukommen lassen? Dass er insgeheim aufseiten der Rumunger steht?«

»Beruhige dich bitte!«, verlangte Akeno. »Ich deute nichts an, ich wäge Tatsachen ab. Die sprechen leider nicht gerade für Sayunaro. Oder kannst du mir einen überzeugenden Grund nennen, warum diese Warnung uns erst jetzt erreicht hat?«

»Sayunaro dürfte keine Möglichkeit gefunden haben, die Warnung eher abzuschicken«, legte Ray dar, nachdem er tief durchgeatmet hatte, um nicht ausfällig zu werden. »Da er sie auf ein Stück Stoff geschrieben hat, an dem sogar noch eine Naht zu erkennen ist, nehme ich an, dass sein Hemd dafür hat herhalten müssen. Dies ist blutverschmiert. Statt Tinte hat er den Saft einer Pflanze benutzt, er dürfte diese Nachricht also unter äußersten Schwierigkeiten verfasst haben ...«

Doch selbst bei dieser Anspielung hüllte sich Herr Akeno in Schweigen.

»Es gibt aber noch einen Grund, warum diese Nachricht so spät eingetroffen sein könnte«, fuhr Ray fort. »Möglicherweise verliert Sayunaro allmählich seine Gabe als Beschwörer. Dann würde ihm nicht einmal mehr ein Uddo gehorchen. Er ...« Ray verstummte, denn was er nun sagen musste, wollte ihm kaum über die Lippen, »... er verwandelt sich eben in einen Shiisan ...«

»Aha«, brachte Akeno abermals heraus.

Mehr nicht.

»Was sagt denn der Orden zu dem Angriff der Rumunger?«, wechselte Ray daher das Thema.

»Er hat sämtliche Beschwörer Akanes nach Warra einbestellt.«

»Hat er etwa die Absicht, ihnen bis zur Hauptstadt freie Bahn zu lassen?«

»Keineswegs! Wozu gibt es denn deiner Ansicht nach die Armee? Man hat mir heute den Titel eines Ṣangun verliehen, damit unterstehen mir tausend Mann.«

»Wieso bloß tausend Mann?!«, stieß Ray aus. »Als Sangun habt Ihr den Befehl über drei Armeen. Allein das kleine Heer besteht aus drei- bis viertausend Mann, beim mittleren sind es zwischen fünf- und neuntausend, und das große verfügt über zehntausend Mann und mehr. Unter Eurem Kommando müssten also mindestens zwanzigtausend Krieger stehen!«

»So sollte es in der Tat sein«, erwiderte Akeno lächelnd. »Aber im kleinen Heer dienen nun ehemalige Gefangene, im mittleren Bauern aus den umliegenden Dörfern, und im großen Landstreicher. Von ausgebildeten Männern kann also keine Rede sein.«

Wie kann er so ruhig bleiben? Nimmt er die Lage etwa auf die leichte Schulter?, fragte sich Ray empört. Allerdings musste er auch zugeben, dass ihn diese Eröffnungen überrumpelten, während Herr Akeno bereits Zeit gehabt hatte, sie zu verdauen.

»Was ist mit den Silbertigern?«

»Sie bleiben selbstverständlich in Warra. Dasselbe gilt für die kaiserliche Garde.«

»Dass der Turm nicht begreift, welche Gefahr die Rumunger darstellen!«, polterte Ray. »Man hat noch nie einen Krieg gewonnen, indem man sich hinter den Mauern einer Burg verschanzt hat!«

Akeno grinste. Ob ihn meine Überlegungen erheitern?, schoss es Ray durch den Kopf. Wundern würde es mich nicht. Was verstehe ich denn schon vom Krieg, von Taktik und Strategie?

»Gewöhnliche Kriege kann man auf diese Weise nicht gewinnen, da hast du recht«, bemerkte Herr Akeno dann jedoch überraschend ernst. »Aber in unserem Fall liegen die Dinge völlig anders. Die Rumunger sind wendiger als ein gewöhnliches Heer und können daher jederzeit überraschend auftauchen und im Nu wieder verschwinden.«

»Die Wagen ...«, murmelte Ray.

»Eben! Sie sind ungeheuer schnell. Wie sollte ich sie da

abfangen? Wo ihnen auflauern? Vergiss auch nicht, dass die Rumunger es nicht auf einfache Menschen abgesehen haben, sondern auf Beschwörer. Deshalb hat der Orden in diesem Fall richtig gehandelt. Seine Angehörigen müssen dem Feind geschlossen in Warra entgegentreten.«

»Aber Euch muss doch klar sein«, stieß Ray ungehalten aus, »wie viele Menschen dann sterben! Der Tag der Geister nähme sich dagegen geradezu harmlos aus!«

»Was schlägst du denn vor?« Akeno holte eine Karte heraus und reichte sie Ray. »Wo würdest du dich in Stellung bringen?«

»Der Orden hat schließlich auch Wagen ...«, setzte Ray an.

»Aber ob die ausreichen? Die Rumunger haben Agosima nur aus einem einzigen Grund verlassen: Sie wollen den Turm zerschlagen. Darauf haben sie lange gewartet, jetzt fühlen sie sich offenbar stark genug. Der Orden muss daher geschlossen hier in Warra gegen den Feind kämpfen.«

»Der Orden muss also kämpfen, ja?! Und Ihr? Wahrscheinlich seid Ihr deshalb so gelassen, obwohl man Euch zum Befehlshaber über ein geradezu lächerliches Heer ernannt hat. Ihr habt gar nicht vor, gegen die Rumunger zu kämpfen!«

»O doch, Ray, ich habe durchaus die Absicht, gegen sie zu kämpfen.«

»Weshalb sollte ich Euch das glauben?«

Akeno zeigte nur auf den Tisch, wo nach wie vor der blutige Stofffetzen lag. Ray nickte. Worte bedurfte es tatsächlich nicht. Herr Akeno wollte seinen Sohn retten, Ray würde ihm dabei helfen.

»Wenn Ihr recht habt und die Rumunger Warra einnehmen wollen, warum verlässt die kaiserliche Familie die Stadt dann nicht?«

Da gerade jemand taktvoll an die Tür klopfte, blieb Akeno die Antwort schuldig. Ein Diener trat mit einem schweren Tablett ein und verbeugte sich. Auf seinem Gesicht lag ein Ausdruck äußerster Ehrerbietung, gleichzeitig versuchte er, so zu tun, als wäre er gar nicht vorhanden. Er würde nun den Tisch unter Einhaltung bestimmter Rituale für das Frühstück eindecken. Diese

Zeremonie zog sich stets hin, Ray jedoch wollte so schnell wie möglich zu dem Gespräch zurückkehren.

»Danke«, sagte er daher und nahm dem Diener prompt das Tablett ab. »Heute brauchen wir deine Hilfe nicht.«

Der Diener sah Herrn Akeno ratlos an, verbeugte sich dann aber ungeschickt und eilte wieder hinaus.

Ray stellte geschwind all die Schalen, Schüsseln und Teller auf den lackierten Tisch.

»Was ist?«, fragte er, als er das verschmitzte Grinsen Akenos auffing.

»Nichts.«

»Die kaiserliche Familie bleibt also in Warra?«, kehrte Ray zu seiner letzten Frage zurück.

»Nein«, sagte Akeno, während er in dem Durcheinander von Gefäßen, das Ray auf dem Tisch angerichtet hatte, nach einer Schale mit Wasser angelte. »Sie wird an einen sicheren Ort gebracht.«

»Aber die gewöhnlichen Menschen nicht?«

»Ich habe vorgeschlagen, sie ebenfalls aus Warra herauszubringen, sodass nur noch die Armee und Beschwörer in der Stadt verbleiben würden.«

»Doch das hat man abgelehnt?«

»Die Entscheidung ist noch nicht gefallen. Aber aller Wahrscheinlichkeit nach befolgt man diesen Rat wohl nicht. Die Menschen halten die Beschwörer für unbesiegbar. Erführen sie, dass diese sie nicht beschützen können, würde ihr Vertrauen unweigerlich ins Schwanken geraten.«

»Wie kann der Turm angesichts der heraufziehenden Gefahr nur an seinen Ruf denken?! Im Übrigen muss er sich Euch beugen, denn Ihr seid nun der Sangun.«

»Vielleicht verstehst du jetzt, warum ich den Orden in seinen Rechten beschneiden möchte«, erwiderte Akeno mit unfrohem Lächeln. »Heute wurde mir das Setto überreicht.« Ray sah ihn verständnislos an. »Das ist ein besonderes Schwert, das die uneingeschränkte Macht seines Besitzers zum Ausdruck bringt. Letzten Endes sind mir aber nach wie vor die Hände gebunden.

Der Turm wird mir nicht gehorchen, weil er nicht den geringsten Zweifel daran hegt, dass er spielend mit ein paar abtrünnigen Beschwörern fertig wird, die mittlerweile vollends den Verstand verloren haben.«

»Gibt es denn gar nichts, was wir tun können?«, stieß Ray aus, während er auf eine Schale stierte, deren Rand die unvermeidlichen Drachen zierten, die Wappentiere der Ishiros.

Unvermittelt musste er an Sayunaro denken. Auch er hatte in diesem Raum mit seinem Vater gefrühstückt und mit ihm über Politik gesprochen ...

»Dort hat er nie gesessen«, riss ihn die Stimme Herrn Akenos aus seinen Gedanken.

»Bitte?«

»Sayunaro hat dort nie gesessen.«

»Könnt Ihr Gedanken lesen?«

»Deine Gedanken stehen dir auf der Stirn geschrieben.«

»Ich fühle mich seinetwegen schuldig«, gab Ray zögernd zu. »Wer weiß, welche Qualen er gerade erduldet, während ich friedlich mit Euch bei Tisch sitze und frühstücke.«

»Trotzdem nehme ich nicht an, dass du mit ihm tauschen möchtest?«

»Das nicht«, antwortete Ray. »Aber ich werde nichts unversucht lassen, um ihm zu helfen. Ebenso wie ich alles tun werde, um Warra zu retten.«

»Dann lass uns zu unserem eigentlichen Gegenstand zurückkehren. Ich würde gern deine Vorschläge hören. Wie würdest du den Krieg gegen die Rumunger führen?«

»Im Unterschied zu Euch verstehe ich nichts von Taktik und Strategie, deshalb dürfte ich Euch kaum einen Rat geben können.«

»Du bist ein Beschwörer, und wir müssen gegen Beschwörer ins Feld ziehen. Daher bestehe ich sogar darauf, deine Ansicht zu hören.«

Ray dachte nach und trommelte unwillkürlich mit den Fingern auf den Tisch. Wenn man tatsächlich auf ihn hören würde, welche Befehle würde er dann erteilen?

»Eines steht für mich außer Zweifel«, brachte er schließlich hervor. »Ein Heer aus gewöhnlichen Menschen wird im Kampf gegen die Rumunger nichts ausrichten. Die Menschen sehen die meisten Geister ja gar nicht.«

»Die Rumunger sehen sie aber schon.«

»Was spielt das für eine Rolle? Die Geister würden sie so oder so in Stücke reißen! Nein, Herr Akeno, gegen die Rumunger sollten meiner Ansicht nach ausschließlich Beschwörer antreten.«

»Aber wie?«

»Darüber müsste ich erst einmal in Ruhe nachdenken«, sagte Ray und erhob sich. »Bisher kann ich nur sagen, dass keine gewöhnlichen Menschen gegen die Rumunger kämpfen sollten.«

»Sobald ich etwas Neues erfahre, lasse ich es dich wissen.«

Auf dem Weg in seine Gemächer passte ihn Yui ab.

»Herr Ray«, säuselte der Schwarze Kodsu mit Yuis Stimme und verstellte ihm den Weg, »darf ich fragen, wie Eure Pläne für den heutigen Tag aussehen?«

»Ich habe etwas in der Stadt zu erledigen«, antwortete er, während er vergeblich versuchte, die junge Frau zu umrunden.

»Ihr müsst doch nicht jeden Gang selbst erledigen. Schickt doch mich!«

»Es ist einfacher, wenn ich mich selbst um die Angelegenheit kümmere.«

Er stieß Yui zur Seite.

»Müssen wir uns auf einen Krieg vorbereiten?«, erklang es da in seinem Rücken, und diesmal bediente sich der Schwarze Kodsu seiner eigenen knarzigen Stimme.

»Etwas in der Art«, antwortete Ray, dem klar war, dass er den neugierigen Geist nicht loswerden würde.

»Dann beantworte mir eine Frage!« Der Schwarze Kodsu dachte gar nicht daran, Ray in Ruhe zu lassen. »Wie willst du mit Beschwörern fertig werden, die dich in ihrem Tempel schon einmal beinahe vernichtet hätten? Stille doch bitte meine Neugier!«

»Das schaffe ich schon«, behauptete Ray und öffnete die Tür

zu seinen Gemächern. Der Schwarze Kodsu huschte ihm in der Gestalt Yuis hinterher.

»Geht das vielleicht etwas genauer? Hast du mittlerweile eine bessere Waffe als dieses Stöckchen?« Er schielte verächtlich auf die Yari. »Eine, die dich unbesiegbar macht? Oder bist du hinter eine neue Taktik der Kriegführung gekommen, die selbst ich bisher nicht kannte?«

»Nein.«

»Kein Wunder! Schließlich hat man es noch nie erlebt, dass ein Nackter etwas in den Taschen hat.«

Ray ging gar nicht erst auf diese Worte ein. Der Schwarze Kodsu ließ sich auf dem Boden nieder. In Yuis Gesicht schimmerten seine Augen nun wie zwei weiße Monde.

»Ich habe einen Vorschlag, eine Frage und einen Rat«, sagte er.

»Ich bin ganz Ohr.«

»Du kannst noch immer in meinem Zirkus Zuflucht finden, von mir aus können wir uns auf der Stelle dorthin begeben. Dann würdest du den Rumungern nicht noch einmal gegenübertreten müssen und am Leben bleiben.«

»Diese Möglichkeit scheidet aus.«

»Damit zu meiner Frage«, fuhr der Schwarze Kodsu fort, der Ray die Ablehnung des Vorschlags nicht zu verübeln schien. »Bist du schon einmal in Ogira gewesen?«

»Nein, aber ich habe über diese verheerte Provinz gelesen. Seit dem letzten Krieg gibt es dort nur noch totes Land.«

»Richtig. Daher mein Rat! Im bevorstehenden Krieg sollten nicht die gewöhnlichen Menschen Warra verlassen, sondern die Beschwörer. Sie sollten nach Ogira gehen und dort gegen die Rumunger kämpfen, denn in dieser Provinz würde außer ihnen niemand zu Schaden kommen.«

Ray starrte den Schwarzen Kodsu an. Dieser Vorschlag hatte Hand und Fuß. Der Geist erwiderte Rays Blick mit gleichgültiger Miene, wobei sich die weißen Monde in dem schönen weiblichen Gesicht völlig fehl ausnahmen.

»Hier in Warra würden sich die Beschwörer im Turm verschanzen, ganz wie sie es immer getan haben«, fuhr er dann fort. »Die Rumunger werden die Stadt und die umliegenden Dörfer zerstören und Bauern wie Adlige abschlachten. Irgendwann werden sie die Kaiserin und ihre Familie aufspüren, in Stücke hacken und über sämtliche Plätze Akanes verteilen. Bestimmt lassen sie sich noch allerlei andere Lustbarkeiten einfallen, um die Angehörigen des Ordens zu zwingen, den Turm zu verlassen.«

»Ich glaube nie im Leben, dass die Beschwörer des Ordens so dumm und feige sind, wie du sie darstellst«, polterte Ray. »Sie werden doch nicht im Turm hocken und darauf warten, dass die Rumunger zu ihnen kommen! Und die Menschen sind ihnen auch nicht gleichgültig! Schließlich lernt jeder Beschwörer als Allererstes, dass er sie beschützen muss.«

»Glaub mir, die Beschwörer werden in ihrer Unentschlossenheit die Dinge verschleppen«, entgegnete der Schwarze Kodsu von oben herab. »Sie werden Beweise verlangen, dass überhaupt eine Bedrohung gegeben ist. Und sie werden sich auf den Standpunkt zurückziehen, dass die Rumunger bisher ja auch nichts gegen Warra unternommen haben und daher für niemanden ein Grund bestehe, sie zu fürchten, schon gar nicht für die ruhmreichen Angehörigen des Ordens. Sollten die Rumunger es sich mit einem Mal aber doch einfallen lassen, vor den Mauern dieser Stadt aufzutauchen, würde der Orden jeden von ihnen mühelos in einen Reisfladen verwandeln ... Die hiesigen Beschwörer sind viel zu sehr von ihrer eigenen Bedeutsamkeit überzeugt, als dass sie ernsthaft von einer Gefahr ausgehen. Deshalb solltest du sie ein wenig anspornen, damit sie endlich ein paar kluge Entscheidungen treffen.«

»Und wie sollte ich das anstellen?«

»Du musst sie aus dem Turm herauslocken«, raunte ihm der Schwarze Kodsu mit Verschwörermiene zu.

»Wie das?«

»Sorge dafür, dass der Turm keinen sicheren Zufluchtsort mehr darstellt. Dafür brauchst du bloß die Schutzgeister, die ihn uneinnehmbar machen, freizulassen.«

»Das ist nicht dein Ernst?!«

»Doch! Anders kriegst du sie nicht dazu, ihren lahmen Hintern zu bewegen.«

»Selbst wenn ich wollte, wäre ich nie im Leben stark genug, die Schutzgeister im Turm freizusetzen!«

Der Schwarze Kodsu beugte sich etwas vor. Durch die Maske Yuis blitzte das verschlagene Gesicht einer Spinne.

»Der Turm hat seine ... wie würde unser hochverehrter Statthalter das ausdrücken? ... seine strategische Bedeutung längst verloren.« Er bleckte die Zähne. »Die alten Schutzgeister haben ihre Kraft während des letzten Krieges eingebüßt. Man hätte sie längst durch neue ersetzen müssen, doch leider ist von den Angehörigen des Ordens niemand mehr dazu imstande.« Der Schwarze Kodsu stieß einen theatralischen Seufzer aus. »Sobald die Beschwörer aber ohne den vertrauten Schutz des Turms dastehen, hätte Herr Akeno im Nu eine anständige Armee zur Verfügung, und man würde jeden seiner Befehle ausführen. Solange sich die Beschwörer des Ordens jedoch in Sicherheit wiegen, werden sie tatenlos rumsitzen.«

»Und wie willst du die Rumunger nach Ogira locken?«

»Sind wir uns also bei den Schutzgeistern einig?«, erkundigte sich der Schwarze Kodsu grinsend. »Im Übrigen darfst du mir glauben, dass die Rumunger dorthin eilen werden, wo die Beschwörer des Ordens auf sie warten, denn die wollen sie ja vernichten.«

»Dann müssen wir also nur noch die Beschwörer des Ordens dazu bringen, sich nach Ogira zu begeben.«

»Nicht wir, sondern Herr Akeno. Ohne den Schutz des Turms werden sie seinem Befehl gehorchen.«

Der Plan hörte sich gut an, das musste Ray zugeben. Die Rumunger trachteten nicht den gewöhnlichen Menschen nach dem Leben, sie hatten es einzig und allein auf die Beschwörer abgesehen. Da drängte sich Ogira als Schlachtfeld geradezu auf.

Aber was, wenn der Schwarze Kodsu mich in eine Falle lockt?, grübelte Ray. Wenn ich die Schutzgeister im Turm freisetze und die Beschwörer damit zwinge, in den Krieg zu ziehen, werden viele von ihnen sterben. Woher will ich denn wissen, dass ihre Aussichten auf einen Sieg nicht viel größer sind, wenn der Turm ihnen noch Schutz gewährt?

»Der Turm bietet ihnen keinen Schutz mehr«, hielt der Schwarze Kodsu fest. Ob er meine Gedanken gelesen hat?, fragte sich Ray. »Wenn du die Schutzgeister nicht freisetzt, werden die Rumunger das tun. Danach wird der Orden nicht mehr wissen, wo ihm der Kopf steht – und wenn es ihm wieder einfällt, rotten die Rumunger ihn längst mit Stumpf und Stiel aus. Die Angehörigen des Ordens sind daran gewöhnt, den Schutz von Geistern in Anspruch zu nehmen, weshalb sie gar nicht mehr auf die Idee kommen, dass sie diesen schlagartig verlieren könnten. Wenn du die Schutzgeister im Turm möglichst schnell freisetzt, bleibt dem Orden aber genug Zeit, sich auf den Kampf gegen die Rumunger vorzubereiten.«

»Übertreibst du nicht ein wenig? Ehrlich gesagt, habe ich noch nie davon gehört, dass man auch nur einen einzigen derart mächtigen Schutzgeist mühelos freisetzen kann, geschweige denn mehrere.«

»Na, wenn du noch nie davon gehört hast«, bemerkte der Schwarze Kodsu grinsend, »dann kann es dergleichen selbstverständlich gar nicht geben.«

»Im letzten Krieg haben die Beschwörer sämtliche Menschen aus Warra und den umliegenden Dörfern im Turm in Sicherheit gebracht.«

»Woher willst du das denn wissen? Du hast doch wohl kaum an diesem Krieg teilgenommen, oder?«

»Dafür habe ich Bücher gelesen.«

»Und wer hat diese Bücher geschrieben? Eben! Es dürfte also kaum verwunderlich sein, dass der Turm dort im besten Licht dasteht. Außerdem betone ich noch einmal, dass die Schutzgeister seitdem ihre Kraft eingebüßt haben. Wenn du mir nicht glaubst, überprüfe es selbst! Ich würde allerdings nicht eines meiner mageren Spinnenbeinchen dafür ins Feuer legen, dass diese feste Burg auch nur eine Stunde im Kampf gegen die Rumunger übersteht.«

»Mal angenommen, ich glaube dir«, murmelte Ray, »dann bleibt immer noch das Rätsel, warum du mir hilfst, mir Ratschläge gibst …«

»Damit ich bei diesem Krieg auf meine Kosten komme.«

»Bitte?!«

»Hast du dich noch nie gefragt, warum ich bin, wie ich bin?«, wich der Schwarze Kodsu einer Antwort aus. »Die Antwort ist einfach: Ich spiegle all die Laster von euch Menschen wider. Was meinst du, wie mein Zirkus wohl aussähe, wenn es auf der Welt ausschließlich gute und hilfsbereite Menschen gäbe?«

»Behauptest du etwa, die Menschen seien schuld daran, dass du grausam und blutrünstig bist?«

»Ich behaupte, dass mich nichts von ihnen unterscheidet. Ich helfe meinem Nächsten oder bringe ihn um, ich beobachte seine Qualen oder erlöse ihn davon. Ich will mich nicht nur am Anblick einer Schönheit weiden, sondern sie auch als Einziger besitzen. Ich meide offene Kämpfe und greife aus dem Hinterhalt an, um Kraft, Jugend und Leben zu stehlen. Ich bin ein Spiegel der Welt, die ebenfalls nicht schlicht in Gut und Böse zu unterteilen ist. Warum sollte ich also nicht jemandem, der mir die Langeweile vertreibt, ein paar gute Ratschläge erteilen?«

Ray schüttelte nur den Kopf. Diesen Humbug würde er niemals glauben.

»Was ist jetzt mit dem Turm?«, hakte der Schwarze Kodsu nach.

»Du bist dir also sicher, dass ich die Schutzgeister freisetzen könnte?«

»Daran hege ich nicht den geringsten Zweifel.«

»Dann muss ich jetzt mit dem Statthalter sprechen.«

»Willst du etwa seine Erlaubnis dafür einholen?«

»Nein. Aber ich habe eine Idee.«

Als Ray zum zweiten Mal in Akenos Arbeitszimmer stürmte, war dieser nicht allein. Am Schreibtisch saß Herr Nagateru und unterschrieb gerade eine elend lange Schriftrolle, deren eines Ende bis auf den Boden hinunterhing. Ray nickte ihm zu, er blickte nur widerwillig von seiner Arbeit auf.

»Wer hat damals den Schutzgeist in Euch gepflanzt?«, wandte sich Ray ohne Umschweife an den Statthalter.

Nagateru verblüffte diese Frage derart, dass er sich tatsächlich von seinen Unterlagen losriss und gegen die Lehne seines Stuhls sackte. Herr Akeno stand am Fenster und hielt ebenfalls etliche Papiere in der Hand. Er zog eine Augenbraue hoch und sah Ray in finsterer Ahnung an.

»Ein Beschwörer, der diese Aufgabe ...«

»... die nicht gerade ungefährlich ist«, fiel Nagateru Ray ins Wort.

»... vollbringen kann, muss über große Kraft und seltenes Wissen verfügen. Ich müsste ihn dringend sprechen.«

»Wozu das?«, fragte Nagateru.

Oh, weil ich die Schutzgeister aus dem Turm jagen will, wobei ich aber gern vorher wüsste, ob sie ihre Kraft wirklich mit der Zeit einbüßen oder ob mir der Schwarze Kodsu da ein Märchen aufgetischt hat, und weil es mir letzten Endes gut gefiele, wenn mir dieser mächtige Beschwörer bei der Aufgabe zur Seite stünde, denn die Angehörigen des Ordens taugen ja nichts.

»Weil ich mehr über die Arbeit mit Schutzgeistern wissen muss«, sagte er jedoch nur. »Wie sie in einen Menschen oder ein Gebäude eingepflanzt werden, wie sie vertrieben oder verstärkt werden ...«

»Statt deinen Pflichten der Familie Ishiro gegenüber nachzukommen«, hielt Nagateru abfällig fest, »möchtest du also einen tattrigen Beschwörer aufspüren.«

»Gerade damit komme ich meinen Pflichten nach«, widersprach Ray ruhig. »Was glaubt Ihr denn, was geschieht, wenn die Rumunger den Drachen in Herrn Akeno beeinflussen und ihn gegen diesen aufhetzen?«

»Er hat recht, in dem Fall könnte mich der Drache in Stücke reißen«, bemerkte Akeno. »Gut, ich sage dir, was ich weiß. Den wahren Namen des Mannes kenne ich nicht, er nennt sich jedoch Kodai, das bedeutet *der Alte*. Er ist aus Aroshima an den

Hof meines Vaters gekommen, aber ob er überhaupt noch am Leben ist, entzieht sich meiner Kenntnis.«

Ray überschlug, wie lange er für den Weg brauchen würde. Hin und zurück – das würde ihn mindestens einen Monat kosten.

»Dann benötige ich einen Wagen. Könntet Ihr den Orden nicht …«

»Den habe ich längst danach gefragt«, unterbrach ihn Akeno. »Da du offiziell kein Beschwörer bist, hast du wohl kein Recht darauf.«

»Obendrein vertritt der Orden die Auffassung«, mischte sich Herr Nagateru erneut ein, sah aber diesmal nicht von seinen Papieren auf, »dass du, falls dich Langeweile plagt, Felder bestellen solltest. Auf dem Land werden immer tüchtige Männer gebraucht.«

»Verstehe«, murmelte Ray, ohne auf Nagaterus Frechheiten einzugehen. »Habt vielen Dank für diese Auskünfte.«

Tief in Gedanken versunken verließ er den Raum. Seine innere Stimme verlangte nachdrücklich, dass er diesen Kodai aufspürte. Der Alte … Was das wohl zu bedeuten hatte?

Welche Möglichkeiten blieben ihm nun noch? Ob er einen Uddo schickte? Ray rang sich ein unfrohes Lächeln ab, als er sich den Brief vorstellte: Verehrter Herr Kodai, ich bin ein Beschwörer ohne Zertifikat und wünsche mir nichts sehnlicher, als Euch kennenzulernen. Da ich Euch ohne Wagen aber nicht aufzusuchen vermag, bitte ich Euch darum, mir schriftlich die Frage zu beantworten, wie Ihr damals den Schutzdrachen in den Statthalter von Yugora eingepflanzt habt. Bei der Gelegenheit wäre es sehr freundlich von Euch, mir überhaupt alles zu berichten, was Ihr über Schutzgeister wisst. Wenn Ihr mir zudem noch raten könntet, wie ich mit den Rumungern fertig werden könnte, wäre Euch meine Dankbarkeit gewiss. In Erwartung Eurer Antwort …

Ob ich den Schwarzen Kodsu bitten soll, mich nach Aroshima zu bringen?, überlegte Ray weiter.

»Schlag dir das aus dem Kopf«, erklang daraufhin die Stimme

des Geistes aus einer finsteren Ecke des Gangs. Diesmal musste er Rays Gedanken wirklich gelesen haben. »Ich habe dir bereits einen guten Rat gegeben, und jeder andere an deiner Stelle hätte ihn auch umgehend befolgt. Wenn du mit deinem Dickkopf das aber nicht willst, musst du ohne mich auskommen!«

»Keine Sorge, das werde ich.«

»Da wüsste ich doch zu gern, wie.«

»Ich besorge mir einen Wagen.«

»Wie das?«

»Ganz einfach, ich werde einen stibitzen.«

Angesichts dieser Offenheit glitt der Schwarze Kodsu dicht an Ray heran.

»Und wem wird die Ehre widerfahren, sein Eigentum an dich abtreten zu dürfen?«, erkundigte er sich. »Oder willst du gar in den Speicher des Ordens einbrechen?«

»Da lasse ich mir schon noch etwas einfallen.«

»Schreib dir aber eines hinter die Ohren: Auch ein Mako fällt mal vom Baum.«

Nach diesen gewichtigen Worten zog sich der Geist wieder ins Dunkel zurück, während Ray in seinen Gemächern alles für seinen Aufbruch vorbereitete.

Zunächst löste er das goldene Zeichen des Beschwörers von seinem Gewand und verstaute es in seinem Reisesack. Danach wickelte er die Yari in ein Tuch und zog schlichtere Kleidung an. Nun war er ein einfacher Bewohner Warras.

»Wollt Ihr uns etwa verlassen, Herr Ray?«, erklang da hinter ihm die melodische Stimme Yuis.

»Wenn jemand nach mir fragen sollte, sag doch bitte, dass ich kurzfristig wegmusste.«

»Und wenn mich dieser Jemand fragt, wohin Ihr Euch so dringend begeben musstet?«

»Dann behauptest du, dass du das nicht weißt.«

»Wenn der Herr es so befiehlt.«

Darauf immerhin durfte Ray sich verlassen: Sobald der Schwarze Kodsu in Yuis Rolle geschlüpft war, gab es keine gehorsamere Dienerin als ihn.

Ray schulterte seinen Reisesack und die Lanze. Kurz überlegte er, ob er sich mit Soburo in Verbindung setzen sollte, denn dieser hatte ihnen schließlich schon einmal geholfen. Er verwarf den Gedanken jedoch. Es war eine Sache, ihnen einen Auftrag zuzuschustern, eine andere, einen Wagen zu stehlen. Und seinen eigenen würde er Ray wohl kaum überlassen ...

Nara fiel ihm ein, die ihm damals am Tag der Geister ihren Wagen geliehen hatte. Ob die Rumunger sie gezwungen haben, an der Zerstörung des Tempels in Heno teilzunehmen und die Beschwörer zu töten? Bestimmt nicht, beruhigte sich Ray sogleich, dazu ist sie noch gar nicht lange genug bei ihnen.

Als er in den Garten hinaustrat, achtete niemand auf ihn. Raschen Schrittes hielt er auf eine kleine Pforte zu, die in die Steinmauer eingelassen war.

Während er die schattige Straße hinunterlief, dachte er darüber nach, dass gegenwärtig ausgerechnet der Schwarze Kodsu sein wichtigster Ratgeber war.

Wenn er wirklich recht hat und es ein Kinderspiel ist, die Schutzgeister im Tempel freizusetzen, grübelte Ray weiter, würde ich mit der Reise nach Aroshima bloß meine Zeit verschwenden. Andererseits habe ich meinen eigenen Kopf und tanze nicht nach seiner Pfeife.

Um ihn herum schlenderten immer mehr Menschen die Straße hinunter. Die farbenfrohen Gewänder der Frauen leuchteten wie bunte Flecken vor dem Grün zu beiden Seiten des Weges. Runde, mit Blumen und Vögeln bemalte Schirme schwebten über allen Köpfen. Die Männer, ebenfalls festtäglich gewandet, begrüßten alte Bekannte, lachende Kinder rannten in Scharen umher. Sie alle lenkten ihre Schritte zum Haupttempel inmitten der Hundertjährigen Gärten. Vor Ray wich nun freilich niemand mehr mit den Worten »Verzeiht, Herr Beschwörer!« aus, denn er war zu einem Teil der Menge geworden.

Sie ahnen nicht einmal, welche Gefahr ihnen droht, schoss es Ray durch den Kopf. Sie sorgen sich nur, rechtzeitig zum Haupttempel zu kommen, um bei der Lobpreisung der Chrysanthemen einen guten Platz zu erwischen. Deshalb habe ich vorhin zumindest in einer Sache Herrn Akeno den richtigen Rat gegeben: Diese Menschen dürfen nicht in den Krieg der Beschwörer hineingezogen werden.

Ray erreichte nun die Hundertjährigen Gärten. Die dicken, rauen Stämme der Ginkgobäume ragten hoch in den Himmel auf, den Boden bedeckte ein Teppich aus winzigen weißen Chrysanthemen. Die alten Bäume beäugten Ray mit Abertausenden von Blättern, die ihm zuzwinkerten, sich gelegentlich auch schlossen, nur um ihn dann wieder großäugig anzustarren. Diesen wachsamen Blättern entging keine einzige Bewegung. Die kleinen Geister der Chrysanthemen flüsterten miteinander und übertönten damit das Geräusch, das die Schuhe der Menschen auf den Wegen verursachten.

Ein sonderbarer, wiewohl zauberischer Ort. Ray hätte stundenlang in dieser Stille wandeln und darauf lauschen können, wie die Minuten verrannen.

Bereits während seiner Ausbildung war Ray gern in diese Gärten gekommen, um, wie er es für sich nannte, nicht zu denken. Mit dem Rücken gegen einen der warmen Baumstämme gelehnt, hatte er damals eine Leere gesucht, in der es nicht einen einzigen Gedanken gab. Um ihn herum hatten die Baumriesen geseufzt, und er war ein Teil jener Welt geworden, die gewöhnlichen Menschen nicht zugänglich war. Wie viele Beschwörer diese Bäume wohl schon aus ihrer gewaltigen Höhe gesehen hatten? Und wie viele sie noch sehen würden …?

Ray schüttelte den Kopf, als wollte er die Ruhe und Zufriedenheit vertreiben, die ihn in diesen Gärten stets erfasste, denn heute war seine ungeteilte Aufmerksamkeit vonnöten.

Mittlerweile sah er bereits das Tor des Haupttempels vor sich. Dessen ebenerdige Gebäude mit den geschwungenen Dächern säumten einen rechteckigen Platz, auf dem ein großes bronzenes Becken stand. Über diesem stieg duftender Rauch auf, denn zahllose Menschen steckten glimmende Hölzchen in den Sand und trugen dabei im Flüsterton ihre Bitten an die Geister vor. Etliche Besucher hielten auf das Hauptgebäude der Anlage zu, erklommen die drei Stufen, die zu seiner Veranda hinaufführten und warfen Münzen in ein Holzkästchen mit durchbrochenem Metalldeckel. Dies war das Opfer für den Tempel. Die Glocken buhlten mit ihrem Geläut um das Ohr des guten Geistes, der hier lebte und all die bösen Geister von diesem Ort vertrieb, sodass sich das Klimpern der Münzen in dem Holzkästchen und das gleichmäßige Tönen der Bronzeglocken zu einem einförmigen Lied vereinigten.

Ray umrundete das Gebäude, wobei er so tat, als bewunderte er die Holzschnitzereien an den Wänden. Doch obwohl diese in der Tat sehenswert waren, eilte Rays Blick über die Darstellungen von Geistern und Beschwörern der Vergangenheit hinweg zu dem kleinen Gittertürchen, das zu einem Innenhof führte. Dort befand sich das, was Ray suchte.

Der Wagen stand an seinem gewohnten Platz. Bei ihm handelte es sich um ein beeindruckendes Vehikel mit geschnitzten Seitenwänden, einer Reihe kleiner Pfeiler, die ein schweres Dach trugen, breiten Rädern, bunten Bändern, Amuletten und kleinen Glöckchen.

Der Wagen wurde ausschließlich zu zeremoniellen Zwecken genutzt und verließ das Tempelgelände niemals. Ray maß ihn mit einem zweifelnden Blick. Doch wo sollte er einen anderen hernehmen?

Er wickelte die Yari aus, setzte über das niedrige Gitter, eilte zum Wagen und legte seine Hand darauf. Nichts geschah. Das konnte doch nicht wahr sein! Gingen die Tempeldiener etwa davon aus, dass jemand diese prachtvolle Konstruktion stahl?

Ray schlug nun gegen die Seitenwand. Endlich! Das schwere Dach schob sich zurück, eine Tür in der Seitenwand gab den Weg in das mit purpurner Seide ausgeschlagene Innere frei.

»Nicht übel«, murmelte Ray und stieg ein.

Der Sitz erwies sich als ausgesprochen bequem, auch die Sicht war hervorragend. Damit konnte die Reise in dieser klobigen Chaise losgehen.

»Vorwärts!«, befahl Ray.

Behäbig drehte der Wagen sich um die eigene Achse und schaukelte gleich einem Schiff auf das Gittertor zu.

»Halt!«, rief da ein aufgeregter Beschwörer. »Was tust du da?!«

Ray sah sich um. Ein hochgewachsener Mann in weißem Gewand. Warum musste der ausgerechnet jetzt auftauchen?

»Schneller!«, befahl Ray dem Wagen, der daraufhin tatsächlich beschleunigte.

»Was tust du da?«, rief der Beschwörer. »Der Wagen gehört dem Tempel!«

Gleichwohl bohrte sich dieser gerade in das ebenso tempeleigene Gitter, riss es mühelos nieder und setzte seinen Weg ungehindert fort. Hinter Ray erblühte daraufhin eine lodernde Luftblume, gleichzeitig barst der Boden, und zwei Pfoten schoben sich heraus, um nach den Rädern des Wagens zu greifen. In seiner Verblüffung hatte der Angehörige des Ordens versehentlich einen Kuatsu herbeizitiert, der ihm in dieser Sache jedoch keine Hilfe sein würde. Ray langte schlicht und ergreifend nach der Yari und schlug mit ihr auf die bekrallte Pfote des Geistes ein. Nicht stark, aber doch schmerzhaft. Der Kuatsu gab den Wagen sofort frei, knurrte mürrisch und kroch in seinen Bau zurück.

Unter dem Gebimmel all seiner Amulette und Glöckchen schoss der Wagen davon.

Dem Beschwörer vor dem Haupttempel war inzwischen allerdings ein zweiter zu Hilfe gekommen. Gemeinsam wirkten sie einen Zauber, der den Wagen zum Beben brachte. Anschließend raste er weiter wie ein Stier, der ein rotes Tuch sah. Er streifte das Tempelgebäude und erreichte Staub aufwirbelnd den kleinen Platz. Sämtliche Besucher der Anlage stoben entsetzt auseinander. Der Wagen rammte den einen Flügel des Tors, das zu schließen den Tempeldienern nicht mehr gelungen war, und raste in die Hundertjährigen Gärten hinein, wobei er etliche kleine Geister aufscheuchte.

Und noch immer nahm der Wagen Fahrt auf … Der Gegenzauber war lang, und ein besonders dicker Ginkgo kam rasch näher. Ray hätte sich das Gefährt vermutlich mit ein paar Stößen der Yari gefügig machen können, wollte den durchgehenden Wagen aber lieber nicht auf diese grobe Weise, sondern mit einem Unterwerfungszauber bändigen.

Mittlerweile machte Ray alle Unebenheiten in der Rinde des Ginkgo sowie eine Kette von Ameisen aus, die eifrig über den Stamm trippelte. In Vorwegnahme des Zusammenstoßes presste er die Zähne aufeinander und vollendete verzweifelt den noch fehlenden Teil des Zaubers.

Der Wagen stolperte zwar noch gegen den Baumstamm, der wuchtige Aufprall blieb aber aus. Von oben rieselte feiner Holzstaub auf das Vehikel.

Ray atmete tief durch, riss einige Amulette ab, die vor seiner Nase baumelten, und sackte gegen die Lehne.

»Yarudo!«, rief er.

»Das nenne ich mal einen Karren!«, stieß der Geist begeistert aus, der sofort aufgetaucht war. »Und wie der beschleunigt!«

»Bring die Beschwörer bitte von meiner Spur ab!«

»Das wird kaum möglich sein«, entgegnete der Yarudo mit einem Blick auf die zermatschten Chrysanthemen. »Dazu bist du hier zu gewaltig durchgepflügt!«

»Trotzdem kriegst du das doch hin!«

»Warum musstest du auch unbedingt tagsüber hierherkommen?!«, tönte der Yarudo. »Nachts hätte dich mit Sicherheit niemand erwischt.«

Ray war nicht in der Stimmung, ihm auseinanderzusetzen, dass der Tempel über Nacht abgeschlossen und der Wagen in einen Speicher gebracht wurde, in den man nicht ohne Weiteres eindrang.

»Außerdem kann ich mir kaum vorstellen, dass sie nach dieser Fahrt noch Wert auf ihren Wagen legen. Bestimmt ...«

»Verwisch einfach meine Spur, ja?«

»Na gut«, lenkte der Yarudo ein und eilte zum Tempel zurück.

Ray stieg aus dem Wagen, nahm sämtliche Bänder, Amulette und Glöckchen ab und versuchte danach, einige besonders auffällige Schnitzereien an den Seitenwänden mit der Yari abzuhacken.

»Das wäre erledigt«, erklärte der Yarudo da auch schon in seinem Rücken. Der Geist stützte die Hände auf die Oberschenkel und rang nach Atem, fast als wäre er wirklich ein kleiner

Junge, der den ganzen Weg vom Tempel zum Wagen gerannt war. »Jetzt können sie sich dusslig suchen, sie werden dich nicht finden.«

»Danke«, sagte Ray, der gerade die letzte hölzerne Schnecke abschlug.

»Was tust du da eigentlich?«, fragte der Yarudo und betrachtete den Zierrat auf dem Boden. »Brauchst du das nicht mehr? Darf ich mir was davon aussuchen?«

»Von mir aus kannst du sogar alles haben.«

Sofort stopfte sich der Yarudo diese Schätze in die Taschen. Manchmal könnte selbst ich ihn mit einem echten Jungen verwechseln, schoss es Ray einmal mehr durch den Kopf. Aber bevor er eingemauert worden ist, war er ja auch einer ...

»Willst du wirklich nach Aroshima?«, fragte ihn der Yarudo, nachdem er sich eine Kette mit Amuletten um den Hals gehängt hatte. »Wenn, dann begleite ich dich. Wo dieser Blödian gerade mal nicht da ist.«

Vor dem Blödian, also dem Schwarzen Kodsu, hatte der Yarudo eine geradezu panische Angst. Ray wusste nur zu gut, warum. Da der Schwarze Kodsu der Stärkere von beiden war, musste der Yarudo laut den ungeschriebenen Gesetzen ihrer Geisterhierarchie nach seiner Pfeife tanzen. Tat er das nicht, drohte ihm der Tod.

»Keine Sorge, den Schwarzen Kodsu sind wir für ein Weilchen los.«

»Wunderbar«, rief der Yarudo aus und kletterte unter dem Geklimper seiner Amulette in den Wagen.

Ray gönnte dem Wagen weder Rast noch Ruhe und holte das Letzte aus ihm heraus. Dem Yarudo passte diese Hetzjagd überhaupt nicht, weshalb er ständig schmollte und verlangte, sie sollten sich doch wenigstens ein paar Sehenswürdigkeiten anschauen.

Ray verstand ihn. In seinem kurzen Leben als Mensch war er über die Grenzen seines Dorfes nicht hinausgekommen, er war gestorben, wo er geboren worden war. Doch Ray lief die Zeit davon, deshalb durfte er dem Yarudo seinen Wunsch nicht erfüllen.

Mittlerweile hatten sie die Provinz Takati erreicht. Der Yarudo maulte nun noch lauter, weil er sich unbedingt am Anblick all der Seen und grünen Hügeln ergötzen wollte. Ray hatte einmal gehört, dass am Ufer eines dieser Seen sogar ein Purpurnes Tor stünde, das sich in seinem Wasser spiegelte. In der Vergangenheit hatten Beschwörer und auch gewöhnliche Menschen bloß durch dieses Tor zu treten brauchen, um in die Welt der Geister zu gelangen. Inzwischen war die in ihm gespeicherte Magie jedoch erloschen, weshalb das Tor nur noch eine Erinnerung an diesen Weg darstellte.

»Beim nächsten Mal sehen wir uns das Tor ganz bestimmt an«, versprach Ray dem Yarudo ebenso wie sich selbst, auch wenn er nicht wusste, ob er dieses nächste Mal überhaupt erleben würde.

»Das glaubst du doch selbst nicht«, grummelte der Yarudo.

»Dann sieh sie dir doch ohne mich an!«

»O nein«, stieß der Yarudo aus.

Ray wusste nur zu gut, was hinter dieser Weigerung steckte: Der Geist hatte Angst vor der Einsamkeit. Davon hatte er mehr als genug abbekommen, als er zahllose Tage in seinem ausgebrannten Dorf hatte zubringen müssen.

»Ich habe auch noch keines der Heiligen Tore gesehen«, berichtete Ray und lenkte den Wagen auf einen schmalen Waldpfad. »Aber Grizzly hat mir erzählt ... Er ist aus Rossa musst du wissen ... Jedenfalls behauptet er, eines der größten Tore in ganz Akane stünde in seiner Heimat, allerdings so weit im Meer, dass es nur dann in seiner ganzen Größe zu erkennen ist, wenn sich das Wasser für ein paar Minuten zurückzieht. Wenn du es in dieser knapp bemessenen Zeit schaffst, zu ihm zu gelangen und eine Münze darüber zu werfen, bringen dir die Geister ein ganzes Jahr lang Glück. Und wenn Wasser das Tor umspült, ist das ein sagenhafter Anblick, weil sich dann ein purpurner Bogen gegen den Himmel abzeichnet, während sich ein zweiter im Meer spiegelt.«

»Zu schade, dass sich dein Kodai nicht in dieser Provinz niedergelassen hat«, bemerkte der Yarudo mit echtem Bedauern. »Warum musste er sich ausgerechnet in Aroshima verkrauchen? Überhaupt hätte er sich als geheimnisvoller und mächtiger Beschwörer doch noch eine viel entlegenere Provinz aussuchen können. Zum Beispiel Suro oder Ando!«

»Das musst du ihn schon selbst fragen.«

»Was, wenn er nicht mit uns sprechen will?«

Das war in der Tat ein berechtigter Einwand.

Am frühen Morgen des dritten Tages erreichten sie Aroshima, eine Provinz, die eingekeilt zwischen Takati und Relassa lag. Beide Nachbarn hatten sich um das Gebiet geschlagen, bis der Urgroßvater von Kaiserin Suiko ein Machtwort gesprochen und das umstrittene Gebiet an sich gerissen hatte. Formell gehörte Aroshima also zur Provinz Rayun.

Ein breiter Fluss zog sich träge zwischen flacheren Bergen dahin. Fährleute setzten die Menschen in langen, schmalen Booten über das tiefe grüne Wasser. Ray hielt den Wagen im Wald an, entfaltete die Karte, die er von Herrn Akeno mitgenommen hatte, und versuchte, trotz des Geklimpers der Amulette, die dem Yarudo um den Hals baumelten, in Ruhe über sein weiteres Vorgehen nachzudenken.

»Puh!«, stieß der Yarudo aus. »Hier gibt es aber viele Tempel!«

»Zehn, um genau zu sein. Den Goldenen und den Silbernen, den Tempel der Tausend Schilfmatten, den der Weißen Wolke, der Acht Hügel, den Osttempel – er hat übrigens den höchsten Turm in ganz Akane ...«

»Glaubst du etwa«, fiel ihm der Yarudo rüde ins Wort, »dieser merkwürdige Beschwörer, der klammheimlich Geister in Menschen pflanzt, würde sich in einem dieser Tempel verstecken?«

»Stell dir vor, das glaube ich nicht.«

»Wo willst du ihn dann suchen?«

»Ich werde jemanden nach ihm fragen.«

»Und wen?«

»Das wirst du schon sehen.«

Ray faltete die Karte wieder zusammen und befahl dem Wagen, langsam weiterzufahren. Auf den Yarudo, der eine neugierige Frage nach der nächsten stellte, achtete er dabei nicht.

Über einen unscheinbaren Pfad krochen sie den Berg hinauf. Nach einer Weile hielt Ray erneut an und stieg aus.

»Du bleibst hier und passt auf den Wagen auf«, befahl er dem Yarudo. »Schließlich müssen wir mit ihm noch zurück.«

»Nein, ich begleite dich. Den Wagen klaut uns schon niemand, denn ich sorge dafür, dass alle einen großen Bogen um ihn machen.«

Da ein Streit ohnehin sinnlos gewesen wäre, nickte Ray nur und stapfte den Pfad weiter hinauf.

Der Bambus zeigte hier Stämme vom Umfang eines korpulenten Menschen und ragte weit in die Höhe hinauf. Die glatten, silbrig grünen Säulen sahen alle gleich aus. Um sie herum wuchsen keine Sträucher und kein Gras, lediglich eine Schicht grauer, fast vermoderter Blätter bedeckte den Boden.

Dergleichen hatte Ray nie zuvor gesehen, ebenso wie er noch nie so viele Zwischentöne der Stille wahrgenommen hatte: Zufriedenheit wechselte sich mit der Freude eines warmen Sonnenmorgens ab, die wiederum wortloser Verwunderung über das Auftauchen eines Menschen wich, der nicht über die breiten Straßen zog, sondern sich durch die gigantischen Bambusgebilde schlug.

Am liebsten hätte Ray gegen einen dieser Bambusriesen geklopft, doch er ahnte, dass er diese Gebilde nicht einmal berühren durfte.

»Wohin gehen wir eigentlich?«, hauchte der Yarudo.

Ray antwortete ihm nicht, sondern hob nur die Hand, um dem Geist Schweigen zu gebieten. Obwohl der Yarudo ansetzte, ihm zu widersprechen, brachte er dann kein Wort heraus: Hinter einem Bambusstamm huschte eine grau-grüne Gestalt vorbei. Kurz darauf zeigte sich eine zweite, die sich ebenfalls gleich wieder versteckte.

Die Geister des Bambuswaldes beobachteten sie.

»Willst du etwa die fragen?«, flüsterte der Yarudo.

»Ja.«

»In dem Fall warte ich doch lieber beim Wagen«, verkündete der Yarudo, als unmittelbar neben ihm ein fast baumgroßer Schatten entlangglitt.

»Du brauchst keine Angst zu haben«, sagte Ray. »Sie fügen nur denjenigen Schaden zu, die mit Lärm die heilige Ruhe ihres Waldes stören.«

Daraufhin riss sich der Yarudo sofort die Kette mit den Amuletten vom Hals und stopfte sie in seine Tasche. Nach einigen weiteren Schritten blieb Ray stehen. Die Stille verströmte nun eine fast bedrohliche Anspannung. Es verstrichen einige lange Minuten, dann bewegten sich erneut grüne Schatten zwischen den Bambusbäumen. Die Bambusgeister ähnelten den Pflanzen, die sie beschützten. Lange Körper, deren Ende nicht auszumachen war. Falls sie einen Kopf hatten, würde Ray ihn niemals zu Gesicht bekommen.

»Ich bitte um Vergebung, dass ich eure Ruhe gestört habe«, wandte sich Ray mit leiser Stimme an sie. »Aber ihr seid die Einzigen, an die ich mich in diesem Fall wenden kann.«

Die Unzufriedenheit wich der Neugier.

»Ich suche einen Beschwörer, der als Kodai bekannt ist. Der Alte. Wisst ihr, von wem ich spreche?«

Die Geister schwiegen. Obgleich sie nicht sprechen konnten, vermochten sie ihre Gedanken klar zum Ausdruck zu bringen. Die Stille um Ray lud sich mit Beredsamkeit auf. Diese Geister wussten etwas über Kodai.

»Könnt ihr mir sagen, wo ich den Mann finde?«

Eine leichte Erregung durchwogte den lautlosen Wald.

»Verstehst du, was sie sagen?«, flüsterte der Yarudo.

»Ja«, antwortete Ray nahezu lautlos, ehe er sich wieder an die mächtigen Geister wandte. »Wo lebt er?«

Der Yarudo erstarrte förmlich vor Aufregung. Es folgten einige Augenblicke bebender Stille, die dann in Entrüstung aufgingen, ehe sich ein Befehl und daraufhin Verzweiflung, Unwille und Missbilligung breitmachten. All dies wich schließlich einem mürrischen Einverständnis, worauf einer der Bambusgeister langsam vorwärtsglitt.

Ray eilte ihm hinterher.

»Warum helfen sie dir?«, staunte der Yarudo.

»Mit ein bisschen Freundlichkeit erreichst du bei Geistern einfach alles.«

»Bei Menschen aber auch.«

Völlig überraschend stießen sie auf einen weiteren Pfad, der sich nun durch den Wald schlängelte. Der Bambusgeist blieb kurz stehen, dann verschwand er. Offenbar sollten Ray und der Yarudo diesem Pfad folgen.

»Wie bist du darauf gekommen, dass Kodai hier lebt?«, wollte der Yarudo wissen.

»Dieser Wald ist der älteste in der ganzen Provinz. Er ist sogar älter als alle Tempel. Wo sollte ein Beschwörer mit dem Namen *der Alte* sonst leben?«

Sie liefen einen flachen Hang hinunter. Eine frische Brise ging. Vor sich erblickten sie nun einen See. Auf einer winzigen Insel in seiner Mitte erhob sich ein kleiner Tempel.

»Ein schöner Tempel«, bemerkte der Yarudo so zufrieden, als hätte ihm Ray gerade angeboten, sich hier niederzulassen. »Gefällt mir. Wie heißt er?«

»Das kann ich dir leider nicht sagen. Auf der Karte ist er nicht eingezeichnet. Ich könnte mir vorstellen, dass überhaupt niemand etwas von ihm weiß.«

»Warum habe ich eigentlich keinen eigenen Tempel?«, nörgelte der Yarudo, der voller Neid zu der Anlage hinüberblickte. »Ein ganz kleiner würde mir ja schon genügen. Oder wenigstens ein Altar. Und warum kommt niemand auf die Idee, mich um etwas zu bitten?«

Ray wollte ihm schon antworten, dass man nur gute Geister auf diese Weise verehrte und er ja mit Sicherheit nicht zu diesen zählte, denn schließlich hatte er einsame Wanderer in sein verlassenes Dorf gelockt und zu Tode erschreckt, doch der Yarudo war so niedergeschlagen, dass Ray es nicht übers Herz brachte, ihm diese Wahrheit unter die Nase zu reiben.

»Aber ich bitte dich doch ständig um etwas,« entgegnete er stattdessen.

»Du zählst nicht! Du bist ein Beschwörer, da musst du das machen!«

Der Yarudo schnaufte unzufrieden, stellte aber keine weiteren Fragen.

Sie hatten den See nun fast erreicht. Der Tempel wirkte indes, als wäre er vor langer Zeit aufgegeben worden. Die Tür war völlig verzogen, das Geländer der Treppe und die Brüstung der Veranda teils eingekracht, und eine der Säulen, die das Dach trug, verfault. Das Dach selbst ertrank fast in Blättern, obendrein hatten es sogar einige Sträucher erobert.

»Scheint niemand da zu sein«, murmelte der Yarudo. »Offenbar hat dein Alter den Tempel schon vor langer Zeit verlassen.«

Wahrscheinlich bist du deswegen so begeistert von dem Tempel, schoss es Ray durch den Kopf. Dich versetzt doch nur ein verlassenes Haus in Verzückung …

»Dieser Bambusgeist hat dich bestimmt mit Absicht an einen falschen Ort geführt. Oder der Alte ist längst tot und selbst zum Yarudo geworden.«

»Ein derart starker Beschwörer würde niemals zu einem Yarudo werden.«

Ray trat ans Seeufer. Die grüne Wand aus endlos hohen Bambusstämmen spiegelte sich ebenso im Wasser wie der Tempel – der nun aber mit einem glänzend purpurnen Dach und golden schimmernden Holzwänden aufwartete. Eine schmale Brücke führte zu der Insel, deren Brüstung mit Glocken geschmückt war, die sanft im Wind schaukelten. Ihr zartes Geläut schwebte durch die erwartungsvolle Stille des Waldes. War das eine Sinnestäuschung, oder gaukelte ihm seine überreizte Vorstellungskraft dieses Bild vor? Ray sah erneut zum Tempel hinüber. Dieser lag völlig unverändert da. Als er jedoch abermals zu dem Spiegelbild auf dem Wasser schaute, ging gerade eine Tür auf, und eine helle Gestalt zeichnete sich gegen den dunklen Hintergrund ab. Sofort schnellte Rays Blick zum Tempel. Dort hatte sich selbstverständlich keine Tür geöffnet. Benommen betrachtete er wieder das Wasser: Über die Brücke kam ihnen ein Mann in Leinenhosen und einer weiten Jacke entgegen, die über der Brust ein wenig aufklaffte. Auf den ersten Blick ein einfacher Bauer …

Sein Gesicht vermochte Ray nicht zu erkennen, aber die hellgelben Haare mit dem merkwürdigen grünlichen Schimmer zeichneten sich klar auf der Wasseroberfläche ab. Der Mann blieb stehen. Sein Blick suchte den Rays. Dieser meinte, der Mann hätte ihm eine Handvoll Kohlen ins Gesicht geschleudert.

Dann überschlug sich alles um ihn herum, drehte sich einmal, noch einmal … Der Yarudo schrie aus voller Kehle, vor Rays Augen huschte grüner Wald vorbei, eine goldene Holzwand … In seiner Verzweiflung tastete er nach der Yari. Sobald er den weißen Schaft aus dem Holz des Oribaums berührte, kam der Bilderwirbel zum Stillstand. Der Yarudo klammerte sich an ihn und wirkte völlig benommen. Nur wenige Schritte vor ihnen stand der Mann und sah Ray ruhig an.

Endlich vermochte Ray sein Gesicht zu erkennen. Die weit auseinanderliegenden grauen Augen in dem braun gebrannten Gesicht erinnerten an klares Wasser. Mit der etwas kurzen Nase, den hohen Wangenknochen und dem spitzen Kinn musste der Mann aus Sinora stammen, der Provinz, aus der auch Ray selbst kam. Er hätte nicht zu sagen gewusst, was ihn stärker beeindruckte, das Schauspiel eben oder die Tatsache, dass er einen Landsmann vor sich hatte.

»Wollen wir uns eigentlich noch lange in dieser Weise anstarren?«, fragte der Mann mit tiefer, ein wenig heiserer Stimme, die widerhallte, als würde sie von einer unsichtbaren Wand zurückgeworfen.

Ray blinzelte und fasste die Yari fester, aber um ihn herum änderte sich diesmal nichts.

»Wie hast du mich gefunden?«

»Ein Bambusgeist hat mir den Weg gezeigt.«

»Dieser Verräter!«, spie der Mann aus. »Es war ausgemacht, dass mich niemand hier findet.«

»Ihr schließt mit Geistern einen Handel?«

»Du doch wohl auch, oder?« Er nickte zu dem Yarudo hinüber, der mit finsterer Miene hinter Rays Rücken hervorlugte.

»Seid Ihr derjenige, den man Kodai nennt? Den Alten ...«

Schweigend maß der Beschwörer Ray mit seinem lodernden Blick, wandte sich dann irgendwann um und zeigte auf seinen Tempel.

»Wo du nun schon einmal hier bist«, sagte er, »sollten wir uns in Ruhe unterhalten. Komm mit!«

Er überließ Ray den Vortritt. Nach wenigen Schritten sprang der Yarudo von hinten an diesen heran und packte ihn am Arm.

»Halt!«, schrie er.

Ray blieb sofort stehen. Der Yarudo ging in die Knie, streckte die Hand aus und fuhr über die Bohlen. Plötzlich versank seine Hand im Holz: Die Brücke wies ein gewaltiges Loch auf, das durch einen Zauber oder eine weitere Gaukelei getarnt worden war. Ray hatte sich täuschen lassen, der Yarudo nicht.

Ray drehte sich zu dem Mann um.

»Vielleicht solltet Ihr besser vorangehen?«, schlug er vor.

Der Mann grinste. Offenbar hatte Ray gerade eine Prüfung bestanden. Der Yarudo presste sich gegen das Brückengeländer, damit ihr Gastgeber vorbeikam, und fasste erneut nach Rays Hand.

»Weshalb hat er das getan?« Der Yarudo schickte dem Mann einen feindlichen Blick nach. »Wir hätten doch in das Loch fallen können ...«

»Das war eine Prüfung. Er wollte sehen, ob du mir hilfst oder nur ein Schwatzkopf bist.«

»Und wenn der Schwarze Kodsu dich begleitet hätte?«, fragte der Yarudo zornig. »Hätte dieser Beschwörer dann dafür gesorgt, dass ein paar Manmos angreifen? Wenn du mich fragst, hat der den Verstand verloren!«

Sie brachten das bisherige Loch unbeschadet hinter sich. Auf der Insel herrschte von Ruhe gesättigte Stille. Libellen schossen durch die Luft, auf dem Dachfirst saß ein Spatz, der die Besucher mit seinen schwarzen Augen aufmerksam beobachtete.

Der Mann ließ sich gleich auf der Veranda auf einer Schilfmatte nieder und bedeutete Ray, er möge ihm gegenüber Platz nehmen. Der Yarudo kehrte auf die Brücke zurück, erklomm das Geländer und tat so, als würde er den Anblick des Ufers genießen, behielt den Mann aber insgeheim im Auge. Offenbar rechnete er noch mit weiteren bösen Überraschungen von dessen Seite.

»Ich an deiner Stelle würde mich nicht ständig auf die Geister verlassen«, eröffnete der Mann das Gespräch, während Ray die Yari neben sich legte.

»Das tu ich auch nicht.«

»O doch. Du vertraust darauf, dass dich der Yarudo von einem Loch wegschubst, dir den Baum zeigt, aus dessen Holz du dir den Schaft deiner Yari schnitzen kannst, oder auch dass eine schöne Landsirene dich vor Gefahr warnt und dir deine Freizeit versüßt. Dadurch lässt deine Wachsamkeit nach. Mit der Zeit versiegt sogar dein Gespür als Beschwörer.«

Er verstummte, weil die Tür zum Tempel fast lautlos aufgeschoben wurde und eine junge Frau im grünen Gewand auf die Veranda hinaustrat. Ihre langen, silbern schimmernden Haare wogten als endloser Schweif hinter ihr her.

Die Landsirene, auch Sayna genannt, trat an die beiden heran, lächelte Ray zu und schob mit einer sorgsamen Bewegung ihres nackten Fußes die Yari beiseite, um ein Tablett mit einer Teekanne und Trinkschalen an dem freigewordenen Platz abzustellen. Dann richtete sie sich wieder auf, drehte sich graziös um und schwebte zurück ins Haus. Ihr Haar krabbelte ihr nach, als wäre es lebendig.

»Ich sollte mich also nicht auf die Hilfe der Geister verlassen«, sagte Ray nach einer Weile, »aber Euer Gespür als Beschwörer leidet durch die Gesellschaft einer Sayna selbstverständlich nicht …«

Der Mann brach in schallendes Gelächter aus. In seinen durchscheinenden Augen tanzten grelle Funken.

»Im Unterschied zu dir schaukle ich ja nicht in Begleitung eines obdachlosen Yarudos mit einem gestohlenen Wagen durch die Welt, geschweige denn, dass in meinem Nacken der Schwarze Kodsu lauert.«

Das ist bisher der einzige Beschwörer, hielt Ray sofort für sich fest, der den Schwarzen Kodsu spürt.

»Woher wisst Ihr das mit dem Wagen?«

»Das haben mir die Bambusgeister erzählt.«

»Auch, dass er gestohlen ist?«

»In der Regel bleiben Zeremonialwagen auf dem Tempelgelände«, antwortete er lächelnd. »Zumindest zu meiner Zeit war das so.«

»Habt Ihr in Herrn Akeno, also in den Statthalter von Yugora, einen Schutzgeist in Gestalt eines Drachen eingepflanzt?«, stellte Ray da endlich die Frage, die ihm schon so lange unter den Nägeln brannte.

»Ich habe den Drachen in einen Jungen eingepflanzt, der kein Statthalter war.«

Dann ist er Kodai, der, obwohl er höchstens wie fünfunddreißig wirkt, damals aber schon ein starker und erfahrener Beschwörer gewesen sein muss.

»Wie heißt du eigentlich?«

»Ray.«

»Es freut mich sehr, dich kennenzulernen, Ray«, bemerkte Kodai vergnügt. »Und was willst du von mir?«

»Ich war in Agosima ...«

Zum wiederholten Mal schilderte Ray seine Erlebnisse in der fernen Provinz, berichtete von den Rumungern, erwähnte Sayunaros Warnung vor ihnen, schilderte die Haltung der Angehörigen des Ordens, die angesichts der Gefahr die Hände in den Schoß legten ...

Der lange Bericht wurde nur vom Läuten der Glocken untermalt, von leichten, kaum wahrnehmbaren Schritten im Haus und dem lauten Herumgehopse des Yarudos auf der Brücke.

Irgendwann kam Ray zum Schluss. Kodai sagte nach wie vor kein Wort, sondern rieb sich nur nachdenklich die Stirn, über die eine feine Narbe verlief.

»Dein Freund muss nicht unbedingt zum Shiisan geworden

sein«, brachte er schließlich heraus. »Er kann lange als Wesen, das halb Mensch, halb Geist ist, weiterbestehen. Vielleicht sollte er sich in einen abgelegenen Tempel zurückziehen, einen wie diesen hier beispielsweise. In ihm könnte er ein ruhiges Leben führen. Der Orden fürchtet freilich alles, was er mit seinem schmalen Verstand nicht begreift. Deshalb tötet er das Huhn, bevor es ein Ei legt, aus dem am Ende womöglich ein Gayuur schlüpft.« Er rang sich ein Lächeln ab und blickte zerstreut zu dem Yarudo hinüber, der sich nun mit Schweinebaumeln am Brückengeländer vergnügte. »Die Beschwörer würden deinen Freund also vermutlich umbringen, wenn sie ihn finden. Die Rumunger dagegen werden ihn zum Morden zwingen, damit er seinen menschlichen Kern schnell einbüßt. Falls das nicht schon längst geschehen ist …«

Ray nickte. Das waren genau die Ängste, die auch er hegte.

Doch nun saß er Kodai gegenüber – und dieser Beschwörer nahm seine Geschichte ernst. Ob das daran lag, dass er einsam in einem Tempel am See lebte, bewacht von Bambusgeistern, und eine Sayna ihm den Haushalt führte? Oder ob …

Ray besah sich seinen Gegenüber noch einmal genauer.

»Welcher Geist hat sich in Euch eingenistet?«, fragte er dann.

»Ein Ohnlitz.«

»Das kann nicht sein!«, brauste Ray auf. »Das ist unmöglich! Ich habe einmal einen Ohnlitz in einen Wagen gepflanzt und auch in diese Yari hier. Das Ergebnis davon war, dass der Holzschaft meiner Lanze in Späne aufging und der Geist ausbrach und mich verschlingen wollte. Wenn Sayunaro nicht gewesen wäre …«

Kodai lächelte zufrieden. Rays Ungläubigkeit schmeichelte ihm.

»Wieso hat er Euch nicht längst in Stücke gerissen? Und warum habt Ihr ihn nicht wieder vertrieben?«

»Warum hätte ich das tun sollen? Ich kann ihn recht gut lenken. Und ich verdanke ihm viel. Was glaubst du, woher mein langes Leben, meine Kraft oder die Möglichkeit, das Wasser zu beherrschen, rühren? Seinetwegen kann ich Schutzgeister in

Menschen einpflanzen, Geschöpfe der jenseitigen Welt vertreiben, die sonst nicht zu vertreiben sind ...«

All das wusste Ray. Aber ihn hätte es schon beinahe das Leben gekostet, sich auf einen Ohnlitz in der Yari einzulassen. Wie schaffte Kodai es da, mit diesem Geist im eigenen Körper am Leben zu bleiben?

»Wer hat diesen Geist in Euch eingepflanzt?«

»Spielt das wirklich eine Rolle?«, erwiderte Kodai. »Was, wenn ich es selbst getan habe?«

Im Grunde hatte Kodai recht. Das war nicht die Frage, die Ray nach Aroshima gebracht hatte. Außerdem hatte er die Antwort darauf längst: In diesem Tempel zielte alles auf Ruhe und innere Einkehr. Die Glöckchen bimmelten zart in der Ferne, die Sonnenstrahlen hüpften vom See hinauf zum Tempel, der Wald schützte diesen mit einer unüberwindlichen Mauer. Einen günstigeren Ort, um sich von der Welt und sich selbst zurückzuziehen, gab es nicht.

»Ich wollte nichts mit den Beschwörern vom Orden zu tun haben«, gestand Kodai, während sein Blick auf dem See verweilte, dessen Oberfläche gerade von einer Brise gekräuselt wurde. »Mir scheint ihre Arbeitsweise grob, sie halten die meine für unausgegoren. Warum sollten wir uns also gegenseitig das Leben schwer machen? Wer meine Hilfe braucht, findet mich hier. Du bist der beste Beweis dafür. Da wir gerade vom Orden sprechen ...« Er sah nun Ray an, und in seinen Augen tanzten vergnügte Funken. »Da du weißt, dass ich einen Schutzgeist in einen Menschen zu pflanzen vermag, nehme ich an, du würdest jetzt noch gern von mir erfahren, ob diese auch aus dem Turm zu vertreiben sind.«

»Und obendrein, was Ihr von diesem Plan haltet. Der Gedanke, dass mein einziger Ratgeber bisher der Schwarze Kodsu gewesen ist, schmeckt mir nämlich nicht.«

Als Kodai nun erneut in schallendes Gelächter ausbrach, meinte Ray, kurz den Ohnlitz zu erspähen, denn um Kodais Augen lagen plötzlich purpurne Schatten, während die Lippen zu einer feinen Linie verschmolzen waren. Halt!, rief Ray sich sofort innerlich zur Ordnung. Hier spielen mir doch bloß wieder meine Vorstellungskraft und das Licht einen Streich.

»Welch langer Weg für einen einzigen Rat«, erwiderte Kodai ein wenig spöttisch. »Aber so leid es mir tut, der Schwarze Kodsu hat recht. Die Schutzgeister im Turm haben einen erheblichen Teil ihrer Kraft eingebüßt, sodass die Angehörigen des Ordens tatsächlich hinter einem höchst fragilen Schild Zuflucht suchen würden. Der Turm wird weder sie noch die Menschen Warras retten.«

»Dann haltet auch Ihr es für einen klugen Schritt, die Schutzgeister freizulassen?«

»Ja. Du fällst damit nur einen morschen Baum, bevor er von selbst einkracht und andere unter sich begräbt.«

»Aber selbst wenn die Kraft der Schutzgeister nachgelassen hat, dürften sie noch deutlich stärker sein als ich.«

Kodai sah ihn einen ausgedehnten Moment lang an.

Aus dem Haus waren leise Schritte, das Rascheln von Seide und eine zarte Melodie zu hören. Offenbar ging die Sayna ihrer liebsten Beschäftigung nach und flocht, begleitet von ihrem eigenen Lied, etwas aus ihrem magischen Haar. Ray sah sich um und entdeckte hinter sich an der Brüstung der Veranda ihrer Hände Werk: In einem versponnenen Silberrahmen hing dort ein Spiegel. Dieses kleine Dingelchen war von unschätzbarem Wert, denn die Haare einer Sayna besaßen mächtige Abwehrkräfte und Heilfähigkeiten, obendrein vermochten sie einem Menschen sogar seine Jugend zurückzugeben.

Wie Kodai wohl die Gunst der Sayna gewonnen hatte? Diese erste Frage zog eine ganze Kette weiterer nach sich: Hatte Kodai auch einst eine Prüfung ablegen müssen? Besaß er ein Zertifikat? Gab es andere Beschwörer, die einen Handel mit dem Schwarzen Kodsu geschlossen hatten, und wenn ja, wie war die Geschichte ausgegangen? Wie schätzte er diese Rumunger ein? Und …

»Einverstanden«, sagte Kodai und riss Ray aus seinen Gedanken. »Ich bringe dir bei, wie du die Schutzgeister im Turm freisetzt.«

Was dann folgte, unterschied sich grundlegend von Rays bisheriger Ausbildung. Meister Hyeon hatte ihnen einen Zauber erklärt und diesen notfalls einen ganzen Tag lang wiederholt, bis auch der schlechteste von ihnen die Worte und Zeichen auswendig gelernt hatte. Danach hatten sie einen Geist herbeizitieren müssen, um ihn sich gefügig zu machen. Kodai dagegen überhäufte Ray mit allem, was er zu diesem Bereich wusste, ohne sich auch nur einmal zu fragen, ob er Ray überforderte. Einige Teile besonders aufwendiger Zauber ritzte Ray zur Erinnerung in den Schaft der Yari, die anderen versuchte er sich einzuprägen, doch nach drei Stunden musste er sich eingestehen, dass sein Kopf von Zeichen und Wortreihen barst und sicher gleich zu qualmen anfangen würde. Aber selbstverständlich machte er seinem neuen Lehrer deswegen keinen Vorwurf: Die Zeit lief ihnen wirklich davon ...

Irgendwann stand die Sonne hoch oben am Himmel und überzog die kleine Insel mit mittäglicher Hitze. Der See verwandelte sich in einen funkelnden Spiegel. Alles warf nur noch Schatten, die wirkten, als wären sie mit einem Messer gekappt worden. Der Geruch von Algen schwängerte die Luft.

»Ich hoffe, dass du die Grundlagen begriffen hast«, hielt Kodai fest. »Kommen wir jetzt zur Anwendung all dieser Zauber. Möchtest du sie vielleicht an deinem Yarudo erproben?«

Ray blickte zu dem Geist auf der Brücke hinüber, der nichts Böses ahnte.

»Lieber nicht«, entschied er. »Versuchen wir es ohne ein Geschöpf aus der jenseitigen Welt.«

»Wie du willst.«

Der Yarudo zog sich trotzdem prompt ans Festland zurück, sobald die beiden sich an die Anwendung der Zauber machten. Selbst die Sayna blickte mit finsterer Miene kurz zur Tür hinaus, als Ray einen besonders anspruchsvollen Zauber wirkte, verschwand dann aber sofort wieder im Haus.

Kodai beobachtete Ray mit zufriedener Miene und verbesserte nur gelegentlich etwas. Ständig stellte er ihm neue, noch schwierigere Aufgaben. Mit einem Mal fügte sich alles, was der

Alte Ray eben eingetrichtert hatte, zu einem Ganzen. Da waren die Umrisse des Turms, ein Netz, ein Schlüssel und schließlich eine lange, aber durchgerissene Kette. Diesen geradezu mit Händen greifbaren Bildern fügten sich unentschlüsselbare Zeichen bei.

Ray nahm nichts mehr wahr, sondern lud nur noch Zeichen wie Bilder mit Magie auf. Die Welt schrumpfte auf die Größe dieser Veranda, die Zeit gefror, die Geräusche erstarben.

»Pause!«, durchbrach da die Stimme Kodais die Hülle, die Ray in seine Welt aus Zeichen und Bilder eingesponnen hatte.

Er kam zu sich und sah sich um.

Die Sonne ging bereits unter. Lange Schatten lagen auf dem dunklen Wasser, über dem See stieg die erkaltete Luft in Fetzen auf. Der Himmel erlosch, der dunkle Wald schien in die Ferne gerückt und in tiefes Schweigen versunken.

Ray suchte im Spiegel der Sayna nach ihrem Bild. Er selbst sah jetzt fast wie ein Ohnlitz aus, mit Schatten unter den Augen, eingefallenen Wangen und Haaren wie Stroh. Kodai machte alles in allem einen besseren Eindruck, doch auch ihm stand die Erschöpfung auf die Stirn geschrieben.

»Ich kann noch weitermachen«, behauptete Ray.

»Ruh dich erst einmal etwas aus!«

Auf seinem schlichten Gewand leuchteten in der heraufziehenden Dunkelheit mit einem Mal feine Zierelemente auf, ohne Frage ebenfalls ein Werk der Sayna. Ob er ihnen seine Jugend zu verdanken hat?, überlegte Ray.

Er lehnte sich gegen das kühle, unebene Holz des Tempels. Die Augen fielen ihm von selbst zu …

»Sayna!«, rief Kodai. »Bring unserem Gast etwas zu essen!«

Eilige Schritte und Geschirrgeklapper waren zu hören, dann trat die Sayna mit einem Tablett auf die Veranda heraus, stellte es ab und entfernte sich sofort wieder. Es hingen noch etliche Zauber in der Luft, die ihr Unbehagen bereiteten. Beim Anblick ihrer mürrischen Miene musste Kodai grinsen. Er schob Ray eine Schale mit Fisch hin, der in Algen gebacken worden war.

»Und Ihr?«, fragte Ray.

»Ich brauche das nicht«, antwortete Kodai und streckte sich auf der Schilfmatte aus.

Schweigend beobachtete er, wie Ray sein Essen verschlang, dabei aber noch die Zaubersprüche im Schaft der Yari ergänzte.

»Wer kümmert sich jetzt eigentlich um deine weitere Ausbildung?«, fragte Kodai nach einer Weile.

»Leider niemand. Wieso?«

»Du könntest jemanden brauchen, denn du saugst Wissen förmlich auf.«

»Die letzten Monate hatte ich keine Zeit, um mich mit Zaubern zu beschäftigen, da musste ich ums nackte Überleben kämpfen.« Ray schob die Schale von sich, in der nur noch ein Grätenkamm übrig geblieben war. »Habt Dank für das Mahl. Wenn Ihr nichts dagegen habt, würde ich gern mit den Übungen fortfahren.«

»Die Grundlagen habe ich dir beigebracht«, erwiderte Kodai und setzte sich auf. »Den Rest wirst du dir selbst aneignen müssen. Du brauchst einen Lehrer.« Als er die Enttäuschung Rays gewahrte, fügte er noch hinzu: »Glaub mir, ich würde dich gern weiter ausbilden, aber leider kann ich das nicht.«

»Wahrscheinlich habt Ihr dafür gar keine Zeit ...«

»Mein Tag ist keineswegs so ausgefüllt, wie du vielleicht annimmst, aber meine Tage in dieser Welt sind gezählt.«

Er sprach diese Worte leichthin, ohne Bedauern oder Trauer aus, denn er hatte sich längst mit dem abgefunden, was unvermeidlich war. Ray indes brachte diese Eröffnung auf. Da hatte er endlich einen starken Beschwörer gefunden, der über bereits verloren geglaubtes Wissen verfügte – und dann musste sich dieser Mann genau deswegen vor dem Orden verstecken und würde diese Welt bald für immer verlassen ...

Die Sonne versank jetzt endgültig hinter dem Wald. Die Dunkelheit atmete die Feuchte des Sees und die Kälte des Holzes aus und kroch langsam auf die Insel. Zwischen den Stämmen huschten winzige helle Punkte hin und her: Glühwürmchen weckten einander und zeichneten versponnene Muster in die Luft.

Die Stickerei auf Kodais Jacke erstrahlte noch heller, während sein Gesicht von tiefen Schatten durchfurcht wurde. Da ahnte auch Ray, wie erschöpft dieser Mann war.

»Ihr seid im Grunde beinahe wie ein Yarudo«, sagte Ray, der nun unendliches Mitleid mit Kodai empfand. »Ein einsamer Mann in einem völlig verlassenen Tempel …«

»Eher bin ich wie der Turm, nur hat der feste Mauern und schwache Schutzgeister, während ich eine zerbrechliche sterbliche Hülle besitze, dafür aber einen mächtigen Geist beherberge.«

»Findet Ihr die Welt nicht auch furchtbar ungerecht?«, fragte Ray, obwohl er die Antwort genau kannte. »Die besten Beschwörer sind gezwungen, ihre Fähigkeiten zu verbergen. Die kühnsten sterben, die edelsten werden verraten …« Er blickte zu dem Spiegel der Sayna hinüber, der mit einem weichen, friedlichen Licht schimmerte, und fuhr sofort ruhiger fort: »Während meiner Ausbildung habe ich angenommen, ein Beschwörer sei tapfer und selbstlos, denn er setzt sein Leben für gewöhnliche Menschen aufs Spiel, und auch, dass die Meister genau wie alle anderen wären, bloß zehnmal begabter und tapferer. Doch wie sich herausgestellt hat, bedeuten Können oder Verstand nicht das Geringste.«

»Während Geld, Verbindungen und Macht alles entscheiden«, bemerkte Kodai, und das Lächeln verscheuchte die Müdigkeit aus seinem Gesicht. »Doch es ist nicht an dir, die Welt zu verändern. Du versuche zu überleben …«

»Ihr redet wie der Schwarze Kodsu.«

»In uns allen steckt ein wenig von diesem Geist«, erwiderte Kodai. Ray sah ihn nur fragend an. »Was weißt du eigentlich von ihm?«

Daraufhin versuchte Ray so unbefangen wie möglich über das Geschöpf zu urteilen, mit dem er sich auf einen Handel eingelassen hatte.

»Er ist einer der mächtigsten Geister, und er ist durchtrieben, stark und blutdürstig«, beantwortete er die Frage Kodais. »Er ist erfindungsreich, klug und grausam. Manchmal lässt sich sein

Verhalten beim besten Willen nicht vorhersagen. Er gibt mir kluge Ratschläge, besteht aber nicht darauf, dass ich mich danach richte, sondern überlässt mir die Entscheidung, was ich tu ...«

Ray hätte noch weitere Eigenschaften des Schwarzen Kodsu aufzählen können, doch Kodai blinzelte ihn mit einem derart vergnügten Lächeln an, dass er innehielt.

»Kennst du die Legende«, holte Kodai dann aus, »derzufolge Geister die Pflanzen und Tiere, die Meere und Berge gar nicht beschützen, sondern all dies selbst geschaffen haben? Die Piwis die Käfer, die Bergerschütterer die Gebirgspässe, die Hokayus die Berge, die Yarras den Wald und die Felder, die Anagatos den Reis und den Weizen, die Bibs die Streifenhörnchen, Mäuse und Hermeline, die Takeos die Heilquellen, die ...«

»Und was hat der Schwarze Kodsu geschaffen?«

»Du hast alles an der Hand, dir die Antwort auf diese Frage zu geben. Und wenn dir das gelingt, kannst du dich von seiner Macht befreien.«

Ray sah ihn zweifelnd an. Erlaubte sich Kodai da einen Scherz mit ihm, oder sprach er im Ernst?

»Dann noch eine Frage. Warum ...«

»Warum er so widerlich aussieht? Fast wie eine Spinne? Oder warum er seine Welt mit Puppen bevölkert und sich an ihren Qualen weidet?« Kodai erhob sich, trat an die Brüstung und lehnte sich auf sie, um die Glühwürmchen zu beobachten, die über dem See ihre goldene Linien zogen. »Aber warum werden Edelsteine und Gold von einer hässlichen Alten mit Buckel bewacht, nämlich der Hega? Oder nimm eine Sayna, die schönste aller Geistererscheinungen, der Inbegriff von Weiblichkeit und Edelsinn! Warum ist sie gezwungen, besonders glühende Bewunderer ihres Haares mit ihren eigenen Locken zu erwürgen?«

Ray hatte sich nun ebenfalls erhoben und neben Kodai gestellt, wobei er unwillkürlich dessen gedankenverlorenen Gesichtsausdruck nachahmte.

»Zwischen einem Schöpfer und seinem Geschöpf muss es eine feste Verbindung geben«, sagte Ray – und da fügte sich alles zu einem Ganzen. »Der Giharwald hat sich in ein Ungeheuer verwandelt, weil die Menschen ihre Alten zum Sterben dorthin gebracht haben. Ein ermordetes Kind, das über die Gabe gebietet, wird zum rachsüchtigen Yarudo, wenn das Haus, in dessen Keller es eingemauert war, zerstört wird. Eine Beschwörerin, die vom Tod ihrer Freundinnen erschüttert ist und sich von einem Beschwörer, den sie um Hilfe gebeten hat, hintergangen glaubt, kann in ihrer Verzweiflung zur Mörderin werden. Selbst ein geradliniger Beschwörer wird durch Verrat zum Shiisan.« Ray umklammerte die Brüstung der Veranda so fest, dass sich die Unebenheiten des Holzes in seine Handteller bohrten. »Wir sind selbst schuld an den Veränderungen, die in unserer Welt vor sich gehen, und an den Geistern, die sich hier einnisten.«

»Daran trägt niemand die Schuld, Ray«, versicherte Kodai mit sanfter Stimme. »Das ist mir seit Langem klar. Jeder Mensch hat einen Grund für sein Handeln. Heute tötest du jemanden, weil dir das richtig erscheint, morgen rettest du dem gleichen Menschen das Leben. Heute hat der Schwarze Kodsu eine schöne Frau in seiner Welt gequält, morgen verteidigt er deinen Freund. Alles befindet sich in einem höchst zerbrechlichen Gleichgewicht.«

Kodai streckte die Hand aus. Sofort landete ein Glühwürmchen darauf und gab ein sanftes, rot-gelbes Licht ab.

»Die Rumunger verändern die Geister, mit denen sie verschmolzen sind, doch damit ändern sie sich auch selbst. Altes geht verloren, Neues entsteht.«

»Aber was beabsichtigen die Rumunger?«

»Sie wollen sich von ihrer Vergangenheit befreien, würde ich vermuten. Doch zerbrechen wir uns darüber nicht den Kopf! Sayna! Bringe mir meine Schriftrollen!« Dann wandte er sich wieder an Ray. »Ich habe vor Langem einige Aufzeichnungen angefertigt. Sie dürften dir sicher gute Dienste leisten. Darin findest du Antworten auf die meisten deiner Fragen.«

Die Sayna tauchte so schnell auf wie stets und trug nun wieder eine freundlichere Miene zur Schau. Ihre Haare schillerten in der Dunkelheit, das ewig junge Gesicht war betörend. Ray vermochte den Blick kaum von ihr zu lösen. Sie legte einige Papiere auf den Tisch, blickte zum See, runzelte ganz leicht die Stirn, trat an Kodai heran und flüsterte ihm etwas ins Ohr. Danach zog sie sich sofort ins Haus zurück.

»Du solltest jetzt aufbrechen, Ray«, sagte Kodai und nahm den Spiegel von der Brüstung. »Mit diesem Stück wirst du dich nicht verirren.«

»Das kann ich nicht annehmen«, widersprach Ray. »Das ist ein allzu kostbares Geschenk.«

»Dann leg ihn unter einen Baum, wenn du ihn nicht mehr brauchst; sie wird ihn sich holen«, erwiderte Kodai, nickte zum Haus, in dem die Sayna hantierte, und drückte Ray den Spiegel in die Hand. »Ein Letztes noch! Wenn wir all das überleben, die Welt nicht untergeht und die Geister fortbestehen, dann komme zu mir, damit ich dich weiter ausbilde.«

»Danke, das werde ich.«

Ray nahm die Yari und die Schriftrollen an sich. Eigentlich wollte er nicht aufbrechen. Nicht, dass der Weg durch den dunklen Bambuswald ihn schreckte, nein, er wollte diesen Tempel einfach nicht verlassen.

»Ich werde alles daransetzen, dir einen Uddo zu schicken«, versprach Kodai und drückte Ray fest die Hand zum Abschied. »Damit du über mein weiteres Schicksal im Bilde bist.«

Danach zog er sich zurück.

Als Ray sich auf der Brücke noch einmal umwandte, verblasste im Haus das Licht. Dunkelheit umhüllte ihn nun. Der Yarudo holte ihn ein, als er das andere Ufer fast erreicht hatte. Schweigend lief er neben ihm her und drehte sich nur gelegentlich zum Tempel zurück, doch selbst er vermochte das Gebäude nun nicht mehr auszumachen.

7

Narrah

Der Morgen war warm und klar. Hinter dem Tempel kroch gerade die Sonne hervor. Die Luftgeister griffen überstürzt nach den ersten goldenen Strahlen, um diesen funkelnden Thron den Himmel hochzuziehen. Die Vögel stimmten wie gewohnt ihr Gezwitscher an, verstummten jedoch rasch wieder. Zwei heilige Hirsche, die im Gras lagen, sprangen unvermittelt auf und stürzten in den Wald hinter dem Tempel davon.

Nur ein feierlich gekleidetes Mädchen achtete nicht auf diese beunruhigenden Hinweise, sondern lief unbekümmert die breite Straße zum Tempel hinunter. Die ganze Aufmerksamkeit der Kleinen galt den auf feinem Reispapier angefertigten Bildern, die sie bei sich trug und den Pilgern in der heiligen Stätte möglichst schnell zu verkaufen hoffte, damit sie zum Frühstück wieder zu Hause wäre.

Sie dankte dem Himmelsgeist für den warmen, trockenen Morgen und hielt bereits auf das hohe Tor zum Tempelgelände zu, als ein lautes Krachen und Rascheln sie aus ihren Gedanken riss. Aus dem Halbdunkel des Waldes zu beiden Seiten der Straße kam ein Wesen hervorgeschossen, das an ein riesiges Insekt erinnerte. Es bewegte sich mit unglaublicher Geschwindigkeit auf sie zu.

Mit einem Aufschrei stürzte das Mädchen davon.

Allmählich gewann das Geschöpf Konturen. Nun zeigte sich, dass es ein riesiger schwarzer Wagen war, der die kleine Bilderverkäuferin beinahe überfahren hätte. Als sie floh, setzte ihr das Vehikel sogar nach und streifte sie, sodass sie zu Boden fiel und sich die Knie aufschlug. Ohne den Schmerz zu spüren, sprang sie sogleich wieder auf und rannte in die entgegengesetzte Richtung davon, aber der Wagen verfolgte sie unbarmherzig und riss sie erneut nieder. Die ganze Zeit über hielt die Kleine indes die Bilder fest umklammert.

»Es reicht, Ari!«, donnerte da die Stimme eines Mannes aus dem Schatten der Bäume. »Wir haben keine Zeit für deine Spielchen.«

Ihm antwortete Aris schallendes Gelächter. Der Wagen blieb nun unmittelbar neben dem Mädchen stehen. Seide raschelte, und eine kräftige Hand packte die Kleine bei der Schulter und zog sie hoch. Vor ihr stand eine hochgewachsene schwarzhaarige Frau. Ihr langes Kleid leuchtete derart flammend rot, dass es geradezu blendete. Über ihre Stirn zog sich ein roter Streifen. Er schien mit Blut gemalt worden zu sein.

»Was hast du denn da?«, säuselte Ari. »Lass mich das einmal ansehen!«

Sie riss dem Mädchen die Bilder aus der Hand und fächerte sie achtlos auf.

»Wie reizend!«, höhnte Ari. »Wie ausgesprochen reizend!«

Das kostbare Papier war auf feine Holztafeln aufgezogen worden, die Zeichnungen stellten den großen Tempel in Narrah dar. Sein Dach schmückten zwei vergoldete Hörner. Im grünen Gras ästen kleine braunfellige Hirsche. Im Ornament am Rand des Bildes wurden die Silhouetten dieser Tiere aufgenommen.

»Hast du die selbst gemalt?«, fragte Ari.

»Ja, Herrin«, antwortete die junge Verkäuferin. »Für den Feiertag.«

»Und was feiert ihr heute?«

»Den Tag des letzten Blattes.«

»Allerliebst«, flötete Ari und wandte sich erneut den Zeichnungen zu. »Schenkst du mir ein Bild?«

Das Mädchen nickte eifrig, denn es wollte dieser Frau schnellstens entkommen.

»Danke sehr«, brachte Ari mit einem bezaubernden Lächeln hervor. »Sayunaro, sieh dir nur diese Kunstwerke an!«

Als dieser aus dem Schatten heraustrat, presste das Mädchen sich beide Hände vor den Mund, um nicht aufzuschreien: Da stapfte ein Shiisan auf sie zu. Das hagere Wesen in dem langen hellen Gewand bewegte sich, als würde es durch die Luft schweben und den Boden gar nicht berühren. Doch diese trügerische Leichtigkeit konnte jederzeit in mörderische Entschlossenheit umschlagen, das wusste das Mädchen. Die eine Hälfte seines bleichen Gesichts war mit einem aufwendigen roten Ornament überzogen, die langen Haare zeigten eigentlich die gleiche Farbe wie das Gewand, doch auch bei ihnen war ein Teil rot, fast als flösse in einem fort Blut über sie. Die fahlen Augen mit den purpurnen Funken um die winzigen Pupillen blieben auf dem verängstigten Mädchen haften, die feinen Nasenflügel bebten.

In seiner Angst wagte es das Mädchen nicht einmal mehr, sich zu rühren.

Dergleichen kannte Sayunaro bereits. Entweder erstarrten die Menschen vor ihm wie das Kaninchen vor der Schlange, oder sie stürzten Hals über Kopf davon. Das Verhalten des Mädchens war also nichts Neues für ihn.

Im Übrigen galt seine ungeteilte Aufmerksamkeit dem Gebäude, dessen Dach über den Bäumen aufragte.

Die Menschen in Narrah, der alten Hauptstadt Akanes, glaubten, der erste Kaiser Sengoku sei auf einem Zauberhirsch vom Himmel zu ihnen heruntergeritten. Noch heute konnten die Nachfahren dieses Tieres daher furchtlos durch die Wiesen im Tempelgelände streifen. Die Pilger erachteten es als Ehre, sie zu füttern, die Hirsche näherten sich den Menschen sogar aus freien Stücken, weil sie auf eine Gabe hofften.

Sayunaro sah weder den Tempel noch das hohe Tor oder den Kiefernwald, doch er nahm den Geruch von Asche wahr, von feuchtem und wieder getrocknetem Holz sowie den von verängstigten Tieren.

»Ein Brand«, murmelte Sayunaro, wobei er die Lippen kaum bewegte. Da Ari und das Mädchen ihn offenbar nicht verstanden, fügte er hinzu: »Der Tempel stand bereits in Flammen.«

»Ja, Herr, sogar schon öfter«, erwiderte das Mädchen zaghaft. »Er ist aus Holz.«

»Aber darin steht auch ein Denkmal aus Bronze«, ergänzte Sayunaro. »Es zeigt den Kaiser. Sein Thron ist als Sonne gestaltet und mit reinem Gold überzogen, genau wie die Statuen der beiden Himmelsgeister, die ihn bewachen.«

»Du verfügst ja immer noch über das Wissen, das du dir als Mensch angeeignet hast«, stellte Ari fest und ließ das Mädchen aus den Augen, um Sayunaro zu mustern.

»Lediglich in Bruchstücken«, erklärte dieser leichthin. »Das ist bloß ein schaler Abglanz.«

Das stimmte. Er hatte sein früheres Leben nicht vergessen, er sah es jetzt bloß mit anderen Augen.

Genau das fesselte die Rumunger, die zu gern dahinterkommen wollten, was für ein Wesen er heute war. Doch Sayunaro verriet ihnen nichts. Sie mussten den Eindruck gewinnen, als nähme er nicht den geringsten Anteil an dem Schicksal, das ihm widerfahren war. Ruam hielt das für ein gutes Zeichen, doch Sikh traute Sayunaro nicht über den Weg. Schon gar nicht nach Ikirus Tod.

Sayunaros Gedanken wanderten zurück zum Tempel in Nikko ...

Der Geruch von Blut hing in der Luft, vermischt mit dem harzigen Duft der Tannennadeln. Unter Sayunaro tat sich der Boden auf. Das Dunkel rief ihn – und er stürzte in eine Finsternis, die bar jeden Geräuschs und Geruchs war. Sie quälte ihn mit Gedanken und Bildern. Er wehrte sich verzweifelt dagegen. Das Gefühl der Schwäche wechselte sich mit dem der Kampfeslust ab.

Wenn das die Welt der Shiisans war, stellte sie sich ihm diesmal ganz anders dar als am Tag der Geister. Steinerne Säulen und hohe Gewölbe fehlten völlig, stattdessen sog ihn grenzenlose Dunkelheit auf und füllte seinen Kopf mit Rauchwolken. Irgendwann zeichnete sich in dem Schwarz ein weißes, regloses Gesicht ab, dessen eine Hälfte von feinen dunklen Linien überzogen war. In den fahlen Augen loderten die schwarzen Punkte der Pupillen.

»Alle haben gegen mich gekämpft«, brachten die blutleeren Lippen hervor, die sich allerdings nicht im Einklang mit den Worten bewegten. »Und alle haben den Kampf am Ende verloren.«

Haben also auch andere Beschwörer schon versucht, den Menschen in sich zu retten?, überlegte Sayunaro. Doch sie sind gescheitert. Genau wie ich mich wohl bald in einen blutdürstigen Geist verwandeln werde. Jedenfalls wenn Sharh recht hat.

»Heute«, erwiderte er dem Geist mit letzter Kraft, »wird dieser Kampf jedoch noch nicht entschieden.«

»Aber bald«, murmelte Sharh. »Alle widersetzen sich mir, aber am Ende werden alle ein Teil von mir.«

»Ein Teil *von dir*?«

»Ja. Denn wir alle sind eins. *Ein* Ziel, *ein* Wunsch, *ein* Streben. Wenn du das begreifst, erhält dein Leben einen Sinn.«

»Mein Leben hat bisher durchaus einen Sinn gehabt.«

»Mag sein, doch du willst ja wohl nicht ewig auf dem Grat zwischen Stärke und Schwäche wandeln.«

»Wieso zwischen Stärke und Schwäche?«

»Weil du ein schwacher Beschwörer gewesen bist, aber nun ein starker Geist werden kannst. Erinnerst dich noch an den Ohnlitz, den du getötet hast, um deinen Freund zu retten? Dieser Geist hat zuvor viele meiner Geschöpfe vernichtet, aber selbst damals warst du bereits stärker als er. Inzwischen bist du noch stärker geworden und sehnst dich danach, Teil meiner Welt zu werden.«

»Das stimmt nicht!«

»O doch! Warum hättest du sonst diesen Mann eben getötet?«

»Um die Frau zu retten.«

»Falsch! Du brauchtest das Blut, um zu mir zu gelangen.«

Nach diesen Worten verdichtete sich das Dunkel und wurde geradezu mit Händen greifbar. Es wollte Sayunaro endgültig aufnehmen, doch dieser leistete weiterhin erbitterten Widerstand.

»Du bist ein Teil von mir«, stieß Sharh aus. »Ein Teil kann nicht gegen das Ganze kämpfen.«

Das Dunkel legte sich über Sayunaros Gesicht und zog ihn mit aller Kraft zu sich, raubte ihm jede Möglichkeit, zu denken, zu fühlen und zu wünschen.

Wie lange er sich in diesem Zustand befand, ob eine Minute, einen Tag oder einen ganzen Monat, hätte er nicht zu sagen gewusst. Die ganze Zeit über schwebten vor seinem inneren Auge verschwommene Bilder vorbei, die sein Bewusstsein jedoch kaum berührten …

Irgendwann rief jemand seinen Namen. Ein Schatten fiel auf sein Gesicht. Der Wind trug den Geruch von warmem Herbstlaub heran, von Wasser und Fischen. Ein Bach murmelte, ein Bronzegong ertönte mit sanftem Schlag. In der Ferne lachte eine Frau, in der Nähe rief eine andere immer wieder seinen Namen.

Dann stieg ihm ein vertrauter Duft in die Nase.

»Nara …«, flüsterte er.

»Endlich!«, sagte sie mit aufgewühlter Stimme. »Nun bist du wieder du!«

»Ich bin wieder ich?«, fragte Sayunaro zurück. »Was soll das heißen? Und wo sind wir überhaupt?«

»Im Tempel der Tausend Schilfmatten.«

»Also in Relassa«, stieß er aus, von der Strecke, die sie inzwischen zurückgelegt hatten, schier überwältigt. »Dabei waren wir doch gestern noch in Welessa.«

»Dort waren wir vor drei Tagen.«

»Das ist nicht dein Ernst! Ich erinnere mich nur noch daran, wie …«

»Willst du wissen, wie du jetzt aussiehst?«, unterbrach Nara ihn. »Du trägst ein weißes, bodenlanges Gewand, das mir aber wie eine zweite Haut vorkommt. Deine Haare sind jetzt ebenfalls weiß, durchsetzt mit roten Strähnen. Deine linke Gesichtshälfte überzieht eine purpurne Tätowierung. Und deine Augen sind die eines Blinden.«

Nara verstummte, doch ihr Schweigen verriet Verzweiflung und Mutlosigkeit.

»Habe ich dir etwas angetan?«

»Nein.«

»Habe ich getötet?«

»Du nicht.« Diese Antwort hätte Sayunaro eigentlich Hoffnung geben sollen ... »Aber in diesen drei Tagen bist zu ausschließlich Shiisan gewesen, und dieser Shiisan hat getötet. Ich habe schon befürchtet, du wärst für immer verloren.«

Mit einem Mal raschelte Kleidung, knarrten die Bodenbretter, und eine Welle sanfter Wärme schwappte über ihn hinweg. Nara war an ihn herangetreten. Er streckte die Hand nach ihr aus und presste sanft ihre kalten Finger, sie erwiderte die Geste in gleicher Weise. Der Shimaa in ihrem Rücken wurde angesichts der Nähe des Shiisans unruhig, traute sich aber nicht, diesen Geist anzugreifen.

»Der Shimaa ist noch stärker geworden«, bemerkte Sayunaro bloß und ließ Naras Finger wieder los.

»Ja«, antwortete sie und trat wieder einen Schritt zurück. »Und er strotzt vor Tatendrang. Ich kann ihn kaum noch bändigen.«

»Hast du bereits jemanden getötet?«

»Ist das die einzige Frage, die dir unter den Nägeln brennt?« Nara rang sich ein bitteres Lächeln ab. »Aber nein, denn das hast du für mich übernommen. Dafür bin ich dir übrigens sehr dankbar. Ruam sieht darin natürlich den Beweis, dass du unbedingt Rache an den Beschwörern vom Turm nehmen willst und jede Gelegenheit nutzt, um ein Blutbad unter ihnen anzurichten. Aber wenn du mich fragst, wolltest du mir auf diese Weise helfen, noch ein Weilchen ein Mensch zu bleiben.«

»Ich wünschte, ich könnte dir sagen, wer von euch beiden recht hat, du oder Ruam.«

»Selbst wenn du nicht weißt, warum du das getan hast, bin ich dir dankbar.«

Sie spähte vorsichtig zur offenen Tür des Tempels.

»Sikh ist sehr wütend auf dich«, fuhr sie dann fort. »Er ist fest davon überzeugt, dass du Ikiru ermordet hast.«

»Er wollte mir in die Quere kommen.«

»Fortan dürfte das kein Rumunger mehr wagen ...«

Sayunaros Gedanken wanderten zu jenem Tag in Nikko zurück.

»Es ist vollbracht«, hatte Ruam damals inmitten der Sugis getönt. »Er ist jetzt ein völlig neues Wesen!«

»Das ist mir völlig einerlei!«, hatte Sikh getobt und sich dicht vor Sayunaro aufgebaut. »Was ist in diesem Tempel geschehen?«

»Dort sind alle tot.«

»Das weiß ich! Aber was ist mit Ikiru geschehen?!«

»Er ist auch tot.«

»Wer hat ihn umgebracht?«

»Ein Beschwörer.«

Das war nicht mal eine Lüge gewesen, denn Sayunaro hatte damit sich selbst gemeint. Oder vielmehr sein früheres Ich.

»Wo ist die Leiche?«

»Die hat das Dunkel verschluckt.«

»Warum hast du ihn nicht gerettet?«

»Lass ihn in Ruhe«, hatte Ruam verlangt. »Ikiru sollte die Lage auskundschaften, nicht aber im Tempel den Kampf aufnehmen. Offenbar musste er nun für seinen Leichtsinn bezahlen.«

»Wenn man dich hört, könnte man glatt meinen, du würdest dich über seinen Tod freuen.«

»Es ist besser, wenn wir die Dummen und Selbstgefälligen unter uns loswerden, bevor sie uns alle verraten.«

»Dann behalte von heute an deinen Shiisan besser im Auge!«

Nach diesen Worten war Sikh davongestapft und Sayunaro mit Ruam allein geblieben ...

Danach war er, wie sich nun herausgestellt hatte, drei Tage lang nicht mehr er selbst gewesen. Erst hier im Tempel der Tausend Schilfmatten war er wieder zu sich gekommen ...

Sayunaro erhob sich, atmete tief ein und trat an eine Wand heran. Mit den Fingerspitzen berührte er das grobe Leinen, das auf die Bretter gespannt war.

»Dort ist ein Sasori dargestellt«, erklärte Nara, während er die Umrisse eines Bildes abtastete. »Das ist ein Wesen mit einem langen grauen Körper und mit einem Kopf, der an den eines Pferdes erinnert. Er hat sogar eine weiße Mähne. Die großen runden Augen treten ein wenig hervor.«

»Ist er freiwillig gegangen, oder wurde er vertrieben?«

»Er ist gegangen, sobald die Rumunger die Beschwörer in diesem Tempel ermordet hatten.«

»Versucht irgendjemand uns aufzuhalten? Leistet man uns Widerstand?«

»Nein. Die Beschwörer werden abgeschlachtet oder fliehen.«

»Dann müssen wir etwas unternehmen.«

»Aber was?«

Sayunaro hüllte sich zwar in Schweigen, doch stieg in ihm eine Ahnung auf ...

»Sayunaro!«, rief Ari und winkte vor seinem Gesicht hin und her. Er tauchte aus seinen Erinnerungen auf. »Träum nicht!«

Als Sayunaro sie ansah, machte er bloß einen schwachen roten Schatten aus, über dem die schwarze Wolke des Shimaa hing. Anschließend versuchte er, das Mädchen zu erkennen.

»Verschwinde!«, fuhr Ari nun die Kleine an, die sie vorübergehend fast vergessen hatte. »Bevor ich es mir anders überlege!«

Sofort stürzte die junge Bilderverkäuferin davon.

»Warum hast du sie nicht getötet?«, wollte Sayunaro wissen, denn eigentlich ließ Ari niemanden am Leben.

»Weil ich auch einst ein so bettelarmes Mädchen war«, gestand Ari. »Du hast diese Kinder damals in Rumung ja gesehen. Es sind feige, dreckige Geschöpfe. Bei mir hat sich aber eines Tages die Gabe gezeigt, und danach änderte sich mein Schicksal schlagartig. Es ist übrigens Sikh gewesen, der mich entdeckt hat. Noch heute muss ich mich zusammenreißen, um mich nicht bei jeder Begegnung vor ihm zu verbeugen. Es kostet mich meine ganze Willenskraft, neben ihm einherzugehen, ihm in die Augen zu sehen und frei mit ihm zu sprechen.«

Sie lachte heiser auf.

»Gehen wir!«, verlangte sie. »Auf uns wartet Arbeit.« Sie stieg in ihren Wagen. »Fährst du mit mir?«

Sayunaro sprang aufs Trittbrett, der Wagen schoss davon.

Sie hielten, gefolgt von etlichen anderen Wagen, auf das Tor zum Tempelgelände zu. Mächtige Säulen trugen eine Art Dach, an dem eine massive purpurne Laterne baumelte, um die sich goldene Schnüre wanden. Das Sonnenlicht tanzte über das funkelnde Metall.

Ari warf den Kopf in den Nacken, als sie darunter hindurchfuhren, und lachte lauthals, als ihr ein Sonnenstrahl unmittelbar ins Auge fiel.

»Ich kann es kaum noch erwarten, diesen Tempel von innen zu sehen.«

Nur wird man dich dort kaum mit offenen Armen empfangen, höhnte Sayunaro innerlich. Das ist eines der ältesten Heiligtümer in ganz Akane, da reißt bestimmt niemand die Türen für dich auf. All das behielt er jedoch für sich.

Den Tempel rahmten einige Anhöhen, auf denen Kiefern wuchsen. Zwischen den Bäumen huschten graue Schatten umher. Die Hirsche flohen tief in den Wald, die Vögel und Zikaden waren verstummt, einzig die Wagen gaben ein leises, aber böses Surren von sich.

Mit einem Mal verlangsamte Ari die Fahrt. Die Rumungerin wollte in Deckung bleiben.

Hinter den Bäumen machten sie nun eine Umfriedung aus, das einzige Steingebilde dieser Anlage. Sie schützte den eigentlichen Tempel. Ihre massiven Quader schmiegten sich derart fest aneinander, dass die Fugen nicht zu erkennen waren. Ein Wachturm erhob sich unmittelbar dahinter. Das hölzerne Tor, das in der Regel weit offen stand, damit Tag und Nacht Pilger hereinströmen konnten, war nun geschlossen.

Sämtliche Wagen blieben im Schatten der Kiefern stehen. Wind strich leise durch die Wipfel der Bäume. Gerüche und Geräusche kündeten vom offenen Gelände davor. Sayunaro verband diese Eindrücke mit dem Wissen aus seinem früheren Leben: In dem gewaltigen, hölzernen Bau aus der Zeit des Kaisers Jimmu befand sich heute die gigantische Statue des Herrschers, die ursprünglich aber unter freiem Himmel gestanden und über die Kiefern aufgeragt hatte. Weithin in der Umgebung war sie zu sehen gewesen. Dann aber hatte man um sie herum einen Tempel errichtet, dessen Bau mehrere Jahrhunderte in Anspruch genommen hatte. Danach hatte er über die Bäume hinausgeragt, bis er irgendwann niederbrannte. Ein zweiter Tempel wurde errichtet, doch auch ihn ereilte dieses traurige Schicksal. Das Heiligtum sollte noch mehrmals erneuert werden, und obwohl es auch heute noch riesig anmutete, reichte es nicht mehr an seine einstige Größe heran.

»Ob wir ihn niederbrennen?«, überlegte Ari laut. Sie betrachtete das Dach, das von goldenen Hörnern geschmückt wurde. Ohne Frage wog sie bereits ab, wo der Feuergeist Yuumo zum Einsatz kommen sollte.

»Die Statue darf auf gar keinen Fall beschädigt werden«, erklärte Sikh und richtete sich in seinem Sitz ein wenig auf, um den Tempel besser betrachten zu können.

Sayunaro drehte ihm den Kopf zu. Warum wollte er das Denkmal schonen? Auf das wertvolle Metall waren die Rumunger mit Sicherheit nicht aus, denn weder den Goldenen Tempel noch andere Heiligtümer hatten sie geplündert.

Während er noch grübelte, stieg Sikhs Shimaa in die Luft auf und ließ dessen Stimme um ein Vielfaches verstärkt erklingen.

»Edle Beschwörer Narrahs«, schallte es zum Tempel hinüber. »Wir wollen nicht unnötig euer Blut vergießen oder ein Gemetzel an diesem heiligen Orte anrichten. Verlasst also den Tempel, und niemandem von euch wird auch nur ein Haar gekrümmt.«

Auf die Worte folgte spannungsgeladene Stille, die unvermittelt durch einen feinen Pfiff zerrissen wurde. Sayunaro riss unwillkürlich den Arm hoch. Seine Finger krümmten sich um einen Pfeilschaft, der sofort zerbrach.

Ein überraschter Aufschrei war zu hören, dem sogleich Aris glasklares, triumphierendes Lachen antwortete.

»Offenbar versprechen sie sich nichts von Gesprächen«, hielt Ruam fest.

»Sie schießen vom Turm aus«, erklang aus einer hinteren Reihe die leise Stimme Nikhirs.

Sikhs Shimaa, für den der Pfeil bestimmt gewesen war, kroch unverletzt in den Rücken seines Herrn zurück.

»Zeigen wir ihnen, dass mit uns nicht zu scherzen ist!«, verlangte Ruam. Sein Gesicht wirkte nun angespannt, eine tiefe Falte durchfurchte seine Stirn und verzerrte dadurch den roten Streifen, der diese zierte.

Daraufhin bewegten sich etliche Wagen vorwärts, während sich andere tiefer in den Kiefernwald zurückzogen.

»Soll ich anfangen?«, wollte Ari von Ruam wissen.

Dieser nickte.

Ari hatte jetzt nur noch Augen für den Tempel. Vor ihrem Wagen quoll Rauch auf, dann schossen Pfeile, von unsichtbaren Schützen abgegeben, zwischen den Bäumen auf die steinerne Umfriedung zu, durch die sie mühelos hindurchglitten, um anschließend auf die Soldaten im Turm zuzupfeifen. Kurz darauf witterte Sayunaro den Geruch von Blut, das in die Luft aufspritzte. Verzweifelte Schreie erklangen.

»Könnten wir auch die Tempelwände mit diesen Pfeilen durchbohren?«, wollte er von Ari wissen.

»Nein«, antwortete diese. »Die sind mit allzu starken Zaubern belegt.«

Aris Gesicht war inzwischen vor Anspannung grau geworden. Ihr Schweißgeruch bahnte sich seinen Weg durch all die anderen Düfte hindurch in Sayunaros Nase. Nach wie vor lenkte Ari ihre unsichtbaren Bogenschützen mit all ihrer Willenskraft und aufwendigen Zaubern. Von Geschöpfen dieser Art hatte Sayunaro noch nie etwas gehört. Dennoch weckten sie weder seine Neugier noch seinen Blutdurst. Umgekehrt galt das genauso, denn Aris Geschöpfe hatten nur Augen für die Menschen im Turm.

Diese überzogen sie gerade abermals mit Pfeilen, die jedoch von den Geistern noch in der Luft abgefangen wurden. Zerhäckselt rieselten sie zu Boden.

Damit war der Kampf eröffnet. Sayunaro versuchte angestrengt, sich anhand der Geräusche zusammenzureimen, was sich im Tempel selbst tat, während der Shiisan in ihm auf eine

Fortsetzung des Geschehens hoffte, bei der deutlich mehr Blut floss. Er brauchte sich nicht lange zu gedulden: Die Kiefern um sie herum erbebten, ihre Nadeln fielen ab, und von den geraden Stämmen schälte sich die grau-goldene, nach Harz duftende Rinde, sodass das weiße Holz zutage trat. Die Rinde selbst formte sich zu zahllosen groben Körpern, die entfernt an Menschen erinnerten. Offenbar hatte ein Beschwörer im Tempel die Geister in den Bäumen geweckt.

»Alle Achtung«, stieß Ruam aus, blieb ansonsten aber völlig ruhig. »Wer hätte gedacht, dass sie einen derart starken Beschwörer in ihren Reihen haben?«

Ari schenkte den Baumgeistern dagegen nicht die geringste Beachtung, sondern lenkte weiterhin ihre unsichtbaren Bogenschützen. Eine neue Welle ihrer Pfeile brandete gegen die Soldaten im Turm.

Sayunaro wiederum sprang von ihrem Wagen, um sich auf einen der Baumgeister zu stürzen. Das beinerne Schwert bohrte sich in diesen und zerschnitt ihn knirschend in zwei Hälften. Er zerfiel, die Kiefernrinde türmte sich am Boden zu einem nach Harz duftenden Haufen auf.

Auch etliche Wagen nahmen sich nun die Baumgeister vor. Sobald die Rumunger sie mit Zaubern gelähmt hatten, warfen die Wagen sie um und zerfetzten die stämmigen Körper. Sayunaro spürte ganz in der Nähe Nara. Vor ihr tauchte wie aus dem Nichts eines dieser Geschöpfe auf, das er jedoch sofort erledigte. Anschließend wirbelte er herum und rammte dem nächsten Geist seine beinerne Klinge in den Rindenleib.

»Kümmer dich nicht weiter um diese Holzpüppchen!«, brüllte Ruam ihm da zu, während er mit seinem Wagen bereits vorpreschte. »Mit denen kommen sie auch ohne dich klar! Wir nehmen uns jetzt den Tempel vor!«

Sofort sprang Sayunaro auf den erstbesten Wagen auf. Ungehemmte Unzufriedenheit schlug ihm entgegen. Meister Hyeon freute sich keineswegs über ihn.

»Guten Tag, Lehrer«, sagte Sayunaro und wandte ihm sein Gesicht mit den blinden Augen zu.

»Es gibt nichts«, fuhr dieser ihn scharf an, »was wir beide zu besprechen hätten.«

»Aber bis zum Tempel werdet Ihr mich doch mitnehmen?«

»Spar dir den freundlichen Ton!«, zischte dieser. »Den Menschen nimmt dir längst niemand mehr ab!«

Er lenkte das Gefährt zwischen zwei Kiefern hindurch und schloss sich anderen Wagen an, die zum Heiligtum zogen. Um sie herum splitterte Holz, stöhnten sterbende Geister und quietschten Räder, gelegentlich schrie auch ein Rumunger oder fauchte ein Shimaa.

»Ihr scheint mich für das zu tadeln, was am Tag der Geister geschehen ist«, bemerkte Sayunaro in unverändert ruhigem Ton, während er alles daransetzte, die Züge Hyeons wenigstens verschwommen zu erkennen. Doch auch ohne dies spürte er zweifelsfrei die Abweisung und die sorgsam verborgene Furcht seines Gegenübers.

»In der Tat, das tue ich, denn du allein trägst die Schuld an dem, was dir widerfahren ist«, erwiderte Hyeon und drosselte die Geschwindigkeit seines Wagens ein wenig, um sich hinter Nikhir einzufädeln. »Ich verurteile dich nicht, weil du einem Mitprüfling geholfen hast, aber ich verurteile dich für deine Dummheit, ausgerechnet Kazumi geholfen zu haben, einem Jungen, der dich beneidet und deshalb hasst und dir letzten Endes sogar den Tod wünscht.« Im Grunde hörte Sayunaro nur, was er oft selbst genug gedacht hatte, doch aus dem Munde seines einstigen Lehrers klangen diese Vorwürfe bitterer. »Wieso bist du einem feigen Nichtsnutz zu Hilfe geeilt? Hast du etwa auf seine Dankbarkeit gehofft? War dir wirklich nicht klar, dass er dich verraten würde?«

Sayunaro hüllte sich weiterhin in Schweigen. In seinem früheren Leben hätte er seinem alten Lehrer womöglich zugestimmt, aber wohl eher einen Streit angefangen. Heute war ihm Hyeons Sicht einerlei, vor allem weil das fest geschlossene Tor in der steinernen Umfriedung nun zum Greifen nahe war. Es wurde von grell bemalten steinernen Statuen gerahmt, die freilich keine harmlosen Hirsche oder einen in Gedanken versunkenen Kaiser darstellten, sondern wütende Geister mit hundeartigem Kopf, die zähnefletschend jeden Feind mit ihrem Blick zu versengen drohten. Ihre kräftigen Beine waren zum Sprung bereit, die gewaltigen Pranken hielten eine Streitaxt. Solche Statuen wurden häufig neben den Türen zu Schatzkammern aufgestellt, denn die Menschen glaubten, dadurch Diebe und räuberische Geister von ihrem Hab und Gut fernhalten zu können.

In diesen beiden steinernen Wesen steckten zudem echte Geister, wenn auch keine besonders starken.

Sayunaro sprang ungeduldig vom Wagen und rannte auf sie zu. Sobald die Schutzgeister den Shiisan witterten, gerieten die steinernen Statuen in Bewegung. Knirschend stapften sie zunächst unbeholfen, dann aber immer entschlossener vorwärts, zwei Felsbrocken, die bei einer Lawine abgegangen zu sein schienen.

Der Shiisan frohlockte angesichts des bevorstehenden Gemetzels bereits. Sayunaros Sinne waren aufs Äußerste gespannt. Seine Schwerthand verströmte eisige Kälte.

Die zum Leben erwachten Statuen hatten ihn nun fast erreicht. Ihr Hass auf den Shiisan machte sie blind. Sayunaro verletzte die erste mit einem Streich seiner beinernen Klinge, musste aber gleichzeitig der zweiten ausweichen. Die Streitaxt des Geistes zerhackte nur noch Luft. Sofort setzte dieser zum nächsten Angriff an, doch abermals vergeblich. Nun stürzte sich der erste Geist erneut auf Sayunaro, der seine Schwerthand diesmal jedoch ungezügelt ihr Werk verrichten ließ: Sie bohrte sich durch die steinernen Rippen tief in die Statue hinein, bis diese schließlich zu Boden krachte. Sie lebte zwar noch, konnte sich aber nicht mehr rühren.

Der zweite Geist ging sofort mit einem tiefen Heulen auf Sayunaro los. Mit einem Mal ertönte hinter ihm ein leises Knistern, das rasch anschwoll. Die Statue fuhr herum …

Das Tor brannte. Rote Flammenzungen leckten gierig über das schwarze Holz. Ein Yuumo hatte den Rumungern den Weg gebahnt. Sayunaro nutzte die Unaufmerksamkeit des Schutzgeistes, um seine Schwerthand in den Hals der Statue zu treiben. Diese krachte zusammen und zerbröselte in kleine Steine. Einer von ihnen rollte Sayunaro vor die Füße. Er stieß ihn achtlos mit der Stiefelspitze zur Seite, eilte auf einen heranfahrenden Wagen zu und sprang auf.

Die Gerüche von Blut, Harz und Wald stiegen ihm in die Nase. Nara.

»Was siehst du?«, fragte er sofort.

»Soldaten«, antwortete sie. »Rund drei Dutzend. Obwohl es gewöhnliche Menschen sind, führen sie Hunde an der Leine, bei denen es sich aber um Geister handelt.«

Ratlosigkeit war aus ihrer Stimme herauszuhören. Als spürte der Wagen dies, drosselte er von sich aus seine Geschwindigkeit. Prompt fuhr ein anderer Wagen in sie hinein und stieß sie vorwärts.

»Was ist?«, schrie Kazumi hinter ihnen. »Hast du auf einmal Angst? Willst du kneifen?«

»Hast du jetzt endgültig den Verstand verloren?!«, brüllte Nara, die bei dem Zusammenstoß beinahe gestürzt wäre.

»Du kannst es wohl gar nicht abwarten«, wandte sich Sayunaro an Kazumi, »endlich zu morden?«

»Mit einem Shiisan rede ich nicht!«, keifte Kazumi und setzte an, Naras Wagen ein zweites Mal zu rammen.

»Lass das!«, verlangte Ari da, die gerade zu ihnen aufschloss. »Das ist weder die Zeit noch der Ort für solche Kindereien!«

»Sie wollte sich vor dem Kampf drücken!«, behauptete Kazumi.

»Das ist gelogen!«, stieß Nara aus.

»Ihr haltet jetzt beide den Mund!« befahl Ari. »Wer sich drückt, soll jedoch eines wissen: Ich werde ihn finden und in Stücke reißen!«

Obwohl sie ihre Müdigkeit nicht zu überspielen vermochte, sollten sie ihre Drohung keineswegs auf die leichte Schulter nehmen.

Die Wagen fuhren durch das niedergebrannte Tor weiter Richtung Tempel. In der Luft hing die Hitze des erloschenen Feuers, einige Flammen krochen noch träge über verkohlte Balken, die knisternd barsten. Mit einem Mal stimmten die Hundegeister ein Gebell an, das alle anderen Geräusche überlagerte. Die kräftigen Geschöpfe stürzten sich den Wagen entgegen, klammerten sich an die schwarzen Streben, nagten sie durch und schnappten nach den Rumungern. Die Soldaten, die sie von der Leine gelassen hatten, zogen ihre Schwerter blank und stürmten ebenfalls auf den Feind los. Offenbar glaubten sie vorbehaltlos daran, dass die Beschwörer des Tempels sie beschützen würden. Oder sie saßen dem Irrtum auf, die Rumunger würden ihnen nichts antun, weil sie über die Gabe verfügten und daher keine gewöhnlichen Menschen töten dürften.

Ein Soldat sprang auf einen Wagen und trieb sein Schwert zwischen die Streben, doch seine Klinge war zu kurz, um dem Rumunger Schaden zuzufügen, sodass dieser ihn mit einem Zauber fortschleudern konnte. Der Mann landete in den Dornen eines Gefährts linker Hand, die ihn sofort durchbohrten. Blutgeruch stieg Sayunaro in die Nase.

»Kümmere du dich um die Hundegeister!«, befahl Sikh einem Rumunger. »Wir wollen doch mal sehen, wozu du imstande bist.«

Sayunaro trat bereits eines dieser Geschöpfe, das gerade Naras Wagen erklimmen wollte, zu Boden, sprang ab und erledigte es mit seiner Schwerthand. Unter lautem Geheul ging es in Rauch auf. Als daraufhin weitere Hundegeister über ihn herfallen wollten, hielten sie unvermittelt im Lauf inne. Plötzlich färbte sich ihr graues Fell schwarz. Am Hals wuchsen ihnen beeindruckende Dornen, die Wirbelsäule fuhr lange Nadeln aus. Der Rumunger hatte Sikhs Befehl ausgeführt. Noch ehe die Soldaten begriffen, wie ihnen geschah, fielen die tollwütigen Hunde über sie her.

Als einer der Hundegeister einen Soldaten umriss und ihm laut kläffend an die Kehle sprang, holte Sayunaro, der sich unmittelbar neben den beiden befand, aus und trieb seine Schwerthand in das Untier. Daraufhin löste sich auch dieser Geist in Rauch auf. Erst da begriff Sayunaro, was er eben getan hatte: Er hatte gehandelt, wie Hyeon es ihm über Jahre eingetrichtert hatte, er hatte einen Menschen vor einem Geschöpf aus der jenseitigen Welt gerettet. Einem Shiisan hätte ein Mensch jedoch einerlei sein müssen. Verwirrt sprang er auf das Trittbrett eines heranfahrenden Wagens. Ruam lenkte ihn.

Um sie herum wimmelte es von schwarzen Wagen, aus denen Zauber herausschossen, die Soldaten wie Geister blindwütig niedermähten. Die Rumunger ließen sich auf dem Weg zu dem alten Tempel durch nichts und niemanden aufhalten.

»Gleich haben wir es geschafft!«, stieß Ruam triumphierend aus, während er geschickt einige Leichen umrundete. »Ari! Nikhir! Nara! Folgt mir! Wir schnappen uns den Widerling, der hinter allem steckt!«

Sie hatten die gigantische Flügeltür des Tempels beinahe erreicht und nahmen noch einmal Fahrt auf. Ruam bildete die Spitze und schoss die Stufen vorm Eingang hoch. Dabei riss er eine große bronzene Schale mit Asche um, in der noch glimmende Räucherstäbchen steckten. Ihr würziger Duft schlug Sayunaro ins Gesicht, dann aber polterte das heilige Gefäß die kleine Treppe hinunter, und der Rauch zog ab. Ruam raste mühelos durch die schwere Holztür hindurch.

Noch ehe sich Sayunaro darüber wundern konnte, dass der Tempel nicht von innen verbarrikadiert worden war, schlug die Tür zu.

Sayunaro wirbelte herum. Kein anderer Wagen war hereingekommen – dafür stand eine der beiden Statuen, die sonst den Thron säumten, vor der Tür. Der Geruch von geschmolzenem Metall hing in der Luft. Von draußen versuchten die anderen Wagen unterdessen, in den Tempel vorzudringen, dies jedoch vergeblich.

Ruam hielt seinen Wagen an, sah sich aber nicht nach der Statue vor der Tür um, sondern hatte nur Augen für seinen wahren Feind.

Auf dem hölzernen Podest des kaiserlichen Throns saß mit geschlossenen Augen ein Mann. Seine Haltung war entspannt, seine Miene ruhig. Das, was um ihn herum geschah, schien ihn überhaupt nicht zu berühren. Fast konnte man den Eindruck gewinnen, er wollte sich an dieser heiligen Stätte lediglich von seinem anstrengenden Tagewerk erholen.

»Ich hab doch gewusst, dass ein einziger Mann hinter allem steckt!«, zischte Ruam. »Warum sonst hätten alle Zauber die gleiche Handschrift aufweisen sollen?!«

Der Beschwörer auf dem Podest runzelte bloß die Stirn. Daraufhin hob die Statue vorm Eingang ihre Faust und ließ sie mit aller Wucht auf Ruams Wagen niedergehen. Die Streben zerbrachen, die Dornen barsten, Holz zerfiel zu Spänen. Der Wagen sackte unter der steinernen Hand zu Boden.

Sayunaro war jedoch abgesprungen, sobald der Koloss die geringste Bewegung gemacht hatte, Ruam war seinem Beispiel ohne zu zögern gefolgt.

»Knüpf dir den Burschen vor!«, befahl Ruam Sayunaro.

Als dieser daraufhin der Statue seine Schwerthand in den Unterschenkel treiben wollte, heulte die Klinge auf, weil sie gegen Metall stieß, dem Geist aber nicht den geringsten Schaden zufügte. Stattdessen beugte sich die Statue vor, um Sayunaro aufzuklauben, doch dieser duckte sich und setzte bereits zum nächsten Schlag an.

Sayunaro witterte den Geist, der im Metall eingeschlossen war. Offenbar ein Ohnlitz. Mit einem solchen Geist hatte er schon einmal zu tun gehabt. Wann und wo das war, hatte er vergessen, doch wie dieses Geschöpf zu töten war, wusste er noch: Man musste ihm die Klinge in den Rachen treiben oder ihm die Kehle aufschlitzen. Bei einer derart riesigen Statue kein leichtes Unterfangen.

Ruam und der Beschwörer aus Narrah fochten unterdessen ein magisches Duell aus, bei dem sie völlig reglos dasaßen. Nur der Shimaa in Ruams Rücken fauchte zuweilen.

Sayunaro setzte zu einem weiteren Angriff auf die Statue an: Er stach mit der Schwerthand zu und sprang so rasch zur Seite, dass die Pranke über seinen Kopf hinwegfuhr und gegen die Wand knallte. Späne rieselten zu Boden. Nun erschütterte den Tempel ein Poltern, während die Dielen unter schweren Schritten erzitterten. Die zweite Statue hielt auf Ruam zu.

»Pass auf, dass du dich nicht überanstrengst«, giftete dieser den Beschwörer aus Narrah an. »Oder möchtest du vielleicht den ganzen Schuppen zum Leben erwecken?«

Die Statue riss sich etwas Metall aus dem eigenen Gewand und schleuderte den Brocken gegen Ruam. Das Geschoss prallte jedoch an dem Shimaa ab und zerbröckelte.

Von diesem Geschehen abgelenkt, achtete Sayunaro nicht auf die Statue vorm Eingang. Diese nutzte die Gelegenheit sofort, um sich ihn zu schnappen. Sayunaros Rippen knackten, der Shiisan in ihm tobte, doch noch war es zu früh, ihn zum Zuge kommen zu lassen.

Die gigantische Pranke führte ihn langsam zu ihrem weit aufgerissenen Mund.

»Ich lasse dich und deinen Schüler am Leben, wenn du diesen Tempel auf der Stelle verlässt und deinen Leuten den Rückzug befiehlst«, sagte der Beschwörer aus Narrah mit leiser Stimme, die gleichwohl vor Kraft zu bersten schien.

Als Ruam diesen Vorschlag hörte, brach er in schallendes Gelächter aus, während sich der Shimaa auf den Beschwörer stürzte. Dieser rührte sich jedoch nicht einmal. Dafür kam nun auch in das Standbild des Kaisers Leben. Die riesige Statue drehte den Kopf, rollte die mächtigen Schultern und beugte sich vor, um ihre Hände schützend über den Beschwörer zu legen.

Mit einem Zauber pumpte Ruam daraufhin Kraft in seinen Shimaa. Dieser preschte blitzschnell vor und schlängelte sich durch die metallenen Finger der Statue hindurch. Der Beschwörer schrie voller Schmerz und Wut auf.

Die Statue, die Sayunaro gepackt hielt, presste die Finger noch fester zusammen. Er schwebte jetzt dicht vor den Lippen dieses Riesen. Offenbar wollte der Ohnlitz die Kraft des Shiisans in sich aufnehmen und gleichzeitig Sayunaro all seine menschlichen Knochen im Leib brechen. In den Augen des Standbildes leuchteten Hunger und Häme. Und da endlich holte Sayunaro aus, um der Statue mit aller Kraft seine Schwerthand in den weit aufgerissenen Schlund zu treiben. Sein Arm verschwand schultertief in ihrem Rachen. Der Ohnlitz heulte auf, was Sayunaro fast taub werden ließ. Erst in letzter Sekunde zog er seine Schwerthand zurück. Der Riese, nun ein toter Klotz aus Gold und Bronze, begann zu schwanken, stürzte rücklings gegen die Flügeltür, riss sie ein und kippte ins Freie. Staub und Holzsplitter wirbelten durch die Luft. Strahlender Sonnenschein vertrieb das Schummerlicht im Tempel. Sayunaro befreite sich aus den erstarrten Fingern und sprang auf die Stufen vor dem Tempel. Links und rechts wollten nun Wagen an ihm vorbei in den Tempel hineinrasen, doch da stapfte die zweite Statue zur Tür hinaus. In ihrem flachen Gesicht spiegelte sich blanke Wut wider. Mit beiden Händen schleuderte sie die Vehikel der Rumunger zurück.

Sayunaro brachte sich schnellstens vor diesem wütenden Riesen in Sicherheit, dessen Aufmerksamkeit jedoch einzig den schwarzen Wagen galt. Entschlossen hielt er auf sie zu – bis er nach wenigen Schritten überraschend langsamer wurde. Über ihm schoss ein winziger purpurner Vogel mit langem Schwanz hinweg. Ein weiterer Yuumo. Die ersten großen Bronzetropfen perlten über das Gesicht des Standbildes, kurz darauf rann das Metall in Strömen zu Boden …

Unwillkürlich wich Sayunaro zurück, denn auch er vermochte die Hitze, die dieser Feuergeist verbreitete, nicht zu ertragen. Die Statue riss mit letzter Kraft den Kopf herum, um nach dem Feind Ausschau zu halten, doch ihr Gesicht hatte sich längst in eine formlose Masse verwandelt. Verzweifelt tastete die Figur nach Augen, Nase und Lippen, die jedoch unabänderlich geschmolzen waren. Schließlich zerfloss ihr ganzer Körper, die Beine knickten weg, das flüssige Metall breitete sich über den Platz aus, flutete über die toten Soldaten hinweg und verwandelte sie in vom Sockel gestürzte Statuen. Die Wagen zogen sich vor dem glühenden Strom auf die umliegenden Hügel zurück.

Im Tempel brachten Ruam und der Beschwörer aus Narrah derweil ihr Duell zu Ende. Irgendwann krachte das Dach des heiligen Gebäudes ein, und eine gewaltige Faust trat zutage. Dann polterte es, jemand schrie, und schließlich erstarben alle Geräusche.

Kurz darauf schleppte sich Ruam aus der Dunkelheit des Tempels heraus. Sein rechter Arm hing schlaff herab, in der fest zusammengepressten Faust der linken Hand hielt er einen kleinen Gegenstand. Mühevoll kletterte er über die Statue, die Sayunaro ausgeschaltet hatte, und murmelte etwas. Daraufhin schmolz auch dieses Standbild. Die hölzernen Wände des Tempels glühten längst, nun fingen sie Feuer. Schon bald würde das Heiligtum ausgebrannt sein. Der Fluch, der auf dem Tempel lastete, hatte das Gebäude abermals ereilt. Zusammen mit ihm fand auch der Beschwörer aus Narrah sein Ende.

8

Der Turm des Ordens

»Grizzly werde ich niemals dazu überreden! Und selbst wenn es mir gelänge, wären wir nicht stark genug, die Schutzgeister im Turm freizulassen. Verschwenden wir also unsere Zeit nicht mit dieser Frage!«

»Vergiss nicht«, säuselte der Schwarze Kodsu, »dass du einen ganz bemerkenswerten Freund hast, der jederzeit bereit ist, dir behilflich zu sein!«

»Ach ja?«

»O ja!«

»Und wie willst du in den Turm gelangen? Ein dunkler Geist wie du wird niemals einen Fuß über die Schwelle dieses Baus setzen, dafür wurde mit Sicherheit gesorgt.«

»Das stimmt, aber für dieses kleine Problem gibt es eine einfache Lösung, bei der du lediglich etwas Gastfreundschaft beweisen müsstest. Ich habe dir meine Welt gezeigt, nun ist es an dir, mich in deine einzuladen ...«

Ray sah den Schwarzen Kodsu in Erwartung weiterer Erklärungen schweigend an.

»Dafür bräuchten wir beide bloß miteinander zu verschmelzen«, fuhr der Schwarze Kodsu mit unbeschwertem Lächeln fort. »Dein Körper wäre dann die Hülle für meinen. Sind wir erst einmal im Turm, verschwinde ich in meine Welt und spanne von dort aus einen Faden zu dir ... Wie eine Spinne, wenn du so willst.« Er streckte die Hand aus und stupste mit einem Finger gegen Rays Brust. Dieser spürte die Berührung gar nicht, nahm jedoch die Magie wahr, die der Geist verströmte. »Über diesen

Faden gelangt meine Kraft zu dir. Sie dürfte für dein Vorhaben allemal ausreichen.«

»Darauf lasse ich mich nie im Leben ein, denn ich werde bestimmt nicht freiwillig zu einer deiner Marionetten.«

Der Geist schloss mit der Miene eines Märtyrers die Augen.

»Das haben wir doch bereits erörtert«, sagte er nach einer Weile. »Und es würde mir im Traum nicht einfallen, deine Freiheit zu beschneiden. Im Übrigen kannst du jederzeit einen besseren Vorschlag machen, wenn dir meiner nicht gefällt.«

»Ich muss erst mit Grizzly reden«, erwiderte Ray und erhob sich.

»Der Herr Beschwörer braucht sich deswegen doch nicht selbst zu ihm zu begeben«, säuselte der Schwarze Kodsu mit der Stimme Yuis. »Nicht, wenn wir alle Hände voll zu tun haben. Besser, wir schicken einen Boten.«

Und schon verschwand sein Unterarm in einem unsichtbaren Schrank, um dann mit dem tobenden Yarudo wieder aufzutauchen.

»Guten Tag, mein Junge!«, flötete Yui. »Wir bräuchten kurz deine Hilfe.«

»Dir helfe ich bestimmt nicht!«, brüllte der Yarudo, obwohl ihm auf die Stirn geschrieben stand, dass er Todesängste ausstand.

»Das ist aber gar nicht fein«, gab sich Yui niedergeschlagen. »Hast du etwa vergessen, was man dir beigebracht hat: Wenn du nicht auf die Großen hörst, kommt der Schwarze Kodsu und holt dich. Das glaubst du nicht? Dann sieh dir nur Herrn Ray an! Er war auch nicht brav, und da hat ihn sich der Schwarze Kodsu geholt.« Yui brach in schallendes Gelächter aus. »Möchtest du vielleicht erst einmal meine Freunde kennenlernen?«

Ohne eine Antwort abzuwarten, hob der Geist den Arm und streckte ihn seitlich aus. Der Stoff des weiten Gewandes geriet in Bewegung. Dutzende von roten Hundertfüßlern, Skorpionen, Kakerlaken, Würmern und Nacktschnecken wimmelten dort. Allein bei dem Anblick zitterte der Yarudo am ganzen Leib.

»Gut«, brummte er. »Was soll ich tun?«

»Finde Grizzly und sag ihm, dass ich ihn dringend sehen muss«, bat Ray möglichst freundlich. »Damit tätest du uns einen großen Gefallen.«

»Und versprich ihm, dass sein herrliches Freudenhaus in Flammen aufgeht, falls er sich weigert zu kommen«, schob Yui begeistert hinterher. »Zusammen mit dem Rest der Stadt.«

Nach diesen Worten warf der Yarudo dem Schwarzen Kodsu in Gestalt der beflissenen Dienerin einen letzten verstohlenen Blick zu und verschwand.

Der Geist schüttelte den Ärmel aus, der nun wieder wie gewöhnlicher Stoff wirkte. In seinem Gesicht leuchteten zwei weiße Monde. Er sah Ray an, der mit mürrischer Miene vor ihm stand.

»Man wird sich doch wohl noch einmal einen kleinen Scherz erlauben dürfen!«, schmollte er. »Das mit dir, meine ich.«

»Ach ja?«, knurrte Ray und griff nach der Yari. »Ein Scherz sagst du also ...«

Als er sich dem Schwarzen Kodsu wieder zuwandte, hatte sich dieser bereits in Luft aufgelöst.

Grizzly fand sich im Nu ein. Nachdem der Yarudo ihn aufgesucht hatte, musste er alles stehen und liegen gelassen haben, um zu Ray zu rasen. Ihren Streit hatten beide vergessen. Das Haus des Statthalters machte einen gewaltigen Eindruck auf Grizzly, die Nachricht von den heranrückenden Rumungern erschütterte ihn. Neidlos erkannte er an, dass Ray die Zeichen besser zu deuten gewusst hatte als er selbst. Und dann schilderte Ray ihm seinen Plan ...

»Hast du jetzt endgültig den Verstand verloren?«, spie Grizzly aus. »Du kannst doch nicht allen Ernstes in dieser Weise gegen den Orden vorgehen!«

»Du hast gerade selbst zugegeben«, erwiderte Ray mit unendlicher Geduld, »dass ich mit meiner Warnung vor den Rumungern richtiglag.«

»Mhm.«

»Nun werden sie bald hier sein.«

»Daraus folgt aber nicht zwangsläufig, dass wir im Turm die Schutzgeister freisetzen!«

»Aber sie bieten Warra keinen Schutz mehr!«

»Mir ist ja klar, dass du nicht gut auf den Orden zu sprechen bist, aber so an ihm Rache zu nehmen ...«

»Was ich vom Orden halte, spielt bei dieser Frage überhaupt keine Rolle.«

»Dann ist das eine Idee von Herrn Akeno?« Grizzly verschränkte die Hände vor der Brust und behielt seinen Freund fest im Auge. »Ihr beide seid inzwischen ja ein Herz und eine Seele. Er träumt wahrscheinlich schon davon, wie der Turm zusammenkracht.«

»Ich würde diesen Schritt nicht vorschlagen, wenn es nicht unbedingt sein müsste. Herr Akeno würde die Stadt opfern, um diesen Krieg zu gewinnen. Ich opfere nur den Turm.«

Danach wiederholte Ray seinem Freund in allen Einzelheiten, was er von Kodai wusste.

Nachdem er den Bericht beendet hatte, erhob Grizzly sich und lief mit finsterer Miene durchs Zimmer. Irgendwann legte er die Hände auf den Rücken und gab vor, die Wandverzierungen zu bewundern. Schließlich drehte er sich dem ungeduldig wartenden Ray wieder zu.

»Verrat mir nur eines! Wenn ich nicht bei der Sache mitmache, ziehst du sie dann trotzdem durch?« Doch sofort gab er sich die Antwort selbst. »Ich ziehe die Frage zurück! Natürlich würdest du das! Ist dir überhaupt klar, was dir droht, falls du erwischt wirst?! Hoffst du in dem Falle etwa auf Herrn Akeno?!«

»Ich hoffe auf nichts und niemanden. Ich versuche lediglich dafür zu sorgen, dass wir in diesem Krieg nicht mit Pauken und Trompeten untergehen!«

»Lassen wir das vorerst so stehen ...«

»Nur zu gern.«

»... und wenden uns den Schutzgeistern zu! Wie willst du sie freisetzen?«, nahm Grizzly seinen Freund streng ins Verhör. »Sie stecken tief im Fundament. Während du dich zu ihnen vorarbeitest, hätten die Beschwörer alle Zeit der Welt, anzurücken und dich zu schnappen. Außerdem bist du für diese Aufgabe nicht stark genug.«

»Doch, das bin ich.«

»Ach ja?«

»Ja, denn ich würde meine Zauber nicht vor dem Turm wirken, da wäre ich in der Tat zu weit weg, sondern unmittelbar an der Stelle, wo die Schutzgeister stecken«, antwortete Ray. »Das ist ein geschlossener Raum ohne jeden Zugang.«

»Wie willst du den denn bitte finden?«

»Der Yarudo wird mich hinführen. Vor der Zerstörung seines Hauses war er schließlich selbst eine Art Schutzgeist, deshalb weiß er, wo diese zu finden sind.«

Grizzly seufzte laut und rieb sich die Nasenwurzel.

»Gut, gehen wir mal davon aus, dass du dorthin vordringst«, hielt er fest und seufzte laut. »Aber ist dir eigentlich klar, wie stark deine Vertreibungszauber sein müssen?«

»O ja, das ist es.«

»Und wo willst du diese Kraft hernehmen?«

»Die werde ich mir leihen.«

»Wahrscheinlich vom Schwarzen Kodsu?«, giftete Grizzly. »Dem liebreizenden Geist, den ich mir deiner Ansicht nach ja nur eingebildet habe ...« Er verstummte, denn Rays Blick verriet ihm, dass er mit dieser Vermutung richtiglag. »Wie kannst du dich auf diesen Burschen einlassen?! Meine Güte, Ray, ich wünschte, ich hätte mir diesen Kerl wirklich bloß eingebildet!«

»Was schlägst du stattdessen vor? Du kennst die Lage. Welche anderen Möglichkeiten haben wir denn?!«

Grizzly trat ans Fenster und ballte seine mächtigen Pranken zu Fäusten, fast als müsste er diese davon abhalten, Ray ordentlich zu vermöbeln.

»Das gefällt mir nicht!«, fuhr Grizzly dann überraschend ruhig fort. »Warum kannst du dich nicht einfach von sämtlichen bösen Geistern fernhalten?!«

»Oh, das würde ich liebend gern, aber sie haben mich offenbar fest in ihr Herz geschlossen.«

»Was, wenn der Schwarze Kodsu dich vor seinen Karren

spannt? Schließlich wäre das Leben für ihn ohne Beschwörer deutlich einfacher.«

»Glaub mir, Beschwörer nimmt er nicht einmal wahr«, sprach Ray aus, was ihn schon lange beschäftigte, worüber er jedoch bisher mit niemandem hatte reden können. »Dazu ist der Geist viel zu stark. Aber du hast recht, irgendein Ziel verfolgt er, nur ist mir bislang völlig schleierhaft, welches. Trotzdem muss ich mir seine Kraft zunutze machen. Mir ist klar, dass dieses Vorgehen nicht ungefährlich ist, doch es ist mir allemal lieber, als hier zu sitzen und Däumchen zu drehen.«

»Hast du vergessen, was wir gelernt haben?! Beschwörer sollen sich nicht in die Politik einmischen!« Grizzly trat endlich vom Fenster weg und nahm wieder Ray gegenüber Platz. »Deshalb hat Sayunaro sich ja auch geweigert, sich zum Werkzeug seines Vaters machen zu lassen. Aber da hat Herr Akeno ja schnell Ersatz gefunden! Wahrscheinlich kann er sein Glück immer noch nicht fassen, dass du bei ihm aufgetaucht bist!«

»Hilfst du mir jetzt oder nicht?«

»Warum brauchst du eigentlich unbedingt meine Hilfe, wenn du mit deinem Schwarzen Kodsu schon alles so hervorragend ausgetüftelt hast?«

»Weil ich jemanden brauche, der mich nach getaner Arbeit nach Hause bringt.«

»Wenn man dich hört, könnte man wirklich glauben, das Ganze sei ein Kinderspiel«, murmelte Grizzly, der nie lange auf jemanden böse sein konnte. »Wenn ich könnte, würde ich dich davon abbringen, aber bei einem Sturkopf wie dir brauche ich das gar nicht erst zu versuchen. Und du weißt natürlich ganz genau, dass ich nicht zu Hause hocke, wenn du gerade von ein paar wütenden Schutzgeistern, von Angehörigen des Turms oder von sonst wem in Stücke gerissen wirst. Du hast mir am Tag der Geister das Leben gerettet, das wäre jetzt eine gute Gelegenheit, meine Schuld zu begleichen.«

»Danke!«

»Das ändert natürlich nichts an der Tatsache, dass diese Idee völlig dämlich ist«, knurrte Grizzly. »Ich muss aber immerhin zugeben, dass dein Plan gelingen könnte. Lass uns doch mal deinen Yarudo rufen!«

Im Unterschied zu Grizzly begeisterte sich dieser vorbehaltlos für die Sache. Der kleine Geist konnte es nämlich gar nicht abwarten, sich an den Beschwörern zu rächen.

»Das erledige ich spielend!«, tönte er. »Ich bringe dich hin.«

»Gut, dann ist es abgemacht.«

Mit hochzufriedener Meine verschwand der Yarudo wieder.

»Dann sollten wir jetzt die Zauber durchgehen«, schlug Grizzly vor.

Bis zum Abend hielt er Worte und Zeichen fest, die Ray ihm nannte. Er hatte bereits ein ganzes Blatt Papier beschrieben, doch Ray gab ihm noch immer neue Anweisungen.

»Jetzt reicht's«, stöhnte Grizzly irgendwann. »Mehr kriege ich nicht in meinen Kopf.«

»Gut. Du weißt noch, in welcher Reihenfolge du das alles ausführen musst?«

»Mhm.«

Daraufhin zerknüllte Ray das feine Papier, legte es auf ein Tablett und zündete es an. Grizzly fand dieses Vorgehen zwar etwas voreilig, verkniff sich aber jede Bemerkung. Das weiße Blatt schwärzte sich langsam und krümmte sich gleichsam im Schmerz, bis es zu Asche zerfiel.

Ray und Grizzly hingen unterdessen ihren Gedanken nach und bereiteten sich innerlich auf ihr Vorhaben vor.

»Gehen wir!«, entschied Ray nach einer Weile.

Sie mussten sich fast zum Ausgang des Hauses vortasten, denn die Diener hatten noch keine Kerzen entzündet, und das fahle Licht, das von draußen hereinfiel, konnte das Dunkel in den Gängen nicht vertreiben.

»Ein merkwürdiges Anwesen ist das«, murmelte Grizzly.

»Was meinst du damit?«

»Es ist, als wäre es ausgestorben, nicht mal Geister spüre ich.«

»Das kommt wohl gelegentlich vor.«

Die beiden traten in den Garten hinaus. Auch er war finster und dunkel, angefüllt vom leisen, bedrohlichen Raunen der

Bäume. Im Wasser der Teiche spiegelte sich der schwarze Himmel. Die schlafenden Sträucher hatten ihre Zweige miteinander verflochten und bildeten eine undurchdringliche Mauer.

»Ich komme mir vor wie ein Hund, den du an der Leine führst«, brummte Grizzly, der hinter Ray den Pfad entlangstapfte. »Hast du dem Statthalter eigentlich gesagt, was du vorhast?«

»Nein. Falls ich auffliege, will ich nicht, dass er etwas weiß.«

Grizzly schnaubte bloß.

Kurz darauf tauchte der Yarudo aus dem Nichts auf, der sich immer wieder ängstlich umschaute.

Gemeinsam verließen sie das Anwesen des Statthalters und gelangten in eine leere Straße. Die Türen der Häuser waren längst verriegelt, die Menschen hatten sich schlafen gelegt.

»Willst du zum Turm?«, fragte der Yarudo, der seine bisherige Beherztheit nun eingebüßt hatte.

»Nein«, beruhigte ihn Ray. »Wir werden von dort aus losschlagen.«

Er zeigte auf ein Haus, das völlig unbewohnt aussah. Die Pforte war mit Brettern vernagelt, die längst morsch geworden waren, auf dem Dach wucherte üppig Gras. Die beiden Nachbarhäuser schienen furchtsam von diesem Wrack abzurücken und sich mit einer hohen Mauer sowie einem gepflegten Garten vor dem Finsterling zu schützen.

»Wie willst du denn von hier aus zu den Schutzgeistern vordringen?«, fragte Grizzly ungläubig.

Doch Ray löste nur schweigend die morschen Bretter von der Pforte. Leise quietschend ging sie auf. Überall wucherten Kriechsträucher und Unkraut. Das leere Haus blinzelte sie mit Fenstern an, deren Läden nur noch in einer Angel hingen. Irgendwie erinnerte es an eine alte Krabbe, die aus dem Wasser gekrochen und nun in einer lächerlichen Haltung erstarrt war, weil sie nicht wusste, wohin sie weiterkriechen sollte.

»Da drin haust ein Kiokame«, sagte Grizzly. »Er hat die Menschen aus ihrem Haus vertrieben und lässt nun niemanden mehr rein. Das wäre schon einmal die erste Schwierigkeit.«

»Wir müssen nicht ins Haus.«, erwiderte Ray. »Und was sich vor seiner Tür tut, schert ihn nicht im Mindesten.«

»Was, wenn die Angehörigen vom Turm ihn nach dir fragen?«, entgegnete Grizzly, während er sich durch eine Heckenkirsche schlug.

»Das können sie gern versuchen«, erwiderte Ray grinsend. »Denn soweit mir bekannt ist, hat dieser Geist das Sprechen immer noch nicht gelernt.«

Die drei begaben sich hinter das Haus. Im Hof stand eine Sonnenuhr, an deren runder Steinplatte der Rand jedoch bereits abgebrochen war. Kiesel knirschten unter ihren Füßen, immer wieder knackten auch vertrocknete kleine Äste.

Ray schaute sich um. Wie feine Tuschestreifen durchzogen die Zweige der Bäume den dunkelblauen Himmel. Der Turm war von hier aus nicht einmal zu sehen. Das war jedoch auch gar nicht nötig, denn Ray hatte ihn klar vor Augen. Ein dunkles Bollwerk, unzugänglich, mächtig, rätselhaft.

»Noch kannst du umkehren«, flüsterte Grizzly.

Doch Ray schüttelte nur den Kopf und begann, die ersten Zeichen in den Boden vor der Sonneuhr zu ritzen. Grizzly ging ihm nach kurzem Zögern zur Hand. Schon bald hatten sie ihr Werk vollendet.

»Ich glaube, wir haben nichts vergessen«, stieß Grizzly aus und rieb sich die schweißigen Hände an seiner Hose ab. »Falls es sich niemand anders überlegt hat, können wir jetzt loslegen.«

»Bist du bereit?«, wandte sich Ray an den Yarudo.

»Selbst wenn sie in Ketten liegen, sind sie unglaublich stark«, flüsterte der Kleine erschaudernd. »Ein Vergnügen wird das nicht.«

»Keine Angst, dir tun sie nichts.«

Der Yarudo atmete mehrmals tief durch, bis er Mut gefasst hatte, dann ergriff er mit seinen kalten, dünnen Fingern Rays Hand.

»Es sind zwölf«, teilte er ihm mit. »Ich habe sie gezählt.«

Mit finsterer Miene malte sich Grizzly aus, was das für Arbeit bedeutete. Und welcher Gefahr sie sich dabei aussetzten.

Der Yarudo wirkte so angespannt, als müsste er in einen See springen, in dessen dunklem Wasser gierige Fische schwammen. Tapfer machte er den ersten Schritt und zog Ray, fest an der Hand gepackt, hinter sich her.

Dieser spürte ein letztes Mal festen Boden unter seinen Füßen, dann umgab ihn ein rauchiges, formloses Nichts, in dem sich zu bewegen qualvoll und mühelos zugleich war, denn dies geschah mit reiner Willenskraft. Ray konnte von Glück sagen, dass der Yarudo ihn führte, ansonsten hätte er wohl aufgegeben.

Als der Geist nach einer Weile seine eiskalten Finger zurückzog, lichtete sich der Rauch vor Rays Augen unvermittelt, und er fand sich in einem schmalen Raum mit niedriger Decke wieder, der eher an eine Gruft denken ließ. Die Luft war knapp, jeder Atemzug fiel Ray schwer. Auf den groben Platten aus grauem Sandstein lag eine dicke Staubschicht, in Rissen schimmerte Erdreich durch. Obwohl es weder Fackeln noch Fenster gab, ließen sich sämtliche Einzelheiten erkennen.

Auf dem Boden lag eine Frau mit wirrem grauen Haar. Sie trug ein Gewand aus grobem Stoff, das ebenfalls grau war und bereits etliche Schmutzflecken aufwies. Fesseln umschlossen ihre Handgelenke und Fersen. Von ihnen führten dicke Ketten zur Wand, die klirrten, sobald die Frau sich rührte.

»Nun fang schon endlich an!«, verlangte der Yarudo und zupfte Ray am Ärmel.

Dieser nickte, ohne den Blick von der gefangenen Geistererscheinung zu lösen.

Die Frau drehte Ray den Kopf zu. Schmerz entstellte ihr Gesicht, auf der Stirn und über der Oberlippe schimmerten Schweißperlen, die Adern am Hals pumpten wild, ihre Brust hob und senkte sich mit jedem ihrer ungleichmäßigen Atemzüge. Sie schien von einer unsagbar schweren Last zu Boden gepresst zu werden. Wie viele Jahre, Jahrzehnte oder Jahrhunderte sie hier wohl schon liegt und die Last des Turmes trägt?, schoss es Ray durch den Kopf. Und kein einziger Beschwörer fragt sich je, was sie durchmacht. Wut und Ekel ließen ihn erschaudern.

Der sengende Blick der Geistererscheinung blieb nun an ihm haften.

»Ich helfe dir«, versicherte Ray.

Die Frau betrachtete ihn mit einer Mischung aus Angst, Schmerz und irrsinniger Hoffnung. Ray führte die Yari an die Fessel der einen Hand. Fauchend schmolz das Metall. Nachdem er den Befreiungszauber gewirkt hatte, wiederholte er das Ganze bei der anderen Hand. Die Frau keuchte. Als sie sich aufsetzen wollte, fiel sie kraftlos zurück. Mühsam tastete sie nach den Fesseln an ihren Füßen und kratzte mit den Fingern über das Metall.

»Das ist nicht nötig«, sagte Ray. »Ruh dich nur aus, ich erledige das schon.«

Die Frau hielt in ihrem Tun inne und sah ihn unverwandt an.

Kaum hatte die Yari das Metall an den Fersen geschmolzen, krochen die Ketten Funken sprühend in die Ecken. Die Geistererscheinung blieb so reglos liegen, als würde sie ihrem Glück nicht trauen.

»Du kannst jetzt gehen«, sagte Ray erschöpft. »Du bist frei, verlass diesen Ort also ruhig.«

Doch die Frau rührte sich noch immer nicht.

»Glaub mir, es hält dich wirklich niemand mehr.«

Nun endlich erhob sich die Frau. In ihren Augen spiegelte sich nackte Freude. Sie biss sich auf die Lippe, als wollte sie einen Jubelschrei unterdrücken, presste die zur Faust geballte linke Hand gegen die Brust und streckte Ray die rechte hin. Er lächelte traurig angesichts dieser wortlosen, leidenschaftlichen Dankbarkeit, doch noch ehe er die Hand ergriffen hatte, war die Frau bereits verschwunden, hatte sich in einer Wolke warmen Lichts aufgelöst.

»Weiter! Rasch!« Der Yarudo hatte sich die ganze Zeit im Schatten gehalten, jetzt packte er abermals Rays Hand und zog ihn hinter sich her. »Wir dürfen nicht trödeln!«

Er zeigte auf ein Loch, das knapp über dem Boden in der Wand aufklaffte.

»Der Tunnel führte in den nächsten Raum!«

»Kannst du mich nicht geradenwegs dorthin bringen?«

»Sicherer ist es, wenn du allein durch den Gang kriechst«, behauptete der Yarudo, der sich ständig umschaute. »Die Beschwörer vom Turm bemerken dich dann nicht ... jedenfalls nicht gleich.«

Ray tat, was der kleine Geist verlangte. In dem engen Tunnel schürfte er sich Ellbogen und Knie auf, stieß auch immer wieder mit dem Kopf gegen die Decke. Schweiß lief ihm in die Augen, er bekam kaum noch Luft, und in seiner Seite machte sich ein stechender Schmerz bemerkbar. Trotzdem arbeitete er sich stur weiter vor. Warum musste Sayunaro damals bloß Kazumi zu Hilfe eilen?, knurrte er innerlich. Hätte er das nicht getan, wäre er nicht in der Welt der Shiisans gelandet. Und hätte Herr Akeno sich nicht mit dem Turm überworfen, hätten wir den eitlen Angehörigen vom Orden vielleicht doch klarmachen können, dass die Rumunger stärker sind als sie! Und warum muss ich immer wieder irgendwelche dummen Pläne aushecken?!

Über diesen Grübeleien hatte er den Ausgang erreicht. Erleichtert, im nächsten Raum angelangt zu sein, wich er jedoch sofort an die Wand zurück.

Um zu erkennen, dass der Geist vor ihm wahnsinnig war, reichte ein Blick. Das ausgemergelte, schmutzige Geschöpf mit dem bleichen Gesicht, den blutunterlaufenen Augen und dem schiefen Spalt anstelle des Mundes kauerte in einer Ecke, spielte mit seinen Ketten und sang mit krächzender Stimme vor sich hin. Kaum sah er Ray, stürzte er sich auf ihn. Dieser riss die Lanze hoch, doch da zogen die Ketten den Geist bereits zurück. Er jaulte fürchterlich.

Wie aus dem Nichts tauchte nun der Yarudo auf.

»Ohne meinen Hass«, flüsterte er, »hätte ich auch dieses Ende genommen. Bring ihn um! Du kannst ihm nicht mehr helfen.«

Im Grunde dachte Ray ähnlich, dennoch wollte er dem Schutzgeist eine Möglichkeit geben, sich zu retten. Er hob die Yari und zerschlug die Kette. Verständnislos stierte der Geist auf seine Hände. Kaum aber begriff er, dass er frei war, schraubte er sich keifend in die Luft – und stürzte sich auf Ray. Damit blieb diesem nichts anderes übrig, als die Yari in den ausgemergelten Leib der Erscheinung zu treiben. Wimmernd zerfiel das Wesen zu Rauchflocken, während Ray durch die freigesetzte Magie gegen die Wand geschleudert wurde. Benommen rang er nach Luft.

»Los!«, drängelte der Yarudo. »Nun mach schon! Die Beschwörer kommen dir sicher bald auf die Spur! Also weiter! Hier geht's lang!«

Es kostete Ray alle Willenskraft, seinen Weg fortzusetzen.

Es folgte ein weiterer Tunnel. Immerhin war er etwas breiter, sodass Ray den dritten Raum recht schnell erreichte.

In ihm stand ein Baum, dessen Wurzelfüße im Boden verwachsen waren, während die langen knorrigen Astfinger fest in der niedrigen Decke steckten. Zwei tief in der Rinde liegende Augenpaare folgten Ray. Hier haben sie sogar zwei Geister zu einem einzigen Wesen verschmolzen!, stöhnte Ray innerlich. Wahrscheinlich um ihre Kraft noch zu verstärken ... Wie konnten sie das bloß tun?! Am liebsten würde ich auf der Stelle alles kurz und klein schlagen, damit diese armen Geschöpfe, die hier gefangen sind, endlich keinen Schmerz mehr erleiden müssen!

Etwas Vergleichbares hatte er bisher nur einmal empfunden: in der Welt des Schwarzen Kodsu. Dort war sein Zorn jedoch erklärlich gewesen. Dieser Geist erfreute sich an den Qualen, die er anderen zufügte. Das lag in seiner Natur. Letzten Endes konnte Ray ihn sogar noch irgendwie verstehen. Aber die Beschwörer? Warum quälten sie andere? Allein den Schutz Warras ließ Ray als Rechtfertigung nämlich nicht gelten.

»Wir sind keinen Deut besser als er ...«, murmelte Ray.

Er fällte den vermeintlichen Baum, indem er mehrmals mit der Yari ausholte, deren Kraft er zudem mit einem Zauber verstärkte. Die Augen der beiden Geister erloschen, der Stamm kippte auf den Stein und barst. Ray nahm sich die Zeit, auch die einzelnen Teile in Rauch aufzulösen, danach zeugte nichts mehr von dem widerlichen Tun der Beschwörer.

Bei dem nächsten Schutzgeist handelte es sich um ein Mädchen in einem langen, zarten Kleid. Die Kleine schwebte hoch oben in der Luft und schien tief zu schlafen. In diesem Raum wartete jedoch noch jemand auf Ray, ein kräftiger Mann, der mit der Schulter gegen die Wand lehnte.

»Ich hätte mir denken können«, sagte er, »dass du dich gegen den Turm stellst.«

»Seid gegrüßt, Meister Sin«, erwiderte Ray, der kaum zu glauben vermochte, wie ruhig und gelassen der Angehörige des Ordens sich gab.

»Ich will doch hoffen, dass dir klar ist, was du hier tust.«

»Ich setze die Schutzgeister frei, die in diesem Turm gefangen gehalten werden.«

»Offenbar hast du inzwischen wirklich den Verstand verloren«, bemerkte Meister Sin. »Denn du hast vergessen, wer dein Freund und wer dein Feind ist.«

»Nein, ich weiß das ganz genau, aber Ihr scheint es vergessen zu haben. Der Orden ist nämlich nicht besser als der Schwarze Kodsu. Er gereicht uns Beschwörern keineswegs zur Ehre. Wie kann er seine Kraft, Macht und Größe nutzen, um derart grausam, heimtückisch und widerwärtig zu handeln? Im Grunde ist es nicht weiter erstaunlich, dass die Rumunger uns nun ebenfalls vertreiben wollen!«

»Was bist du nur für ein einfältiger, dummer Junge«, brachte Meister Sin grinsend vor. »Nur weil du es gelernt hast, mit deiner Yari herumzufuchteln, hältst du dich für einen großen Beschwörer. Habe ich dir nicht schon bei unserer ersten Begegnung klar und deutlich zu verstehen gegeben, dass der Orden getrost auf rebellische junge Männer verzichten kann? Aber du begehrst weiter auf und erweist erfahrenen Beschwörern nicht den gebotenen Respekt. Obendrein möchte ich an dieser Stelle hinzufügen, dass du überhaupt kein Beschwörer bist.«

»Das ist wirklich gut!«

Trotz der Auseinandersetzung mit Meister Sin war Ray nicht entgangen, dass die Kleine nicht mehr schlief. Mit riesigen, leuchtenden Augen schaute sie zu Ray hinunter. Dieser las in ihrem Blick eine Bitte, ein Flehen, aber auch einen Befehl und ein Versprechen. Er hob die Yari. Daraufhin zog Meister Sin ein Schwert, das bis dahin von den Falten seines Gewandes verborgen gewesen war.

»Ich möchte nicht gegen Euch kämpfen«, sagte Ray.

»Keine Sorge, diese Ehre würde ich dir nie zuteilwerden lassen«, versicherte Meister Sin. »Ich werde dich jetzt lediglich vor die Tür jagen wie einen jungen Hund, der es im Haus allzu toll treibt.«

»Das muss Euch erst einmal gelingen.«

Ray wirkte einen Zauber, schleuderte diesen aber nicht gegen Meister Sin. Ein unsichtbarer Blitz bohrte sich in das Mädchen. Um die Kleine herum funkelte die Luft auf. Das befreite Geschöpf ließ keine Sekunde verstreichen, das Versprechen zu erfüllen, das sie Ray gegeben hatte.

»Yarudo!«, rief er sofort.

Dieser erschien umgehend. Mit schreckgeweiteten Augen verfolgte er, wie sich Meister Sin mit seinem Schwert gegen den Schutzgeist zur Wehr setzte und gleichzeitig versuchte, diesen mit einem Zauber auszuschalten.

»Bring mich zum nächsten Raum!«, verlangte Ray.

»Dann nimm aber die Beine in die Hand!«, erwiderte der Yarudo. »Man hat dich entdeckt!«

»Rede nicht, lauf!«

Der Yarudo fasste ihn bei der Hand und zog ihn geradenwegs durch den steinernen Boden, durch leere Räume und Berge zerschlagener Ziegel. Er suchte nun nicht länger nach geheimen Pfaden, sondern brachte Ray so schnell wie nur möglich zu dem Schutzgeist, um ihm wenigstens einen kleinen Vorsprung vor den Angehörigen des Turms zu sichern. Schon hatte Ray den nächsten Geist vor sich …

Diesmal handelte es sich um einen Jungen, der nicht älter war als der Yarudo. Er war mit dem Rücken an die Mauer gefesselt, sodass er fast wie eine lebende Wandverzierung wirkte. Verzweifelt wand er sich.

»Lass mich frei!«, wimmerte er. »Genau wie die anderen! Bitte, hilf mir! Rasch!«

Die Nachricht von Rays Tun hatte sich in Windeseile verbreitet. Ohne zu zögern, trieb Ray die Yari in die Wand und schälte den Geist gleichsam aus dem Stein heraus. Anschließend wirkte er die nötigen Zauber, um ihn vollends zu befreien.

Der Junge verschwand jedoch nicht auf der Stelle. Sein Körper leuchtete auf und wollte schmelzen, doch der Schutzgeist packte mit beiden Händen die Yari, um aus dem Schaft die Kraft zu saugen, die ihn noch ein Weilchen in dieser Welt hielt.

»Geh nicht mehr zu den anderen!«, ratterte er los. »Das schaffst du nicht! Geh zum Hüter! Zerstöre ihn, dann sind wir mit einem Schlag alle frei!«

Die letzten Worte hauchte er nur noch. Doch nachdem er sich in Luft aufgelöst hatte, blieb am Schaft der Yari ein Abdruck seiner kleinen Finger zurück.

»Kennst du den Hüter?«, fragte Ray den Yarudo. »Wie kommen wir zu ihm?«

»Dafür müssen wir weit nach unten. Sehr weit ...«

»Dann los!«

Es folgte ein langer Fall. An Rays Augen schossen die verschwommenen Umrisse von Räumen und zahllosen Kettengliedern vorbei, die immer feiner wurden. Schließlich meinte Ray, in glühendem Metall zu landen und selbst zu einem für ewig im Turm eingekerkerten Schutzgeist zu werden. Als er dann mit Händen und Knien aufschlug, ließ Schmerz ihn das Gesicht verziehen.

Den Steinboden bedeckte ein Teppich aus dornigen Kriechsträuchern. Sie rissen ihm die Kleidung auf, bohrten sich wütend in sein Fleisch und wanden sich um ihn.

Ray sprang auf und riss sich von den widerlichen Fesseln los, wobei er versuchte, nicht auf seine Wunden zu achten. Mit ein paar Lanzenstößen zerschnitt er die Sträucher, die bereits erneut seine Füße umschlingen wollten. Dann sah er sich um. Der Raum hatte eine Gewölbedecke, die ebenso wie die Wände von dornigen Trieben überzogen war. Nun fielen Ray auch die Geräusche auf. Ein trockenes Knistern und Knacken hing in der Luft. Der Strauch vor ihm wuchs zusehends und nahm die

Umrisse eines Menschen an. Zweige, die sich zu Armen verflochten, der Kopf eine ungleichmäßige Kugel, der Brustkasten ein Netz aus Dornen.

»Du stehst auf mir«, fuhr ihn eine trockene, knackende Stimme an.

»Tut mir leid«, sagte Ray und suchte sich eine freie Stelle.

»Willst du mir helfen?«

»Wenn du nichts dagegen hast.«

»Und wenn ich nicht wegwill?«, fragte der Geist zurück. »Hier ist es warm und trocken, und es gibt reichlich Nahrung.«

Ein langer Zweig streckte sich Ray entgegen, schlang sich um sein rechtes Bein und bohrte ihm die Dornen durch die Stiefel in die Haut. Ray ertrug den Schmerz widerstandslos.

»Die anderen Schutzgeister empfanden den Aufenthalt an diesem Ort als Qual und wollten ihn deshalb verlassen.«

»Ich bin lange vor ihnen hier gewesen. Außerdem bin ich kein Schutzgeist.«

»Ich weiß, du bist der Hüter.«

»Eben! Ich bin die Quelle der magischen Kraft des Turms!«

»Dann muss ich dich zerstören.«

»Das wird dir nicht gelingen«, sagte der Geist fast bedauernd. »Denn ich bin mit Opferblut aufgezogen worden.«

Er klaubte einige Dornen vom Boden. Darunter traten das kleine Mädchen, der Junge aus dem letzten Raum und die Frau aus dem ersten zutage. Zusammen mit neun weiteren Leichen lagen sie fest aneinandergekettet in einem Kreis.

Ray musste an die Mormokken im Giharwald denken. Bei ihnen hatte es sich allerdings um wilde, gierige Sträucher gehandelt, während der Schlehdorn hier durch den Verstand und den Willen von Beschwörern geschaffen worden war. Damals hatten seine Freunde und er die Mormokken ausgeschaltet, da würde ihm das jetzt mit dem Hüter sicher auch gelingen. Leicht würde es allerdings nicht werden. Obendrein musste er sich schnell darüber klar werden, wie, denn auf Verhandlungen brauchte er bei diesem Geschöpf kaum zu hoffen. Wahrscheinlich musste er es mit den Wurzeln herausziehen, noch dazu rasch, bevor Meister Sin oder ein anderer Angehöriger des Turms auftauchte.

»Vielleicht können wir ja miteinander ins Geschäft kommen?«, fragte Ray zur Ablenkung, während er fieberhaft überlegte, wie er die Yari am besten einsetzte.

»Wie wollte ein Fisch mit einem Netz ins Geschäft kommen?«

Unterdessen richtete Ray die Yari bewusst langsam auf die Mitte des Schlehdorns und rief sich in Erinnerung, wie er ein Zeichen nach dem nächsten in den Boden vor der Sonnenuhr gezeichnet hatte. Sie loderten nun vor seinem inneren Auge auf, allerdings in umgekehrter Reihenfolge. Damit öffnete sich der Ausgang aus diesem Raum.

»Schwarzer Kodsu«, rief Ray leise. Sofort spürte er, wie unsichtbare Finger ihn berührten. So zog der Geist auch die Menschen, die ihm gefielen, in sein Spinnennetz. Aus Ray saugte er in dieser Sekunde jedoch nicht das Leben heraus, sondern ganz im Gegenteil: Er pumpte ihn mit Kraft voll. Bis heute hatte Ray angenommen, dass sein eigenes magisches Vermögen sich durchaus sehen lassen konnte, doch nun kam er sich wie ein Rinnsal neben einem Wasserfall vor. Kein Wunder, dass Beschwörer einen weiten Bogen um den Schwarzen Kodsu machen, dachte er nur. Niemand vertreibt diesen Geist.

Und dann überschlugen sich die Ereignisse. Die dornigen Zweige streckten sich von allen Seiten nach ihm aus, richteten sich wie Schlangen auf und führten einen regelrechten Reigen auf.

Ray schloss die Augen. Der Kampf hatte begonnen.

Erst als der Hüter sich auf Ray stürzte, stellte sich dieser das letzte Zeichen des Zaubers vor. Hunderte von Nadeln schienen seinen Körper zu durchbohren. Von Schmerz gepeinigt riss er die Augen wieder auf …

Meister Sin kam in den Raum gestürmt – doch auch über ihn fiel der Schlehdorn her. Die Zweige umschlangen seine Handgelenke, entrissen seinen Fingern das Schwert und würgten ihn.

Ray hoffte inständig, dass Grizzly seinen Ruf vernommen hatte. Schmerz drohte, ihm das Bewusstsein zu rauben. Da endlich verriet ihm ein Heulen in der Ferne, dass sein Freund ihn gehört hatte. Als Grizzly anfing, Ray zurück in den Hof des verlassenen Hauses zu ziehen, packte dieser den Schlehdorn fest mit beiden Händen, sodass auch der Hüter fortgerissen wurde. Das Geschöpf leistete erbitterten Widerstand, doch der Zauber, durch die Kraft des Schwarzen Kodsu um ein Zehnfaches verstärkt, kannte kein Erbarmen. Die Luft um Ray brodelte, die Ketten klirrten und rissen, die Zweige knackten. Ein lang gezogener Schrei erscholl, gleichzeitig schwebten luftig anmutende Silhouetten an Ray vorbei. Schließlich wurde er in die dunkle Nacht ausgespuckt, wobei er prompt die Scheibe der Sonnenuhr umriss. Das dürfte hoffentlich der letzte Sturz für heute gewesen sein, stieß er innerlich aus. Blätter und kleine Äste prasselten von oben auf ihn, von unten trieb der Hüter seine Dornen in ihn hinein. Die gierigen Triebe zerquetschend, drehte Ray sich auf den Rücken. Grizzly stand vor ihm, das Gesicht zerkratzt, ein gewaltiges Veilchen unter einem Auge und trockene Blätter im Haar.

»Ray!«, stieß er aus. »Bin ich froh, dich zu sehen! Ich habe dich kaum da rausbekommen! Was ist das für ein widerwärtiges Pflanzenzeug?! Bist du verletzt?«

Zur Antwort hob Ray bloß den Arm. Aus unzähligen Wunden troff Blut.

»Hat es geklappt? Nun sag doch was!«

»Ich weiß es nicht«, brachte Ray mit letzter Kraft heraus.

»Das erfahren wir vermutlich früh genug«, murmelte Grizzly. »Jetzt sollten wir erst mal von hier verschwinden!«

Ray meinte schon, der Rückweg würde nie enden. Anfangs schleifte Grizzly ihn noch, dann schulterte er ihn. Ständig knurrte er etwas von allzu leichtsinnigen Beschwörern, die nicht mal mehr auf den eigenen Beinen nach Hause kämen.

Als sie das Anwesen des Herrn Akeno erreicht hatten, sprang im Dunkel des Gartens der Yarudo auf sie zu und jubelte schier vor Freude.

»Es hat geklappt!«, trumpfte er auf und presste sich sofort

seine schmutzige Hand vor den Mund, fast als hätte er ein streng gehütetes Geheimnis verraten. »Alles ist futsch! Die Ketten sind zerrissen! Der Schlehdorn ist vertrocknet! Die Beschwörer brüllen und laufen wie angestochene Hühner durch die Gegend! Das gibt noch was! Ich hau gleich wieder ab, um mir das Spektakel anzusehen!«

Mit diesen Worten war er auch schon wieder verschwunden. Grizzly und Ray sahen sich an.

»Hast du es also doch geschafft«, brachte Grizzly heraus. »Ich weiß allerdings noch nicht, ob ich mich wirklich darüber freuen soll.«

»Nicht einmal ich freue mich«, gestand Ray und nestelte an seinem Hemd, das ihm an der blutverschmierten Brust klebte. »Aber wie ich schon gesagt habe, wir hatten keine andere Wahl.«

»Du musst es ja wissen«, erwiderte Grizzly und sah in die Richtung, wo der Turm des Ordens stand, dessen Macht sie gerade zerstört hatten.

9

Die Aori

»Dass du überhaupt noch lebst«, murmelte Grizzly, während er Ray etliche Verbände anlegte. Die Wunden, die ihm der Hüter zugefügt hatte, bluteten nach wie vor stark, was bei Beschwörern höchst ungewöhnlich war. »Ich hoffe, das ist dir eine Lehre und du unterlässt derart törichte Späße in Zukunft. Wenn nicht, kann dich beim nächsten Mal dein Yarudo nach Hause bringen.«

»Wem hast du eigentlich das Veilchen zu verdanken?«, fragte Ray bloß.

»Wie freundlich von dir, dich danach zu erkundigen«, erwiderte Grizzly und schob die Schüssel mit dem Wasser zur Seite. »Der Kiokame hat mal nach mir geschaut. Das Biest hat die Magie gespürt. Deshalb musste ich mit einer Hand dein Netz halten und mich mit der anderen gegen dieses Mistvieh wehren.« Er atmete tief durch und ließ sich neben Ray auf den Boden fallen. »Das war's. Sämtliche Wunden sind versorgt.«

Einen Moment lang schwiegen beide, denn sie wollten nicht über den Turm sprechen.

Im Haus herrschte noch Stille, im Garten liefen Soldaten Patrouille, hin und wieder strich der Wind durch die Zweige der Kiefern. Langsam zog der Tag herauf. Die ersten Vögel zwitscherten scheu in den Sträuchern.

Was der Orden nun, da die Schutzgeister freigesetzt sind, wohl unternimmt?, fragte sich Ray erneut. Unterstellt er sich jetzt wirklich Herrn Akenos Befehl?

Grizzly schienen ähnliche Fragen zu beschäftigen. Immer wieder riss er den Kopf herum, schaute zum Fenster hinaus, lauschte und runzelte die Stirn.

Als der Tag endgültig heraufgezogen war, stimmte der sogenannte Nachtigallenboden sein Lied an. Dabei handelte es sich um eine ausgeklügelte Falle. Die Dielen in diesem Teil des Hauses waren untereinander mit Metallstücken verbunden, sodass jeder Schritt ein Geräusch hervorrief, das ein wenig an Vogelgezwitscher erinnerte. Daher konnte sich niemand heimlich anschleichen. Und je leiser ein etwaiger Finsterling aufzutreten versuchte, desto lauter das Geschmetter.

Jetzt kam jemand entschlossenen Schrittes durch den Gang. Ray wusste genau, wer.

Die Tür wurde aufgerissen, und Herr Akeno trat ein. Hinter ihm stahl sich auf Zehenspitzen Yui herein, die eine höchst sorgenvolle Miene zur Schau trug. Ray erspähte in ihren blauen, weit aufgerissenen Augen den verräterischen Schimmer von zwei Monden. Mit einem Nicken bedeutete er ihr, draußen zu warten. Sofort verbeugte sich Yui ehrerbietig und rauschte mit wehendem Gewand hinaus.

»Wer ist das nun schon wieder?«, fragte Herr Akeno.

»Das ist Grizzly«, antwortete dieser. »Ebenfalls ein Beschwörer und mein Freund.« Er wandte sich diesem zu. »Grizzly, darf ich dir Herrn Akeno vorstellen, den Statthalter von Yugora?«

»Es ist mir eine große Ehre, Euch kennenzulernen«, versicherte Grizzly, der beim Eintritt des Statthalters aufgesprungen war und sich nun verbeugte.

»Ganz meinerseits«, erwiderte Akeno leicht spöttisch. »Wo seid ihr gewesen?«

Tief in Akenos Augen funkelte zornig der Schutzgeist. Selbstverständlich war dem Statthalter längst zugetragen worden, dass Ray diese Nacht außer Haus gewesen war. Noch dazu hatte seine Aufmachung dabei keineswegs seiner Stellung entsprochen, ganz zu schweigen davon, dass er nicht auf eigenen Beinen auf das Anwesen zurückgekehrt war, sondern auf der Schulter eines Fremdlings.

»Der Orden hat mich gerade um ein Treffen ersucht. Wo immer und wann immer es mir passt. Er wünscht die Strategie des kommenden Krieges mit mir zu erörtern. Vorher würde ich allerdings gern erfahren, was diesen Sinneswandel bei den verehrten Herren Beschwörern herbeigeführt hat.«

»Ich habe die Schutzgeister im Turm freigesetzt. Hinter seinen Mauern ist in dem heraufziehenden Krieg nun kein Beschwörer mehr sicher«, gestand Ray. »Damit ist der Orden gezwungen, Euch zu gehorchen.«

Akeno sah ihn mit stummem Unglauben an, dann schloss er die Augen, als spürte er bereits die Last, die Ray ihm aufgebürdet hatte.

»Hat dich jemand gesehen?«, fragte er nach einer Weile.

»Ja. Einer der Meister aus dem Turm. Er hat versucht, mich aufzuhalten.«

»Und was hast du mit ihm gemacht?«, platzte es aus Grizzly heraus.

»Nichts«, antwortete Ray. »Aber der Hüter hat ihn sich geschnappt.«

»Das ist schlecht«, murmelte Grizzly. »Sehr schlecht sogar.«

»Falls ich den Hüter wirklich mit Stumpf und Stiel herausgerissen habe, besteht durchaus die Möglichkeit, dass Meister Sin mit dem Leben davongekommen ist.«

»Sag, dass das nicht wahr ist!«, entfuhr es Grizzly entsetzt. »Dass es nicht Meister Sin war! Er kennt dich schließlich!«

»Hätte ich ihn deswegen vielleicht töten sollen?«

»Natürlich nicht!«

»All das könnt ihr zwei in Ruhe besprechen, während ich beim Orden vorstellig werde«, warf Akeno ein. »Denn ihr setzt derweil keinen Fuß vor die Tür!«

»Aber Herr Statthalter, das geht nicht«, widersprach Grizzly. »Ich muss meine Arbeit erledigen. Man wartet auf mich, und wenn ich nicht erscheine ...«

»Ihr habt ja wohl heute Nacht genug *gearbeitet*«, fiel ihm Akeno ins Wort. »Deshalb wiederhole ich es noch einmal: Ihr verlasst das Anwesen nicht! Falls ihr mir das nicht versprecht, grabe ich euch eigenhändig im Garten ein. Dann hätte ich auch gleich zwei neue Schutzgeister ...«

Er machte auf dem Absatz kehrt und verließ das Zimmer. Die Dielen stimmten unter seinen Stiefeln erneut ihr Lied an, das diesmal jedoch eher nach einem wütenden Geschrei klang.

Grizzly sah Ray bestürzt an. Keiner der beiden hätte zu sagen gewusst, ob der Statthalter sich mit dieser Drohung nur einen Scherz erlaubt hatte.

Ihnen sollte ein langer Tag bevorstehen, der jedoch immerhin eine kleine Verschnaufpause mit sich brachte. Hat der Schwarze Kodsu also recht gehabt, dachte Ray zum wiederholten Male, als der Abend bereits heraufzog. Mit diesem Schritt haben wir den Orden zum Handeln genötigt. Bleibt die Frage, ob er sich nun wirklich dem Befehl Akenos fügt. Und auch die, was für ein Spiel der Schwarze Kodsu spielt. Diesem Geist traute Ray nach wie vor nicht. Wenn ich bloß wüsste, was er im Schilde führt, grübelte er weiter und streckte sich auf seinem Futon aus. Aber wenigstens auf den Yarudo ist Verlass.

Der kleine Geist war noch immer im Turm und genoss die Panik, die durch den Verlust der Schutzgeister ausgelöst worden war. Der Schwarze Kodsu streifte in Gestalt Yuis durchs Haus, Grizzly hatte sich längst auf sein Zimmer zurückgezogen, das neben Rays Gemächern lag. Ihm schmeckte es gar nicht, gleichsam zum Gefangenen des Statthalters geworden zu sein. Und noch immer tagte der Orden ...

»Mehr Politik, weniger Magie«, murmelte Ray abermals die Worte, die ihm einst der Schwarze Kodsu gesagt hatte. Dann blies er die Kerze aus.

Jemand berührte ihn sanft.

Sofort griff er nach der Yari und setzte sich auf. Auf seinem Futon hatte sich eine Frau mit mandelförmigen, im Dunkeln sanft leuchtenden Augen niedergelassen. Eine der beiden Aoris. Ihr goldenes Gewand, das ihren Körper umhüllte, ergoss sich mit einem langen Seidenschweif über die Schilfmatte. Ray sah sie verwundert an. Was wollte dieser Geist in seinem Zimmer?

Gleich einem weißen Falter tanzte die Hand der Aori grazil zu ihrem Mund hinauf. Der schmale Zeigefinger legte sich vor ihre fest zusammengepressten Lippen und bedeutete ihm auf diese Weise zu schweigen.

Ray nickte.

»Ich bin hier, um dich zu warnen«, sagte sie ihm. »Du hast den Orden gedemütigt, indem du die Schutzgeister freigelassen hast. Da wirst du doch nicht allen Ernstes darauf gehofft haben, ungeschoren davonzukommen, oder?«

»Nein.«

»In den Augen des Ordens bist du seit letzter Nacht nicht mehr bloß ein eigensinniger und aufsässiger junger Mann, sondern auch ein gefährlicher Gegner. Er fürchtet sich davor, welche Überraschung du morgen für ihn bereithältst, vor allem hat er keine Ahnung, woher du deine Kraft beziehst und gegen wen du sie am Ende richtest.«

»Was hat der Orden entschieden?«

»Dich zu töten«, sagte sie und lächelte, als Rays Gesicht versteinerte. »Die Kaiserin wurde vom Orden nachdrücklich darum gebeten, dies umgehend zu erledigen. Jetzt, um genau zu sein.«

»Dann solltest du mich töten?«

»Ja.«

»Aber die Kaiserin hat beschlossen, mich stattdessen über die Absichten des Ordens in Kenntnis zu setzen?«

»Nein, Ray.« In ihrem Lächeln lag ein gewisses Mitleid mit ihm, der so fest an das Gute im Menschen glaubte. »*Ich* habe beschlossen, dich zu warnen.«

Eigentlich hätte er längst daran gewöhnt sein sollen, dass sich ein Geschöpf aus der jenseitigen Welt ihm gegenüber freundlicher zeigte als ein Mensch. Trotzdem erstaunte es ihn immer wieder.

»Warum wurdest du überhaupt für diese Aufgabe ausgewählt? Du bist doch keine Mörderin.«

»Weil nur wir den Schutz auf dem Anwesen des Statthalters überwinden können.«

»Und weshalb erzählst du mir das alles?«

»Weil ich mir im Gegenzug einen Gefallen von dir erbitte. Befreie auch mich!« Sie rückte dicht an ihn heran und schob den Ausschnitt ihres Gewands zur Seite, sodass an der weißen Kehle ein schmales goldenes Band zutage trat. Die Kette, die sie an die Erde fesselte.

»Wenn du mich befreist«, fuhr sie voller Leidenschaft fort, »gehe ich. Meine Schwester werden sie nicht zu dir schicken, das wagen sie dann mit Sicherheit nicht mehr.«

»Hatten sie denn keine Sorge, dass ich dich vernichten könnte?«

»Du hast mich ja nicht einmal gehört, als ich hereingekommen bin«, erwiderte sie. »Du warst mir schutzlos ausgeliefert. Was meinst du, wie einfach das gewesen wäre?« Ihre weiße Hand flog durch die Luft und landete auf seiner Brust, die Fingernägel gruben sich in sein Fleisch. Rays Herz stockte, eine eisige Woge flutete über seinen Körper. »Du wärst nicht einmal aufgewacht.«

Ray griff nach ihrer Hand, die warm wie die eines Menschen war. Obwohl sie trügerisch zerbrechlich wirkte, kostete es ihn einige Anstrengung, sie von seiner Brust zu lösen.

»Aber selbst wenn du etwas bemerkt hättest«, fuhr die Aori fort, »wärst du niemals imstande gewesen, mich zu vertreiben. Das schafft kein Beschwörer dieser Welt. Wenn der Orden nun jedoch erfährt, dass du noch am Leben bist, wird er dich für unglaublich stark halten und umso mehr fürchten. Dann lässt er dich in Ruhe. Natürlich könnte er einen Meuchelmörder auf dich ansetzen, doch mit dem dürftest du tatsächlich spielend fertig werden.«

»Ich kann dich leider nicht freilassen«, gestand Ray. »Da ich nicht weiß, mit welchem Zauber du an die Erde gebunden bist, kann ich diesen auch nicht knacken.«

»Corn hat meine Schwester und mich an die Erde gebunden, damit wir die kaiserliche Familie beschützen. Dafür hat er einen eigenen Zauber ausgearbeitet, den er zuerst bei mir, dann bei meiner Schwester angewandt hat. Ich erinnere mich genau an ihn und habe ihn mir jeden Tag Zeichen für Zeichen wiederholt, damit ich ihn nicht vergesse.«

Der große Beschwörer der Vergangenheit hatte dieses freiheitsliebende Geschöpf also an die Erde gefesselt. Wie lange mochte es schon darunter gelitten haben?

»Jeden Tag«, hauchte die Aori noch einmal, und in ihrer Stimme lag unendlich tiefer Schmerz.

»In dem Fall kann ich dich natürlich freilassen.«

Die Aori musterte Ray aufmerksam, bis sie nach einer Weile die Lider senkte. In Rays Kopf loderte das erste Zeichen des Zaubers auf. Ihm folgten rasch die nächsten. Es war ein aufwendiges Geflecht aus Herbeirufung und Anbindung. Sobald er sich diese Zeichen in umgekehrter Reihenfolge vorstellte, riss der erste Faden in dem Halsband der Aori. Jäher Schmerz ließ sie zusammenfahren. Ihre Fingernägel bohrten sich in Rays Schulter. Er biss die Zähne zusammen und verstärkte den Zauber. Vier heiße Blitze trafen die Aori, die nur mit Mühe einen Schrei unterdrückte. Ein weiterer Faden riss.

Dieses Ritual brachte auch für Ray Schmerzen mit sich. Jedes Mal, wenn er einen Faden kappte, fügte er der Aori grauenvolle Qualen zu – an denen sie ihn umgehend teilhaben ließ. Ob dies mit Absicht geschah oder nicht, vermochte Ray nicht zu entscheiden.

Ihr Seidengewand war längst zerfetzt, die Aori mittlerweile nahezu nackt. Unter ihrer Haut erglühten und erloschen goldene Fäden. Ray durchtrennte einen nach dem anderen.

Er geriet zunehmend in einen Strudel aus Qual und Genugtuung. Mehr als einmal drohte er, ohnmächtig zu werden. Die Welt um sich herum nahm er nur noch in Bruchstücken wahr. Eine weiße Schulter im Dunkel. Eine helle Strähne, die in einem unsichtbaren Luftzug schaukelte. Augen, die durch einen Schleier aus Haar hindurchfunkelten. Zähne, die sich in die Unterlippe bohrten …

Der Zauber entrollte ein Band mit sägeblattartigen Rändern, das sämtliche Fesseln zerschnitt. Irgendwann erstarrte sogar die Hand der Aori, fast als hätte auch sie bisher an einem Faden gehangen, der nun gekappt worden war. Die Aori sank auf Ray, bettete ihren Kopf an seine Schulter, bohrte ihre Finger in seine Haut.

Erst als der letzte, durch die Wirbelsäule laufende Faden riss, schrie die Frau auf. Ray entließ sie aus seiner Umarmung. Ein Strom sengender Luft brandete über sein Gesicht. Die Aori leuchtete auf, verdichtete sich zu einem blendenden Lichtknäuel und verwandelte sich in eine funkelnde Windhose. Diese schlug gegen die Decke, presste den Holzrahmen des Fensters aus dem Gemäuer, durchschlug die Tür und fegte frei durch die Gänge.

Gepolter und Geschrei drangen zu Ray ins Zimmer. Er schnappte sich die Yari und rannte hinaus.

Am Ende des Gangs standen drei Männer. Herr Akeno hielt sich mit einer Hand am Geländer fest, mit der anderen zog er seine Klinge blank. Der Schutzdrache in ihm tobte, denn er spürte die Aori. Soldaten kamen die Treppe heraufgestapft, doch Akeno bedeutete ihnen, dass sie sich wieder zurückziehen sollten.

Bei den beiden Männern in seiner Begleitung handelte es sich um Beschwörer. Der eine von ihnen war gegen die Wand gesackt und rieb sich mit dem Ärmel die tränenden Augen, der andere sah der Aori nach, die auf den Flügeln des Windes davonflog. Jetzt drehte er sich zu Ray zurück …

»Was geht hier vor?«

Als ob Ihr das nicht selbst bestens wüsstet, hätte Ray ihm am liebsten geantwortet.

»Guten Abend, Meister Sin«, sagte er jedoch stattdessen nur.

Dieser zeigte nach dem Kampf mit dem Schlehdorn weder Schnittwunden noch Blutergüsse. Sein finsterer Blick verhieß Ray allerdings lange und grausame Qualen.

»Hier ist eben starke Magie eingesetzt worden«, erwiderte Meister Sin mit ausgesuchter Höflichkeit. »Weshalb?«

»Bist du verletzt?«, erkundigte sich Herr Akeno, dessen Schutzdrache sich allmählich beruhigte.

»Nein«, antwortete Ray.

»Meister«, mischte sich nun der zweite Beschwörer ein und

hob den Kopf. Da erst erkannte Ray ihn wieder. Soburo. Sein Gesicht überzog flammende Röte, seine Augen tränten noch immer. »Wie kann das sein? Er müsste doch …«

Soburo verstummte, doch Ray begriff genau, was er hatte sagen wollten: Er müsste doch tot sein.

»Wer war das?«, fragte Akeno und deutete auf eine Wunde, die über Rays Brust lief.

»Ich weiß es nicht«, antwortete dieser, und seine Stimme klang durch und durch ehrlich.

»Wie hat er ausgesehen?«, wollte Meister Sin wissen.

»Das habe ich nicht erkannt.«

»Dann erzähl uns bitte ganz genau, was geschehen ist.«

»Ein Geist hat mich überfallen, ich habe ihn vertrieben, das war auch schon die ganze Geschichte.«

»Du willst also behaupten, in den Gemächern des Statthalters hätte dich ein Geist angegriffen«, hielt Meister Sin grinsend fest. »Welcher genau, entzieht sich leider deiner Kenntnis. Wie er ausgesehen hat, kannst du uns bedauerlicherweise auch nicht sagen. Kommt dir diese Geschichte nicht selbst völlig unglaubwürdig vor?«

»Eher kommt es mir vor, als würdet Ihr irgendeinen Verdacht gegen mich hegen.«

Die beiden maßen sich mit Blicken. Jeder von ihnen beiden wusste, was der andere dachte.

Du hast den Turm zerstört!

Ihr habt mir eine Mörderin aufs Zimmer geschickt!

Mit der hättest du nie im Leben fertig werden können!

Nur lebe ich, während von ihr jede Spur fehlt!

Soburo trat unruhig von einem Bein aufs andere, Akeno beobachtete alle drei Beschwörer neugierig und wartete zweifelsohne auf eine Fortsetzung des Schlagabtauschs.

»Wir sehen uns morgen früh«, durchbrach Meister Sin schließlich das Schweigen und wandte sich ab, um das Anwesen zu verlassen. »Im Turm des Ordens. Dort werden wir unser weiteres Vorgehen erörtern.«

Soburo eilte ihm sofort hinterher.

Der Statthalter sah den beiden nach, bis sie verschwunden waren.

»Also, wer war das?«, fragte er Ray dann. »In mein Haus dringt schließlich kein Geist ein.«

»Eine Aori schon.«

»Und sie hatte es auf dich abgesehen?«, fragte Akeno mit finsterer Miene. »Wieso lebst du dann noch?«

»Wir haben einen Handel geschlossen. Mein Leben gegen ihre Freiheit.«

Nach dieser Eröffnung meinte Ray fast zu hören, wie sich im Kopf des Herrn Akeno die Gedanken bewegten, doch der Statthalter gab mit keinem Wort preis, zu welchem Schluss er gelangt war.

»Gut«, hielt er lediglich fest, »geh jetzt auf dein Zimmer! Morgen erwartet uns ein harter Tag.«

»Welche Entscheidung hat der Orden getroffen?«

»Das wird er uns morgen mitteilen.«

Akeno nickte ihm noch einmal zu, ehe sich beide auf ihre Zimmer begaben.

Erst dort wurde Ray bewusst, was er getan hatte. Der Raum war völlig verwüstet. Die Tür hing nur noch in der Angel, ein Fenster fehlte, und die Zweige einer Kiefer streckten neugierig ihre Zweige in den Raum. Das Bett schwamm geradezu in Blut, überall lagen Fetzen goldener Seide, die Schilfmatten überzog eine feine Ascheschicht. In der Luft hing eisige Kälte, der Teetisch hatte die bemalten Türen des Schranks durchschlagen, an der beschnitzten Decke prangte ein schwarzer Rußfleck.

Im Grunde verstand Ray selbst nicht ganz, warum nicht auch er als Fleck an der Wand klebte. Als er die Yari in den wie durch ein Wunder noch unversehrten Waffenständer stellte, spürte er, dass noch jemand im Raum war. Er fuhr herum.

Grizzly stand hinter ihm, mürrisch gegen die Wand gelehnt, die Arme vor der Brust verschränkt. Warum ist er bei dem Radau eigentlich nicht schon viel früher aufgetaucht?, schoss es Ray durch den Kopf. Die magischen Erschütterungen hätten ihn doch anlocken müssen.

»Wolltest du gar nicht wissen, was hier vorgefallen ist?«

»Das weiß ich längst«, antwortete Grizzly in einer ablehnenden Weise, die Ray noch nie bei ihm erlebt hatte. »Sobald die Magie eingesetzt wurde, bin ich natürlich zu dir gestürzt, weil ich dachte, du bräuchtest Hilfe ... Ein Irrtum, wie mir sofort klar wurde.« Eigentlich sollte ich meinen Mund halten, ich will dir das auch gar nicht sagen, denn du weißt das selbst bestens, aber allmählich ...«

»Allmählich ...?«

»Du nimmst die Hilfe des Schwarzen Kodsu an«, sagte Grizzly ernst. »Du hältst dir einen Yarudo als Laufburschen, und jetzt gehst du auch noch mit einer Aori ins Bett.«

»Ich habe diese Aori befreit.«

»Deine Art von Befreiung kenne ich! Die habe ich nämlich mit eigenen Augen gesehen!« Grizzly stieß sich von der Wand ab. Er vermochte seinen Abscheu und seine Wut kaum noch zu unterdrücken. »Sei doch wenigstens dir selbst gegenüber ehrlich!«

»Mir ist nicht klar, was dich eigentlich so aufbringt.«

»Wie du dich auf die Geister einlässt, das bringt mich auf! Wir behalten diese Geschöpfe im Auge und vertreiben sie notfalls, aber wir leben nicht mit ihnen zusammen, wir helfen ihnen nicht, und wir gehen nicht mit ihnen ins Bett.«

»Und einen Shiisan haben wir erst recht nicht zum Freund«, giftete Ray nun. »Das hat in deiner Aufzählung noch gefehlt!«

»Ich mache mir Sorgen um dich! Das nimmt kein gutes Ende mit dir, wenn du diesen Wesen zu viel Platz in deinem Leben einräumst!«

»Ich passe schon auf mich auf!«

»Das tust du aber nicht! Sonst würdest du nicht bis über beide Ohren im Schlamassel stecken! Und ich mit dir.« Die letzten Worte brachte Grizzly ohne Vorwurf heraus, er hielt lediglich fest, was Tatsache war.

Vor der Notwendigkeit zu antworten rettete Ray das Auftauchen Yuis. Die bereits arg beschädigte Tür fiel bei ihrem Eintreten endgültig zu Boden, denn die junge Frau stürmte völlig aufgelöst ins Zimmer. Der Schwarze Kodsu übertraf sich selbst.

»Herr Ray! Ich habe gehört, dass Ihr ganz allein gegen drei Manmos gekämpft habt! Und obwohl sie Euch beinahe getötet hätten, habt Ihr sie am Ende alle ausgeschaltet!«

»Wer ist das nun schon wieder?«, wollte Grizzly wissen.

»Yui, meine Dienerin.«

»Aber was sehe ich da?!«, stieß Yui aus. »Das Bett voll Blut! Sogar die Schilfmatten haben gelitten! Und Ihr seid ebenfalls verwundet! Selbst ein Fenster ist entzwei!«

»Beruhige dich!«, befahl Ray. »Ich kann mich jetzt nicht auch noch um dich kümmern!«

»Ganz wie Ihr befehlt«, erwiderte Yui sofort und machte sich daran, die blutigen Laken einzusammeln.

Bei alldem ließ sie sich enorm viel Zeit. Grizzly argwöhnte, dass sie bestimmt ihrem Gespräch lauschen und sich anschließend mit dem Aufgeschnappten vor den anderen Bedienten brüsten wollte. Ray beobachtete ihn derweil scharf. Spürte sein Freund, wer sich eigentlich hinter der beflissenen Dienerin verbarg? Die Antwort war eindeutig: Nein, das tat er nicht.

»Es ist ja schon spät«, knurrte er schließlich, da Yui immer noch herumhantierte. »Ich gehe dann mal wieder …«

»Bis morgen«, erwiderte Ray.

Grizzly winkte noch einmal lässig und verließ den Raum, wobei er die herausgerissene Tür sorgsam vor das klaffende Loch lehnte. Die Dielen stimmten ein Lied an, das von seiner Gereiztheit kündete.

Da Ray sich mit einem Mal sehr müde fühlte, ließ er sich kurzerhand auf den Boden plumpsen. Durch seine aufgerissene Hose schimmerte getrocknetes Blut.

»Inzwischen genießt du ja allen Respekt«, stichelte der Schwarze Kodsu. »Dass man dir sogar eine Mörderin aufs Zimmer schickt …«

Ray hob den Kopf. Der Schwarze Kodsu saß nun in seiner eigenen Gestalt vor ihm.

»Du hättest mich ja warnen können.«

»Wieso das? Ich wusste ja, dass sie dich nicht tötet. Ebenso wie ich wusste, dass es dir gefallen würde, sie zu befreien. Warum hätte ich dich da um dein Vergnügen bringen sollen?«

»Das war ein höchst zweifelhaftes und ausgesprochen blutiges Vergnügen.«

»Morgen entscheidet sich also alles«, murmelte der Schwarze Kodsu und stierte mit seinen weißen Mondaugen ins Nichts.

»Was weißt du?«

»Das wirst du früh genug erfahren.«

»Kannst du mir nicht wenigstens verraten, was der Orden bisher besprochen hat?«

»Ich habe mir nicht die Mühe gemacht, seiner Sitzung beizuwohnen. Warum hätte ich das auch tun sollen? Es ist ja nicht schwer vorauszusagen, welche Entscheidung er treffen wird.«

Nun gut, dachte Ray bloß, bis morgen kann ich mich schon noch gedulden ...

Der Rest der Nacht verlief ruhig. Ihn beehrte niemand mehr, weder dunkle noch lichte Geister.

Der Sitzungssaal befand sich unter dem Dach des Turms. Durch schmale Fenster hatte man einen herrlichen Ausblick auf die gesamte Stadt. Das Meer von Häusern, die schmalen Straßen, durch die ein nie abreißender Strom von Menschen wogte, die Türme des kaiserlichen Palastes mit den im Wind flatternden Fahnen ... Die goldenen Turmspitzen schienen sich in den Himmel zu bohren, wie schwarze Pfeile schossen Schwalbensegler an ihnen vorbei. Während Ray die Vögel beobachtete, beschlich ihn ein seltsames Vorgefühl, das er aber nicht näher zu deuten wusste.

Die dicken Steinwände des Turms waren zwar völlig unversehrt, Treppen und Decken nicht eingestürzt, aber ohne die Schutzgeister wirkte er leer und verlassen, nutzlos wie eine Eierschale im Straßengraben.

In dem Saal gab es keine Stühle oder Schilfmatten, in der Mitte stand lediglich ein runder Tisch aus hellem, poliertem Holz, das eine purpurne Maserung aufwies. Rot und Weiß ...

Die Farben ließen Ray an das Wappen der Ishiros denken. Auf dem Tisch lag eine Karte Akanes. Schwarze Kreise und Pfeile zeugten vom Tun der Rumunger.

Meister Sin, Otsui, Fumai und Herr Akeno hatten sich über die Karte gebeugt. Die drei Beschwörer übergingen Ray völlig.

Das Zähneknirschen einer getrockneten Sardine hatte der Schwarze Kodsu diese wortlose Feindseligkeit einmal genannt.

Warum sie mich überhaupt einbestellt haben?, überlegte Ray. Wollen sie mich begaffen? Den jungen Beschwörer, der den Hüter des Turms und die Aori ausgeschaltet hat ...

»Den einen Tag sind sie hier, den nächsten da«, berichtete Meister Sin und deutete auf zwei schwarze Kreise. »Sie tauchen aus dem Nichts auf und kehren dorthin zurück.«

»Können die Rumunger über derart schnelle Wagen verfügen?«, erkundigte sich Akeno.

»Das ist mit Sicherheit keine Frage der Wagen«, antwortete Fumai und hüllte sich anschließend in ein derart beredtes Schweigen, als würde er ein streng gehütetes Geheimnis kennen.

»Nach wie vor stehen wir vor einem Rätsel«, durchbrach Otsui irgendwann die Stille. Seit Ray ihn das letzte Mal gesehen hatte, wirkte er noch magerer, schienen sich die Falten noch tiefer in sein Gesicht gegraben zu haben. »Die Rumunger haben den Goldenen Tempel eingenommen, den Silbernen auf dem Nachbarhügel aber links liegen lassen. Die große und reiche Anlage in Aroshima haben sie überhaupt nicht betreten, den kleinen, bescheidenen Tempel der Tausend Schilfmatten aber dem Erdboden gleichgemacht. In Narrah haben sie die Statuen des Kaisers und der Himmelsgeister zerschlagen, das Gold aber nicht mitgenommen, sondern es geschmolzen und auf dem Platz vor dem Tempel ausgegossen. Was auch immer ihr Ziel ist, bereichern wollen sie sich nicht!«

»Aber es muss irgendein Muster in ihrem Tun geben«, bemerkte Akeno und beugte sich über die Karte.

Ray trat nun vom Fenster an den Tisch. Die schwarzen Kreise zeigten an, welche Tempel die Rumunger bereits erobert hatten.

»Lassen die Tempel irgendwelche Gemeinsamkeiten erkennen?«, erkundigte sich Akeno.

»Sie alle wurden an Orten errichtet«, antwortete Meister Sin, »an denen früher die heiligen Kirschbäume wuchsen.«

Diese Bäume versinnbildlichten die Ewigkeit. Den alten Legenden zufolge waren auch die Hänge des Heiligen Berges Kaguyama, wo die mächtigsten Geister lebten, mit diesen Bäumen überzogen. In der Vergangenheit hatten die Menschen nicht einmal Tempel erbaut, sondern den Geistern in den heiligen Wäldern gehuldigt. Dort wurden auch die jungen Beschwörer ausgebildet. Tempel errichtete man erst viel später.

»Haben die Rumunger bereits irgendwelche Forderungen gestellt?«, wollte Akeno weiter wissen.

»Nein. Auch Drohungen sind nicht bekannt«, antwortete Otsui. »Sie treten eher auf, als wären sie die Herren im Haus, und nehmen sich, was sie brauchen. Wer sie aufzuhalten versucht, wird von ihnen zerquetscht wie eine Fliege.«

»Und was brauchen sie?«, bohrte Akeno.

»Die Fragmente einer alten Schriftrolle«, rückte Meister Sin endlich mit der Sprache heraus. »Diese ist mehrere Tausend Jahre alt und wurde behutsam in mehrere Teile geschnitten, die heute in den eroberten Tempeln aufbewahrt werden.«

»Worin genau besteht der Wert dieser Schriftrolle?«

»Sie ist mit dem Blut Tanigawas, eines großen Beschwörers der Vergangenheit, geschrieben worden, auf ein Papier, das aus einer sehr seltenen Binsenart gewonnen wurde«, erklärte Fumai »Binsen werden ja auch einmal im Jahr bei der Feier verbrannt, bei der wir unserer Toten gedenken, und zwar sowohl in einfachen Häusern als auch in Tempeln. Damit soll den Geistern der Toten der Weg zu uns gewiesen werden. Die Binsen, aus dem das Papier für die Schriftrolle gewonnen wurde, sind aber deshalb so wertvoll, weil sie vom Ufer der Kije in den Toten Landen stammen. Dieser Fluss ist längst versiegt. Obendrein wurde die Schriftrolle von Bronzeklammern zusammengehalten, die der alte Meister Gekidshiro angefertigt hatte.«

»Von dem wertvollen Papier und der edlen Handarbeit abgesehen, gibt es aber keinen Grund, warum diese Schriftrolle von besonderem Wert ist?«

»Vielleicht versprechen sich die Rumunger ja etwas davon, wenn sie die Teile wieder zusammenfügen.«

»Ist ihr ursprünglicher Inhalt bekannt?«

»Das sind Überlegungen eines unserer großen Vorfahren«, sagte Otsui. »Über die Magie im Allgemeinen.«

»Ließe sich daraus irgendein Nutzen ziehen?«

»Nur der, den das Vergnügen bietet, sich mit altem Wissen zu beschäftigen.«

»Warum sind die Rumunger gerade auf dieses Wissen erpicht?«

»Vielleicht hoffen sie, es in ihrem Alltag anwenden zu können ...«, meinte Otsui nachdenklich. »Oder sie gehen davon aus, dass in diesen Überlegungen irgendein Geheimnis verschlüsselt ist, vielleicht auch eine Karte ...«

»Aber das können wir ausschließen?«

»Unbedingt.«

Sie wissen doch bestimmt mehr darüber, vermutete Ray. Warum spielen sie nicht mit offenen Karten?

»Nachdem wir über unser Vorgehen beratschlagt haben, sind wir zu folgender Entscheidung gelangt«, verkündete Fumai nun. »Im Turm des Ordens von Warra liegt das größte Fragment dieser Schriftrolle. Dies wird in den Tempel des Fahlen Grases gebracht, der in Ogira liegt, in den Toten Landen. Dort ist es völlig sicher, außerdem locken wir die Rumunger dadurch in diese Provinz, in der dann wir die Regeln des Kampfes bestimmen.«

»Wie erfahren die Rumunger davon?«, ergriff Ray nun zum ersten Mal das Wort.

»Das wirst du ihnen mitteilen«, spie Meister Sin aus. »In letzter Zeit legst du ja ganz erstaunliche Fähigkeiten an den Tag. Die machen wir uns zunutze.«

»Ihr schickt mich zu den Rumungern?«

»Ganz genau.«

»Das bedeutet seinen Tod«, mischte sich Akeno ein. »Euch müssen doch andere Möglichkeiten zur Verfügung stehen, die

Rumunger über die Lage ins Bild zu setzen! Warum lasst Ihr nicht einfach einen Uddo die Nachricht überbringen?!«

»Sie riegeln sich gegen unsere Magie ab.«

»Und wie soll ich die Rumunger finden?«

»Mithilfe deiner ... Freunde«, erklärte Otsui und ließ seinen Blick theatralisch durch den Raum schweifen, der nun seiner Schutzgeister beraubt war. »Sie haben dir ja auch hier in Warra hervorragend zur Seite gestanden.«

»Wer bringt das Fragment in die Toten Lande?«, wollte Akeno wissen.

»Für diese Aufgabe haben wir bereits eine passende Kandidatin gefunden«, teilte Fumai ihm mit.

»Ist diese Kandidatin auch wirklich vertrauenswürdig?«

»Durchaus.«

»Wird sie in den Toten Landen sein, noch ehe die Rumunger weitere Tempel verwüsten?«

»Ja. Den Rumungern fehlen gewissermaßen noch zwei Tempel, der hier in Warra und der Tempel des Reinen Wassers in Datido, doch bevor ...«

»Sie haben nicht gerade viel Zeit benötigt«, unterbrach Akeno ihn, »um die ersten fünf Tempel zu zerstören.«

»Fortan werden sie nicht mehr so leichtes Spiel haben«, entgegnete Meister Sin mit finsterem Lächeln. »Ihr, Herr Akeno, begebt Euch zusammen mit Eurer Armee nach Datido. Sollten die Rumunger dort auftauchen, haltet Ihr sie so lange wie möglich auf!«

»Eine Armee wird den Rumungern nichts entgegenzusetzen haben«, gab Ray zu bedenken. »Mehr noch, Ihr schickt die Soldaten in den sicheren Tod.«

»Wir werden ihnen einige Beschwörer mitgeben«, versprach Meister Sin leichthin. »Dann sind sie sicher.«

»Dann verratet mir einmal, warum meine Männer für einen Fetzen Papier sterben sollen, der einzig und allein für Beschwörer von Belang ist«, verlangte Akeno. »Habt Ihr mir nicht doch etwas verschwiegen?«

»Herr Ishiro«, tönte Fumai und verschränkte die Hände vor

der Brust. Erst jetzt fiel Ray der massive Ring auf, der einen seiner dicken Finger umspannte. In ihn war ein Geist eingepflanzt. »Eure Aufgabe ist es, uns mit Euren Soldaten zu unterstützen. Magische Ausführungen in einer Schriftrolle brauchen Euch indes nicht zu kümmern, denn, bei allem gebotenen Respekt, von diesen Dingen versteht Ihr nichts.«

Ich glaube nie im Leben, polterte Ray innerlich, dass die Rumunger Agosima nur verlassen haben, weil sie sich für alte Schriftzeugnisse begeistern!

»Dann erklärt mir diese Dinge, Herr Fumai«, entgegnete Akeno. »Die Rumunger stürmen weder den Palast der Kaiserin, noch bringen sie wahllos Menschen um. Sie jagen einzig und allein diesen alten Fragmenten nach. Aber warum? Wollen sie eine alte Kostbarkeit in ihren Besitz bringen und dann im Triumph nach Agosima zurückkehren? Hoffen sie, der ganzen Welt damit vor Augen zu führen, dass es ein Leichtes ist, dem Turm eine wertvolle Reliquie zu stibitzen? Brauchen sie die Schriftrolle, um uns zu erpressen? Wenn ja, wäre es dann am Ende nicht vielleicht besser, wir rückten dieses belanglose Fragment freiwillig heraus? Dann hätte die Zerstörung der Tempel ein Ende, dann würde niemand sterben. Warum Kraft und Geld für einen Krieg verschwenden, wenn man diesen vermeiden kann?«

»Wer wollte einem Wahnsinnigen mit Vernunft beikommen?« hielt Otsui gelassen dagegen.

»Die Rumunger sind keineswegs wahnsinnig«, behauptete Ray. »Sie sind grausam und hinterhältig, aber sie gehen mit Verstand vor.«

»Jemand, der sich mit einem Geist verbindet, büßt seinen Verstand recht bald ein«, belehrte ihn Meister Sin. »Dann verfolgt er eine Weile wie besessen eine Idee, bis ihm unvermittelt der nächste Unsinn in den Kopf schießt. Euch, Herr Ray, sollte das nicht ganz unvertraut sein. Es spielt überhaupt keine Rolle, weshalb sie hier auftauchen, ob wegen einer Schriftrolle, der Wurzeln der heiligen Kirschbäume oder der Schätze der kaiserlichen Familie, wir müssen sie in jedem Fall aufhalten.«

»Dann lasst es mich anders ausdrücken«, ergriff Akeno wieder das Wort. »Wenn ich nicht schon völlig verblödet bin, versucht Ihr, mich mit leeren Erklärungen abzuspeisen. Ich will aber wissen, wofür ich in den Kampf ziehe. Erfahre ich das nicht, werde ich mich ganz gewiss nicht den Rumungern entgegenstellen.«

Die drei Angehörigen des Turms hielten für diese Forderung nur eisiges Schweigen bereit. Nach einer Weile besannen sie sich jedoch und verständigten sich mit Blicken.

»Ihr verlangt genauere Erläuterungen? Gut, die sollt Ihr haben. Uns hat Kunde aus Nikko erreicht. Dort wurde ebenfalls ein Tempel zerstört. Die Beschwörer wurden ermordet, doch eine junge Frau konnte sich retten, wenn auch unter recht merkwürdigen Umständen. Angeblich verdankt sie ihr Leben einem Shiisan. Er hat einen Rumunger getötet, der sie verfolgt hat, und ihr gesagt, sie solle sich beim Grab von Iasu Togawa verstecken, bei dem es mächtige Schutzgeister gebe. Sie hat sich genau an seine Anweisungen gehalten, und die Rumunger haben sie tatsächlich nicht gefunden. Darüber hinaus hat uns die Beschwörerin eine sehr genaue Beschreibung des Mannes gegeben, in den sich der Shiisan eingenistet hat. Er ist sehr groß, und seine Augen haben ihre einstige Farbe verloren, doch sie ist sich sicher, dass sie früher blau waren. Ein dreieckiges Gesicht, ein spitzes Kinn, hohe Wangenknochen, durch die linke Braue läuft eine feine Narbe ... Sind diese Angaben genau genug?«

»Durchaus«, antwortete Akeno, nachdem er tief durchgeatmet hatte.

Sayunaro lebt!, wollte Ray schon ausrufen. Und auch der Mensch in ihm lebt noch!

»Trotzdem!«, stieß Akeno aus. »Kehren wir noch einmal zu der Schriftrolle zurück! Warum ist sie so kostbar?«

Seinem Ton haftete keine Drohung an, gleichwohl spürten die drei Angehörigen des Turms, dass sie nicht länger um eine erschöpfende Antwort umhinkamen.

»Es handelt sich dabei um jenen Zauber, mit dem in der Vergangenheit Akane dem Wasser entrissen wurde.«

»Das bedeutet, wenn man diesen Zauber kennt ...«

»... kann man Akane oder Teile davon auch wieder versenken!«

»Deshalb können sie den offenen Kampf auch getrost vermeiden«, stellte Fumai klar. »Wenn sie erst einmal im Besitz der Schriftrolle sind, können sie unsere Welt schlicht und ergreifend untergehen lassen. Oder uns damit erpressen? Ich hoffe, Euch ist klar, dass das niemand erfahren darf?«

»Selbstverständlich.«

»Dann sollten wir unseren Plan noch einmal durchgehen«, verlangte Meister Sin. »Ihr begebt Euch mit Eurer Armee zum Tempel des Reinen Wassers und haltet notfalls die Rumunger auf. Wir bringen das Fragment aus Warra in die Toten Lande. Sobald das geschehen ist, wird Herr Ray die Rumunger davon unterrichten und dafür sorgen, dass sie ihm Glauben schenken.«

»Das werde ich«, versprach Ray. »Aber dafür brauche ich einen Wagen. Mein eigener hat leider am Tag der Geister Schaden genommen, aber ich könnte ...«

»Da du an diesem Tag durch deine Prüfung gefallen bist«, rieb ihm Meister Sin genüsslich unter die Nase, »steht er dir nicht zu.«

»Für diese Aufgabe bräuchte ich ihn aber. Deshalb würde ich es sehr begrüßen, wenn ich ihn zurückbekäme, damit ich ihn wieder instand setzen kann.«

»Noch etwas?

»Nein.«

»Dann ist diese Sitzung aufgehoben.«

Der Wagen wartete bereits im Garten des Statthalters auf ihn. Ray trat an ihn heran und meinte, einem totgeglaubten Freund wiederzubegegnen.

Das Gefährt war kunstvoll ausgebessert worden, die einstigen Schäden erkannte selbst Ray nur noch, da er von ihnen wusste und deshalb nach ihnen Ausschau hielt.

»Ich habe noch nie einen eurer Wagen aus der Nähe gesehen«, erklang da in seinem Rücken eine tiefe, schöne Stimme.

Ray drehte sich um. Eine große rothaarige Frau in einem schwarzen Rock und einer roten, mit Pailletten und Perlen besetzten Jacke kam auf ihn zu. Sie lächelte ihm freundlich zu und musste in der grellen Sonne blinzeln. An ihrem Kinn prangte ein frischer Kratzer, ihre Augen von der Farbe klaren Wassers blickten fröhlich drein.

Das war nicht die Marionette des Schwarzen Kodsu.

»Tora?«, fragte Ray.

»Guten Tag, Ray«, erwiderte sie – und es war tatsächlich die echte Tora. Die, die ihm so fremd war.

»Es war gar nicht einfach, zu dir vorzudringen, die Wache wollte mich glatt abwimmeln. Von oben bis unten durchsucht wurde ich auch noch.«

»Was machst du überhaupt hier in Warra?«

»Wir sind mit dem Zirkus hier.« Ihr Lächeln erlosch, und ihr Gesicht nahm einen ernsten Ausdruck an. Ihn kannte Ray. So sah Tora aus, kurz bevor sie eines ihrer Kunststücke am Trapez vollführte. »Bevor ich wieder aufbreche, wollte ich dich aber unbedingt sehen.«

»Wohin geht die Reise denn als Nächstes?«

»Nach Ogira.«

Die Antwort glich einem Peitschenschlag. Die Toten Lande! Der Turm hatte Tora für die Ausgabe auserkoren, das Fragment der Schriftrolle dorthin zu bringen!

»Nein!«

»Meine Entscheidung steht fest«, erwiderte Tora in hartem Ton.

»Warum tust du das?«

»Aus verschiedenen Gründen. Von einem Tag auf den anderen habe ich nichts mehr von Sayunaro gehört. Er antwortet nicht mehr auf meine Briefe und sein Uddo hat sich einfach in Staub aufgelöst. Außerdem träume ich seit Neuestem von Sakasu.«

»Wovon?«

»Das ist eine Legende von uns Zirkusleuten«, erklärte Tora, und das Lächeln kehrte auf ihre Lippen zurück. »Nach unserem Tod gelangen wir in der jenseitigen Welt in unseren eigenen

Zirkus. Eben zu Sakasu. Dort geht die Vorstellung nie zu Ende, die ganze Zeit spielt Musik, brennen bunte Feuer …«

Rays Gedanken wanderten sofort zu dem Zirkus des Schwarzen Kodsu zurück. Dort war allerdings ständig Blut geflossen …

»In Sakasu habe ich Sayunaro gesehen«, fuhr Tora fort. »Er wartet auf mich.«

»Und was bedeutet dieser Traum?«

»Wenn Sayunaro noch nicht tot ist, dann wird er bald sterben. Meine Träume haben mich noch nie getäuscht.«

Ihren Worten haftete eine düstere Gewissheit an, und Ray hatte nichts, diese zu zerstreuen.

»Ich habe versucht, hier in Warra etwas über ihn in Erfahrung zu bringen … über euch drei«, gestand Tora. »Deshalb habe ich mich an den Orden gewandt, meine Geschichte vorgetragen und alles vom Zirkus, dem Schwarzen Kodsu und euch erzählt. Eigentlich habe ich angenommen, im Turm würde mir niemand glauben, aber die Angehörigen vom Orden haben mir sehr aufmerksam zugehört und mir dann berichtet, dass sie jemanden brauchen, der eine wichtige Aufgabe für sie erledigt.«

»Da bist du ja gerade zur rechten Zeit gekommen«, bemerkte Ray mit bitterem Lächeln.

Sie zuckte leichthin mit den Achseln, und die bunten Perlen warfen Lichtfunken auf Rays Wagen.

»Du weißt ja nicht, worauf du dich da einlässt. Das ist lebensgefährlich.«

»Ich setze mein Leben bei jeder Vorstellung aufs Spiel«, erwiderte sie lächelnd. »Genau wie du, wenn du dich auf einen Kampf mit einem Geist einlässt.«

»Aber mir wurde die Gabe des Beschwörers in die Wiege gelegt, da habe ich gar keine andere Wahl, als gegen Geister zu kämpfen. Dich aber zwingt niemand, diese Aufgabe zu übernehmen.«

»Sayunaro hat mir geholfen, indem er mich aus der Welt des Schwarzen Kodsu gerettet hat. Jetzt helfe ich ihm.«

Ich habe dich damals gerettet!, wollte Ray sie am liebsten anfahren.

»Außerdem begebe ich mich ja nicht allein in die Toten Lande«, fuhr Tora fort. »Einige Angehörige des Turms werden mich begleiten und für meinen Schutz sorgen. Es besteht also gar kein Grund zur Sorge.«

Ray würde sie nicht von ihrem Vorhaben abbringen können, das war ihm klar. Tora war mindestens so stur wie er selbst.

»Gut«, sagte er deshalb. »Dich hält ja eh niemand auf.«

»Danke, Ray!« Sie streckte ihm die Hand hin, und er drückte ihre feinen Finger, die doch so kräftig waren.

»Viel Glück, Tora!«

»Dir auch.«

Am liebsten hätte Ray ihre Hand gar nicht mehr losgelassen. Lächelnd drehte sie sich um und lief mit leichtem, federndem Schritt durch den Garten zum Ausgang. Als sie vor dem Tor noch einmal zu Ray zurückschaute, war dieser verschwunden.

Ray raste die Treppe hinauf und stürmte in Grizzlys Zimmer. Sein Freund machte sich gerade zum Aufbruch fertig.

»Tora hat dich gesucht«, sagte er. »Hast du sie getroffen?«

»Sie fährt in die Toten Lande«, teilte Ray ihm mit. »Im Auftrag des Ordens! Es geht um die Rumunger! Kannst du sie begleiten?«

»Und wer passt dann auf dich auf?«, fragte Grizzly zurück, während er seine Jacke anzog.

»Das mache ich schon selbst. Aber Tora weiß nicht, worauf sie sich überhaupt einlässt. Es sollen sie zwar Angehörige vom Turm begleiten, aber ich vertraue nur dir.«

»Es freut mich zu hören, dass du nicht nur Aoris im Kopf hast, sondern auch noch Frauen von dieser Welt.«

»Dann tust du mir den Gefallen?«

Grizzly antwortete nicht, sondern seufzte nur schwer, hing seinen Gedanken nach und ließ seinen finsteren Blick durch den Raum wandern.

»Wenn etwas geschieht oder du Hilfe brauchst, lässt du mich das sofort wissen!«

»Selbstverständlich«, versprach Ray. »Danke!«

Doch Grizzly winkte bloß ab und stapfte hinaus.

Aus dem Fenster sah Ray ihm noch nach, wie er zum Ausgang des Anwesens stiefelte.

Warum ziehe ich bloß alle mit in diese Geschichte hinein?, warf er sich vor.

»Weil du ein Puppenspieler bist«, antwortete ihm der Schwarze Kodsu, der diesmal ganz bestimmt seine Gedanken gelesen hatte. »Genau wie ich, nur eben noch unerfahrener.«

»Das stimmt nicht.«

»O doch! Du freust dich diebisch, wenn eine Marionette zappelt, sobald du an einem Faden ziehst.«

»Ich bin nicht wie du, was auch immer du mir einzureden versuchst!«

»Herr Ray«, säuselte der Geist nun mit Yuis Stimme. »Ich habe Eure Sachen gepackt. Wann wollt Ihr aufbrechen?«

»Auf der Stelle!«

10

Der Tempel des Reinen Wassers

Der Tempel des Reinen Wassers thronte hoch oben im Fels, auf einer hölzernen Plattform. Eine endlos lange, in den Stein geschlagene Treppe führte zu der Anlage hinauf. Die Stufen waren mal schmaler, mal breiter. Links und rechts davon lagen unzählige kleinere Vorsprünge, die für Meditationsübungen genutzt wurden. Häufig hatte man auf ihnen Pavillons errichtet, die unter den Bäumen fast nicht auszumachen waren. Der Tempelvorplatz war durch eine Holzbrüstung vom Abgrund getrennt.

Zwischen den Nachbarbergen schlängelte sich ein schmalerer Gebirgsfluss dahin, die Kamo. Auf einem Plateau weiter unten am Hang sprudelte eine kleine Quelle.

Früher hatte man geglaubt, wenn jemand einen Sprung vom Tempel in die Quelle unbeschadet überleben würde, dann würden die Geister ihn fortan beschützen und er nie wieder irgendeine Not leiden. Selbstverständlich hatten zahllose verzweifelte Menschen versucht, auf diese Weise die Gunst der Geister zu erringen, sich am Ende aber nur Arme oder Beine, wenn nicht gar das Genick gebrochen. Deswegen verboten die Beschwörer dieses Treiben irgendwann und behaupteten, es genüge, sich in der Quelle zu reinigen oder ihr Wasser zu trinken. Dafür legten sie einige Schöpfkellen mit langen Griffen aus. Den Menschen gefiel diese neue Möglichkeit, die Gunst der Geister zu gewinnen, so gut, dass fortan keine Knochenbrüche mehr zu beklagen waren.

Zu dieser Zeit leuchtete im Grün der Wälder nur hier und da

ein roter Punkt. Ahornbäume. Vermutlich würden alle diese Berge aber schon bald in Rot ersaufen. In rotem Blut.

Längst waren um den Tempel herum Bogenschützen postiert worden. Die zahlreichen Pfade, die sich über die Hänge zogen, waren samt und sonders mit Holz ausgelegt. Ein Bambusgeländer säumte sie. Die Spannung, die in der Luft lag, war mit Händen greifbar. Alle warteten auf die Rumunger.

Akeno und sein Gefolge hatten ihr Ziel dank der Beschwörer und ihrer Wagen bei Tagesanbruch erreicht. Die Angehörigen des Turms hatten dem Statthalter versichert, er sei nun in besten Händen, da die hiesigen Beschwörer die Kampfmagie in vollendeter Weise beherrschten, und sich umgehend nach Warra zurückbegeben ...

»Wahrscheinlich braucht man sie dringend in der Hauptstadt, damit sie ein paar Yarras herbeizitieren«, murmelte Ray finster, während der letzte Wagen hinter einer Staubwolke verschwand. »Oder auf Vorrat Bibs besorgen.«

»Wir wollen doch niemanden zu Taten zwingen, zu denen er gar nicht imstande ist«, erwiderte Akeno grinsend. »Und wenn ihre Kampfmagie noch zu wünschen übrig lässt ...«

»Die Banner werden nicht gehisst«, erklang da bereits der Befehl von Shirey, den Akeno ebenfalls mitgenommen hatte.

Die Anwesenheit der Soldaten sollte den Rumungern so lange wie möglich verborgen bleiben. Die bereits eingetroffenen Truppen aus Datido hielten es ebenso.

»Herr Akeno«, begrüßte den Statthalter nun ein Mann in schwarz-grüner Uniform. »Wenn Ihr mir bitte folgen wollt. Ihr werdet erwartet.«

Der Offizier hatte breite Wangenknochen und klare Augen, in seinem dunklen Haar blitzte bereits das erste Grau auf. Als er Ray ansah, zog er verwundert eine Augenbraue hoch. Dieser grinste und ließ seinen Blick zu dem Zeichen am Uniformrock wandern. Dem Mann unterstanden fünfzig Soldaten. Montaro war seit ihrer letzten Begegnung rasant aufgestiegen, denn damals hatte er nur ein halbes Dutzend Männer befehligt.

Montaro runzelte leicht die Stirn. Wahrscheinlich wollte er

nicht unbedingt daran erinnert werden, dass der Giharwald ihn beinahe verschlungen hätte …

Akeno entging die schweigende Begrüßung der beiden zwar nicht, er verzichtete jedoch auf jede Nachfrage.

Montaro führte sie zu den Zelten. Die unauffällige Farbe des grauen Stoffes verschmolz fast mit der des Gesteins. Auch hier fehlten jegliche Wappen und Banner.

Vor dem Eingang eines Zelts standen Soldaten, die auseinandertraten und mit den Schäften ihrer Lanzen auf den Boden klopften, sobald die vier Männer auftauchten. Montaro schlug die Plane zurück und überließ Akeno, Ray und Shirey den Vortritt.

»Akeno!«, sagte ein breitschultriger Mann erfreut. »Mit dir hatte ich noch gar nicht gerechnet.«

Das Gesicht des Unbekannten war von Falten durchzogen, leuchtete aber vor Tatkraft. Die strenge schwarze Kleidung wurde von einem gestickten weißen Reiher geschmückt.

»Das haben wir den Beschwörern Warras zu verdanken«, erwiderte Akeno lächelnd. »Oder vielmehr ihren Wagen. Wir haben uns lange nicht gesehen, Garru. Wie geht es deinem Bruder?«

»Der Statthalter ist zu unser aller Bedauern erkrankt«, erklärte Garru. »Er musste mit seiner gesamten Familie die Provinz verlassen. Daher ist mir die Ehre zuteilgeworden, diesen Tempel zu beschützen.«

Ray musterte den Mann aufmerksam. Vor ein paar Monaten hatte er seinen Sohn gerettet, Sel. Ähnlichkeiten zwischen beiden entdeckte er jedoch nicht. Der eine war groß, schlank, hellhaarig und stets nachdenklich, der andere dunkelhaarig und mit groben Gesichtszügen, ein Mann, der eher an einen Gareru erinnerte, einen Baum, der in die Breite, nicht in die Höhe wuchs und eine fast eisenharte Rinde besaß, an der sich schon manche Axt vergeblich versucht hatte. Vater und Sohn waren wie ein Hokayu und ein Schilfrohrgeist.

»Und wer ist dieser Mann?«, fragte Herr Garru und nickte in Rays Richtung.

»Mein Beschwörer.«

»Ich habe gedacht, diese Stelle würde Sayunaro einnehmen.«

»Leider ist das nicht der Fall.«

»Wie mir Meister Rinso erklärt hat«, fuhr Garru fort, nachdem er Ray noch einmal aufmerksam gemustert hatte, »sollen meine Männer sich lediglich zwischen euch und die Rumunger stellen.«

Montaro, der ehrerbietig etwas abseits stand, wurde leicht unruhig. Ihm behagte die Vorstellung, an hungrige Geister verfüttert zu werden, ganz offenbar nicht.

»Ich habe noch nicht mit den Beschwörern dieses Tempels gesprochen«, ergriff nun Ray das Wort. »Deshalb weiß ich nicht, welches Vorgehen sie wählen wollen. Doch meiner Ansicht nach sollten gewöhnliche Menschen nicht in diesen Krieg hineingezogen werden.«

»Wie heißt du eigentlich?«, wollte Herr Garru wissen.

»Ray.«

»Bist du derjenige, der meinen Sohn aus dem Giharwald gerettet hat?«

»Das war nicht ich allein. Meine Freunde waren ebenso daran beteiligt wie Euer Beschwörer Rekar«, antwortete Ray. »Auch Herr Montaro hat uns damals begleitet.«

»Dessen Männer allesamt gestorben sind«, hielt Garru fest und schielte zu dem Offizier hinüber.

»Wir haben getan, was in unseren Kräften stand, um sie zu schützen. Und ich bin mir sicher, dass die Beschwörer des hiesigen Tempels ebenfalls nichts unversucht lassen werden, damit Eure Soldaten überleben.«

»Wir selbst werden die Hände auch nicht in den Schoß legen«, entgegnete Garru. »Akeno, wirst du hier den Oberbefehl übernehmen?«

»Nein, den überlasse ich dir. Du kennst die Gegend weitaus besser als ich.«

»Dann sollten wir umgehend die Strategie zur Verteidigung des Tempels durchgehen. Im Grunde ist er uneinnehmbar, denn von wo auch immer der Feind vorrückt, er lässt sich mühelos mit Pfeilen überziehen. Darüber hinaus habe ich angeordnet, folgende Pässe zu verbarrikadieren ...«

Die beiden Männer beugten sich über eine Karte.

»Wenn die Herren mich entschuldigen würden«, bat Ray daher. »Ich würde gern mit den Beschwörern sprechen.«

»Wenn du etwas erfährst, das uns von Nutzen sein könnte«, sagte Akeno, »lass es uns wissen.«

Auf dem Weg zum Tempel begegneten Ray in einem fort Soldaten. Die heilige Stätte hatte sich in ein gut befestigtes Lager verwandelt. Es wurde gehämmert, und an strategisch wichtigen Punkten stellte man Schilde zur Deckung auf. Wenn den Männern Bäume die Sicht verstellten, wurden diese kurzerhand gefällt und ihre Stämme zur Anfertigung von Hindernissen genutzt.

Aber ob die tatsächlich die Wagen der Rumunger aufhalten?, fragte sich Ray und presste die Zähne aufeinander. Diese Männer verschwenden doch bloß ihre Zeit ...

Im Tempel fand er in einem kleineren Raum mit einem Fenster, das die ganze Wand einnahm, sechs Beschwörer. Sie saßen im Kreis auf Schilfmatten und sprachen leise miteinander.

»Du musst dich in der Tür geirrt haben«, wandte sich einer von ihnen an Ray. Sein leuchtend rotes Haar wies ihn als Mann aus Hagura aus. Die dunklen Augen wirkten in seinem blassen Gesicht geradezu schwarz. »Wir haben euch Soldaten schon den ganzen Tempel überlassen, da werden wir doch wohl wenigstens hier ungestört bleiben dürfen, oder?«

Rays Aufmachung – die derbe Jacke aus schwarzem Leder, der breite Gürtel, das Wappen des Statthalters von Yugora, die in die Stiefel gesteckten Hosen, der Helm und die Lanze – mussten den Mann zu der Annahme verleitet haben, er habe einen Soldaten vor sich.

»Seid Ihr Meister Rinso?«, fragte Ray einen älteren Mann, dessen weißes Gewand eine blaue Stickerei zierte, die Wasserflüsse darstellte. Sein Gesicht mit dem kräftigen Kinn, den breiten Wangenknochen und den tiefen Falten um die hellbraunen Augen zeigte einen ruhigen, freundlichen Ausdruck, das dicke kohlschwarze Haar war reichlich von grauen Strähnen durchzogen.

»So ist es«, antwortete der Mann. »Was willst du?«

»Meine Name ist Ray. Ich komme gerade aus Warra.«

»Du bist ein Beschwörer?«, fragte die Frau verwundert, die neben Meister Rinso saß.

Es war eine sehr schmale, fast zerbrechlich wirkende Frau. Ihr goldenes Haar erinnerte an eine zerrupfte Chrysantheme und verdeckte ihre lange Nase mit dem Höcker weitgehend. Die eng beieinanderliegenden Augen waren gekonnt nachgezogen, sodass ihr Blau sich nicht ganz so fahl ausnahm. Eine Frau aus Welessa, der Provinz, in der die meisten Kinder mit Gabe geboren wurden. Sie hatte sich jede nur erdenkliche Mühe gegeben, um etwas anziehender zu wirken als ihre Landsleute, und das war ihr auch geglückt.

»Ja«, sagte Ray, schob die Tür hinter sich zu und trat an die Beschwörer heran, »das bin ich.«

Zwei von ihnen rückten zur Seite, damit Ray sich zu ihnen setzen konnte. Dieser nahm die Yari von der Schulter, legte den Helm ab, und während er sich niederließ, erfasste er mit einem raschen Blick die Runde. Rechts von ihm saß ein dunkelhaariger, stämmiger Mann aus Datido mit etwas unförmiger Nase. Entweder hatte er sie sich bei einer Schlägerei gebrochen oder irgendein Geist hatte ihm ordentlich Widerstand geleistet. Links von ihm fand sich ein braun gebrannter junger Mann mit kastanienbrauner Mähne, der ohne Frage aus Hakata stammte. Er schrieb in einem fort etwas auf ein langes Blatt Papier.

»Hervorragend«, murmelte der Mann aus Hagura und funkelte Ray mit seinen schwarzen Augen wütend an. »Bestimmt bringst du jede Menge neuer Befehle mit. Und sobald du sie übermittelt hast, musst du natürlich gleich wieder zurück. Wirst du überhaupt Zeit finden, noch ein Mahl mit uns einzunehmen?«

»Jetzt mach mal halblang, Kato«, bemerkte der Mann rechts von Ray. »Lass ihn doch erst mal zu Wort kommen.«

»Ich bitte dich, Namido, was wird er uns schon sagen?! Wir

sollen die Rumunger aufhalten, die Sonne gegen den Mond auswechseln …«

»Kato«, fuhr daraufhin auch Meister Rinso ihn an. Diesmal verstummte der Hitzkopf sofort. »Nun, Ray, gibt es Neuigkeiten aus Warra?«

»Habt Ihr vom Orden den Befehl erhalten, den Tempel so lange wie möglich zu halten?«

»Ja.«

»Dann habe ich keine neuen Nachrichten für Euch.«

Die Frau ihm gegenüber lächelte zögernd. Sie hatte kurz geschnittenes schwarzes Haar und blaue Augen. Diese leuchteten geradezu überirdisch, fast wie Email. Der schwarze Streifen um ihren Hals, den Ray zunächst für eine eigenwillige Kette gehalten hatte, erwies sich bei genauerem Hinsehen als Bluterguss.

»Dann hast du vielleicht eine einmalige Waffe mitgebracht?«, höhnte Kato.

»Nein. Wenn Ihr nichts dagegen habt, würde ich eurem Gespräch gern zuhören.«

»Als ob es etwas ändern würde, wenn wir etwas dagegen hätten«, murmelte Kato.

Schon nach wenigen Minuten begriff Ray, dass die Beschwörer des Tempels bereit waren, ihr Leben aufs Spiel zu setzen, aber nicht die geringste Ahnung hatten, welche Gefahr ihnen wirklich drohte. Meister Rinso ließ jeden zu Wort kommen und seine Überlegungen vortragen, mochten diese auch noch so abwegig sein.

Namido bewies weitschweifig, dass es am besten wäre, das Tempelgelände in Quadrate zu unterteilen und jedem einen Beschwörer zuzuweisen, der es verteidigte. Der eifrige Schreiber, Mito, stierte auf seine Aufzeichnungen, als er darlegte, sie müssten bestimmte Geister herbeizitieren und die entsprechenden Bändigungszauber verstärken. Diesen Gedanken griff die Frau aus Welessa auf und riet, zumindest in groben Zügen auch einen Angriffsplan auszuarbeiten.

Warum hat der Turm bloß keine erfahrenen Beschwörer hierher geschickt?, dachte Ray verzweifelt. Von mir aus sogar Meister Sin. Er wäre genau der richtige Mann. Ob er am Kampf in den Toten Landen teilnimmt? Schließlich soll dort die Entscheidung herbeigeführt werden, nicht hier ...

»Was ist?«, platzte es irgendwann aus Kato heraus. »Hast du noch irgendwelche Fragen?«

»Ja, eine«, antwortete Ray. »Was sollen die Soldaten machen?«

»Bitte?!«

»Welche Rolle habt ihr für sie vorgesehen?«

»Wir stellen ihnen Geister zur Seite«, antwortete Namido. »Die beschützen sie, gleichzeitig könnten sie ...«

»Die Rumunger werden die Geister in ihre Gewalt bringen und gegen die Menschen hetzen«, fiel Ray ihm ins Wort. »Entweder reißen sie die Soldaten dann in Stücke, oder sie nisten sich in ihnen ein. In letzterem Fall müssen wir gegen unsere eigenen Leute vorgehen.«

»Das ist völlig ausgeschlossen«, warf Mito ein. Ein flüchtiger Blick auf das Papier in seiner Hand verriet Ray, dass der Mann alles festhielt, was in diesem Raum gesagt wurde, seine eigenen Worte inbegriffen. »Um einen Geist zu lenken, der von einem anderen Beschwörer herbeizitiert wurde, muss man außer dem Herbeirufungszauber noch eine weitere Zeichenfolge kennen, eine Art Schloss. Das stimmt doch, oder, Arata?«

Die Frau aus Welessa hob die Hand und strich sich einige wirre Strähnen aus der Stirn. Erst da fiel Ray auf, dass jeder ihrer Finger verbunden war und die Handgelenke von leinenen Streifen umspannt wurden, um die sich schmale, matte Ketten wanden. Arata achtete strikt darauf, ihre Hände nicht unbedacht zu bewegen. Mit Sicherheit handelte es sich bei ihnen um eine mächtige Waffe.

Seit wann sie wohl darüber gebietet?, fragte sich Ray.

»Die Rumunger sind ja mit Shimaas verschmolzen«, hielt Arata mit sanfter Stimme fest. »Wenn wir diese doch bloß in unsere Gewalt bringen könnten! Dann könnten die Rumunger keine Kraft mehr von ihnen beziehen!«

»Aber wie ließe sich das bewerkstelligen?«, wollte Ray wissen.

»Das weiß ich nicht«, gab Arata zu. »Wenn sich die Shimaas

in ihnen eingenistet hätten, ließen sie sich vermutlich spielend mit einem entsprechenden Zauber vertreiben. Aber da es sich um eine freiwillige Verschmelzung handelt ... Wie diese rückgängig zu machen ist, entzieht sich meiner Kenntnis.«

»Wenn wir einen der Rumunger in unsere Gewalt bringen könnten ...«, bemerkte Kato versonnen, ehe er sich an Ray wandte. »Was schlägst du denn vor?«

»Wir sollten unbedingt die Soldaten in Sicherheit bringen. Sie können in diesem Krieg ohnehin nichts ausrichten.«

Entsetztes Schweigen breitete sich aus.

»In gewisser Weise ist dieser Gedanke nicht von der Hand zu weisen«, bemerkte Meister Rinso. »Doch wir brauchen diese Menschen. Indem sie die Aufmerksamkeit unseres Gegners auf sich lenken, ermöglichen sie es uns, ihn kennenzulernen. Danach können wir umso gezielter zuschlagen.«

»Es wird höchstens zehn Minuten dauern, bis die Rumunger alle Soldaten beseitigt haben.«

»Und dann werden sie sich uns vornehmen«, knurrte die schwarzhaarige Frau. »Machen wir uns doch nichts vor! Wir alle werden den Soldaten in den Tod folgen!«

»Spar dir diesen Unsinn, Yurana!«, polterte Kato. »Die Rumunger erledigen wir spielend!«

»Sie haben nicht mehr als fünf Minuten gebraucht, um die Beschwörer in Nikko zu töten«, hielt Yurana mit krächzender Stimme dagegen.

»Diese waren ja auch nicht auf die Rumunger vorbereitet«, konterte Kato. »Sie wussten überhaupt nicht, mit wem sie es zu tun bekommen. Im Gegensatz zu uns!«

Ray überging Katos Bemerkung und musterte Yurana.

»Du bist die Beschwörerin, die in Nikko als Einzige überlebt hat ...?«

»Ja. Ich habe beim Grab Togawas abgewartet, bis die Rumunger wieder abgezogen waren.« Sie berührte den Streifen an ihrem Hals und rang sich ein Lächeln ab. »Sie haben einen ganzen Tag lang die Gegend durchkämmt, mich aber nicht gefunden.«

»Und dass du dich beim Grab verstecken musst, das hat dir ein ...«

»... ein Mann verraten, der von einem Shiisan besessen war. Er hat vor meinen Augen einem Rumunger die Kehle aufgeschlitzt und ist dann buchstäblich vom blutgetränkten Boden verschluckt worden.«

»Könnten wir den Austausch dieser Erinnerungen vielleicht auf später verschieben?«, fragte Kato.

»Wie viele Rumunger waren es?«, überging Ray ihn. »Wie sehen die Wagen aus? Wie müssen wir uns ihre Überfälle vorstellen?«

»Auf all diese Fragen habe ich längst geantwortet«, entgegnete Yurana und deutete mit dem Kinn auf Meister Rinso. »In meinem Versteck habe ich ja kaum etwas gesehen, aber später habe ich ein paar Menschen ausgefragt. Es waren wohl nicht mehr als zwanzig Rumunger. Die Wagen sind riesig und schwarz und sehen ein wenig wie Käfer aus. Obendrein sind sie unglaublich schnell.«

Sie verstummte und presste die Zähne aufeinander. Ihre Kiefer mahlten, vor ihren Augen schien ein Schleier herabzufallen. »Nach dem Tod dieses Rumungers haben sie die halbe Stadt in Brand gesteckt«, fuhr sie mit krächzender Stimme fort. »Einer von ihnen hat dabei besonders gewütet, ein kräftiger Bursche mit roter Uniformjacke, der purpurne Streifen im Gesicht hatte. Der Tempel wurde dem Erdboden gleichgemacht. Er sah aus, als hätte ihn ein Hokayu zertrampelt. Ich konnte die anderen Beschwörer noch nicht einmal mit einer Totenfeier ehren, schlicht und ergreifend aus dem Grunde nicht, weil von ihnen nicht das Geringste übrig geblieben war.«

»Warum bist du überhaupt noch einmal nach Nikko zurückgekehrt?«

»Weil auch ich mich rächen wollte.«

»Ich habe dir schon wiederholt gesagt«, wandte sich Meister Rinso an sie, »dass Rache eine gefährliche Sache ist. Du musst deine innere Ruhe zurückfinden. Du darfst dich nicht von deinem Zorn leiten lassen ...«

»Einverstanden«, presste Yurana heraus. »Ich werde die Rumunger mit innerer Ruhe töten.«

»In diesem Kampf«, brachte Ray feierlich heraus, griff nach ihrer Hand und drückte sie, bis sich ihre Lippen zu einem Lächeln verzogen, »kannst du auf mich zählen.«

»Du willst am Kampf teilnehmen?«, mischte sich Kato ein. »Du hast nicht vor, dich aus allem herauszuhalten?«

»Meister Rinso«, überging Ray die Frage. »Wenn Ihr gestattet, würde ich gern einige Überlegungen vortragen.«

Alle Blicke richteten sich nun auf Ray, selbst Mito riss sich kurz von seinen Aufzeichnungen los.

»Aber sicher«, antwortete Rinso. »Nur zu!«

»Wir sollten möglichst wenig Magie einsetzen.«

»Hervorragender Vorschlag«, höhnte Kato, drehte sich Arata zu und verdrehte die Augen. »Beschießen wir die Rumunger lieber mit Katapulten!«

»Wenn wir Zauber wirken«, fuhr Ray fort, »muss alles sehr schnell gehen. Herbeirufung, Angriff und Vertreibung – das muss in einem Atemzug geschehen. Wir dürfen den Rumungern nicht die Möglichkeit geben, unsere Geister in ihre Gewalt zu bringen.«

»Ich könnte die entsprechenden Zauber dahingehend bearbeiten«, bemerkte Mito begeistert. »Alles Überflüssige würde herausfliegen, dafür würde ich die Verbindungen stärken. Das wäre zwar nicht besonders elegant, aber höchst wirkungsvoll.«

»Nun eine etwas heikle Frage«, fuhr Ray fort. »Ist einer von euch mit einem Geist befreundet?«

Die Beschwörer sahen sich erstaunt an. Meister Rinso zog die Brauen zusammen und bedachte Ray mit einem tadelnden Blick. Die Frage hätte ich mir auch sparen können, stöhnte Ray innerlich.

»Was soll das heißen?«, fragte Namido. »Ein Geist als Freund?«

»Nun, es muss nicht unbedingt ein Freund sein«, erklärte Ray. »Es kann auch ein Geist sein, dem ihr schon einmal geholfen habt. Oder einer, der eure Gesellschaft genießt, leidenschaftlich gern die Blumen in eurem Zimmer verschmaust oder euer

Gebäck stibitzt. Ein Bib, ein Annosu, ein Giin oder vielleicht ein Hausbold, das spielt gar keine Rolle.«

Er sah die Beschwörer hoffnungsvoll an, sie blickten verwirrt zurück.

»Wenn euch ein Geist nahestünde«, holte Ray daher aus, »könnte er in diesem Kampf ein unschätzbarer Verbündeter sein, weil die Rumunger ihn womöglich nicht in ihre Gewalt bekämen.«

»In diesem besonderen Fall dürften wir uns fraglos glücklich schätzen, einen solchen Verbündeten an unserer Seite zu wissen«, hielt Meister Rinso fest. »Doch wir alle betrachten Geister nun einmal nur als Werkzeuge. Täten wir das nicht, könnten wir sie nicht vorbehaltlos bekämpfen.«

»Also, ich habe da etwas«, gestand Yurana mit krächzender Stimme. »Zwar keinen Geist, aber ...«

Sämtliche Blicke schossen zu ihr. Sie kramte in ihrer Hosentasche und zog zwei unscheinbare graue Steine heraus, die sie vor sich auf die Schilfmatte legte. Sofort drehten sie sich um die eigene Achse, stießen klackernd gegeneinander und sprangen auf Yuranas Schenkel, um sich wieder in ihrer Tasche zu verstecken.

»Was ist das denn?«, stieß Kato aus.

»Belebte Steine«, antwortete Yurana. »Dieser Rumunger, den der Shiisan getötet hat, konnte einen Stock zum Kreisen bringen, ohne dass er vorher einen Geist in das Holz steckte. Ich habe genau aufgepasst, wie er das getan hat. Und offenbar verfüge auch ich über diese Begabung, denn schon bald ist es mir ebenfalls gelungen, Dinge zu beleben. Diese Steine haben mich mehr als einmal beschützt.«

»Du hast dir Wissen von einem Rumunger abgeschaut?!«, hakte Kato nach. »Widerst du dich nicht selbst an?«

»Nein«, antwortete Yurana in scharfem Ton. »Denn ich würde alles tun, um sie zu besiegen.«

»Pass bloß auf«, gab Namido sanft zu bedenken, und der Dialekt des Datiders klang dabei noch stärker heraus, »dass sich diese Steine am Ende nicht gegen dich wenden.«

»Selbst von den Rumungern konnte nur der Tote Dinge beleben«, erwiderte Yurana. »Niemand sonst. Es wäre dumm, dieses Wissen nicht zu nutzen.«

»Das sehe ich genauso«, pflichtete Ray ihr bei. »Erzählst du mir mehr darüber, wenn dafür Zeit bleibt? Wer weiß, vielleicht habe ich auch eine entsprechende Anlage …«

»Das wäre mir eine Freude«, versicherte Yurana lächelnd.

Daraufhin maß Meister Rinso Ray mit forschendem Blick. Allein seine äußere Erscheinung musste Misstrauen wecken: eine Uniform aus Datido, versehen mit dem Wappen der persönlichen Garde des Statthalters von Yugora, eine Yari, die er vermutlich selbst zusammengesetzt hatte, kein Zeichen eines Beschwörers. Dickköpfig wie alle Menschen aus Sinora, aber keineswegs unhöflich. So jung wie er war, hätte er allerdings zunächst schweigend den erfahreneren Beschwörern in diesem Raum lauschen müssen. In seinen hellgrauen Augen brannte zudem die ruhige Flamme innerer Stärke …

»Ray«, sagte Meister Rinso nun, »kann ich dich kurz unter vier Augen sprechen?«

Dieser erhob sich, nahm die Yari an sich und folgte dem Meister zum Ausgang.

»He«, rief Kato ihm nach, »bist *du* etwa mit einem Geist befreundet?«

»Ja«, antwortete Ray, ohne sich umzudrehen. »Mit einem Yarudo.«

Das aufgeregte Geflüster, das nach diesen Worten aufkam, schnitt Ray ab, indem er die Tür hinter sich schloss.

Rinso hielt raschen Schrittes auf den Ausgang zu. Ständig begegneten ihnen Soldaten, überall waren laute Stimmen und das Geklirr von Waffen zu hören.

»Du willst mit Sicherheit für uns alle das Beste«, ergriff Meister Rinso das Wort, sobald sie das Gebäude verlassen hatten. »Aber es gibt nun einmal gewisse Regeln im Leben, an die auch du dich halten musst.«

»Meister Rinso«, brachte Ray freundlich heraus, doch zwischen seinen Brauen bildeten sich zwei senkrechte Falten, »falls

Ihr fürchtet, ich würde dem Ansehen des Ordens schaden, kann ich Euch beruhigen, denn offiziell bin ich gar kein Beschwörer. Ich habe die letzte Prüfung nicht bestanden und trage das Zeichen des Beschwörers nicht. Kein Tempel in Akane würde mich je aufnehmen.«

Daher weht also der Wind, dachte Rinso. Deshalb ist er so aufrührerisch.

»Vielleicht kennt Ihr meinen Lehrer, Meister Hyeon«, fuhr Ray fort. »Er steht heute aufseiten der Rumunger. Jener Shiisan, der Yurana gerettet hat, ist mein Freund. Ein Mitprüfling hat ihm etwas vorgespielt und ihn dann an diese Geister verraten. Ein anderer Freund von mir ist auf dem Weg nach Ogira, in die Toten Lande. Er begleitet die Frau, die das letzte Fragment der Schriftrolle dorthin bringt. Wir halten die Rumunger hier auf, damit sie sicher ans Ziel gelangt. Wie viele von uns dabei sterben werden, weiß niemand. Anschließend soll ich mich zu den Rumungern begeben und ihnen eine Nachricht vom Orden überbringen.« Die Kraft, die in seinen Augen loderte, nahm nun die Farbe an, die auch die Spitze seiner Yari aufwies. Sie züngelte auf – und wich dann unendlicher Müdigkeit. »Vergeuden wir unsere Zeit also nicht mit Auslassungen über Regeln, sondern setzen wir alles daran, diesen Kampf zu überleben. Mir ist dafür jedes Mittel recht. Wenn Ihr über verbotenes Wissen verfügt, dann teilt es mit mir! Ich werde niemandem ein Wort davon sagen, das verspreche ich.« Er dachte kurz nach. »Falls es am Ende überhaupt noch jemanden gibt, dem ich etwas sagen könnte ...«

Rinso lachte unwillkürlich auf. Allmählich gefiel ihm dieser ehrliche, verzweifelte Junge. Und er begann zu ahnen, warum die Geister ihn geschickt hatten: Er sollte die Spinnweben der Gleichgültigkeit und blinden Gewohnheit fortfegen.

»Du hast sicher recht, Ray, in unbarmherzigen Zeiten sind außergewöhnliche Entscheidungen vonnöten. Aber vermagst du die etwaigen Folgen abzuschätzen? Beschwörer dürfen sich aus gutem Grund nicht auf Bündnisse mit Geistern einlassen.«

Rinso verstummte. Seine Worte fielen nicht auf fruchtbaren

Boden. Er besaß seit jeher ein feines Gespür dafür, wie er einem Schüler sein Wissen vermitteln konnte. Dem einen musste er wieder und wieder etwas eintrichtern, dem anderen Zeit zum Knobeln geben. Bei einigen half es nur, wenn er ihnen eine Möglichkeit bot, das Gehörte anzuwenden. Daher war ihm klar, dass Vorträge über Regeln und Vorschriften bei Ray nicht verfangen würden.

»Du kennst die Geschichte der beiden Schwestern?«, fragte er deshalb.

Ray schüttelte den Kopf.

»Während meiner eigenen Ausbildung war sie äußerst beliebt. Ein junger Beschwörer hat sich einmal einen Geist gefügig gemacht, der auf jede Frage die Antwort wusste. Dieses Geschöpf hat ihm jahrelang mit klugem Rat zur Seite gestanden. Der Beschwörer wuchs zu einem bekannten und allseits geachteten Mann heran. Doch eines Nachts tauchten die beiden Schwestern bei ihm auf, blinde und stumme Wesen. Sie nahmen ihm die Fähigkeit zu hören, zu sehen und zu sprechen, denn er hatte zu viel erfahren, was er nie hätte erfahren dürfen. Die beiden Schwestern ließen sich nicht vertreiben, weil sie für die Welt der Geister an sich standen. Man konnte sie auch nicht überreden, denn sie waren taub. Da sie zudem für alle anderen Geschöpfe der jenseitigen Welt unsichtbar waren, hatte der Mann nicht einmal die Möglichkeit, einen anderen Geist auf sie zu hetzen.«

»Und während meiner Ausbildung machte die Geschichte vom Schlüsselbewahrer die Runde«, erwiderte Ray. »Er besucht angeblich alle, die ein bestimmtes Ritual durchführen, und verleiht ihnen sieben Tage lang unsagbare Kraft, die er sich dann aber zusammen mit dem Leben des Menschen wieder einverleibt.«

»Der Kern all dieser Geschichten ist stets der gleiche. Die Geister schenken uns nichts«, hielt Rinso ebenso sanft wie nachdrücklich fest. »Nicht einmal die lichten. Und wir wissen nie im Voraus, in welcher Währung wir unsere Schuld begleichen müssen.«

»Nur ist mir in unserem Fall egal, wie hoch der Preis ist«, entgegnete Ray. »Was mich beunruhigt, ist, dass wir so wenige sind.«

»In ein paar Stunden treffen weitere Beschwörer ein. Dann sind wir den Rumungern von der Zahl her nicht mehr unterlegen.«

»Wenigstens etwas.«

»Bis dahin werde ich dir noch einige Zauber beibringen ... Falls du sie nicht längst kennst.«

»Danke«, sagte Ray und strahlte ihn an. »Aber eine Bitte habe ich noch. Sprecht mit Herrn Garru! Ihm ist schleierhaft, wie er Seite an Seite mit Beschwörern kämpfen soll. Auch für uns ist das ja neu ...«

»Sollten die Soldaten deiner Ansicht nach wirklich aus dem Tempel gebracht werden?«

»Falls Ihr keinen Zauber kennt, der sie irgendwie schützen könnte ...« Er verstummte jäh. Sein Blick wanderte ins Nichts.

»Ray?«

»Kennt Ihr einen Zauber, der es gewöhnlichen Menschen ermöglicht, Geister zu sehen?«

»Nein.«

»Leider können wir ja auch keinen Geist in sie einpflanzen, der das für sie übernimmt, denn den würden die Rumunger gegen uns aufwiegeln.« Ray schüttelte den Kopf und schien aus weiter Ferne aufzutauchen. »Vielen Dank, Meister Rinso, Ihr habt mir sehr geholfen. Aber jetzt muss ich noch etwas erledigen. In einer halben Stunde melde ich mich wieder bei Euch.«

Er drehte sich um und eilte davon. Als Meister Rinso ihm nachsah, fragte er sich, ob er diesen begabten Jungen als Schüler nehmen würde. Tief in Gedanken versunken kehrte er zu seiner Gruppe zurück.

Ray folgte derweil einem schmalen Pfad, dessen Holzbretter fast unter Laub versunken waren. Die Brüstung am Rand der Schlucht war mittlerweile schon morsch geworden.

»Yarudo«, rief Ray, als er sich weit genug von allen anderen entfernt hatte. Der Geist tauchte sofort auf. »Kannst du die Soldaten irgendwie beschützen?«

Der Kleine schob seinen Kopf zwischen den Stangen der Brüstung durch, und spähte in die Tiefe.

»Nein, dafür bin ich zu schwach. Bei fünf bis zehn Menschen würde ich es schaffen, aber das sind ja mindestens hundert.«

»Kannst du die Rumunger dann irgendwie von uns ablenken?«

»Schwer zu sagen. Wenn sie wirklich so stark sind, richtet meine Magie bei ihnen vermutlich nichts aus.«

»Wenn sie Geister einsetzen – kannst du die dann aufhalten?«

»Versuchen könnte ich es, aber meine Kräfte sind begrenzt.«

Er sah mit großen Augen zu Ray hoch. Zweifellos hatte er Angst vor den Rumungern. Das konnte Ray ihm nicht verübeln. Daher nickte er nur freundlich, und der Yarudo verschwand wieder.

Ray umfasste die Brüstung. So hilflos hatte er sich selten gefühlt.

»Bedrückt dich etwas?«, fragte da der Schwarze Kodsu.

»Wenn ich bloß wüsste, wie wir all die Menschen beschützen sollen …«

»Überlass sie mir!«

»Das könnte dir so passen!«

»Ich bringe sie in meine ungefährliche, gemütliche Welt und lasse hier Marionetten auftreten. Die empfinden keinen Schmerz.«

»Warum schaffst du nicht einfach die Rumunger in deine Welt? Das würde es dir auch ersparen, mühsam Marionetten anzufertigen.«

Der Schwarze Kodsu lachte bloß leise.

»Ray, auf deiner Schulter sitzt eine Spinne«, erklang da Yuranas Stimme.

Doch als Ray diese Spinne entfernen wollte, war der Schwarze Kodsu bereits auf die Brüstung gehüpft und hatte sich in einer Spalte des Holzes verkrochen. Von dort aus konnte er das weitere Geschehen ungestört verfolgen.

»Was wollte Meister Rinso denn von dir?«, erkundigte sich Yurana.

»Mich an die Regeln im Umgang mit Geistern erinnern.«
»Du kennst diesen Shiisan, der mich gerettet hat, oder?«
»Ja.«
»Ist er dein Freund?« Yurana lächelte, holte die beiden Steine abermals aus ihrer Tasche und ließ sie auf ihrem Handteller kreisen. »Alle brennen vor Neugier, ob das mit dem Yarudo stimmt.«
»Das tut es.«
»Die anderen haben da erhebliche Zweifel.«
Es dürften wohl vor allem zwei sein, die ihm nicht glaubten: Kato und Namido.
»Was ist mit dir?«
»Ich habe ihn ja gerade gesehen.«
»Er kann die Soldaten leider auch nicht beschützen, dafür ist er zu schwach.«
»Eigentlich ist es doch gar nicht so schlecht, dass sie hier im Tempel sind«, brachte Yurana nachdenklich vor, wobei die Steine auf ihrer Hand gleich schneller kreisten. »Selbst durch ihren Tod gewinnen wir etwas Zeit, um Schwachstellen bei den Rumungern zu entdecken, da hat Meister Rinso recht. Aber am Ende würde es wohl nichts grundlegend ändern ...«
»Ebendeshalb will ich jetzt mit Herrn Garru sprechen«, sagte Ray und betrachtete die Narbe an ihrem Hals. »Ich werde ihm raten abzuziehen.«
»Müsstest du dich darüber nicht erst mit Meister Rinso verständigen?«
»Ich habe mich mit dir beraten. Du hast die Rumunger erlebt, du weißt, wozu sie imstande sind, das reicht mir.«
Yurana erwiderte kein Wort, doch in ihrem Blick lag unverkennbar Zweifel.

Akeno und Herr Garru arbeiteten gerade den Plan für die kommende Schlacht aus. Auf einer Karte schoben sie Spielsteine hin und her, die für die Einheiten ihrer Soldaten standen.
»Die Kamo ist über die Ufer getreten«, sagte Garru. »Vielleicht haben wir Glück, und das hält die Rumunger auf.«

»Das glaube ich kaum«, warf Ray ein, der diese Worte beim Eintreten vernommen hatte. »Ihre Wagen können vermutlich auch schwimmen. Falls nicht, rufen sie einen Hokayu herbei und lassen ihn so lange Steine in den Fluss werfen, bis ein Weg entstanden ist.«

Die beiden Männer fuhren herum.

»Und was schlägst du stattdessen vor?«, fragte Garru.

»Ihr solltet sofort abziehen. Diesen Krieg müssen Beschwörer austragen. Ihr findet in ihm bloß den Tod, denn die Rumunger würden über Euch hinwegrollen wie über zu Boden gefallene Blätter.«

Akeno musste bei dem Vergleich grinsen.

»Ich habe meine Befehle«, erwiderte Garru jedoch in scharfem Ton. »Ich soll diesen Tempel verteidigen, koste es, was es wolle.«

»Ihr würdet Euer Leben sinnlos vergeuden, denn gegen die Rumunger könnt Ihr nichts ausrichten.«

»Ein Abzug verbietet sich von selbst. Ich drücke mich nicht vor einem Kampf!«

»Dann verratet mir, wie Ihr gegen einen Feind kämpfen wollt, den Ihr nicht einmal seht!«

»Die Kaiserin und der Orden haben befohlen, diesen Tempel zu verteidigen. Würde ich mit meinen Truppen abziehen, brächte ich ewige Schande nicht nur über mich, sondern auch über meinen Bruder, den Statthalter, sowie über meine Männer.«

Er trug all das völlig ruhig vor, sicher und überlegt. In Ray dagegen kochte allmählich Wut hoch.

»Befehlt ihm den Abzug«, wandte er sich an Akeno, wobei er sogar die Unhöflichkeit besaß, mit dem Finger auf Garru zu zeigen. »Ihr seid der Sangun, der Oberbefehlshaber, es ist daher Euer gutes Recht …«

»Du bist mit mir zusammen beim Orden gewesen«, erwiderte Akeno hart, auch wenn in seinem Blick Verständnis und Mitgefühl lagen. »Du hast mit eigenen Ohren gehört, was dort entschieden wurde.«

»Aber das ist völliger Irrsinn! Wie können sich vernünftige

Männer für eine solche Dummheit hergeben?! Ihr werdet in diesem Kampf keine Hilfe sein, sondern sollt für die Beschwörer bloß ein paar lausige Minuten herausschinden, die Ihr mit …«

»Diese lausigen Minuten können durchaus von Bedeutung sein«, hielt Garru dagegen. »Vielleicht sogar entscheidend.«

»Das ist nicht gesagt.«

»Aber auch nicht ausgeschlossen«, warf Akeno ein und bewegte einige Spielsteine. »Ich würde drei Einheiten auf dieser Höhe postieren. Dort haben sie gute Sicht und ausreichend Platz für Manöver.«

»Hört mich bitte zu Ende an!«, verlangte Ray, ging zum Tisch und setzte sich. »Die Beschwörer werden Euch keinen Schutz gegen die Geister der Rumunger bieten. Die Rumunger dagegen können in jeden einzelnen Eurer Soldaten einen Geist einpflanzen, damit er sich auf seine Kameraden stürzt. Dann haben wir den Feind nicht nur vor unserer Nase, sondern auch in unserem Rücken.«

In dieser Sekunde betrat Meister Rinso das Zelt, und Ray verstummte.

»Bist du sicher, dass die Rumunger Geister in lebende Menschen einpflanzen können?«, hakte er nach. »Hast du das mit eigenen Augen gesehen? Oder haben die Angehörigen des Ordens es bestätigt?«

»Nein«, räumte Ray ein. »Die Angehörigen des Ordens haben überhaupt nichts bestätigt.«

»Damit wissen wir bloß eines sicher: Sie haben einige Tempel zerstört, die der Angriff allerdings völlig überraschend getroffen hat, weshalb sie völlig schutzlos dastanden«, hielt Rinso fest. »Klare Vorstellungen über unseren Feind, seine Stärke und sein Vorgehen besitzen wir dagegen nicht. Wir haben lediglich die verworrenen Aussagen von Augenzeugen an der Hand.«

»Und jetzt wollt Ihr genauere Kenntnisse gewinnen, indem Ihr die Rumunger beobachtet, wenn sie die Soldaten des Herrn Garru abschlachten?«

»Die Männer wissen, weshalb sie hier sind«, hielt Rinso unerbittlich dagegen und gab damit die Rolle des stets verständnisvollen Lehrers endgültig auf. »Wenn ihr Kampf es uns ermöglicht, Schwächen der Rumunger zu entdecken, dann ist selbst ihr Tod kein zu hoher Preis. Verlangen wir also nicht von ihnen, dass sie gegen ihre Bestimmung handeln!«

»Ihr beide«, sagte Garru streng, »merkt euch jetzt eins! Ich habe keine Zeit für eure Streitereien. Den ersten Schlag fange ich mit meinen Männern ab. Ihr Beschwörer müsst dabei die empfindliche Stelle unseres Feindes aufdecken, um ihn dann genau dort zu treffen. Mehr ist dazu nicht zu sagen! ... Wo willst du die Einheiten postieren, Akeno?«

»Dann sollen die Soldaten wenigstens vor den Beschwörern aufgestellt werden«, warf Ray noch ein, ehe er sich erhob. »Damit wir nicht auch noch mit Feinden in unserem Rücken rechnen müssen.«

Nach diesen Worten stapfte er hinaus. Eine unbändige Wut hatte ihn gepackt. Wenn ich doch bloß nur für mich allein verantwortlich wäre, dachte er verzweifelt, oder nur für meine Freunde. Aber tatenlos mit anzusehen, wie Soldaten sterben, nur damit ihr Tod uns verrät, wie wir den Sieg erringen können ...

Ray packte die Yari derart fest, dass es schmerzte, und eilte zum Tempel zurück. Auf halbem Weg kam ihm Kato entgegen.

»Was ist?«, fragte er und rieb sich voller Vorfreude die Hände. »Geht es endlich los? Gerade ist nämlich noch Verstärkung eingetroffen. Wir sind jetzt sechsundzwanzig Beschwörer. Das ist eine ganze Armee.«

Ray nickte nur. Er wollte die Zuversicht Katos nicht erschüttern.

»Wir haben verschiedene Möglichkeiten durchgespielt. Hier, das sind unsere Vorschläge! Lies sie durch!«

Ray nahm ein Blatt Papier an sich, das auf beiden Seiten eng beschrieben war. Mito hatte sich wirklich selbst übertroffen. Sie verabredeten, sich so schnell wie möglich zu treffen und dann einen Schlachtplan aufzustellen.

Nachdem dies erledigt war, konnten die Beschwörer nur

noch eins tun: warten. Aber wenn Ray dem Schwarzen Kodsu glauben durfte, verstanden sie sich darauf ja so gut wie auf nichts anderes.

Ray stand schon eine ganze Weile über eine Brüstung gebeugt da und starrte zu den dunkelgrünen Hängen der Nachbarberge hinüber. Kato hatte sich in einen Pavillon zurückgezogen, der von hohen Sträuchern verborgen wurde. Vom Pfad her drang ein leises Klacken von Steinen an Rays Ohr. Yurana war unruhig. Im Unterschied zu allen anderen wusste sie genau, was für eine Gefahr die Rumunger darstellten. Unmittelbar neben Ray stand Arata, durch deren goldene Mähne beständig der Wind fuhr.

Garrus Soldaten hatten sich an Stellen aufgebaut, von denen aus sie die Rumunger gut mit Pfeilen überziehen konnten. Akeno bewachte die Quelle, der Schutzdrache in ihm tobte.

»Hat der Statthalter von Yugora keine Angst, dass die Rumunger seinen Schutzdrachen gegen ihn hetzen?«, fragte Yurana, die sich nun zu Arata und Ray gesellt hatte.

»Nein«, antwortete Ray und rief sich in Erinnerung, was Kodai ihm erläutert hatte. »Das Ritual, mit dem er in ihn eingesetzt worden ist, hat sich über mehrere Tage erstreckt. Die Befreiung dieses Geistes würde noch länger dauern. Ihn zu einem Angriff gegen Akeno zu bewegen ist daher völlig unmöglich.«

»Willst du damit etwa andeuten«, fragte Yurana, »dass du einen Schutzgeist in einen Menschen einpflanzen könntest?«

»Und sogar wieder freisetzen«, erwiderte Ray grinsend.

Die beiden Frauen wechselten einen beredten Blick.

»Ich wüsste zu gern, wer dich ausgebildet hat«, murmelte Arata.

»Der Drache da unten erträgt jedenfalls keine Geister um sich herum«, bemerkte Yurana fast gleichzeitig. »Ob unsere Zauber überhaupt noch wirken, wenn er in der Nähe ist?«

»Das werden sie! Er weiß genau, dass wir auf der Seite des Herrn Akeno stehen.«

Das beruhigte die beiden Beschwörerinnen. Ray ließ seinen

Blick abermals über die Berge wandern und dachte an Kodai zurück, an dessen Tempel tief im Bambuswald. Wie gern er zu ihm zurückkehren würde …

Die Quelle sprudelte immer lauter. Das Wasser schäumte auf, die Gefäße wurden wild von einer Seite zur anderen geschleudert.

»Der Geist der Quelle spürt, dass die Kamo übergetreten ist«, meinte Arata, als sie Rays Blick folgte. »Ihr Wasser wird uns bald erreichen.«

»Es ist schon da«, sagte Yurana und wies auf den Fuß des Nachbarberges.

Dort schickte der Fluss in der Tat erste Rinnsale zwischen die Bäume, Sträucher und Felsbrocken.

»Vielleicht hält das Wasser die Rumunger ja wirklich auf«, brachte Arata mit mehr Zweifel als Gewissheit in der Stimme vor. »Außerdem können wir nun Wassergeister herbeizitieren. Meister Rinso vollbringt mit diesen Geschöpfen wahre Wunder. Er kann …«

Worin genau seine Könnerschaft bestand, sollte Ray nicht mehr erfahren, da gerade der Yarudo auftauchte.

»Sie kommen!«, rief er. »Sie sind schon da!«

Beim Anblick der beiden Beschwörerinnen verstummte er jäh und wandte sich rasch ab, um sich die Maske des bösen, widerwärtigen Geschöpfes aufzusetzen.

»Hab keine Angst«, beruhigte Ray ihn. »Dir wird niemand etwas antun. Und jetzt sag mir, wo genau die Rumunger sich befinden. Wo sind sie?«

Der Yarudo zeigte nach Südosten.

»Teilt das bitte den anderen mit«, wandte sich Ray an die beiden Frauen.

Yurana war bei der Kunde vom Anrücken der Rumunger kreidebleich geworden, hatte sich aber schnell wieder gefasst. Noch während Ray die Treppe zur Quelle hinuntereilte, hörte er das Surren einiger Uddos. Sie würden allen Beschwörern die Neuigkeit übermitteln.

Akeno und Garru, drei Soldaten, Meister Rinso und zwei

Beschwörer aus Datido, die Ray nicht kannte, sprachen leise miteinander. Etwas weiter unten am Hang hatten sich die Bogenschützen postiert.

»Sie kommen«, rief Ray ihnen zu.

»Das haben wir schon erfahren«, antwortete einer der Beschwörer. »Geh also bitte wieder hinauf zu den anderen!«

»Ich bleibe bei Herrn Akeno«, widersprach Ray jedoch.

»Hier bist du nicht sicher«, sprang der zweite Beschwörer seinem Landsmann bei.

»Ebendeshalb bleibe ich.«

»Spucke nie in eine Quelle und stelle dich nie einem Manmo in den Weg!«, brummte der erste Datider. »Vor allem jedoch vermeide jeden Streit mit einem Mann aus Sinora!«

Zu jeder anderen Zeit hätte Ray vermutlich wissen wollen, warum der Datider etwas gegen Menschen aus Sinora hatte, aber gerade schoss ein Uddo an ihm vorbei, warf Meister Rinso ein Schreiben zu und verschwand wieder.

»Das Wasser steigt noch immer«, teilte Rinso ihnen mit. »Wenn das so weitergeht, müssen wir nicht nur gegen die Rumunger, sondern auch gegen den Fluss kämpfen und schlimmstenfalls gegen beide zugleich.«

»Wie sollten die Rumunger denn das Wasser überwinden?«, fragte Akeno und spähte nach Südosten.

Das Tal sah mittlerweile aus, als ob jemand ununterbrochen Wasser in eine Schüssel gießen würde, weil er sie unbedingt zum Überlaufen bringen wollte.

»Hier oben sind wir in Sicherheit«, behauptete Rinso. »Der Tempel wurde noch nie geflutet.«

»Was, wenn die Rumunger selbst hinter dem übertretenden Fluss stecken?«, flüsterte Ray Akeno zu.

Als dieser nur müde lächelte, kochte in Ray abermals Wut hoch. Doch dann …

»Spürt ihr das auch?«, wandte er sich aufgelöst an die anderen Beschwörer.

Die hellbraunen Augen Meister Rinsos schienen nur noch aus seinen Pupillen zu bestehen, der erste Datider spähte ins

Nichts, der zweite presste die Lippen zu einem dünnen Faden zusammen.

»Was ist?«, fragte Garru.

Ray zeigte entsetzt auf das Wasser im Tal. Aus diesem stieg gerade eine funkelnde grüne Insel auf, der gleich darauf ein zweites Eiland folgte. Schließlich sprenkelte ein Dutzend grüner Flecken das Wasser.

Eine Gänsehaut rieselte Ray über den Rücken. Endlich hatte das Warten ein Ende! Er griff nach seiner Yari. Ob sie mir bei dem Biest überhaupt helfen kann?, grübelte er.

Denn bei den grünen Inseln handelte es sich um Teile des langen Rückens eines riesigen schlangenartigen Geistes, der unter dem Wasser verborgen gewesen war.

»Was ist los?«, fragte Garru, der den Geist ja nicht sah.

»Das ist ein Shu«, antwortete Akeno. »Ich könnte mir gut vorstellen, dass die Rumunger ihn herbeizitiert haben.«

Der Schutzdrache ermöglicht es Herrn Akeno ja sogar, Geister zu sehen, stellte Ray verwundert fest.

»Dann sollten wir ihn schnellstens vertreiben«, sagte Rinso.

»Noch nicht«, entschied einer der Datider. »Warten wir noch auf die Rumunger.«

»Da!«

Schwarze, funkelnde Wagen fuhren langsam auf den nassen Rücken des Shu. Von oben erinnerten sie in der Tat an Käfer. Die Rumunger darin dürften völlig sicher sein, denn nach Rays Ansicht würde kein Pfeil das Dach dieser Vehikel durchschlagen. Herr Garru musste zu der gleichen Meinung gelangt sein, denn er gab keinen Befehl, das Feuer zu eröffnen. Für die Bogenschützen musste sich das Ganze ohnehin durch und durch unwirklich ausnehmen: Da sie den Shu nicht sehen konnten, schwebten die Wagen für sie ja über dem Wasser.

»Das sind nicht alle«, presste Rinso heraus, obwohl immer mehr Wagen auf die lebende Brücke fuhren. »Der Rest von diesen Widerlingen versteckt sich noch irgendwo.«

»Lasst meine Männer das Feuer auf den Shu eröffnen«, sagte Garru. »Vielleicht schüttelt er sie dann ab!«

»Versuchen wir es«, entschied Rinso. »Die Wagen müssen kippen, dann können wir die Fahrer vermutlich unter Beschuss nehmen!«

An der Schläfe des ersten Datiders schwoll die Ader, der zweite Mann schloss die Augen.

»Bogenschützen!«, erscholl Garrus Befehl. »Haltet euch bereit!«

Mit einem Flirren zogen die Männer die Sehnen zurück. Ray spürte einen mächtigen Zauber. Die drei unbekannten Beschwörer mussten ihn zusammen gewirkt haben. Wie eine riesige Lanze schoss er in die Tiefe und überzog den Shu.

Danach schien die Erde zu beben. Das Wasser fing zu brodeln an. Der Shu schraubte sich in die Luft. Ein markerschütterndes Brüllen rollte über die Berge hinweg, Wellen peitschten auf, die Soldaten schrien.

Die Wagen der Rumunger indes blieben fest an dem um sich schlagenden Körper des Shu haften, wurden aber immerhin so herumgeschleudert, dass die Rumunger zu erkennen waren.

»Feuer!«, befahl Garru.

Hunderte von Pfeilen stiegen in den Himmel auf, beschrieben einen vollendeten Bogen und gingen auf die Wagen nieder, doch noch ehe sie einschlagen konnten, wurden sie von grauen Rauchfetzen verschlungen. Sofort brachten die Männer einen zweiten Pfeilregen auf den Weg. Von ihm durchbrach immerhin ein Teil den Schutz der Rumunger.

»Schießt!«, schrie Ray. »Hört nicht auf!«

Weitere Pfeile traten ihren Weg in die Tiefe an.

Gleichzeitig griffen die Beschwörer den Shu weiter mit ihrer Magie an.

»Gönnt ihm ja keine Verschnaufpause«, sagte Akeno.

In seiner Wut riss der Shu nun seinen Kopf aus dem Wasser. Seine Mähne troff, die Barthaare waren dick wie Baumstämme, die runden Augen funkelten wild. Akenos Schutzdrachen wollte sich am liebsten auf ihn stürzen, doch das ließ der Statthalter nicht zu.

Der Shu riss sein riesiges Maul auf und spie seinen Speichel auf den Berg. Entgegen allen Gesetzen der Natur strebte dieser schäumend zwischen den Bäumen hindurch hügelaufwärts.

»Ray!«, schrie Rinso.

Sofort umfasste dieser seine Yari fester. Er wusste, was er tun sollte, und wirkte den entsprechenden Zauber. Der Berg bebte und spuckte zahllose gierige Wesen aus, die keine Zeit gehabt hatten, einen Körper auszubilden. Die Beschwörer oben am Tempel zitierten ebenfalls Erdgeister herbei. Alle tosenden Flüssigkeiten prallten gegen dieses Hindernis.

»Rückzug«, befahl Garru. »Rauf zum Tempel!«

»Nein!«, schrie Meister Rinso und verstärkte den Zauber, mit dem er immer noch auf den Shu losging. »Es bleiben alle, wo sie sind!«

»Meine Männer sind bereit, zu kämpfen«, brüllte Garru, »aber ich lasse nicht zu, dass sie ertränkt werden wie junge Hunde!«

»Ein paar Minuten haben wir noch«, warf Ray ein und schuf weitere Erdgeister, während das Wasser höher und höher stieg und der Shu den Berg erneut mit seinem Speichel überzog.

»Setzt den Beschuss fort!«, entschied Akeno.

Garru flüsterte Montaro etwas zu. Dieser nickte und eilte davon.

Das Wasser schoss derweil trotz der Erdgeister weiter den Hang hinauf. Die Bogenschützen mussten sich bereits auf die Zehenspitzen stellen. Die Wagen der Rumunger, in grauen Nebel gehüllt, eroberten über den Rücken des Shu den Fels.

»Warum könnt ihr diesen Geist nicht vertreiben?«, wollte Akeno von Ray wissen.

»Er ist sehr stark …«, kam ihm ein Datider mit der Antwort zuvor.

In dieser Sekunde zog sich der Shu jedoch auf Befehl der Rumunger zurück und verschwand im Wasser. Die Feinde lenkten ihre Wagen in den Schutz der Bäume.

»Nach oben!«, befahl Garru erneut.

Die Bogenschützen eilten gehorsam die nassen Stufen hinauf, doch noch ehe sie ihr Ziel erreicht hatten, tauchten aus dem

Wasser Wesen auf, die aus langen, durch Schwimmhäute verbundenen Dornen bestanden. Hunderte von gefährlichen Fischflossen. Ray hatte dergleichen noch nie gesehen. Ohne nachzudenken, wirkte er einen Zauber, mit dem er Steingeister herbeirief. Etliche von ihnen katapultierten sich sogleich in die Luft und fingen den Angriff eines Teils der Flossen ab. Der Rest dieser Biester enthauptete jedoch erbarmungslos eine Reihe Soldaten. Das Wasser färbte sich rot, die ersten Toten trieben darin.

»Zurück!«, schrie Rinso, und Ray hörte in seiner Stimme einen völlig neuen Ton. Nicht unbedingt Angst, aber doch die Gewissheit, dass ihnen etwas Grausames drohte.

Obwohl sie im Nu nach oben abzogen, geschah dies für die Geister zu langsam. Dutzende von ihnen fanden den Tod.

Akenos Schwert loderte mit einem weißen Feuer und zersäbelte eine der Flossen, die auf ihn zuschoss. Mit einem zweiten Streich rettete er Garru, der seinen Angreifer nicht einmal sah. Ray schubste Montaro zur Seite, spießte mit der Yari gleich zwei dieser fliegenden Mistviecher auf und rief noch im nächsten Atemzug weitere Steingeister herbei.

Die Schreie der Sterbenden, das Rauschen des Wassers und das Pfeifen der Flossen verschmolzen zu einem einzigen wahnsinnigen Geheul.

Zwei Datider taten alles, um den Rückzug zu decken, die Beschwörer oben am Tempel unterstützten sie. In einem nicht abreißenden Strom wogte Magie über den Hang. Mit einem Mal sprangen zudem silbrige Callorhinidi aus dem Wasser, Geister, die ein wenig an Hechte erinnerten. Sie schnappten sich etliche der fliegenden Flossen und zogen sie in die Tiefe.

Garru und der Rest seiner Männer hatten den Tempel inzwischen fast erreicht, Akeno zerschnitt noch eine Flosse, eilte danach weiter die Stufen hinauf und war damit ebenfalls mehr oder weniger in Sicherheit.

Gerade als Ray ihnen folgen wollte, kam es an der Stelle, wo sich bis eben die Steingeister dem Feind entgegengestellt hatten, zu einer Bewegung. Schlammige Figuren erhoben sich, schwankten aber noch, stießen gegeneinander und fielen hin. Nachdem sie sich wieder hochgerappelt hatten, schraubten sie sich jedoch in die Luft und ließen sich mit aller Wucht fallen.

Der Berg erzitterte. Ein Teil des Hangs rutschte samt Bäumen, Treppe und Menschen in die Tiefe. Es war, als hätte jemand mit einem riesigen Messer den Rand eines Kuchens abgeschnitten, um an die leckere Füllung zu gelangen: den Tempel.

Ray presste bloß hilflos die Lippen aufeinander.

An der Quelle türmten sich nun Schaumflocken auf. Blasen bildeten sich, die rasch platzten. Dann spülte eine kochend heiße Welle über die abgehackten Köpfe ringsum hinweg und riss ihnen die Haut ab. Daraufhin kamen diese ins Rollen und fletschten die spitzen Zähne. Bevor dieses Schicksal den nächsten Schädel ereilte, erkannte Ray in ihm noch Herrn Shirey.

Ein Datider wirkte umgehend einen Zauber, mit dem er ein Eiswesen herbeizitierte. Dieses stürzte sich kopfüber in die Quelle. Das Wasser zischte, und eine Dampfwolke nahm allen vorübergehend die Sicht. Für den Datider selbst kam die Rettung jedoch zu spät: Ein paar Schädel verbissen sich in seinen Händen, um ihn ins Wasser zu reißen.

Ein anderer Datider packte Ray bei der Schulter und zog ihn mit sich fort. Das Wasser verfolgte sie, aber immerhin versengte es sie nicht mehr …

Und da wusste Ray, was er zu tun hatte. Er schüttelte die Hand des Datiders ab und stellte sich den silbernen Faden eines Spinnennetzes vor, packte ihn und zog daran: Eine tosende Welle schoss aus der Yari und gebot dem heranströmenden Wasser Einhalt. Machtlos plätscherte es die Stufen zurück. Die Schädel kullerten ihm hinterher. Jedes Mal, wenn sie gegeneinanderstießen, rollten sie mit den Augen.

Doch noch ehe sich Ray über diesen unerwarteten Erfolg freuen konnte, schnürten ihm knöcherne Finger die Luft ab.

»Wer hat dir erlaubt, meine Kraft zu stehlen?!«, zischte es neben seinem Ohr.

»Du stehst deshalb schon nicht mit leeren Händen da«, krächzte Ray. »Aber ich muss überleben.«

Unter spöttischem Gelächter zog die unsichtbare Gestalt ihre Finger zurück.

»Das war das erste und das letzte Mal«, zischte der Schwarze Kodsu.

»Ray!«

Yurana ließ eine Schnur herab, die aus Steinen bestand. Kaum hatte Ray sie gepackt, wurde er nach oben gezogen. Entkräftet ließ er sich auf die Holzbretter plumpsen. Sofort schleifte Yurana ihn ein wenig vom Rand weg. Ihre Hände waren längst glitschig vom Blut.

»Hoch mit dir«, verlangte ein Datider, ein kräftiger junger Mann mit hellem Haar und breiter Nase. Die Hälfte seines Gesichts musste von dem Wasser verbrüht worden sein, denn sie leuchtete krebsrot. »Noch ist der Spaß nicht vorbei.«

Ray sah sich um. Zwischen den braun gebrannten Gesichtern der Datider schimmerte blass das von Kato auf.

»Was war das denn?«, fragte er und fuhr sich durch sein Haar. »Diese fliegenden Flossen hätten uns beinahe zerhäckselt!«

»Wir haben ihnen genauso wenig entgegenzusetzen wie die Soldaten«, sagte Yurana. »Sie töten einfach ausnahmslos alle.«

»Wenn ihr mich fragt, erkunden sie nur das Gelände«, bemerkte Rinso, der gerade auf sie zukam. Sein weißes Gewand mit den blauen Streifen war über und über mit roten Spritzern versehen.

»Bitte?!«, ereiferte sich Kato und blickte an sich herunter. Seine Kleidung war völlig zerfetzt. »Wenn sie nur etwas *erkunden*, wieso werde ich dann den nächsten Monat bestimmt kein Auge zutun, weil ich nicht weiß, wie ich liegen soll?«

Ray spähte zur Quelle hinunter. Die Rumunger hatten die Hälfte des Plateaus weggesprengt. Drei Leichen lagen dort unten.

»Ich bin übrigens Jihiro«, stellte sich der Datider nun vor. »Wenn wir diesen Kampf hier überstehen, möchtest du dann vielleicht in meinen Tempel kommen? Ich würde dich gern weiter ausbilden.«

Noch vor Kurzem hätte Ray dieser Vorschlag vermutlich überglücklich gemacht.

»Vielen Dank, Herr Jihiro«, erwiderte er. »Aber ich stehe bereits beim Statthalter von Yugora in Diensten.«

Er nickte zu Akeno hinüber, der gerade auf sie zukam. Warum schreckt der Schutzdrache eigentlich die Rumunger nicht ab?, fragte er sich. Akeno überzeugte sich, dass niemand verletzt war, und wollte sich dann an Rinso wenden, als über dem Gipfel des Nachbarberges ein Vogelschwarm aufstieg.

»Verehrte Beschwörer vom Tempel des Reinen Wassers!«, erscholl eine Stimme, in der Ray voller Wut die Ruams wiedererkannte. »Wir wollen nicht gegen euch kämpfen. Verlasst diese heilige Stätte, dann wird es kein Blutvergießen geben. Wir räumen euch ausreichend Zeit ein. Weist diesen Vorschlag nicht zurück wie eure Brüder und Schwestern in den anderen Tempeln!«

»Zeig ihm, was wir von seinen Worten halten«, verlangte Rinso von einem Beschwörer, den Ray nicht kannte.

Dieser sah lediglich zu den Vögeln hinauf. Sofort erstarrten sie in der Luft und fielen dann jäh in die Tiefe.

Es verstrichen einige bange Minuten.

»Wir haben eure Antwort verstanden«, erklang kurz darauf wieder Ruams Stimme. »Vergesst jedoch eins nicht: Ihr habt zuerst angegriffen!«

»Da hat er recht«, sagte Arata. Als Ray sie daraufhin ansah, bemerkte er, dass ihre Hände nicht mehr verbunden waren. Ihre Finger leuchteten rot, unter der Haut waren kleine Stücke weißen Holzes eingenäht. »Wir haben den Shu angegriffen und ihre Wagen beschossen.«

»Hätten wir vielleicht die Hände in den Schoß legen und darauf warten sollen, dass sie uns alle vernichten?!«

»Ich halte nur Tatsachen fest«, erwiderte Arata ruhig.

»Lassen wir das, dies ist nicht der Zeitpunkt für solche Streitereien!« Rinso klatschte mehrmals in die Hände. »Es nehmen alle ihre Posten ein! Die erste Attacke haben wir bereits zurückgeschlagen!«

»Weshalb machen sie das?«, fragte Mito, der neben Ray stand und ein zerknittertes Blatt Papier gegen die Brust presste, um es sorgsam zu glätten. »Irgendeinen Grund muss es dafür doch geben!«

»Während einer weit zurückliegenden Flutkatastrophe haben sie etliche ihrer Vorfahren verloren«, antwortete Rinso. »Im Anschluss daran sind böse Geister über sie hergefallen, sodass sie gezwungen waren, sich von der übrigen Welt abzuschotten. Danach haben sie von Generation zu Generation mehr den Verstand verloren.«

»Aber warum haben sie den Orden nicht um Hilfe gebeten?«

»Das haben sie sogar«, erwiderte Rinso. »Und wir waren bereit, sie ihnen zu gewähren. Am Ende haben sie aber von sich aus darauf verzichtet, weil sie auf gar keinen Fall in unserer Schuld stehen wollten. Sie haben gefürchtet, das würde sie von uns abhängig machen.«

Das war selbst für Ray neu.

»Haben sie bisher eigentlich Verluste zu beklagen?«, wollte Mito wissen.

»Nein«, antwortete Ray ihm und spähte in die Tiefe. Dort lugte hier und da noch der Rücken des Shu aus dem Wasser, neue Wagen tauchten jedoch nicht auf.

»Wir dagegen haben zwei Drittel der Soldaten und einen Beschwörer eingebüßt«, hielt Mito fest. »Namido ist verletzt, wird aber bereits versorgt. Jemand hat einen Heilgeist herbeizitiert.«

»Wir dürfen nicht warten, bis sie uns angreifen«, platzte es aus Ray heraus. »Wir müssen den Spieß umdrehen! Yarudo!«

Der kleine Geist erschien und linste durch die Stäbe der Brüstung.

»Weißt du, was die Rumunger gerade machen?«

»Ja«, sagte er mit schreckgeweiteten Augen. »Da braut sich etwas Grauenvolles zusammen! Du ahnst nicht, wie viel Magie sie einsetzen. Da gehe ich nicht noch mal hin! Auch nicht, wenn du mich darum bittest!«

Nach diesen Worten verschwand er wieder.

»Das sind ja wunderbare Aussichten«, murmelte Mito und eilte davon, um den anderen Bericht zu erstatten.

»Ich bleibe bei dir«, sagte Yurana, deren Arme nun bis zu den Schultern mit Ketten aus kleinen Kieseln umschlungen waren, die bei der geringsten Bewegung klackerten. »Davon bringst du mich nicht ab!«

»Das kann aber gefährlich werden.«

»Ich weiß. Und ich habe Angst.«

»Das glaube ich dir nie im Leben«, widersprach Ray mit einem Lächeln.

Yurana erwiderte es, doch schon in der nächsten Sekunde riss sie entsetzt die Augen auf.

Am Fuße des Berges geriet ein riesiger Felsbrocken in Bewegung – und reckte sich langsam in die Höhe. Auf bemoosten Schultern saß ein unförmiger Kopf. Kleine, mit Glimmer bedeckte Augen funkelten sie an, die Nüstern, aus denen Gras herauswuchs, blähten sich.

»Ein Hokayu!«, schrie Yurana.

»Ruf einen zweiten herbei!«, befahl Ray, der in seinem Gedächtnis rasch nach dem entsprechenden Zauber kramte.

»Bist du verrückt?! Dann verwandeln sie uns in Reisfladen!«

»Nein! Sie gehen aufeinander los!«

»Das stimmt«, warf Kato ein. »Nur müssen wir ihn vertreiben, bevor ihn sich die Rumunger sichern. Anschließend rufe ich den nächsten, und das Ganze geht von vorn los. Ich sage den anderen auf der Stelle Bescheid, damit sie uns unterstützen.«

Yurana schloss kurz die Augen. Sofort entstand ein zweiter Hokayu. Mit lautem Gebrüll warf er sich auf seinen Artgenossen. Die beiden prügelten so wild aufeinander ein, dass Felsbrocken durch die Luft wirbelten. Gleich darauf verschwand der eine, und der Hokayu der Rumunger schlug ins Leere. Da tauchte jedoch bereits der nächste Geist auf, der indes weiter weg war. Der Diener der Rumunger ließ den Tempel sein und stapfte auf den neuen Feind zu.

»Es klappt!«, rief Yurana aus.

»Dann lasst uns unsere Gäste zu den Rumungern schicken!«,

rief Ray, hob die Yari und richtete sie auf den Berg, wo die Wagen ihrer Feinde stehen mussten.

Der nächste Hokayu tauchte zwischen den Bäumen auf. Sofort stapfte der Diener der Rumunger auf ihn zu.

»Vertreib ihn!«, verlangte Kato.

»Gleich«, sagte Ray.

Der Geist trat nun in Erwartung seines Gegners auf der Stelle und schwang voller Kampfeslust die Arme, wodurch sämtliche Bäume um ihn herum entwurzelt wurden. Und dann prallten die zwei Riesen gegeneinander. Einer der beiden riss einen Baum aus und drosch damit auf seinen Gegner ein. Gepolter und Gebrüll wogten, durch das Echo noch verstärkt, durch das Tal.

»Nicht übel!«, rief Kato aus. »Ein wirklich außergewöhnliches Schauspiel!«

»Ich hoffe inständig, dass sie im Eifer des Gefechts auch noch ein paar Wagen plattmachen!«, stieß Yurana versonnen aus.

Fast alle Beschwörer verfolgten das Geschehen, und auch die Soldaten schauten wie gebannt zu. In ihren Mienen spiegelte sich blankes Entsetzen. Anscheinend sahen nun auch sie die Hokayus.

In dem ganzen Getümmel nahm Ray mit einem Mal eine hauchzarte Luftbewegung wahr. Er hätte vermutlich gar nicht auf sie geachtet, wenn nicht auch Jihiro jäh den Kopf herumgerissen hätte.

»Achtung!«, schrie Ray, ohne genau zu wissen, welche Gefahr ihnen eigentlich drohte.

Das Holz unter ihren Füßen bebte.

»Auseinander!«, befahl Rinso.

Von unten bohrte sich ein beinerner Stachel durch die Plattform. Ein Riguri. Rinso griff ihn sofort mit einem Zauber an, Ray schlug mit der Yari zu. Die Klinge schrammte über den unteren Zahn des Geistes. Dieser zog ab, doch sofort tauchte Nachschub auf. Eine ganze Horde dieser holzverschlingenden Geschöpfe wollte über die Plattform herfallen und sich über die mit Brettern ausgelegten Pfade hermachen.

»Die erledige ich«, sagte Mito. »Im Handumdrehen!«

»Dann sei so freundlich«, rief Kato.

Abermals bebte der Boden. Die Riguris rissen die Bretter in der Mitte heraus, sodass zwischen den seitlichen Trägern ein unüberwindlicher Spalt aufklaffte. Durch ihn ließen sich die grauen Rücken ihrer Artgenossen ausmachen.

Ray fand sich mit Kato, Yurana, Mito, Jihiro und einigen ihm unbekannten Beschwörern auf der einen Seite des Loches wieder. Akeno sprang in letzter Sekunde noch zu ihnen herüber. Er hielt einen Bogen in der Hand, mit dem man einen Stier erlegen konnte, wenn man ihn nur richtig zu handhaben wusste.

Als ein weiterer Riguri seine Vorderpfoten über das Holz schob, schlug Yurana mit einer Steinpeitsche auf ihn ein. Die Datider standen ihr mit Zaubern bei. Einer von ihnen setzte seine Magie äußerst geschickt ein, indem er blitzschnell Zeichen verband und sie buchstäblich aufeinander stapelte. Sein Haar war so kurz geschnitten, dass eine schwarze Tätowierung in seinem Nacken zu erkennen war, ein sogenanntes Heiva, ein altes Zeichen der Ruhe.

»Wenn ihr gestattet«, murmelte Mito und entnahm dem Köcher Akenos einen Pfeil mit schwarzer Befiederung, zerbrach ihn und warf ihn durch den Spalt auf die Riguris.

Sofort fielen sie über das Holz her, um es zu benagen. Magie breitete sich über den Biestern aus. Die Geister erstarrten kurz, lösten sich dann aber auf.

»Hervorragende Arbeit«, sagte Ray.

»Mir ist zum Glück eingefallen, was nötig ist«, sagte Mito, der vor Begeisterung über beide Backen strahlte. »Nimm das, was sie lieben, lade es mit Magie auf, wirke einen umgekehrten Herbeirufungszauber …«

»Schon gut«, unterbrach ihn Kato. »Du kannst uns später alles haarklein erzählen und sogar deine Erinnerungen schriftlich festhalten.«

»Eben!«, sagte Akeno und warf Mito einen Pfeil zu. »Auf uns wartet noch Arbeit!«

Als er den Pfeil zurückbekam, war dieser magisch aufgeladen. Akeno legte ihn in den Bogen ein und schoss ihn zu den Holzschilden, hinter denen die Soldaten in Deckung gegangen waren. Der Pfeil bohrte sich in den Haufen der Riguris, die davor wüteten. Ray schickte dem Geschoss zur Sicherheit noch einige Zauber hinterher.

Ein weiterer Zauber jagte von hinten an ihm vorbei in dasselbe Ziel. Als Ray sich umdrehte, sah er einen hochgewachsenen, breitschultrigen Datider vor sich, dessen Arme jeweils eine lange Narbe aufwiesen. Vermutlich ist er mal einem Dantaru begegnet, überlegte Ray und dankte dem Mann mit einem Nicken für die Hilfe. Dieser grinste nur und entblößte dabei eine Zahnlücke oben links.

»Wagen!«, schrie plötzlich jemand.

Die sechs schwarzen Vehikel kamen rasch näher, wobei sie tiefe Furchen im Boden hinterließen. Ohne Zweifel wollten sie den Tempel stürmen.

Sofort nahmen Garrus Bogenschützen den Beschuss auf.

»Die sollen das Feuer einstellen«, stieß Ray aus. »Mito, schick ihnen einen Uddo!«

»Aber warum ...?«

Die Pfeile, die durch die Luft pfiffen, erstarrten, dann zerfiel jeder von ihnen in Dutzende von Spänen, die sich neu zusammensetzen, Stacheln ausfuhren und zurückkehrten.

»Ein Hamuhi«, schrie Jihiro. »Sie setzen Hamuhis in die Pfeile! Von dieser Möglichkeit habe ich nie gehört! Rasch! Schlagen wir sie zurück!«

Mit vereinten Kräften versuchten die Beschwörer, die Soldaten zu retten. Ein Teil der Pfeile ging tatsächlich zu Boden, ein anderer bohrte sich jedoch in die Bogenschützen.

Gleichzeitig schossen Nirithen auf den Tempel zu. Die Geister setzten zu einem wütenden Sturzflug an und schnappten mit ihren Krallen nach den Köpfen der Menschen oder schlugen mit ihren großen Flügeln auf sie ein.

»Ray!«, rief Akeno, während er mit einem Pfeil auf den vordersten Wagen zielte.

»Yurana!«, schrie Ray seinerseits, wehrte einen Nirith mit

einem Zauber ab und eilte zu Akeno. »Ziel auf den ersten Wagen!«

Die Steine lösten sich von ihren Handflächen, kreisten in der Luft und fügten sich zu einer langen Lanze zusammen. Yurana holte aus und schickte diese Waffe mit einer kräftigen Armbewegung gegen ihre Feinde. Gleichzeitig schoss Akeno seinen Pfeil ab. Die Steinlanze schlug in den ersten Wagen ein und zerfetzte ihn. Dem Rumunger entglitten noch die Gesichtszüge, ehe ihn mitten in die dunkle Stirn der Pfeil mit dem schwarzen Gefieder traf und sein Kopf leblos zur Seite kippte.

Begeistertes Gejohle drang an Rays Ohr.

Seines Fahrers beraubt, polterte der Wagen auf die anderen Vehikel zu. Akeno entnahm dem Köcher bereits den nächsten Pfeil und spannte den Bogen.

Yurana wirkte völlig entrückt und schien einen Tanz aufzuführen. Steine, Holzreste, Matsch und Sand bewegten sich zusammen mit ihr, verschmolzen zu todbringenden Lanzen, zu Rammböcken, Pfeilen und Wurfgeschossen.

Ray schirmte beide gegen die Nirithen ab. Seine Zauber hatten den Schaft der Yari bereits zum Glühen gebracht.

Sobald Yurana den zweiten Wagen angriff, sandte Akeno einen Pfeil hinterher, verfehlte das Ziel aber diesmal. Prompt machte das Geschoss in der Luft kehrt, um sich in Akeno zu bohren. Ray sprang vor und lenkte den Pfeil in letzter Sekunde mit der Yari zur Seite.

Kato erledigte unterdessen einen Nirith, der sich auf Yurana stürzen wollte. Blut klebte in seiner roten Mähne, doch in seinem Gesicht spiegelte sich einzig Kampfesfreude.

»Das ist doch einmal eine echte Abwechslung!«, rief er, schraubte sich hoch, packte den nächsten Nirith am Flügel, vollführte einen Salto, jagte einen Zauber durch den Geist und landete wieder auf dem Holzboden.

In Hagura scheinen die Menschen ja durch die Bank als Artisten auf die Welt zu kommen, dachte Ray, und seine Gedanken wanderten kurz zu Tora, die genau wie Kato aus dieser Provinz stammte.

Akeno setzte unter Rays Deckung den Beschuss fort. Kurz darauf übertönte ein gewaltiges Brüllen das Flügelschlagen der Nirithen. Ray kannte nur ein Geschöpf, das derart laut schreien konnte.

»Ein Manmo«, murmelte Mito da auch schon.

»Hauptsache, es ist kein Shiisan«, erwiderte Kato.

Alle drei hielten nach dem Geist Ausschau. Die Nirithen zogen freiwillig ab, denn auch sie spürten die Geister. Doch bisher hatte niemand dieses Geschöpf erblickt.

Ray sah sich noch einmal um. Auf der anderen Seite der Plattform hielt Arata die rechte Hand in die Luft. Die Holzstücke in ihren Fingern leuchteten.

»Sie müssen hier irgendwo sein!«, schrie der Datider mit dem verbrannten Gesicht. »Warum sehe ich sie dann nicht?!«

Vorsichtig trat er an den Spalt im Holzboden heran.

»Halt!«, befahl Jihiro.

Doch da war der Mann bereits zerfetzt worden. Yurana schrie. Die Steine umkreisten sie mit irrsinniger Geschwindigkeit. Einige Nirithen wurden von unsichtbaren Händen gepackt, die ihnen die Flügel ausrissen und sie in die Tiefe warfen.

»Wo stecken die bloß?!«, brüllte Kato mit unbändiger Wut, während er sich verzweifelt um die eigene Achse drehte. »Warum sehen wir die nicht?!«

In der Tat waren sämtliche Beschwörer den Geistern gerade genauso hilflos ausgeliefert wie gewöhnliche Menschen. Das Einzige, was Jihiro einfiel, war, einen Luftgeist herbeizurufen, der für eine starke Böe sorgte. Diese erfasste die Nirithen und drehte sie im Kreis um die Beschwörer herum, sodass diese eine gewisse Deckung erhielten.

»Ich sehe sie«, rief Akeno da, in dessen Augen erneut das weiße Feuer seines Drachen loderte. »Bereitet eure Zauber vor!«

»Das sind Manmos!«, sagte Ray. »Die muss man mitten in der Brust treffen!«

»Das Ziel ist zehn Schritt von uns entfernt«, teilte Akeno ihm mit und schoss. »Jag deinen Zauber meinem Pfeil nach!«

Ray tat, was ihm befohlen worden war.

Ein wütendes Brüllen verriet ihm, dass er getroffen hatte.

»Der Nächste!«, rief Akeno, und diesmal folgte Katos Zauber dem Pfeil.

»Auf diese Weise schalten wir sie nicht aus!«, schrie Jihiro. »Wir schwächen sie bloß! Ray! Könnt ihr die Stellung kurz ohne uns halten?«

»Was hast du vor?«

»Ich bin gleich wieder da! Heiva! Sugu-ni!«, rief er den Mann mit der Tätowierung und den mit den Narben am Arm und eilte dann mit ihnen in den Tempel.

Obwohl sie tatsächlich nach wenigen Minuten zurück waren, meinte Ray, die drei wären Stunden fort gewesen. Akeno stand jetzt in der Mitte ihrer kleinen Gruppe und wies ihnen unablässig mit seinen Pfeilen das Ziel. Dennoch wüteten die Manmos weiterhin und lichteten die Reihen der Nirithen.

Es fehlt nicht mehr viel, dachte Ray, und wir sind den Manmos schutzlos ausgeliefert.

Doch gerade als ihre Verteidigung verloren ging, wurden die Manmos sichtbar. Die riesigen Wesen mit den vier Armen und dem runden Kopf waren mit schwarzem Fell bedeckt. Auf der flachen Stirn lagen sechs Augen nebeneinander, eine schmale Längsspalte bildete die Nase, das gewaltige Maul zog sich von Ohr zu Ohr. Vom Schädel standen zwei messerscharfe Hörner ab, die nach vorn gebogen waren.

Kato griff das erste Manmo mit einem Zauber an. Yurana schickte eine Steinlanze durch die Luft, die sich dem zweiten Geist in die Brust bohrte. Stöhnend vor Anstrengung trieb sie die Waffe mit ihrem Willen und einer entsprechenden Handbewegung noch tiefer in den Feind hinein. Akeno musste einem heranrückenden Manmo ausweichen. Er ließ den Bogen fallen, griff nach dem Schwert und fluchte wütend, denn mit dieser Waffe würde er gegen einen Geist nicht das Geringste ausrichten.

»Akeno!«, rief Ray und warf ihm die Yari zu.

Der Statthalter fing sie auf und rammte sie in seinen Gegner. Ray schickte sofort einen Zauber durch den Schaft hinterher.

Der Geist schrie ohrenbetäubend auf, kippte nach vorn, riss sich mit allen vier Pfoten die Brust auf und versuchte, die Magie, die ihn von innen her verschlang, aus sich herauszuziehen.

Akeno eilte zu dem Geist und riss die Yari heraus, bevor dieser sie beschädigte. Schon schrie abermals jemand, doch noch ehe Ray sich umdrehen konnte, zischte bereits ein Zauber an ihm vorbei, der eine unsichtbare Schneide darstellte, und traf das Manmo.

Kato war bewusstlos zu Boden gegangen. Der rechte Arm war ihm unter der Schulter abgehackt worden. Mito tat bereits alles, um die Blutung zu stillen, Yurana schuf eine Steinschlinge, holte aus und warf sie so geschickt, dass sie sich dem Manmo um den Hals legte. Mit aller Kraft zog sie zu. Akeno stieß die Yari in den Geist, hielt aber den Schaft fest, damit der Gegner nicht nach der Waffe griff. Jihiro, Heiva und Sugu-ni erledigten ein weiteres Untier. Die Tätowierung leuchtete auf, als Heiva Magie einsetzte: Er jagte Zauber um Zauber in den Geist.

Yurana arbeitete bereits an einem neuen Zauber, den Mito begeistert aufnahm, Akeno wurde gegen die Brüstung geschleudert, das gleiche Schicksal ereilte Yurana, die es aber noch schaffte, eine weitere Klinge in das Manmo zu treiben. Schon zerriss der nächste hungrige Schrei die Luft ...

Nimmt dieser Kampf denn nie ein Ende?, fragte sich Ray verzweifelt.

Längst starrte das Holz von Blut. Wenn der Schwarze Kodsu ihnen zuschaute, dürfte er eigentlich keinen Grund zur Klage habe. Ein Datider krachte mit gebrochenem Genick zu Boden, seinen Namen kannte Ray nicht einmal. Doch ehe das Manmo den Mann in Stücke reißen konnte, griff Jihiro es an. Auf der anderen Hälfte der Plattform kämpften nur noch Arata und Rinso. Plötzlich fiel Arata. Gierig riss ein Manmo das Maul auf.

»Gib mir Deckung!«, verlangte Ray von Mito.

Auf den Schrei hin drehte sich auch Akeno um. Er begriff auf Anhieb, was Ray vorhatte, und warf ihm die Yari zu. Ray fing sie auf, nahm Anlauf, rammte das Schaftende in den Holzboden, katapultierte sich auf diese Weise in die Höhe und flog über die Spalte, um dem Manmo die Klinge ins Maul zu rammen. Kaum hatte er seine Waffe wieder herausgezogen, sandte Rinso einen Zauber in den Schlund dieses Gegners.

Ray half Arata auf.

»Wie schwach wir sind«, stieß sie aus.

»Halt dich fest!«, befahl Ray, und Arata legte ihre Arme um seine Schultern.

Ray zitierte einen Nirith herbei, der sie beide über den Abgrund brachte und anschließend von Rinso sofort vertrieben wurde.

Arata eilte zu Kato, umarmte ihn und wirkte einen Zauber, um seine Wunde zu versorgen.

»Was ist mit Garru?«, wollte Akeno von Rinso wissen.

»Ich weiß es nicht«, antwortete dieser erschöpft. »Einige Manmos haben die Reste seiner Einheit angegriffen. Aber Namido war bei ihnen.«

Mito entglitten die Gesichtszüge. Er wusste genau, dass es das reinste Wunder wäre, wenn ihr Freund diesen Kampf überlebt hätte. Doch keiner der Männer kam dazu, noch etwas zu sagen.

Aus dem Spalt in der Plattform tauchten zahllose schwarze, sich windende Körper. Unagi. Ray warf Akeno die Yari wieder zu und machte sich unverzüglich daran, diese Geister zu vertreiben.

Irgendwann musste sich Ray jedoch eingestehen, dass sein Kopf leer war und er sich an keinen einzigen Zauber mehr erinnerte. Selbst seinen Arm vermochte er nur noch mit Mühe zu heben ... Da machte er im Getümmel Yurana aus, die sich tapfer einiger Geister erwehrte. Kato wirkte trotz seiner Verletzung Zauber um Zauber. Aus Aratas Fingern troff Blut, doch sie kämpfte unverdrossen weiter. Und Akeno setzte in sich Kräfte frei, die denen eines Beschwörers gleichkamen ...

Ray schöpfte frischen Mut.

Außerdem hielt er sich vor Augen, dass Tora, Grizzly und die anderen mit jeder Minute, die sie die Rumunger hier am Tempel des Reinen Wassers aufhielten, ihrem Ziel näher kamen.

Inzwischen senkte sich bereits die Abenddämmerung herab.

»Ich bin am Ende«, stieß plötzlich Mito aus. »Meine Kräfte sind versiegt.«

»Ruh dich ein wenig aus, ich geb dir Deckung!«, erwiderte Ray, obwohl er genau wusste, dass sich eigentlich niemand eine Verschnaufpause gönnen durfte.

»Wir sollten uns zurückziehen«, murmelte Mito und vergrub sein Gesicht in der Armbeuge. »All die Toten!«

»Die werden uns nicht in die Knie zwingen!«, entgegnete Heiva sofort.

In dieser Sekunde spürte Ray etwas an der Schulter. Ein aufgelöster Uddo krallte sich an seiner Jacke fest und unternahm alles, um Ray auf sich aufmerksam zu machen. Er hatte einen zusammengefalteten Zettel dabei, der nur ein Wort enthielt: *Geschafft!*

Der Kampf am Tempel des Reinen Wassers hatte damit ein Ende. Ray durchströmte grenzenlose Freude, obwohl für ihn die Sache nun erst richtig losging.

»Rückzug!«, schrie er. »Wir können abziehen! Rinso! Yurana!«

Rinso nickte bloß, Mito sah aus, als wollte er seinen Ohren nicht trauen, die blutüberströmte Arata half Kato auf die Beine und stützte ihn, als sie ihn in den Tempel brachte. Yurana zog sich Schritt für Schritt zurück, ließ dabei aber noch einige schwere Steinbrocken auf die feindlichen Geister niedergehen. Jihiro und Rinso sorgten für ihre Deckung.

Verzweifelt hielt Ray nach Akeno Ausschau. Endlich machte er ihn aus. Er kämpfte gleich mit drei Unagi.

»Akeno!«, schrie Ray. »Rückzug!«

Plötzlich knickten dem Statthalter die Beine weg. Zunächst meinte Ray, Akeno wäre auf dem blutigen Holz ausgerutscht, doch nachdem er zu Boden gekracht war, rührte er sich nicht mehr.

Ray rannte zu ihm und verjagte die Unagi mit einem Zauber. Akenos Brust war aufgerissen. In der klaffenden Wunde schimmerten weiß die Rippen. Das Blut sprudelte in Stößen heraus.

Ohne den Schutzdrachen wäre Akeno längst tot. Was war bloß geschehen, dass dieser ihn nicht vor einer derart heftigen Verletzung hatte bewahren können? Wer hatte sie Akeno zugefügt?

»Jihiro!«, schrie Ray.

»Bringen wir ihn erst einmal in den Tempel!«, ordnete Rinso an.

Als die beiden ihn wegtrugen, sorgte Yurana mit einem Steinnetz dafür, dass jeder Feind, der sie zu attackieren versuchte, abgefangen wurde.

Sie betteten Akeno, der inzwischen ohnmächtig geworden war, auf eine Schilfmatte. Der Schutzdrache funkelte mit weißem Feuer in den brechenden Augen. Er frohlockte, weil er den Körper gleich würde verlassen können.

»Heile ihn!«, befahl Ray dem Drachen. »Sofort!«

Der Geist und er maßen sich einen ausgedehnten Moment lang mit Blicken. Endlich gab der Drache nach und machte sich ans Werk.

Dieses Duell hatte Ray stärker ausgelaugt, als der gesamte lange Kampf gegen die Rumunger und ihre Geister.

»Wir müssen hier weg«, sagte er zu Jihiro.

»Ich sorge für Deckung«, antwortete dieser und sicherte die Tür mit einem Zauber. Sie zitterte bereits unter dem Ansturm der Feinde, genau wie die massiven Balken der Wände.

»Rinso! Die anderen haben den Tunnel fast erreicht«, erstattete Yurana Bericht. »Beeilt euch! Gleich kracht die Decke ein!«

In dieser Sekunde griff Akeno mit überraschender Kraft nach Rays Hand.

»Wollt Ihr etwas sagen?«, fragte Ray sofort.

»Falls du Sayunaro begegnest«, flüsterte Akeno, »wenn er bereits kein Mensch mehr ist … wenn du dann die Kraft in dir findest … befreie ihn … töte ihn!«

Ray presste die Lippen aufeinander und nickte schweigend. Er hob die Yari auf, und gemeinsam mit Rinso trug er Akeno weiter. Yurana rannte voraus und bog in einen Gang ein, der auf der anderen Seite aus dem Tempel herausführte. Jihiro schloss ihre Prozession ab.

»Du musst nun nach links«, teilte Rinso Ray leise mit. »Dort gibt es einen Weg, der zu den Rumungern führt.«

»Gut. Danke!«

»Viel Glück!«

»Euch auch.«

Er ließ Akenos Hand los, der bereits wieder ohnmächtig geworden war, schärfte dem Drachen ein, dass er den Statthalter gefälligst zu retten habe, sah ein letztes Mal zu Yurana hinüber und eilte davon, um seine Aufgabe zu erledigen.

Sämtliche Hänge waren in einem furchtbaren Zustand. Entwurzelte Bäume machten ein Fortkommen hier und da fast unmöglich. Ein Teil der Treppen bestand noch, die meisten Stufen waren jedoch zermalmt worden. Ray machte sich an den Abstieg und sah nur noch einmal zum Tempel zurück. Die Plattform, auf der er stand, drohte jederzeit in die Tiefe zu krachen.

Hauptsache, die anderen haben es geschafft, sich in Sicherheit zu bringen, schoss es ihm durch den Kopf. Ob Akeno überlebt? Und Garrus Soldaten … Wie sie wohl die Begegnung mit den Manmos überstanden haben?

Doch dann lenkte er all seine Gedanken auf die bevorstehende Aufgabe.

In der heraufziehenden Dunkelheit nahmen sich sämtliche Geräusche besorgniserregend aus. Die Gegenstände gewannen neue Umrisse. Der Geruch von Harz, zersplittertem Holz, Wasser, feuchtem Boden und Blut verstärkte sich.

Von den Zweigen fiel eine schwarze Spinne auf Rays Schulter.

»Wohin willst du jetzt?«, erklang die Stimme des Schwarzen Kodsu in seinem Kopf.

»Als ob du das nicht wüsstest«, erwiderte Ray, während er über ein paar Felsbrocken kletterte. »Oder möchtest *du* vielleicht die Rumunger davon in Kenntnis setzen, wo sie die beiden letzten Fragmente der Schriftrolle finden?«

»Wie könnte ich dich um das Vergnügen bringen, deinen Freund wiederzusehen?«

Nach diesen Worten verschwand der Schwarze Kodsu wieder.

Ray traf nun auch auf etliche Leichen. Sie lagen in seltsamen Verrenkungen auf dem Boden. Die abgeschlagenen Köpfe, die von den Rumungern mit Magie belebt worden waren, klapperten hier und da noch mit den Zähnen. Ray hielt die Yari bereit, doch von diesen Toten ging zum Glück keine Gefahr mehr aus.

Die Rumunger schienen wie vom Erdboden verschluckt zu sein. Irgendwann machte Ray aber doch jemanden aus ...

»Yarudo«, rief er leise.

Der Junge kam zu ihm gerannt und griff mit eisigen Fingern nach seiner Hand.

»Geh da nicht hin!«, flüsterte er und versuchte Ray festzuhalten. »Die bringen dich um.«

»Dann muss ich mir etwas einfallen lassen, damit sie das nicht machen. Kannst du mir Deckung geben?«

»Nur einmal«, gestand der Yarudo. »Sie sind sehr stark.«

»Einmal genügt mir völlig«, versicherte Ray. »Weißt du, wo sie sind?«

»Da drüben«, sagte der Yarudo. »Wenn du sie nicht auf dich aufmerksam machst, fahren sie an dir vorbei.« Er presste Rays Hand noch fester und versuchte, ihn zurückzuziehen. »Sollen sie doch abhauen! Ich bringe uns hier raus, und wir gehen zu Kodai am See.«

In seinen Augen spiegelte sich die Furcht eines kleinen Menschenjungen. Ray legte ihm die Hand auf den Kopf. Er spürte warmes, störrisches Haar.

»Das kann ich nicht. Ich muss zu ihnen.«

Der Yarudo seufzte schwer, drang aber nicht weiter in Ray, sondern trat zur Seite, damit dieser losmarschieren konnte.

Die nächsten Minuten kämpfte sich Ray erneut über Steine und tauchte unter halb entwurzelten Stämmen durch. Unter seinen Stiefeln schmatzte Matsch, knackten dünne Äste. Eine schwere, drückende Kraft verriet ihm, dass er die Wagen fast erreicht hatte.

Noch könnte ich umkehren, überlegte Ray – und machte den nächsten Schritt vorwärts.

Dann sah er den ersten Wagen. Er kam immer näher und hielt dann vor ihm an. Ray stockte der Atem.

Durch die schwarzen Streben schimmerte das blasse Gesicht Naras. In ihrem Blick mischten sich Entsetzen, Unglauben und Verzweiflung.

»Geh weg!«, flüsterte sie lautlos. »Verschwinde!«

Ray lächelte traurig und schüttelte den Kopf.

In ihrem Rücken schraubte sich nun ein Shimaa in die Luft und fauchte, als er Ray sah. Sofort stimmte ein zweiter Geist in das Geknurre ein. Der nächste Wagen war aufgetaucht. Eine Luftbewegung verriet Ray, dass der Fahrer bereits einen Zauber wirkte.

»Ich habe eine Nachricht für Ruam aus dem Zehngeistertempel«, sagte er.

Das hinderte den Rumunger nicht daran, Ray mit seinem Zauber anzugreifen. Der Yarudo musste seine gesamte Kraft aufbieten, um Ray Deckung zu geben.

»Es ist eine Nachricht von den Beschwörern Warras für Ruam aus dem Zehngeistertempel«, wiederholte Ray, während weitere Wagen auf ihn zuhielten. »Es geht um die beiden Fragmente der Schriftrolle, die euch noch fehlen.«

»Halt!«, befahl da ein Mann. »Nikhir! Warte! Ich will hören, was er zu sagen hat!«

Inzwischen war Ray von Wagen eingekesselt.

»Die Beschwörer haben den Tempel des Reinen Wassers verlassen«, berichtete er. »Ihr könnt euch den Teil der Schriftrolle holen, der dort aufbewahrt wird. Er wurde zurückgelassen.«

»Das Gesicht kenne ich doch«, erklang nun eine spöttische Stimme. Ray blickte zu dem Wagen hinüber, aus dem sie kam. Ruam. »Darf ich vorstellen? Der Schüler Hyeons und Liebling des Schwarzen Kodsu.«

Eine Strebe an Ruams Wagen bewegte sich zur Seite, damit der Rumunger aussteigen konnte. Er war nun nicht mehr die beeindruckende Erscheinung, der Ray im Zehngeistertempel gegenübergestanden war. Sein rotes Gewand hatte arg gelitten, war klitschnass und klebte an seiner Brust, sein Gesicht wirkte abgemagert, die Augen umgaben dunkle Ringe, die schwarzen Haare hatten es schon lange nicht mehr mit einem Kamm zu tun bekommen und waren völlig verfilzt.

»Vorsicht!«, sagte Nikhir. »Das ist bestimmt eine Falle!«

Der Kopf dieses Mannes war kahl geschoren, seine eingefallenen Wangen verstärkten den Eindruck eines Totenschädels noch. Immerhin ist der Kampf um den Tempel für die Rumunger auch kein Zuckerschlecken gewesen!, stellte Ray voller Genugtuung fest.

»Im Augenblick gibt es nur einen, der in eine Falle getappt ist, und das ist der Bursche vor uns«, spie Ruam aus, um sich dann wieder Ray zuzuwenden. »Und nun raus mit der Sprache! Was haben die Beschwörer Warras uns mitzuteilen?«

Ray griff nach einem Lederbeutel, der an einer Schnur um seinen Hals baumelte. Darin steckte ein Schreiben des Ordens. Er warf Ruam das Säckelchen zu. Dieser fing es auf, entnahm ihm in aller Ruhe das Papier und las das Schreiben.

Während er noch in die Lektüre vertieft war, öffnete sich ein weiterer Wagen, und eine Frau in einem langen roten Gewand stieg aus.

»Begegnen wir uns also doch noch einmal wieder«, sagte sie lächelnd.

Ray ging gar nicht auf sie ein, da er einzig Ruam im Auge behielt. Dieser hatte das Schreiben nun gelesen, grinste, faltete es und schnippte es achtlos über die Schulter. Nikhir fing es auf und las es ebenfalls, wobei er gelegentlich verächtlich schnaubte.

»Während des Kampfes um diesen Tempel ist also der letzte Teil der Schriftrolle in die Toten Lande gebracht worden, in den Tempel des Fahlen Grases«, fasste Ruam zusammen. »Und jetzt sollen wir ihm dorthin folgen, damit es zu einem ehrlichen Kampf nach den Regeln der Beschwörer kommt.«

»Richtig«, sagte Ray, woraufhin sich ein glühender Stachel in seinen Rücken bohrte. Das Einzige, was er jetzt noch zustande brachte, war zu atmen.

»Der bleibt am Leben!«, befahl Ruam. »Wir wollen doch

schließlich nicht, dass der Schwarze Kodsu wieder auftaucht, um seine Nummer noch einmal aufzuführen.«

Die sengenden Fesseln lockerten sich ein wenig, seine Finger aber versagten Ray den Dienst, sodass er die Yari fallen ließ.

»Wie ist das zu verstehen?«, wollte Nikhir wissen.

»Das ist nur Ausdruck ihrer Verzweiflung. Diese Kinder ...«, sagte Ari und zeigte auf Ray. »... kämpfen tapfer, aber sie werden den Lauf der Dinge nicht aufhalten. Der Orden versucht, das Gesicht zu wahren, weiß jedoch genau, dass wir kommen und uns holen, was uns zusteht.«

»Ich habe eine Frage«, brachte Ray mühsam hervor. »Als es damals zu dieser Katastrophe gekommen ist und Ihr Euch von den anderen Provinzen abschotten musstet, da habt Ihr doch den Orden um Hilfe gebeten. Diese wurde Euch auch zugesichert, oder?«

»Wie beschlagen der Junge in der Geschichte Akanes ist«, höhnte Ari und trat so dicht an Ray heran, dass er den Geruch von schweren Duftölen und Schweiß wahrnahm.

»Warum habt Ihr diese Hilfe dann nicht angenommen?«

»Was weißt du denn schon!« Sie fuhr ihm mit ihren Fingern ins Haar und kratzte mit ihren langen Nägeln seine Kopfhaut auf. Dann umschloss sie seinen Hinterkopf, drehte ihn um und stieß ihn mit dem Gesicht gegen ihren Wagen. »Hast du schon einmal gesehen, wie deine Brüder und Schwestern bei lebendigem Leibe von Mormokken gefressen werden?! Wie Daghi sich aus ihrer Haut ein Nest bauen?! Wie Gayuuren Felder zertrampeln und damit die ganze Ernte vernichten?! Uns bleiben nur Eier voller Shimishis und Wasser, in dem es von Mashuggen wimmelt! Zu uns kommen keine freundlichen Yuumos, wir kennen nur Geister, die uns von innen her auszehren!«

»Aber daran tragen wir doch keine Schuld!«, erwiderte Ray, nachdem er das Blut in seinem Mund ausgespuckt hatte. »Wir wollten Euch doch sogar helfen!«

Die Rumunger brachen in schallendes Gelächter aus.

»Die Hilfe, die ihr uns angeboten habt, sollten wir mit unserer Freiheit bezahlen!«

Wenn ihr das so seht, geschieht es euch ganz recht, dass ihr in einer von allen vergessenen Provinz lebt, dachte Ray. Und dass der Orden nichts mit Beschwörern zu tun haben will, die Vergnügen daran finden, Menschen die Köpfe abzusäbeln und die Schädel dann zu beleben, versteht sich ja auch von selbst.

»Gut. Ich habe die Nachricht zur Kenntnis genommen. Wenn sie in den Toten Landen einen Kampf auf Leben und Tod wollen, sollen sie ihn haben.« Ruam drehte sich Ari zu. »Wir holen uns jetzt das Fragment! Bei der Gelegenheit zerschlagen wir den Tempel, danach brechen wir auf! Du kannst dich um unseren Freund hier kümmern. Solange er am Leben bleibt, hast du freie Hand.«

Ein Teil der Wagen drehte daraufhin um und fuhr davon. Als Nara noch einmal zu Ray hinübersah, las er tiefes Mitleid in ihrem Blick. Dann wandte auch sie sich ab und setzte ihren Wagen in Bewegung.

»He!«, rief Ari. »Du hast Besuch gekriegt! Bist du vielleicht hungrig?«

Ray verrenkte sich fast den Hals, um zu sehen, wen Ari gerufen hatte. Auf den ersten Blick erkannte er Sayunaro gar nicht wieder. Er war noch kein Shiisan, aber auch kein Mensch mehr.

Das reglose Gesicht erinnerte an eine weiße Maske mit einer roten Tätowierung. Starre Pupillen. Ein langes weißes Gewand, ebenfalls mit einer roten Bemalung.

Er kam näher und sog dabei gierig die Luft durch die feinen Nasenflügel ein.

Ob Sayunaro ihn erkennen würde? Erinnerte er sich noch an irgendetwas aus seiner Vergangenheit? War er hungrig, oder hatte er sich längst an fremdem Blut satt getrunken? Doch da weiteten sich Sayunaros blinde Augen, und er presste die Lippen aufeinander: Der Mensch in ihm hatte Ray erkannt.

»Dieser tapfere junge Beschwörer hat uns eine Nachricht von seinen weniger tapferen Brüdern gebracht«, höhnte Ari, bevor sie sich wieder Ray zudrehte. »Was ist? Beschützt dich der Schwarze Kodsu nicht länger?«

Sayunaro näherte unterdessen sein Gesicht dem Rays. Winzige rote Funken tanzten in den leeren Pupillen. Sayunaros rechte Hand bohrte sich mit ihren langen Krallen in Rays Brust, als wollte sie ihm das Herz herausreißen. Blut floss über seine Jacke, und Ray war kurz davor, das Bewusstsein zu verlieren. Sayunaro flüsterte ihm etwas ins Ohr.

Als er sich danach zurückzog, war er wieder zu einem kalten feindlichen Wesen geworden.

»Fesselt ihn an meinen Wagen!«, befahl Ari. »Ich möchte unser Gespräch über die Vergangenheit und die Zukunft nämlich gern fortsetzen!«

11

Die Toten Lande

»Wenn das Haus niedergebrannt ist«, erklang dicht an Rays Ohr eine nur ihm allzu vertraute Stimme, »sind wenigstens die Flöhe verreckt.«

Ray fuhr sich mit der Zunge über die ausgetrockneten Lippen. Schwärzeste Nacht umgab ihn, die Fackel neben dem Wagen vertrieb das Dunkel kaum. Aus der Ferne drang immer wieder ein gewaltiges Krachen an sein Ohr: Die Rumunger legten den Tempel des Reinen Wassers in Schutt und Asche.

Der Wagen, an den Ray gefesselt war, bebte, als müsste er seine eingeschlafenen Muskeln lockern. Seine Arme waren in gespreizter Haltung so fest angebunden, dass er nicht einmal zappeln konnte, während die Streben des Wagens sich schmerzhaft in seinen Rücken bohrten.

Als er einen Geist hatte herbeirufen wollen, damit dieser die Fesseln lockerte, hatte ihm Magie fast das Genick gebrochen.

»Wage das ja nicht noch einmal«, hatte ein unbekannter Beschwörer ihn gewarnt. »Mir entgeht nichts!«

Danach hatte Ray nur noch alles darangesetzt, den Schmerz zu vergessen. Gerade als ihm das gelungen war, hatte ihn die Stimme des Schwarzen Kodsu wieder in die Gegenwart zurückgeholt.

»Wenn du mir helfen willst, tu das«, krächzte Ray. »Aber verschon mich mit deinem Geschwätz!«

»Meine Welt steht dir jederzeit offen«, säuselte der Schwarze Kodsu.

»In dem Fall verzichte ich auf deine Hilfe.«

»Führst du mittlerweile Selbstgespräche?«

Kazumi trat aus dem Dunkel heraus. Er trug das leuchtend rote Gewand aller Rumunger, und über seiner Stirn verlief ein roter Streifen, ein zweiter zierte seinen Scheitel. Eine ebenso täppische wie wilde Erscheinung.

In einer Hand hielt er eine Schale, in der anderen Rays Yari.

»Die Hitze macht dir vermutlich zu schaffen«, fuhr Kazumi fort. »Deshalb habe ich dir Wasser gebracht.«

Ray erwiderte kein Wort, denn er wusste, dass er von seinem einstigen Mitprüfling nichts Gutes zu erwarten hatte. Durst quälte ihn allerdings tatsächlich.

Mit einem höhnischen Grinsen goss Kazumi die Schale ganz langsam aus.

Es kostete Ray seine letzten Kräften, den Blick von der begehrten Flüssigkeit abzuwenden, die nun im Boden versickerte.

»Wann bist du eigentlich so ein Widerling geworden?«, fragte er krächzend.

Das Grinsen kroch aus Kazumis Gesicht.

Der Shimaa beugte sich zu Ray vor und riss sein Maul unmittelbar vor dessen Nase auf, doch Ray blickte dem Geist unbeeindruckt in die Augen, sodass dieser wieder abzog.

Daraufhin rammte Kazumi ihm den Lanzenschaft mit voller Wucht in die Brust. Ray wäre beinahe in Ohnmacht gefallen.

»Du warst ... schon immer ein nichtsnutziger Beschwörer«, stieß er aus, sobald er wieder etwas Luft bekam. »Nun bist du halt ein nichtsnutziger Verräter!«

»Du hast es nötig, große Töne zu spucken!«, keifte Kazumi. »Was hast du denn von deiner Begabung?! Ja wohl nur, dass die Unagi dich demnächst verschmausen!«

Ray sah an Kazumi vorbei auf die rot-weiße Gestalt, die durch die Dunkelheit huschte. Noch immer war er sich nicht sicher, ob er Sayunaros Worte richtig verstanden hatte. Und wenn ja, was bedeuteten sie dann? Von wem hatte er gesprochen? Von den Rumungern? Oder den Angehörigen des Turms?

»He!«, rief Kazumi. »Sieh mich gefälligst an, wenn ich mit dir rede!«

Ganz wie Ari vorhin packte er Ray bei den Haaren, dies jedoch so ungeschickt, dass Ray ihm die Stirn gegen die Nase knallen konnte. Ein leises Knacken war zu hören. Kazumi krachte mit blutüberströmtem Gesicht zu Boden.

Da lachte Ari hinter ihnen auf und spendete lautstark Beifall.

»Erstaunlich«, murmelte sie, als sie näher kam. »Selbst gefesselt leistest du noch Widerstand. Dich kann wohl gar nichts schrecken?«

Der am Boden liegende Kazumi schnappte sich die Yari und schleuderte sie wutentbrannt auf Ray. Die Waffe streifte jedoch nicht einmal den Wagen, sondern bohrte sich einige Schritte davor in den Boden. Abermals brach Ari in schallendes Gelächter aus, packte Kazumi dann bei der Schulter, zog ihn hoch und befahl: »Troll dich und sorge dafür, dass du wieder wie ein anständiger Mensch aussiehst! Und ruf Nara!«

Kazumi humpelte fluchend davon. Nachdem Ari die Lanze aus dem Boden gezogen hatte, trat sie dicht vor Ray. Dieses Mal lag in ihren dunklen Augen zwar kein Spott und keine Verachtung, dafür forderte sie ihn mit ihrem Blick zum Duell heraus.

Dieses wurde beendet, als Nara auftauchte.

»Du hast mich rufen lassen?«, wandte sie sich freundlich an Ari.

»Nara, meine Kleine!«, rief diese aus. »Du hast dich heute wacker geschlagen. Da hast du dir eine Belohnung verdient.«

Nara erwiderte kein Wort.

»Diese Lanze hier erscheint mir angemessen«, sagte Ari und hielt ihr die Yari hin. Nara ergriff sie. Daraufhin deutete Ari auf Ray. »Schlag zu!«

Nara hob die Lanze. Ray machte sich auf den Schmerz gefasst.

»Das kann ich nicht«, gestand Nara dann jedoch und ließ die Waffe sinken.

»Warum nicht?«

»Weil er gefesselt ist und sich nicht wehren kann.«

»Wäre er das nicht, hätte er dich längst getötet.«

»Trotzdem tu ich das nicht.«

»Dann lass es mich anders ausdrücken! Entweder du gehorchst, oder ich ziehe dir bei lebendigem Leibe die Haut ab«, zischte sie. »Habe ich mich klar genug ausgedrückt?«

Sofort hob Nara erneut die Lanze, ließ sie aber sogleich wieder sinken.

»Nein.«

»Nara«, krächzte Ray. »Tu es! Ich nehme es dir nicht übel!«

»Nun zier dich nicht länger«, stieß Ari unter zufriedenem Gelächter aus. »Er bittet dich schließlich selbst darum. Da willst du ihn doch wohl nicht enttäuschen?«

Nara umfasste die Yari mit beiden Händen. In ihren Augen funkelte eine düstere Entschlossenheit auf, fast ein Triumphgefühl.

»Ich werde nicht mehr für euch töten«, verkündete sie. »Es reicht!«

»Soll mir auch recht sein«, erklärte Ari. »Dann können wir endlich die Spreu vom Weizen trennen.«

Der Shimaa in ihrem Rücken frohlockte bereits.

»Nara!«, schrie Ray.

»Sie sollten mir beibringen, wie man eine magische Waffe schmiedet. Diese Klinge ...« Nara fuhr sanft über das Blatt der Lanze. »... hat mein Großvater angefertigt, ein berühmter Waffenschmied. Ich habe mir nichts sehnlicher gewünscht, als dass er mich ausbildet. Aber uns Frauen ist es leider verboten, dieses Handwerk zu erlernen. Doch selbst für dieses Wissen werde ich nicht länger morden und Tempel zerstören.«

Sie wirbelte herum, fing mit der Yari den Zauber ab, mit dem Ari sie angreifen wollte, fegte den Shimaa zur Seite und stürzte sich auf die Rumungerin.

Und da erlebte Ray, was es bedeutete, wenn eine Meisterin diese Waffe führte. Die Yari sang geradezu in Naras Händen, der Schaft aus dem Holz des Oribaums schimmerte in einem weißen Licht, als die Angriffszauber durch ihn hindurchschossen, die Klinge sprühte Funken.

Ari hatte die unscheinbare Schülerin Hyeons nie ernst genommen, sodass diese nun leichtes Spiel mit ihr hatte. Selbst der Shimaa der Rumungerin änderte daran nichts.

Ray ballte die Hände zu Fäusten. Wenn er Nara doch nur helfen könnte ...

Ari schrie auf. Die Lanze hatte ihr den Arm aufgeschlitzt. Das rote Gewand wurde vom Blut noch röter.

Angelockt vom Widerhall der Zauber, traten aus dem Dunkel einige Rumunger heraus, die Ari jedoch nicht zu Hilfe eilten, da sie zweifellos vermuteten, diese erlaube sich einen ihrer Späße mit Nara. Sie wurden im Nu eines Besseren belehrt. Das, was sich da vor ihren Augen abspielte, war ein Kampf auf Leben und Tod.

»Was steht ihr da rum und gafft?«, brüllte Ari, die sich hinter dem Shimaa in Deckung brachte. »Tötet sie!«

»Achtung!«, schrie Ray. »Rechts!«

Nara fuhr herum. Sie wehrte drei Zauber ab, katapultierte sich mit der Yari in die Höhe und trieb einem Shimaa, der sich auf sie stürzen wollte, die Klinge in die Brust.

Sofort rückten fünf weitere Shimaas gegen Nara vor. Ruam kam aus dem Wald herausgeschossen und wirkte im Lauf einen Zauber. Dieser traf jedoch nicht Nara, sondern ihren Shimaa. Der Geist war hinter ihrem Rücken in die Höhe geschnellt, nun drehte er sich um die eigene Achse und zerfiel.

Als Nara sich dann langsam zu Ray umdrehte, war ihr Gesicht kreidebleich. Blut rann aus ihrem Mund, die Augen bestanden nur noch aus Pupillen.

»Nara!«, schrie er in nie gekannter Verzweiflung. »Nara!«

Aber sie hörte ihn nicht mehr. Sie hörte niemanden mehr. Wütend rissen die Shimaas sie in Stücke.

Ein Schleier legte sich vor Rays Augen, durch den er nur noch verschwommen wahrnahm, wie Ruam Ari auf die Beine half und ihr etwas zuflüsterte. Dann erteilte er einige knappe Befehle, woraufhin sich sämtliche Rumunger zu ihren Wagen begaben.

Naras zerfetzter Körper blieb auf dem Boden liegen, nur eine Armeslänge von Ray entfernt. Daneben leuchtete in einer Blutlache die Yari, deren Schaft die Abdrücke von zwei kleinen Händen aufwies.

Unwillkürlich flüsterte Ray die Worte, mit denen die Leichen von Beschwörern geehrt werden, die im Kampf gegen Geister gefallen waren. Und mit jeder Zeile wuchs die Wut in ihm, die ebenso kalt, rein und tödlich war wie die Yari.

Der Wagen, an den Ray gefesselt war, ruckte und fuhr an Nara vorbei. Er rumpelte über Steine, raste den Abhang hinunter und schoss Wasser aufspritzend über den Rücken des Shu weiter. Die anderen folgten ihm mit ebenfalls beständig zunehmender Geschwindigkeit.

Die Rumunger eilten in die Toten Lande, wo die Angehörigen des Turms sie erwarteten.

Vor Rays Augen jedoch zogen Bilder aus Warra vorbei, die ihn allen Schmerz vergessen ließen …

Er schlenderte über den Marktplatz. Vor Kurzem war er mit Herrn Akiro in der Hauptstadt eingetroffen. Um ihn herum lärmte und lachte die feierlich angezogene Menge. Irgendwo maßen sich Bogenschützen, und immer wieder war der dumpfe Knall zu hören, mit dem die Pfeile in die Zielscheibe einschlugen. Ihm folgte begeistertes Gejohle. Die kleinen Kinder fuhren Karussell, ihr Gejuchze flog hoch in den Himmel hinauf.

Ray ließ sich im Strom all dieser Menschen treiben, die so sorglos und glücklich waren, dass die Heiterkeit auch auf ihn übergriff.

»He, Freundchen!«, rief jemand, und seine barsche Stimme stand in scharfem Gegensatz zu der allgemeinen Ausgelassenheit. »Nur keine Eile!«

Noch in derselben Sekunde legte sich eine schwere Pranke auf Rays Schulter. Als er sich umdrehte, sah er einen kräftigen Mann mit braun gebranntem Gesicht vor sich, bei dem nur die reisweißen Haare verrieten, dass er kein junger Bursche mehr war, denn einzig um den Mund gab es tiefe Falten. Hellgraue Augen blitzten Ray wütend an. Der Mann trug schlichte Kleidung, eine Lederjacke und Leinenhosen, dazu jedoch einen breiten Gürtel aus feinen Metallplatten. Jede einzelne zierte die Gravur eines winzigen Hammers, um den Funken sprühten.

»Wo hast du diese Yari her?«

»Warum willst du das wissen?«

»Weil ich sie angefertigt habe – und zwar nicht für dich«, antwortete der Mann, und die Finger pressten sich wie eine Zange in Rays Schulter, sodass dieser fürchtete, er würde gleich zur Stadtwache gezerrt und des Diebstahls bezichtigt werden. »Also, woher hast du diese Waffe?«

Sein scharfer Ton vermochte Ray indes nicht zu täuschen. Zu oft schon hatte er es erlebt, dass die Menschen hinter einer schroffen Fassade Sorge und Verzweiflung verbargen.

Deshalb konnte Ray auch auf jeden Beweis verzichten, dass die Lanze aus der Schmiede dieses Mannes stammte. Dessen Sorge war unverfälscht.

»Ich habe sie geschenkt bekommen«, sagte Ray.

»Das glaube ich nicht!«

»Warum nicht?«

»Weil ich die Lanze für meine Enkelin angefertigt habe«, sagte der Schmied. »Und sie hat sich nie von ihr getrennt.«

»Ihr seid Naras Großvater?!«

»Du kennst sie?«, brachte der Mann hervor und lockerte seinen Griff.

»Ja.«

»Was ist ihr geschehen, wenn du jetzt ihre Yari hast?«

»Das ist eine lange Gesichte.«

»Dann lass uns zu mir gehen, damit du sie mir in aller Ruhe erzählen kannst.«

Sobald sie in die Straße der Waffenschmiede einbogen, schlugen ihnen die Geräusche des hier ausgeübten Handwerks entgegen: Es wurde gehämmert und geschliffen, das Metall fauchte, als man es kühlte …

»Habt Ihr in letzter Zeit etwas von ihr gehört?«, erkundigte sich Ray.

»Sie hat mir vor etwa einem halben Jahr geschrieben«, antwortete der Schmied und hustete, um seine erneut aufsteigende Unruhe zu bezwingen. »Da wollte sie zusammen mit ihrem Lehrer in einen Tempel irgendwo in einer anderen Provinz gehen. Seitdem habe ich nichts mehr von ihr gehört.«

Sie hielten auf ein großes, ebenerdiges Haus zu. Die hohe Tür stand weit offen. In das Klirren und Schleifen mengten sich die Stimmen der Käufer, die ihre Fragen stellten und die Klingen beurteilten.

»Ihr fertigt nicht nur magische Waffen an?«, fragte Ray, als er eine ältere Dame erblickte, die in Begleitung des Lehrlings aus dem Haus kam. Sie hielt ein Bündel in der Hand, aus dem die Griffe einiger Küchenmesser herauslugten.

»Wir machen alles.«

»Meister Nishido«, rief der Lehrling, der etwa in Rays Alter war. »Gerade eben sind die Schwerter vom Polierer zurückgekommen. Der Rugg-hori behauptet aber, der Mann habe schlechte Arbeit geleistet. Werdet Ihr sie Euch ansehen?«

»Das kann warten«, antwortete Nishido, woraufhin dem Lehrling der Unterkiefer herunterklappte. Dergleichen hatte er bei seinem Meister noch nie erlebt.

Ray folgte dem Schmied durch den Laden, wo drei Männer die Ständer mit Schwertern betrachteten. Bei ihnen stand ein weiterer Lehrling, der ihnen halblaut etwas erläuterte. Alle vier begrüßten Nishido ehrerbietig.

Außer Waffen wurden hier zahlreiche Küchenmesser unterschiedlicher Größe angeboten: für das Filetieren von Fischen und Fleisch, zum Knacken von Muscheln und Putzen von Fischschuppen, Zangen, um kleine Knochen zu entfernen, Obstmesser und dreikantige Stifte völlig unklarer Bestimmung.

An den Laden schloss sich die Werkstatt an. Neben der Schleifbank stand ein Tisch, auf dem zwischen allerlei Schüsseln mit Wasser einige Specksteine lagen. Ein Brett an der Wand war einer einzigen Statue vorbehalten, die einen kräftigen jungen Mann im Lendenschurz darstellte, der auf einem Amboss saß. Ein Rugg-hori, ein begnadeter Schmied und der Gehilfe Ruggs. Vor ihm lagen ein paar kleine Beutel mit Reis. Opfergaben. Das eine Säckelchen war aufgebunden und zur Hälfte geleert …

Nishido schob eine Tür zur Seite, die Ray überhaupt nicht bemerkt hatte, und überließ seinem Gast den Vortritt. Das

Hämmern nahm nun noch zu – obwohl sich niemand im Raum befand.

Durch ein rundes Fenster in der Decke fiel Licht auf einen Waffenständer, in dem nur eine einzige Klinge aufragte. Die lange Lanzenspitze zeigte ein wellenförmiges Muster und entsprach in allen Einzelheiten dem Blatt der Yari, die Ray nun trug, war dabei aber doppelt so groß.

»Das ist eine Kaoru«, erklärte Nishido, als er Rays erstauntem Blick folgte. »Die große Schwester der Yari.«

Er ließ sich auf der einzigen Schilfmatte nieder und behielt Ray weiter im Auge, der seinerseits den Blick nicht von der Waffe zu lösen vermochte. In ihr steckte Magie. Es war fast, als schliefe die Lanze im Sonnenschein.

»Wie bekommt Ihr die Magie in die Klingen?«

»Das wollte Nara auch immer wissen«, erwiderte Nishido grinsend. »Aber erzähl mir erst einmal, was du von ihr weißt!«

Gerade als er anfangen wollte, verstummte das Gehämmer. Schwere Schritte näherten sich, die Tür wurde geöffnet, und ein Rugg-hori trat ein. Über seinem weißen Lendenschurz trug er eine Lederschürze, eine Schnur hielt sein Haar aus dem Gesicht. Die kohlschwarzen Augen funkelten erzürnt, denn dieser Geist unterbrach sein Tun nicht gern.

»Hab ich's mir doch gedacht! Ein Beschwörer!«, brummte er mit tiefer Stimme und wandte sich dann an Nishido. »Warum hast du den angeschleppt?«

»Ich bin freiwillig hergekommen«, erklärte Ray freundlich. »Und es tut mir leid, wenn ich störe. Ich wollte Euch nicht von Eurer Arbeit abhalten.«

»Er weiß, wo unser Mädchen ist«, teilte Nishido dem Geist mit.

Darauf hellte sich das Gesicht des Geists ein wenig auf, und er setzte sich ebenfalls. Nun begann Ray seine Geschichte.

Mittlerweile hatte er längst aufgehört zu zählen, wie oft er sie schon vorgetragen hatte. Die Prüfung am Tag der Geister, wie er Nara damals kennengelernt hatte, der Weg nach Agosima, die Wiederbegegnung, die Flucht vor den Rumungern ...

»Ich habe dir immer gesagt, du sollst der Kleinen dein Handwerk beibringen«, murmelte der Rugg-hori, nachdem Ray seinen Bericht beendet hatte. »Aber nein, bei euch Sturköpfen erreicht man ja nichts. Einem Mädchen drückt man keinen Schmiedehammer in die Hand, und damit Schluss! Jetzt kannst du sie in Agosima suchen.« Der Rugg-hori sah Ray an. »Sie war so, als sie zum ersten Mal in die Schmiede gekommen ist.« Mit der erhobenen Rechten deutete er an, wie groß Nara damals gewesen war. Dann drehte er sich wieder Nishido zu. »Deine Lehrlinge taugen alle nichts. Wenn du stirbst, bin ich sofort weg!«

Unwillkürlich musste Ray bei dem Gezeter grinsen. Ein Rugghori schloss sich einem Schmied häufig an, ohne dass dieser ihn vorher darum gebeten hatte. Mit vereinten Kräften schufen sie dann wahre Wunderwerke. Gewöhnliche Klingen, aber auch magische. Der Geist blieb bis zum Tod des Meisters in der Werkstatt. Falls dieser einen begabten Lehrling hatte, setzte er die Zusammenarbeit auch danach fort.

»Könntest du nicht nach Agosima ...?«

»O nein, Nishido Terua«, fiel ihm der Rugg-hori ins Wort. »Dort haben Geister wie ich nichts verloren.«

»Warum das nicht?«, fragte Ray.

»Das weiß Rugg allein«, antwortete der Rugg-hori, wobei er den Namen des für ihn höchsten Geistes voller Ehrerbietung aussprach. »Aber wir kennen nicht einmal den Weg in diese Provinz. Dort will uns allerdings auch niemand haben, denn dort zerstört man lieber, als dass man etwas schafft.« Als Ray den Geist immer noch fragend ansah, fuhr dieser fort: »Vielleicht glauben die Menschen in Agosima ja, dass sie getrost auf uns verzichten können, vielleicht wissen sie aber auch nur nicht, wie sie uns um unser Erscheinen bitten müssen.«

»Können wir nun bitte zu Nara zurückkommen«, bemerkte Nishido ungehalten. »Was ist mit ihr?«

»Als ich sie das letzte Mal gesehen habe, war sie gesund und munter. Aber das ist eine ganze Weile her, seitdem habe ich nichts mehr von ihr gehört.«

Mensch und Geist schüttelten mit dem gleichen Schmerz den Kopf. Falls es noch Zweifel gegeben hatte, waren sie nun ausgeräumt: Beide hatten Nara in ihr Herz geschlossen.

»Wenn du sie siehst oder einen Brief von ihr erhältst«, sagte Nishido, »dann lass es uns wissen. Und richte ihr aus, dass wir uns Sorgen um sie machen. Sie soll bitte nach Hause kommen.«

»Das mache ich«, versprach Ray. »Darauf könnt Ihr Euch verlassen.«

»Gib mir die Yari!«, verlangte der Rugg-hori mit einem Mal und stand auf. »Ich schärfe und poliere sie.«

Ray reichte ihm die Lanze. Der Geist nahm die Waffe mit größter Ehrerbietung an sich und brachte sie zur Werkbank.

Als er zurückkehrte, funkelte die Klinge noch heller als zuvor ...

Nun war die Lanze bei der toten Nara zurückgeblieben. Nie im Leben werde ich es übers Herz bringen, diese beiden Schmiede von ihrem Tod in Kenntnis zu setzen, dachte Ray verzweifelt und fügte dann bitter hinzu: Falls ich all das hier überlebe. Und falls die Rumunger unsere Welt nicht untergehen lassen ...

In dieser Sekunde holte sie ein Wagen ein, auf dessen Trittbrett Sayunaro stand. Er hatte das Gesicht in den Wind gereckt, sein Gewand flatterte wild, doch er sprang mühelos auf Rays Wagen.

Ob er weiß, was ich durchmache?, fragte sich Ray. Ob er mich mit seiner Anwesenheit aufmuntern will? Aber als er einen Blick in das bleiche Gesicht warf, wusste er, dass dies nicht der Fall war.

»Ich habe mit deiner Mutter gesprochen«, sagte Ray, denn er hoffte, mit dieser Nachricht zu Sayunaro vorzudringen. »Sie hat mich gebeten, dich zu suchen. Dein Vater ist auch hier. Er ist während des Kampfes verletzt worden. Und Tora ist in die Toten Lande aufgebrochen, um den letzten Teil der Schriftrolle dorthin zu bringen ...«

Doch Sayunaro erwiderte kein Wort.

Womöglich hatte dieser Morten ja recht, schoss es Ray durch

den Kopf, auch wenn er sich des Gedankens schämte. Vielleicht wäre es wirklich klüger gewesen, Sayunaro damals zu töten.

Dieser sprang bereits auf den nächsten Wagen. In ihm saß Meister Hyeon. Bei dessen Anblick kochte abermals Wut in Ray hoch. Seinetwegen war Nara gestorben. Seinetwegen war Kazumi zu einem Untier geworden, das vor Mördern im Staub kroch.

Ray war zwar bereit zuzugeben, dass Kazumi auch schon früher ein Fiesling gewesen war, aber jetzt war er nur noch Dreck. Nara dagegen war ein Mensch geblieben, deshalb hatte sie sich nicht in eine kalte, unbarmherzige Vollstreckerin grausamer Befehle verwandeln können.

Ray schloss die Augen. Prompt hörte er die Stimme des Schwarzen Kodsu.

»Das ist noch längst nicht alles«, sagte er. »Hier! Sieh nur!«

Vor Rays Augen breitete sich undurchdringliches Schwarz aus, doch kurz darauf sah er eine endlose Fläche vor sich, über die feuchter, frischer Wind strich. Überall lagen weiße Steine, zwischen denen Grasbüschel aufragten.

Ray stand am Rand dieser Ebene. Rechts von ihm erhoben sich sanfte Hügel, links rauschte das Meer. Auf ihm schaukelten vier Schiffe, am Himmel zogen Möwen ihre Bahn …

»Das ist Ogira«, erklärte der Schwarze Kodsu, der völlig unvermittelt neben ihm aufgetaucht war. Über ihm zogen sich die Wolken zusammen, doch durch einen Spalt war immer noch das Auge des Mondes zu erkennen. »So sah diese Provinz vor vielen Hundert Jahren aus. Bis zu dem Tag, den ich dir jetzt zeige!«

Von den Hügeln strömten Dutzende weiß gewandeter Gestalten ins Tal, vom Meer her schritten ihnen ebenso viele entgegen. Zwischen beiden huschten graue Schatten von Geistern umher.

Das Bild wurde immer klarer. Schon machte Ray die wütenden Gesichter von Beschwörern aus Yugora, Datido und Hakata aus. Sie schlugen mit Zaubern aufeinander ein, vernichteten sich mit magischen Waffen. Auf Ray stürzte ein Beschwörer mit einem riesigen Krummschwert zu, doch da schob sich eine

Hand aus der Erde, die den Mann am Bein packte und in ein riesiges Maul schmiss, das plötzlich zwischen den Felsbrocken aufklaffte. Ein markerschütternder Schrei erklang, Knochen knackten, Blut spritzte. Eine Frau mit langem goldenen Haar spießte mit ihrer Lanze einen Mann auf, der sich zu lange mit dem Wirken seines Zaubers aufgehalten hatte. Sie schleuderte ihn im hohen Bogen fort und starb schon in der nächsten Sekunde selbst, als drei Segrimis mit wildem Geheul über sie herfielen.

»Das ist nur ein Ausschnitt«, erklärte der Schwarze Kodsu genüsslich. »Gleich sterben alle, und dann geht es wieder von vorn los.«

»Hast du etwa all diese Beschwörer in deine Welt gebracht?«, fragte Ray ungläubig. »Sind sie tatsächlich seit dem letzten Krieg hier?!«

»Ich habe schließlich genug Platz«, prahlte der Schwarze Kodsu, der sich allen Ernstes geschmeichelt fühlte.

»Und du siehst dir diesen Kampf immer wieder an?«

»Nicht nur ihn«, antwortete er. »Ich habe auch noch die Belagerung meines Tempels auf Lager.«

»Du willst mir doch nicht weismachen, man habe dir einen Tempel geweiht?!«

»O doch! Früher gab es nämlich noch Menschen mit Verstand, die genau wussten, dass sie mir besser gelegentlich ein Opfer bringen sollten, weil ich dann nämlich ihre hübschen Kinder zufrieden lasse.«

»Und? Hast du sie geholt oder nicht?«

»Selbstverständlich habe ich sie mir trotzdem einverleibt«, konterte der Schwarze Kodsu grinsend. »Mit den Menschen ist es doch ein merkwürdig Ding: Je grausamer du zu ihnen bist, desto reichere Opfer bringen sie dir dar.«

»Du bist noch wahnsinniger, als ich bisher angenommen habe.«

»Ich wusste, dass du mein Verhalten zu würdigen weißt. Pass auf, ich zeige dir noch etwas, vielleicht willst du dann ja sogar bei mir bleiben.«

Er vollführte eine theatralische Geste, mit der er Ray aufforderte, sich das nächste Bild anzusehen.

Die Beschwörer der einen Seite riefen Erdgeister herbei, damit diese die Beschwörer der anderen Seite zermalmten. Der Sand schluckte gierig das Blut. Magie brachte die Luft zum Zittern, die Zauber verwoben sich, legten sich übereinander und nahmen nie da gewesene Formen an – und da ertappte sich Ray dabei, wie er sich einige besonders wirkungsvolle Formen einzuprägen versuchte. Solche, die aus den ohnehin schon großen Marmuchen wahre Riesen machten, die mit Steinsplittern um sich schossen und zahllose Menschen niedermähten. Solche, die Segrimis drei zusätzliche Köpfe und die Zunge eines Chamäleons verpassten ...

»Du lernst unglaublich schnell«, lobte ihn der Schwarze Kodsu. »Möchtest du vielleicht am Kampf teilnehmen? Das böte dir die Gelegenheit, deine neuen Kenntnisse gleich in der Praxis anzuwenden ...«

»Nein danke.«

»Du willst lieber du auf die große Schlacht in deiner Welt warten? Soll mir auch recht sein.«

Doch ehe Ray antworten konnte, platzte das Bild vor ihm. Eisiges Wasser spritzte ihm ins Gesicht. Ray wand sich, hustete und schlug die Augen auf.

Vor ihm stand Ruam, einen leeren Eimer in der Hand.

»Ich habe schon gedacht, du verreckst uns.«

»Das werdet Ihr nicht mehr erleben«, brachte Ray keuchend heraus.

Ruam lachte zwar schallend, runzelte aber sogleich die Stirn, bückte sich, spähte unter den Wagen und zog eine dicke schwarze Ratte hervor.

»Ein Takkar«, murmelte er nachdenklich.

Der Geist fiepte entsetzt, hämmerte mit den Pfoten in die Luft und riss die roten Augen auf. Jetzt, wo der Statthalter mit seinem Schutzdrachen nicht in der Nähe war, zeigten sich die Begleiter des Schwarzen Kodsu wieder.

»Dann beobachtet dich dieser Kerl noch immer«, bemerkte

Ruam. Er warf den Takkar in die Luft, und dieser landete im Staub. »Richte ihm meine tiefste Verehrung aus!«

»Mit dem allergrößten Vergnügen«, entgegnete Ray. »Wann entlasst Ihr mich denn, damit ich mich mit ihm treffen und Eure Grüße übermitteln kann?«

»Oh, wir machen dir das Leben leicht und bringen dich zu seinem Tempel. Im Übrigen sind wir fast am Ziel.«

Ruam wandte sich ab und stapfte gemächlich davon.

Ray sah sich um. Die Wagen standen am Rand eines Hangs. Das Tal tief unter ihnen sah aus, als hätte jemand die Felle unbekannter Tiere darin ausgebreitet, die von Narben nur so gespickt waren.

Binnen eines Tages hatten die Rumunger Ogira erreicht. Ihr Weg hatte durch Sinora, Rays alte Heimat, und Rossa geführt. Jetzt rasteten sie. Sämtliche Rumunger waren ausgestiegen und unterhielten sich leise miteinander. Manchmal umflatterte sie der Widerhall eines Zaubers. Immer wieder erhob sich ein Shimaa in die Luft, zog sich dann aber sofort wieder in den Rücken seines Herrn zurück.

Mit einem Mal löste sich aus dem Pulk eine Gestalt in rotem Gewand.

»Meister Hyeon!«, rief Ray. »Warum unterhalten wir uns nicht einmal?«

Langsam kam Meister Hyeon auf ihn zu.

»Was ist nur aus uns beiden geworden«, fragte Ray in spöttischem Ton. »Ihr habt einen Shimaa im Rücken, ich die Streben eines fremden Wagens.«

Hyeon blieb vor ihm stehen und sah ihn ungerührt an. Das feine, bleiche Gesicht ließ weder sein Alter noch seine Gedanken erkennen. Früher hatte Ray gedacht, der Meister könne seine Gefühle gut verbergen, heute war er sich sicher, dass sein alter Lehrer überhaupt nicht imstande war, irgendetwas zu fühlen.

»Du musst noch sehr viel lernen, Ray«, erwiderte Hyeon ruhig.

»Was zum Beispiel?«

»Zum Beispiel dass sich das Verhalten eines Menschen längst nicht so einfach erklären lässt, wie du annimmst.«

»Was hat Euch denn veranlasst, nach Agosima zu gehen?«

»Wissensdurst. Der Preis dafür ist sehr hoch. Zeit, Kraft, Leben ... Darüber habe ich übrigens auch mit Sayunaro schon gesprochen.«

Plötzlich entdeckte Ray seinen Freund ganz in ihrer Nähe. Er lauschte ihrem Gespräch.

»Was den Preis angeht, sitzt Ihr einem Irrtum auf«, wandte er sich wieder an Hyeon, »denn Ihr glaubt, Ihr könntet mit fremdem Leben für Euer Wissen zahlen.«

»Streite dich besser nicht mit ihm«, mischte sich da Ruam ein. »Auf jedes Wort von dir hat er zehn parat.«

Hyeon hüllte sich in Schweigen. Offenbar fragte er sich, ob er etwas auf diesen Rat geben sollte oder nicht. Schließlich drehte er sich um und ging davon. Ray spähte noch einmal zu Sayunaro hinüber, doch dieser war verschwunden.

»Ich habe gehört, worüber ihr euch unterhalten habt«, fuhr Ruam fort und kam näher. »Du willst wissen, was deinen einstigen Lehrer antreibt?« Er legte eine theatralische Pause ein. »Die Antwort ist erschreckend einfach. Er giert nach Macht. Die hat er im Orden von Warra aber nicht bekommen, obwohl er nichts unversucht gelassen hat. Nur waren halt alle Stühle schon besetzt. Danach hat er von einer eigenen Armee geträumt und deshalb Dutzende von Schülern angenommen. Aus euch wollte er seine ergebenen Krieger machen.«

Falls Ruam darauf gehofft hatte, Ray würde ihm verraten, wie er darüber dachte, musste er nun feststellen, dass er sich getäuscht hatte.

»Doch während er euch ausgebildet und nicht immer nur harmlose Zauber beigebracht hat, ist man auf ihn aufmerksam geworden«, berichtete er deshalb weiter. »Folglich hat er seine Sachen gepackt. Immerhin hat er uns einige Schriftstücke mitgebracht, die für uns von Bedeutung sein könnten.« Ruam brach in schallendes Gelächter aus. »Einem Schlitzohr wie ihm begegnest du so schnell kein zweites Mal. Er hat die alten

Schriftrollen studiert und begriffen, dass Agosima keine lächerliche Provinz ist, in der ein paar Unglücksraben auf ihren Tod warten, sondern eine echte Größe darstellt. Deshalb wollte er in Rumung an die Macht kommen, die er in Warra nicht erhalten hat ... Wir lassen ihn natürlich in dem Glauben, dass ihm das gelingen könnte. Auf Sayunaro hatte er übrigens große Hoffnung gesetzt. Oder vielmehr auf dessen Vater. Aber der Statthalter von Yugora hat ihm unmissverständlich klargemacht, dass ihn das Gerangel der Beschwörer um Macht keinen Deut interessiert.«

Und wieder hat der Schwarze Kodsu recht, dachte Ray. Die Menschen sind einzig und allein hinter der Macht her, das kann selbst ich nicht länger leugnen.

»In die Wagen«, befahl Sikh da, und die Rumunger nahmen sofort ihre Plätze ein.

Daraufhin rasten diese schwarzen Käfer mit enormer Geschwindigkeit über den Abhang und schossen in die Tiefe. Ray rechnete schon damit, beim Aufprall zu zerschellen, doch als der Boden bereits zum Greifen nahe war, verlangsamte sich der Flug jäh. Ray wurde erst gegen die Streben des Wagens gepresst und dann nach vorn geschleudert. Wäre er nicht gefesselt gewesen, wäre er mit Sicherheit auf den nächsten Stein geschleudert worden und hätte sich das Genick gebrochen.

Sie hielten allesamt vor einem breiten Streifen verbrannter Erde. Eines musste man den Beschwörern der Vergangenheit lassen: Sie hatten dieses Gebiet zwar vernichtet, aber sie hatten auch eine deutliche Warnung ausgesprochen: Betretet die Toten Lande nicht, sie sind gefährlich.

Das, was von oben wie Tierfelle ausgesehen hatte, stellte sich als graues Gras heraus, das im Wind wogte und sich wie Algen um die Felsbrocken wand.

Die ganze Fläche war von tiefen Löchern durchsetzt, den Zugängen zu den Höhlen der Geister. Was für ein wurmstichiger Apfel!, dachte Ray.

Grizzly, der aus dem benachbarten Rossa stammte, hatte ihnen früher etliche schaurige Geschichten über Ogira erzählt.

Des Nachts seien dort grauenvolle Geräusche zu hören, eine Mischung aus Gejammer und Gesang, und unbekannte Geister würden ruhelos über die verbrannte Erde streifen …

Sinora, die Heimat von Ray, hatte ebenfalls unter dem Atem Ogiras gelitten. Die heißen Winde, die gelegentlich von dort kamen, brachten Scharen von Insekten mit sich, die dann die gesamte Ernte vernichteten. Tiere, die sich in die Toten Lande verirrten, waren nach ihrer Rückkehr wahnsinnig, Menschen, die es dorthin verschlug, kehrten nie zurück.

Die Wagen der Rumunger bildeten nun einen Keil und fuhren weiter, durchschnitten die heiße und gleichzeitig grabeskalte Luft. Ray erstickte in der Hitze fast, beißender Schweiß lief ihm in die Augen, seine Kleidung klebte am Körper. Die Sonne, die hoch oben am Himmel stand, peitschte mit ihren Strahlen auf ihrer aller Köpfe ein. In Gedanken suchte Ray Zuflucht in der kühlen und dunklen Welt des Schwarzen Kodsu, was seine Qualen tatsächlich linderte.

In der Stille um ihn herum nahm sich das Rascheln des Grases wie einschläfernd aus. Dann aber fiel ein lautes Rauschen, Quietschen und Knacken ein.

Die Rumunger rissen die Köpfe herum, die Shimaas schraubten sich in ihren Rücken in die Höhe wie Geier, die nach Aas Ausschau hielten.

Passt nur auf, dass am Ende nicht ihr die Beute abgebt!, schoss es Ray durch den Kopf. Allerdings sind die Rumunger ja an die Gesellschaft widerwärtiger Geister gewöhnt. Da werden sie sich mit den hiesigen sicher bestens verstehen.

»Die Steine da bewegen sich«, teilte Ari Sikh mit.

Ray war die Bewegung ebenfalls nicht entgangen. Abermals kochte Wut in ihm hoch. Das waren keine Steine, das waren Menschen! Oder zumindest waren es einst welche gewesen. Bevor sie sich in fellige Kreaturen, grau wie das hiesige Gras, verwandelt hatten. Diese Geister bewegten sich, indem sie ihre kräftigen Zähne in den Boden schlugen und sich dann wie Würmer vorwärtszogen. Ihre langen, mageren Arme und Beine waren ihnen dabei nicht die geringste Hilfe. Der Ekel, den Ray bereits aus dem Turm des Ordens kannte, überkam ihn erneut. Auch das hatten letzten Endes Beschwörer angerichtet ...

Als die Geister begriffen, dass sie entdeckt worden waren, krochen sie schneller und hielten auf die Wagen zu. Sayunaro sprang vom Trittbrett ab und lief ihnen entgegen. Seine linke Hand wurde längst von dem beinernen Schwert gebildet, mit dem er nun das erste Wesen köpfte. Die Rumunger unterstützten ihn mit ihren Zaubern und versuchten, diese Kreaturen zu überfahren. Die Geister rissen daraufhin Brocken aus der Erde. Diese waren mit feinen, gebogenen Stacheln besetzt und gaben brauchbare Waffen ab.

Als eines dieser Geschöpfe vor Ray auftauchte, griff er mit einem Zauber an, den er sich eben bei den Rumungern abgeschaut hatte. Sikhs Wagen streifte eines der Wesen. Lautlos wand es sich am Boden.

»Ari!«, rief Sikh. »Das ist was für dich! Eine einmalige Kreatur! Ein Geist, bei dem Fleisch, Erde und Gras miteinander verbunden sind!«

Die Frau kletterte aus dem Wagen und beugte sich über das Wesen, das noch immer schnaufte.

Mit einem Mal spürte Ray, dass da noch jemand in der Nähe war. Dieser Jemand versicherte sich gründlich, dass niemand ihn sah. Als er sich völlig unbeobachtet fühlte, kletterte er auf den Wagen und fing an, die Fesseln von Rays Händen durchzubeißen.

»Yarudo«, flüsterte er. »Verschwinde besser wieder, die bringen dich um!«

Der Junge schüttelte den Kopf. Die Fesseln an der linken Hand saßen bereits recht locker. Es würde nicht mehr viel fehlen, dann wäre sie frei. Und die Rumunger hatten gerade nur Augen für den Geist. Doch noch ehe der Yarudo sein Werk vollendet hatte, drehte Ruam sich um.

»Verschwinde!«, zischte Ray.

Sofort löste sich der Yarudo in Luft auf. Rays überaus unbeteiligter Blick ließ Ruam zwar stutzen, doch er konnte nichts Verdächtiges entdecken. Er flüsterte Ari etwas zu, die danach sofort zu ihrem Wagen eilte. Die anderen Rumunger vernichteten den Geist am Boden und stiegen ebenfalls wieder ein.

Ogira blieb ein feindseliger Ofen, doch Ray spürte nun die leichte Brise der Hoffnung. Er war nicht mehr allein. Der Schwarze Kodsu mochte ein stärkerer Verbündeter sein – aber der Yarudo war verlässlicher.

12

Der Tempel des Fahlen Grases

Wenn Grizzly etwas nicht ausstehen konnte, dann waren es lange Reisen. Trotzdem tat er in der letzten Zeit nichts anderes. Erst hatte er sich nach Agosima begeben, dann von dort zurück nach Warra, wo es freilich sogleich hieß: Ab in die Toten Lande. Und wer weiß, was ihn danach erwartete?!

Auch unüberlegte Entscheidungen gingen ihm gegen den Strich. Trotzdem fügte er sich in letzter Zeit ständig Ray und dessen launischen Einfällen. Gerade als endlich Ruhe in sein Leben einkehrte, tauchte sein Freund auf und stellte wieder alles auf den Kopf. Ein Maor hätte meine Pläne auch nicht schöner zertrampeln können, knurrte Grizzly innerlich. Aber gut, das ist nicht allein Rays Schuld, die Geister des Schicksals spielen ja mittlerweile völlig verrückt.

Dabei hatte er eigentlich recht bescheidene Wünsche. Er wollte ein Haus, aber nicht in Warra, sondern irgendwo in Hakata. In der Provinz lebten brave und ruhige Menschen, die noch an Geister glaubten, nicht solche abgebrühten Burschen wie in der Hauptstadt Akanes, denen nichts mehr heilig war. Ein kleines Haus mit Veranda und schönem Garten würde ihm vollauf genügen. Dort könnte er in aller Ruhe seinen eigenen Tempel einrichten. Als Erstes würde er für Wasser zur Reinigung sorgen, dann …

Grizzly hatte bereits Erkundigungen eingezogen. Der Orden wäre bereit, ihm die Erlaubnis für ein solches Vorhaben zu erteilen. Die ersten Jahre müsste er selbstverständlich mit einem erfahreneren Kollegen zusammenarbeiten. Hatte er aber erst einmal einen gewissen Ruf, konnten sich die beiden trennen. Gleich nach seiner Rückkehr aus Agosima hatte er sich zudem danach erkundigt, ob das Wappen, das er in Rumung erhalten hatte, überhaupt in ganz Akane Gültigkeit besaß. Das tat es. Ein Beschwörer hatte es ihm persönlich ausgehändigt, das reichte.

Nun galt es, das nötige Geld zusammenzusparen. In dem Freudenhaus verdiente er ja gut, gelegentlich könnte er sicher auch noch den einen oder anderen zusätzlichen Auftrag annehmen. Damit dürfte dem Hauskauf in fünf Jahren nichts mehr im Wege stehen, denn wenn er die erste Hälfte des Preises auf einen Schlag zahlte, konnte er die zweite abstottern. Er würde sich eine tüchtige Frau suchen, die ihm den Haushalt führte …

Doch dann hatten sich die Ereignisse überschlagen. Wenn sie nicht verhinderten, dass die Rumunger die Schriftrolle in die Finger bekamen, würde ein Teil Akanes untergehen. Damit drohte sein Traum vom eigenen Tempel zu platzen. Womöglich klammerte er sich gerade deshalb umso fester an ihn. Er war sein Anker, sein einziger Halt in einer Welt, die von Wahnsinn heimgesucht wurde. Wenn er bei der vermaledeiten Unternehmung, Tora in die Toten Lande zu begleiten, nicht über Bord gehen würde, dann hätte er das allein seinem Traum zu verdanken.

Er schielte zu der Artistin hinüber. Sie fuhr im Wagen von Meister Sin mit. Welchen Narren Ray und Sayunaro bloß an ihr gefressen haben, dachte er zum wiederholten Male. Sie war doch viel zu groß und viel zu stur. Dann diese Muskeln an Armen und Rücken … Aber er hatte Ray nun einmal versprochen, auf Tora aufzupassen, und genau das würde er tun.

Grizzly teilte sich den Wagen mit Soburo, der in letzter Zeit seltsam einsilbig war. Auf alle Fragen hielt er nur ein *Ja*, *Nein* oder *Später* parat, von sich aus ergriff nie das Wort.

Von den Beschwörern kannte Grizzly von der Ausbildung her noch Meister Masu, einen Mann aus Ando, auf dessen Gesicht inzwischen ebenfalls ein strenger, verschlossener Ausdruck lag. Der fröhliche und sorglose Beschwörer, der er einst gewesen war, gehörte der Vergangenheit an.

Herr Akira aus dem Nordtempel brachte auch kaum noch ein Wort heraus. Zwar hatte er beteuert, wie sehr er sich über das Wiedersehen freue, war da mit seinen Gedanken aber schon weit weg gewesen. Selbst bei Meister Naga-thay aus dem Haupttempel wirkten die ausgesuchten Gesten der Höflichkeit nun plump und kalt.

Die meisten Angehörigen des Ordens hatte Grizzly noch nie zuvor gesehen.

Auf dem Weg nach Ogira verlangten sie den Wagen das Äußerste ab und rasteten nur selten. Als sie nach Sinora einfuhren, ließ Meister Sin jedoch sofort anhalten und begab sich schnurstracks zu dem Kommandanten der Garnison, einem breitschultrigen, kräftigen Mann, in dessen Pranken sich selbst das gewaltige Krummschwert wie eine Nähnadel ausnahm.

Voller Freude nahm Grizzly die Gelegenheit wahr, aus dem Wagen zu springen und den Anblick der schönen grünen Hügel zu genießen. Obwohl Sinora an seine Heimat Rossa angrenzte, hatte er die Provinz noch nie besucht. Die Häuser an den Hängen hier waren aus derart dunklem Holz, dass sie wie Steinbauten anmuteten. Etliche Leitern und Brücken verbanden sie miteinander. Jedes Haus besaß eine eigene Wasserstelle, die von runden Felsbrocken gesäumt wurde.

Wenn man die Leitern einzieht und die Brücken kappt, erhält man im Nu eine Festung, stellte Grizzly mit einem Mal überrascht fest. Ungebetene Gäste lassen sich dann spielend mit einem Pfeilregen überziehen.

Obwohl die vierzig Wagen, mit denen die Beschwörer aus Warra aufgebrochen waren, eigentlich einen recht beeindruckenden Anblick boten, achtete niemand auf sie. Ohnehin waren die Menschen hier eigen. Selbst während sie ihrem Tagewerk nachgingen, trugen sie eine Waffe bei sich. Ein langes Messer in einer Scheide aus Leder oder Horn, ein Katapult oder eine Holzkeule. Die Kinder spielten nicht mit einem ausgestopften Lumpenball, mit Puppen oder Reifen, sondern übten sich im Bogenschießen und Steinwurf.

Grizzlys Blick wanderte unwillkürlich zu den Frauen. Sie

waren ausnehmend hübsch, selbst die älteren unter ihnen, doch die hochgewachsenen, schlanken Erscheinungen trugen gern Männerkleidung, an ihren Gürteln baumelten Sicheln, und wer in ihre grauen Augen schaute, in denen sich Stärke und Fröhlichkeit paarten, dem war klar, dass sie einem Finsterling mit ihrem Werkzeug notfalls die Kehle aufschlitzen würden.

»Dieses elende Sinora ...«, sagte da einer der Beschwörer hinter Grizzly.

Als dieser sich daraufhin umdrehte, sah er den zweiten Meister vom Nordtempel vor sich.

»Verzeiht, Meister Kirro, aber was habt Ihr gegen diese Provinz?«

»Sie ist aufrührerisch«, antwortete der Beschwörer. »Bis heute pochen sie auf ihre Eigenständigkeit. Hier pflegt man sogar noch uralte wilde Bräuche. Und im Übrigen erweist man uns nicht den geringsten Respekt«, murrte er und stapfte davon.

Grizzlys Blick wanderte zu Tora, die sich gerade die Füße vertrat. An Zuschauer gewöhnt, machte es ihr nichts aus, sich vor aller Augen zu dehnen und zu strecken. Dabei hob sich ihre kurze Jacke aus rotem Leder und entblößte ihren flachen Bauch. Die helle Haut schimmerte fast weiß. Anschließend spannte sie ihren einen Arm an und drückte mit der anderen Hand sanft auf die Oberarmmuskeln. Diese Übung kannte Grizzly. Beschwörer lockerten nach getaner Arbeit mit einer magischen Waffe ihre Muskeln auf die gleiche Weise.

Sie grinste ihn an.

»Was ist so lustig?«, fragte er.

»Wilde Bräuche!«, äffte Tora Meister Kirro nach. Ihr rotes Haar loderte wie eine Fackel in der Sonne. »Das sagt er nur, weil die Menschen hier in Sinora auf Beschwörer gut und gern verzichten können. Wozu bräuchten sie die auch? Sie finden ja selbst eine gemeinsame Sprache mit den Geistern. Wieso sie das schaffen, weiß ich auch nicht, aber im Turm heißt es dann natürlich gleich: wilde Bräuche! Was meinst du, ob deshalb in dieser Provinz kaum Kinder mit Gabe zur Welt kommen?«

Grizzly sah sie bloß mit weit aufgerissenen Augen an.

»Hast du das etwa nicht gewusst? Dabei ist Ray doch sogar aus Sinora.«

»Er wurde ja schon als kleiner Junge zum Orden gebracht und weiß deshalb kaum etwas über seine Heimat.«

»Unsinn! Das ist doch allgemein bekannt! In Yugora gibt es die besten Politiker, in Hagura die stärksten Soldaten, die auch höchst brauchbare Meuchelmörder abgeben würden, wenn ihre Haarfarbe sie nicht verraten würde.« Sie zeigte auf ihren Kopf. »Aus Datido kommen die kräftigsten Männer, aus Takati die elegantesten Frauen, aus Welessa vorzügliche Beschwörer und aus Rossa hervorragende Fischer. Und in Sinora gibt es nun mal kaum Kinder mit Gabe, dafür aber umso mehr Sturköpfe!«

Tora linste zu einer Gruppe von Beschwörern hinüber und erwiderte das Lächeln eines jungen Mannes aus Welessa.

Bei ihr steckt noch in der kleinsten Bewegung Tatkraft und Freude, dachte Grizzly. Sie ist wie das Meer, das man ja auch stundenlang beobachten könnte. Ob vielleicht das Sayunaro und Ray so an ihr fesselt?

»Stell dir vor, in Sinora sollte mal ein Tempel für Rugg errichtet werden, der größte in ganz Akane«, fuhr Tora fort. »Das Geld dafür – und das war natürlich eine horrende Summe – wollte der Orden von den Menschen hier eintreiben. Daraufhin haben sie derart einmütig Widerstand geleistet, dass man von dem Vorhaben absehen musste. Aber in Sinora weiß man eben, wie man sich wehrt. Jeder Nachbar wollte sich schon mal ein hübsches Stück aus dieser Provinz herausschneiden. Datido, Yugora und auch dein Rossa. Geschafft hat das bisher allerdings noch keiner!«

»Woher weißt du das eigentlich alles?«

»Mit dem Zirkus kommst du viel herum. Guck dir doch nur mal ihre Häuser an!«, forderte sie Grizzly auf. »Von außen sehen sie reizend aus, aber jedes einzelne hat einen unterirdischen Gang, ein geheimes Vorratslager und einen eigenen Brunnen. Eine Belagerung kannst du also vergessen. Einen Angriff ebenso, bei all den Brücken und Leitern, ganz zu schweigen von den Nachtigallenböden. Wenn du die betrittst, hört das jeder!«

Grizzly konnte über Toras Kenntnisse nur staunen.

»Anstelle eines Statthalters haben sie einen Rat, und entscheiden alles gemeinsam. Wenn du mich fragst, ist das gar nicht dumm, denn es spiegelt den Aufbau unserer Welt wider.«

»Was meinst du damit?«

»Ganz einfach! Es gibt doch auch keinen obersten Geist, der beobachtet, was sich in Akane tut und die Menschen dann bestraft oder belohnt.« Toras Augen funkelten, und in ihrer Begeisterung glühten ihre Wangen. »Aber die lichten Geister helfen den guten Menschen, während die dunklen Geister die Gesellschaft schlechter Menschen suchen. So bekommt es jeder mit seinesgleichen zu tun, und niemand braucht mit bösen Überraschungen zu rechnen. Das ist ausgewogen und gerecht. Jedenfalls war es früher so.«

Allmählich wird mir klar, woher der Wind weht, ging es Grizzly durch den Kopf. Sayunaro. Die beiden haben sich ja ständig geschrieben. Er wird ihr seine Sicht der Dinge dargestellt haben. Und von der Hand zu weisen sind diese Überlegungen wirklich nicht. Vor allem was das Verhältnis von Geistern und Menschen angeht. Das ist in der Tat lange von Harmonie geprägt gewesen. Das Ende kam, als die Beschwörer der Vergangenheit ihren Krieg angezettelt haben. Seitdem zitieren wir beliebig Geister herbei und weisen ihnen alle nur denkbaren Aufgaben zu. Wir haben uns Geschöpfe untertan gemacht, die man sich eigentlich nicht untertan machen darf.

»Hat dir Sayunaro von dem Nachtigallenboden erzählt?«

»Nein«, sagte sie nur, und alles Strahlen wich aus ihrer Miene.

Sie wandte sich ab und kehrte zu ihrem Wagen zurück. Seufzend beobachtete Grizzly, wie Tora nach einer Strebe griff und leichtfüßig einstieg.

Sobald Meister Sin sich höflich von dem Kommandanten verabschiedet hatte, nahmen auch die anderen Beschwörer ihre Plätze wieder ein. Die Fahrt ging weiter.

»Warum haben wir hier überhaupt haltgemacht?«, wollte Grizzly von Soburo wissen.

»Weil Meister Sin einige Fragen hatte«, antwortete dieser –

und so viele Worte hatte er auf der ganzen bisherigen Fahrt noch nicht von sich gegeben.

»Was für Fragen?«, nutzte Grizzly sofort die Gunst der Stunde.

»Zu den Toten Landen.«

»Was genau wollten sie denn wissen?«, bohrte Grizzly weiter.

»Er hat ihn gebeten, uns den kürzesten Weg zum Tempel des Schwarzen Kodsu zu beschreiben.«

»Woher sollten die Menschen in Sinora den kennen?«

»Du würdest dich wundern, was die alles wissen«, entgegnete Soburo. »Die haben hier sogar Karten von Ogira. In der Vergangenheit sind einige dieser Narren tatsächlich dorthin vorgedrungen.«

»Warum das denn?!«

»Verzweifelte Abenteurer findest du doch überall«.«

»Und? Haben sie ihr Abenteuer erlebt?«

»Ja«, fiel Soburo in seine Einsilbigkeit zurück, die diesmal jedoch nicht lange anhielt. »Es gibt da eine Legende von einem Beschwörer aus Sinora. Der ist wohl in die Toten Lande gegangen und hat in einem der zerstörten Tempel ganz erstaunliche Schriftrollen entdeckt. Sie stammten aus unvordenklichen Zeiten und hielten Zauber fest, mit denen du die seltsamsten Geschöpfe herbeirufen kannst. Außerdem wurde darin der Umgang mit Schutzgeistern beschrieben und weiß Yuumo was sonst noch. Angeblich war dieser Beschwörer danach in der Lage, seine Landsleute unsichtbar, unverletzlich und furchtlos zu machen und ...«

»Indem er starke Schutzgeister in die Menschen eingepflanzt hat?«, fiel Grizzly ihm ins Wort.

»Keine Ahnung«, gab Soburo zu. »Aber weiter heißt es, dieser Beschwörer soll mit irgendeinem Geist einen Handel geschlossen haben: die Gabe seiner Landsleute gegen deren ewigen Schutz. Seitdem kommen in dieser Provinz keine Beschwörer mehr zur Welt.«

»Weißt du, was aus diesem Beschwörer geworden ist?«

»Hinter vorgehaltener Hand hört man, dass er nach dem

Aufenthalt in den Toten Landen wahnsinnig geworden ist«, sagte Soburo. »Offiziell weiß man rein gar nichts über ihn.«

»Also, auf alle Fälle muss das Geschäft mit dem Geist am Ende geplatzt sein«, erwiderte Grizzly. »Ray ist schließlich aus Sinora.«

Doch da fiel Soburo erneut in sein Schweigen zurück und zuckte bloß die Achseln.

Diesmal störte Grizzly dieses Verhalten allerdings nicht, denn er wollte selbst seine Ruhe haben, um seinen Gedanken nachhängen zu können. Ununterbrochen rief er sich Sagen und Legenden aus der Vergangenheit in Erinnerung. Wie viele Beschwörer sich da auf einen Handel mit einem Geist eingelassen hatten! Ray passte nahtlos zu ihnen, bei all den Yarudos, Schwarzen Kodsus und Aoris um ihn herum.

Abermals erfasste ihn Sorge um seinen Freund, denn diesmal bekam Ray es nicht mit einem Geist zu tun, sondern mit den Rumungern – und die würden sich mit Sicherheit auf keinen Handel einlassen ...

Als die Gegend dann flacher und die Luft kühler wurde, strahlte Grizzly unwillkürlich über beide Backen. Rossa. Er war lange nicht mehr zu Hause gewesen, aber den Geruch von Salz und Meer erkannte er auf Anhieb wieder.

Nach einer Weile kamen die ersten Buchten in Sicht. Während der Ebbe konnte man dort stundenlang Muscheln, Krabben und kleine Krebse sammeln.

Auch jetzt liefen am Strand Frauen und Kinder mit Netzen umher. Über ihnen veranstalteten Möwen einen furchtbaren Radau, in Unterständen wurden Algen getrocknet.

An diesem Meer hatte Grizzly seinen ersten Geist gesehen, einen Schwingan, der zusammen mit den Vögeln durch die Luft gesaust war. Er hatte sich plötzlich auf Grizzlys Schulter gesetzt, als dieser gerade auf der Jagd nach jungen Bernsteinmakrelen war. Völlig unverfroren hatte der Schwingan seinen Kopf in Grizzlys Beutel gesteckt, um den Fisch zu stibitzen, was ihm selbstverständlich einen tüchtigen Schlag gegen den Flügel eingetragen hatte. Daraufhin hatte der Geist die Zähne gefletscht, war ins Wasser gesprungen, untergetaucht und über den Grund davongelaufen. In dieser Sekunde hatte der kleine Grizzly gewusst: Dieses Wesen war keine Möwe.

Als er bei der Erinnerung daran in sich hineingrinste, fing er Toras Blick auf. Sie lächelte ihn warmherzig an.

Grizzly wandte jäh den Kopf ab. Gierig sog er die Luft ein, die nach Fisch, getrocknetem Meerkohl und salzzerfressenem Holz roch.

Ein paarmal blitzte in der Ferne auch das Wasser auf, auf dem Fischerboote schaukelten. Irgendwann bogen die Wagen ab, und mit einem Mal versank die Straße unter Gras. Vor ihnen lagen die Toten Lande.

An ihrer Grenze verlief ein breiter Streifen verbrannter Erde.

»Jetzt bist du dran«, sagte Soburo zu Grizzly auf ein Nicken Meister Sins hin.

Grizzly rief einen Uddo herbei und reichte ihm den längst vorbereiteten Zettel. Der Geist erhob sich in die Luft und verschwand so schnell, als würde auch er diesen Ort fürchten. Ray dürfte die Nachricht im Nu erhalten ...

Selbst die Wagen leisteten Widerstand und bewegten sich nur noch langsam vorwärts. Als Soburo seinen anzutreiben versuchte, scheiterte er.

Die Luft war geradezu klebrig und geschwängert von den Ausdünstungen der Geister.

»Wenigstens werden die Rumunger hier auch nicht einfach durchbrettern können«, murmelte Soburo. »Und wir haben immerhin einen hübschen Vorsprung.«

»Bleibt die Frage, ob sie unseren Köder schlucken.«

Ray war zwar der geborene Redner – aber ob er auch die Rumunger überzeugte, sich nach Ogira zu begeben? Die hatten schließlich alle längst den Verstand verloren, was wollte er da mit Worten ausrichten?

»Die kommen schon«, versicherte Meister Sin aus dem Nachbarwagen. »Die lassen sich das Fragment doch nicht entgehen.«

»Wollen sie unsere Welt allen Ernstes untergehen lassen?«, fragte Grizzly.

»Ausschließen können wir es nicht«, knurrte Soburo und fing an, auf seinem Daumennagel zu kauen.

Sollte er tatsächlich besorgt sein?, überlegte Grizzly.

»Denkbar wäre auch, dass sie uns erpressen wollen«, fuhr Meister Sin fort. »Und wenn wir nicht geflutet werden wollen, müssten wir all ihre Forderungen erfüllen.«

Warum haben die Beschwörer der Vergangenheit diese Schriftrolle nicht einfach zerstört?, schoss es Grizzly durch den Kopf. Dann könnte heute niemand mehr irgendwelchen Unfug mit ihr anstellen.

Er sah zu Tora hinüber. Sie schien ihrem Gespräch nicht zu folgen. Mit zu Schlitzen verengten Augen stierte sie auf einen Punkt vor sich, fast als ginge sie einen Auftritt durch.

Ogira – das bedeutete geschundene Erde und brütende Hitze. Als ob sich in der Provinz ständig Feuergeister vergnügen würden ...

Irgendwann erblickten sie Ruinen. Über den steinernen Zeugnissen einer alten Stadt ragte eine einzelne Säule auf, an der ein grauer Lappen im Wind knatterte. Haut, die etlichen Körpern abgezogen und dann grob zusammengenäht worden war. Das Banner der Toten Lande.

Die Wagen kämpften sich mühsam vorwärts. Kommen wir eigentlich überhaupt noch vom Fleck?, schimpfte Grizzly innerlich. Da wären wir ja zu Fuß schneller!

Soburo und er fuhren in der zweiten Reihe. Mit einem Mal wirbelte der grüne Wagen vor ihnen eine gewaltige Staubwolke auf, die danach einfach nicht wieder abziehen wollte. Meister Sin und Meister Masu, die dieses Vehikel flankierten, scherten daher seitlich aus, damit der feine Sand ungehindert zu Boden segeln konnte.

»Woher kommt bloß plötzlich der ganze Staub?«, brummte Grizzly. »Ringsum gibt's doch nichts als alte Steine und vertrocknete Erde!«

»Staub ... Staub ...«, murmelte Soburo. »Darüber habe ich mal irgendwas gelesen.«

Ehe ihm jedoch einfiel, was, zerriss Toras greller Schrei die

Luft. Ihm folgte ein Zauber von Meister Sin: Die graue Staubwolke rückte gegen das Gefährt von Grizzly und Soburo vor und riss ein gewaltiges Maul auf.

Die beiden hatten keinen blassen Schimmer, was für eine Kreatur das war. In seiner Verzweiflung griff Grizzly sie gleich mit einer ganzen Reihe von Vertreibungszaubern an.

Soburo riss den Wagen herum, vermochte den Geist aber nicht abzuschütteln. Dieser schob bereits seine Staubfinger in das Vehikel hinein, um die beiden Beschwörer zu ersticken. Daraufhin setzte auch Soburo einen Zauber ein, doch die winzigen Sandkörner bohrten sich unverdrossen in seine Haut. Schützend hielt Soburo den Arm vor das Gesicht und wirkte den nächsten Zauber. Dieser brachte tatsächlich eine gewisse Linderung. Danach bedrängte das Biest sie allerdings noch ingrimmiger. Grizzly zog sich seine Jacke über den Kopf, doch der Staub suchte hartnäckig nach einem Schlitz, durch den er zu ihm gelangen konnte.

Und dann erschütterte ein Schlag den Wagen. Anschließend wurde er so abrupt vorwärtsgezogen, dass er krängte. Magie hüllte ihn ein, die Staubwolke aber löste sich auf.

Grizzly befreite sich aus seiner Jacke und sog gierig die Luft ein, Soburo erstickte fast an seinem Husten. Ihre Haut brannte, unter ihren Nägeln klebte trockenes Blut, in ihren Augen standen Tränen. Als diese ihren Blick nicht mehr verschleierten, sahen sie einen Mann vor sich, in dem Grizzly zu seiner grenzenlosen Verwunderung Ray zu erkennen meinte. Dann aber fiel ihm auf, dass dieser Mann wesentlich älter war. Die hohe Stirn wurde von Falten durchfurcht, das Haar war silbern. Sein Nasenrücken war breiter, der Mund schmaler und das Kinn spitzer, während die Augen nur einen grünen Schimmer zeigten, ansonsten aber grau leuchteten.

»Das war ein Sandler«, sagte der Mann aus Sinora freundlich und klopfte dem hustenden Soburo auf den Rücken. »Er arbeitet sich unter die Haut vor, trocknet das Fleisch aus und verwandelt alles in Staub.«

»Vielen Dank! Wenn Ihr nicht gewesen wärt …«

»… dann hätte nicht viel gefehlt, und ich hätte euch die Gedärme aus den Ohren herausziehen können«, bemerkte der Mann grinsend. »Welches Maor hat euch bloß zu diesen Ruinen gelockt? Habt ihr das Banner nicht gesehen, das ich zur Warnung gehisst habe?«

»Das habt Ihr getan?«, fragte Soburo zurück. »Zur Warnung?«

»Ja.«

Der Mann ließ seinen Blick nun über die Wagen der anderen Beschwörer wandern. Sein eigener Wagen bestand aus Bambusstreben und erinnerte ein wenig an einen der feierlichen Jirikus, die nur für einen einzigen Menschen bestimmt waren. Obwohl dieses Gefährt recht zerbrechlich wirkte, hatte es Soburos Wagen samt seiner beiden schweren Insassen mühelos aus der Umklammerung des Sandlers befreit.

»Seid Ihr vielleicht der Beschwörer, der mit einem Geist in den Toten Landen vereinbart hat, dass er alle Menschen in Sinora beschützt?«, fragte Grizzly.

»Bist du vielleicht der Mann, der aus Rossa hierhergekommen ist?«

»Spielt das irgendeine Rolle?«

»Ich vergesse doch immer wieder, dass der Geburtsort früher noch mehr bedeutet hat als heute.«

»Ihr seid Kodai, oder?«, mischte sich da Soburo ein. »Der Mann, der *der Alte* genannt wird?«

In dieser Sekunde sprang Meister Sin aus seinem Wagen und kam wild mit den Armen fuchtelnd auf sie zugeeilt.

»Ich habe gerade eben Nachricht von Meister Rinso aus dem Tempel des Reinen Wassers erhalten«, teilte er ihnen mit. »Die Rumunger haben unsere Einladung angenommen und sind bereits auf dem Weg hierher.«

Nach diesen Worten war die Spannung mit Händen greifbar. Alle hatten nur noch einen Gedanken im Kopf: Sie mussten ihr Ziel vor den Rumungern erreichen.

»Also weiter! Wir dürfen keine Zeit mehr verlieren«, verlangte Meister Sin und bedachte Soburo mit einem missbilligenden Blick.

Am liebsten hätte er ihm wohl vorgeworfen, dass es seinetwegen zu einer Verzögerung gekommen war. Soburo lief feuerrot an, verteidigte sich jedoch nicht.

»Die hiesigen Geschöpfe werden euch nicht aufhalten«, versicherte Kodai. »Jedenfalls nicht, wenn ihr die Zeichen, denen ihr begegnet, zu deuten wisst.«

Als Meister Sin ihn daraufhin ansah, trat in seinem Blick offene Verachtung, ja, sogar Hass zutage. Die anderen Angehörigen des Ordens schienen den Mann ebenfalls nicht gerade in ihr Herz geschlossen zu haben. Meister Akira lief vor Wut rot an, Meister Masu klopfte theatralisch mit den Fingern auf den Griff seines Dolches.

»Warum sollten wir etwas auf den Rat eines Ohnlitz geben?«, zischte Meister Naga-thay.

»Stimmt, warum solltet Ihr das?«, fragte Kodai völlig ruhig zurück, während seine Hand unter seinen Halsausschnitt fuhr.

Er zog einen abgegriffenen, mit einer Binsenrohrdarstellung verzierten Lederbeutel hervor, dem er ein vergilbtes Blatt Papier entnahm. Nachdem er die Beschwörer die purpurnen Schriftzeichen kurz hatte sehen lassen, steckte er das Schriftstück in den Beutel zurück.

Meister Sin entglitten die Gesichtszüge.

»Woher hast du das?«, fragte er barsch und streckte die Hand aus.

»Das ist bei mir besser aufgehoben«, erklärte Kodai lachend.

»Ich will wissen, woher du das hast!«

Jeder Muskel Meister Sins war angespannt, fast als wollte er sich gleich auf sein Gegenüber stürzen.

»Aus einem Tempel in Sinora. Ich habe es an mich genommen, damit die Rumunger gar nicht erst auf die Idee kommen, seinetwegen in mein Land einzufallen.« Kodai schwenkte den Beutel hin und her. Dutzende gieriger Blicke folgten diesem Pendeln. »Zunächst wollte ich es dem Statthalter von Yugora unterschieben, aber von dieser Idee habe ich rasch Abstand genommen. Danach habe ich mit Warra geliebäugelt, denn die Kaiserin ist unseren Nachbarprovinzen deutlich stärker zugeneigt als uns. Nach längerem Nachdenken habe ich mich auch hier eines Besseren besonnen und mich für Ogira entschieden.« Er sah Meister Sin an. »Ihr bringt eine Fälschung, nicht wahr? Das Fragment in meinem Beutel ist nämlich nie in Warra gewesen. Oder kommt ihr gar mit leeren Händen?«

Meister Sin erachtete es zwar für unter seiner Würde, auf diese Worte einzugehen, doch Grizzly begriff unzweifelhaft, dass die Angehörigen des Turms das Fragment nicht dabeihatten.

»Der Turm hat jahrhundertelang nur Lügen über diese Schriftrolle und die Aufbewahrungsorte ihrer Fragmente verbreitet«, fuhr Kodai fort. »Jetzt weiß er selbst nicht mehr, wo sich was befindet.« Er schüttelte belustigt den Kopf, bis er jäh ernst wurde. »Wer aber die richtigen Geister fragen würde, der würde schnell fündig werden. Deshalb durfte dieses Fragment auf gar keinen Fall in Sinora bleiben, denn die Rumunger hätten dieses Papierchen mühelos aufgespürt.«

»Was ist mit den anderen Fragmenten?«, wollte Grizzly nun wissen. »Warum habt Ihr die denn nicht auch an Euch gebracht?«

»Weil sie bei Errichtung der Tempel in das Fundament eingemauert worden sind. Um an sie zu gelangen, hätte ich das Gebäude niederreißen müssen. Das Fragment im Tempel von Narrah war wiederum in der Statue des Kaisers versteckt, zwei weitere hatte man unter heiligen Bäumen vergraben. Nur das Stück in Sinora lag mehr oder weniger offen in einem Tempel.«

Während Kodai den kleinen Beutel wieder unter sein Hemd schob, drehte er ganz leicht den Kopf zur Seite.

»An eurer Stelle würde ich das unterlassen«, zischte er den Beschwörern in seinem Rücken zu. »Sonst hetz ich euch sämtliche Sandler im Umkreis auf den Hals. Das sind mindestens vierzig, also einer für jeden Wagen. Selbst wenn ihr sie zurückschlagt, würdet ihr wertvolle Zeit verlieren.«

Sofort setzten die Angehörigen des Turms eine Miene auf, als könnten sie kein Wässerchen trüben.

»Ist Ray hier?«, wollte Kodai von Grizzly wissen.

»Ihr kennt ihn?«, fragte dieser, selbst wenn er sich kaum darüber wundern konnte, dass auch dieser komische Kauz zu Rays Freunden zählte.

»Was ist nun?«, bohrte Kodai nach. »Ist er hier oder nicht?«

»Er hat den Rumungern die Einladung nach Ogira überbracht«, antwortete Soburo.

Kodais Augen verengten sich zu Schlitzen, seine Nasenflügel zitterten, seine Lippen pressten sich zu einer schmalen Linie zusammen.

»Etwas Dümmeres hättet ihr euch wohl nicht einfallen lassen können!«, stieß er aus, drehte sich um, stieg in seinen Wagen und brauste davon.

»Hinterher!«, befahl Meister Sin. »Er darf uns nicht entwischen!«

»Hat sich wirklich ein Ohnlitz in ihm eingenistet?«, wollte Soburo noch von Meister Sin wissen.

»Selbst wenn«, brummte dieser bloß.

Die Ruinen mit dem schrecklichen Banner hatten sie bald hinter sich gelassen. Nun näherten sie sich einer Ebene, die mit Gras bewachsen war. Sobald die ersten Schatten der Wagen auf die Halme fielen, schienen diese Reißaus nehmen zu wollen.

Da Soburo nur Augen für Kodai hatte, wäre er beinahe in ein paar Steingeister gefahren. Diese Geschöpfe stellten eigentlich kaum eine Gefahr dar, doch hier in Ogira wollte Grizzly lieber kein Risiko eingehen, weshalb er den Wagen kurzerhand dazu brachte abzubiegen. Da erst bemerkte auch Soburo die Wesen. Dankbar nickte er ihm zu.

Grizzly brannten etliche Fragen unter den Nägeln. Was wollte dieser Kodai von ihnen? Er hätte das Fragment doch sicher unbemerkt in den Tempel des Schwarzen Kodsu bringen können. Wann hatte er Ray kennengelernt? Und wo? Und wenn in diesem Alten tatsächlich ein Ohnlitz steckte, wieso hatte der ihn nicht längst gefressen?

Mit einem Mal zog Nebel auf. Dahinter machten sie rechter Hand die Umrisse einer Stadt aus. Die runden Dächer ließen an Zedern denken. Unter Simsen und um die schmalen Fenster verliefen steinerne Verzierungen. Auf den Turmspitzen saßen kupferne Krähen, das Wahrzeichen Ogiras. Die hohen Torbögen zeigten eine Pfeilform, schmiedeeiserne Brücken zwischen einzelnen Gebäuden funkelten in der Sonne.

»Das ist ein Trugbild«, erklärte Kodai. »Dort ist nichts.«

»Gar nichts?«, hakte Grizzly nach.

»Nur Ruinen«, antwortete Kodai. Mit einem Mal entdeckte er Tora. »Wer ist diese Frau?« Er deutete mit einem Nicken auf die Artistin, die neben Meister Sin saß und den Alten ebenfalls neugierig musterte.

»Sie soll das Fragment in den Tempel des Schwarzen Kodsu bringen«, antwortete Soburo, der dabei jedoch Meister Sin ansah. Dieser nickte ihm billigend zu.

»Ray, unser Freund Sayunaro und ich haben sie aus der Welt des Schwarzen Kodsu herausgezogen« erklärte Grizzly.

»Dort hat er sich also an ihn gekrallt.«

»Der Schwarze Kodsu an Ray?«, stieß Grizzly aus.

»Nein, umgekehrt«, antwortete Kodai grinsend. »Ein Beschwörer kann einem Geist in die Klauen fallen, aber umgekehrt ist das genauso möglich. Mein Ohnlitz wäre ohne mich genauso aufgeschmissen wie ich ohne ihn, denn nur er versteht mich und nur ich ihn. Daher ist ein Beschwörer in meinen Augen eine Falle für Geister.« Er blickte erneut zu Tora hinüber. »Ein Beschwörer oder jemand anders ...«

Als Kodai um eine völlig unscheinbare Stelle einen Bogen machte, ahmte Soburo jede seiner Bewegungen nach.

»Der Schwarze Kodsu glaubt stets, er sei es, der sich einen Menschen geschnappt habe«, fuhr Kodai fort. »Dabei ist er diesem Menschen eigentlich verfallen.«

»Und was bedeutet das?«, fragte Grizzly.

»Nichts«, brummte Kodai. »Nimm diesen Unsinn bloß nicht für bare Münze. Er ist einem kranken Verstand entsprungen. Ich bin mir nicht einmal sicher, ob das meine Worte waren oder die des Ohnlitz.«

In was für einen Schlamassel bin ich da bloß reingeraten!, stieß Grizzly innerlich aus. Dabei will ich doch bloß in meinem Haus mit Veranda und Garten einen Tempel aufbauen! Ich bin schließlich nicht wie Ray und Sayunaro. Die lieben Rätsel und Geheimnisse, die lassen sich sogar auf kleine Geschäfte mit Geistern ein!

»Verzeiht!«, rief Tora da. »Ich wollte wissen …« Sie verstummte, weil Meister Sin ihr etwas zuflüsterte. Ihre Miene verfinsterte sich. »Ich bin nicht Eure Schülerin! Zum Glück nicht, möchte ich hinzufügen. Deshalb kann ich mich unterhalten, mit wem ich will, denn Ihr habt mir nichts vorzuschreiben … Herr Kodai, was könnt Ihr mir über jemanden sagen, in den sich ein Shiisan eingenistet hat? Ein Ohnlitz ist doch mindestens genauso gefährlich, aber Ihr macht mir den Eindruck eines mit sich zufriedenen Menschen …«

In ihrer Stimme schwang unendliche Hoffnung mit.

Kodai sah sie einen ausgedehnten Moment lang an, dann lächelte er.

»Wir alle gehen unseren eigenen Weg«, erwiderte er schließlich.

Sofort leuchtete Toras Gesicht auf, ihre Wangen loderten, als wäre unter der feinen weißen Haut eine Lampe entzündet worden.

Grizzly dagegen linste zweifelnd zu Kodai hinüber. Auf leere Worte gab er nie etwas – und das eben waren nichts anderes als leere Worte. Sonst hätte er ja wohl schon von der Rückverwandlung eines Shiisans in einen Menschen gehört!

Kodai schlug mit dem Wagen weiterhin seine Haken. Die Toten Lande waren wie ein Netz, in dem allerlei wilde Geister hingen, doch dank der Manöver des Alten blieben ihnen größere Unannehmlichkeiten erspart. Gelegentlich mussten sie sich eines Rudels Segrimis oder anderer harmloser Geister erwehren, mehr aber auch nicht.

Dennoch wollte Grizzly ein Gefühl der Unruhe nicht verlassen. Ähnlich war es ihm im Giharwald ergangen. Gerade als er Kodai darauf ansprechen wollte, hielt dieser seinen Wagen an. Die anderen taten es ihm gleich.

»Du willst wissen, warum Ogira so gefährlich ist?«, wandte er sich an Grizzly, obwohl dieser kein Wort gesagt hatte.

Dann streckte er die Hand aus und deutete auf einen Punkt vor sich.

Grizzly reckte den Hals. Über einem größeren Rund flirrte die Luft. Die Felsbrocken darin schienen zu zerfließen, ein krummer, vertrockneter Baum sich zu verdoppeln.

»Ist das ein weiteres Trugbild?«, fragte Soburo.

»Nein. Das ist die Welt der Geister«, sagte Kodai und bedachte alle Beschwörer mit einem finsteren Blick. »An dieser Stelle ist die Grenze zwischen der Welt der Menschen und jener der Geister so dünn, dass die geringste magische Erschütterung genügt, sie vollends niederzureißen. Was für Geschöpfe dann hier einfallen würden, vermag ich mir nicht einmal vorzustellen.« Er verstummte kurz. »Falsch! Ich vermag es schon, aber ich will es nicht.«

»Und was sollen wir jetzt tun?«, fragte Grizzly.

»Gar nichts. Denn wenn wir nicht alle von Hokayus platt gewalzt werden wollen, dürfen wir an solchen dünnwandigen Orten keine Magie einsetzen.«

»Keine Sorge, wir sind bestens vorbereitet«, trumpfte Meister Sin auf und zog unter seinem Sitz ein Schwert mit einer matten Schneide hervor, in die tanzende Gottesanbeterinnnen eingraviert waren. »Das Wirken von Zaubern mag uns hier verwehrt sein, unbewaffnet sind wir jedoch nicht.«

»Ich kenne dieses Schwert«, sagte Kodai. »Es heißt Mantris, *Gebieter der Gottesanbeterinnen*. Das ist eine Arbeit Ido Teruas.«

»Die im Übrigen sogar Ohnlitze köpft«, hielt Meister Sin mit sardonischem Grinsen fest.

»Ihr Beschwörer habt offenbar eure Keller durchwühlt und alles angeschleppt, was dort jahrhundertelang rumgelegen hat«, erwiderte Kodai unter schallendem Gelächter. »Bei der Gelegenheit hättet ihr allerdings auch gleich eure Köpfe ausmisten sollen!«

»Müsste es in den Nachbarprovinzen von Ogira nicht eigentlich von Geistern nur so wimmeln, wenn sie hier derart leicht rausschlüpfen können?«, fragte Grizzly. »In den Toten Landen finden sie ja keine Nahrung ...«

»Dass wir von diesen Kreaturen verschont bleiben, haben wir den Beschwörern der Vergangenheit zu verdanken«, antwortete Meister Masu, der sich nun ebenfalls eine kurze Klinge quer über die Schenkel legte. »Der Streifen aus verbrannter Erde stellt ein unüberwindliches Hindernis für Geister dar.«

Inzwischen hatten sich sämtliche Angehörigen des Turms bewaffnet. Das Schwert Meister Naga-thays besaß einen wunderschön beschnitzten Holzgriff und eine geschwungene, mit Schriftzeichen verzierte Klinge. Ein fast zerbrechlich wirkender Mann aus Hakata hielt einen schweren Hammer in der Hand, der ein wenig wie die Waffe des Geists Rugg aussah. Etwas wie Rays Yari führte jedoch niemand bei sich.

Während sie an der Stelle mit der flirrenden Luft vorbeifuhren, fragte sich Grizzly, ob sein Freund wohl einen genaueren Blick in die Welt der Geister hätte werfen wollen, und gab sich sogleich selbst die Antwort: Mit Sicherheit! Für Grizzly selbst galt das jedoch nicht. Ihm reichten schon die Geister, die von dort aus zu ihnen kamen.

Selbst als die Toten Lande wieder klar vor ihnen lagen, hielten die Beschwörer ihre Waffen griffbereit, da sie völlig zu Recht annahmen, die Grenze zwischen den Welten könnte noch an anderer Stelle einen Riss aufweisen.

Mittlerweile fuhren sie durch eine Wüstenlandschaft. Die Hitze hatte den Bäumen längst die Rinde abgeschält und diese zu feinem Mulm zerrieben. Die vom Wind polierten nackten Stämme wirkten wie gekrümmte Skelette, ihre schwarzen Schatten flossen gleich Tinte in alle nur denkbaren Richtungen auseinander, fast als schiene für jeden Baum eine eigene Sonne. Der Wind trug den Geruch von glühendem Sand und totem Holz weiter.

Ein blendend blauer Himmel, weiße Bäume und eine gelbe Erde. Es könnte hier fast schön sein …

Wenn da nicht diese abweisende Luft wäre. Irgendwann meinten alle, schon seit einer Ewigkeit in den Toten Landen festzustecken. Falls das so weiterging, würden sie sich demnächst in bleiche Gebeine verwandeln, die in ihren Wagen ständig im

Kreis führen. Mit leeren Augenhöhlen würden sie auf die an ihnen vorbeiziehenden, immer gleichen Bilder stieren ...

Grizzly schüttelte den Kopf und hätte sich dabei beinahe an der Seitenwand des Wagens gestoßen. Das Bild von den kreisenden Wagen verzog sich. Er sah sich um. Etliche Beschwörer saßen mit völlig leeren Blicken in ihren Wagen. Tora hatte den Kopf gegen eine Strebe geschmiegt und schien zu schlafen, doch ihre wachen Augen bewiesen das Gegenteil.

»Da wären wir«, rief Kodai plötzlich aus.

Vor ihnen ragte eine graue Steinkuppel auf.

Es schien, als hätte ein Riese, der hier spazieren gegangen war, aus seiner Tasche dieses steinerne Zirkuszelt herausgezogen und in den Sand gerammt. Selbst der Haupttempel in Warra nahm sich neben diesem Koloss wie ein lächerliches Puppenhaus aus.

»Wer hat den denn errichtet?«, fragte Soburo. »Und wozu?«

»Niemand«, antwortete Kodai. »Wer Mäuse loswerden will, ruft eine Katze. Um Fliegen zu fangen, braucht man eine Spinne ... Vor dem Krieg der Beschwörer stand hier der Tempel des Fahlen Grases, ein kleinerer Bau aus hellem Holz. Als dann das Chaos um sich griff und die Welt in einen Abgrund zu ziehen drohte, haben die Beschwörer jemanden gerufen, der für Ordnung sorgen sollte.«

»Aber doch wohl nicht den Schwarzen Kodsu?«, knurrte Grizzly. »So dumm kann doch niemand sein!«

»Das sind alles bloß Legenden, die durch nichts bestätigt sind«, versicherte Meister Akira sofort.

»Gut möglich«, stimmte Kodai ihm überraschend zu. »Aber ihre Logik ist nicht von der Hand zu weisen. Denn wen hätten sie sonst rufen sollen? Sharh? Oder eine Horde Manmos?«

»Wie wäre es mit Rugg?«, schlug Soburo vor.

»Dieser Geist kommt einzig zu tapferen, edelmütigen und kühnen Menschen. Was damals in Ogira geschehen ist, konnte jedoch nur den Schwarzen Kodsu anlocken.«

Die Wagen gerieten nun in den Schatten des Tempels. Nahezu winterliche Kälte hüllte sie ein.

»Der Schwarze Kodsu ist auf ihren Ruf hin nur zu bereitwillig herbeigeeilt«, fuhr Kodai mit unfrohem Lächeln fort. »Den Beschwörern dürften allerdings die Gesichtszüge entgleist sein, als sich dieses Ungetüm aus dem Loch schob, das sie mit ihren Zaubern in die Grenze zwischen den Welten gerissen hatten.«

»Das darf doch nicht wahr sein!«, platzte es aus Grizzly heraus. »Beschwörer haben den Schwarzen Kodsu in unsere Welt geholt!«

»Und doch ist es so. Früher kam dieser Geist nur selten zu uns Menschen, und wenn, dann ausschließlich zu besonders grausamen«, erwiderte Kodai und löste seinen Blick vom Tempel. »Ihre Bosheit war seine Nahrung. Heute dagegen sucht er Menschen auch dann heim, wenn sie bloß ein einziges Mal Hass empfinden oder den Wunsch verspüren, jemanden zu töten. Aber damit nicht genug! Der Schwarze Kodsu schnappt sich sogar diejenigen, gegen die diese Gefühle gerichtet sind.«

Kodai stieg aus. Seine Gestalt nahm sich vor dem Hintergrund dieses gewaltigen Baus winzig aus.

»Deshalb treiben sich um diesen Tempel so wenig Geister herum«, murmelte Soburo, der trotzdem lieber geschützt im Wagen sitzen blieb. »Selbst die Kreaturen Ogiras fürchten den Schwarzen Kodsu.«

»Auch ich würde am liebsten fliehen«, gestand Kodai. »Aber der Mensch in mir ist zum Glück stärker als der Geist in mir.«

»Wo steckt eigentlich der Herr des Hauses?«, fragte Grizzly.

»Hier ist er jedenfalls nicht.«

»Wo dann?«

»Das weißt du doch ganz genau«, sagte Kodai.

Grizzly erschauderte. Ray.

Und mit Sicherheit würde der Schwarze Kodsu ihm hart zusetzen. Warum hatte er sie beide nach der Flucht aus Agosima denn getrennt? Doch wohl nur, damit Ray ihm ausgeliefert war und er ihm einreden konnte, dass es keinen treueren Freund als den Schwarzen Kodsu gab. Dass Ray auf alle anderen getrost verzichten konnte. Dass sie lediglich Ballast in seinem Leben darstellten.

Aber da hat er die Rechnung ohne den Wirt gemacht, knurrte Grizzly innerlich.

»Früher hat man angenommen, es gäbe mehrere Schwarze Kodsus«, fuhr Kodai fort. »Aber das ist keineswegs der Fall. Dieser Geist schlüpft bloß mühelos in jede denkbare Gestalt und hat Tausende von Nestern, in denen er sich verstecken kann.«

»Wir müssen den Beschwörern der Vergangenheit ja wirklich dankbar sein!«, brummte Grizzly und blickte finster zu dem Tempel hinüber. »Ohne sie stünden wir jetzt ohne diesen Verwandlungskünstler da!«

»Immerhin haben sie den Rest der Welt vor dem Untergang gerettet«, sagte Meister Sin und zog das Schwert aus der Scheide.

»Ja – um den Preis, dass wir uns jetzt mit dem Schwarzen Kodsu herumschlagen dürfen!«

»Das ist immer noch das kleinere Übel«, bemerkte Meister Masu.

»Hätten sie diesen Krieg nicht begonnen, wäre selbst dieses kleinere Übel nicht nötig gewesen«, meinte Soburo. Sofort fing er sich einen tadelnden Blick Meister Sins ein. »Verzeiht mir, Lehrer!«

»Wie geht es jetzt eigentlich weiter?«, fragte Tora. »Was soll ich machen?«

Sie war ebenfalls ausgestiegen. Auf ihrem Gesicht lag ein völlig ruhiger Ausdruck, nur ihre Finger gaben ihre Furcht preis: Sie spielten in einem fort an ihrer roten Jacke herum.

»Völlig richtig! Kommen wir endlich zu der Sache, deretwegen wir hier sind«, verlangte Meister Sin und wandte sich Kodai zu. »Gib mir das Fragment!«

»Nein, ich begleite die Frau.«

»Ich auch«, erklärte Grizzly und schaute Meister Sin herausfordernd an.

Dieser hatte jedoch nichts gegen die Entscheidung einzuwenden. Mit einer theatralischen Geste forderte er die drei auf, sich in den Tempel zu begeben.

Der Sand schluckte das Geräusch ihrer Schritte, der Wind schien ihnen leise etwas zuzuflüstern.

Grizzly drehte sich noch einmal um. Die Wagen waren nun hinter einer Düne verborgen, die Wüste schien sie verschlungen zu haben.

Die drei näherten sich dem Ungetüm, das nicht einmal einen Eingang besaß. Kein Fenster, keinen Ritz, nichts. Nur glatte, polierte Wände. Tora atmete mehrmals tief durch. Ob sie das vor einer Nummer im Zirkus auch tat?, fragte sich Grizzly. Sie ballte kurz die Hände zu Fäusten, ehe sie mit den Fingerspitzen die Wand berührte.

»Da bin ich wieder«, flüsterte sie.

Grizzly suchte den Blick Kodais. Was, wenn Tora nicht die richtigen Worte aussprach? Doch der Alte schüttelte den Kopf und bedeutete Grizzly, Tora gewähren zu lassen.

»Du hast gesagt, ich darf jederzeit wiederkommen«, fuhr sie mit entschlossener, kräftiger Stimme fort. »Du hast mir Ruhe und Zuflucht vor dem Hass in meiner Welt angeboten. Nun bin ich zurückgekehrt.«

Doch der Tempel blieb kalt und unzugänglich.

Gerade als sie alle Hoffnung aufgeben wollten, öffnete sich weit über ihnen in der Wand ein Fenster, und ein Trapez wurde heruntergelassen.

»Hab keine Angst, mein Mädchen«, sagte Kodai, als Tora nach der Stange griff. »Du bist nicht allein.«

»Ich habe gar nicht erwartet, dass der Schwarze Kodsu so freundlich ist, mich mit meinem liebsten Requisit zu empfangen«, erwiderte sie bloß.

Sie stellte sich auf die Stange, Grizzly und Kodai bauten sich neben ihr auf. Schon in der nächsten Sekunde wurde das Trapez mit einer völlig unwirklichen Geschwindigkeit nach oben gezogen.

»Statt eines Menschen bekommt er gleich drei«, murmelte Kodai. »Kein schlechtes Geschäft.«

Sie gewannen rasch an Höhe. Ihre Wagen kamen nun wieder in Sicht. Weit hinter ihnen lag die Steinwüste mit den verkrüppelten Bäumen, in noch größerer Entfernung das Meer. Wenigstens sehe ich es noch einmal, freute sich Grizzly.

Dann aber wanderte sein Blick weiter ...

Schwarze Käfer krochen heran. Sie wahrten alle den gleichen Abstand zueinander. Selbst auf diese Entfernung strahlten sie eine unbarmherzige Kraft aus.

Als Tora die Wagen der Rumunger sah, umfasste sie das Seil so fest, dass ihre Knöchel weiß hervortraten. Grizzly brach der Schweiß aus, nur Kodai wirkte völlig unbeeindruckt.

An einen der vorderen Wagen war ein Mann gebunden. Seine blutigen Arme hatte man an die schwarzen Streben gefesselt. Seine nackten Füße zeigten ebenfalls Wunden, seine Hose war derart zerrissen, als hätte man ihn durch einen Dornenwald geschleift. Sein Kopf war auf die nackte Brust gesackt, über die zahllose blutrote Striemen liefen. Die hellen Haare flatterten im Wind.

»Ray«, stieß Grizzly aus.

»Ganz ruhig«, befahl Kodai streng. »Wir haben hier eine Aufgabe zu erledigen.«

Die Angehörigen des Turms hatten das Auftauchen der Rumunger ebenfalls bemerkt. Als sie ihren Feinden entgegenfuhren, kamen ihre Gefährte Grizzly mit einem Mal geradezu zerbrechlich vor.

»Lebt er noch?«, fragte Tora.

»Das werden wir später herausfinden«, erwiderte Kodai streng. »Jetzt müssen wir uns beeilen.«

Schließlich erreichten sie das steinerne Fensterbrett. Auf der anderen Seite begann eine breite Treppe, deren Stufen fast in Staub untergingen. Sie führte zu einem Rund hinunter, das an eine Zirkusmanege erinnerte.

Das Licht, das von der Decke fiel, entriss dem Dunkel einen kleinen weißen Pavillon, der sich im Sand erhob. Um ihn herum standen einige hohe Bäume.

Dies war der Tempel des Fahlen Grases. Der Schwarze Kodsu hatte ihn sich einfach einverleibt.

Grizzly spähte mit zu Schlitzen verengten Augen in die Tiefe.

»Wer ist das denn?«, stieß Tora plötzlich aus.

»Die Tempeldiener«, antwortete Kodai.

Aus dem Pavillon traten ruhig und majestätisch vier Menschen in blendend weißen Gewändern heraus. Ein Mann trat an einen Baum heran. Mit feierlicher Gemächlichkeit fesselten die drei anderen ihn an den knorrigen Stamm.

Die einzige Frau schmiegte ihren Kopf mit dem langen schwarzen Haar kurz an den Mann, fuhr mit ihrer Hand über sein Gesicht und löste sich dann wieder von ihm. Daraufhin zogen die drei ihre Schwerter blank, holten aus, rammten sie dem gefesselten Mann ins Fleisch, zogen sie unter einem wahren Blutregen wieder heraus und setzten neuerlich zum Angriff an. Der Mann riss den Mund in einem lautlosen Schrei auf. Purpurne Flecken sprenkelten sein zerfetztes Gewand, purpurne Flüsse ergossen sich in den Sand. Die drei Menschen vor ihm setzten ihr Werk jedoch so lange fort, bis alles um sie herum rot leuchtete.

»Das ist wahrscheinlich ganz nach dem Geschmack des Schwarzen Kodsu«, bemerkte Kodai.

»Ist das ein Ritual, um ihn herbeizurufen?«, fragte Grizzly, der bereits allerlei in seinem Leben gesehen hatte, bei diesem Anblick vor Ekel und Verachtung jedoch erschauderte.

Allmählich schwante ihm, was Ray in der Welt dieses Geistes hatte durchmachen müssen.

Das Licht erlosch kurz. Als es abermals aufstrahlte, war niemand mehr an den Baum gefesselt.

»Jetzt geht das Ganze von vorn los«, teilte Kodai den beiden anderen mit. »Der Schwarze Kodsu liebt es, sich die blutigsten Szenen wieder und wieder anzusehen.«

»Ob wir ihm das Fragment einfach runterwerfen?«, schlug Grizzly vor. »Womöglich hat dieses Morden dann ein Ende?«

»Vielleicht sollte ich auch dich da runterwerfen, damit ich mir nicht länger diese dämlichen Vorschläge anhören muss«, entgegnete Kodai, der nach diesen Worten sofort die Augen schloss und sagte: »Tut mir leid, mein Junge, aber dieser Ort behagt uns einfach nicht.«

»Er behagt Euch und wem bitte noch nicht?«

»Mir und meinem Ohnlitz. Ihm missfällt es hier ganz besonders … Schieben wir es also nicht länger hinaus, mein Mädchen!« Er klopfte Tora auf den Rücken. »Geh runter!«

Der lange Abstieg sollte seine Zeit in Anspruch nehmen. Die Stufen verströmten eisige Kälte, die sich selbst durch die Sohlen der Stiefel in ihre Haut bohrte.

Während die drei noch auf dem Weg in die Manege waren, tauchten unten wieder die vier Beschwörer auf. Ehe sie am Ende der Treppe angelangt waren, fand der arme Mann noch dreimal den Tod. Das Schauspiel wiederholte sich stets bis in die kleinsten Einzelheiten. Dass es dem Schwarzen Kodsu nicht längst zum Hals heraushing, war eigentlich ein Wunder.

Mit dem Auftauchen von Tora, Grizzly und Kodai änderte sich der Verlauf der Handlung jedoch. Die vier Tempeldiener stürzten sich auf die ungebetenen Gäste.

Grizzly verpasste dem ersten von ihnen kurzerhand einen Kinnhaken. Der Mann krachte zu Boden und ließ die Klinge fallen, die sich tief in den Sand bohrte.

»Du denkst langsam, handelst aber schnell«, bemerkte Kodai, während der Mann am Boden, von seinem Zauber getroffen, bereits zu schwarzen Flocken zerfiel. »Doch wie du siehst, eine Vertreibung dritten Grades tut es auch.«

Tora duckte sich unter dem Dolch des zweiten Mannes weg, huschte in dessen Rücken und stieß ihn mit aller Kraft von sich. Anschließend zog sie zwei Messer und schleuderte sie gegen den Mann. Die messerscharfen Klingen bohrten sich ihm in den Hals, er fiel, und sein Blut tränkte den Sand. Grizzly zerstörte seinen Körper mit einem Zauber.

Nun wollte sich die Frau auf Tora stürzen. Diese kam ihr jedoch mit einem Hechtsprung entgegen, sodass die Tempeldienerin stolperte. Noch ehe sie auf dem Boden aufschlug, hatte Kodai sie mit einem Zauber ausgelöscht. Anschließend erledigte er den Mann, den Tora eben weggestoßen hatte.

Danach tauchte niemand mehr auf, der sie hätte angreifen wollen.

Tora hielt nach ihren Messern Ausschau. Nach einer Weile entdeckte sie die Klingen und sammelte sie rasch ein.

»Die habe ich mir von Tigor geborgt«, erklärte sie Grizzly.

Kodai hob unterdessen den Dolch auf, den der Tempeldiener hatte fallen lassen.

»Du hast dich gut gehalten«, sagte er dann zu Tora, die das Lob nur zu gern annahm.

Sobald sie ihren Weg fortsetzten, versank der Tempel im Dunkel. Der Sand wich schon bald breiten Steinplatten. Durch einen gewaltigen Riss in der Kuppel strömte ungehindert Sonnenlicht herein, das allerdings gegen eine Wand prallte. Diese versperrte ihnen den Weg.

Das grobe Mauerwerk wies längst Risse auf. Unerreichbar hoch über ihnen gab es schmale Fenster, unter denen ein Sims verlief. Ein weiteres Gebäude im Gebäude, ebenfalls ohne Tür.

»Und jetzt?«, fragte Grizzly.

Tora legte den Kopf in den Nacken, spähte die Mauer hinauf und schätzte die Höhe bis zum Sims ab.

»Da springe ich rauf«, verkündete sie.

»Das ist zu hoch«, hielt Kodai zweifelnd dagegen.

»Das schaffe ich«, versicherte Tora. »Allerdings brauche ich eure Hilfe. Es gibt da eine Nummer ... Sie heißt Abwurf mit vier Händen. Grizzly, du stellst dich hier hin.« Als sie ihn bei der Schulter fasste, spürte er, wie kräftig ihre Finger waren. Kodai schob sie zwei Schritt vor ihren alten Freund. »Ihr braucht einen sicheren Stand. Mit der rechten Hand fasst ihr nach der linken des anderen, mit der linken nach der rechten ... Hervorragend. Jetzt müsst ihr euch sehr gerade halten.« Tora legte Kodai die Hand auf den Rücken, als wäre er ihr Partner bei einer ihrer Nummern. Er lächelte ihr freundlich zu. »Ich klettere auf eure Hände ...« Tora drückte den beiden sanft auf die Schulter, um ihre Worte zu veranschaulichen. »Auf mein Kommando hin geht ihr ein wenig in die Hocke und richtet euch dann blitzschnell wieder auf. Gleichzeitig müsst ihr die Hände in die Höhe reißen. Damit schmeißt ihr mich in die Luft.«

»Alles klar«, sagte Grizzly.

Völlig ruhig fasste Tora daraufhin nach den Schultern der Männer und stellte sich auf ihre Arme.

»Seid ihr bereit? Dann los!«

Die beiden Männer warfen sie in die Höhe. Tora ging von den überkreuzten Händen ab, klammerte sich am Sims fest, zog sich hoch und richtete sich auf dem schmalen Vorsprung zu ganzer Größe auf.

»Hervorragende Arbeit!«, rief sie.

»Es ist ja offenbar nicht von Übel, eine Artistin dabeizuhaben«, erwiderte Kodai und sah begeistert zu ihr hinauf. »Was ist da oben?«

Sie hielt sich mit einer Hand am Fensterrahmen fest und spähte ins Gebäude. Als sie sich wieder zurückdrehte, war sie kreidebleich.

»Was hast du da ...?«, setzte Grizzly an.

»Soll sie dir vielleicht erzählen, was sie da gesehen hat?«, fiel ihm Kodai sofort ins Wort. »Womöglich gar in bunten Farben? Wir spazieren hier nicht durch die Gärten im kaiserlichen Palast ... Tora! Wir müssen irgendwie zu dir raufkommen!«

Recht hat er ja, dachte Grizzly. Aber ein wenig höflicher hätte er das schon ausdrücken können! Kodai band unterdessen eine silberne Schnur ab, die er über seinen Ledergürtel geschlungen hatte, und murmelte etwas. Mit Worten ausgesuchter Höflichkeit wandte er sich an einen Geist und bat ihn um Hilfe. Danach holte er aus und warf das eine Ende der Schnur in die Höhe. Diese wuchs sich zu einem echten Seil aus, das Tora mühelos auffing.

»Das sind die Haare einer Sayna«, erklärte Kodai. »Kannst du das Seil irgendwo festbinden?«

Tora nickte und sprang in das Zimmer, wobei das Seil sich beständig verlängerte. Kurz darauf streckte sie den Kopf zum Fenster hinaus und bedeutete den beiden, dass alles erledigt war.

»Du gehst voran«, befahl Kodai.

Grizzly fasste nach dem Seil und kletterte hoch, indem er sich mit den Beinen an der Wand abstützte. Tora hielt ihm die Hand hin und half ihm auf den Sims. Noch von dort warf er einen ersten Blick in den Raum, um zu erfahren, was Tora derart entsetzt hatte.

Leichen. Sie lagen und saßen auf dem Boden oder lehnten an der Wand. Etliche zeigten tiefe Wunden, anderen fehlten Arme oder Beine, manchen sogar der Kopf. Die Gesichter sahen teils aus, als wären sie aus Stein gemeißelt. Ob das gar keine Leichen waren, sondern zerschlagene Skulpturen, die man hier abgeladen hatte? Doch dann betrachtete Grizzly den abgeschlagenen Unterarm eines Mannes genauer. Da waren Knochen, rotes Fleisch und Adern zu sehen …

Tora hatte das Seil um die Hüfte eines jungen Mannes gewickelt, der unmittelbar vorm Fenster auf dem Boden lag. Sein Hals war unnatürlich verdreht, auf dem schönen Gesicht lag noch ein Lächeln, das der jungen Frau neben ihm galt, deren Finger allesamt gebrochen waren.

Ekel ließ Grizzly erschaudern.

All diese Menschen hatten einst gelebt. Sie hatten gelacht und geweint, Schmerz und Freude empfunden, bis dann irgendwann der Schwarze Kodsu aufgetaucht war und sie zu sich geholt hatte. Er hatte mit ihnen gespielt, ihnen ihre Lebenskraft gestohlen, sie zerschlagen und in diesem Raum zusammengepfercht.

Blinde Augen oder leere Augenhöhlen stierten Grizzly an, gebrochene Arme streckten sich nach ihm aus. Ob diese Skulpturen noch lebten, verborgen in ausgezehrten Körpern, überzogen mit einer steinernen Haut, gewärmt durch das Feuer des Verstandes? Ob sie aus voller Kehle um Hilfe riefen, aber nur einen lautlosen Schrei zustande brachten, den niemand hörte?

Ohne weiter nachzudenken, ließ Grizzly einen Zauber auf einem Körper niedergehen, der daraufhin zu einem Haufen trockenen Staubs zerfiel. Sofort erlöste Grizzly den nächsten, dann noch einen … Die Körper barsten, rieselten in formlosen Fetzen zu Boden. Doch noch ehe Grizzly sein Werk vollenden konnte, legte sich ihm eine schwere Hand auf die Schulter.

»Lass es gut sein«, sagte Kodai. »Selbst damit hilfst du ihnen nicht mehr. Sie sind längst tot.«

»Woher … woher wisst Ihr das?«

»Der Ohnlitz hat es mir gesagt. Hier gibt es kein Leben.«

»Der Schwarze Kodsu hatte offenbar genug von seinem Spielzeug«, brachte Tora heraus. »Lässt der sich eigentlich dahin zurückjagen, wo er hergekommen ist?«

»Das würde ich lieber nicht wagen«, antwortete Kodai und zog an dem Seil, das sich daraufhin von dem toten Mann löste, schrumpfte und sich wieder um seinen angestammten Besitzer schlang.

»Ich könnte jetzt auch hier liegen ...«

Ja. Du oder Ray oder ihr beide zusammen, schoss es Grizzly durch den Kopf.

»Gehen wir!«, verlangte Kodai.

»Ist es eigentlich noch weit?«, wollte Tora von ihm wissen.

»Das weiß ich nicht. Wir müssen den Altar finden ... Der Schwarze Kodsu gibt niemals etwas her, was er einmal in die Finger bekommen hat«, sagte er. »Weder Menschen noch Gebäude oder seltene Artefakte.«

»Niemals?«, hakte Grizzly nach. »Wollt Ihr damit andeuten, dass wir hier nicht mehr herauskommen?«

»War dir das wirklich nicht klar, als du in diesen Tempel eingedrungen bist?«, fragte Kodai spöttisch. »Und wäre die Rettung Akanes unseren Aufenthalt in diesem Tempel nicht wert? Oder würdest du es vorziehen, während eines Erdbebens von Steinen zermalmt zu werden?«

»Ich würde lieber das Fragment hier ablegen und schnellstens verschwinden.«

»Damit die Rumunger es sich holen? Was meinst du denn, wie lange die Rumunger brauchen, um das Fragment hier zu finden?«, fragte er Grizzly, um sich sogleich selbst die Antwort zu geben. »Nicht allzu lange, würde ich vermuten.«

»Ihr glaubt also nicht, dass die Angehörigen des Turms die Rumunger aufhalten können?«

»Das würde ich gern, aber, offen gestanden, käme es meiner Ansicht nach schon einem Wunder gleich, wenn diese Wirrköpfe unsere Feinde wenigstens ein Weilchen daran hindern könnten, hier einzudringen.«

»Ray soll ihnen wahrscheinlich genauso die Tür öffnen wie uns Tora«, sagte Grizzly. »Aber ob er sich dafür hergibt ...?«

»Niemand wird Ray je zu irgendetwas zwingen«, versicherte Tora in einem Ton, als würde sie ihn schon Jahre kennen.

»Ich fürchte, selbst er wird nicht lange aushalten, was die Rumunger für ihn vorbereitet haben. Die können nämlich dunkle Geister herbeirufen, von denen im Turm noch niemand gehört hat. Deshalb müssen wir sie überlisten und uns etwas einfallen lassen, womit die Rumunger nicht rechnen. Und auch der Schwarze Kodsu nicht.«

»Ob der Kampf schon begonnen hat?«, fragte Tora und spitzte die Ohren. Inmitten all der versteinerten Körper nahm sie sich besonders lebendig aus. Obwohl sie reglos dastand, strahlte sie eine unglaubliche Kraft aus. Ihre roten Haare loderten wie Feuer. Die Zirkusartistin barst vor Tatendrang, jederzeit könnte sie losrennen, springen, sich schlagen. Leben.

Dass der Schwarze Kodsu aus dieser Frau eine Marionette machen wollte!, dachte Grizzly. Ihr diese Lebenskraft rauben und sie in eine leere Hülle verwandeln wollte! Er schüttelte den Kopf, um diese Gedanken zu vertreiben.

Und dann hörte er es.

Zunächst vernahm er in der Stille nur seinen eigenen Atem und den Toras. Dann gesellten sich Waffengeklirr, der Widerhall von Zaubern, Schreie von Menschen und das Heulen von Geistern hinzu. Der Lärm wurde immer lauter, bis er sich schließlich in ein markerschütterndes Tosen verwandelt hatte. Tora hielt sich die Ohren zu. Grizzly folgte ihrem Beispiel und versuchte von Kodais Lippen zu lesen, was dieser sagte, verstand aber nur: »... gleich endet es.«

Damit hatte er recht.

Grabesstille fiel über sie her.

»Damit wäre meine Frage wohl beantwortet«, bemerkte Tora mit schiefem Lächeln. »Die Schlacht hat begonnen.«

»Der Schwarze Kodsu ist wirklich ein zuvorkommender Gastgeber«, murmelte Kodai. »Er öffnet Fenster, stellt Trapeze zur Verfügung und beantwortet Fragen.«

»Ob er uns die ganze Zeit beobachtet?«, fragte Tora und sah sich unweigerlich um.

»Von Zeit zu Zeit wird er schon nach uns sehen ... Beeilen wir uns«, verlangte Kodai, trat über den jungen Mann und lief raschen Schrittes aus dem Zimmer.

Tora und Grizzly folgten ihm.

Diese Bilder werde ich doch nie vergessen!, stöhnte Grizzly innerlich. Tora dagegen schaute sich um, als hätte sie das Bedürfnis, sich vor Augen zu führen, wovor sie verschont geblieben worden war. Sie hielt sich fast unnatürlich gerade, so als wollte sie vor den beiden anderen, womöglich aber auch nur vor sich selbst verbergen, wie erschüttert sie war.

Die ganzen Körper nahmen nun ab, stattdessen begegneten sie wild aufgetürmten Haufen einzelner Beine, Köpfe, Finger, Hüften und Schultern. Kurz darauf knirschten unter ihren Füßen kleine Kiesel, und schließlich liefen sie über weißen Sand.

Gelbes Tageslicht löste das trübe Halbdunkel voller fahler Schatten ab.

Dieses Licht führte dazu, dass sie alles um sich herum auf sehr merkwürdige Weise wahrnahmen. Kodais Haar schien mit Asche bestreut, sein Gesicht wirkte blass, purpurne Flecken leuchteten anstelle der Augen. Tora blich völlig aus, und auch Grizzly erinnerte an ein Gespenst.

Nun umgab sie das reine Nichts.

Über ihrem Kopf gab es keine Decke, um sie herum keine Wände, unter ihnen keinen Fußboden. Ihre Schritte verursachten auch kein Geräusch mehr. Die Stille legte sich wie eine Zange um ihren Kopf.

Grizzly setzte gerade an, etwas zu sagen, um diese Geräuschleere zu füllen, als er mit einem Mal ein leises Klopfen vernahm, das sich ständig im Takt wiederholte. Als ob jemand auf Dutzenden von Röhrentrommeln spielte, seine Finger oder Schlägel auf Taikos niedergehen ließ.

Tora fuhr sich über die Mulde zwischen ihren Schlüsselbeinen und zog ihre farblosen Brauen zusammen. Kodai wirkte ebenfalls angespannt. Keiner von ihnen wusste, was das zu bedeuten hatte.

Mit jedem Schritt nahm das Klopfen zu. Mittlerweile mengten sich schnellere Töne hinein, die Alarm zu schlagen schienen.

Obendrein passten sich die Töne ihrem Atem an, ihrem Herzschlag, ihren Schritten. Nicht eine Sekunde hielten die unsichtbaren Trommler inne. Ein einzelner Donnerschlag wechselte sich mit feinem Prasselregen ab. Und immer noch schwollen diese Geräusche an.

Schließlich erreichten sie die Quelle dieser Laute: Aus dem Sand ragten gelbliche Knochen heraus, zwischen die Hautfetzen gespannt waren. Schwere rote Tropfen klatschten von oben darauf, wurden zurückgeschleudert und zerfielen in winzige Perlen.

Kodai sah nach oben. Die beiden anderen folgten seinem Blick.

Unter der Decke hingen in silbrigen Spinnennetzen enthauptete Körper. Aus den abgehackten Hälsen tropfte das Blut auf die Trommeln aus Menschenhaut.

»Offenbar liebt er Musik«, hielt Kodai fest.

»Diese Trommeln werden bei Ritualen geschlagen, die für den obersten Geist des Windes durchgeführt werden«, sagte Grizzly verwundert.

»Anscheinend vertritt der Schwarze Kodsu die Ansicht, diese Ehre müsste auch ihm zuteilwerden«, erwiderte Kodai und drehte sich abrupt Tora zu.

Diese beobachtete wie gebannt das Fallen der Blutstropfen.

»Gehen wir weiter!«, verlangte er. »Wir müssen uns beeilen!«

Sobald sie die elenden Taikos des Schwarzen Kodsu hinter sich gelassen hatten, wurde das Getrommel leiser und verstummte schließlich ganz.

Ihr Weg führt sie in ein Tal hinunter.

Der weiße Sand lag in sanften Wellen vor ihnen, fast als wäre der Wind über ihn gestrichen. Nirgends gab es Fußspuren, überall nur die erstarrte, tote Dünung.

Was für eine Wüstenspinne lebt hier denn?!, schoss es Grizzly durch den Kopf.

Der Sand raschelte und rieselte in trägen Strömen weiter in die Tiefe. Der schwere Grizzly sank knietief in ihn ein. Vor ihm stand ein verkrüppelter Baum, der seine verkohlten Zweige zum Himmel hochstreckte.

»Wir gehen in dieser Wüste unter«, stieß Tora aus, die nur vorsichtig ein Bein vor das andere setzte.

Kodai blieb stehen und sah sich aufmerksam um.

»Der Altar ist hier«, verkündete er.

Als Grizzly daraufhin seinen Blick schweifen ließ, sah er nur Sand.

»Hier?«, fragte er. »Woher wisst Ihr das?«

»Der Ohnlitz sagt es mir.« Er legte Tora die Hand auf die Schulter und schob sanft einige Strähnen aus ihrer Stirn. »Es tut mir unendlich leid, Du bist eine beeindruckende Frau, voller Mut und Entschlossenheit. Ich wünschte, alle Beschwörer wären wie du, mich eingeschlossen.«

Tora sah ihn ratlos an, lächelte, als er sie umarmte, blickte dabei über seine Schulter zu Grizzly und zog eine Braue hoch, als wollte sie ihn fragen, was das für ein Anfall von Gefühlsduselei sei. Dann seufzte sie mit einem Mal. Grizzly spürte den Widerhall eines Zaubers. Toras Augen weiteten sich erst, dann sanken ihre Lider herab.

»Es tut mir unendlich leid …«, wiederholte Kodai, während er Tora behutsam in den Sand bettete.

»Was habt Ihr getan?!«

»Ich habe dafür gesorgt, dass Ray und wir alle hoffen dürfen, diesen Tag zu überleben.«

»Indem Ihr Tora getötet habt?!«

»Bleib, wo du bist!«, befahl Kodai und zog den Dolch, den er vom Tempel des Fahlen Grases mitgenommen hatte. »Das, was ich tue, bringt sie nicht um, das verspreche ich dir.«

»Ihr macht jetzt überhaupt nichts, bevor Ihr mir nicht erklärt habt, was hier vorgeht«, stellte Grizzly klar und trat dicht an Kodai heran, der neben der bewusstlosen Tora kniete.

»Möchtest du diesen Tempel wieder verlassen?«

»Selbstverständlich.«

»Dann lass mich gewähren. Die Rumunger werden diesen Tempel wegen des Fragments stürmen. Und sie werden alles daransetzen, es in die Finger zu kriegen. Meinst du nicht auch, dass wir ihnen da ein wenig in die Suppe spucken sollten?«

Er schnitt aus seiner Jacke ein Stück Leder und griff nach Toras schlaffer Hand.

»Was habt Ihr jetzt schon wieder vor?«

»Beruhige dich bitte, ich habe dir doch schon gesagt, dass ich ihr kein Leid zufüge.«

Kodai ritzte die Haut an Toras Handgelenk ein, zog mit seiner Linken das Beutelchen unter seinem Hemd hervor, öffnete es mithilfe seiner Zähne, entnahm ihm das Papier, legte es auf den feinen Schnitt und verband die Wunde mit dem Leder seiner Jacke.

»Ihr seid auch nicht besser als der Schwarze Kodsu.«

»Niemand von uns ist besser oder schlechter als er. Wir alle sind, was wir sind. Aus diesem Tempel mögen die Rumunger vielleicht noch herauskommen ... Aber ob es ihnen gelingt, die Welt des Schwarzen Kodsu zu verlassen? Sollen sie ruhig einmal nach seinen Regeln spielen! Verdient haben sie es!«

Kodai lächelte, und zum ersten Mal fletschte dahinter der Ohnlitz die Zähne.

»Stell dir doch nur dieses Schauspiel vor! Die Angehörigen des Turms und die Rumunger, die sich bis in alle Ewigkeit gegenseitig ermorden. Ein solches Vergnügen dürfte selbst der Schwarze Kodsu noch nie genossen haben ...«

Kodai drehte den Dolch so, dass die Spitze nach unten zeigte. Toras Blut lief über die Spitze. Langsam. Sehr langsam ...

Die Erkenntnis, was Kodai beabsichtigte, trug Grizzly beinahe körperlichen Schmerz ein. Er stürzte vor und wollte den rubinroten Strom abfangen, ehe er auf den Sand traf.

Doch er kam zu spät.

Toras Blut fiel zu Boden. Ein dumpfer Schlag folgte, fast wie von einem Hammer. Der Tempel des Schwarzen Kodsu bebte, spaltete sich. Durch den Schlitz, der sich in der Kuppel auftat, spähte ein grinsender Mond. Sterne zielten mit Tausenden von Pfeilen auf sie. Ein Lachen, prall von Vorfreude, hallte von allen Seiten wider, bis es jäh abriss.

Die Welt des Schwarzen Kodsu wartete mit offenen Armen auf Menschen, die lebten, kämpften und starben. Die zu fliehen beabsichtigten oder den Weg bis zum Ende zu beschreiten kühn genug waren.

13

Der Zirkus des Schwarzen Kodsu

Blut wogte über den Boden, Magie ließ die Erde beben. Eine Wirklichkeit legte sich über die andere. Vergangenheit und Gegenwart verschmolzen. Beißender Schweiß rann Ray in die Augen, sodass er nur verschwommen sah, wie eine Frau mit wallendem goldenen Haar einen Mann köpfte, der vor ihr am Boden lag. Meister Sin ging mit einem langen Schwert auf Nikhir los, dessen Shimaa jedoch sämtliche Angriffe abfing. Meister Akira attackierte Ruam mit einem Zauber, doch dieser suchte hinter einem Marmuchen Deckung. Ein junger Mann aus Hagura spießte mit seiner Lanze einen Datider auf, obwohl dieser zweimal so kräftig und einen Kopf größer war als er. Hyeon stand Soburo gegenüber, den diese Wiederbegegnung derart verblüffte, dass er von einem Zauber erledigt worden wäre, hätte nicht ein Angehöriger des Turms geistesgegenwärtig eingegriffen. Eine ältere Frau zog einen jüngeren Mann vom Schlachtfeld, ohne dass sie bemerkt hätte, wie das Blut aus seinen abgehackten Beinen sprudelte. Ihre ebenmäßigen Züge erinnerten Ray an die Kaiserin Suiko. Sollte eine ihrer Vorfahrinnen tatsächlich über die Gabe verfügt und an der legendären Schlacht teilgenommen haben?

»Sie drehen sich im Kreis«, raunte der Schwarze Kodsu in Rays Kopf. »Ständig. Denn ihr alle könnt eurem Hass, eurer Rachsucht und Angst, eurer Welt nicht entkommen.«

Die Beschwörer der Vergangenheit töteten einander. Die Angehörigen des Turms rissen ihre Feinde mit der gleichen Wut in Stücke. Als ewige Nummer im Zirkus des Schwarzen Kodsu …

Ray hörte das Geschrei.

»Ihr wisst, warum wir hier sind«, brüllte ein Rumunger. »Gebt uns, was uns zusteht, und wir ziehen friedlich ab.«

»Worauf seid ihr eigentlich aus?«, fragte Meister Sin. »Wozu braucht ihr die Schriftrolle? Wollt ihr unsere Länder zerstören?«

»Unsinn!« Das Lachen Aris bohrte sich wie ein Pfeil in Rays Schläfe. »Wir wollen unsere untergegangenen Gebiete vom Grund des Meeres zurückholen, das ist alles.«

»Vermutlich könntet ihr das sogar schaffen«, räumte Meister Akira ein. Sein breitflächiges Gesicht mit den dunklen, länglichen Augen erinnerte an einen Prophetengeist: eine ausdruckslose Miene mit wütend funkelnden Augen darin. »Doch sobald ihr das tut, würden wir untergehen.«

»Warum sollten wir uns darüber den Kopf zerbrechen?«, erwiderte Ruam aufrichtig erstaunt. »Wir wollen lediglich zurück, was unseren Vorfahren gehörte.«

»Lasst uns endlich wie vernünftige Menschen miteinander reden!«, verlangte Meister Sin. »Unsere Vorfahren haben das nicht geschafft, erweisen wir uns nun als besonnener. Wir verstehen euch. Doch ihr müsst begreifen, dass auch wir unsere Provinzen und die Menschen, die in ihnen leben, schützen wollen. Deshalb können wir nicht hinnehmen, dass diese Gebiete zu demselben Schicksal verurteilt werden, das einst Agosima ereilt hat.«

»Redet nicht, sondern gebt uns endlich, was uns zusteht«, spie Sikh aus.

»Ihr wollt uns in einer Flutkatastrophe untergehen lassen!«, rief einer der jungen Beschwörer aus.

»Wir wollen lediglich unser Land zurück«, wiederholte Ari.

Sie weigern sich tatsächlich, auch nur in Erwägung zu ziehen, was ihr Verhalten für den Rest der Welt bedeutet, ging es Ray auf. Sie wollen die Schriftrolle, die sie für ihr Eigentum halten, und klagen die Angehörigen des Turms der Gier und Selbstsucht an, obwohl diese bereit sind, für andere zu sterben.

»Wo ist das letzte Fragment?!«, brüllte Sikh.

»Im Tempel des Schwarzen Kodsu«, trumpfte Meister Sin

auf. »Wenn ihr es haben wollt, müsst ihr auch diese heilige Stätte dem Erdboden gleichmachen. Aber ob euch das gelingt? Vor allem da ihr vorher uns aus dem Weg räumen müsst!«

»Ihr einfältigen Narren ...«, brachte Ari fast traurig hervor.

Die Stimmen der Menschen gingen nun im ohrenbetäubenden Heulen der Shimaas unter.

Ray wusste, was nun folgte. Der Schwarze Kodsu hatte es ihm längst gezeigt. Ein Kampf, genau wie der Jahrhunderte zuvor. Blut, das die ausgetrockneten Flussbetten von einst wieder flutet ...

Steine krachten vom Himmel. Sobald sie aufschlugen, krochen daraus Wesen mit Krebsscheren und Tarantelkiefern hervor. Die Grenze zwischen den Welten wurde niedergerissen, Geister sprudelten und schwappten in die Welt der Menschen. Und jeder kämpfte gegen jeden. Nur die Shimaas verflochten sich miteinander, verschmolzen wie Metallbrocken in einer Esse zu einem einzigen Wesen, einem vielköpfigen, mehrarmigen Untier.

Diese Kreatur warf sich auf die Angehörigen des Turms, schnappte sich vier Wagen auf einmal und schleuderte sie mühelos fort. Die Fuhrwerke schlugen mit dem dumpfen Geräusch brechender Knochen gegen die Wand des Tempels, der ein Zirkus war.

»Weiter!«, murrte der Schwarze Kodsu, dessen Stimme nur in Rays Kopf erklang. »Lasst nicht nach.«

Und da endlich kam Ray zu sich.

Sein geschundener Körper bereitete ihm unsagbare Schmerzen, Husten kroch in seiner trockenen Kehle hoch.

»Ari!«, schrie Ruam, der Horden von Skorpionen mit eisernem Stachel auf Meister Akira zujagte. »Schnapp dir Ray, öffne den Tempel und hol das Fragment! Wir erledigen diese Dreckskerle derweil!«

Der Wagen, an den Ray gefesselt war, fuhr an und hielt auf den Tempel zu. Angehörige des Turms stellten sich Ari entgegen, doch deren unsichtbare Bogenschützen schickten bereits ihre Pfeile auf den Weg. Noch in derselben Sekunde schraubten sich aus dem Sand gedrungene Wesen ohne Köpfe und mit überlangen, kräftigen Armen heraus.

Ray wollte sie mit einem Zauber vertreiben, doch ebenso gut hätte er versuchen können, einen Maor in einem Spinnennetz zu fangen.

Die Geister warfen sich auf die Beschwörer Warras, von denen nach wenigen Minuten nur noch ein Berg zermalmter Knochen zeugte.

Allerdings hauchten auch etliche Rumunger ihr Leben aus. Ray sah zwei Leichen in roten Gewändern. Ihre Shimaas mordeten jedoch weiter ...

Plötzlich ging eine unsichtbare Faust auf Aris Wagen nieder. Die Rumungerin sprang aus dem Vehikel und wirbelte herum. Jemand stürzte sich auf Ray. Aber der sollte ihr doch noch den Weg in den Tempel öffnen. Da schälte sich wie aus dem Nichts eine hagere Gestalt heraus. Ein beinernes Schwert fing den Hammer des Angreifers ab, zerschlug ihn und vernichtete den Geist, der bereits zum zweiten Schlag ausgeholt hatte.

»Danke, mein Freund«, stieß Ari aus und strich sich die schwarzen Haare aus dem Gesicht. »Den Burschen brauchen wir noch.«

Sayunaro drehte sich Ray zu. Sein bleiches Gesicht wirkte ruhig, fast maskenhaft. Über die rote Tätowierung floss Blut, gleichsam eine Ergänzung seines Körperschmucks. Seine Nasenflügel waren aufgebläht, die blinden Augen nahezu hinter einem purpurnen Schleier verborgen.

Doch seine blassen Lippen lächelten.

Das beinerne Schwert schnitt mühelos Rays Fesseln durch. Mit taubem Körper fiel Ray plump zu Boden.

Eine sengend heiße Hand umspannte seinen Oberarm und zog ihn hoch, nach Blut riechender Atem drang an Rays Ohr.

»Wir ... bringen ... sie alle ... um«, flüsterte Sayunaro.

Diese Worte hatte er ihm bereits einmal gesagt. Noch immer war sich Ray über ihre Bedeutung nicht im Klaren. Stellten sie ein Versprechen dar? Eine Drohung?

Sayunaro hob die Arme nun so mühevoll, als hätte er eine

schwere Last zu stemmen. Der Boden, von all den Zaubern längst verheert, barst. Dürre schwarz-weiße Wesen mit kahlen Köpfen und runden Eulenaugen schoben sich heraus.

»Shiisans!«, trumpfte Ari auf. »Er hat sie gerufen! Endlich! Er …«

Jäh verstummte sie. Blut spritzte auf. Der Geist, der in ihrem Rücken aufgetaucht war, zog sein beinernes Schwert aus der Rumungerin und eilte weiter. Ari fiel zu Boden und tränkte ihn mit ihrem Blut.

Die Shiisans stürzten sich auf alle, auf Menschen wie auf Geister.

Sayunaro blickte zum Himmel hinauf und schloss die Augen. Um ihn herum tobte ein schwarz-weißer Sturm des Todes.

Das, worauf Ruam so lange gewartet hatte, war nun eingetroffen. Sayunaro hatte Sharhs Armee gerufen. Nur hatte er diese Macht gegen diejenigen gelenkt, die ihn für eine willfährige Marionette hielten. Aus Rache für alle Pein …

Als die Angehörigen des Turms sahen, wie die Shiisans unter den Rumungern wüteten, frohlockten sie. Am Ende entgingen jedoch auch sie ihrem Schicksal nicht.

Sayunaro hielt sein Versprechen. Die Shiisans töteten alle.

»Halt sie auf!«, schrie Ray, während er sich ächzend vom Boden erhob. »Das reicht!«

Doch Sayunaro hörte ihn nicht.

Die Rumunger und die Angehörigen des Turms verbündeten sich nun gegen den gemeinsamen Feind. Die Front brach auf, stattdessen kam es überall zu kleineren Scharmützeln.

Sayunaro dirigierte sein Todesorchester, legte den Kopf auf die Seite, als lauschte er einer Stimme aus der Ferne, und schickte die Shiisans mit einer einzigen Fingerbewegung auf ihre Plätze.

Wollte er Ray helfen? Oder wusste er längst nicht mehr, was das bedeutete: Hilfe?

Wenn er bereits kein Mensch mehr ist …

Nein, in diesem Wesen steckte noch etwas von Sayunaro, der seine Freunde um jeden Peis beschützen wollte.

»Sayunaro!«

Wenn du dann die Kraft in dir findest … befreie ihn …

Die Schreie der Verwundeten bildeten einen nie enden wollenden Chor. All die Ströme von Blut …

»Sayunaro! Komm zur Besinnung!«

Dieser drehe sich abrupt um. Ray holte aus und schleuderte die Wagenstrebe wie eine Lanze gegen seinen Freund. Sayunaro geriet leicht ins Schwanken und verlor für den Bruchteil einer Sekunde die Verbindung zu den Shiisans.

»Halt sie auf!«, bat Ray mit ruhiger Stimme und schaute seinem Freund dabei in die blinden Augen.

Sayunaro hob seine Schwerthand …

Doch da erbebte die Erde, und im Tempel klaffte ein Riss, der sich vom Boden bis zur Decke zog. Nebel quoll aus ihm heraus und legte sich über Menschen wie Geister.

Ein weißer Mond stierte zu ihnen herunter, die Wolken übten sich im Bockspringen, die Welt überschlug sich.

Ray wurde in die Luft gerissen und dann in den Sand geschleudert. Sämtliche Luft entwich aus seinen Lungen, die letzten Kräfte verließen ihn, er verlor das Bewusstsein …

Leichte Schritte näherten sich Ray.

Als er die Augen öffnete, hatte der Schmerz seinen Körper bereits verlassen, dafür fesselte ihn eisige Kälte. Vor sich sah er schmale Füße.

Er hob den Kopf. Yui. Sie trug ein prachtvolles Gewand aus rotem Leder, das ihr bis knapp zu den Knien reichte, und zog eine lange Schleppe hinter sich her. Auf ihrem Kopf saß ein roter Kranz, geflochten aus ihrem eigenen Haar. Sie lächelte, neigte den Kopf und reichte ihm eine Lanze. Das war nicht seine Yari, die Nara ihm geschenkt hatte, sondern die Strebe aus Aris Wagen, die sich in eine Waffe mit einem schwarzen Schaft und einer rauchgrauen Klinge aus zugespitztem Knochen verwandelt hatte.

»Führe zu Ende, was du angefangen hast«, flüsterte sie, beugte sich zu ihm herunter und berührte mit ihren kalten Lippen seine Wange. Rays Finger schlossen sich wie von selbst um die Waffe des Schwarzen Kodsu.

Yui richtete sich wieder auf, lächelte ihm noch einmal zu, drehte sich um und verschwand in die Dunkelheit. Ihre lange Schleppe hinterließ eine blutige Spur.

Ray stemmte sich auf die Ellbogen hoch. Er befand sich in der leeren Manege des Zirkus. Unmittelbar am Eingang lag Ari im Mondlicht. Mit erlöschendem Blick sah sie Ray an. An der Brust schimmerte ihr Kleid feucht, um ihr schwarzes Haar herum hatte sich eine Blutlache ausgebreitet. Ihr Atem ging stoßweise. Ihr sonst so schönes Gesicht hatte sich in eine widerwärtige Maske verwandelt.

»Ihr hättet den Tod fürchten sollen«, sagte Ray sehr leise, doch Ari hörte ihn trotzdem, lächelte aber bloß. »Dann wärt Ihr vielleicht nicht bereit gewesen, blindwütig zu morden.«

»Wir wollten bloß unser Land zurück.«

Was für ein verwöhntes kleines Mädchen! Nimmt sich bedenkenlos, was es haben will!

»Bitte ...«, hauchte Ari, und Tränen traten in ihre schwarzen Augen.

Ray hob seine neue Lanze und stieß zu. Aris Kopf kippte zur Seite. Er zog die Waffe aus ihrem Körper und betrachtete einen ausgedehnten Moment lang die Frau, die ihn erst verhöhnt und dann um Gnade angefleht hatte.

Schließlich verließ er den Zirkus und trat in die hügelige Dünenlandschaft hinaus.

In einiger Entfernung machte er eine Gestalt aus, die ihm vage bekannt vorkam ... Ein Mann, der ihm bedeutete, ihm zu folgen. Als Ray auf ihn zueilte, trabte er weiter.

Aus der Ferne drangen nun Schreie heran, gefolgt vom Peitschen des Windes, Gebrüll und Zischen, Geisterstimmen, Waffengeklirr und Grabesgelächter.

Wir ... bringen ... sie alle ... um, hallten Sayunaros Worte in Ray nach. Er schüttelte den Kopf.

Der Schwarze Kodsu hatte alle in seine Welt gezogen, die vor seinem Tempel gekämpft hatten, Rumunger, Beschwörer, Geister und sogar Shiisans. Damit er sich die blutige Schlacht wieder und wieder anschauen, sich an dem einzigartigen Schauspiel endlos ergötzen konnte.

Plötzlich blieb der Mann vor Ray stehen und drehte sich zu ihm zurück. Mondlicht erhellte sein Gesicht. Da endlich erkannte Ray ihn. Kodai. Lächelnd wartete der Alte auf ihn.

»Wie kommt Ihr denn hierher?«, wollte Ray wissen, wobei er sich gleichzeitig fragte, ob der Schwarze Kodsu ihm den Alten bloß vorgaukelte.

Doch der Handschlag Kodais überzeugte ihn. Sein Blick war auch der vertraute, so ruhig, als spazierte er nicht durch die Welt des Schwarzen Kodsu, sondern säße in seinem Tempel inmitten des Bambuswaldes.

»Wie kommt Ihr hierher?«, wiederholte Ray.

»Von da drüben«, antwortete Kodai leichthin und deutete mit einem Nicken zum Kampfgeschehen. »Erinnerst du dich noch daran, was ich dir beigebracht habe?«

»Selbstverständlich.«

»Das ist gut«, sagte Kodai und blickte auf Rays Lanze. »Jetzt hör mir gut zu! Die Angehörigen des Turms und die Rumunger sind hier eingeschlossen. Der Kampf soll ewig andauern. Der Schwarze Kodsu dürfte frohlocken, denn er hat nun auch noch Shiisans für seine Welt erhalten. Das letzte Fragment haben Tora und Grizzly zusammen mit mir hergebracht. Damit dürfte dir wohl klar sein, was du zu tun hast.«

»Ja, das ist es.«

Als das Mondlicht nun auf Kodais Brust fiel, sah Ray, dass diese von den Schlüsselbeinen bis zur Hüfte mit tiefen Wunden überzogen war.

Unwillkürlich trat Ray auf ihn zu.

»Diese Wunde ist wohl tödlich ... Der Schwarze Kodsu schont niemanden, der versucht hat, ihm in die Suppe zu spucken.«

»Aber er tötet nicht gleich ... Er liebt es, anderen Qualen zuzufügen.«

»Vielleicht hat er ja den Wunsch nach Abwechslung verspürt«, entgegnete Kodai, lauschte kurz und sprach dann so rasch weiter, als liefe ihm die Zeit davon. »Er hat den Köder geschluckt. Doch zusammen mit Tora ist auch derjenige gekommen, der ihm seine Nummer verhunzen kann. Geh jetzt, Ray.«

»Ich lasse Euch doch jetzt nicht im Stich!«

»Ich bin schon gar nicht mehr hier«, erwiderte Kodai leichthin.

Schon in der nächsten Sekunde flog sein Körper wie ein Schwarm weißer Nachtfalter davon, strebte hoch in die Luft hinauf und bohrte sich durch die Wolken.

Der Schmerz, der Ray daraufhin erfasste, rührte nicht von seinen Wunden her. Kodais Willenskraft war so groß, dass ihn nicht einmal der Schwarze Kodsu aufhalten konnte, geschweige denn die Schwerkraft oder der Tod ...

Ray packte seine Lanze und stieg den Hügel hinunter. Mit jedem Schritt vernahm er den Kampflärm deutlicher.

»Halt!«, schrie da jemand »Geh da nicht hin!« Der Yarudo hielt Rays Hand fest. »Du bist zwar stark, aber selbst du kommst dann nicht mehr hier raus! Du hättest niemals hier auftauchen dürfen, denn jetzt lässt er dich nicht mehr weg. Und mich auch nicht.«

»Willst du hier denn wieder raus?«

»Was glaubst du denn?!«

»Dann lass uns unsere Kräfte verbinden.«

»Wie das?«

»Du bist früher ein Schutzgeist gewesen. Inzwischen hast du dich zwar verändert und dir ein paar dumme Angewohnheiten zugelegt, aber trotzdem bleibst du von deiner Natur her ein Schutzgeist. Wenn du mir etwas von deinem Sehvermögen abgibst, bekommst du im Gegenzug etwas von meiner Kraft.«

Der Yarudo starrte Ray mit großen Augen an. Dann zupfte er an seinem Ärmel, damit er sich zu ihm hinunterbeugte.

»Du willst mich in deinen Körper einpflanzen?«, flüsterte er ungläubig.

»Ja. Kodai hat mir das beigebracht.«

Der Yarudo dachte kurz nach, schaute sich dann um, als hoffte er, die Steine und Sträucher könnten ihm sagen, ob er das

Angebot annehmen sollte, und bohrte Ray schließlich den Finger in die Brust.

»Das tut aber weh«, warnte er ihn.

»Ich weiß.«

Mit einem schweren Seufzer schloss der Yarudo die Augen. Sein Körper wurde durchscheinend und löste sich in Rauch auf, der im Mondlicht kaum noch zu erkennen war. Ray rammte das Schaftende der Lanze in den Boden, presste die Klingenspitze gegen seine Brust und wirkte mit geschlossenen Augen den nötigen Zauber. Sobald er sich die Haut aufgeritzt hatte, nahm sein Blut das Geschöpf aus der jenseitigen Welt auf.

Der Yarudo hatte nicht gelogen, das Ganze brachte in der Tat große Schmerzen mit sich. Ray glaubte zu bersten, seine Fingerspitzen durchschoss ein Stechen, in seine Adern bohrten sich unzählige Nadeln, sein Blick erlosch ...

Während sich der Yarudo häuslich in ihm einrichtete, sich in seinem ganzen Körper ausbreitete, mied er den Brustkorb peinlichst. Dort saß die Gabe des Beschwörers, mit der er nicht in Berührung kommen wollte.

Als Ray die Augen öffnete, war nichts mehr wie bisher.

Nun sah er die Fäden, mit denen die Welt des Schwarzen Kodsu auf die der gewöhnlichen Menschen geheftet war. Der Geist hatte sich eigentlich nicht besonders viel Mühe gegeben, eine schöne Umgebung für seinen Zirkus zu schaffen. Alles war lediglich in groben Pinselstrichen hingeworfen, die Kuppel des Zirkus wirkte fast wie ein Scheuerlappen. Einzig der Mond überzeugte Ray.

Für einen Menschen nahm sich das alles jedoch tadellos aus.

Sobald Ray erneut ins Tal hinunterspähte, machte er in jeder Ritze und unter jedem Stein Hunderte von Augen aus, die ihn anstarrten. Spinnen. Diener des Schwarzen Kodsu, die darauf warteten, dass ihr Herr nach Hause kam. Oder Kostüme, die von ihm übergestreift werden wollten.

Ohne auf diese neugierigen Augen zu achten, ging Ray weiter. Anfangs fiel ihm noch jeder Schritt schwer, vor allem da er fürchtete, in eine Spalte zwischen den beiden Welten zu fallen, wenn diese nicht fest genug aneinandergenäht waren. Und lockere Fadenenden gab es einige. Sie schlingerten gespenstisch durch die Luft.

Irgendwann erlag Ray der Versuchung und griff nach einem dieser Fäden. Ungestüme Kraft brandete gegen ihn. Der Yarudo brummte. Anscheinend schmeckte ihm dieser Leichtsinn nicht ...

»Schon gut, ich mach das nicht noch mal«, versprach Ray.

Ob Akenos Schutzdrache auch ständig aufpasste, dass der Mann keinen Unfug anstellte? Wenn, dann dürfte sich der Statthalter allerdings längst daran gewöhnt haben, schließlich beherbergte er den Geist bereits seit frühester Kindheit.

Nach einer Weile schlug Ray Blutgeruch entgegen. Vor sich sah er weiße, rote und schwarze Inseln, doch die Magie des Schwarzen Kodsu verhinderte, dass auch die einzelnen Gruppen sich sahen.

Da drang von oben ein leises Fauchen an Rays Ohr. Er packte die Lanze so fest, dass es schmerzte, und sah zum Himmel hinauf. Über diesen krochen riesige Spinnen. Die pelzigen schwarzen Körper bewegten sich träge über die Fäden des Netzes, das zwischen den Wolken gesponnen war. Sie schluckten alles, was die Menschen unter ihnen ausstrahlten, all die Panik, die Kraft oder den Lebenswillen, sodass sie immer noch anwuchsen. Ein Geruch von Moder und Giftpilzen hing in der Luft.

Am liebsten hätte Ray die Biester mit einem Zauber angegriffen, stattdessen setzte er nur grimmig seinen Weg fort. Mittlerweile lief er über zerstörte Wagen der Rumunger. In den schwarzen Überresten entdeckte er zwei Leichen in roten Gewändern, über denen wie irrsinnig die Shimaas zappelten, weil sie sich nicht von ihren ermordeten Herren loszureißen vermochten. In ihrer Verzweiflung zerrissen sie die Leichen und gingen aufeinander los.

Als Ray sich ihnen näherte, ließen sie sofort voneinander ab. Er kappte mit der Lanze die Ketten, die sie an die Leichen fesselten, und vertrieb sie beide mit einem Zauber. Die Shimaas verwandelten sich in zwei formlose Schatten und schlüpften durch eine geplatzte Naht, die danach sofort geschlossen wurde. Mit den Augen des Yarudo konnte Ray eine Vertreibung zum ersten Mal in allen Einzelheiten verfolgen.

Eine der Spinnen krabbelte blitzschnell nach unten, packte die Leichen und zog sie davon.

Dein Zuhause ist wirklich widerlich, Schwarzer Kodsu, dachte Ray und stapfte weiter.

Dank seiner neuen Augen erkannte er auch die dünnen Fäden, über die er springen musste, um sich nicht im Spinnennetz zu verfangen. Bisher hing in diesem aber noch kein einziges Opfer.

Als er über einen besonders langen Faden setzte, fiel ihm ein, was Sayunaro ihm über die erstaunliche Beschaffenheit eines Spinnennetzes erzählt hatte. Es war am Rand trocken, dick und solide, das Gleiche galt für die Streben, die vom Mittelpunkt abgingen. Die Fäden dazwischen aber, mit denen die Beute gefangen und eingesponnen wurde, waren klebrig und weich.

Deshalb packte ihn die Neugier, ob der Schwarze Kodsu bereits Beute gemacht hatte, und er schritt immer schneller aus. Die erste Gruppe bestand aus drei Shiisans und zwei Menschen. Unter ihnen spannte sich ein weißes Spinnennetz. Diese Opfer würden dem Schwarzen Kodsu also nicht mehr entkommen.

Ein Rumunger in zerrissenem Gewand wirkte höchst aufwendige Zauber, mit denen er die Shiisans etwas schwächte und sich vom Leibe hielt. Zusätzlich hatte er den zweiten Rumunger am Kragen gepackt und ihn als Schild vor sich geschoben. Dieser jaulte vor Schmerz, als die Shiisans mit ihren Krallen über ihn herfielen. Die Shimaas der beiden Männer hingen nutzlos und völlig zerfetzt in ihrem Rücken und schränkten sie im Grunde nur in ihrer Bewegungsfreiheit ein.

Früher hätte Ray bei diesem Anblick vor Wut geschäumt oder sich angeekelt abgewandt, inzwischen aber verblüffte ihn die Grausamkeit der Menschen nicht mehr.

Als Ray dicht vor ihnen stand, drehte sich der Rumunger zusammen mit seinem lebenden Schild ihm zu. Wahnsinn trübte seinen Blick. In dem Moment, da Meister Hyeon seinen einstigen Schüler erkannte, tauchte hinter ihm ein weiterer Shiisan auf, der ihn mit einem einzigen Streich seines beinernen Schwertes köpfte. Bei dem zweiten Rumunger handelte es sich um Kazumi.

»Nein!«, schrie er, als er Ray entdeckte. »Tu mir nichts! Bitte nicht, Schwarzer Kodsu!«

Er stolperte, jaulte, keuchte, griff sich an die Brust, lief blau an und sackte zu Boden.

Ray brauchte nicht mehr zu ihm zu eilen. Er betrachtete die Lanze, die man mit etwas gutem Willen tatsächlich für ein Spinnenbein halten konnte. In der trüben Spitze spiegelte sich sein bleiches Gesicht mit dem gelben Blick des Yarudos.

Als er an Kazumi herantrat, atmete dieser bereits nicht mehr.

Er war vor Angst gestorben.

Knurrend stürzten sich die Shiisans auf die beiden Leichen.

Ray hob die Lanze, um die Geister fortzujagen, aber da verblasste das gesamte Bild.

Der glitzernde Faden des Spinnennetzes führte Ray weiter zu zwei Menschen, die gegen einen Shiisan kämpften.

Meister Akira vom Nordtempel schlug mit einem Langschwert auf die Geister ein, jedoch ohne nennenswerten Erfolg. An seiner Seite kämpfte der Rumunger Nikhir. Eine Wunde an der Stirn hatte bereits sein gesamtes Gesicht mit Blut überzogen. Vor dieser roten Maske nahmen sich seine gebleckten Zähne geradezu unnatürlich weiß aus. Obwohl seine Zauber die Shiisans zunächst zurückschlugen, zog sich am Ende der Ring der Geister um beide Männer zusammen. Diesmal kam Ray nicht zu spät.

»Meister Akira!«, schrie er und streckte ihm die Lanze entgegen. Dieser packte den Schaft, aber Ray schaffte es nicht, ihn aus dem Spinnennetz herauszuziehen.

In dieser Sekunde griffen die Shiisans Nikhir an. Blitzschnell packte dieser Meister Akira und riss ihn vor sich. Dennoch spießten die Schwerter der Shiisans ihn auf. Zusammen mit dem Angehörigen des Turms.

Tiefes Mitleid stieg in Ray auf. Der Yarudo drängte jedoch darauf weiterzugehen.

Schon bald stießen sie auf die nächste Gruppe. Soburo lag am Boden, verletzt oder tot, das ließ sich nicht entscheiden. Neben ihm wehrte Meister Sin mit einem langen weißen Schwert die Angriffe der Shiisans ab, die wie Ameisen aus der Erde herausgekrochen kamen.

Gerade als Ray Meister Sin zu Hilfe eilen wollte, überschlugen sich die Ereignisse, und er nahm mehrere Gruppen zugleich wahr. Dank seines neuen Blicks erfasste Ray das Geschehen allerdings weitgehend.

Sayunaro kämpfte gegen Ruam. Seine Schwerthand traf auf einen langen Eisenstock. Sein Gesicht war von Wut entstellt. Die rote Tätowierung und das Blut bildeten ein ununterscheidbares Ganzes. Die anderen Shiisans hielten Abstand von den beiden. Ruams Shimaa stürzte sich freilich auf Sayunaro, doch die Verletzungen durch die Krallen dieses Geistes stachelten ihn nur noch mehr an.

Auf einem Sandhügel stand ein verkrüppelter weißer Baum. An diesem hing Tora. Aus ihren gefesselten Händen troff Blut, das in Grizzlys zu einer Schale geformte Hände tropfte. Auf seinem Gesicht lag ein Ausdruck größter Panik. Sobald diese Schale voll ist, dachte Ray, wird etwas Entsetzliches geschehen. Was genau, das wusste er selbst nicht. Ihm war nur klar, dass er eingreifen sollte.

An einem anderen Sandhügel mühte sich Sikh den Hang hoch. Der Sand rutschte in einem fort nach unten und zog den Mann mit in die Tiefe. Aber Sikh gab nicht auf. Er schlug die Shiisans zurück, die ihn in ihre unterirdische Welt ziehen wollten, sein Shimaa riss ihnen Arme und Beine aus, die jedoch sofort nachwuchsen. Der ganze Hang war bereits von schwarzen Händen bedeckte, die aussahen wie verschrumpelte Blätter.

»Das darfst du bildlich verstehen«, sagte der Schwarze Kodsu. »So, wie die Hände nachwachsen, geht auch der Kampf weiter. All das endet nie. Denn sie werden immer morden. Alle. Ständig.«

Der Geist war erneut in die Gestalt Yuis geschlüpft.

»Wir können uns Jahrhunderte an diesem Anblick erfreuen«, versicherte die Dienerin und umfasste mit einer Geste sämtliche Gruppen.

Ray sah sie an.

»Ich weiß, wer du bist.«

Yui drehte ihm das Gesicht zu und zog in Erwartung weiterer Erklärungen fragend die schönen Brauen hoch.

»Du bist ein Werkzeug der Rache, das außer Kontrolle geraten ist. Und ich weiß auch, warum.«

Yui war nach wie vor die Aufmerksamkeit selbst, in ihren schwarzen Pupillen leuchtete der weiße Mond.

»Der Turm des Ordens hat etlichen Schutzgeistern Qualen bereitet. In seinen Kellern spürst du nichts als Schmerz, Hass und Angst. Das konntest du nicht hinnehmen. All das Leid, das Beschwörer anderen Geschöpfen zufügen, durfte nicht ungestraft bleiben.«

Yui lächelte, und von dem Kranz auf ihrem Kopf tropfte Blut.

»Beschwörer der Vergangenheit haben dich gerufen, als sie sich hier in Ogira eine Schlacht lieferten. Sie wollten, dass du ihre Feinde vernichtest, weil sie geglaubt haben, dass jene das reine Böse verkörpern, während sie selbst für unverfälschte Gerechtigkeit stehen. Aber du hast deine Ernte auf beiden Seiten eingefahren, denn beide Seiten waren undenkbar grausam. Sie haben gegeneinander gekämpft, obwohl sie friedlich miteinander hätten leben können. Und sie haben Geister gezwungen, für sie in den Krieg zu ziehen.«

In Yuis Augen loderte eine irrsinnige Begeisterung. Sie hatte jedes von Rays Worten gierig aufgesogen …

»Und so bist du frei geblieben, weil du keiner der beiden Seiten gedient hast. Jetzt zieht dich nur noch das Böse an. Deshalb holst du dir die Menschen, die es verkörpern, aber auch diejenigen, die nichts für den Hass können, den sie auf sich ziehen.«

»Du bist der Einzige, der das verstanden hat«, sagte Yui mit stahlharter Stimme. »Und weißt du auch, warum? Weil du genauso bist wie ich. Auch du siehst den Schmerz, die Angriffslust und Bosheit und bestrafst diejenigen, die grausam sind.«

Ray setzte zum Widerspruch an, doch da prasselten die Erinnerungen auf ihn ein: die Schlägerei in Warra nach dem Besuch bei Soburo, sein Wunsch, dem Schwarzen Kodsu all die Qualen, die er anderen zugefügt hatte, mit gleicher Münze heimzuzahlen, der Mord an Morten, der Sayunaro töten wollte, die Zerstörung des Turms, die Freisetzung der Schutzgeister …

Yui berührte seine Schulter mit ihrer blutigen Hand und holte ihn in die Gegenwart zurück. Sie fuhr mit den Fingern über seinen Rücken, die andere Schulter und über seine Brust, als wollte sie ein unsichtbares Spinnennetz weben. Rote Streifen blieben zurück.

»Du bist mit den guten Geistern so wunderbar ins Geschäft gekommen, weil du ihren Schmerz gesehen hast. Sie gehören nicht auf Dauer in die Welt der Menschen. Sie wollen hier nur kurz auftauchen, um tapfere, begabte oder kluge Menschen auszuzeichnen, aber dann werden sie an Menschen geschmiedet, werden mit unsichtbaren Nägeln festgehalten und können nicht mehr gehen …« Yui stand nun vor ihm. »Aber auch den Schmerz der dunklen Geister hast du gesehen. Wir begeben uns nur zu gierigen, unbedachten und grausamen Menschen, damit wir sie bestrafen. Sobald wir das erledigt haben, ziehen wir eigentlich wieder ab. Doch auch wir werden festgehalten und als Waffe eingesetzt. Du verstehst das, du hast erkannt, was der Giin, der Yarudo, der wahnsinnige Gihar, dein Freund der Shiisan und sogar der Schwarze Kodsu durchmachen …«

»Vielleicht hast du recht, und wir sind uns tatsächlich ähnlich«, sagte Ray. »Aber neben dem Bösen und der Ungerechtigkeit weiß ich auch noch Zuneigung, Treue und Selbstaufopferung zu schätzen …«

Rays Blick wanderte wieder zum Kampfgeschehen. Meister Sin packte Soburo gerade bei der Schulter und zog ihn von den Shiisans weg. Diese schlugen unerbittlich mit ihren beinernen Schwertern auf ihn ein. Grizzly fing weiterhin Toras Blut in seinen Händen auf, wobei ihm der Schweiß in Strömen über das Gesicht rann. Sayunaro kämpfte gegen Ruam und schickte eine Horde Shiisans zu Sikh.

»Möchtest du einmal mein Verständnis von Gerechtigkeit kennenlernen?«

Daraufhin drückte der Schwarze Kodsu Ray wortlos die Lanze gegen die Brust. Anscheinend bekundete er damit seinen Wunsch, etwas über Rays Weltsicht zu erfahren.

Dieser umfasste den Schaft, drehte sich um und ging zur ersten Gruppe von Kämpfenden. Er kappte den schwächsten Faden in dem Spinnennetz und sprang zu ihnen. Sein Auftauchen lähmte einen Moment lang nicht nur Meister Sin, sondern auch die Shiisans. Rays neue Lanze verrichtete ihr Werk ebenso zuverlässig wie die Yari, als Ray den Ohnlitz in sie gepflanzt hatte. Mit ein paar Stößen verwandelte er die Geister in verrunzelte, ausgetrocknete Hülsen, die sich im Spinnennetz verfingen.

»Ihr kommt hier raus«, sagte Ray und rammte die Lanze in die Erde.

An der Stelle befand sich ein feiner Ritz, den er nun vergrößerte. Sonnenlicht aus der Welt der Menschen drang in die des Schwarzen Kodsu.

»Ray?«, fragte Meister Sin und sah ihn ungläubig an.

Eben hatte er doch noch mehr tot als lebendig am Wagen der Rumunger gehangen. Auch die Waffe in seiner Hand war neu, ebenso der gierige gelbe Blick.

Als ein weiterer Shiisan aus der Erde herauskriechen wollte, rammte Ray ihm die Lanze in den Leib.

»Verschwindet!«, rief er. »Rasch!«

»Wie ist es dir gelungen …?«

… den Rumungern zu entkommen? Mir eine neue Waffe zu besorgen? Mich in der Welt des Schwarzen Kodsu sicher zu bewegen?

»Ich habe mich auf einen Handel mit dem Schwarzen Kodsu eingelassen«, gab Ray auf alle denkbaren Fragen eine Antwort. »Und Ihr solltet jetzt besser gehen, bevor er es sich anders überlegt.«

Daraufhin lud sich Meister Sin Soburo auf die Schulter und entschlüpfte durch den Spalt, den Ray geschaffen hatte. Kurz darauf zog sich dieser wieder zusammen.

Schon erklang in seinem Rücken ein gellender Schrei. Ray fuhr herum. Sayunaro trieb Ruam mit kräftigen Schlägen in die Arme der bereits vor Ungeduld heulenden Shiisans. Das Blut spritzte nur so von seiner Schwerthand.

»Du wolltest mich in die Knie zwingen?«, brüllte Sayunaro, und seine Stimme war nicht länger die eines Menschen. »Du? Mich?!«

Ruams Eisenstock zersplitterte unter der beinernen Klinge. Mit dem nächsten Schlag würde Sayunaro den Mann vernichten. Doch da bebte plötzlich der Boden unter ihm, als hielte er Sayunaros Gewicht nicht mehr aus. Diesmal ging er in die Knie.

»Ich habe mich schon gefragt, wie lange der dich noch duldet!«, höhnte Ruam unter schallendem Gelächter, während ein Lähmungszauber alle Shiisans erfasste. »Das ist die Welt des Schwarzen Kodsu, mein Freund, und der legt nicht besonders viel Wert auf die Gesellschaft starker Geister wie Sharh. Und du bist ja schon fast ein zweiter Shiisangebieter ... Nun sieh dir nur dieses herrliche Schauspiel an!«

Die schwarz-weißen Körper leuchteten kurz auf, dann zerschmolzen sie. Sayunaro wehrte sich verzweifelt dagegen, weiter in die Tiefe gezogen zu werden. Doch schon verhedderte sich seine Schwerthand im Spinnennetz und wurde von schillernden weißen Fäden eingesponnen.

»Der Schwarze Kodsu hätte dich ja nur rausgeschmissen. Aber zu deinem unsagbaren Unglück bin ich auch noch da.« Ruam sammelte die Reste seines Stocks ein und legte sie nebeneinander. Sie verbanden sich wieder zu einer soliden Waffe. »Ich fürchte, Sharh wird nur deinen enthaupteten Körper erhalten.«

Sayunaro zischte einige unverständliche Worte.

»Verschwende doch nicht sinnlos deine Kräfte!«, giftete Ruam. »Die Flüche der Shiisans können mir nichts anhaben!«

Er fuhr mit dem Stock entschlossen durch die Luft, um ihn auf Sayunaros Genick niedergehen zu lassen, doch da fing Rays Lanze den Schlag ab. Unwillkürlich wich Ruam zurück.

Immer wieder zu dem Rumunger hinüberschielend, zerschnitt Ray die Fäden, die Sayunaro eingesponnen hatten, und reichte seinem Freund die Hand. Dann rammte er die Lanze in die Erde, die daraufhin nicht länger versuchte, Sayunaro in die Tiefe zu ziehen.

»Heute trete ich für den Schwarzen Kodsu an«, teilte Ray Ruam mit.

»Wieso erlaubt er dir, dich in seiner Welt zu vergnügen?«, fragte dieser. »Was hat dir diese Ehre verschafft?!«

»Wahrscheinlich die Tatsache, dass ich ihm seine Freiheit gelassen habe und ihn nicht an mich gekettet habe, wie Ihr es mit den Shimaas getan habt.«

Danach vermochte Ruam keine Frage mehr zu stellen, da Sayunaro sich erneut auf ihn stürzte. Es folgte ein kurzer und hitziger Kampf. Ruam konnte Sayunaros Ausfälle kaum mehr abwehren. Nach einem kurzen Rückzug ging er zwar noch einmal zum Angriff über, doch offenbarte dieser nur, dass die Kräfte des Rumungers nahezu versiegt waren. Und so bohrte sich die Schwerthand in seine Brust.

»Du hast Nara getötet!«, zischte Sayunaro, als Ruam kaum noch Luft bekam.

»Wenn einer ihr Mörder ist, dann du«, krächzte er trotzdem noch, packte die Klinge, schlitzte sich dabei aber nur die Finger auf. »Deinetwegen ist sie zurückgekehrt ... Das schlechte Gewissen hat sie geplagt ... Sie hat geglaubt, sie habe dich im Stich gelassen ...«

Sayunaro trieb die Klinge noch tiefer in das Fleisch seines Feindes.

»Sie hat mir geholfen«, sagte er. »Sie hat versucht, den Menschen in mir zu retten.«

»Und warum ... hast du sie dann nicht ... gerettet?«

»Das hätte ich, wenn ich in ihrer Nähe gewesen wäre.« Er drehte sein Gesicht Ray zu, seine Stimme bebte vor Zorn, als er weitersprach: »Aber jetzt bin ich ja da!«

»Er ist verletzt, das genügt«, erwiderte Ray, der nur eines wusste: Allein diese Gefühle eines Menschen, allein Schmerz, Verzweiflung, Rachedurst, riefen den Wunsch nach Rache und Tod hervor.

Sayunaro riss seine Klinge aus Ruams Leib, der daraufhin bäuchlings in das Spinnennetz fiel, und drehte sich Ray zu. Ein bleiches Gesicht voller roter Linien, fast als wollte er sich über die Farben in seinem Familienwappen lustig machen. Blinde Augen, gierig geblähte Nasenflügel ... *Wenn er bereits kein Mensch mehr ist ... Befreie ihn ...*

Ray grinste unfroh. Wie viel von einem Menschen habe ich eigentlich schon eingebüßt? Als Schwarzer Kodsu in Menschengestalt? Als Beschwörer mit einem Yarudo im Körper?

Er zog die Lanze aus dem Sand, und Sayunaro wurde abermals in die Tiefe gezogen.

»Nein!«, schrie er, während er verzweifelt versuchte, irgendwo Halt zu finden. »Es ist noch nicht vorbei! Noch sind nicht alle tot!«

Rachsucht verleitete ihn, in der Welt des Schwarzen Kodsu bleiben zu wollen. Doch der wollte ihn hier nicht länger haben, und auch Ray schickte ihn diesmal zurück in die Welt der Menschen.

Im Spinnennetz blieben nur Fetzen und die Leiche Ruams zurück. Das Mondlicht über allem verblasste langsam.

In einem Punkt hatte Sayunaro indes recht gehabt.

Noch waren nicht alle tot.

Ray drehte sich um und ging zum nächsten Sandhügel.

Der letzte Kampfplatz.

Hier erklomm Sikh noch immer den Hang. Erst als Ray ihm folgte, begriff er, was der Rumunger am Gipfel wollte: Dort oben stand der Altar, ein alter, vertrockneter Baum.

Unter dem abrutschenden Sand traten immer wieder Spinnenbeine, Krallen und Kostümfetzen zutage. Offenbar hatte der Schwarze Kodsu daraus ein Podest für den Altar geschaffen.

Sikh kämpfte unermüdlich. Sein schwarzes Haar war längst weiß von Sand, das rote Gewand hing in Fetzen an ihm herab, der lederne Panzer zeigte etliche Kratzer. Seine ganze Erscheinung wirkte ausgeblichen.

Als er sich nach Ray umsah, stieß er lautlos einige Worte aus. Sein Gesicht war dabei zu einer hässlichen Fratze verzogen.

Selbst in seiner Erschöpfung griff er Ray aber noch mit einem Zauber an. Dieser riss die Lanze hoch und vereitelte die Attacke mühelos.

Sikh presste die Zähne aufeinander und knurrte wie ein Hund, dem im letzten Moment der heiß begehrte Knochen vor der Nase weggeschnappt wird. Dann wandte er sich von Ray ab und setzte den Aufstieg fort.

Ray war sich sicher, dass er den Rumunger einholen würde, denn er hörte keuchenden Atem und das hämmernde Herz seines Gegners, sah, dass Sikh kaum noch einen Fuß vor den anderen setzte.

Doch kurz bevor Ray ihn eingeholt hatte, lief ein Tropfen von Toras Blut über Grizzlys Hand und fiel zu Boden. Der Hügel erbebte. Ray wäre beinahe den Hang völlig hinuntergerissen worden. Sämtliche Spinnenbeine gerieten in Bewegung, krochen auseinander und fanden sich neu zusammen. Grizzlys Schrei gellte ihm in den Ohren. Ray spähte zur Hügelspitze hoch. Der Baum, an dem Tora hing, drehte sich langsam um die eigene Achse und sank dabei immer tiefer in den Sand ein. Grizzly war nirgends mehr zu sehen. Ray stürmte den Hang hinauf, wurde dann aber hoch in die Luft geschleudert.

Es folgte ein kurzer Flug in die Tiefe. Ray spürte den Aufprall kaum und sprang sofort wieder auf. Seine Lanzenspitze schimmerte mit blassem Licht auf. Neben sich nahm Ray eine Bewegung wahr. Noch ehe er die Gefahr abzuschätzen vermochte, wirbelte er herum und riss den Schaft hoch. Das Schwert, das ihn erledigen sollte, sprang mit einem Klirren an seiner Lanze ab.

Sikh holte erneut aus. Ray fing auch diesen Schlag mit der Lanze ab und stieß den Rumunger zurück. Der Schlag des Shimaa war dagegen genauer, doch der Yarudo heilte seine Schulter sofort.

Nun entriss das Mondlicht dem Dunkel Sitzbänke, die aus den alten Spinnenbeinen geschaffen worden waren. Die Manege war mit schwarzer borstiger Haut ausgelegt. Ein weiteres Bruchstück aus der Welt des Schwarzen Kodsu, eine weitere Nummer ...

Der Rumunger war stärker und erfahrener, ein Krieger, der nicht nur Zauber wirken konnte, sondern auch seine Kämpfe auszutragen vermochte. Ray rettete nur seine Schnelligkeit. Während er den Ausfällen Sikhs tänzelnd auswich, versuchte er, dessen Schwachstelle zu entdecken. Der Rumunger griff ihn jedoch längst wieder mit dem verächtlichen Grinsen des Siegers an. Sein Shimaa schraubte sich in die Höhe, und ohne den Yarudo wäre Ray nun verloren gewesen.

Auf den Steinbänken tauchten immer mehr verschwommene Gestalten auf. Zuschauer. Sie saßen völlig reglos da und beobachteten den Kampf. Ruam mit der durchbohrten Brust, Ari mit dem blutnassen Gewand, Meister Akira mit dem bleichen Gesicht, Hyeon, Nara ... All die Angehörigen des Turms und all die Rumunger, die in diesem Krieg gestorben waren.

Unter Ray schimmerte ein Spinnennetz, das seine klebrigen Fäden bis über die Sitzreihen auswarf. Da begriff er, dass er in die Falle getappt war. Er konnte sich nicht mehr frei in der Welt des Schwarzen Kodsu bewegen, sondern war selbst zum Opfer geworden. Was für eine abwechslungsreiche und aufregende Vorstellung: Nachdem Ray eine Weile in die Rolle des Direktors geschlüpft war, nachdem er nach eigenem Ermessen bestraft und belohnt hatte, musste er nun wieder als Marionette herhalten.

Der Yarudo heilte unablässig seine Wunden, dennoch parierte Ray die Angriffe kaum noch. Griff er selbst an, zerschlug Sikh seine Zauber im Nu.

»Du Dreckstück!«, spie er aus. »Verrecken sollst du!«

Er schlitzte Ray den Oberarm auf. Das Blut spritzte sprudelnd heraus, der Lanzenschaft wurde glitschig. Noch ehe der Yarudo die Wunde geschlossen hatte, warf sich der Shimaa auf Ray. Dieser riss zwar die Lanze hoch, um sich gegen den Geist zu schützen, was Sikh aber sofort nutzte, um ihm die Klinge in die Brust zu treiben. Offenbar hatte er dabei die Stelle gestreift, in der die Beschwörergabe saß. Eine weiße Lichtgarbe stieg vor Rays Augen auf, Schmerz lähmte ihn kurz völlig, floss dann aber ab. In dieser Sekunde entdeckte er dank seiner neuen

Augen die schwächste Stelle in der Kette, die den Shimaa mit Sikh verband. Ray schlug zu, der Geist stieß ein langes, markerschütterndes Zischen aus, Sikh erbebte. Er zischte einen Fluch und stürzte sich mit noch größerer Wut auf Ray, der nur erst in letzter Sekunde ausweichen konnte.

Als die Lanze auf die Klinge Sikhs traf, stimmte sie ihr eigenes Lied an. Der Yarudo fing den Angriff des Shimaas ab, gab all seine Kraft für die Heilung der Stiche und Schnittwunden her …

Unter den toten Blicken toter Zuschauer umkreisten sich die beiden weiter. Sikhs purpurner Harnisch war zerfetzt, Ray von rotem Blut überzogen …

Dem Schwarzen Kodsu musste dieses Bild begeistern, er musste frohlocken bei all dem Schmerz und all der Wut.

Schon wollte Sikh Ray erneut den Schwertgriff ins Gesicht knallen, doch dieser schaffte es, sich abzuwenden, sodass ihn der Knauf nur an der Schläfe streifte. Da aber bohrte sich die Schneide bereits in seinen Schenkel. Ray ging zu Boden, rammte die Lanze in den Sand und hievte sich wieder hoch. Er parierte den nächsten Angriff des hohnlachenden Rumungers, wich erneut zurück …

Der Hass machte Ray genauso blind wie das Blut, das ihm in die Augen troff. Er kannte nur noch einen Wunsch: endlich die Klinge tief in Sikh zu bohren, um sich für alle Schmerzen und Demütigungen zu rächen.

Als der Shimaa ihn erneut von den Beinen holte, als er wieder aufsprang, wieder neue Wunden davontrug, die Lanze aufhob, das Grinsen Sikhs sah, da kochte die Wut so hoch, dass es ihn nach Tod dürstete.

Deshalb hat mich der Schwarze Kodsu in diese Geschichte hineingezogen, begriff er da.

Den nächsten Abgriff wehrte er ohne großen Eifer ab, denn er versuchte, diesen Gedanken zu Ende zu denken.

In Sikhs Blick loderten sofort Hass und unbedingter Siegeswille auf.

Dieser Kampf kann sich endlos wiederholen, überlegte Ray. Wie alles, was sich in der Welt des Schwarzen Kodsu abspielt.

Denn wir alle drehen uns nur im Kreis, aus dem wir hier nie wieder herauskommen. Wir sind Gefangene des Hasses, der Rachsucht, Angst, unserer Welt … Deshalb haben sich die Menschen aus freien Stücken in dieses Spinnennetz gelegt. Sie selbst haben sich für die Rolle als Mörder oder als Opfer entschieden. Aber letzten Endes passe ich nicht in dieses Schema, ich bin weder ein Gefangener noch ein Henker. Und die Gesetze dieser Welt sind nicht für mich gemacht.

Ray hielt abrupt inne.

Eben. In seiner Welt hätte er sich nie zu diesem sich endlos wiederholenden Kampf hinreißen lassen, denn als Beschwörer war er daran gewöhnt, selbst aus schwierigsten Lagen einen Ausweg zu finden.

Aber in der Welt des Schwarzen Kodsu war alles auf den Kopf gestellt. Sie war entstanden, nachdem Beschwörer in der Vergangenheit das Gleichgewicht zwischen Geistern und Menschen zerstört hatten.

Gute Geister bestrafen nicht, sie morden nicht, und sie zerstören nicht, dachte er weiter. Man hat sie in diese Rollen gedrängt und uns beigebracht, alle Geister zu fürchten.

Er wandte sich von Sikh ab, was diesen sofort veranlasste, zum Schlag auf Rays linkes Schlüsselbein anzusetzen.

Seine Klinge ging ins Leere.

Verstört sah er sich um, huschte zur Seite und stach auf unsichtbare Feinde ein. Selbst sein Shimaa tat das.

Ray beobachtete, wie dieser Mensch verzweifelt gegen einen Schatten kämpfte, in dem er einen Feind sah, den er sich ausgedacht hatte. Und wie sich das Blatt wendete. Sikh stolperte, zog sich eine Wunde nach der anderen zu, die ihm von der unsichtbaren Klinge eines unsichtbaren Rays zugefügt worden war. In seiner Ohnmacht brüllte er aus voller Kehle, stürzte sich erneut vorwärts und zog sich die nächste Verletzung zu.

»Bravo«, raunte ihm da der Schwarze Kodsu zu.

Die Maske Yuis war von ihm abgefallen, er trat jetzt wieder als hageres Geschöpf in einem zerschlissenen Gewand auf und sah ihn mit leeren, kalten Augen an.

Es steht und fällt alles damit, ob man die Welten sauber voneinander trennt, hielt Ray für sich fest. Der Zirkus des Schwarzen Kodsu ist eine Ausgeburt fremder Köpfe, sie besteht daher nur im Bewusstsein, denn dieser Geist ernährt sich von fremden Vorstellungen und Träumen und schafft nach ihnen seine Welten. Deshalb hat Sikh angefangen, sich selbst zu vernichten, als ich ihn nicht mehr töten wollte, denn mein Feind hat von einem Kampf geträumt – und den musste er hier um jeden Preis kriegen.

»Diejenigen, die bereit zu töten sind, sehen überall Mord und Totschlag. Für sie gibt es gar nichts anderes«, sagte der Schwarze Kodsu grinsend. »Du brauchst dir für sie nicht einmal eine Strafe auszudenken, weil sie sogar das selbst machen.«

»Wenn die Menschen die Gewalt aus ihren Gedanken verjagen würden, dann würde in ihrer Welt niemand mehr morden, einem anderen Schmerz zufügen oder hassen. Dann könntest du sie nicht länger zwingen, bis in alle Ewigkeit immer wieder die gleiche Szene aufzuführen.«

Ray streckte ihm die Lanze hin.

Der Schwarze Kodsu nahm sie an sich.

»Du passt wirklich nicht in meine Welt, Ray«, sagte der Schwarze Kodsu und betrachtete den Schaft. Dieser wurde sofort schmaler, blich aus und verwandelte sich in den Faden eines Spinnennetzes. der langsam im Handteller des Geistes verschwand. »Deshalb solltest du jetzt besser gehen.«

Sikh ächzte noch immer in der Manege. Plötzlich fiel er auf die Knie: Der stets gehorsame Shimaa umklammerte seinen Hals, würgte ihn, schlug mit seinen Krallen auf ihn ein und heulte auf, weil er spürte, dass seine Befreiung nah war.

»Gut«, sagte Ray. »Dann gehe ich jetzt. Aber meine Freunde nehme ich mit.«

»Falls du das schaffst.«

Noch während Ray die Manege durchquerte, lösten sich die Schemen seiner toten Freunde und Feinde auf. Er drehte sich noch einmal zum Schwarzen Kodsu zurück.

»Der Größe eines Menschen entspricht auch sein Schatten«,

brachte er eine jener Lebensweisheiten heraus, mit denen er genauso vollgestopft war wie seine Welt mit Spinnen.

Und als wollte er seine Worte veranschaulichen, wuchs er an, nahm breit grinsend den ganzen Zirkus ein, saugte die Manege mit seinem schwarzen Körper auf, die Sitzbänke, den toten Sikh, seine ganze Welt …

Ray verstand diesen Hinweis nur zu gut. Er stürmte hinaus, dann weiter, vorbei an immer verschwommener werdenden Umrissen, an den zerschlagenen Figuren von Menschen …

Dunkelheit umhüllte ihn, doch der Yarudo wies ihm den Weg. Schließlich legte sich das Mondlicht als weißer Fleck auf den Sandboden. In seiner Mitte stand ein weißer, verkrüppelter Baum. Selbst aus der Ferne war zu erkennen, dass ein Mensch daran baumelte und ein zweiter vor dem Stamm saß.

Als Ray näher kam, sah er die Risse, die sich durch die Erde zogen, und auch, wie um den Baum herum riesige Erdbrocken in ein gierig aufgerissenes Maul fielen.

Der Schwarze Kodsu übertraf sich mit seinem Abschiedsgeschenk selbst. Er war bereit, Ray aus seiner Welt gehen zu lassen. Seine Freunde durften indes nicht auf diese Gnade hoffen.

Ray hatte seine Erschöpfung völlig vergessen. Mit seinem neuen Blick erspähte er jeden noch so feinen Riss. Der Baum würde bald umkippen.

Tora hatte mit den Beinen Halt an einem dicken Ast gesucht, um die Spannung in dem Seil zu lockern, an dem sie aufgehängt war.

»Grizzly!«, schrie sie. »Wach auf!«

Dieser rührte sich indes nicht, sondern lehnte gegen den Stamm, den Kopf auf der Brust, die Hände schlaff auf den Beinen. Er schien nicht einmal mehr zu atmen.

Ein weiterer Brocken Erde sackte in den Abgrund. Der Baum krängte noch stärker.

»Tora! Halte durch!«, schrie Ray, der schier verzweifelte, seine Lanze nicht zur Verfügung zu haben.

Indem Tora sich fast den Hals verrenkte, erblickte sie Ray. Ihr Gesicht erstrahlte vor Freude und Erleichterung.

»Ray! Pass auf!«

Ein schmaler Riss verlief durch den Boden, doch Ray sprang darüber. Schon packte er Grizzly bei der Schulter. Als er ihn rüttelte, kippte sein Freund zur Seite. Auf seinem Gesicht spiegelte sich kein Leben mehr wider. Die Hände waren verbrannt, als hätten sie nicht Toras Blut, sondern Flammen aufgefangen. Nur die Bewegung seiner Augen unter den geschlossenen Lidern verriet, dass er noch lebte.

»Wach auf!«, brüllte Ray. »Ich brauche deine Hilfe!«

Ray schüttelte seinen Freund noch einmal. Als das nichts half, verpasste er ihm eine saftige Ohrfeige, doch auch das vergeblich. Grizzly war tief in die Welt des Schwarzen Kodsu hinabgestiegen und wandelte durch einen Albtraum.

Ray sah das Grinsen des Geistes förmlich vor sich. Na, wen rettest du jetzt? Ihn oder sie? Du hast die freie Auswahl!

Ray ließ den Blick über den erhellten Sand wandern, um abzuschätzen, welche Gefahr den beiden drohte. Dann packte er Grizzly unter den Achseln und zog ihn zur Seite, rannte zum Baum zurück und schwang sich auf einen Ast, der sich genau unter dem befand, an den Tora geknüpft war.

»Ich habe Messer!« Sie deutete mit ihrem Blick auf ihren breiten Gürtel.

Ray streckte sich nach ihr aus und zog eines heraus. Mit der Klinge zwischen den Zähnen kraxelte er den Stamm weiter hinauf, um das Seil zu kappen. Der Ast, auf dem er stand, knackte bereits verdächtig, trug ihn aber. Tora versuchte nun, das Seil möglichst straff zu ziehen, damit Ray es leichter durchschneiden konnte. Ihr Gesicht glänzte von Schweiß, das rote Haar klebte ihr in der Stirn, ihr ganzer Körper zitterte vor Anspannung.

Doch das Seil gab nicht nach, es schien fast aus den klebrigen Fäden eines Spinnennetzes geflochten.

»Schneller«, rief Tora, nachdem sie zu Boden gespäht hatte.

»Jetzt könnte ich Sayunaros Schwerthand brauchen«, sagte Ray, während er unermüdlich das Seil des Schwarzen Kodsu durchzusägen versuchte. »Die zerschneidet jede Fessel. Selbst magische.«

Tora schaute abermals nach unten.

»Halt dich fest!«, schrie sie.

Ray folgte dem Beispiel Toras und umschlang mit seinen Beinen den Stamm. Knirschend neigte sich der Baum zur Seite. Die Risse huschten wie flinke Schlangen vor zu den Wurzeln.

Als Ray zum nächsten Versuch ansetzte, das Seil zu bezwingen, hatte er endlich Erfolg. Erstmals franste es etwas aus.

»Wir stürzen gleich in die Tiefe!«, brüllte Tora.

Da endlich gab das Seil nach. Toras Siegesschrei wurde jedoch von einem bedrohlichen Knacken übertönt. Ray warf das Messer weg und klammerte sich ebenfalls an den schwankenden Stamm.

Es krachte. Danach hingen zwei Drittel des Baums über einem Abgrund, einige Wurzeln waren aus dem Sand gerissen worden, andere griffen verzweifelt nach dem abrutschenden Erdreich. Auch sie würden in Bälde von unsichtbarer Hand herausgerissen werden. Dann würde der gesamte Baum zusammen mit den beiden Menschen, die zwischen den Ästen kauerten, in die Tiefe stürzen.

Ray meinte, der Schwarze Kodsu würde ihn aufmerksam beobachten, diesen Wahnsinnigen, der diese Welt hätte verlassen können, aber unbedingt versuchen musste, dem Schwarzen Kodsu sein Spielzeug wegzunehmen. In Toras Gesicht zeichnete sich allerdings keine Angst ab, sondern nur höchste Aufmerksamkeit. Als geübte Artistin schien sie vielmehr bereit zu sein, gleich ein gewagtes Kunststück aufzuführen. Als sie näher an Ray herankletterte, sackte der Baum abermals ab. Die nächsten Wurzeln begannen zu reißen.

Und dann kam alles zum Stillstand.

Grizzly hatte sich mit seinem ganzen Gewicht über den Stamm geworfen und verhinderte auf diese Weise, dass der Baum weiter in den Abgrund glitt. Die Muskeln an seinen Armen bildeten beeindruckende Berge, Schweiß floss in Sturzbächen über sein von Anstrengung entstelltes Gesicht.

»Runter hier!«, befahl er Tora und schob sich vorsichtig vorwärts.

Sofort rutschte der Baum abermals ein Stück in die Tiefe. Nun drohte er auch Grizzly in die Tiefe zu ziehen.

»Er kann uns nicht halten ...«, sagte Ray, und Tora hörte in seiner Stimme die sichere Gewissheit eines Menschen, der eine Entscheidung getroffen hatte.

»Was hast du vor?«, fragte sie.

Ray blickte noch einmal in die Tiefe. Tatsächlich! Das, was er dank seiner neuen Augen gesehen hatte, war kein Trugbild gewesen. Ein feines weißes Spinnennetz, das sich über das Loch im Saum der Welten spannte.

»Wir springen.«

»Dann brechen wir uns den Hals!«

»Das tun wir nicht! Grizzly!«, schrie er. »Hier ist ein Ausgang! Ich öffne ihn jetzt!«

Grizzly nickte nur. Er hatte verstanden, was Ray beabsichtigte und was darauf folgen würde.

»Tora!« Ray streckte den Arm aus, als wollte er eine unsichtbare Tür öffnen. »Jetzt! Spring!«

Sie ließ den Baum los und flog in die Tiefe, Ray folgte ihr, und auch Grizzly schoss ihnen nach.

Und dann schlug ihnen Sonnenlicht entgegen. Helligkeit empfing sie, der Geruch von warmen Steinen, von trockenem Gras und frischem Tod stieg ihnen in die Nase.

Tora landete als Erste, war aber sofort auf den Beinen und huschte zur Seite, damit Ray sie nicht umriss. Schon im nächsten Moment schlug Grizzly auf.

Als Tora ihr Haar aus dem Gesicht strich, bemerkte Ray, dass sich um ihr linkes Handgelenk rote Schriftzeichen zogen. Ray verstand nur zwei Wörter: *vorwärts* und *Zukunft*.

Grizzly setzte sich keuchend auf und stierte vor sich hin. Sein Gesicht war immer noch bleich, obwohl er allmählich nicht mehr benommen wirkte. Mit welchen Trugbildern der Schwarze Kodsu ihm wohl zugesetzt hatte? Ray hätte sich am liebsten auf dem warmen Boden ausgestreckt, die Augen geschlossen und für ein paar Stunden alles vergessen. Doch noch durfte er sich keine Verschnaufpause gönnen.

Neben ihnen ragte der gewaltige Tempel des Schwarzen Kodsu auf. Ein finsterer, feindlicher Bau, umhüllt von ewigem Schatten. Überall lagen Leichen, zerschlagene Wagen, schwarze Fetzen, die von den Körpern der getöteten Shiisans stammten.

Dann bemerkten sie drei Menschen. Einen großen, breitschultrigen Mann, der einen anderen auf den Stein bettete und sofort einen Heilgeist für den Ohnmächtigen herbeizitierte. Und eine rot-weiße Gestalt mit einem Schwert anstelle der Hand, die sich offenbar erst an die Helligkeit gewöhnen musste. Nach einer Weile kam sie auf sie zu.

»Ich bin hier ja wohl überflüssig«, sagte Grizzly, hievte sich ächzend hoch und humpelte zu Meister Sin und Soburo hinüber.

Sayunaros Bewegungen waren nicht mehr die Bewegungen eines Menschen, doch auch die Sonne störte ihn nicht, obwohl Shiisans sie sonst nicht ertrugen. Mit seinen neuen Augen erkannte Ray ganz genau, dass die Grenzen, die einen Geist von einem Menschen trennten, in ihm aufgehoben waren. Beide Wesen waren untrennbar miteinander verschmolzen. Ein rotweißes Wesen von nahezu unerschöpflicher Stärke.

Tora wurde von Sayunaro mit einem gierigen Blick bedacht, ein Raubtier, das sich gleich auf sein Opfer stürzen würde. Da überwand Ray seine Erschöpfung und trat einen Schritt vor.

»Sayunaro ...«

Die vertraute Stimme hielt seinen Freund auf. Das Gesicht mit den blinden Augen drehte sich Ray zu, die Nasenflügel blähten sich, die Schwerthand senkte sich. Er hatte Ray erkannt.

Tora sah ihn nur unverwandt an.

Auch ihr warmer Geruch erreichte Sayunaro nun. Er neigte den Kopf ein wenig und sog gierig die Luft ein. Ray beobachtete ihn aufmerksam, obwohl er sich eigentlich wünschte, die beiden könnten ungestört sein.

»Du hast dich verändert«, sagte Tora mit der ruhigen, festen Stimme, mit der sie sich wohl auch an die Tiere in ihrem Zirkus wendete.

Sayunaros Blick ruhte auf ihrem Handgelenk mit dem purpurnen Streifen aus Schriftzeichen. Er nahm den Widerhall von Magie wahr.

»Im Zirkus würdest du in dieser Aufmachung Furore machen.«

»Der Preis für das Kostüm ist sehr hoch«, sagte Sayunaro lächelnd.

»Die Wirkung aber umso beachtlicher«, entgegnete Tora als echte Frau vom Fach, auch wenn sie kurz davor war, in Tränen auszubrechen.

Es musste sie ihre letzten Kräfte kosten, die Gefühle zu verbergen, die Sayunaros Verwandlung in ihr auslöste.

»Ich habe gewusst, dass es dir gefallen würde.« Der Blick Sayunaros huschte erneut zum Handgelenk Toras, dann schnellte er zu Ray hinüber, und dieser senkte bestätigend die Lider, um zu zeigen, dass er wusste, was an Toras Hand prangte.

»Es ist nur bedauerlich, dass du mir nicht mehr schreibst«, fuhr Tora lächelnd fort, als wäre es völlig natürlich, sich freundlich mit einem Shiisan zu unterhalten. »Ich hätte gern etwas über dein Leben in der unterirdischen Welt der Geister erfahren.«

»Ich glaube nicht, dass ich einen Shiisan mit einem Brief in deinen Zirkus schicken sollte. Er würde sich längst nicht so gut in die Vorstellung einbauen lassen wie ein Uddo«, erwiderte Sayunaro. Mittlerweile stachelten die Menschen vor ihm sein Jagdfieber derart an, dass er es nur noch mit Mühe zu zügeln vermochte.

»Du solltest jetzt wohl besser gehen«, empfahl Ray Tora deswegen.

Diese nickte. Ray erblickte abermals in ihren Augen den sorgsam verborgenen Schmerz.

»Sayunaro, ich wünsche dir alles Gute«, sagte Tora rasch.

»Und ich hoffe inständig, dass du nie wieder einen meiner Diener siehst«, entgegnete Sayunaro ernst. »Und mich auch nicht.«

Tora neigte den Kopf, denn sie verstand, was genau Sayunaro ihr wünschte: Ruhe und Sicherheit.

Nach einem flüchtigen Blick auf Ray wandte sie sich ab und ging zu Meister Sin und Grizzly, die sie aufmerksam beobachtet hatten.

»Vielen Dank! Für alles. Für alle«, brachte Sayunaro stockend heraus. Er sog noch einmal die Luft ein, lauschte und sagte voller Genugtuung: »Du hast sie alle getötet.«

»Ja.«

Der schwere Seufzer voller Zufriedenheit klang fast wie der eines Menschen.

»Mein Vater?«, fragte Sayunaro plötzlich. »Er lebt also noch?«

»Du hast gehört, was ich dir unterwegs gesagt habe?«, fragte Ray zurück. »Ich hoffe, dass er noch lebt, ja. Er ist beim Kampf am Tempel des Reinen Wassers verwundet worden, aber sein Schutzdrache wollte ihn heilen.«

Sayunaro wandte das Gesicht ab. Auf seinen blinden Blick hin erschienen seine Diener. Die Shiisans gingen vor Sayunaro auf die Knie und neigten den Kopf, als fürchteten sie sich davor, ihm in die Augen zu sehen.

»Sayunaro, es tut mir leid, dass du all das durchmachen musst.«

»Ich bin nur zu dem geworden, zu dem zu werden mir bestimmt war.«

»Und wer bist du jetzt?«

»Sharh«, antwortete Sayunaro mit einem angedeuteten Lächeln. »Er ist ein Teil von mir, ich bin ein Teil von ihm, und sie alle sind ebenfalls ein Teil von mir. Ihre Kraft ist meine.«

Die Shiisans am Boden gerieten in Bewegung und verschwanden unter der Erde.

»Falls du Hilfe brauchst«, sagte Sayunaro, »ruf mich! Ich werde kommen!«

Dann schloss er die Augen und legte den Kopf in den Nacken. Die schwarz-weiße Welle, die ihn erfasste, zog ihn in die gewaltigen, kühlen Paläste der Shiisans.

Nun war vor dem Tempel des Schwarzen Kodsu kein einziger Shiisan mehr zu sehen.

Ray bedeutete Grizzly und Tora mit einer Geste, dass alles in Ordnung sei, und ging langsam zu ihnen hinüber.

Ob sich wohl noch jemand so verhalten würde wie ich, grübelte er. Ich habe Sayunaro nicht getötet, obwohl er nicht mehr nur ein Mensch ist ... Ich habe mich auf einen Handel mit dem Schwarzen Kodsu eingelassen ...

Der Yarudo machte sich mit leichter Kälte in seinen Fingerspitzen bemerkbar. Vielleicht wollte er ihn warnen, vielleicht aber auch um etwas bitten.

Nun vernahm auch Ray vom Tempel des Schwarzen Kodsu her ein kaum vernehmbares Trappeln dünner Beine. Eine eisige Brise wehte herüber, ein feiner Strahl Mondlicht huschte über den Boden.

»Jeder von euch kann einmal straucheln«, erklang da die vertraute Stimme des Schwarzen Kodsu an seinem Ohr. »Ein Beschwörer, deine Freunde oder Schüler ... Heute hast du sie gerettet, aber wer weiß, was morgen oder in einem Jahr oder in tausend Jahren sein wird ...«

Die beiden entfernten sich immer weiter vom Tempel.

»Ich bin wachsam, Ray.« Die Stimme des Schwarzen Kodsu zerfloss zunehmend. »Ich behalte euch alle die ganze Zeit im Auge. Vergiss das nie! Ich beobachte alles ...«

Epilog

Ray lief durch Warra.

Hier hatte sich nichts verändert.

Daher glaubte er selbst schon fast, all die Kämpfe, das Sterben und den Verrat hätte es nie gegeben.

Natürlich war er auch nie halb tot vor Aris Wagen gefesselt gewesen, Akeno nicht verletzt worden, geschweige denn, dass Nara in einer Blutlache auf dem Boden gelegen hatte. Sayunaro war nicht von einem schwarz-weißen Strudel verschlungen und in eine andere Welt gezogen worden, in der keine Sonne schien, sondern nur kaltes Dunkel herrschte, durch das die treuen Diener des Sharh huschten. Und vom Schwarzen Kodsu, der mit fremdem Leben jonglierte, hatte doch wohl überhaupt noch nie jemand etwas gehört.

Ray fuhr sich mit beiden Händen über das Gesicht, fast als wollte er von dort das Spinnennetz der Erinnerungen klauben.

Zwei feierlich gekleidete Frauen wären beinahe in ihn hineingelaufen, da er jäh stehen geblieben war. Lachend umrundeten sie ihn und sahen sich noch einmal nach ihm um. Mit Sicherheit wunderten sie sich über seine staubüberzogene Kleidung, die sich in der feierlich gestimmten Stadt völlig unpassend ausnahm. Auch sein Gesicht wirkte viel zu starr, die Augen leer. Allerdings funkelte weit hinten in den Pupillen ein gelbes Feuer. Selbst als die Frauen schon ein ganzes Stück weitergeeilt waren, sahen sie sich immer wieder verstört nach ihm um.

Da Ray niemandem Angst einjagen wollte, versuchte er, einen freundlicheren Ausdruck auf sein Gesicht zu zaubern.

Alle Straßen hallten heute von lauten Stimmen und Musik wider. Die Türen und Fenster der Häuser, aber auch der Läden und Tempel waren mit Girlanden aus gelben Blumen geschmückt. Kinder hatten sich Masken von Tieren oder Vögeln aufgesetzt, und veranstalteten fröhliche Balgereien. Die Düfte von verschiedenen Ölen und frisch gebackenem Kuchen mischten sich mit dem von brennenden Stäbchen, über die lustige Feuer tanzten. Bis zum Morgen würde die Stadt feiern, bei Einbruch der Nacht sollte sogar ein Feuerwerk vor dem Palast abgebrannt werden.

Mit dem heutigen Fest wollte man dem Turm dafür danken, dass dessen tapfere Beschwörer eine Horde angriffswütiger Geister gebändigt hatten, die aus dem fernen Agosima bei ihnen eingefallen war. Über Datido und Ando war sie mühelos hinweggebrandet, sogar Aroshima hatte sie erreicht. Die wilden Geschöpfe hatten im Nu etliche Tempel zerstört, doch Warra war eine zu harte Nuss für sie gewesen, denn hier gab es den Turm, und seine Angehörigen hatten diese Kreaturen aus der Welt der Menschen gejagt.

Zumindest lautete so die offizielle Erklärung, die sogar etliche Beschwörer glaubten – sofern sie den Rumungern nicht im Kampf gegenübergestanden hatten. Aber der Orden hätte nie im Leben eingeräumt, dass er die Gefahr, die sich in einer abgelegenen Provinz zusammengebraut hatte, falsch eingeschätzt hatte.

Doch nun war alles vorüber, und man feierte. Bloß Ray lief mit einer Lanze durch die Gegend, die nur nachlässig in ein paar Lumpen gewickelt war, sodass die weiße Spitze noch herauslugte. Auf die verunsicherten Blicke der Menschen um sich herum gab Ray jedoch nichts. Unwillkürlich musste er in sich hineingrinsen. Er hatte sein Leben aufs Spiel gesetzt, um sie alle zu retten, freute sich aber nun nicht mit ihnen, sondern empfand vielleicht als Einziger in der Stadt eine gewisse Verdrossenheit.

Er sah zu den funkelnden Türmen des kaiserlichen Palastes hinüber, die über den Häusern in diesem Viertel aufragten. Die Herrin Suiko müsste eigentlich zufrieden sein. Ray rief sich in Erinnerung, wie die Kaiserin ausgesehen hatte, als sie Herrn Akeno und ihm eine Audienz gewährt hatte: eine herrliche Statue in goldenen Gewändern, das Gesicht hinter einer Maske verborgen.

Doch schon schoben sich andere Bilder davor.

Der Platz vor dem Tempel in Narrah, der in geschmolzenem Metall ertrank und Menschen in goldene Statuen verwandelte. Der Tempel in Heno, der in Flammen aufgegangen war. Oder Nikko. Die halbe Stadt hatte in Schutt und Asche gelegen, beide Brücken über den Fluss waren eingestürzt, das Wasser war rot sprudelnd in unbarmherziger Munterkeit über das geborstene Holz geschossen. Der Tempel der Tausend Schilfmatten in Aroshima war ebenfalls dem Erdboden gleichgemacht worden. Über ihm kreisten nun Krähen und hielten nach Beute Ausschau.

Der Tempel des Reinen Wassers, über den ein Steinregen niedergegangen war. Bäume waren gespalten worden, unter einem Teppich aus abgerissenen Zweigen und Blättern häuften sich die Leichen, aufgerissene, verbrannte, von Krallen zerfleischte Körper. Dicker Rauch hing in der Luft. Und durch den Wald schlich ein rot-weißer Schatten und beobachtete, ob sich jemand näherte …

Nein, beschied Ray in Gedanken der Kaiserin, nicht ich habe Euch gerettet. Dass Ihr und alle anderen noch leben, das ist einzig und allein Sayunaros Verdienst. Er hat den Menschen in sich als Opfer dargebracht, damit unser aller Leben gerettet wird, auch meins.

»Ray!«, hörte er mit einem Mal einen freudigen Aufschrei. Schon in der nächsten Sekunde fand er sich in den Armen einer schwarzhaarigen Frau wieder.

»Yurana?!«

Er presste sie mit aller Kraft an sich, riss sie hoch, setzte sie aber sogleich wieder vorsichtig ab, weil er fürchtete, ihr die Rippen gebrochen zu haben.

Sie wich lächelnd einen Schritt zurück und rang nach Atem.

Beide schwiegen einen Moment.

Yurana trug ihr Haar immer noch kurz geschnitten. Ihre blauen Augen strahlten, die eingefallenen Wangen betonten die hohen Jochbeine. Selbst der schwarze Streifen an ihrem Hals, der noch von dem Würgeangriff Sayunaros stammte, war nicht verblasst. Er würde ihr vermutlich ihr Leben lang erhalten bleiben.

Als Yurana Ray musterte, erschrak sie. Er wirkte ... entrückt. Das lag nicht an dem Yarudo in ihm, nein, er sah aus wie ein Mensch, der einen Blick hinter die Welt der Menschen geworfen hatte. In die der Geister ... Und das, was er dort gesehen hatte, schien ihn für immer verändert zu haben. Selbst die unverfälschte Freude über ihr Wiedersehen konnte das Gefühl der Verlorenheit nicht fortspülen.

»Bist du schon lange in Warra?«, fragte sie ihn, fügte dann aber gleich hinzu: »Na, das kannst du mir später erzählen. Ich bin nämlich nicht allein hier, lass uns jetzt also erst einmal die anderen treffen. Sie werden sich freuen, dich zu sehen.«

Yurana packte ihn am Arm und zog ihn hinter sich her.

Das kleine Teehaus wurde von zwei Läden gleichsam in die Zange genommen. In dem einen wurde Seide verkauft, in dem anderen Kupfergeschirr. Auf einem winzigen Holzdach saß ein steinerner Waschbär und beäugte die Menschen. Als Ray die wenigen Stufen zur Tür hochstieg, nahm er in der Nähe der Statue einen harmlosen Geist wahr.

In dem kleinen Raum fanden lediglich drei flache Tische Platz. Die Wände waren mit farbenfrohem Stoff bespannt, auf dem Boden lagen golden schimmernde Schilfmatten. Kaum trat Ray ein, erscholl begeistertes Gejohle.

»Da hol mich doch der nächste Maor! Ray!«

Ein junger Mann trug ein flammend rotes Gewand, das sein ohnehin leuchtend rotes Haar noch stärker strahlen ließ. Der eine Ärmel war leer und sorgsam an der Seite angeheftet, doch die noch vorhandene Hand wirkte stark und kräftig, insgesamt sah Kato trotz der Verstümmelung munter und lebensfroh aus.

Neben ihm saß eine elegante junge Frau in einem himmelblauen Gewand. Ihre hohe Frisur erinnerte ein wenig an eine Chrysantheme. In ihr steckten weiße Blüten. Die schmalen Finger waren wieder verbunden. Arata hielt eine Schale Tee in der Hand und schenkte Ray ein freundliches Lächeln.

Yurana nahm neben Ray auf der Schilfmatte Platz. Ihr Kleid konnte man wahrlich nicht alltäglich nennen.

»Wieso das feierliche Gewand?«

»Stell nicht so dumme Fragen!«, erwiderte Kato vergnügt und fügte dann voll theatralischem Pathos hinzu: »Die großen Beschwörer Warras haben ganz Akane einmal mehr vor einer schrecklichen Gefahr gerettet. Nicht umsonst stehen sie also in dem Rufe, unbezwingbare Gebieter aller Geister der jenseitigen Welt zu sein. Ach ja, wir haben wohl auch geringfügigen Anteil daran, weshalb ein wenig Glanz auf uns fällt.«

»Mit anderen Worten«, bemerkte Ray grinsend, »ihr habt eine Anerkennung für euer Heldentum erhalten.«

Kato zog grinsend das goldene Abzeichen eines Beschwörers unter dem Tisch hervor, warf es einmal in die Luft und ließ es wieder verschwinden.

»Warum warst du nicht bei der Zeremonie im Turm?«, fragte Arata und stellte ihre Schale auf dem Tisch ab. »Du hast schließlich einen viel größeren Anteil am Erfolg als wir alle.«

Yurana verzog das Gesicht. Offenbar kehrte sie in Gedanken zu den schrecklichen Erlebnissen zurück, die hinter ihnen lagen.

»Unsere gute Yurana war übrigens stinksauer auf dich, weil du zu den Rumungern gegangen bist«, teilte ihm Kato mit. »Immerhin lebst du noch. Wenn du gestorben wärst, wäre sie ohne Frage noch wütender auf dich gewesen.«

»Namido haben sie immer noch nicht gefunden«, fuhr Arata fort, deren Finger zitterten, als sie sich vorsichtig über das Haar fuhr.

Diese Suche würde wohl nie enden. Die nach den toten Freunden.

Ray sah die Bilder vor sich, die er so gern verdrängt hätte. Die blutüberströmte Nara. Vergeblich hatte sie versucht, nach der Yari zu greifen, die neben ihr lag ...

Er war bestimmt nicht wegen Auszeichnungen und Ehren nach Warra gekommen. Was ihn hergeführt hatte, das waren Schulden, die er zu begleichen hatte ...

In Meister Nishido Teruas Laden traf Ray niemanden an. Kein Wunder, an einem Feiertag dürfte kaum jemand den Wunsch haben, eine Waffe zu erstehen. An einem Tag wie diesem kaufte man Blumengirlanden, Feuerwerkskörper, gebrannte Nüsse und Reisküchlein.

Es war nicht einmal ein Geräusch zu hören, kein Hämmern oder Klirren, kein Wetzen des Schleifsteins oder Stimmen von Kunden. Die funkelnden Stahlklingen unterschiedlicher Größe waren auf grobem schwarzen Stoff ausgelegt. Fleischmesser, Fischmesser, Muschelöffner und Obstschäler. Hergestellt von kundigen Händen, lagen die Stücke auf den langen Verkaufstresen.

Auch in dem Raum mit der Schleifbank war niemand. Nur die Statue eines Rugg-horis grinste von ihrem Regal zu Ray herunter.

Als er an sie herantrat, musterten ihn die steinernen Augen ausdruckslos. Noch ehe er etwas gesagt oder auch nur gedacht hatte, wurde dann aber eine unscheinbare schmale Tür in der Wand zur Seite geschoben. Aus dem Halbdunkel des Nachbarraums trat eine hochgewachsene Gestalt heraus. Der echte Rugg-hori sah ihn mit finsterer Miene an. Offenbar spürte er, dass Ray mit schlechten Nachrichten gekommen war, vielleicht wusste er es sogar bereits. Trotzdem bat er ihn in seine Werkstatt.

Seit dem letzten Mal hatte sich hier nichts geändert. Auf dem Boden lag eine schlichte Schilfmatte, durch das Fenster in der Decke drang Sonnenlicht und fiel auf den Waffenständer mit der Kaoru, der großen Schwester der Yari.

»Der Beschwörer ist gekommen«, brachte Rugg-hori leise heraus und setzte sich auf die Schilfmatte.

Nun gesellte sich Nishido zu ihnen. Im Unterschied zu dem Rugg-hori zeichneten sich im Gesicht von Naras Großvater Ungeduld und Hoffnung ab.

»Was bringst du für Neuigkeiten? Setz dich doch, mein Junge, und erzähle mir alles!«

Ray bettete sein Bündel auf den Boden, wickelte es auf und reichte dem Rugg-hori die Klinge.

Ihnen beiden genügte ein Blick auf die Lanze. Alle Befürchtungen hatten sich bewahrheitet, sämtliche Hoffnungen waren zunichte.

»Sie ist tot?«, fragte Nishido mit brüchiger Stimme. »Nara ist tot?«

»Ja«, antwortete Ray. Er wollte noch einige Worte des Trostes hervorbringen, unterließ es dann aber: Sie würden nichts ändern.

Nishido schien binnen eines Wimpernschlags um zwanzig Jahre gealtert. Sein Gesicht wirkte nun verschlossen, düster, sein graues Haar wie mit Asche bestäubt, während die breiten Hände kraftlos auf den Knien ruhten.

Der Rugg-hori streckte die Hand langsam nach der Klinge aus und berührte das Metall. Er schloss die Augen. Die Waffe schilderte ihm nun die letzten Minuten im Leben von Nara.

Auch Ray hörte das Lied der Yari, die zornigen Schreie der Shimaas, die Explosionen der Zauber ... All der Schmerz ... das Blut ... Naras Tod ...

»Sie hat tapfer gekämpft«, stellte der Geist fest und ließ die Lanze wieder los.

In seiner tiefen Stimme schwang ein Stolz mit, der den Schmerz um den Verlust verdeckte.

»Wo hat sie ihre letzte Ruhe gefunden?«, fragte Nishido.

»Ihre Asche wurde über dem Berg verstreut, auf dem der Tempel des Reinen Wassers steht. In Datido«, antwortete Ray.

Nishido erwiderte nichts. Sein Gesicht zeigte keine Regung, es schien mit jenem Eis überzogen, das alle warmen Gefühle verschlang. Nach einer Weile erhob er sich und verließ den Raum. Die Tür schloss er fest hinter sich. Kurz darauf war Hämmern zu hören.

Der Rugg-hori bedachte Ray mit einem durchdringenden Blick. Buchstäblich. Denn er entdeckte alles: den Schwarzen Kodsu, dessen Welt Ray nur mit Mühe entkommen war, den Yarudo, die Spur der freigelassenen Aori und vielleicht sogar die Schatten all jener kleinen Geschäfte, die Ray mit Geistern geschlossen hatte.

Daraufhin nahm der Rugg-hori die Kaoru an sich und reichte sie Ray.

»Dafür, dass du uns verteidigt hast.«

Eine schönere Auszeichnung hätte sich Ray nicht vorstellen können …

Eine Stimme brachte ihn zurück in die Gegenwart.

»Träumst du?« Kato schnippte mit seinen Fingern vor Rays Nase herum. »Ich habe dich gefragt, was du jetzt vorhast? Dein Freund Grizzly will ja offenbar in Warra bleiben.«

Das stimmte. Von Grizzly hatte Ray sich in einer Straße in der Nähe des Turms verabschiedet. Dabei hatten beide immer wieder zu dem ehrfurchtgebietenden Gebäude hinübergesehen. Ihre Gedanken waren zurückgewandert zu dem, was sie hinter sich gebracht hatten. Ray unterschied Einzelheiten, die ein gewöhnlicher Mensch nicht auszumachen vermochte. Und auch kein anderer Beschwörer. Ohne seine Schutzgeister wirkte der Turm alt und schwach. Es lag zwar noch jeder Stein an seinem Platz, auch das Fundament hatte nicht gelitten, doch dieser Ort war nicht mehr die feste Burg Warras. Und würde es schwerlich je wieder werden.

»Unsere Aussichten, in einem Tempel Arbeit zu finden, sind nicht schlecht. Es wird vielleicht nicht der größte sein, sondern eher ein etwas abgelegener, aber für den Anfang würde mir das vollauf genügen«, hatte Grizzly aufgeregt herausgebracht. »Der Orden braucht Zeit, vor allem aber braucht er Beschwörer, um wieder zu alter Stärke zurückzufinden. Kurz und gut, er braucht uns.«

Ray hatte ihn nur spöttisch angesehen.

»Gibt es irgendetwas dagegen einzuwenden?«, hatte Grizzly gebrummt.

»In mir steckt ein Yarudo, außerdem habe ich die Schutzgeister im Turm sowie eine Aori der Kaiserin freigelassen. Damit nicht genug, habe ich die Hilfe des Schwarzen Kodsu angenommen und unerlaubte Zauber gewirkt. Glaubst du wirklich, ausgerechnet mir würde jemand einen Platz in einem friedlichen Tempel anbieten? Oder mir gestatten, Schüler auszubilden? Nein, all den Herren Ordensangehörigen wird ein Stein vom Herzen fallen, wenn ich von der Bildfläche verschwinde.«

Grizzly hatte ihn nachdenklich angesehen und schließlich genickt.

»Vermutlich hast du recht. Wahrscheinlich wäre es besser, wenn du den Angehörigen vom Turm ein Weilchen aus dem Weg gehst.«

»Dann sind wir uns ja einig.«

»Notfalls spüre ich dich auf, wo immer du dich verkrochen hast«, hatte Grizzly erklärt und Ray die Hand hingestreckt. Dieser hatte sie kräftig gedrückt.

Und er war sich sicher: Grizzly würde ihn überall finden.

Als er seinen Freund dann noch einmal angesehen hatte, war ihm aufgefallen, dass dessen freundliches Gesicht, auf dem früher immer ein Grinsen gelegen hatte, nun einen bitteren Ausdruck zeigte. In den Augen hatten sich Anspannung und Misstrauen eingelagert.

Sie alle hatten sich verändert. Wer in dieser Schlacht gekämpft hatte, war danach nicht mehr derselbe.

Arata, Yurana und Kato, mit denen er jetzt zusammensaß, waren nicht mehr die lebenslustigen Menschen voller Träume und Vertrauen in ihre Lehrer. Yuranas Hals würde für immer schwarz gezeichnet bleiben. Kato hatte seinen Arm verloren, aber immerhin seinen Frohsinn gerettet und behauptete, er könne jetzt auf die Hilfe etlicher freundlicher Geister zurückgreifen, doch auch in seinen Augen lag ein schwer zu deutender Ausdruck. Aratas Lächeln war zwar unverändert höflich und weise, ihr ganzer Körper wirkte aber wie verbrannt, als hätte die Angst um einen geliebten Menschen sie innerlich versengt ...

»Was ist mit Mito?«, durchbrach Ray das Schweigen, das sich an ihrem Tisch ausgebreitet hatte.

»Ihm geht es gut«, antwortete Kato grinsend. »Er vergräbt sich wie immer in seine Bücher. Man hat ihm jetzt erlaubt, in den Archiven im Nordtempel Schriftrollen einzusehen. Dort sucht er nun Antworten auf Fragen, bei denen wir noch nicht einmal begreifen, worauf sie abzielen. Irgendwie geht es um die Geschichte Agosimas, die Gründung von Rumung und dergleichen.«

»Was ist eigentlich mit der Schriftrolle?«, erkundigte sich Ray nach dem alten Artefakt, um dessentwegen dieser Krieg angefangen worden war.

»Noch sind alle ihre Teile in Warra«, antwortete Arata und fuhr unwillkürlich mit dem Zeigefinger über die matte Kette, die an ihrer verbundenen Hand hing. »Wir dürfen diese Reliquie nicht zerstören, denn das könnte ein Unglück heraufbeschwören, wie wir ihm gerade erst mit knapper Not entkommen sind. Deshalb suchen die Angehörigen vom Turm fieberhaft nach einem Ort, an dem sie sicher versteckt werden kann.«

»Sind euch die weiteren Pläne des Ordens bekannt?«, fragte Ray weiter. »Von allen, die in Ogira gekämpft haben, leben nur noch wir, Grizzly, Meister Sin, Soburo, Tora und ...« Er verstummte, fügte in Gedanken aber hinzu: Sayunaro.

»Meister Sin will dafür sorgen, dass sich an unserer Ausbildung einiges ändert«, sagte Yurana. »Aber ob er sich durchsetzen kann? Selbst viele Beschwörer glauben ja, uns hätten Geister angegriffen, nicht etwa die Rumunger. Gut, die waren mit Shimaas verbunden ... Angeblich hätten einzig diese Kreaturen all die Tempel zerstört und Menschen getötet.«

»Das klingt mir sehr nach Otsui und Fumai«, murmelte Ray.

»Einige Angehörige vom Orden vertreten sogar die Ansicht, wir müssten zum Schlag gegen Agosima ausholen, ehe die Provinz abermals erstarken kann«, bemerkte Kato. »Und damit sich da nicht noch einmal etwas zusammenbraut« Er beugte sich zu Ray vor. Wäre das nicht eine Aufgabe für dich?«

»Nein«, antwortete dieser scharf. »Ich bin der Kriege und des Mordens müde.«

Als Kato zu einer Erwiderung ansetzte, schüttelte Arata den Kopf.

»Was hast du dann vor?«, fragte Yurana.

»Ich gehe nach Yugora. Dort wartet noch eine Aufgabe auf mich.«

»Dann begleite ich dich.«

»Nein.«

»O doch«, widersprach Yurana. »Ich weiß, zu wem du willst. Zum dortigen Statthalter.«

»Aber du weißt nicht, weshalb ich ihn sehen will.«

»Die Reise ist lang genug, da wirst du es mir unterwegs schon erzählen können.«

»Sie lässt dich bestimmt nicht allein aufbrechen«, warf Kato ein. »Wahrscheinlich fürchtet sie, du würdest erneut in der Welt des Schwarzen Kodsu landen oder im Reich der Shiisans oder wer weiß wo sonst noch.«

»Völlig falsch«, tönte Yurana. »Ich habe selbst etwas mit Herrn Akeno zu besprechen.«

Kato schnalzte nur verstehend mit der Zunge, Arata dagegen runzelte die Stirn.

Sie alle wussten genau, wem die Beschwörerin aus dem zerstörten Tempel in Nikko ihr Leben zu verdanken hatte. Und wem sie deswegen womöglich etwas schuldete.

»Wann willst du aufbrechen?«, wandte sich Kato an Ray.

»Noch heute. Hier hält mich nichts mehr.«

Auf Katos Gesicht legte sich ein ernster Ausdruck.

»Dich hält also nichts hier?«, bohrte er nun. »Geht das vielleicht etwas genauer? Meinst du damit hier in Warra? Oder in Ruyun? Oder vielleicht in ganz Akane? Hängt dir womöglich die Welt der Menschen zum Halse heraus?«

»Keine Sorge, andere Welten reizen mich nicht«, erwiderte Ray, und unwillkürlich wanderten seine Gedanken weiter.

Tora. Die einstige Marionette des Schwarzen Kodsu, die Gefangene seiner Welt, die heute das Fragment einer alten Reliquie an ihrer Hand trug …

»Der Orden ist jetzt verpflichtet, dich zu beschützen«, hatte er Tora gesagt, als sie sich zum Turm begeben hatten.

»Das hat mir Meister Sin auch versichert.«

»Tora …«

Sie hatte ihn mit einem Blick angesehen, der Ray nicht behagte. In ihm lag ein Abglanz jenes verzweifelten Eifers, den Ray oft genug in den Augen Meister Sins bemerkt hatte. Und auch in seinem eigenen Spiegelbild.

Tora kannte nur noch ein Vorhaben. Sie glich einem Pfeil, der auf ein weit entferntes Ziel zuschoss.

»Willst du in den Zirkus von Herrn Keitar zurückkehren?« Er hatte versucht, sie sich wieder in ihrer alltäglichen Umgebung vorzustellen, war an der Aufgabe aber gescheitert.

»Nein. Du hattest ganz recht, mein Leben ist jetzt mit dem Orden verbunden.«

»Aber das bedeutet doch nicht, dass du es vollständig umkrempeln musst.«

»Nach allem, was wir erlebt haben, können wir doch gar nicht zu unserem alten Leben zurückkehren. Und ich glaube auch nicht, dass wir das wollen.«

Ray hatte begriffen, dass ihre Worte nicht irgendeiner fernen Zukunft galten. Sie hatte ihre Entscheidung bereits getroffen. Und er sollte recht behalten.

»Eine Akrobatin und ein junger Mann aus einem alten Adelsgeschlecht ... das klingt doch völlig aus der Luft gegriffen, nicht wahr?« Sie hatte nachdenklich gesprochen, als würde sie einen alten Streit fortsetzen. »Ein lebendes Artefakt aus der Welt des Schwarzen Kodsu und ein Shiisan hört sich dagegen so an, als wäre es denkbar, oder nicht?«

»Tora!« Er hatte sie fest bei den Schultern gepackt. »Du darfst ihn nicht wiedersehen!«

Sie hatte ihn freundlich und kalt angesehen.

»Ich habe mit Herrn Rinso gesprochen, und er hat mir gesagt, dass in einer alten Bibliothek des Ordens Schriften über Shiisans aufbewahrt werden, über Sharh...«

»Tora, jag nicht haltlosen Träumen nach! Opfere dein Leben nicht trügerischen Hoffnungen! Was auch immer du dir überlegt haben magst, ich rate dir dringend, Sayunaro zu vergessen! Ich, ein Beschwörer, habe ihn gesehen. Er kann nicht mehr in unsere Welt zurückkehren. Aber du kannst hier dein Leben führen.«

»Ich danke dir, Ray«, sagte Tora, nachdem sie sich sanft aus seiner Umklammerung frei gemacht hatte. »Für alles. Aber jetzt muss ich leider gehen.«

Mit leichten, entschlossenen Schritten hatte sie auf den Turm zugehalten. Ray hatte ihr noch nachgesehen, bis der schwarze Eingang sie verschluckt hatte …

Katos Stimme zerriss diese Erinnerung.

»Wenn du mich fragst, ist das ein ganz schlechter Gedanke«, wandte er sich nun an Yurana. »Ray zu begleiten, meine ich. Aus ihm bist du noch nie schlau geworden, aber jetzt ist er wirklich ein Buch mit sieben Siegeln …«

»Wir begleiten euch«, verkündete Arata und erhob sich. Behutsam zog sie die Ärmel über ihre verbundenen Hände.

Sie verließen das Teehaus und verabschiedeten sich voneinander. Keiner von ihnen wusste, ob sie sich für einen Monat, für ein Jahr oder für immer trennten.

Rays Wagen wartete auf dem Anwesen des Herrn Akeno. Yurana verlangsamte unwillkürlich den Schritt, als sie das Gefährt sah.

»Damit willst du fahren?«, fragte sie, den Blick auf das schwarze Ungetüm gerichtet, das an ein gieriges Insekt erinnerte. Allerdings schwang in ihrer Stimme ein Hauch von Genugtuung mit. »Mit einem Wagen der Rumunger?«

»Das ist eine Trophäe«, sagte er und berührte eine der Streben, damit sich ein Einstieg auftat.

»Und? Ist der Yarudo in dir auch eine Trophäe?«

»Nein, wir beide arbeiten aus freien Stücken zusammen«, antwortete Ray und kletterte in den Wagen. Die Lanze legte er in drei Haken, die aus der glatten Seitenwand herausragten. »Du willst bestimmt mitkommen?«

»Falls du gehofft haben solltest, dass ich es mir anders überlege, muss ich dich enttäuschen.« Yurana kletterte in den Wagen »Wieso hat der Turm dir dieses Vehikel nicht abgenommen?«

»Weil ich gar nicht erst um die Erlaubnis gefragt habe, ihn zu benutzen.«

Sie setzten sich langsam in Bewegung und fuhren die Straße hinunter. Ray spürte Yuranas Anspannung. Mit Sicherheit brannten ihr etliche Fragen unter den Nägeln, doch offenbar fand sie nicht die richtigen Worte, um sie vorzutragen. Ray ließ ihr Zeit. Er betrachtete die festtäglich geschmückten Häuser, die Menschen, die ihren Schritt beim Anblick des seltsamen Wagens verlangsamten. Yurana schwieg noch immer.

Den Weg nach Yugora brachten sie im Nu hinter sich. Ray musste zugeben, dass die Fahrt mit dem Wagen recht angenehm war, wenn man nicht vorn an ihn gefesselt war.

Sobald die Posten des Statthalters ihn sahen, rissen sie das Tor auf, verbeugten sich ehrfurchtsvoll und schickten dem Gefährt neugierige Blick hinterher.

Ray blickte sich nicht um, nahm aber trotzdem Dinge wahr, die er bisher nicht gesehen hatte. Die goldenen Schuppen der Schutzgeister am Tor funkelten, alle drei hatten sich eingerollt und schliefen. Trotzdem durfte sich niemand falschen Hoffnungen hingeben: Notfalls würden sie jeden ungebetenen Gast angreifen. Einer von ihnen spürte offenbar den Yarudo in Ray, verhielt sich aber weiterhin ruhig.

Der Garten war in strahlendes Sonnenlicht getaucht. Ray musste sogar blinzeln. Woher kam zu dieser Abendstunde das grelle Licht? Es bohrte sich durch die Baumkronen an den Seen und warf lange, leuchtende Streifen auf das Gras. Der Schutzdrache in Herrn Akeno vertrieb mit seiner Aura nach wie vor alle anderen Geister auf diesem Anwesen. Alle, bis auf einen.

»Dieser Ort gefällt mir nicht«, murmelte Yurana, als sie beide aus dem Wagen sprangen.

Unwillkürlich wanderten Rays Gedanken zu jenem Tag zurück, an dem er zum ersten Mal dieses Anwesen betreten hatte. Auch ihn hatte damals vieles befremdet. Nun aber zeigte ihm der Yarudo das eigentliche Haus und Heim eines Drachen.

Als sie es betraten, sah Yurana sich neugierig um. Ein schummriger Saal folgte auf den nächsten. Gold und purpurne Bespannung der Wände. Glänzend polierte Böden, lautlos vorbeihuschende Diener …

Sie alle verneigten sich vor Ray. Yurana brachten sie zwar auch die gebotene Achtung entgegen, doch bei Ray gesellte sich eine besondere Wertschätzung hinzu. Die Dienerinnen tuschelten bei seinem Anblick eifrig miteinander. Die Posten drückten den Rücken durch. Sämtliche Türen wurden vor den beiden aufgerissen. Irgendwann hielt Ray einen Diener an.

»Bringt die Herrin Yurana bitte zu Herrn Akeno«, verlangte er.

»Was hast du denn vor?«, fragte Yurana erstaunt. »Wolltest du nicht eigentlich auch mit Herrn Akeno sprechen?«

»Vorher muss ich noch etwas erledigen.«

Ohne weitere Fragen von ihr abzuwarten, begab er sich in einen anderen Flügel des Palasts.

Er betrat Sayunaros Gemächer. In ihnen war es kalt und einsam. Wie früher. Wie immer. Diese Zimmer schienen in Frost gefangen. Das Wasser in der Schale auf dem niedrigen Tisch schien erstarrt, die Lotosblüte versteinert und zerbrechlich wie Glas. Selbst Ray stockte der Atem. Aus dem Fenster mit dem feinen Gitter davor bohrten sich die flammend roten Strahlen der Abendsonne, doch selbst sie brachten die Raureifkristalle auf den Schilfmatten am Boden nicht zum Schmelzen.

»Herrin Sayua«, rief Ray leise Sayunaros Mutter.

Sie trat sofort aus der Wand heraus. Bleich, kalt, zornig und gequält, beinahe vernichtet durch die Nachricht, die er mitbrachte. Er hatte noch kein Wort gesagt, doch Sayunaros Mutter wusste bereits alles.

»Du hast mich getäuscht«, zischte sie. »Du hast nichts unternommen.« Die blutroten Rubine ihrer Augen waren zwei bleichen rosafarbenen Tropfen gewichen. »Du hast ihn mir nicht gebracht. Du hast ihn nicht nach Hause zurückgebracht.«

»Er kann nicht mehr heimkehren«, sagte Ray und betrachtete die fast blinden Augen. »Selbst wenn er es wollte, er kann es nicht mehr.«

»Du hast gegen unsere Abmachung verstoßen!«, keifte sie wütend.

Es gab nichts, was Ray ihrem gerechtfertigten Zorn entgegensetzen konnte. Es würde nichts ändern, wenn er ihr versicherte, wie leid ihm alles tat, ihr erklärte, was geschehen war, und um ihr Verständnis bat.

In dem blassen Geschöpf brodelte purpurne Wut. Völlig überraschend griff sie Ray an. Eben noch hatte sie an der Wand gestanden, nun aber fuchtelten ihre spitzen Krallen vor Rays Gesicht herum. Er warf sie mit einem Zauber zurück.

»Glaubst du etwa, es würde für dich leichter, wenn du mich jetzt tötest?«, fragte er.

Sayua antwortete nicht, sondern stürzte sich erneut auf ihn. Die grauen Haare flogen wild um ihren Kopf und schienen sich um Rays Hals zu schlingen und ihn erwürgen zu wollen.

Die Kaoru summte daraufhin ein lautes und bedrohliches Lied. Die Stimme dieser Lanze war tiefer als die der Yari, die Kraft, die durch die Klinge strömte, betäubend.

Sayua wich zurück. Auf ihrer weißen Wange klaffte ein feiner Schnitt, aus dem leuchtende Blutperlen herausrollten. Als ob die Frau, die ihren Handrücken gegen das Gesicht presste, tatsächlich lebte.

»Du kannst mich töten«, sagte Ray gleichmütig. »Aber auch das bringt dir Sayunaro nicht zurück.«

Sayua schrie in wilder Rage auf und stürzte sich erneut auf Ray. Die Verzweiflung und der Schmerz verliehen ihr ungeahnte Kräfte, Rachedurst betäubte ihren Verstand. Eine Peitsche, geschaffen aus ihrem Haar, griff Ray an, in ihren Augen blitzte ein roter Widerschein auf.

»Du hast dein Versprechen gebrochen!«, zischte sie durch die gebleckten Zähne.

Das konnte er nicht leugnen.

»Ich habe sogar zwei Versprechen nicht gehalten«, gestand Ray leise.

Sayuas Krallen bohrten sich in seinen Körper. Er achtete jedoch nicht auf den Schmerz, wie auch die Frau nicht darauf achtete, dass die Lanze immer tiefer in ihren Körper eindrang.

»Beim ersten Mal habe ich dir mein Wort gegeben, deinen Sohn nach Hause zu bringen. Beim zweiten Mal habe ich Sayunaros Vater versprochen, seinen Sohn zu töten, wenn er kein Mensch mehr ist. Auch das habe ich nicht getan. Wem gegenüber bin ich nun schuldig geworden?«

Die Pupillen Sayuas weiteten sich, der Schmerz in ihrer Brust nahm ab. Sie brachte jedoch kein Wort heraus.

»Sayua!«, ertönte da ein zorniger Schrei, der die Frau erzittern ließ.

Sie wich zurück und zog ihr Gewand über der Brust zusammen, um die Wunde zu verdecken, die ihr die Kaoru zugefügt hatte.

Ray drehte sich um. In der Tür stand Herr Akeno, auf einen geschnitzten Stock gestützt, denn die schwere Wunde machte ihm noch immer zu schaffen. In seinen Augen brannte das weiße Feuer des Drachen. Neben ihm stand Yurana, die bereit war, jederzeit einzugreifen. Ihre Steine umschlangen längst ihr Handgelenk. Als sie Ray jedoch wohlbehalten vorfand, entspannte sie sich merklich.

»Lass ihn zufrieden!«, verlangte Herr Akeno streng von Sayua.

»Akeno«, brachte diese voller Schmerz heraus. »Er hat uns unseren Sohn nicht zurückgebracht.«

»Es wurde Zeit, Sayunaro ziehen zu lassen«, erwiderte Akeno Ishiro und machte einige schwere Schritte auf sie zu. »Man darf sich nicht an die Vergangenheit klammern.«

»Er ist zu einem Shiisan geworden!«

»Wäre es dir lieber gewesen, er wäre gestorben?«

»Nein«, antwortete sie rasch und fast verängstigt.

»Jeder Mensch ist frei, seinen Weg zu wählen. Sayunaro hat seine Entscheidung getroffen. Und er ist seinen Weg voller Würde bis zum Ende gegangen. Sei stolz auf deinen Sohn!«

»Ich werde ihn nie wiedersehen«, schluchzte Sayua.

»Ich habe dir immer gesagt, dass auch du lernen musst, Abschied zu nehmen und jemanden gehen zu lassen.«

Als sie etwas erwidern wollte, gebot ihr Akeno mit einer Geste Schweigen.

»Ray hat deinem Sohn einmal das Leben gerettet. Möchtest du ihn zum Dank dafür umbringen?«

»Akeno ...«

»Geh, Sayua!«, befahl Akeno. »Ray schuldet dir nichts mehr.«

Sie wagte es nicht, sich diesem Befehl zu widersetzen. Mit ihrem Gewand raschelnd, verschmolz sie mit der Wand und löste sich auf.

»Danke«, brachte Ray heraus und senkte die Lanze.

»Ich bin es, der dir danken muss«, entgegnete Akeno. In seiner Stimme klang Müdigkeit mit. »Dafür, dass du sie nicht getötet hast. Ich hatte schon befürchtet, dies sei nicht mehr zu verhindern.«

»Ich hätte ihr niemals ein Leid zugefügt. Jedenfalls kein schweres.«

Akeno Ishiro lächelte und streckte die Hand aus. Ray drückte sie kräftig. Yurana streifte die Steine von ihrem Handgelenk, die nun wieder reglos wurden, und verließ den Raum, um die beiden allein zu lassen.

»Wenn ich mich nicht irre, bist du gekommen, um dich zu verabschieden«, ergriff Akeno als Erster das Wort. Das weiße Feuer des Drachen war beinahe ganz erloschen, der Yarudo erspähte nur noch ein letztes Glimmen. »Und die Rolle des Beschwörers an meinem Hofe dürfte dich wohl auch kaum noch reizen.«

»So ist es.«

Akeno nickte und stellte keine weiteren Fragen. Im Unterschied zu Sayua konnte er sich verabschieden und jemanden ziehen lassen.

»Dann wünsche ich dir viel Glück, Ray.«

»Das wünsche ich Euch auch.«

Ray ging zur Tür, blieb aber noch einmal stehen.

»Wenn er nicht gewesen wäre«, sprach er die Worte aus, die ihm so oft im Kopf herumgegangen waren, »dann wären wir heute alle tot.«

Akeno schwieg. Sein Schutzdrache funkelte jedoch noch einmal kurz auf, ehe er tief in dem Menschen verschwand, den er vor Schaden bewahrte.

Yurana wartete vor dem Wagen auf Ray. Nachdenklich ließ sie die Steine zwischen den Fingern hin und her gleiten. Sie klickerten leise gegeneinander. Als sie Ray sah, steckte sie sie jedoch sofort weg.

»Hast du hier alles erledigt?«, fragte sie.

»Ja.«

Er legte seine Hand auf den Wagen, damit die gebogenen Streben auseinanderwichen. Als er sich nach Yurana umdrehte, musste er feststellen, dass sie keine Anstalten machte einzusteigen.

»Du bleibst hier ...«, brachte er überrascht heraus.

»Hier ist mein Platz, Ray. Als Beschwörerin der Familie Ishiro. Ich verdanke Sayunaro mein Leben. Da ist es jetzt meine Pflicht, seinen Platz einzunehmen.«

»Das verstehe ich«, sagte Ray. »Herr Akeno hat viele Feinde, da kann er eine Freundin brauchen.« Yurana nickte und drückte ihm fest die Hand. »Pass auf dich auf!«

»Und du auf dich.«

»Wohin fährst du?«

»Es gibt da einen bestimmten Ort ...«

Selbst ihr wollte er nicht davon erzählen.

Der Schwarze Kodsu hatte ihm den langen und beschwerlichen Weg geschildert, den ein Beschwörer zurücklegen muss, damit er nicht nur dem Wappen nach einer ist. Damit Schein und Sein übereinstimmen. Noch beschwerlicher war jedoch der Weg, den man auf sich nehmen musste, um ein Mensch zu bleiben.

Ray stieg in den Wagen und gab ihm in Gedanken den Befehl loszufahren. Rasch ließ er Yugora hinter sich.

Sein Ziel war die ferne Provinz Aroshima, in deren Herz ein Bambuswald wuchs, der einen See mit einem kleinen verlassenen Tempel umschloss. Dort würde er mithilfe des Yarudo dafür sorgen, dass niemand den Weg zu ihm fand. Weder ein Mensch noch ein Geist und schon gar kein Beschwörer aus Akane ...

Dort würde er in Einsamkeit leben.

Mit seinem einzig wahren Lehrer.

Kleine Geisterkunde

Auszug aus der *Enzyklopädie jenseitiger Geschöpfe*, herausgegeben von der Ordensbibliothek Warras, gültig für alle vierzehn Provinzen Akanes (Agosima, Ando, Aroshima, Datido, Hakata, Hagura, Sinora, Suro, Rayun, Relassa, Rossa, Takati, Welessa und Yugora); in der Vergangenheit galt das Werk auch für die heute vernichtete, nur noch als Brache existierende Provinz Ogira.

Anagato – Schutzgeist der Felder, der vor allem von Bauern geschätzt und verehrt wird. Taucht der an ein grünfelliges Wiesel erinnernde A. zwischen jungen Trieben auf und blitzt mit seinen runden smaragdenen Augen, ist dies ein sicherer Indikator dafür, dass weder Hagel die Ernte zerstören, noch ein Heuschreckenschwarm über sie herfallen wird. Wie die Beschwörer versichern, lässt sich ein A. zwar mühelos durch ein Brot anlocken, das aus dem Korn des zu schützenden Feldes gebacken wurde, doch bleibt er nur selten länger, da er äußerst schreckhaft ist. Die Menschen versuchen daher, das Feld weitgehend zu meiden.

Annosu – Beschützer von Kindern, der meist als hochgewachsener, kräftiger junger Mann von etwa achtzehn Jahren auftritt, ein gutmütiges, umsichtiges und stets heiteres Geschöpf, das zahllose vergnügliche Geschichten kennt, jedes Kind tröstet und es bei der Entwicklung seines Talents und seiner Entdeckerfreude unterstützt. Gelegentlich machen sich Beschwörer, die Kinder mit magischer Gabe ausbilden, die Dienste eines A. zunutze, damit er die nächste Generation von Beschwörern in ihrer Kühnheit und ihrem Wissensdurst bestärkt. Schließt ein A. ein Kind besonders in sein Herz, bleibt er ihm lebenslang ein treuer Freund, der auch dem Erwachsenen in der Not beisteht und ihn vor Gefahren warnt.

Aori – außergewöhnlich starker Elementargeist, der mit der Luft verbunden ist. Einzig Meister Corn, der große Beschwörer der Vergangenheit, vermochte ihn zu bändigen und gefangen zu nehmen. Die zwei Schwestern des A. sind ebenfalls stolze Geschöpfe und stark wie ein → Drache. Als nahezu unbezwingbare Geister leisteten die beiden der kaiserlichen Familie in Akane lange Jahre wertvolle Dienste als Beschützerinnen. In Gegenwart des Kaisers oder der Kaiserin nahmen sie die Gestalt schöner junger Frauen an.

Aruxin – bösartiger Geist, der wie eine Kröte mit struppigem Fell und langem Schwanz aussieht. Er frisst bedenkenlos alles und spuckt seinen Mageninhalt dann dem nächstbesten Menschen ins Gesicht. Wenn man ihn nicht reizt, ist er jedoch ungefährlich.

Berghapuro – entfernter Verwandter des → Gayuur, allerdings mit zwei Köpfen, die in unterschiedliche Richtungen blicken: der mit dem langen, gebogenen Schnabel und den runden weißen Augen nach vorn, der mit dem länglichen, ständig zuckenden Mund nach hinten. Der Speichel eines B. verwandelt sich in relativ kurzer Zeit in Stein. Sollte ein Lebewesen mit diesem in Berührung kommen, solange er noch flüssig ist, erstarrt es ebenfalls. Der B. tarnt sich meist als Stein zwischen Felsbrocken.

Bib – hermelinartiger Geist, der kleine Tiere beschützt, häufig mit ihnen spielt und sogar in ihren Bauten schläft. Wenn aus einem Haus Mäuse oder Ratten vertrieben werden sollen, bitten Beschwörer den B. gern um Hilfe, damit er die Nager gegen eine kleine Belohnung an einen anderen Ort lockt.

Brüng – widerlich anzusehender, käferartiger Geist, der in unterirdischen Schächten und Höhlen lebt. Sobald Bergleute das lange braune Wesen mit dem Panzer aus scharfkantigen Chitinplatten erblicken, bringen sie ihm ein Opfer dar; bei diesem handelt es sich um Steine, die beim Abbau wertvoller Mineralien angefallen sind. Dafür wacht der B. über sie, warnt sie vor einem Steinschlag und befreit sie notfalls sogar, wenn sie doch unter Steinen begraben werden sollten, indem er ihnen den Weg an die Tagesoberfläche freinagt. Der B. ist ausgesprochen flink und vermag mit seinen fragilen Beinchen in kürzester Zeit große Strecken zurückzulegen.

Callorhinido – Wassergeist, der an einen Silberhecht erinnert und nur in Fließgewässern auftritt. Seine Anwesenheit ist ein sicherer Hinweis auf sauberes Wasser.

Dantaru – Geist in Gestalt eines grauhaarigen, buckligen Alten mit Laterne in der einen und Spitzhacke in der anderen Hand, der durch die Höhlen und Schächte Akanes streift. Im Unterschied zum → Brüng hilft der G. den Menschen jedoch nie, sondern lockt sie tief in die Erde hinein und überlässt sie dann ihrem Schicksal. Nachts ist er häufig vor dem Eingang zu seiner unterirdischen Höhle anzutreffen.

Drache – mächtiger Elementargeist, über den in Akane zahllose Sagen und Mythen in Umlauf sind. Der D. zeichnet sich durch erstaunliche Körperkraft und Wendigkeit aus und ist dem Menschen wohlgesinnt, sofern dieser ihm gegenüber den nötigen Respekt erkennen lässt; andernfalls verhält er sich aggressiv und grausam. Laut Überlieferungen sind alle D. Kinder eines einzigen mächtigen Wesens, das in einem Palast am Hang eines verwunschenen Berges lebt, verborgen hinter einem gewaltigen Wasserfall. Angeblich können D. jeden Wunsch erfüllen und den Menschen Körperkraft, eine prophetische Gabe und ein langes Leben verleihen. In der Vergangenheit glaubte man, ein D. könne auch als Mensch auftreten und unter diesen leben, einzig ihre unbezwingbare Leidenschaft für Edelstein, Gold und Silber, aber auch ihre Vorliebe für schöne Frauen würde sie dann verraten. Das Kind eines D. und eines Menschen ist außergewöhnlich schön und klug, obendrein vermag es, Feuer und Wasser durch Magie zu lenken. Einige der bekanntesten D. sind sogar mit Namen bekannt, z. B. No-ori-ray, ein gigantischer D., der das legendäre Schwert Epetamu bewacht; No-tozumi-ray, der über Wirbelstürme sowie über Ebbe und Flut gebietet; Ray-no, der weiseste D., der im Palast am Meeresgrund lebt; Syu-ray, der blutroten Regen herbeirufen kann; Karay, ein Feuerdrache, dessen Körper von einer Flamme eingehüllt wird; Kin-ray, ein goldener D.

Fugoru – menschengestaltiger Geist, der sich gern in Küchen herumdrückt, im Unterschied zum harmlosen → Naisaka-nomi jedoch Chaos und Zerstörung mit sich bringt. Ein F. ist sehr schwer zu vertreiben, da er hartnäckig an den einmal gewählten Ort zurückkehrt. Sein Auftauchen wird als Hinweis auf nachlässige Arbeit des Kochs, Restaurantbesitzers oder Teestubeninhabers interpretiert.

Gahorn – Geist, der als kleineres Raubtier in Erscheinung tritt und häufig mit dem harmlosen → Bib verwechselt wird. Der G. bereitet den Menschen gern allerlei Unannehmlichkeiten. So handelt es sich bei einem vermeintlichen Iltis im Hühnerstall, der mit Fallen partout nicht zu schnappen ist, meist um einen G. Er wird erst wieder verschwinden, wenn er seiner Späße überdrüssig ist oder einen schwarzen Kater sieht, denn dieses Tier fürchtet er aus unerfindlichen Gründen.

Garugu – blutdürstiger, kannibalischer Geist, der in Rudeln lebt und in Erscheinung tritt, sobald ein verfluchter Mensch oder der Geist eines Ermordeten ihn ruft, damit er ihn rächt. In der Regel vernichtet der G. dann beide Parteien. Äußerlich erinnert er an eine Hyäne mit dem augenlosen Gesicht eines Menschen. Es wird vermutet, dass das Opfer eines G. ebenfalls zu einem solchen Geist wird und sich ihrem Rudel anschließt.

Gaujuon – körperloser Luftgeist, dessen Nähe an einer warmen Windböe zu erkennen ist.

Gayuur – gefährlicher Geist, der an einen schlecht zusammengerafften Heuballen auf kurzen Füßen erinnert. Sein grüner Speichel ist ungewöhnlich klebrig und kann einen Mensch mühelos lähmen. Der G. nistet sich gern in verlassenen Scheunen ein, vergraben in altem, fauligem Stroh oder Heu.

Giin – Schutzgeist von Brennnesseln, dessen Gestalt an einen kleinen Hund erinnert. Der rauchweiße, mit einem pikenden Fell überzogene G. ist allerdings halb transparent. Der dreieckige Kopf sitzt auf einem langen, dünnen Hals, die Beine münden in Füßen von der Form eines Brennnesselblatts. Der G. ist ebenso allgegenwärtig wie die Pflanze, die er schützt.

Grai – gehörntes Wesen, das lediglich aus einem kürbisgroßen Kopf besteht und zur Zeit der Apfelblüte in Warras Gärten auftaucht. Der G. ist mit dunklem Zottelfell überzogen, bewegt sich mit großen Sprüngen vorwärts, späht gern durch Fenster und inhaliert begeistert den Geruch von bewohnten Häusern durch sein einziges, riesiges Nasenloch. Er ist nicht gefährlich, flößt jedoch durch sein schauerliches Äußeres Angst ein. Besucht er einen Garten immer wieder, erwartet man dort eine reiche Apfelernte.

Gutgreis – trotz seines Namens ein bösartiger, aggressiver und stets hungriger Geist, der eine echte Gefahr für den Menschen darstellt, auch wenn er auf den ersten Blick harmlos wirkt: Das plumpe Geschöpf erinnert an einen prallen, oben zusammengeschnürten Sack. Der G. wird durch Blut, Leid und Tod angezogen, weshalb er meist auf Schlachtfeldern anzutreffen ist, wo er Verwundete erschlägt und Leichen vertilgt.

Hamuhi – Schutzgeist aller Tiere am Meeresgrund, der ein wenig an einen Seeigel erinnert.

Hanogi – äußerst aggressiver Geist, der sich von menschlichen Gefühlen ernährt und seinem Opfer Schreckensvisionen vorgaukelt. Einige Beschwörer halten diese Bilder jedoch für Einblicke in die Zukunft. Der H. zapft einem Menschen solange Emotionen ab, bis dieser stirbt, wobei er sich zunächst über die stärksten Gefühle wie Angst, Freude, Entspannung und Hass hermacht. Er nimmt unterschiedliche Formen an, meist gibt er sich als aasfressender Geist aus.

Hausbold – Geist in Gestalt einer dicken Katze mit rundem Kopf und einem fellbedeckten Gesicht, das nur die Augen erkennen lässt. Der H. schützt ein Haus vor Ratten, Feuer und Einbruch und warnt die Bewohner, wenn sich ein gefährlicher Geist oder ein Mensch mit bösen Absichten nähert. Er liebt es, wenn man ihm respektvoll begegnet und ihm am Abend eine Schale mit warmer Milch in die Küche stellt. Dies sorgt für noch größere Beflissenheit beim H.

Hebi – listiger und gefährlicher Schutzgeist von Schlangen, weshalb Beschwörer auch davor warnen, bestimmte Süßwasserschlangen, die Jugis, zu züchten, selbst wenn sich aus ihrer Haut hervorragende wasserundurchlässige Schuhe anfertigen lassen. Der H. ist im Grunde nicht von dem Reptil zu unterscheiden. Wird ein Mensch von ihm berührt oder gar gebissen, stirbt er umgehend.

Hega – Geist in Gestalt einer alten, gebeugten Frau. Eine Begegnung mit einer H. kann einen großen Glücksfall darstellen, sofern ein Mensch mutig genug ist, seine Kraft mit ihr zu messen. Kann er sich unbemerkt an sie anschleichen, sie überwältigen und dazu bringen, ihre Niederlage einzugestehen, führt sie ihn zu einem vergrabenen Schatz oder zu einem Edelsteinvorkommen. Trägt der Mensch allerdings eine Niederlage davon, bringt die H. ihn um.

Hirudi – giftiger, schädlicher Geist, der an einen Blutegel erinnert und in stehenden faulen Gewässern lebt, sich aber auch auf dem Trockenen fortbewegen kann; dann schlingert er durch das Gras am Rand und dringt gelegentlich sogar in ein Haus ein.

Hokayu – wütender, riesiger Berggeist, dessen Erwachen sich durch Steinschläge, Erdbeben und übertretendes Wasser zeigt. Der H. tötet jeden Menschen, der ihm begegnet, und schlägt sämtliche Tiere und Vögel in die Flucht. Wenn er durch die Berge streift, zerbricht er Bäume und wirft Steine von den Felsen, um eine Lawine auszulösen. Der H. sieht wie ein Mensch aus, der aus einem bemoosten und von Flechten überzogenen Felsblock herausgehauen wurde.

Hone-te – zweiköpfiger, menschenähnlicher Geist, den Beschwörer als Wächter herbeizitieren. Er ist genauso stark wie ein → Manmo, allerdings längst nicht so blutdürstig.

Hurii – aggressiver Geist, der sich in Ställe einschleicht und dort unter dem Vieh wütet. Er tötet alles, was sich bewegt, dies jedoch ausschließlich, um sich am Anblick der panischen Geschöpfe zu weiden.

Ino – Schutzgeist, der von einem Beschwörer geschaffen wird und der ein bestimmtes Territorium gegen Diebe, Raubtiere oder Schädlinge verteidigt. Das Äußere eines I. hängt einzig von der Fantasie des Beschwörers ab, meist wird er jedoch als bedrohlicher Mann mit einer Waffe in der Hand, als Riesenschlange oder als wütender Wolf gestaltet.

Irrgleiter – eigenwilliges Geschöpf, das an eine riesige leuchtende Qualle erinnert. Der I. besitzt glitzernde Tentakel, die in der Form Algen ähneln. Er liebt die grenzenlosen Weiten des Meeres und taucht sogar gelegentlich an der Oberfläche auf. Seeleute bezichtigen den I., jedes Schiff, das ihm begegnet, mit seinen langen Tentakeln zu umschlingen und unter Wasser zu ziehen, Beweise für diese Ängste gibt es jedoch nicht.

Iume – höchster Geist der Weisheit und Erkenntnis, dessen Auftauchen jeder Wissenschaftler oder Künstler herbeisehnt, gibt der I. doch Antwort auf ungelöste Fragen, wenn auch in Form von Rätseln. Löst man diese jedoch, ändert sich das eigene Leben auf höchst erstaunliche Weise, und man erzielt Erfolg in den unterschiedlichsten Disziplinen der Wissenschaft und Kunst. Ein I. tritt meist als attraktiver Mann mit Flügeln auf. Er ist der Schutzherr aller Wissenschaftler, schätzt aber vor allem junge, talentierte Menschen.

Kago – Geist, dessen Äußeres nicht bekannt ist. Er saugt Menschen das Leben aus und wechselt mühelos die Behausung, da er sich in jedem beliebigen Lebewesen einzunisten vermag.

Kanashima – Geist in Gestalt einer schönen, blassen Frau, die Verkörperung von Trauer, Enttäuschung, Sehnsucht und Hoffnungslosigkeit.

Kiokame – Geist, der Panik auslöst und Menschen mit Schreckensbildern quält. Diese verspüren dann unvermittelt Angst und Unruhe und werden von Albträumen geplagt. Damit will der K. sie aus ihrem Heim vertreiben. Man vermutet, die Angst der Menschen lasse den Geist noch erstarken, sodass er sie dann noch effizienter zu quälen vermag. Zeigen Menschen indes keine Angst, sondern führen ihr bisheriges Leben unbeeindruckt fort, verlässt er das Haus von sich aus.

Korrhi – gefährlicher und äußerst starker Geist, eine Begegnung mit ihm geht stets tödlich für eine Seite aus. Die K. saugt einem Menschen das Leben aus großer Entfernung ab, sodass dieser die plötzlich auftretende Mattigkeit und das Schwindelgefühl häufig nicht auf ihn zurückführt. Der Geist erinnert auf den ersten Blick an ein kleines, harmloses Mädchen, bei näherem Hinsehen erweist sich jedoch, dass ihm das Gesicht fehlt und an dessen Stelle ein verschwommener, fahler Fleck prangt.

Kuatsu – Geist in Gestalt eines Luchses, der gewöhnlich unter der Erde lebt, gelegentlich aber auch durch die Gegend streift und Spuren von Großkatzen am Boden hinterlässt. Der K. findet sich stets in der Nähe von Schwefelvorkommen, sodass seine Fußabdrücke ein eindeutiger Hinweis auf das wertvolle Mineral sind.

Kujun – ungemein beliebter Geist, der wie ein großer Kater mit flauschigem Fell aussieht. Die Beschwörer zitieren ihn herbei, um Menschen einen ruhigen Schlaf zu garantieren, denn mit seinem lauten Schnurren vertreibt er jeden Albtraum.

Kummerbündler – Geist, den jeder Mensch herbeirufen kann, auch wenn er nicht die Gabe des Beschwörers besitzt, damit er ihm in Fällen großer Betrübnis beisteht. Als Gegenleistung akzeptiert der K. die seltene Goldiris oder Quellwasser.

Kurutse – Aasgeist, der sich gern in verfaultem Obst einnistet. Er erinnert an eine Fledermaus, kann allerdings nicht fliegen. Für den Menschen stellt er keine Gefahr dar. Beseitigt man die faulen Früchte aber nicht, kommen diese Geister in großer Zahl zusammen und verderben auch frisches Obst, Beeren und Gemüse.

Kustos – Geist zum Schutz eines Dorfes, einer Stadt, Festung oder eines Schlosses. Fehlt für diese Aufgabe ein Beschwörer oder ein Kind mit entsprechender Gabe, das getötet und vor Ort bestattet wurde, wird dieser Geist in einen beliebigen Gegenstand gesperrt, meist eine Waffe, denn sie gewinnt dadurch ein Vielfaches an todbringender Kraft; zuweilen wählt man auch eine Statue, um die Umgebung zu schützen. Der K. kann sich zudem in einem Menschen einnisten. Je stärker der K. ist, desto zuverlässiger der Schutz. Die mächtigsten K. finden sich in Kaiserpalästen, Residenzen von Statthaltern, Tempeln von Beschwörern und auf Feldern, auf denen namhafte Persönlichkeiten bestattet wurden.

Landsirene – s. Sayna.

Manmo – einer der blutrünstigsten Geister Akanes, ein brutales Geschöpf, das einem Riesen ähnelt. Selbst Beschwörer können einen M. kaum bändigen. Grauenvolle Morde an Menschen schreibt man stets ihm zu, in der Regel zu Recht.

Manuro – Müllgeist, der zwischen altem Gerümpel in Kellern und auf Dachböden lebt. Er nimmt gern die Gestalt dreckiger Lappen oder fadenscheiniger Kleidung an und verbreitet eine Aura von Verlassenheit und Schwermut. Sobald Menschen entrümpeln, misten sie auch den M. aus und befreien sich auf diese Weise von der Melancholie in ihrem Heim.

Maor – Geist, der zu träge ist, die Aggressivität eines → Manmos an den Tag zu legen. Ein M. ist leicht zu überlisten und kann dadurch dazu gebracht werden, selbst schwere Arbeiten zu verrichten. Zahlreiche Geschichten berichten davon, wie clevere Bauern oder Handwerker diese Kreatur dazu verleitet haben, für sie zu arbeiten. Der M. sieht wie ein Ochse auf zwei Beinen aus, der das Gesicht eines Menschen besitzt.

Marmuch – Steingeist von der Größe einer Hütte, der an einen grob behauenen Felsbrocken erinnert. Gegner greift er mit zugespitzten Steinen an. Wenn man einen M. erschlägt, zerfällt er in zahllose Pflastersteine, unter denen sich aber auch einige Edelsteine finden, meist Saphire.

Mashugg – schlangenartiger grauer Geist, der sich vor allem in Dampfbädern, Badehäusern und künstlich angelegten Becken einnistet, was dazu führt, dass das Wasser im Nu voller Algen ist.

Medori – höchster Geist der Harmonie, des reinen Denkens und der Kreativität, der die Gestalt einer jungen Frau oder eines jungen Mannes von wunderbarem Äußeren annimmt und als begabter Dichter, Musiker, Architekt oder Bildhauer auftritt.

Sein Auftauchen in der Welt der Menschen ist jedoch leider immer seltener zu beobachten.

Modoko – kannibalischer Geist, der eine Zeit lang unbemerkt in einer Menschenfamilie lebt und sie mit Albträumen quält, ehe er seine »Gastfamilie« tötet und verschlingt. In der Regel treten diese Geister nicht einzeln auf. Sie nehmen entweder die Gestalt von zwei Kindern und einer hageren, schwarz gewandeten Frau oder eines jungen Pärchens in weißer Kleidung an.

Morna – wilder, stets hungriger Geist, der in Sümpfen oder Wäldern lebt. Eine M. sieht aus wie eine gigantische, flinke Echse mit einer Unzahl von Füßen und einem wunderschönen Frauenkopf, der auf einem langen Hals sitzt. Sie stellt für Menschen eine große Gefahr dar.

Nabenisho-djoto – Geist in Gestalt einer roten Schlange mit gewaltigem Maul, der gerufen wird, um Ratten und Mäuse zu vernichten. Sein einziger Nachteil besteht darin, dass sein Körper sich immer stärker erhitzt, je mehr Ratten er verschlingt, weshalb er bereits öfter die Aussaat oder den Ort, an dem er auf die Jagd geht (Feld, Haus, Scheune), in Brand gesetzt hat.

Naisaka-nomi – harmloser Geist, der überall dort zu finden ist, wo Brot oder Kuchen hergestellt wird, da er sich vom Duft frischer Backwaren ernährt. Seine Anwesenheit gilt als Garantie für ein exzellentes Sortiment. Äußerlich erinnert er an einen rohen Mürbeteigklumpen.

Nirith – Geist in Gestalt eines großen Vogels, der den Beschwörer, der ihn herbeizitiert hat, eine kürzere Strecke durch die Luft zu tragen vermag.

Niwatoro – flinker Geist, der in verlassenen Gärten und aufgegebenen Parks lebt. Häufig schließt er sich Spatzen an, deren Gestalt er auch annimmt.

Nocturniter – Geist, der nachts erscheint, an der Tür scharrt und durch die Fenster späht. Er sieht wie ein grobschlächtiger Mann aus und imitiert leidenschaftlich gern Menschen. Wenn man einen N. nicht weiter beachtet, zieht er meist friedlich ab. Signalisiert man ihm jedoch, dass man ihn bemerkt hat und ihn womöglich sogar fürchtet, greift er an.

Ohnlitz – tückisches Wesen, das an ein Gespenst erinnert und sich niemals irgendeinem Lebewesen unterordnet. Der O. steht gern am Ufer eines fließenden Gewässers und stiert lange in dieses hinein. Er kann sich in diversen Gegenständen einnisten, ist stark, gefährlich und sehr grausam.

Oki-no – häufig in der Nähe von Goldminen zu findender Geist, der das Edelmetall vor Menschen und anderen Geistern schützt. Beschwörer haben sich bereits öfter mit diesem Geist ins Benehmen gesetzt oder ihm Gefälligkeiten erwiesen, beispielsweise mit der Vertreibung von → Schwarzruriern, da diese Geister ein Faible für Juwelen haben. Um sich zu revanchieren, bringt der O. den Beschwörer zu einem Goldvorkommen.

Ombrago – heimtückischer Geist, der in aufgegebenen Bergwerken, versiegten Brunnen, zerfallenen Kirchen und Häusern lebt. Er hat keinen Körper und gleich am ehesten einem verschwommenen schwarzen Schemen. Der O. verschmilzt mit dem Schatten eines Menschen und saugt diesem das Leben ab.

Piwi – Schutzgeist aller Insekten.

Raitoningu – transparenter Geist, der im Herbst auftaucht, sobald die Ernte eingebracht ist und die letzten Blätter von den Bäumen gefallen sind. Er hat das Aussehen eines grauen, ausgemergelten Hundes und streift in großen Rudeln durch Wald und Flur. Der R. verkörpert das winterliche Absterben der Natur und nimmt im ungezügelten Lauf die gesamte, noch verbliebene Sommerwärme mit sich.

Riguri – holzfressender Geist, der häufig an Brandstellen oder in vertrockneten Wäldern zu finden ist. Er benagt ausgetrocknete oder verkohlte Stämme und schafft damit die Fläche für junges Grün. Für Menschen stellt er keine Gefahr dar. Äußerlich erinnert der R. an ein riesiges Insekt mit langem Stachel am Kopf und einem weit vorragenden Hauer im Unterkiefer.

Rugg – Hoher Geist, der bei blutigen Kämpfen inmitten des Getümmels auftritt. Der R. trägt stets einen funkelnden Brustpanzer und ist mit einer gewaltigen Lanze bewaffnet. Er wird durch Waffengeklirr angelockt und beobachtet das Geschehen. Gelegentlich mischt er sich ein und ergreift Partei für die Seite, die seiner Ansicht nach die gerechte Sache vertritt. Sein Herz schlägt für kühne und edle Menschen, die bereit sind, zum Schutz der Schwachen ihr eigenes Leben zu opfern. Darüber hinaus ist er der Schutzgeist großer Waffenschmiede.

Rugg-hori – treuer Gehilfe des → Rugg, für den er die Rüstung und die Waffen schmiedet. Er sucht Kontakt zu den talentiertesten Waffenschmieden der Menschen, arbeitet mit ihnen zusammen und weiht sie in seine Geheimnisse ein. Sämtliche magischen Waffen der Beschwörer wurden mithilfe des R. geschaffen.

Ruya – Schutzgeist der Silberakazie, der in Gestalt einer attraktiven, grünäugigen Frau in weißem Kleid auftritt. Deshalb pflanzen Menschen häufig Akazien in der Nähe ihrer Häuser, um böse Geister fernzuhalten.

Sandler – in unterirdischen Höhlen lebender Geist, der Menschen angreift, ihr Fleisch austrocknet und in Staub verwandelt, aus dem er auch selbst besteht. Meist ist er in der Nähe einstiger Wasserreservoirs anzutreffen, beispielsweise in den Betten ausgetrockneter Flüsse oder Seen, zudem tritt er häufig nach einem Steppenbrand auf.

Sayna – auch → Landsirene genannt, ein Geist in Gestalt einer schönen Frau mit langem Haar. Die S. bringt mit ihrem Gesang Menschen vom Weg ab und lockt sie tief in den Wald, wo sie ihr Opfer unter ausgelassenem Gelächter zurücklässt. Sollte die S. allerdings erzürnt sein, kann es durchaus vorkommen, dass sie einen Menschen mit ihrem Haar erwürgt. Gewinnt ein Mensch jedoch das Wohlwollen einer S., hat er fortan eine Gefährtin, wie sie zuverlässiger und treuer nicht sein könnte. Sie schenkt ihm Jugend, Schönheit und Gesundheit. Aus ihren Zöpfen flicht sie Dinge, die magisch aufgeladen sind.

Schlüsselbewahrer – Geist von unbekanntem Äußeren, möglicherweise auch ein reines Fantasieprodukt, das lediglich in etlichen Schauermärchen auftritt. Wie er – so er denn existiert – zu bezwingen ist, weiß niemand, denn alle, die ihm begegnet sein sollen, sind spurlos verschwunden. Den Sagen zufolge öffnet der S. einem Menschen den Zugang in die jenseitige Welt. Um ihn herbeizuzitieren, muss freilich ein aufwendiges, sehr gefährliches Ritual durchgeführt werden. Jeder noch so geringe Fehler dabei soll unweigerlich zum Tod des Menschen führen.

Schwarzer Kodsu – höchst gefährlicher, hinterlistiger und mächtiger Geist, der Gedanken frisst und Menschen mit Albträumen quält; er wird von Hass, Schmerz und Grausamkeit angelockt. Dem S. steht ein ganzes Repertoire an Gestalten zur Verfügung, von denen allerdings keine seine eigentliche darstellt; meist tritt er als riesige schwarze Spinne auf. Er stiehlt Menschen ihre Lebenskraft und hortet diese in seiner eigenen Welt. Gefällt ihm ein Mensch, kreiert er einen Doppelgänger und weidet sich an dessen Anblick, was jedoch nicht verhindert, dass sein ursprüngliches Opfer stirbt, sobald er ihm alle Kraft abgesogen hat. Gelegentlich entführt der S. einen Menschen auch in seine Welt.

Schwarzrurier – große geflügelte Echse, die ähnlich aussieht wie ein → Drache, was immer wieder zu Verwechslungen führt, obwohl der S. eigentlich deutlich kleiner ist. Er ist arglistig, blutdürstig und nachtragend, lebt hoch oben in den Bergen und kann im Flug nur kurze Strecken zurücklegen. Hauptsächlich trägt er Edelsteine und wertvolle Mineralien zusammen, die er in Felshöhlen versteckt.

Schwingan – Luftgeist, der meist mit Möwen über dem Meer dahinsegelt. Sein Auftauchen ist ein untrüglicher Hinweis auf Fischschwärme im Wasser.

Segrimi – wilde Kreatur, die an einen Wolf mit sechs Pfoten erinnert. Der S. geht stets im Rudel auf Jagd und liebt es, seine Beute – einen Menschen oder ein Tier – erst eine Weile vor sich herzutreiben. Er ist sowohl in Wäldern als auch auf Feldern oder an der Meeresküste anzutreffen.

Sharru – gefährlicher Waldgeist, eine Art Kreuzung aus Eichhörnchen und Fuchs. Er schleicht sich an größere Tiere an, wenn sie schlafen, und beißt sie in eine Ader, um sich an ihrem warmen Blut zu laben. Menschen greift er in der Regel nicht an.

Shiisan – hinterhältiges, aggressives Geschöpf, das von den Akanern mehr als jeder andere Geist gefürchtet wird. Gebieter der S. ist der mächtige Geist Sharh, dessen Kraft sich aus der Kraft aller S. ergibt. An Beschwörern, die in Gefangenschaft der S. geraten, wird ein langes, qualvolles Ritual durchgeführt, das alles Menschliche in ihnen tötet und sie ebenfalls zum S. macht. Je stärker ein Beschwörer ist, desto stärker gerät auch der S., zu dem er sich entwickelt. Von allen anderen Geistern unterscheidet sich der S. dadurch, dass er nicht vertrieben, sondern nur vernichtet werden kann. Aus diesem Grund wird ein S. häufig auch als »der Unvertreibbare« bezeichnet. In der Regel treten S. nachts auf, da sie Tageslicht nicht ausstehen können. Selbst von anderen Geistern werden sie gefürchtet.

Shimaa – Geist bzw. Schatten längst verstorbener Menschen.

Ein S. ist harmlos für Beschwörer, aber extrem gefährlich für Menschen ohne Gabe; denn diese verlieren durch eine einzige Berührung oder das Geflüster eines S. den Verstand.

Shimishi – giftiger Geist, der die Gestalt einer Seidenspinnerraupe annimmt. Beschwörer schätzen ihn des silberdrahtartigen Fadens wegen, den er spinnt. Aus ihm fertigt der →Rugghori Schmuckelemente der Scheide und die Ummantelung des Schwertgriffs.

Shiyu – ungelenker Geist, der an einen Eber erinnert. Kahle Stellen und niedergetrampeltes Gras in Feldern und Beeten zeugen davon, dass der S. in der Gegend umherstreift. Da er bleibende Schäden hinterlässt, haben Bauern ihn nicht gerade in ihr Herz geschlossen.

Shu – ausgesprochen starker Wassergeist in Gestalt einer Riesenschlange mit zotteliger Mähne und langem Schnurrbart. Er greift weder Menschen noch Tiere an. Das Wasser, in dessen Nähe der S. lebt, ist stets kristallklar und verfügt häufig auch über Heileigenschaften.

Soyuro – kein Geist im eigentlichen Sinne, sondern ein in einen eigens dafür geschaffenen Körper eingeschlossenes Geschöpf, das einem ihm genannten Menschen Leben abzapft und dieses seinem Herrn zukommen lässt.

Spiegelspenst – gefährlicher Geist, der sich in einem Spiegel einnistet. Nachts verlässt er diesen, um Menschen unbemerkt Energie abzusaugen. Wer nachts bei schwachem Licht in einen Spiegel blickt und dabei bemerkt, wie das eigene Bild seine Form verändert und zu einer grotesken, furchterregenden Fratze wird, muss davon ausgehen, ein S. im Haus zu haben.

Sumi – harmloser Geist, der jedoch durch sein schreckliches Äußeres häufig angsteinflößend wirkt. Der S. lebt in alten Häusern, streift durch die dunklen Räume, bis die Dielen knarren, raschelt unter Teppichen und linst unter Treppen hervor.

Takeo – Geist, der jedes Wasser reinigen und mit Heilkräften aufladen kann, indem er es berührt. Er tritt entweder in Gestalt eines großen weißen Vogels oder als Nebelstreifen bzw. Wolke auf.

Takkar – Geist, der sich in der Nähe von Menschen zeigt, die durch Streit und Auseinandersetzungen auffallen, ernährt er sich doch von negativen Energien. Je mehr er davon aufnimmt, desto größer wird er, bleibt dabei aber ungefährlich. Zur Tarnung nimmt er die Gestalt einer Kakerlake, eines Flohs, einer Ratte, einer Wanze, eines Hundertfüßers oder eines anderen Lebewesens von unangenehmem Äußeren an. Gelegentlich schließt er sich einem starken, bösartigen Geist an und lebt parasitär von dessen Energie.

Toyi – Geist von unbekanntem Äußeren, der in alten Ruinen und auf verlassenen Friedhöfen haust. Er kraucht mit Vorliebe in vorüberfahrende Wagen oder versteckt sich in verlassenen Nachtlagern. Der T. ernährt sich von menschlicher Lebenskraft. Auf den Angriff eines T. lassen einzig Blutergüsse schließen, die wie aus heiterem Himmel am Körper eines Menschen auftreten.

Uddo – kleiner, fast schwereloser Geist, der sich in einen stattlichen Käfer verwandeln kann. Er besitzt erstaunlichen Orientierungssinn, weshalb er von Beschwörern gern als Bote eingesetzt wird, mit dem sie Kollegen eine Nachricht zukommen lassen, denn der U. findet den Adressaten immer, mag dieser sich auch an einem noch so fernen Ort aufhalten.

Unago – ewig hungriges Geschöpf, das an einen Aal erinnert und mit Vorliebe Kadaver frisst. Der U. ist, angelockt vom Aasgeruch, stets als Erster neben einem toten Tier anzutreffen.